U0678897

首届向全國推薦優秀古籍整理圖書

譚元春集

〔明〕譚元春 著
陳杏珍 標校

上海古籍出版社

上

圖書在版編目(CIP)數據

譚元春集 /（明）譚元春著；陳杏珍標校. —上海：上海古籍出版社，2018.11
（中國古典文學叢書）
ISBN 978-7-5325-9040-7

Ⅰ.①譚… Ⅱ.①譚… ②陳… Ⅲ.①中國文學—古典文學—作品綜合集—明代 Ⅳ.①I214.82

中國版本圖書館 CIP 數據核字(2018)第 262768 號

中國古典文學叢書

譚元春集

（全三册）

［明］譚元春 著

陳杏珍 標校

上海古籍出版社出版發行

（上海瑞金二路 272 號 郵政編碼 200020）

（1）網址：www.guji.com.cn

（2）E-mail：guji1@guji.com.cn

（3）易文網網址：www.ewen.co

上海展强印刷有限公司印刷

開本 850×1168 1/32 印張 43.125 插頁 16 字數 725,000

2018 年 11 月第 2 版 2018 年 11 月第 1 次印刷

印數：1—1,050

ISBN 978-7-5325-9040-7

I·3339 精裝定價：228.00 元

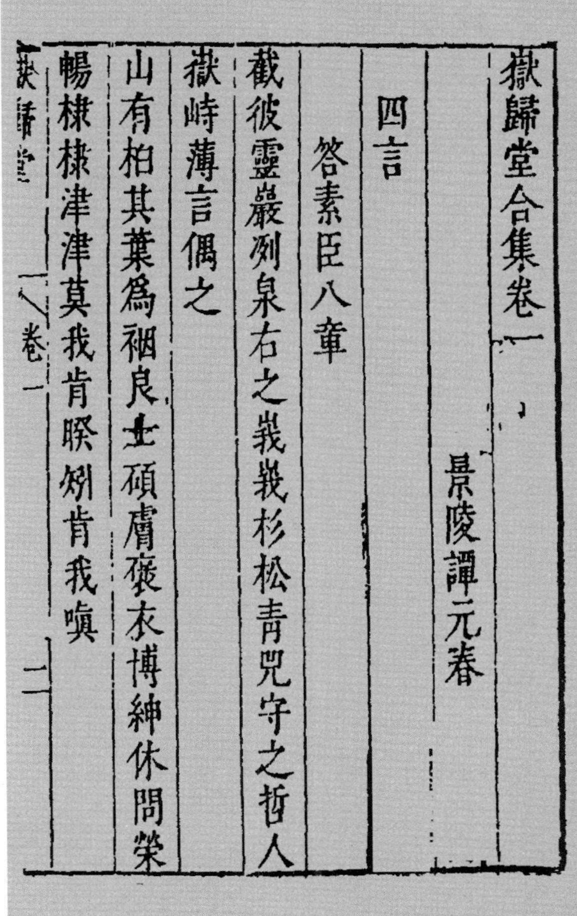
嶽歸堂合集卷一

景陵譚元春

四言

答素臣八章

截彼靈巖冽泉右之峩峩杉松青兕守之哲人嶽峙薄言偶之

山有柏其葉爲裀良士碩膚褒衣博紳休問榮暢棣棣津津莫我肯睽冽肯我嗔

明刻本《嶽歸堂合集》

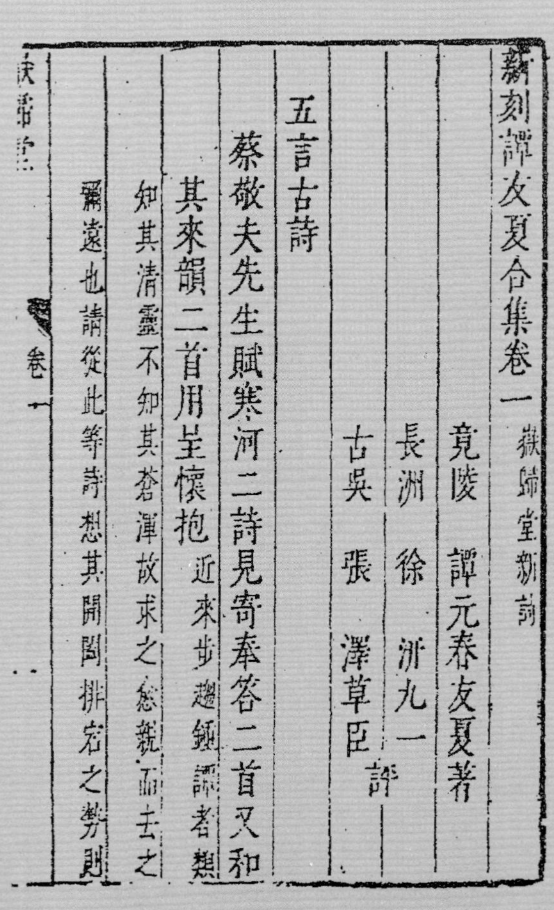

新刻譚友夏合集卷一　嶽歸堂新詩

竟陵　譚元春友夏著

長洲　徐　汧九一

古吳　張　澤草臣　評

五言古詩

蔡敬夫先生賦寒河二詩見寄奉答二首又和

其來韻二首用呈懷抱　近來步趨鍾譚者，想

知其清靈，不知其蒼渾，故求之愈親而去之

彌遠也。請從此等詩想其開闔排宕之勢，則

嶽歸堂　卷一　一

明崇禎刻本《新刻譚友夏合集》

前言

譚元春，字友夏，湖廣承天府竟陵縣人。生於明萬曆十四年（公元一五八六年），卒於明崇禎十年（公元一六三七年）。舉天啓七年（公元一六二七年）湖北鄉試第一。對自己的鄉梓，譚元春在詩文中常用「景陵」、「復州」、「安陸州」等古地名來指稱。竟陵，清康熙以後改名爲景陵縣，不久又改名爲天門縣，屬安陸州，大約相當於現在的湖北省天門市。

譚元春是中國古代的著名作家和文學理論家，明末文學流派竟陵派的領導者和代表人物。提倡性靈之説。著述豐富，但傳世本中衹有選集譚友夏合集和譚子詩歸稍爲流行。

譚元春一生中，多年奔波在科舉路上，深受科舉考試之苦。他久困諸生，屢試不利。江夏令西安徐日久、督楚學錢塘葛寅亮都很贊賞他的文章，但卻未能録取他。據説是因爲「當路忌葛公執法，遂疏論其文瑰琦過度，舉譚子與劉公侗、何公閎中輩諸篇爲口實，幾落學籍」〔一〕。以後督學周鉉敦勸譚元春出試，結果仍然未中舉。適逢恩選入太學，天啓四年（公元一六二四年）以恩貢上京，卻未能登第。天啓七年（公元一六二七年），譚元春年已四十一歲，始被主司李明睿拔置楚闈第一。隨後又遭母喪，憔悴草土中，服闋，再上禮部，又不第。崇禎十年，譚元春已「顛毛蕩然，車牙豁去」，再次公車赴京應考，行至長店，離京三十里，因病卒於旅店，年僅五十一歲。譚元春文名早盛，歷經萬曆、泰昌、天啓、崇禎四朝，卻一生偃蹇，賫志以没，這是譚元春的個人悲劇，也是科舉史上的悲劇。

萬曆三十三年，譚元春結識了同邑的鍾惺。鍾惺（公元一五七四年——一六二四年），字伯敬，號退谷，萬曆三十八年進士，授行人，遷南京禮部祠祭主事，儀制郎中，官至福建提學僉事。一生仕途多挫折。鍾惺比譚元春年長十二歲，兩人相識時，鍾惺在社會上已有名望，而譚元春則剛出道。然而兩人志趣相投，文學見解相同，都主張抒發性靈，反對摹古，提倡靈迴樸潤的文風，兩人成了終身摯友，「海内稱詩者靡然從之」。他們倡導的風格，人稱「竟陵體」，他們創始的文學流派，人稱「竟陵派」。

萬曆四十二、四十三年間，鍾譚合作，評選唐人之詩爲唐詩歸三十六卷，接着又評選隋以前的詩爲古詩歸十五卷。數年之後，詩歸盛行於世，家傳户習，鍾譚之名滿天下。就連對鍾譚持抨擊態度的錢謙益、朱彝尊形容當時的盛況也説：「詩歸既出，紙貴一時」〔二〕，「承學之士，家置一編，奉之如尼丘之删定」〔三〕。對詩歸的評價，褒貶相去天壤。贊譽者稱

「詩歸一選，手闢蠶叢」〔四〕，「抉新領異，奮筆去取，無阿諛意，足使誇者去浮，鈍者長慧」〔五〕；而攻訐者則詈之「寡陋無稽，錯繆疊出，稍知古學者咸能挾筴以攻其短」〔六〕，「於連篇之詩隨意割裂，古來詩法於是盡亡」〔七〕，「正聲微茫，蚓竅蠅鳴，鏤肝鉥腎，幾欲走入醋甕，遁入藕絲」〔八〕。譚元春去世以後，詩歸熱逐漸冷落。清乾隆以後，詩歸被官方否定並列入禁書目，再也無人重視它。

對鍾譚相去天壤的褒貶以至最終的否定，並非拘限於詩歸一書，更表現在對他們的著作和創作主張上。這裏僅介紹譚元春。他的師友、擁護他的人喜愛他，器重他，對他的品行和詩文推崇備至。李明睿説：譚元春「所著書，海内奉爲壇坫」〔九〕。高世泰説：譚元春「至性絶材，清文篤行。孝友類元紫芝，而風流獨迴；介潔如孟東野，而澹宕不羣」，他的詩文，「篇關師友，則鄭重流連；語涉弟昆，則纏綿悱惻」，「攝古人於烟霜冰雪之中，開後學以靈樸蒼寒之緒」〔一〇〕。朱之臣稱：「友夏至性遠情，其爲詩清微靜篤，一以傳古人之深意，而生之以變，讀之正如春光摇曳，忽從人之魂氣以赴之，而又莫能問其消息之所在，蓋非常哀樂矣」〔一一〕。譚元春所作時文，也備受推崇，陳際泰就極贊「其中清遠自得之美」，認爲譚文「立義至深，無論長短偏全莊謔，一以其中之全者被之，所言皆肝膈至要，介然不欺，殆有道者也」〔一二〕。譚元春之友曾文饒在嶽歸堂遺集序中，通過闡論詩文作品「依傍」與否剖析譚元春作品的特有風格，他説：「友夏詩文皆真率，然工巧者不能至也」，「友夏絶去町畦，自開户牖，真可獨步當時，流聲後代矣。」而錢謙益、朱彝尊等人則對譚元春及其作品持激烈抨擊態度，把譚元春視爲異端，斥爲「詩妖」，錢評論譚説：「以俚率爲清真，以僻澀爲幽峭，作似了不了之語，以爲意表之言，不知求深而彌淺；寫可解不解之景，以爲物外之象，不知求新而轉陳。無字不啞，無句不謎，無一篇章不破碎斷落。一言之内，意義違反，如隔燕吴；數行之中，詞旨蒙晦，莫辨阡陌。」又引他人之評論，説：「友夏詩，貧也，非寒也；薄也，非瘦也；僻也，非幽也；凡也，非近也；昧也，非深也；斷也，非掉也；亂也，非變也」〔一三〕。可以看出，錢對譚差不多是全面否定的。除去錢謙益等人外，對譚元春和竟陵派的抨擊，影響最大的當屬四庫全書總目了。四庫全書總目沿襲錢、朱等人的舊説，斥責譚元春「好行小慧」，是「小人而無忌憚者」，譏評譚作「詭僻」、「纖仄」。還進一步把明末的一些不良詩風，全部歸咎於竟陵。它以竟陵爲樣板，來評價明清之際的一些作家。如評論明代姚希孟的循滄集時説：「其文體全沿公安、竟陵之習，務以纖佻爲工，甚至游廣陵記於全篇散語之中，忽作儷偶一聯」，「自古以來，有如是之文格乎？」

四庫全書總目的否定成了評價譚元春及其作品的定論。從此譚元春的名字爲正統文人所不齒，他的作品被摒棄。學者無需對他作研究，祇要運用現成的結論，如澀奥、幽僻、纖仄、用典太濫等等就可以了。清乾隆以後，譚的著作成了禁書，有些選收譚作的詩文集也成了禁書，譚的不少詩文和專著通紀捷覽散佚不傳，即使有人對前人的結論提出質疑，有心重新評價譚元春，卻也沒有完整的資料了。

縱觀譚元春的全部著作，筆者以爲，對他全盤否定的作法是不公正的，錢謙益等人對他的譏刺和攻訐有失偏頗。譚元春有前人指出的毛病，但這些毛病並不遍佈他的全部作品。譚的全部作品，應是精華爲主，他是有貢獻的作家，在古代文學理論和文學史上應佔有一席之地。下面擬就這個問題發表個人的淺見。

譚在作品中特別是序文、書信中經常談論他對文學的主張，甚至在詩歌中也闡述他的文藝觀點，這裏試舉一部分。

「文章思一變，豈敢羨鴻冥」。「終異蒓魚想，歸惟棲性靈。」〔一四〕

「夫詩文之道，非苟然也，其大患有二：樸者無味，靈者有痕。故有志者常精心於二者之間，而驗其候，以爲淺深。必一句之靈能回一篇之運，一篇之樸能養一句之神，乃爲善作。」〔一五〕

「不肖以爲性命之學，反以有名爲宗，如列祖高僧及近代善知識大法師，其成就亦往往如其名之所至，而詩文之事，則非無名者不可。非無名也，名之來無意也。故有志於道者，宜往謁尊宿，而詩文一綫，如天際風鳶，待其煙沒雲滅而求之。」〔一六〕

「嘗言詩文之道，不孤不可與托想，不清不可與寄遙，不永不可與當機。已孤矣，已清矣，已永矣，曰：如斯而已乎？伯敬以爲當入之以厚，僕以爲當出之以闊。使深敏勤壹之士，先自處於闊之地，日游於闊之鄉，而後不覺入於厚中。一不覺入於厚中，而其孤與清與永日出焉。乃知孤與清與永，非我能使之然也。」〔一七〕

「幽思侘傺，特詩之一種，又自屈左徒以來楚人之一種。」〔一八〕

「詩不可如詞，詞不可如曲，唐宋元所以分。予又謂曲如詞，詞如詩，亦非當行。要皆有清冽無欲之品，肅括弘深之才，瀟灑出塵之韻，始可以擅絶技而名後世。」〔一九〕

「辭人凡九變，大要歸楚辭。三百孔黜楚，楚賴靈均垂。無論聖與愚，不磨在精思。我所必起者，人亦難廢之。南郢沅湘畔，不見芷與蘺。武陵自有谿，桃花所莫迷。已非古人境，空想古人奇。芳菲存毫素，我公幸臨兹。愚生本疏内，異采難華滋。静中悟離騷，稍與初體宜。屈子何哀澹，楚原非猖披。振衰還古則，捨公當爲誰？」〔二〇〕

「詩生於心，而不生於心；畫生於物，而不生於物。物無之不然，物無之不可。即爲詩，心出入無時，莫知其鄉。即爲畫，吾終日所見山水、人禽、橋亭、雲煙、草樹之屬，皆畫笥也。凡境之可得而换者，皆笥也。而其人遠想，所畫山水、人禽、橋亭、雲煙、草樹之屬，光影若執，而其間縹緲澹宕，時時流篋笥外，跡其神氣氣運，反爲笥之所不得收，而筆墨之用，有時奪乎造物者，畫也。」「凡畫之所不得而笥者，皆

詩也。」〔二一〕

「我朝之時藝，若晉人之放達，窺竇脱褌，風俗成矣。」「善作時藝者，必天下之奇人。未有天下之奇人而肯下墮於近世好奇之習，先持一必爲奇文之心，令人可測其奇而耳目之者也。」「予所最善友孟誕先，奇人也。其制義脈清、格渾而詞幽三致意焉。」「我朝制科，與晉代清談，其揆一而已矣。」〔二二〕

「文之妙在縹渺依稀之間。」〔二三〕

「顔公書法卓，方圓皆欲除。平生嬉怒情，向此無不抒。碑版盈山川，暇矣德業餘。能令天與地，如人華冠裾。次山頌中興，公也拜手書。欣然執末技，甘遜爲不如。推讓事君父，何事肯自居。以此錬心腕，墨妙有本初。」〔二四〕

「尼父詩書二經皆從刪。刪者，選之始也。」「選書者，非後人選古人書，而後人自著書之道也。」「古今文章之道，若水瀉地，隨地皆瀉，常窟穴於忠孝人之志，幽素人之懷，是二者皆本乎自然，而文章之道，恒以自然爲宗，使非貞篤恬澹之人，諷高歷賞，光影相涵，雖甚勤心，亦莫得而取之。」〔二五〕

這些論述，談到詩文之道、創作風格、寫作技巧、詩文體裁，也談到古與今、藝術與品行、選輯與創作等問題，内容豐富，論述精闢，言之有物，發人深思。反對派譏諷譚元春才劣，明史本傳中説鍾譚「兩人學不甚富，識解多僻」，是不公正的。譚對文學的論述不能説完全正確，盡善盡美，但仍應視爲中國古代文學理論寶庫的一個組成部分，值得今人去探討，去總結。

譚元春寫作了大量的游記、傳記、序引、墓誌銘、祭文、書啓、雜著，「其文銘辭、游記爲工，書、序亦有意致」〔二六〕，每種文體中都不乏優秀的作品。其中如三十四舅氏墓誌銘、將仕郎思野陳公墓誌銘、廣西古田縣桐木鎮巡簡陳公墓誌銘、陳武昌寒溪寺留壁六詩記，以及與鍾伯敬書、與金正希書等等，即使在詆罵竟陵派最激烈的年月，也是有識之士公認的好文章。這些文章，説理透徹，叙事脈絡分明，所記人物栩栩如生，情感真摯動人。黄宗羲稱這些文章「皆一片性地流出，盡洗書本積木之氣，棲泊人心腑間，如吞香咽旨，雖歐蘇不能過也」〔二七〕。

筆者認爲，他的散文有兩大特點。

第一，善於攝取生活中的平凡小事，言簡意賅地表達思想。題材清新，立意深刻。叙述娓娓動聽，色彩淳厚樸實。三十四舅氏墓誌銘，用極短的篇幅記叙舅氏的生平和言行，祇有寥寥數語，所記件件都是小事，寓意卻很深刻，讀後耐人尋味。一個辛勤力穡、輕視名利、「勿向幻世作認真事」的恬淡農民給人留下深刻印象。他記叙的人物，大都没有驚天動地的業績，憑着一舉一動的描述，卻使人物聲貌俱在，德業全見。他記事物，例如一鶴一杖，三言兩語就能躍然紙上。他寫游記，讀者就如身臨其境一般。第二，散文中傾注了作者的真實感情，因而真摯動人，有較强的藝術感染力。作者對家人、師友、親朋的感情隨時流露，且傾透紙墨。他寫這類文章不做作，不雕飾，率性而作，寫「性情之言」，因而能使讀者感受到他對親友的記掛和思念，他失去親友的巨大悲痛。款款真情，溢於言表。他規勸親友，有笑容，也有厲詞，動之以情，曉之以理，能使親友折服，也能使讀者感動。

譚元春好交游，重友情。他周圍簇擁着不少中下層知識份子，他們喜愛他的作品，擁護他的主張。譚元春曾享有盛名，決不是無緣無故的。李明睿説：「景陵之文，不在文而在交誼之厚，故一時文名噪甚，奪中原七子之幟而建之標，良有以也。」〔二八〕李明睿的話是對譚元春及其作品比較中肯的評價。

譚元春的詩歌創作同樣具備這兩個特點。他的詩作，受到的責難比散文還多，一般用「冷僻拗澀」來概括。但是就譚的全部詩作而言，並不乏生動活潑、情真意切的作品。

把日常瑣屑小事融入詩中，用近乎白描的手法展現詩人的胸懷，使詩中充滿「天真」之趣，是譚詩的一大特點。如病中奉侍老母上紅濕亭子一詩，平易通俗，老嫗也能聽懂，不亞於白居易的詩歌。詩尾「手指荆花勉諸郎」一句，用了紫荆花的典故，並不深奥，加上「以身作杖任母扶」幾句，展現了一幅母子兄弟和睦相愛的畫面，融洽的家庭氣氛突現紙上。這類詩作，譚集中並不少見。

譚詩也以傾注感情見長。親人團聚，友朋相見，譚元春賦詩志喜，從詩題到詩的正文，處處洋溢着喜氣。友人仕途遭挫，譚元春贈詩寬慰，感情深沉淳厚。他的詩歌中，以悼念詩最能體現作者的風格，這裏舉悼念蔡復一和鍾惺的詩歌爲例。譚與蔡復一交情深厚，蔡看重譚「筆慧而人樸，心靈而性厚」，而譚則視蔡爲「師友骨肉」〔二九〕，蔡亡故後，譚傷懷作歌，歌中他發誓：「我生有願誓當了，棕笠入閩拜阡草」，他描述自己的近況：「石火忽忽眼中飛，自公逝矣吾潦倒」，他更痛心從此失去蔡師的指教：「新文一卷向誰看，冥默焚之用自考。」〔三〇〕鍾惺去世後，譚元春極度悲傷，一氣寫下喪友詩三十首，首首是交情，首首含涕淚，把他對好友的深情和思念表達得淋漓盡致。引文中「交終矣」三個字，蘊含着無限的悲痛。李明睿説，譚元春於「師友之情，當吾世罕見其儔」，「則不獨才過人，其德有足稱者」〔三一〕。譚的詩作證實了李明睿的話。譚的這類詩作，體現出來的是厚重樸實，而不是冷澀纖佻，這類詩歌是不能單純以聲調工拙來衡量的。

綜上所述，筆者以爲，前人對譚元春的評論，有吹毛求疵，以局部指責全體的毛病，其中有偏見，也有苛求。譚的創作，有特色，有成就，在中國古代文學史上理應佔有一席之地，不失爲一份珍貴的遺産，值得今人去吸收，去借鑒。

那麽究竟是什麽原因使譚元春遭受强烈的攻擊以至被否定呢？筆者認爲可能有如下這

些原因。

一、詩歸的編選遭到一些人的忌恨。鍾譚所以要編選詩歸，是因爲「傷風雅之淪喪」，想變革文風。在詩歸序中，他們指責當時的一些選詩者，不「求古人真詩所在」，一些「大家」，選詩時「大要取古人之極膚極狹極熟便於口手者」。鍾譚的批評會觸怒這些「大家」，而鍾譚的評選也有犯忌的地方。蔡復一曾忠告譚元春「詩歸中有太尖而欠雅厚者，宜刪去一二」〔三二〕。譚元春自己也説：詩歸出版後，「幾以此得禍者數矣」〔三三〕。

二、正直的爲人和耿介的作風使譚元春遭到一些人的忌恨。鍾譚本性「孤迥」。鍾惺「爲人嚴冷，不喜接俗客」〔三四〕，他「不與世俗人交接，或時對面同坐，起若無睹者。仕宦邀飲，無酬酢主賓，如不相屬，人以是多忌之」〔三五〕。譚元春雖不像鍾惺那樣外露，但同樣厭煩俗客，他在答李長叔表兄一信中，發泄了對俗客的不滿。他不願結交名人，鍾惺爲他刻詩南都，他戒鍾惺「勿乞名人一字爲序」〔三六〕。這樣，他們必然失去世俗人的支持，而這些人往往有一定的權勢。譚元春很厭惡宦官專政，他在作品中揭露宦官的跋扈，爲慘遭魏忠賢殺害的楊漣等人作序，爲反抗魏忠賢的名臣周嘉謨寫祭葬詩，雖説詩文寫在楊、周等人平反之後，但仍會遭到社會上惡勢力的反對。譚元春敢於爲一些遭遇不幸的人物寫詩立傳，他爲小人物魏太易哀歌立傳，一定程度上揭露了科舉制度的弊病，他爲犧牲在抗清戰場上的兵部侍郎劉之綸作傳，也揭露了朝政的腐敗，這類作品也是要得罪一些要人的。

三、譚元春的作品和創作主張不合正統文人的口味，遭到他們的嫌棄。他主張創新，反對墨守陳規，如他和鍾惺都喜歡用短句、疊句、疊字和虚詞，有詩歌散文化、散文自由化的傾向，這種文風是難以被主張聲律的人們所接受的。譚元春還把家常叙事話語引入詩歌，在詩中聊家常，這類詩歌也會遭到「通人」的指責。他又把深奥的議論文話題納入詩中，這類詩歌難免會奥澀難解。改革本身就會遇到阻力，加上他的詩文中也確有一些敗筆，遭到攻訐也就不足爲怪了。鍾譚去世以後，有些文人借竟陵之名來標榜自己，或假托鍾譚之名來出版著作，也壞了鍾譚的名聲，爲反對派提供了口實。

四、譚元春天性喜山水，愛交游，他經常在江山幽勝之地聚朋會友，組織詩文社，吟詩作文，他的作品深得山水之助。在復社最興盛的時候，譚元春和四個弟弟都加入了復社，他的朋友如孟登誕先、周聖楷伯孔、譚如絲素臣、萬時華茂先、劉斯陛士雲等也都加入了復社，復社領袖張溥、復社成員徐汧等都曾大力鼓吹譚的詩文。文人社團能烘托文章聲氣之盛，而一旦發生黨禍，又有滅没的危險。明末，竟陵派已是危機四伏，清代禁止民間結社，不會去肯定愛交游的譚元春，而譚的作品中，有祭奠抗清將士的詩文，在這些詩文中不乏斥駡清人的詞語，如「蠢虜」等，這些犯忌的内容，祇要舉出幾處，就足以使全書被禁毁。

五、自清朝以來，古典文學界對明末作家缺乏全面深入的研究，學者往往因循舊説，人云亦云，或者籠統評説，一筆帶過，許多斷語往往與實際情況不符，甚至大相逕庭，對譚元春的評介也是如此。譚的著作遭禁以後，許多詩文散失，研究譚元春既不時髦，也缺資料，譚元春再難擺脱已有的定論了。

由此可見，收集、整理、出版譚元春的著作，爲讀者賞析、評論譚元春和竟陵派提供條件，是很有必要的。

下面介紹譚元春詩文著作的版本，並就這次校點整理譚元春集的有關情況作一説明。

譚元春死後，遺著散失，其弟譚元聲僅僅收集到部分遺著而付刻，迄今爲止，還没有人編輯他的全集，他的詩文究竟有多少，是個未知數。

千頃堂書目是著録明人文集的權威性書目，祇著録譚的嶽歸堂集十卷和鵠灣集□卷，也未説明這兩部著作是詩是文還是詩文俱有。清代大藏書家徐乾學家藏譚的著作，今查兩部徐氏傳是樓書目，其中一部著録譚的著作與千頃堂書目相同，另一部則著録譚子詩歸十卷，鵠灣集十四卷，嶽歸堂集十卷。四庫全書總目「存目」中著録嶽歸堂集十卷，譚友夏合集二十三卷，譚子詩歸十卷。

現存譚的著作中，没有名爲嶽歸堂集的作品。現存本有：

嶽歸堂合集十卷，明刻本，北京圖書館藏。本書是譚元春的早期詩集，它將譚的虎井詩、西陵草、秋尋草等詩集彙編在一起，大半皆游覽所作。

郊菴訂定譚子詩歸十卷，明刻本。本書内容與嶽歸堂合集大同小異，像是嶽歸堂合集的别行本，訂定者郊菴，不知何許人。

鵠灣集□卷，明刻本，湖北省圖書館藏，今存卷一至卷九，自卷九後半即殘缺，現存者均爲散文。

新刻譚友夏合集二十三卷，明張澤等評，明崇禎六年張澤刻本，還有幾種翻刻本。本書在譚集中流傳較廣，影響較大，是譚元春的詩文選集，它選輯了嶽歸堂新詩五卷，鵠灣文草九卷，嶽歸堂已刻詩選八卷，諸稿自序十一篇，在譚集中收輯詩文最多。

鵠灣未刻詩、鵠灣未刻古文，譚元春三弟譚元聲編輯，明末刻本。兩書收輯了譚元春生前未及編收的詩文，主要是晚年在兩湖、江浙等地游歷的作品，以交游詩文和書牘爲主，傳本罕見，上海圖書館藏鵠灣未刻詩（即嶽歸堂未刻詩），中國社會科學院文學研究所藏鵠灣未刻古文。

除詩文别集外，在總集和地方志中也保存了一些譚元春的詩文，其中以人琴集和詩慰收録爲多。人琴集，明錢繼章編，清初刻本，收録明末七家詩選，其中有譚元春的鵠灣遺稿一卷。詩慰，清陳允衡編，清順治刻本，其初集中收録二十家明人詩選，内有譚元春的嶽歸堂集選一卷，鵠灣集選一卷，嶽歸堂遺集選一卷。人琴集和詩慰的傳本也罕見。

上述別集、總集，没有哪一個本子能夠反映譚元春著作的全貌。因此要想編輯譚元春集，尋找底本不易，彙編成集也難。這次整理譚的著作，係將上述各本彙總、打散，互作校補，把詩、文分別編排，合成全集。其詩集以嶽歸堂合集、嶽歸堂新詩、鵠灣未刻詩爲主體，其文集則以鵠灣集、鵠灣未刻古文爲主體，並從他書中輯録上列各集中或缺或佚的作品，按體裁、時期分别編入全集中。

現存譚元春的幾種著作，在版本質量上參差不齊。

嶽歸堂合集缺目録，但版刻較早，編排較嚴謹，校勘較精審，刻印也精美，在這幾種著作中，屬上乘之作。

郊菴訂定譚子詩歸、譚友夏合集在編排、版印方面不如嶽歸堂合集。特別是譚友夏合集，印刷量過大，翻刻本也多，後印本版印模糊，修版描潤有訛誤，如將宋比玉印成「宋北玉」。這兩部著作還有編排錯亂的地方。有些卷帙中目録次第與正文不符，卻與嶽歸堂合集次第相同，從編排上的錯誤來推斷，這兩部著作的祖本可能是嶽歸堂合集，在「訂定」、「合集」的過程中，因不慎審而出錯。在文字上，這兩部著作也有不盡如人意的地方。如自題湖霜草中「自勾萌以之於紅落」句，嶽歸堂合集中正確無誤，而這兩書中「勾萌」卻誤成了「勾盟」。

鑒於上述情況，這次整理譚元春集時，譚的前期詩集，用嶽歸堂合集作底本，中期詩集，因没有其他本子可用，故決定用譚友夏合集中的嶽歸堂新詩作底本，至於晚期詩作，則衹能用鵠灣未刻詩作底本，並以詩慰、人琴集作補充。譚的散文，因譚友夏合集中的鵠灣文草是選集，不宜作底本，而鵠灣集和鵠灣未刻古文收録譚的散文最多，體例也完備，理應定爲底本。

前面介紹的本子，凡未定爲底本的，不論部分或全書，均作爲參校本。此外，有些篇章也用一些明人別集、總集、地方志和專書作校勘，並在校勘記中作説明。校勘記中，鄒菴訂定譚子詩歸簡稱爲譚詩歸，新刻譚友夏合集簡稱爲譚合集。

譚元春晚年用五六年時間苦心研究莊子，寫下遇莊序和遇莊總論三十三篇，高世泰説：「遇莊數篇，神傳蝶夢。」[三七]譚元春也自信對莊子的見解「不謬不僻」[三八]。遇莊總論是研究譚元春的重要文獻，故於這次整理時將它收入譚元春集。今存明刻本遇莊總論已殘缺不全，幸喜在譚元春評、明崇禎八年張溥刻本莊子南華真經三卷中還保存着各篇總論，今從該書輯出，以饗讀者。

爲方便讀者閱讀和研究，從一些古籍中輯録了前人對譚元春及其作品的一些評語和有關資料，附在各篇之後或全書之尾。

本人水平有限，整理和校點中的缺點錯誤在所難免，敬祈讀者指正。

陳杏珍

【注】

〔一〕鄒漪啓禎野乘譚解元傳。

〔二〕朱彝尊静志居詩話。

〔三〕錢謙益列朝詩集小傳鍾惺譚元春傳。

〔四〕高世泰譚友夏先生鄉賢檄。

〔五〕李明睿鍾譚合傳。

〔六〕列朝詩集小傳鍾惺譚元春傳。

〔七〕四庫全書總目詩歸提要。

〔八〕静志居詩話。

〔九〕鍾譚合傳。

〔一〇〕譚友夏先生鄉賢檄。

〔一一〕朱之臣寒河詩序。

〔一二〕陳際泰鵠灣集序。

〔一三〕列朝詩集小傳鍾惺譚元春傳。

〔一四〕送王聞修學使。

〔一五〕題簡遠堂詩。

〔一六〕與王以明書其三。
〔一七〕徐元嘆詩序。
〔一八〕詹卓爾詩序。
〔一九〕辛稼軒長短句序。
〔二〇〕馮元成大參來官湖北移書垂問答贈一章。
〔二一〕范漫翁題畫詩引。
〔二二〕冷光亭制藝序。
〔二三〕夕嵐草序。
〔二四〕劉濟甫持顔魯公浯溪碑見贈……詩。
〔二五〕古文瀾編序。
〔二六〕李慈銘閲明文授讀卷三十四的批語。
〔二七〕明文授讀卷三十四。
〔二八〕鍾譚合傳。
〔二九〕與舍弟五人書。
〔三〇〕敬夫師易名祭葬後未即入閩展拜傷懷作歌寄仁夫兄。
〔三一〕譚友夏遺集序。

〔三一〕譚元春奏記蔡清憲公前後箋劄其四。

〔三二〕譚元春退谷先生墓誌銘。

〔三三〕明史鍾惺傳。

〔三四〕退谷先生墓誌銘。

〔三五〕鍾惺簡遠堂詩序。

〔三六〕譚友夏先生鄉賢檄。

〔三七〕與舍弟五人書。

目録

卷第三　嶽歸堂合集三

五言古

卷第四　嶽歸堂合集四

七言古

卷第五　嶽歸堂合集五

五言律

卷第六　嶽歸堂合集六

五言排律

卷第七　嶽歸堂合集七

七言律

卷第八　嶽歸堂合集八

五言絶句

卷第九　嶽歸堂合集九

六言

卷第十　嶽歸堂合集十

七言絕句

卷第十一 嶽歸堂新詩一

五言古詩

卷第十二　嶽歸堂新詩二

七言古詩

卷第十三　嶽歸堂新詩三

五言律詩

卷第十四 嶽歸堂新詩四

七言律詩

七言排律

卷第十五　嶽歸堂新詩五

五言絶句

六言絶句

七言絶句

卷第十六　嶽歸堂未刻詩一至三

四言古

五言古

七言古

卷第十七　嶽歸堂未刻詩四

五言律

卷第十八　嶽歸堂未刻詩五

七言律

卷第十九　嶽歸堂未刻詩六至九

五言排律

七言排律

五言絶句

七言絶句

卷第二十　鵠灣集一

記

卷第二十一　鵠灣集二

傳

卷第二十二　鵠灣集三

序文

卷第二十三　鵠灣集四

序

卷第二十四　鵠灣集五

序

卷第二十五　鵠灣集六

誌銘

卷第二十六　鵠灣集七

文

卷第二十七　鵠灣集八

書啓

卷第二十八　鵠灣集九

書啓

卷第二十九

雜著

卷第三十

卷第三十一　鵠灣未刻古文一

卷第三十二　鵠灣未刻古文二

卷第三十三　遇莊

卷第三十四

附録一

附録二

料輯録

四庫全書總目存目提要摘録……一二八四

譚元春集卷第一

嶽歸堂合集一

四言

答素臣七章〔一〕

截彼靈巖，洌泉右之。峩峩杉松，青兕守之。哲人嶽峙，薄言偶之。

其二〔二〕

山有柏〔三〕，其葉爲裀。良士碩膚，褎衣博紳。休問榮暢，棣棣津津。莫我肯睽，矧肯我嗔。

其三

羽以飛刷，波以止清。蔚其文囿，我燥我矜。我之不臧，我心怦怦。我友我規，是融是平。

其四

昔予與子，篤尚爾雅。不有飄風，而有墜瓦。太清無徒，以約失寡。

其五

惟子之友，余罔不欽。魏生逝矣，孰與鼓琴？不山以高，不水以深。

其六

繾繾款款，音問時修。捧緘欣然，會面增憂。曾不浹旬，駕言還丘。旬而不還，曰余久游。

其七

合沓衆山，磷磷有暉。薄映林樾，比翼出飛。朔風褰幔，素霜流扉。言别之子，又渴又饑。

【校】

〔一〕譚合集無此篇。題 七章 原作「八章」，而正文實只七章。譚詩歸目録中題作「八章」，正文題作「七章」，今據此改題爲「七章」。

〔二〕「其二」至「其七」標目原無，據譚詩歸增。

〔三〕柏 譚詩歸作「柏」。

介姑

嶢嶢幽貞，班史之姑。侄從其姑，姑傷其夫。其夫云何？年命以徂。晨析鴛鸞，暮啼鶹鴣。豈不同穴？顧此女雛。何以報之？煢煢支吾。何以殉之？淑慎於嫋。如山如河，如璧如珠。心無暇矣，遑恤無家。兄弟之子，惟懷永圖。有幹有年，有畝有廬。有甘有毳，有供其娱。玉還故篋，雲返昔墟。載木主往，抱祭器居。始嫁得繇〔一〕，歸妹睽孤。罹兹閔凶，老少須臾。血或有碧，顔不復朱。風雨晦冥，侄應姑呼。必恭敬止，怙恃儼如。泉水六章，豈謂是與？

【校】

〔一〕始　譚合集作「姑」。

【評】

譚合集題下評曰：「作四言詩，不獨在氣樸，尤貴在理密。唯密理終於内，而後樸氣裹其外。彼謂三百篇爲平淡者，皆言其外而遺其内者也。」

華山五章送鍾子也

幽幽華山，的的南渚。女之還思，曰寒曰暑。余與女之偕思，曰暘曰雨。亦既古處，亦既譽處。我心側女。

其二〔一〕

將安將樂，其往有他。其往匪他，王事孔多。惕惕皇皇，孔多孔臧，不勞於行。

其三

惟女有鹿，尚其放斯。速僮於野，深之密之。必林其山，以鹿爲期。鹿亦有歸，鳥亦有飛，彼君子兮焉違。時鍾子有放鹿事〔二〕。

其四

羔裘白之，駱馬百之。胥徒礫之，又鞄革之。淵淵吉人，聊一客之。

其五

有塘凌矣，有河冰矣。寒既升矣，夙且興矣。我不家温，以念子行。子雪亦雪，子霜亦霜。

【校】

〔一〕「其三」至「其五」標目原無，據譚詩歸、譚合集增。

〔二〕鍾子　譚詩歸、譚合集作「伯敬」。

【評】

譚合集題下評曰：「試聽其音節之古，則氣朴爲之，至於音節之所以古，則不第氣朴之爲也，此華山五章與介姑一章可以參覯。」於其三末句旁評曰：「思義眇然。」評其五末四句曰：「語質而氣温，而感歎隨之。」

松實六首　有引〔一〕

松實，感聖供也。無念禪師學公歸隱九峰山，我高皇帝貽詩遠懷，供以松實，又賜衣履鉢盂，手澤爛然。春竊謂高皇帝之於禪，深遠矣，乃撰四言六章，以「松實」命篇。

巍彼皇祖，篤生我明。顧瞻腥羶，載定載清。皇祖天只，皇祖佛只，非皇祖只。

其二〔二〕

赫赫神武，既龍既虎。亦孔之怒，亦莫有怒。以救衆所苦，以痛衆所楚。吁嗟乎皇祖。

其三

菀菀九峰，靡峰不松。泉流其液，烟積其封。杖而出入，厥惟學公。帝曰念哉，松實攸供。匪松實之爲供，王言雍雍。

其四

乃錫之衣，乃佐之履。乃頒之器，乃下之旨。曰慧曰穩，其言維軌。如如開士，穆穆天子，無詖無詭。

其五

夫是以有開士，夫是以有天子。毋曰謣謣，毋曰唯唯。不言不應，瞿然靡所止。

其六

維鐘有木，尚其擊之。維几有簟，尚其席之。君子有心，尚其寂之。凡厥庶民，尚其愓之。

【校】

〔一〕題　原無「六首」二字，據譚合集增。

〔二〕「其二」至「其六」標目原無，據譚詩歸、譚合集增。

【評】

譚合集評「皇祖天只」句曰：「莊雅。」評其三末句曰：「載之以重。」

枇杷庵禮地藏菩薩立像

惟神安坐，惟民下拜。靡不知敬，或未知戒。菩薩曰嘻，敬何異懈。我寧不坐，爾寧不拜。風雨晦明，竦身諸界。人行鳥飛，不在眼外。蹙蹙惶惶，如在顛沛。一人有業，菩薩憔悴。爾坐爾卧，爾散爾會。無不繇爾，爾愆則怪。爾若無愆，我寧爾拜。

【評】譚合集題下評曰：「此非四言詩體也，偈語體耳。偈體語第遠於三百篇耳，不可謂非漢魏也。作四言詩，不莊而膚，不雅而陋，寧向機鋒一路。此篇與下篇是也。」又評末兩句曰：「真佛菩薩心口。」

雷太史家有送子觀世音菩薩畫像一軸其地如西洋布而堅密設色靈幻菩薩手一兒舉念珠似鸚䳇肉情巾袂俱動拜而頌之

何以布之？如鑄如繡。光浮寸許，大士靈透。手其兒手，味其禽味。大士目兒，兒目鸚䳇。以目相撥，鸚仰兒俯，寧兒嘻戲，勿爾椎魯。兒手念珠，是大士物。鸚䳇聰明，不與兒拂。以投鸚䳇，鸚䳇成佛。禪床曉坐，瓶花夕開。兒無所懼，佛無所猜。鸚䳇虎豹，可以同來。

望白兆八章送朱公也

予望白兆，是公攸蒞。山縣古人，公去恐曀。往予望之，當雨而霽。

其二〔一〕

公望寒河，是予攸居。林木薈薈，予出恐虚。胡公望之，宛白兆如？

其三

昔公知我，我不敢曰：「惟公知我。」引焉避焉，公曰：「士如此則可。」

其四

昔公下士，我不敢曰：「惟公下士。」以潔以慎，公曰：「士如此則異。」

其五

既一今古，既略崇卑。飲之坐之，雜語笑之。言莫有聞，聞亦莫知。明月依依，樹影垂垂。行步遲遲，此夕當思。

其六

駕馬馬霜，渡河河冰。比及三年，天子惟徵。執玉來朝，乃錫金繒。鄭國雖小，古有曹滕。四方律公，乞盟載興。維天子神聖，以莫不增。

其七

公之往矣，我不敢嗟。公何往矣？如松栢斯花。

其八

公之來矣，我不敢欣。公何來矣？如飛鴻斯群。

【校】

〔一〕「其二」至「其八」標目原無，據譚詩歸、譚合集增。

【評】

譚合集於第一首末兩句旁評曰：「情感者與衆自別。」於其二末兩句旁評曰：「自信方有品寄。」於其三首句旁評曰：「此從前二章推出言之。」於其四末句旁評曰：「又深卻一層。」

恭謁七章禮玄嶽也

惟雷啓蟄，先之以厥電。惟風動物，播之以扇。乃神暨人，乃主暨臣。風止電息，爲天下春。

其二〔一〕

水短山長，風物有鄉，天柱斯光。

其三

爲帝者師，爲五嶽長。以禮以時，德馨孔仰。天子宫止，諸王庵止。海隅日出，稽首龕止。

其四

眺彼洩雲，與烟俱養。雲杳在下，烟無所往。亭亭澗木，千章必響。衆香來同，一音自獎。

其五

凡爾烝民，貿貿皇皇。所希纖微，號輿攀裝。彼有寸縷，此有盂粥。彼有一鍾粟，此有巢枝木。乃知山靈〔二〕，哀此煢獨。

其六

誰貽神羞？識潛者希。殃祥由己，應之以機。吉人坦坦，上帝熨熨。匪齋匪浣。

其七

慨世蒙頑，宜莫如我。既善其搜，庶求其可。崖谷惟晴，水木惟陰。浩浩蒼蒼，以起我心。

【校】

〔一〕「其二」至「其七」標目原無，據譚詩歸、譚合集增。

〔二〕山靈　譚詩歸、譚合集作「山林」。

【評】

譚合集於其二「風物」句旁評曰：「深曠。」於其四末兩句旁評曰：「寂聞而得其所會。」於其六末兩句旁評曰：「靈達語，正爲警動庸愚。」

淘師

經宜城金花灘，從淘人論淘，賦淘師。

維金伊何？曰地四生。一以流之，天息其精。或宿諸灘，或湍諸水。或沈尺餘，或浮寸許。有淘者師，目下水深。匪惟察影，灘高知音。皇皇淘師，目光於燈。金不敢匿，如兔見鷹。於以牀之，力力揚之。沙卧水行，汞乃將之〔一〕。牀以巢之，斗柄摇之。金進沙退，汞乃交之。碎碎急流，金屑違鄉。忽復見治，肇厥低昂。嗟彼貪人，亦識斯氣。仰欽廉素，夕抱冥挈。

【校】

〔一〕汞　譚合集作「永」。

【評】譚合集評「匪惟」兩句曰：「聲影相助而光響可即。」評「沙卧」兩句曰：「眼明識慧，説出一段造化之功。」

園詩四章爲大司農周公賦也

漢之水，載停載曲，君子所篤。

其二〔一〕

漢之麋，以廬以園，君子所藩。

其三

園之未成，絡草鈎棘。園之既成，先民之嗇。匪曰布之，帛亦不忒。匪曰菽之，粟亦可則。

其四

十年樹桐，十年種竹。桐繁有子，竹繁有孫，實惟爾公百福。

【校】

〔一〕「其二」至「其四」標目原無，據譚詩歸、譚合集增。

天監七章爲報國寺二松賦也〔一〕

天監明德，京我燕强。我强奕奕，我松孔彰。天謂我松，勿苟蒼蒼。勿合抱斯大，勿干霄斯長。

其二

不雷不電，厥根孔固。不雨不露，厥枝孔茂。不照伊日，不臨伊月。曾不受命，祇異維則。

其三

鼉則首之，螭則尾之。鬼則否之，神則唯之。有西方聖，端之委之。二木同心，交濤接陰。

其四

一往十折，有枝峰結。數盤一樛，有條棧抽。莫知爾萌，莫知爾投。彼君子兮，莫知其繇。

其五

有蟲惑止，多岐維誤。有鴇迷止，嗚儔以顧。彼君子兮，莫知其故。

其六

睠睠帝京，往渡桑乾。彼送者兮，執罤忘言。彼君子兮，視聽不還。

其七

桑乾不遠，馬鳴暉短。彼送者兮，不違執罼。彼君子兮，雙松之下。

【校】

〔一〕底本和譚詩歸原無此篇，據譚合集增補，並據譚合集的次第排於四言詩之末。

【評】

譚合集於第一首前四句旁評曰：「説二松大有原委，見立詩有本。」於其二前四句旁評曰：「貞正自保，無所震蕩，爲貞滋條榮。」於其三末三句旁評曰：「又以棲托見其性情，妙。」於其四末四句旁評曰：「必借君子，乃知木之有托。」於其七前三句旁評曰：「悲曠有以相感。」

譚元春集卷第二 嶽歸堂合集二

樂府

擬讀曲歌四十六首〔一〕

歡纔二十内，儂纔十五邊。到池忙采采，相與趁芳蓮。

其二〔二〕

交歡久，貝齒有時落，歡獨常在口。

其三

慚恨浹香汗，知是他儂贈歡衣，不聽拭儂面。

其四

上樹摘梧子，有人牽裙拾。拾罷提筐歸，摘梧子人無半粒。

其五

幾番風雪妬，雪水隔瀰瀰。黑白子各六，郎今正違期。

其六

思昔夜，戲藏玉麈尾，歡故將儂罵。

其七

取壺倩歡投，一矢廻翔舞不休。初翔穿壺耳，再翔打壺頭。

其八

歡是游冶郎，他歡亦游冶。他儂慣他歡，誘歡歡不惹。

其九

各自相憐愛，我盱汝亦晰。奈是少年性，不易知端的。

其十

製成合歡帶，繡囊裝古琴。周天三百度，無處不經星。

其十一

三刀治一鷄，誤啼驚郎去。儂眠不覆首，也能知天曙。

其十二

待曙時，闔家寢門闢。歡將何所之？

其十三

燈暗蛺蝶圖，風摇百子帳。歡來攬抱時，衵服初鬆放。

其十四

不肯彈求鳳，戲郎不如鳳。鳳擇梧桐棲，但是紅粉郎心動。

其十五

亦知所歡貧，要郎衣朱紫。出入乘軒車，光彩儂鄉里。

其十六

奈何許，儂固不足言，負儂即負汝。

其十七

欺儂眼孔小，自往鏡邊照。不難得儂憐，畏博他儂笑。

其十八

愁緒如陰蟲，切切閏深更。吹篴不按孔，何處得歡聲。

其十九

折楊柳。暖灰不暖罏，鵲腦然未久。

其二十

春園啼百鳥，有鳥喚姑惡。姑惡任鳥喚，慎莫喚郎薄。

其二十一

纏綿半生心，分張一事錯。竹籬語琉屏：我疏汝脆薄。

其二十二

織布作郎衣，年華機上度。不費郎半文，刀尺自裁布。

其二十三

許儂瓜時來，已幸梅落盡。曆日無心腸，恰恰當春閏。

其二十四

菱生黃蘖浦，刺多傷儂手。賺歡合刺食，碎殺少年口。

其二十五

不共新歡誓，只許一宵眠。煙微爐火小，合是不曾然。

其二十六

枉墮千行淚，要令歡目擊。朔風結檐冰，留待情時滴。

其二十七

儂家禁儂往，歡家斷歡行。木鐘語土鼓，爾我兩無音。

其二十八

不敢出門望，憶歡在衷曲。籠雌語飛雄，不如同拘束。

其二十九

伸玉臂，持酒與歡飲，亦不令歡醉。

其三十

莫便怒，請轉金屏裹，思儂不答故。

其三十一

羅翡翠，採羽作儂鈿，仍放翡翠去。

其三十二

少詼諧，豆蔻生口中，花言含禍胎。

其三十三

曳羅帳，詐作新歡聲，參伺試儂狀。

其三十四

羅襪感歡贈，問是阿誰縫，十問九不應。

其三十五

人人重郎諾，儂欲得一諾，從郎有十索。

其三十六

登店買珠檠，詰儂胡自買，疑儂爲夜行。

其三十七

窺簾見播揺，中心已俞允。不耻自爲媒，爺娘氣難忍。

其三十八

邀語豆棚下，抛豆打歡戲。黄鶯無心腸，飛向隔塢避。

其三十九

剥啄一人來，云與歡舊識。見識如見歡，欽衹近前揖。

其四十

剥啄一人來，云與歡舊識。見歡歡不識，嗔儂出見客。

其四十一

沽酒莫登爐，爐頭一定有。歡若好飲時，儂寧自造酒。

其四十二

緩步上妝臺，馨手捫儂目。歡莫太欺儂，儂已鏡中矚。

其四十三

人語儂不信。道歡訏儂短，儂自反儂性。

其四十四

㕵是儂家㕵，日噉儂家粥。昔昔不吠歡，儂私令噉肉。

其四十五

倩儂同學簫，難得洞簫響。歡若獨成仙，身在仙人掌。

其四十六

不愁歡遂變，自恃顔尚好。歡愛儂顔誓百年，百年難保不衰老。

【校】

〔一〕譚合集祇選二十八首，缺第一、六、八、九、十三、十九、二十、二十二、二十三、三十五、三

十六、三十八、三十九、四十、四十一、四十三、四十四、四十五共計十八首。

〔二〕「其二」至「其四十六」標目原無，據譚詩歸增。

【評】譚合集評其二「貝齒」句曰：「斬截得妙。」評其三一首曰：「猜疑中又能温存。」評其十一末兩句曰：「尚有餘恨。」評其十二曰：「不見鄙薄，不是嘲笑。」評其十七末兩句曰：「着緊，女人顧惜處偏在此。」評其二十五曰：「貞心每藏淫氣，合是青樓中自負語。」評其二十九曰：「苦心幫襯，着言疼熱。」評其三十曰：「不言而憒，口角反似委緩。」評其三十一曰：「如此慈心，爲婦人之仁注脚。」評其三十三曰：「猜嫌語，妙在不説盡。」評其三十四曰：「『感』字生出『問』字，恩怨無端。」評其四十六末兩句曰：「誓百年早被勘破，使人情衰。」

懊儂曲十解

今夕居一牀，明晨愁一家。倩郎後園裏，拔起夜合花。

其二〔一〕

障儂櫺間月，彈儂檠上燈。郎去天欲曙，見儂眉未曾？

其三

敢望校郎書，敢望持郎杯。一日天氣好，記得上樓來。

其四

纔上樓一笑，笑下樓去哭。哀欒太無端，郎知儂所觸。

其五

一派語聲中，儂聞郎歎息。儂今不歎息，愁郎方飲食。

其六

筆墨欲師郎，齋前一步地。疑儂音信通，知儂新識字。

其七

郎是磊落人，問儂儂莫談。致儂如此苦，反致郎生慚。

其八

疏是密所爲，厚是薄所寄。苟非有情人，看作無情事。

其九

萬事有徵兆，何知儂得偕？郎檢今年箱，拾儂去年鞋。

其十

今世古押衙，不須負儂出。一語堅郎心，是儂感恩日。

【校】

〔一〕「其二」至「其十」標目原無，據譚詩歸、譚合集增。

【評】譚合集評首兩句曰：「直而怨，聲盡而氣猶咽。」評其三末兩句曰：「忽思量，至此難堪難忍。」評其七末兩句曰：「不惜儂苦而惜郎慚，志趣奇。」評其九末兩句曰：「『今年』『去年』傷甚。」

譚元春集卷第三 嶽歸堂合集三

五言古

趁月早行

穿林魄當午，出谷尚紛紜。螢爝次序朗，促織參差聞。愛伴追前儔，我僕自離羣。行子驚太早，不知農久耘。陰蟲各切切，行子各云云。涼意消殘暑，望望昏旦分。二曜輪晝夜，乾元何乃勤！全村未煙火，初日流野雲。

【評】譚合集評「愛伴」句曰：「初作客景況如此。」評「行子」句曰：「習勞中所悟。」

送盧非敖北試

仲冬氣凜冽，春陽自兹升。雁載日影往，淒響落汀罾。始念一二友，新被賢良徵。不善匿光彩，致爲世所稱。入門離母妻，涕痕積薄冰。上辭所生父，下别益者朋。執手語同申，曰爾遠飛騰〔一〕。微哂罷祖帳，高言露丰稜。父命一以嚴，敢不心力並。冀友贈良訓，不揣語因仍。友棲梧與竹，使我葛與藤。友爲蚓與蟬，勉我蟻與蠅。夙誨焉在哉，勃磎上車輳。

【校】

〔一〕遠　譚詩歸、詩慰本作「速」。

【評】

譚合集評「雁載」句曰：「衰颯。」評「不善」句曰：「善自期待。」評「高言」句曰：「意氣語有之。」

詩慰本評曰：「此詩乃學古人處。」

除夕同諸弟妹侍老母守歲率爾命篇

煌煌燈九微，泯泯酒百壺。親弔各言歸，張筵列友于。五弟三娶婦，父道在須臾。四妹一贅婿，作婦尚踟蹰。令弟師寡兄，静嘿坐氍毹。慈母徐見謂，兹夕是歲除。暫許一追歡，俾毋忘母劬。始教呈百戲，角抵焉肯摹。嬉戲雖小道，亦得見敏膚。暢歌復暢舞，咢唱如灌輸。奇巧有天機，專精疑所趨。多能衆所管，肯使君子居。規瑱截歡謔，老成寧避迂。四坐僉謖然，聽我儆無虞。小妹不畏人，捋我鬑鬑鬚〔一〕。

【校】

〔一〕捋　譚詩歸作「將」。

【評】

譚合集評「五弟」以下數句曰：「叙述宛曲，雖零星瑣碎，而厚氣莊情，内外皆見。此等詩，如俗筆小才爲之，必捉衿而肘見矣。」

遠村二首

投足禮天竺，閒院木石香。有一長眉叟，背手看稻粱。近前果父執，朴野無他腸。隨我至我家，不揖徑坐床。呼我以小子，語笑皆上皇。見我多僮僕，導我鑿藕塘。繙案睹陶詩，欣然求數章。何以潤我筆？歸即獻百觴。不然春甕出，贈我絲衣裳。喜爲縱橫寫，字亦不尋常。與訂來往約，年高恐健忘。

其二

沙鴇差池飛，林鳥先後至。重陰漾日影，遠村無村氣。健母恕懶子，不甚責家事。觀書領大意，命觴取微醉。池上照水笑，階下選石睡。並逃上農名，尚愛圃間利。閒是清人福，足是遊人騎。知止即止矣，弗畏恐人畏。

【評】

譚合集評「見我」句曰：「樸妙。」評其二「重陰」句曰：「氣象森朗。」

輓謝通明

朱夏來淒風，有聲尚無淚。足自出郊坰，起坐失遷次。維歲在甲辰，與君初把臂。曰既盟之後，歸好如兄弟。魏子病數月，死尚留一字。子病未嘗聞，三日流風墜〔一〕。惜哉苗已秀，未實翻爲累。怨子不自珍，適以快衆忌。曰諸生存者，而皆斯人類。淒淒重淒淒，霜月冷枯芰。腰鐮斬葵藿，繁弱刷羽翅。正月來湖上，村村含暖氣。私疑子顏色，秋橙黄不啻。執手再三别，宛有永訣意。小窗孤燈時，弄影儻見覰。同志念疇昔，敢叱爲鬼魅。

【校】

〔一〕流風　原作「風流」，據譚詩歸、譚合集改。

【評】

譚合集評「怨子」以下數句曰：「庸人忌奇人，必以死爲快。誠不思死，亦何與爾庸人事也。」

答贈胡彭舉

楊柳森有行，云是君家路。梧桐古無葉，云是君家樹。到門雲不開，懶石多防護。殊無延款意，致使君成怒。柴門乍啓時，歡笑如平素。此翁從不然，石深疑其故。數載良所欽，因與邀散步。納履抱深情，老人期敢誤。春風不相待，先我至蔬圃。

【評】譚合集評「到門」以下數句曰：「説雲石，有心得，妙。」評「石深」句曰：「更幻更奇。」

吴聖初許以園林見借讀書同茂之先往觀之因題壁

兩峰寒照眼，委巷露茅室。信步窮高下，不知徑所出。阡陌太縱横，頓使城郭失。千竿修竹林，潤滑含雨質。春光與晴光，此中恍難必。結侣先結懶，閉門志則一。静對野塘間，以待花事畢。

【評】譚合集評「千竿」幾句曰：「深林中幻出氣候如此。」

虎井

披榛求山泉，寂寂入遠境。山泉出山濁，不如在山井。紆曲斷行人，蘚氣斂碧冷。上無幹與欄，下無瓶與綆。淺汲不盈盂，微月生盂影。坐對茗床間，色味深以永。鐘磬善護之，幽庵正隔嶺。

【評】譚合集評「紆曲」幾句曰：「蒼寒之氣，掩映數里。」

答尤時純貽惠泉並聞其冉涇河成〔一〕

客自惠山來，遺我惠泉水。洌彼錢不投，寒光澄甕底。静嘿啜清芬，宛如對之子。之子歷落人，三年在兩耳。屬有河渠役，轉眄聞起止。樂成本人情，難哉子慮始。顲懷從衆志，厚道先桑梓。日過風過損，波紋蹙瀰瀰。胡不汲新流，洗我狹與鄙？

【校】

〔一〕譚合集無此篇。

清涼寺訪謝少連

久雨喪春光，微曦勤躋攀。日偕二三子，尋幽千萬端。朝因看山往，暮因穿竹還。稍窺竹外竹，忽睹山上山。中有枯寂人，著書歲月闌。叩户久不應，開門知春寒。榻設鐘磬裏，苔侵窗櫺間。流鶯語初滑，臺峻飛未安。送迎心意懶，分手門旋關。

【評】

譚合集評「開門」句曰：「静居始覺。」

雨夜贈九雒〔一〕

我昔望匡廬，遥遥不可攀。賞子素心人，一住動半年。五老峰峰勝，未若香爐巔。巨湖呑長江，頫視波交纏。曠蕩獨去來，飛鳥飛人前。斷髮肯居此，不佛亦當仙。僧言白江州，老猶在市廛。感兹還五濁，夢夢帶雲煙。同聽山齋雨，交道一夜眠。淅瀝本生愁，對友鄉思捐。自陳王仲輿，動使婦人憐。我窺古賢達，此中銷其全。紈扇不忍棄，情非爲紅顔。所以出山久，日夜念廬山。

【校】

〔一〕譚合集無此篇。

趨靈谷道中〔一〕

往日住西園，鍾山有兩峰。昨日登北亭，鍾山祇一重。今日出東關，鍾山數巒從。行止有横側，日日山不同。樹木蒼翠外，别有蒼翠容。烟息嵐未生，如波浄芙蓉。耳目亂聲影，石澗流青松。緩緩達靈谷，置身浪海中。

【校】

〔一〕譚合集無此篇。

胡昌昱來永慶登塔始言寺後有大赤石尋之則如臺如坡色紅如染旁土皆赤下有清流環帶悔前此答康虞詩有深林少一溪之句非昌昱幾失此石與水矣作詩志愧

來茲已浹旬，一塔伴幽獨。舍利放窗紗，倒影涵林木。我侶異常情，導以幽人躅。歷歷穿僧房，頭與檐牙觸。園窮窺伏石，簡質踞空谷。紅旭亂峻壁，朱霞棲崖足。弱蘋覆小溪，碧波細細曲。遠近周覽時，初往意何屬。登頓未歸前，再來徑當熟。

【評】

譚合集評「頭與」句曰：「別有幽奇。」評「遠近」句曰：「恍然意失。」

贈馮宗之二首〔一〕

畸人懷堅質，達士無常盼。所期有琴瑟，清徽永不變。吳楚已隔絶，矧子越中彦。聲氣偕有聞，未契以初見。子若雨後旭，予若霜中霰。萬物睹恩威，寒燠恣所便。

其二〔二〕

客坐几席中，念我問沙棠。耽期匪爲子，子實慶相將。覿容涵太古，縱談失上皇。知深靡忌諱，得以展所長。一愛山與水，一愛冠與裳。言志不相哂，池風新荷香。

【校】

〔一〕譚合集題作「贈馮宗之」，祇選第一首詩。

〔二〕「其二」標目原無，據譚詩歸增。

【評】

譚合集評「矧子」句曰：「相知相信，非泛交人所知。」

十月二日遠韻弟生子雨兒〔一〕

萬情歸書史，阿才來掀翻。阿才小米子。知我未嘗子，特與弄晨昏。去冬送我南，欲步尚扶門。今秋聞我歸，狂走之丘樊。庭户無乖氣，小兒知本原。宛伸我膝下，親親非講論。曉雨打寒被，殘菊香籬根。老母晨攬衣，喜聲到北軒。聲也孝過我，生男兆後昆。眼見不三十，需次入嫁婚。輸我無斯累，而專伯氏尊。阿才率阿弟，無敢不寒温。老母顧而語，未若汝有孫。

【校】

〔一〕遠韻　譚詩歸、譚合集作「元聲」，但此二書目録中作「遠韻」。詩慰本亦作「元聲」。

【評】

譚合集評「庭户」句曰：「至性藹然。」評「喜聲」以下數句曰：「俱以宛篤生其慈愛，覺一門之内，詩書達於户牖，而孝弟行於閨闥。」詩慰本評曰：「至性語，不當以詩論，然而詩之妙即在此。」又曰：「此等亦自東坡出，非杜撰也。」

自湖上過伯敬道中〔一〕

酸風起樹末，落葉失其枝。平疇交蓼花，烟露蒙蓋之。着烟露似霜，霜非白露爲。稍待烟露收，日出已防遲。僕夫趨日光，能知心所期。莫畏重湖阻，有不風波時。

【校】

〔一〕譚合集無此篇。

夜泛

楊柳照火光，上下流波影。烏鵲飛月色，差池穿雲境。泛茲素心人，歌吹動而静。秋意存汀洲，冬情生坡嶺。棹知河源涸，衣知河氣冷。諸人同不言，其心亮耿耿。

【評】譚合集評「衣知」句曰：「殘冬深夜，觸處自知。」

冬月可愛將赴伯敬招與孟和茂之彦先諸子賞焉

寄托無全適，友朋西以東。會面不可暢，景色雨以風。夙昔備茲艱，償之自今冬。前月月太明〔一〕，冬趣畏其窮。及此復皎皎，清絶不言中。孤雁一聲煙，星辰惟有空。磬氣入窈冥，千里高寒通。來宵留月在，山間照青松。

【校】

〔一〕太　譚合集作「大」。

【評】

譚合集評「前月」句曰：「情賞恐其不給，意盡如此。」

詩慰本評曰：「説景妙，亦不當以詩論。」又曰：「『磬氣』二字少理。」

山月二首

清光不厭多，高人不厭閒。心目周境外，置身於其間。上山月在野，下山月在山。

其二

衰林無一留，葉與月俱落。光已散廣除，寒仍枝上著。竹影沈山影，欲令霜華薄。

【評】譚合集於題下評曰：「其樸淡似可選也，開後人濫觴，以爲譚子者，似可去也。留此以爲學譚子者見也。」

同伯敬孟和坐茂之榻上〔一〕

陰晴有時有，故人無時無。閉此朔風門，語笑聚一隅。晴明各散步，山前山後殊。

【校】

〔一〕譚合集無此篇。

湯池

不必與人異，兹泉行非獨。未知冬何往，寒風乍不肅。窮源雖移步，難測何川瀆。石釜鄰廣阡，中虛通百谷。不薪復不爨，有若旦旦旭。煙霧相氣質，水火同風俗。分流廢桔槔，往汲便櫛沐。魚亦遊其間，能以暖爲竇。苔蘚安固然，四時中邊緑。有何賢與愚，不令同濫浴。

【評】

譚合集於「煙霧」句旁評曰：「神物必有此呵護。」

南湖鼓吹曲 同諸子限作古體，即成〔一〕。

良夜宴君子，萬籟歸中正。水凍無興波，條衰貞餘勁。耶嘿何以歡？鞄革通人性。深寒濕蕡鼓，欻與簫管競。廣楹散喧闐，密坐還淵静。聲音之所爲，仲冬行春令。融融冰以解，温温霜欲竟。心樂同與衆，耳力竭惟聖。賓也詩言志，人協自歌詠。

【校】

〔一〕「即成」二字原無，據譚詩歸、譚合集增，但此兩書目録中無「即成」二字。

【評】譚合集評「聲音」句曰：「湊句。」

初香〔一〕

寂然自一室，斯心未有托。何以栩栩間，妙香過而掠？相觸領其機，六根同知覺。眇矣不成煙，纖氣從何索？香與人未習，爐火方斟酌。有如見新月，清魂乍微着。

【校】

〔一〕譚合集無此篇。

送江伯肯先生

吾師不可及，淵然若老衲。遠遊動三年，歸家纔一臘。徂冬往鍾山，遇師在蕪關。人聲雜檣影，意色翻爾閒。臘月燕京道，車馬争遲早。人盡師乃發，道京生青草。閉户飽風霜，出門見日光。浄默理幽思，黄沙空一囊。

【評】譚合集評「閉户」以下幾句曰：「真讀書實歷景況。」

送孟和兼寄海鹽馮宗之

朝朝出門望，新與林生期。意氣附楚舟，非子當爲誰？相見不勞苦，問子今所爲。十日山煙滿，九日湖風吹。歡娱不可極，子又當别離。家山遠復遠，子今何所之。曰聞鍾子北，亦遂從此辭。南北無定情，臨行人未知。萬里不告家，古人類如兹。入京見馮子，爲我視光儀。人亦有至言，燕婉當淒而。白門深風雪，黄河流冰澌。良朋散四方，是予閉門時。

【評】譚合集評「十日」以下數句曰：「平居聚首，初不復知，忽然遠别，覺事事可思，故行者不如居者之苦。」又於「臨行」句旁評曰：「勇游意氣如見。」

寄懷胡彭舉

懶出存天機，於予來去頻。猶云江頭日，送我不如人。此情非流浪，公性自來真。慚我尚寒士，憐翁有老親。世道眼光薄，兩兒空沈淪。感此不能飯，拂拂私自陳。臘送我友南，煩爲致情神。舟檝無踪影，江水非車輪。計到君邊時，寒梅交冬春。年華未肯駐，白髮慎勿新。

得茂之書〔一〕

南中有深憶，憶子昔徘徊。上元桃葉渡，上巳雨花臺。歸時靈谷松，到時天界梅。吴老窗前葵，胡老石邊苔。所至非騁目，微言交往來。夢此亦不易，敢望真追陪。坐讀寄來詩，起看菱花開。

【校】

〔一〕譚合集無此篇。

寄張克儁水部[一]

秋雨洗梧竹，勞思牽夕涼。思往復何之？湖水相蒼茫。每愛玄武湖，數頃荷花香。意存水木外，蔣山適相當。南雲過西嶺，碧陰澹荒荒。

【校】

[一] 譚合集無此篇。題譚詩歸無「水部」二字，但目録篇名有「水部」二字。

馮元成大參來官湖北移書垂問答贈一章

辭人凡九變，大要歸楚辭。三百孔黜楚，楚賴靈均垂。無論聖與愚[一]，不磨在精思。我所必起者，人亦難廢之。南郢沅湘畔，不見芷與蘺。武陵自有溪，桃花所莫迷。已非古人境，空想古人奇。芳菲存毫素，我公幸臨兹。愚生本疏内，異采難華滋。静中悟離騷，稍與初體宜。屈子何哀澹，楚原非猖披。振衰還古則，舍公當爲誰？

【校】

〔一〕聖與愚　譚詩歸、譚合集作「賢與聖」。

【評】

譚合集評「三百」兩句曰：「追溯淵源，不忘所本。」評「静中」兩句曰：「直以此自任。」明詩平論於「人亦」句下評曰：「大眼界、大力量語，庚庚有見，非妄自擬托者可比。」

得宋叔意書寄懷

小廬枕寒河，蒼木寫孑孑。四序惟墐户，有時湖鳥絶。野人正惆悵，遠書到手拆〔一〕。喜乍無細讀，首末倉皇閲。竟陵水邊影，貯爾華亭月。

【校】

〔一〕拆　原作「折」，據譚詩歸、譚合集、詩慰本改。

【評】

譚合集評「喜乍」句曰：「光景真。」

謝彦父兄弟陸舟亭〔一〕

憶昔乘月色，叩園登城際。忽見城頭光，波爲月所碎。齋竹借清容，是時百雉潰。水月不可常，官吏興其廢。二謝步柳下，慨然念荒穢。紊土與堞平，亭之但點綴。孤洲分漁牧，遥煙裹松檜。閒坐看蒼茫，嗟彼勞人輩。此亭有佳致，不在此亭内。我家臨流水，羣木良可愛。秋深且置亭〔二〕，落成皆此類。

【校】

〔一〕譚詩歸、譚合集題作「謝彦父吉父陸舟亭」，但此二書目録題同底本。

〔二〕秋深　譚詩歸、譚合集作「鳩工」。

【評】

譚合集評「二謝」以下曰：「只將己意人意作詩，不知其有亭臺意也。只將亭臺寫出，己意人意不必具有。詩意也，高人胸中隨事有之。若使俗人爲之，便有數聯景事入之，作一篇紗帽詩、山人詩活套。」

明詩平論評曰：「從子瞻凌虚臺記脱胎，筆興超妙，不掛一塵。」

南湖十一月二十四夜月

明月涵南湖，湖中鳧雁呼。霜氣結亂聲，能使明月孤。明月平湖水，水明光未已。奇寒欲作冰，冰成寒不止。

【評】譚合集評「霜氣」兩句曰：「歷歷成響，凛冽可畏。」

孟誕先見訪寒河約入九峰山讀書〔一〕

我作竟陵歸，子作江夏送。子一回首情，入我經年夢。夢殘將欲續，江帆門外凍。

其二〔二〕

訪爾自去秋〔三〕，白月指江路。江今冰未開〔四〕，寒花不可度。忽於是時至，交道見歲暮。

其三

退谷與杯湖，元孟分主客。不爲人所厭，至今人歎息。幸而子相念，使我如古昔。

其四

終日學古人，又負九峰約〔五〕。慚感子重訂，萬松如有托。松影近何如？往見樵僧縛。

【校】

〔一〕譚詩歸、譚合集題作「贈孟誕先來寒河見訪約入九峰山讀書」，但譚詩歸目録題作「孟誕先見訪寒河約入九峰山讀書四首」，譚合集目録篇名同底本。

〔二〕「其二」至「其四」標目原無，據譚詩歸、譚合集增。

〔三〕爾　譚詩歸、譚合集作「子」。

〔四〕江今　譚詩歸、譚合集作「今也」。

〔五〕又負　譚詩歸、譚合集作「負子」。

【評】譚合集評其二「忽於」句曰：「銜口語，情深乃知。」評其三末兩句曰：「不必有所指，而情已屢折。」

渡江〔一〕

江干已無風，入江風乃有。餘勢自空闊，起止非楊柳。元氣流不薄，終占此深厚〔二〕。守彼雲與煙，朝朝没溪口。

【校】

〔一〕譚合集無此篇。

〔二〕占　譚合集作「古」。

江酌

長年循古港，林屋相爲依。羣山悵已遠，回首夕其暉。缺月吐秋嶺，高深光欲微。一觴聊復滿，舟蕩遥波歸。水涯接荒岡，煙息蕎花飛〔一〕。

【校】

〔一〕煙息蕎花飛　譚詩歸誤作「烟蕎花飛」，譚合集作「烟蕎花飛飛」。

山行謡〔一〕

静一上佳山，清光幸我圍。苟非真游人，山是光或非。山性與人性，所合在依稀。澄衷閲來久，每愛獨往歸。必欲偕而往，同趣安可希。令無叔齊情，夷當自采薇。

【校】

〔一〕譚合集無此篇。

夜次陽邏同夏平尋山

静人真可偕，高趣晚無逆。人家殘漲後，初乾沙紋跡。軟步過秋草，寂寂林下宅。宅邊如有逕，諒爲兹山闢。微茫犬吠巔，向下人聲積。高處天地靈，長江動空碧。一燈磬杳然，嶺爲溪所隔。不必詣其所，惆悵亦有獲。

【評】譚合集評「向下」句曰：「高聽不知所即。」評「一燈」句曰：「神與化俱。」

詩慰本評曰：「有妙句得常盱眙三昧。」

遊九峰山二首 有引〔一〕

癸丑八月晦日，寒溪泛次江夏，由小洪山經卓刀泉至九峰寺。從寺望之，但見松而不見山；從山下望，又見山松竹石而不見寺。武昌夏平衡病相先，而友人龍夢先朗伯讀書其中。終始予遊，語默酒茗皆得其所。足力竭，即目之；目力竭，即耳之；足與耳目會，即心思之。藉草撫松，踞石枕股。行止坐卧之間，有詩二首，授寺僧藏焉。

衆山作寺圍，羣松作山護。纏綿青翠光，山欲化爲樹。根斜即倚磴〔二〕，枝隙已通路。陰雲貫其下，常令白日暮。藤刺裹山巔，飛鳥慎勿度。

其二

將尋前山去，先望前山影。風日沈午巒，細行君始省。山蟲秋草深，遠江隨步冷。一自高皇闢，悠然怪石永。安知月明夜，學公不半嶺。

【校】

〔一〕「有引」三字原無，據譚詩歸、譚合集、詩慰本增。

〔二〕即　詩慰本作「砌」。

【評】

譚合集評引文「足力」至「思之」句曰：「游與游理正不可得閒，所謂應接不暇是也。」評「山蟲」兩句曰：「居然有人行坐其中。」

黄成玉宅看燈下紅梅〔一〕

盆梅驚寸紅，艷艷此地稀。見君韻不淺，名園分芳菲。影既清一簾，光亦摇九微。相與坐花前，縹緲悟春機。敢有異同心，即言素者非。

【校】

〔一〕譚合集無此篇。

贈賀克由

短刺不宜暮，難爲欲見心。望瞑投君所〔一〕，持此相待深。安雅觸外觀，已備銘與箴。洞然懷密鑒，津津非浮沉。志士豈不藻？指歸在素襟。

【校】

〔一〕瞑　譚詩歸、譚合集作「暝」，按「暝」字爲好。

【評】譚合集評「安雅」句曰：「妙。」

閱西京雜記

青青漢文陵，杳杳商湯丘。高識破今惑，遠覽欽前修。南山誠有隙，石椁詎良謀。唾壺玉蟾蜍，空復爲人留。屏間列雲母，牀上列髑髏。枕籍錯男女，暴露多王侯。黄霧宣繁冤，白狐起相讎。千載有遭遇，焉問恩與讎。傷哉瓦椁人，而亦罹厥憂。厚葬愚復愚，薄葬空慮周。所以賢達士，但保生無愁。能逃廣川虐，終爲來者搜。

【評】譚合集評「南山」兩句曰：「不但使人知悟，要使知懼耳。」評「黄霧」兩句曰：「一發可畏。」評「厚葬」以下曰：「同歸於盡。」

詠夏統

會稽有真隱，曝藥來雒城。士女競上巳，顧瞻良匪輕。賈充是何物，亦欲知其名。鹵簿耀浮橋，衹堅木石貞。胸中多所曉，抗節與奇行。語仕則不答，閒談即縱横。水戲雲波駭，歌嘯沙塵生。欲令驕倨化，須使聾俗驚。至人若仙佛，指點一世明。太尉自太尉，歸途仍尊崇。

【評】譚合集評「賈充」句曰：「卑鄙得妙。」

啼雛引

夜雨濕鴉巢，一雛落榆樹。毛羽尚未成，苔滑初試步。鴉啼古瓦間，啞啞過朝暮〔一〕。如何將雛憐，不能將雛去。莫謂鴉不言，鴉啼是鴉訴。仁者此其時，心心視欺捕。卵生自天地，慈根有攸固。静坐通物性，反哺非無故。

【校】

〔一〕過　譚詩歸、譚合集作「伴」。

【評】

譚合集評「仁者」句曰：「此轉反説得淺。」

客夜聞布穀

百鳥宵正寂，鳴蛙窗未起。布穀何處啼？關我鄉園喜。昨得湖田信，新雨潤一指。日者諒已耕，田事皆經始。莫我出門來，事事後鄉里。賴有此聲切，或入家人耳。

【評】

譚合集評末三句曰：「作客相關處，俱屬遥揣，不必實指。」

詩慰本評曰：「古。」

園中

寂寂向何處？一園相昏曉。有塘自能深，鹿眠春雨少。光風吹二月，生滿淒淒草〔一〕。細花布野黄，裙帶知之早。

【校】

〔一〕淒淒　譚合集作「萋萋」。

【評】

譚合集評末兩句曰：「深情密旨，時帶閨況。」

得家書〔一〕

客路纔兩日，鄉夢易爲靈。近客久不歸，亦若千里情。書來報我弟，孟春一子生。以此開母顏，承歡勝其兄。問使靡所遺，乃今麥隴青。資生非末策，高閒賴此成。

其二

書尾一二事，焉知遠情傷。既逝西鄰叟，復道中丞亡。貴賤此莫分，皆我先人行。泉下相聚期，常較生前長。屢遊凋鄉里，旅燈逢悲涼。惟我出門人，親見流電光。離家只似昨，已度三春陽。

【校】

〔一〕詩慰本題作「得家書二首」，而無「其二」標目。

【評】

譚合集評其二「貴賤」六句曰：「情至自然悲感，豈係其人哉！吾獨怪今之貴多哀而賤無吊也，何歟？」

詩慰本於第一首末評：「微法淵明。」

開看胡彭舉畫

因憶胡居士，將畫時一看。在目但須臾，行遍江南山。空陰結積翠，羣林聲響乾。蒼蒼溪雲並，溪寒雲亦寒。人度石梁盡，晴開野亭閒〔一〕。高卑幽氣入，下筆非有端。可以獨依依，愁中通夕安。

【校】

〔一〕亭　譚詩歸、譚合集、詩慰本作「庭」。

【評】

譚合集評「人度」兩句曰：「初不作畫想，故妙。」

菊圃

愛菊待佳花，良非知菊人。微雨過青色，遠含重九神。有韻即堪對，黄白非所論。除草疏餘塊，澆劚當必身。螟螣胡爲來，捕殺於其晨。既害我田稚，傷菊罪唯均。感此不能去，籬邊行數巡。計到花開候，踪跡難具陳。

【評】

譚合集評「有韻」兩句曰：「此二句反支，可删。」

詩慰本評曰：「如此意趣，自是名士，自應得名。若以詩較三唐，較漢魏，反似失之矣。」

讀陶詩詩爲魯文恪手録

陶詩淡如此，微雲沉古潭。密奥了無際，冥冥真氣參。高非由簞瓢，趣豈關沈酣？素而不近枯，心聲如可探。我欽鄉先達，已深躁鋭慚。想其寫此帙，清風吹茅庵。

【評】譚合集評「心聲」句曰：「有真氣覆之。」

明詩平論評曰：「心澄氣厚，澹澹無際。」

答吴康虞謝公墩見懷

旅次有君詩，是君向時作。新句忽復續，腸如泉未涸。自言上古墩，憶予獨蕭索。東南名儁區，此意挽浮薄。暮年急棲止，土功手荒度。白門以自永，君其善寄托。

【評】譚合集評首四句曰：「言之非一端，胸中自爲詮次，不整不欹，落落自見。」

聞林茂之乘便上楚

金陵傳春信，云同鍾子船。步履不妄投，由其心想牽。茫茫離家事，將發語多遷。言笑静波濤，何難江路千。我亦方羈旅，愁心正悄然。歸家不問期，只在君到前。

【評】譚合集評「步履」句曰：「自勉勉人，皆此五字。」

商孟和以侍姬畫蘭見貽

聞子有新人，敢向問顔色。彈琴淮水深，將之閨思即。貌蘭花莫莫，斜倚自拂拭。點染發靈通，摘花如可得。韻格與子同，勝處嬌無力。男子樹不芳，此理入筆墨。寫以寄故知，見子未迷惑。

【評】譚合集評首兩句曰：「厚道語，捉筆即至。」評「摘花」句曰：「真有生氣。」

麥枯鳥

麥枯當曉窗，啼作田家聲。青黄接平疇，老農一飽情。開窗語麥枯，啼時莫向城。城中富人子，挾彈傷汝生。舊穀正須賣，恐令米價平。

【評】譚合集評末兩句曰：「怨及麥枯，富人心想多似此。」詩慰本評曰：「此正絶妙樂府。」

得林子丘書

猶未開君書，先射書中語。怨我胡不南，相思徒煩汝。動以淮水月，泛舟歌白紵。或稱遊屐滿，聞聲遥見許。開書向書笑，何無乖貳處？則知納交深，意嚮傾囊與。可以影寫君，呼君於寸楮。

【評】譚合集於題下評曰：「深思淺語，但覺柔淒。」

新月

早夏寒盡脱，園夕餘陰森。不知明所自，如霜白空林。浄衷澄遐觀，漠漠天外尋。良久乃可得，月魂一縷深。

【評】譚合集評「不知」句曰：「别出思理。」

歎菊

菊色日以好，閒情惟所觸。常憂蟊賊侵，曾防小鳥啄。籬門未周密，意外至麋鹿。青草亦自肥，物性鮮知足。所憎蓬蒿長，雨露受命獨。勿令遂得志，除之惟我僕。

【評】譚合集評「青草」幾句曰：「眼中俱見此物得志，言之氣短。」

月下知伯敬到家不得茂之同行消息二首〔一〕

一步不能遠，此時園囿東。黄鶯啼明月，人幻明月中。幸聞所思歸，江上過春風。歸時未即見，情更怯形容。去來關文物，因想舟所同。問月還自答，乃驚孤客踪。

其二

交遊不待擇，與君共朋友。數年月光多，同志領已久。一自散五華，作客不無苟。不歸非初意，況在君歸後。進退先自理，焉用空攜手。

【校】

〔一〕題下原無「二首」二字，據譚詩歸、譚合集增。

【評】

譚合集評首五句曰：「只作家常話，略經思索，便無此神情，有此神情，恐又作寒温去矣。」評其二「一自」兩句曰：「深自愧悔之言。」

述憶

憶家無昏曉，忽忽心想作。一思周全家，相引如綫索。諸季安荒村，庭槐受陰博。幼弟仗師仁〔一〕，十齡獨城郭。次妹髮過肩，老氣知扃鑰。小姑不刺繡，取歡止簾幕。骨肉無厭時，啼聲皆至樂。一生多弟侄〔二〕，添累覺産薄。幸而老母歡，琴書俱可托〔三〕。將歸情更繁，寂寂燈花落。

【校】

〔一〕仗　譚詩歸、譚合集作「伏」。

〔二〕弟侄　譚合集作「子侄」。

〔三〕琴書俱可托　譚詩歸、譚合集作「安問琴書托」。

【評】

譚合集評「諸季」幾句曰：「情至一往，不欲其詳，而絮絮聒聒，不得不詳。想其正筆時亦不欲再讀。」

待螢

此物來書幌，我昔多仁慈。禁人下衫袖，安用撲扇爲。如何今庭院，光影未相窺。因此亦歎息，微客萬事遲。草蟲團一燈，亂投非所期。惓惓望寒火，休燈以待之。應於草頭點，亦向林際追。空闊豈不有？或我掩扉時。

【評】譚合集評「因此」句曰：「此卻開宕得妙。」評「惓惓」兩句曰：「細微處，每領其性情。」

答伯敬別河上入城中作

幽光映五月，槐柳交涼魂。上堂尋故途，河情摇後門。漁商火兩岸，農圃煙一村。客去如落葉，子獨住若根。形影有無中，動息以吐吞。歛子殘語笑，催子上車軒。世上所難别，故人與丘樊。

【評】譚合集評末兩句曰：「嘆息相謂，各有餘語。」

和伯敬省鶴

昔子移鶴歸，江中月影長。今子共鶴居，摇摇竹樹光。清種根造化，頂霞毛則霜。洗然不可肥，又非絶稻粱。貴在飲啄一，不染以爲良。我住子山下，省視亦多方。分其數日勤，於見同行藏。請子啓柴門，步趾自有彊。高人畏羈紲，勿令守者防。

和伯敬竹月詩三首〔一〕

子有山間竹，明月來影之。我竹在河上，清影亦如斯。高深同一致，不同者參差。

其二〔二〕

謂月高於竹，竹不在月外。謂竹密於月，月已入竹内。月不自疏密，竹不自明昧。

其三

幽魄銜秀姿〔三〕，紛紜白其所。竹既善爲取，月亦善爲與。取與無間然，寒光相爾汝。

【校】

〔一〕譚合集無此篇。

〔二〕「其二」至「其三」標目原無，據譚詩歸增。

〔三〕魄　譚詩歸作「魂」。

途中新月

微路下纖月，光委秋天薄。昨宵已如是，山行夫乃覺。僕夫不借照，静者知起落。

【評】譚合集評「光委」句曰：「細極。」

夜由蒙泉過惠泉作

懷挾蒙泉情，安坐惠泉裏。二泉自相友，合流爲澗水。天風語蛟虬，詭激竦心耳。秋踏暮山空，奇響纏踵趾。泉亦茫昧然，聽命於元始。物各以所感，相近爲悲喜。聰明而静篤，肅肅發妙理。還寢告衾枕，清夢當如此。

【評】譚合集評「相近」句曰：「真理激發。」

泛江尋三遊洞降觀於峽

峽意霧邊動，寒江隘相束。石旁攀青草，參差踏水木。地靈不肯凡，崩剥爲洞屋。何年空其中，覆幬人寒燠。潛澗自成碧，傾聽聲如告。有壑因有徑，徑窮心魂肅。下巖立壑底，秋氣蒼然緑。夾壁遲日月，前路問出谷。澗不離於耳，江忽然在目。舟人守月光，順流亦交勖〔一〕。

【校】

〔一〕順流亦交勖　譚詩歸誤作「順亦交勖」，譚合集作「帆順亦交勖」。

【評】

譚合集評首句曰：「奇險迫人。」

輿夢〔一〕

眼光霧草根，鼻慧香松枝。遥遥山凹中，人家熟午炊。小輿充坐卧，舁人心力支。驚夢過飛鳥，醒之以奇思。

【校】

〔一〕譚合集無此篇。

和蔡敬夫先生梅詩〔一〕

將春花事遠，梅何以始之？矯矯吐瘦寒，雨雪中相宜。真宰浮前塢，幽香潤威儀。我讀高士傳，理相自紛披。每品數十人，如梅數十枝。所賞一二士，非必隱德爲〔二〕。衆花亦有白，梅花亦有紅。濃淡非紅素，君其共朔風。

【校】

〔一〕譚合集無此篇。

〔二〕隱德　譚詩歸作「隱隱」。

伯敬典黔試過家還京與予遇於安陸以詩三首〔一〕

文物奔王命，子之黔中行。不敢薄其荒，況肯引爲榮。問答策朋友，肝腸忽有聲。以家爲道路，驅車仍上京。霜雪我無緣，寒香村氣生。

其二〔二〕

北馬頭相向，無我霜影少。天命我知之，投放於飛鳥。作客子道旁，肯作蟲依蓼。知音少嫌猜，相與就深杳。謂朱無易。緼被束羈思，豈無昏與曉。靜聽車鈴聲，屢爲桐葉擾。經過盡萬重，駘蕩日月小。欲上安苗書，朔風吹𥏖𥏖。

其三

路陰客子天，閨陰靜女日。暗懷閟淒衝〔三〕，水霰不能悉。徒御所莫聞，抱膝歎孤驛。深情不自諱，能以情爲質。志士閱我躬，我後敢不恤。

【校】

〔一〕題下原無「三首」二字，據譚詩歸、譚合集增。

〔二〕「其二」、「其三」標目原無，據譚詩歸、譚合集增。

〔三〕閟　譚詩歸、譚合集作「閟」。

【評】

譚合集評「不敢」句曰：「謹厚中綽有風雅。」評其二「屢爲」以下曰：「知憂患閱歷中，開多少胸次。」評其三「深情」二句曰：「情爲質，『質』字卻勝『情』種種字。」

哭江伯肯師

始信勸君時，我亦非過慮。至今丹火間，只同江水去。在日好神仙，云我此道未。骨寒輕萬物，秋冬之氣備。後昆君意外，天道暗中曙。君有遺腹子。神理想古松，哭君在其處。

【評】

譚合集評「骨寒」句曰：「學道至言。」

秋深途月詞　同叔静作〔一〕

涼城浸空階，與客坐太古。兒童聚光輝，喧弄天機舞。虚象不容聲，秋月無所取。

其二〔二〕

遥月立馬頭，氣連原隰清。紅葉一以素，煙霜孰先生？旅火照野路，毋乃非其情。

【校】

〔一〕譚合集無此篇。

〔二〕「其二」標目原無，據譚詩歸增。

寄黄貞父先生兼懷湯臨川　湯曾序刻譚子五篇

我昔愛文章，論公與臨川。語似註易理，舉世以爲然。臨川抱遠想，遥題我新篇。曰今之譚子，世遂子其編。以子方易注，如室到籬邊。頗覺籬尚疏，竹槿亦幽妍。若從室中窺，猶恨在風煙。前後生正接，疏密界何縣。不報臨川書，凡寄公兩箋。但知注易處，莫擬常周旋。

【評】譚合集評首六句曰：「世人貿貿，聽人指麾，譚子每將閒言冷語隱刺入骨，使之不敢自作。」

立秋日寄答茅止生

桐葉不妄落，静待秋光入。一葉蟬雨間，風吹疏簾急。秋紅欲愁人，振衣光中立。想君白門夜，淮水兼露濕。三年書不報，字字成疇昔。

【評】譚合集評首幾句曰：「意想孤静，手口間别有蕭索之氣。」

南嶽歸得無易先生書兼蒙刻退尋詩於都門

楚蜀路循環，久官如鄉俗。燕楚音不斷。相訊如家屬。我蓄山居情，退言於水木。曠眼經國門，懸之而後宿。技成墮煙霧，君子以爲辱。初下嶽雲來，精魂無收束。披公書久之，始知身倚竹。

【評】譚合集評末四句曰：「乍遭之而驚，久習之而忘，過後披之，不覺恍惚如見。」

見弟遠韻服膺詩勉而贈之

日閲古今書〔一〕，佳處止人懶。誦聲繚水木，柴門之内滿。我自經年來，城闉跡常遠。塞爾舊聞見，爾心如乍浣。鐘磬藻爾思，桑麻淳爾眼。魚鳥寬爾拘，風花資爾婉。詩句是何物，出腸能暫緩。驚怪爾初學，爾自謝太晚。不見蒼蒼陰，筍高而竹短。

【校】

〔一〕日　譚詩歸、譚合集作「自」。

秋野喜王朱明李朱實見過

暇日多在秋，懷孤照曉月。白鳥飛高冥，一聲砧際滅。我友同涼風，出入於林樾。帆影過天機，亭端有超越。各盡丘墟務，庶清烟火骨。秋草是何情？霜露莫相忽。

訪鐘和弟遠韻服膺

鐘聲泛波濤，不爲前溪隔。安知入夜深，細與書幌迫。僧鐘兩不休，每夜至數百。人鬼奔餘響，静者如指摘。片愧踏平蕪，觀鐘所爲跡。佛火疏似星，諸天來無席。

【評】譚合集評首三句曰：「不但得其聲響，覺心魂亦與之俱動。」

掃除候朱觀察將枉寒河居

河上沈吟遍，空林疏草廬。聞有使君至，且還輟我書。雖是素心人，敢不候其車。補籬將及亭，寒月夜空虚。貧家豈言備，得使落葉除。

【評】

譚合集評「聞有」三句曰：「真疏淡人，必不肯諱其踪跡，淺淺言之而神情如見。」

詩慰本評曰：「格高。」

劉濟甫指余看黄鶴樓旁石上湧月臺三字〔一〕

月情欲湧出，山作海夜觀。要知夏日裏，亦有月光寒。何人通此意，下筆静而安。土花瘞一字，隱顯高臺端。與君立榛蕪，能使石不殘。

【校】

〔一〕譚合集無此篇。

黄鶴樓下觀徐子卿明府所製太白堂及移置湧月臺諸蹟呈成都朱公

奇字産頑石，我昔念荒榛。此情抱幽獨，遂通志氣人。不知何端委，爲樓生精神。如舟搖月波，江光蕩芳辰。白也與之居，詩魂吟江津〔一〕。來時月已過，散步非一巡。竟乏登樓思，新處領其真。君子巫峽來，湧月上車輪。

【校】

〔一〕吟　譚詩歸、譚合集作「搖」。

【評】

譚合集評首三句曰：「嘗有斯志，力不逮耳，每後於人，咏此三嘆。」

愛紫竹庵路徑因宿其中

竹柏殘冬葉，荆南易爲春。煙稠下庵路，吐翕開其神。微畦入古塚，稍探知有人。菜甲裏晴色，農圃僧多真。饑渴想寂寞，鳥語聽村晨。

【評】

譚合集評「微畦」兩句曰：「有荒庵在其左右矣。」

詩慰本評曰：「從古人精髓出，非率筆也。」

紫竹庵僧導予尋十方庵

隔風吹磬末，問僧此何庵。其名曰十方，廣大令我慚。導從來處去，好徑喜重探。森森衆香林，禪滿任君參。香飯觸真性，古佛立相談。接引知無已，朝花先上龕。悟矣松栝旁，相視如空潭。

【評】

譚合集評「廣大」句曰：「猛動警悟，是學問人行徑。」

行桃川道中憩於桃花源二首〔一〕

夜與檐霤語，所祈光暫開。川原頗歷歷，未可令風霾〔二〕。自顧世情稀，能察仙所裁。輕舫渡天地，山水如胸懷。一洩漁人氣，井竈車馬哀。

其二

千桃夾一徑，未開已光輝。何必自秦人，肯種即芳菲。高壑蓄春雨，雜與泉源飛。磴磴掛聲響，升降之際微。蘿木交濕光，幽獨穿翠圍。斂步隨鐘返，風雷司巖扉。

【校】

〔一〕題下原無「二首」二字，據譚詩歸、譚合集增。

〔二〕未　譚詩歸、譚合集作「木」。

【評】

譚合集評「自顧」四句曰：「自負自信，浩浩落落，其氣足以相接。」

讀蔡敬夫使君助謝少連歸葬檄

謝子客清涼，我嘗開其牖。散帙妨出入，環坐一窮叟。呼之兩三聲，心常不應口。肅肅氣欲無，歷亂於蝌蚪〔一〕。漢唐鑠老儒，唐史介成否。傷哉苦心人，死亦近二酉。理齊故鄉亡，孤兒抱骸走。文章即交道，櫢行翼廣柳。唯恐著書人，或先蒼梧朽。目之以才鬼，魑魅焉敢狃。奔謝洞庭黑，質疑夢拜手。

【校】

〔一〕歷亂　譚詩歸作「歷歷」。

【評】

譚合集評「散帙」二句曰：「端有其人繞其書卷左右。」評「死亦」句曰：「樂得其所。」評「唯恐」二句曰：「千古知己。」

詩慰本評曰：「少連季漢書必傳，書傳而人不死矣。此詩亦知己也。」

敬夫先生相飲於虎溪山予先往後宿垂詩見問率有此答

晴雨轉倉卒，山靈非區區。欣霽出郭西，春明詳衆殊。檜葉濕未墮，西雲吹衣襦。夕陽與新月，相繼同一孤。夜宿經梵中，理言如串珠。片語偶失記，慚歎至啼烏。

【評】譚合集評末四句曰：「理感而音接，其咳唾皆有旃檀氣。」

玉華洞

黑雲埋地底，烟霧不得結。潛與炬同入，以此爲日月。陰濕沁空冥，初火照難徹。傴僂尋石隙，容光隨曲折。石筍亂樱榍，拂音皆清越。目縣高下乳〔一〕，彬彬相錯列。疊成八褊紋，龕影窈古雪。萬象不可窮，閒坐石上閱。

【校】

〔一〕乳　譚合集作「孔」。

【評】譚合集評「潛與」四句曰：「光影之外，復有凝結，其妙在細而不在險。」評「疊成」句曰：「奇情迅響。」

明詩平論評曰：「雕鏤鬼工，然不入怪，高於文長一位。」

大酉洞

奔湍肅人清，流作谷中籟。陰崖暗相轉，不出寒火外。誰其覆載之，深廣自映帶。石色想周秦，蒼然不待繪。如見所藏書，簡質安用汰。一吸精液還，始落白雲界。

【評】

譚合集評「陰崖」二句曰：「幽隘挾之以險。」

玉田洞

數日穿壁屋，潛行元氣間〔一〕。輕舟愛新水，近洞生餘寒。一泉鳴深黑，終古音可觀。以石爲起止，與沙相更端。微明露崖末，過此亦知寬。

【校】

〔一〕潛行　譚詩歸、譚合集作「潛氣」。按「潛行」勝。

【評】

譚合集評「輕舟」二句曰：「泯泯清響，亦能生畏。」

從敬夫先生泛舟登塔至别日作三首〔一〕

花繁眼光惑，五溪發清新。攜我高深遍，雨止即良辰。兩槳亂春水，耳目常相因。波間塔影活，俯望山花純。是時方薄夕，日月未續輪。紅碧烟中暗，白者能不泯。以此悟生滅，吾其抱一真。行去意緒孤，閉户煢然身。

其二

眷言真剛者，下士何婉婉。物累既泊如，不覺投契簡。道義綴人心，非必相勸勉。泛論人物時，此中機已轉。松柏萬花内，相關獨静眼。

其三

一舟是别舟，泛眺已非昨。長歎春水前，山花棹外落。舟歸路不歸，悵矣尋靈嶽。

【校】

〔一〕題下原無「三首」二字，據譚詩歸、詩慰本增。譚合集未收一、二兩首。

【評】

譚合集評其三「長歎」句曰：「颯颯欲動。」

詩慰本評第一首曰：「『惑』字『活』字、『純』字『泯』字俱佳，以其近理也。」

將發答敬夫貽犀杯詩〔一〕

犀理涵素文，黑雲足下度。良工生枝蔓，天風吹不暮。蒼鼠掛靈果，綴飲無移步。百拜勤於斯，茫茫配寒素。

【校】

〔一〕譚合集無此篇。

自武陵往衡山答别楊文弱〔一〕

三十始一嶽，何年乃至五。非君及時人，安知此意苦。

【校】

〔一〕譚合集無此篇。

【評】

詩慰本評曰：「似唐以前詩。」

將至嶽同伯孔舟望

緩纜過衆妙，灣轉約青葱。回思數日舟，如行晴月中。安卑審羣情，秀色皆童蒙。五峰不氣勢，端然爲五峰。澹澹後雲存，肅肅分天空。大哉古今色，安敢置蒼紅。我去争飛鳥，一杖事無窮。

【評】譚合集評「灣轉」句曰：「真境」，評「回思」二句曰：「幻得妙。」評「澮澮」句曰：「静眼。」

由絡絲潭至觀音巖

晴爽投靈異，古潭開音旨。其聲石開合，朗朗光遥起。泉源潤巨靈，交竦左右耳。峰峰欲至天，倏忽在地底。及乎臨半山，高者似已矣。山半雲亦半，翠微連趾趾。雲忽繞我後，固知高難恃。從僧指白煙，幽庵或在裏。不聞振錫聲，黄花落澗水。

【評】譚合集評「其聲」句曰：「竦聽。」評「峰峰」二句曰：「迫險而上，如綴如墮。」

兜率庵閣上聽泉對天柱峰

陰徑下晴緑，峰近庵亦尊。春筍青在中，古泉流到根。天柱洗晦沈，閒雲孤出門。與我聽泉心，相合如一魂。

飛昇石禮魏元君

黄冠樵採去，盤石能自守。獨松覆仙色，聲下溪流久。慧人悟莓苔，不在語言有。當有天飛時，流盼光川皁。去來自悠悠，月明一至否。

【評】譚合集評「獨松」二句曰：「觀聽皆立於水木之外。」

出嶽路

靈雨記起止，在山皆晴望。意豈不忘歸，歸心聞江漲。何以迎送予，青松同微尚。愛濤步遲遲，人以爲惆悵。我則實不然，方寸嶽萬狀。

【評】譚合集評末兩句曰：「五嶽皆在其胸中，實不是望嶽始有。」

別伯孔於長沙

夏水滿江甸，予亦難久留〔一〕。離人不可爲，細雨先上舟。念子心不近，志氣勵松楸。不爲嶽所厭，再來當有籌。諱言送長沙，日同林麓遊。各自登舟去，青翠光悠悠。

【校】

〔一〕予　譚詩歸作「子」。

【評】譚合集評「離人」二句曰：「無限淒動。」

游嶽麓寄敬夫先生〔一〕

去嶽日已遠，兹麓存典刑。水陸分中江，延目洲外汀。嶽意無斷絶，草木森情形。林杪蓄新泉，溝洫聲泠泠。拜石修竹旁，祝融開遠青。首尾歸一厚，將竭見精靈。是日寄公書，南風下洞庭。

【校】

〔一〕譚合集無此篇。

憶今年春夏黄美中與予兄弟讀書河上近聞其客浠川

昔栽齋後竹，春風吹筍長。林成值籬朽，因以爲隄防。家衰存誦讀，兄弟各匡牀。黄子愛其静，請住我東房。其人冷月性，酷貧如添霜。盛夏得桃梨，手捧意蒼涼。頗待世人厚，閉户爲文章。萬曆戊午秋，奇士墜崇岡。是時黄子恐，鳳啄四海瘡。雨雪不就飲，懷異走四方。

【評】譚合集評「家哀」句曰：「有古風。」評末兩句曰：「超然灑然，孑孑自殊。」

己未歲呈無易先生

我生未入峽，先盡峽之變。夫子蜀中人，幽奇能不幻。其才不浪出，閉户深鍛鍊。處長如處短，因知胸中電。偶泄爲文章，怒石波濺濺。磊落耻蟲魚，此語古或漫。多識草木名，然後三百粲。酈生水經注，山川之行卷。公爲遊者地，浄遠拈數卷。小囊出輒攜，最於鄙人便。詩短句長句，紙一片兩片。光怪雖自匿，春也皆得見。爲守至憲司，部人色寒戰。納一布衣人，容愚如容賤。記在郢子時，與鶴苔上踐。東齋銀花生，西齋月影戀。退在逆旅中，筆常不離硯。有詩必見和，公更出獨撰。有文必見藥，對之常發歎。果於乙卯秋，失落青桐爨。公時不得報，露立衣常換。及乎戊午歲，公俱臨貢院。草鞋束健毫，低頭不敢盻。指示二三公，此生何時旦！春也又不遭，一城狂睊睊〔一〕。傳知公是日，咨嗟上秋宴。何意墮昏霾，此特其微霰。斯文真吾病，微躬入憂患。幸而寄托别，再拜辭寒泮。公知我無僞，猶勸留一線。此事雖不成，千古消見晛。乃有張子元，是公快女倩。能當衆毁時，肯出謀一面。與公第二郎，年少即爲彦。相見亦斯時，數年前繾綣。名門無俗事，開口多可羨。縱使衙齋閉，高趣春光遍。因思中才理，賢聖非迂誕。父兄行古道，自令精神貫。憲司禮體尊，入見背沾汗。何況下茅宇，脱粟亦無憚。辱來寒河時，干旄渡將半。公遽呵止之，莫使禽魚亂。蕭蕭一草堂，門落補仍綻。鄉人窺平易，月明時始散。至今寒河水，不風亦波瀾。

【校】

〔一〕睊睊　譚合集作「睊睊」。

【評】

譚合集評首二句曰：「人與地並説，獨能深婉。」評「此語」幾句曰：「翻案語，一出一入，必具風騷。」評「部人」幾句曰：「必如此嚴毅，始能交接正士，不然，漸不能别白矣。」評「退在」句曰：「何等風雅。」評「露立」句曰：「相感至此。」評「傳知」句曰：「國士之知。」評

「父兄」句曰：「理自如此。」

詩慰本評曰：「起結俱妙，生平知己，叙次歷落可感。」

江夏晤陳元朋

論交己未夏，君曰非此時。十年之前後，藴彼悠悠思。鄂鄉雖我鄉，江路亦孔遲。閩車雖我車，君又涉湘湄。一泊宛相就，如使舟車知。雨月正能代，洲草芳前期。

龍潭尋蘇端明所書擊空明石　同黄美中、童平寓、王五嶽、孟誕先、官凝之、綏之、金卜公諸君子。

一河風日守，夏水來寂寂。回環舟不怠，相就石磊歷。石上三字寒，不爲苔所食。江漲有來去，波撇幸未漬。如兹空與明，何物爲之擊？擊之以幽獨，雷霆於焉息。未免千年枯，掬水親潤滌。同趣非一人，争來致涓滴。刳剔數小字，欲向坡求益。細認始覺非，三歎惜心力。

【評】譚合集評首幾句曰：「舟泊觀漲，偶然而得之。」評「石上」句曰：「欣幸得妙。」評「同趣」句曰：「又添一趣事。」

將至仁威觀復過觀十餘里作〔一〕

羣陰覆絶壁，身心緑離離。太古猿鳥聲，白雲何所爲。

【校】

〔一〕譚合集無此篇。

登太子巖晴望〔一〕

上山如鹿駭，上巖如猿急。條理横與竪，仰資三光力。

【校】

〔一〕譚合集誤將此篇收入卷二十二之五言絶句中。

衡嶽同異寄報蔡敬夫朱無易二公

五峰木石身，沃之以方廣。不踏寥山泉，空作衡山想。太霽損山情〔一〕，將無失爣恍。猶念祝融前，衆雲寒俯仰。中外奔一寥，百祥無他往。古嶽任其天，所以荆榛長。

【校】

〔一〕損　譚詩歸、譚合集作「捐」。

【評】

譚合集評「太霽」句曰：「看山妙理，太霽則與晴和異矣。」

贈茅止生〔一〕

山澤有真氣，通之必歲年。未面曰爾汝，當由心所賢。高雲徙山霧，倒照清淮邊。聞君愛五日，百客集數船。博厚而載物，舟有如地然。我來若爲後，開君之獨筵。安知多寡内，造化無節宣。

【校】

〔一〕譚合集無此篇。

送妻父劉悦翁自淮上還里

曾未出闤闠，出忽千餘里。泊情我白門，楸裝夏雲起。鑿翁太古心，誘之遊淮水。碧檻與疏簾，了了多纖指。翁遽鄂而問，周視曰奇詭。則知課女訓，内言不出矣。感翁工勸誨，無妬以當美。孀姑既無間，姬媵有所倚。請翁迴嬾悰，數往視吾子。吾子弟所生，奚必綴腹裏。天性於兹明，江帆掛莫止。

【評】譚合集評「翁遽」句曰：「寫樸誠初見錯愕景狀，接得樸雅。」明詩平論於「出忽」句下評曰：「樸率便見。」於「無妬」句下評曰：「比當肉當車語更妙。」

鷄鳴寺贈徐牟父

斜巷向鍾山，草色連午陰。君若不在兹，茫茫將焉尋。奇情老乃見，年少老可欽。常恨逝湍中，無數少壯心。終不至大海，此流安用深。愛而與之語，金玉保爾音。

【評】譚合集評「君若」句曰：「蹤跡矜貴。」評「常恨」二句曰：「每説入可憐處，使人情急。」

送王學憲永啓還閩因懷錢塘葛師

君昔爲魯師，我爲楚諸生。遥遥不相蒙，運會忽以並。我師躬自厚，汲汲求精誠。與君入魯心，神鬼鑒權衡。師登玄武巔，君上仲尼塋。跪拜百靈起，松楷照生平。時文本小道，何以感俊英？搦管一日罷，志氣萬古争。君歸閩山去，殊無田可耕。亦無宅可入，以此勝尊榮。長干留不住，母在鄉難輕。我尚欲遊越，一别骨當驚。

伯敬畫古木寒泉寄董崇相廷尉令予題之

鍾子不言畫，偶然生數筆。自取木石疏，非以愧人密。躊躇未肯竟，竟即寄友日。能於添染中，常寫其人出。曾畫一古木，衝紙紙爲絀。旁忽露半舟，寄予惟恐失。又畫兩古木，横有冰霜質。久之拂其塵，添壁與瀑一。聞人往海上，寄懸董公室。

【評】譚合集評「自取」兩句曰：「不必愧人，人自愧之。」評「常寫」句曰：「安得輕入一人。」明詩平論於「非以」句下評曰：「高致雅懷，標出可想。」於「添壁」句下評曰：「神到急追，從來高人寄托翰墨，往往如此。」又尾評全詩曰：「只説伯敬畫意高簡，而寄董只一句結出，章法創獲。」

七月初一夜宿天界寺觀老僧登座施食懺度亡遼將士春亦附薦先魂稽首悲感爲之篇

柏林燈火新，早涼人鬼急。行僧七十餘，鬼王相服習。端然成阿難，得使諸魂集。漠漠萬人場，親見熊羆入。兵氣不可訴，楊枝徒灑濕。國辱且未伸，何爲先幽蟄。我知忠勇心，仍望玉關泣。餘鬼多碌碌，趨飽如不及。情知我祖父，意氣輕殘粒。招之不在兹，不孝空竚立。

【評】譚合集評「我知」二句曰：「悲悽中仍有血性。」評「餘鬼」二句曰：「鬼亦不肯恕之。」

遣使入閩候蔡敬夫先生寄懷一章〔一〕

家居日相念，游以閩爲期。棲棲行吴越，不覺秋冬時。再拜謝僮僕，代我經山陂。自輟生男想，爲公蒸嘗祈。自勤詩書役，望公勿暱兹。自愛良宴會，憂公倒接羅。天下何洶洶，敢云游武夷。耳目不求娱，因與公商之。西北近有喧，奴虜馬正肥。斬首到大將，來即一城池。君臣未得見，疏草雜酒棋。皇皇草野人，憂不在寒饑。念公撫苗日，開懷恩威施。苗骨不忍枯，況枯我烝黎。古道無人愛，歸卧閩山陲。天地争惜才，猶然不爾思。可見勁直氣，潛傷人肝脾。不知公是時，在家心何爲。

【校】

〔一〕譚合集無此篇。

九日同王永啓自龍井尋新庵及十八澗

兩日湖中居，意想行冥穆。久客分山趣，守此如碌碌。蟲聲知晚秋〔一〕，馬蹄知空谷。人語匿其身，豈不驚水木。溪流淙淙然，花雨奔晴旭。老僧開青山，遂與猿鳥熟。愛泉不多取，客到瓶往觸。湖静與澗動，有似光相屬。心清不覺殊，高低是耳目。

【校】

〔一〕知　譚詩歸、譚合集作「如」。

沈子雲鐫印見贈詩以報之〔一〕

欲刻楚二嶽，庸手日議擬。當其落墨時，即與石相詭。沈郎天機活，溶溶親塘水。芙蓉秋雨中，閉門多爲此。筆刀用如環，切石若染紙。目往石屑霏，不知手所以。倘非温醇士，剞劂光芒死。

【校】

〔一〕譚合集無此篇。

西築贈界公

薈薈長耳院，空林蒼無極。山僧愛前峰，經餘必登陟。過一石矯然，庵此爲願力。梅竹非由舊，雨露隨手植。我來梅竹長，泉聲在石側。羨爾自爲山，不借他山色。

裏湖午眠適鄭孔肩韓求仲王季和嚴印持鄒孟陽聞子將小舟尋至

湖中復有湖，微茫寄空朗。白蘇十二橋，高不至於舫。時容野航入，神爲孤山養。盡割段橋南，付之歌吹響。素鷗常内飛，蒼烟不外長。我日宿其間，以絶賓朋想。清魂少夢寐，寂寂生兩槳。秋水微有聲，謝君閒來往。

【評】

譚合集評「盡割」四句曰：「耳目深静知粗淺，與游事絶不干涉。」

與李長蘅舟寓詩二首〔一〕

今日泛一舟，明日添一船。晨昏主清波，不欲但爲客。悠悠我友來，雲光通消息。冬氣寬舫人，霜嚴止一夕。十年欲見心，索之已無跡。如此祛惑物，早眠便可惜。燈火兩舟明，僮僕一孌瘠。仰看天寥寥，衆星學月白。

其二

湖上止一月，訝我言歸速。我竊自計之，出没十得六。屋居失湖情，僦舟以爲屋。山氣起我懶，星影止我宿。盤餐就我招，篙檝閒我足。寒水初知波，兩人共幽獨。寓者一日事，遊人一句福。因君見道深，舟久亦登陸。

【校】

〔一〕題下原無「二首」兩字，據譚詩歸、譚合集增。

【評】

譚合集評「冬氣」句曰：「妙。」評其二「山氣」兩句曰：「直以此身與之何處有我。」

入靈隱寺看紅葉同孟陽二首〔一〕

霜事日以多，深淺紅相涉。早冬如晚春，靈山楓未怯。存者即爲花，落者已如葉。高天照亂石，一片光明接。前殿與後閣，俱爲紅所攝。依高同一望，萬丈試目睫。

其二

南屏紅已秀，相玩近孤艇。遠羨雲居紅，毋乃薄城井。孤山幾株幽，先霜歷波影。遊子無足心，更上靈鷲嶺。能使虛空界，一紅高低逞。眼耳與精魂，如夢行烱烱。俯見青松光，然後發深省。

【校】

〔一〕題下原無「二首」兩字，據譚詩歸增。譚合集未收第一首。

【評】

譚合集評「先霜」句曰：「秀淡可思。」

子將山居幽甚是宋人方圓庵遺址與李長蘅嚴無勅同過

杳杳一溪水，隨我上空林。可見人境外，青山本易深。幽士縱遠步〔一〕，息之以清音。籬邊菊疏放，爲閣納青森。園丁不掃葉，永然懷冬心。一坐仰松竹，泉浮山乃沈。往來古今色，前山石陰陰。

【校】

〔一〕幽　譚合集作「尚」。

【評】譚合集評「青山」幾句曰：「可想而不可即，氣至而化神。」

月會詩爲嚴聞鄒李諸兄弟作

杭州有素友，來往三四姓。人受子弟拜，天成母妻性。清齋止蔬豉，物疏意則敬。大歡不至笑，言取卑幼聽。是日粥飯長，即有天竺柄。故人李居士，湖山以爲命。客中與兹集，四往常一應。招攜入靈鷲，欲使風物並。各愛百年身，恥爲禮俗盡。惓惓庶可廣，歸向弟友訓。

【評】譚合集評「清齋」幾句曰：「道氣淵永，想見其人。」

别葛師屺瞻

去城苦非遠，湖邊獨爲村。歌笑所不及，黄葉積其門。叩閨無人闈，謁闍無人閭。良久通水薪，始得展子論。師弟有夙緣，目視心吐吞。置身古人處，不知私所恩。冤親埋世界，返觀冥天根。雷峰雲日蒼，紅葉石火翻。從師學大道，一别安足言。

【評】譚合集評「叩閨」兩句曰：「蕭疏行徑，往往似此。」評「置身」句曰：「光明洞達。」詩慰本評曰：「愛『冤親埋世界』五字。」又評「冤親」句曰：「必傳語。」

復留吴興與俞彦直同遊

我欲乘月發，子忽乘月到。相遇自成留，主人向客笑。尋溪不知返，身心舒一嘯。野庵達城闉，酒茗生幽妙。坐疑霜天月，日在斯城照。

【評】譚合集評首四句曰：「胸中曠然，亦復快然。」明詩平論於「主人」句下評曰：「高懷如挹。」

泛苕水至夾山漾迴舟 同求仲、令則。

霅雲從此逝，落日萬流卷。安波未生紋，欲因孤月顯。蘆港通桑村，隨棹天空淺。身在一溪行，旁見數溪轉。寬狹澮左右，山情不徒衍。餘霞蕩千峰，若使澄波眩。老僧仰天水，憇我山阿眼。釣舟爨晚火，倚月知霜善。與君莫再深，溪幻精魂緬。

【評】譚合集評「安波」四句曰：「入眼必慧，入手必細，清人靈氣，必欲滌人腸胃而置之。」

自夾山漾泛至草蕩漾 同求仲、彥直、令則、延平諸子。

既愛溪無限，又愛溪如隔。往來由此熟，冥然順心跡。乃知泛他水，不成家與宅。檝動若浮空，艫轉若向夕。一光浸聲氣，元化流幽賾。日月散高霞，全力僅爲碧。杳杳城中外，蘆花溪鳥白。

【評】譚合集評末兩句曰：「悠然而止。」

梁溪遇伯敬越遊予別去西歸

我歸趨歲暮，羨子全家攜。毘陵與白門，僮僕來亦齊。若有一微衷，相向顏色低。世道輕朋友，人前安可悽。驅馳風霜中，陽鳥飛提提。我上錫山道，子尋苕間溪。各自有衣帶，勿爲冰所淒。坦坦一世内，何有濁水泥。贈子以早晤，明年春江西。

【評】譚合集評「若有」五句曰：「見鍾子乃始慨然相告，對他人作此語，便有乞憐意矣。」

訪鄒彦吉先生山莊談宴兩日夜作

昔爲童子時，雜聽父老言。水鏡照江湘，目落成淵源〔一〕。至今三十載，明德莫能諼。今日登公堂，其健如飛翻。長衫裹光儀，執手無不論。齋心行高簡，亦似納之門。如兹勤接引，乃羨壽者尊。四曰攸好德，以酬康寧恩。築場刈稻了〔二〕，十月在郊原。中堂理静思，不聞穰穰喧。静思相與理，徵歌窮旦昏〔三〕。光響凝爲一，顧盼深吐吞。賞音節游樂，華素探其元。哲人述作心，何事獨匪存。慨然受滿酌，古意歌舞敦。是夜寒可戀，疏雨滴霜根。

【校】

〔一〕目　譚合集作「日」。

〔二〕了　譚合集作「子」。

〔三〕徵　譚詩歸、譚合集作「微」。

【評】

譚合集評「水鏡」三句曰：「感頌語有至情，非草草酬應敢當。」評「長衫」三句曰：「淵源在性情中，覺無泛語粗語。」

桃葉渡頭逢汪四闇夫出新詩見示用其一語作起句贈之〔一〕

箕畢各在天，鲂鯉各在池。以兹論詩理，何用拘拘爲。汪郎與袁子，皆吾舊所思。到今白門見，開胸無飾辭。存此最相信，以化世路疑。我歸汪郎來，霜月影寒枝。長板橋西家，攜攜中宵時。

【校】

〔一〕譚合集無此篇。

唐仲言爲其友籍隱生索詩仲言盲而好書亦異事也因并贈二子

所賴神明用，今古遞泄蓄。造化厭人淺，有時停耳目。失聰手代口，失明耳到腹。往往見小慧，奇奥多不屬。唐子揣日形，已是籥與燭。耳根獨洞然，静壹如空谷。别煩頌讀人，一耳十行熟。誦者或欲怠，聽者嗟不足。點畫終未親，字相推觸。筆墨付有兒，舟車動有僕。來往愧人疏，風義反覺篤。自言有一友，籍隱無危辱。幽心及猛虎，清音散梵牧。匡床與君共，利聞勤誦讀。相期各有獲，何用羡眼肉。

【評】

譚合集評「往往」句曰：「名言。」評「一耳」句曰：「易『一耳』字，譏誚得妙。」評「風義」七句曰：「直接妙。代人索詩，必從索者説來，即其人不足當我詩，亦不苟矣。此是詩人立地步處。」

詩慰本評曰：「讀嶽歸集，轉愛其平易近情者。」

贈李校書同潘景升作

十萬户中人，數年眼底事。始見李氏姝〔一〕，一天落秋翠。乍聞出房櫳，衣香來無次。緩步初有向，未行而忽至。顔非皙與朱，性非滯與媚。秋水不停流，注看手中字。將恐散秋雲〔二〕，形與影相制。清宵慎所投，生才天不易。是夜燈始涼，孤衾安敢寐〔三〕。

【校】

〔一〕姝　譚合集作「姝」。按「姝」勝。

〔二〕恐　譚詩歸、譚合集、詩慰本作「空」。

〔三〕敢　譚合集作「取」。

【評】

譚合集評「一天」句曰：「孤媚孑然。」

詩慰本評曰：「余初删此首，羅繡銘謂宜存之，云是李小大也。」

贈方孟旋兵部

昔嘗友君友，近復友君徒。老梅不枝葉，一株映數株。隱身絲竹中，多年住西湖。日上孤山塚，以此見區區。我從湖上來，逢君官南都。蹭蹬戎馬世，點兵朝夕拘。奇畫未及施，瑣瑣寄忠愚。官軍如跛鱉，發君長嘆吁。暇心念秦淮，與我共須臾。常覺眼中人，一一皆黄虞。冠裳是何物，得與簑笠殊。

【評】譚合集評「老梅」句曰：「取喻深老。」評「奇畫」三句曰：「抱負人不得行其胸懷，往往如此。」

杜翁餘徐乾之舟訪適南都吴彦先至〔一〕

今春何其雨，若爲病者有。鶯燕各失職，柴門掩已久。春船泊野芳，氣欲晴林藪。河水高去艇，星燈自相守。忽逢江南士，先問梅開否。客愁猶在雨，不答惟摇手。

【校】

〔一〕譚合集無此篇。

公安過袁述之青蓮庵〔一〕

主賓不相異，墟庵結幽杳。人聲墮蒼涼，雨餘腥青草。自省年來別，緒多端倪少。來攜嶽瀆心，君僻與君好。語默同鐘梵，夜短非所保。永夕見孤懷，逢迎生天曉。

【校】

〔一〕譚合集無此篇。

竹谷中答袁未央

幽谷綠娟娟，芳草竹中顯。寂坐成蕭疏，能使聰明淺。徐步受音影，俱至荒亭返。久對君兄弟，自然尊酒晚。榮華隱高言，一歎懷已遣。空林人散後，新月竹香遠。

【評】

譚合集評「徐步」二句曰：「寂歷幽聽，宛折多變。」

王叟以明待予荊州者彌月入承天寺贈之(一)

非不欲啄肥，啄肥常苦腥。非不欲見人，見人常苦陰。聞君有竹木，終歲安郊坰。秋蔬得神理，春筍寓空冥。世多重羽毛，君獨守孤音。每學無生暇，高天相向吟。健過年少步，虛過愚夫襟。一身爲萬象，訪君僧舍深。

【校】

〔一〕譚合集無此篇。

楊修齡侍御寄德山先和尚塔銘見示唐大順碑也且云父子刳剔想象乃還舊觀予奇其事因憶文弱丁巳同伯敬德山尋碑事甚奇追用其韻

松筠心影内，古塔抱虚寂。螭纏李唐碑，茫茫夕陽歷。龍潭大師號，已被苔蘚食。因緣合天資，精神射蒼壁。父念子眼光，出奇相奪覓。或用口吹雲，或用手畫荻。須臾成誦讀，高音覆淅瀝。寫寄八千字，難矣初搜剔。劃劙古今色，氣與全山敵。坐獲異文觀，晴明落霹靂。香風電空語，何人節不擊。「香入其風，電入其空」，碑中語。深山舊法侣，再來建幽績。神僧向晦昧，且止莫盡滌。

【評】

譚合集評「因緣」二句曰：「神物出没，必有奇氣激射。」評「高音」句曰：「奇響。」

聞朱無易先生解井陘兵備還成都寄之

掩卷適欲卧，解官適欲歸。譬如游林園，主人適啓扉。君子嘗語我，蜀江江水飛。百道化爲川，過田雷雨圍。橋梁界杳冥，竹檻青霏霏。苟能懷其美，不歸良亦非。留眼看太平，野人事庶幾。

【校】

〔一〕譚合集無此篇。

弟遠韻帆閣成

割園爲汝居，竹木三之一。情高緩妻孥，且使閣先室。相勢分水土，檐間一尺出。常有萬里船，帆影從此失。蟲聲齊木杪，蒼翠中唧唧。日月送香光，高處念其疾。平生淺丘墟，低高有倉卒。朱牖耀青冥，非復貧士質。事在奢儉外，止之嗟無術。豈惟不相止？愧我營蓬蓽。

【評】譚合集評末四句曰：「忠篤温款，雖尋常瑣事，歷歷言之，必有所自。」

夢徐九

君死已三月，咽斷如漸忘。昨夜夢見君，煎迫我中腸。無氣無耳目，深墨凶衣裳。明明夢醒間，人鬼相陰陽。亦不聞所語，尋魂來悲涼。冥路終莫莫，君真棲何方？誰奪君聲氣，使我夢荒荒？衾枕受涕淚，多於前撫床。安能空不寐，瑣瑣以自詳。總角爲兄弟，中表禮俗場。愛君都雅質，從少交至蒼。一村一城闉，綺樸宜相妨。一年數過我，杯盤不相當。君能儉恕人，獨以奢自將。水火一夫力，道里熟鐺湯。主反就客濕，言笑浩茫茫。沙潭王夫子，直諒輔以行。親交二十年，不省何低昂。今春適小園，夜静步履良。是日東風多，桃花飛過牆。燈火醒殘紅，君之一嘆長。舟酒送杜子，明日下黄岡。迴篙日已西，坐我愛弟堂。

踟蹰不肯去，羿夫怨於旁。我生如翟羽，身有雜文章。韜精安泥滓，弓矢猶蹶張。機先赴寥廓，罕見學鳳凰。白雲固難射，挽弓者力彊。君能於是時，憂我如自傷。刮我如自奮，蓋我如自藏。托生本貴盛，止知仕宦臧。我嘗笑語君，富貴夕螢光。光不怯雷雨，天曉則無明。歌舞雖可作，日日嬉不祥。草書雖可存，人人慕不揚。賓客雖可集，筵筵設不香。我年三十五，事理識微茫。前歲登太和，去秋客錢塘。極知好山水，可以送年芳。母弟蟠一村，屈抑在此鄉。嗟君志遠遊，終年說裹糧。糧非君所乏，猶豫從中戕。

【評】譚合集評「君真」句曰：「問得哀慘。」評「君能」句曰：「奇人必不苟人於此。」評「燈火」幾句曰：「每述一事，必至不堪，而至可憐可感。」評「歌舞」三句曰：「至言，實歷方知。」評末句曰：「誤卻多少事。」

詩慰本評曰：「起數行佳甚」，又評「歌舞」幾句曰：「壞在此數語。」

送夏乾乾守備虔州

前年道士磯，送我上越舫。數月我歸來，君已萬夫長。當其問弓槊，臨風淚恍恍。詩書不忍焚，避衆猶自賞。勸君勿自賞，矛端送深廣。勖哉無愧心，恬然荷殳往。

【評】譚合集評「當其」五句曰：「志士不能不憤，非必以萬夫長爲不屑也。『避衆』二字何等難堪。」

天啓元年復出應試呈莆田周學使者二首

夙生師友債，人間榮寵好。兩念未盡忘，根淨器猶躁。久聞令人肥，山澤癯者誚。十日學磬折，九日猶不肖。前果厭巾衫，今又厭樵釣。無恒則有之，亦曰任運妙。夫子校南國，展矣淵鏡照。選士如看山，佳處領其要。吾家二仲氏，坐收良工效。竹箭將盡日，仍來搜空峭。念此何因緣，思拔出泥淖。想在多生中，曾一識面貌。弟也充騎驛，灌灌歸相告。静女夜半寒，天曉媒妁到。欲許憚衾裯，不許嗟猶少。

其二

豈不愛長堤？豈不戀林籜？末俗賤孤往，此舉衆謂錯〔一〕。平生飄忽性，相諒在寥廓。棄置兩年中，世態填寂寞。道逢冠蓋人，志沮聞嗔喝。歸掩草堂扉，氣微驚剥啄。出款高明士，神辱忍譏謔。始信古人事，今人不愛作。還視吾筆墨，猶在案頭躍。昆弟制科文，已許令我學。異哉錢塘師，風采瘦卓犖。貝錦不自嗟，傷心念落拓。六橋是何處？行藏煙棹覺。勞苦有定命，欲避趣反惡。知己有奇因，强邀神理薄。如此忽去來，颯然終不著。寫此浩蕩思，留以答猿鶴。

【校】

〔一〕謂　譚詩歸作「雨」，譚合集作「共」。

【評】

譚詩歸評「無恒」兩句曰：「不知何爲如此，究亦不知其故。」評「選士」句曰：「妙。」評「静女」幾句曰：「同一悲慘，不可忍。」評其二「棄置」二句曰：「不知多少甘苦，閱歷始盡。」評「志沮」七句曰：「事事不堪，事事難忍，事事經歷，事事發憤，無可如何，止有一番涕淚入其筆墨之中。」

詩慰本選第一首，評曰：「事亦可紀。」

明詩平論於「根静」句下評曰：「根器分別，自知其深。」於「亦曰」句下評曰：「自罵得妙，自解得妙。」於「佳處」句下評曰：「不求甚解，正是善讀書人。」總評第一首詩曰：「以家常瑣屑尺牘委密語入詩，而不傷風雅，柔厚近人，胸懷如見，此體亦竟陵所獨。」

妹婿魏繩吾友魏太易子也贈勉二章〔一〕

字妹越百里，傷我慈氏懷。言念吾友子，湖山鑒所諧。亦嗟吾友逝，亦慰子也才。逝者能造物，相報必以佳。到門拜兩雁，嘉慶煎成哀。入羣幼弟如，房簾欣新開。雖有耀首資，支梧即荆釵。父兄結友時，詩書爲良媒。

其二

大妹方邑邑，次者方劬劬〔二〕。女生自有命，隨風生泥珠。母也依少女，恪恭理衾襦。自然有離別，諸子意崎嶇。常見鄉人女，嫁鄰亦嗟吁。爲女母所有，爲婦女則無。此淚亦易止，婿好輕長途。

【校】

〔一〕題 婿 原作「胥」，據文義改。本篇末句中的「胥」字同此例改作「婿」。 二章 譚合集作「二首」。

〔二〕劬劬 譚合集作「衢衢」。

【評】

譚合集評「亦嗟」二句曰：「字妹有此奇情，決非俗人所願。」評「入羣」二句曰：「雍雍穆穆，温然可見。」評其二末兩句曰：「慰勉總不尋常。」

正月十五夜懸燈桃枝上爲樂示觀者二首〔一〕

香界立形影〔二〕，水因灼幽默。沿堤作燈陣，揀枝爲燈魄。兩桃懸一光，乃至光逾百。膏膏既相然，花花如相迫。千人行其場，麯塵不可摘〔三〕。自有城中人，舍城來墟陌。

其二

人曰此夜輝，其兆爲豐年。慰彼鄉鄰心，結我禾黍緣。桃根與桃枝，未花氣已鮮。春光如蠢動，人情得其先。我佛有弘慈，日月燈非偏。莊守百年身，敢棲暗塵邊。

【校】

〔一〕譚合集無此篇。　題　原無「二首」兩字，據譚詩歸增。

〔二〕香　譚詩歸作「杳」。縱覽全篇，當以「香界」爲是。

〔三〕可　譚詩歸作「相」。

天啓壬戌歲感時寄敬夫先生

休我健步趾，節我良飲食。逢人多委曲，閉門存我直。舉世植蒿稊，怪不生黍稷。良田已所蕪，相怨於螟螣。日月兼豹虎，變化將相力。僵卿而腐公，天地不相恤。腹春安可解，此豈關盜賊。近者西蜀信，亦蒙小醜迫。草草行燔燒，公然乘凶德。今日粗蕩平，數月頗孔棘。楚人憂輔車，中各有所憶。我雖無敢言，傷心則逾畫〔一〕。憶朱公無易也。公成都人。因思公數人，能勵官吏職。敬身抱一静，或以退反側。太平良晤多，有日同語嘿。學成老農圃，以待征徭息。

【校】

〔一〕畫　譚詩歸、譚合集作「盡」。按「畫」叶韻。

【評】

譚合集評「日月」兩句曰：「言之可悲。」評「學成」兩句曰：「事有可言而不敢言者，此也。」

與孟誕先住寒溪寺中見武昌舊令陳鏡清留詩六首中有三鹿魚課之篇讀之感人風雅之遺也題句紀異約知我者賞之

山雨出山流，過草潺潺然。遥立山寺聽，知爲菩薩泉。文殊光不没，溪禽白如烟。蔬素以相對，遂忘終日焉。舉首看殿門，有板塵中懸。其上六古詩，字字如大篇。故人誦至半，山僧録其全。卓異乎爲令，自處於昔賢。取世不願餘，立身惟清堅。魚鹿我萬物，仁心周天淵。以告後令尹，況我民顛連。安能枉詩書，日求身所專。安能負性質，去趨世所先。草草得古人，落目千萬年。山僧愛我喜，兩夜同未眠。

【評】

譚合集評「溪禽」句曰：「妙。」評「取世」兩句曰：「自處於昔賢，只此是其根本。」評「安能」兩句曰：「慷慨而不敢盡。」

劉濟甫持顏魯公浯溪碑見贈是其先人景垣文學遺物展觀之暇率有所感

顏公書法卓，方圓皆欲除。平生嬉怒情，向此無不抒。碑版盈山川，暇矣德業餘。能令天與地，如人華冠裾。次山頌中興，公也拜手書。欣然執末技，甘遜爲不如。推讓事君父，何事肯自居。以此鍊心腕，墨妙有本初。損爾上世傳，報之以勗諸。

【評】

譚合集評「推讓」句曰：「仁人君子之言。」評「墨妙」句曰：「妙。」明詩平論於「如人」句下評曰：「非公不能當此言，非友夏不能以此言贊公。」於「甘遜」句下評曰：「從來惟大英雄、大學問人，方見自家真有不如人處。容易自足，只緣不大。」於「何事」句下評曰：「推開説去，包括甚濶，説理了偏，不迂腐，頭巾説理迂腐，只是理初不暢，非恨其説理也。」於「墨妙」句下評曰：「又説到筆墨上，旋轉入妙。」總評全詩曰：「此首詩與『詞人凡九變』一篇，言文章藝術之道，蘊含精切，本領最大，豈尋常才藻人可及。於此等詩過目不辨，而漫然隨世訾議竟陵，何弗思之甚也。」

武昌郡贈胡太初司理

胡公李鄂城，淵懿不可及。能令江水深，能令楚山立。江山飛鳥間，百務相吐翕，生殺和天倪，除日對囚泣。皇皇豈弟人，自無繾綣習。我逐征帆來，雲煙化歎息。時衰事事難，天漏荷一笠。自顧如江魚，來吸海光濕。

柳庵成贈真公二首〔一〕

真公乃吾師，依我十餘年。軒亭凡幾易，不嗔鐘鼓遷。經聲浮野水〔二〕，禮拜骨鏗然〔三〕。古佛坐其上，如與相挽牽。我游師常住，晝夜循溪邊。僕妾進蔬粒，知以鉢爲先。視師所坐處，竹末自茶煙。饑飽不可問，莫若臼竈專。伐柳爲師室，芟竹爲師椽。取予一園内，息此幽居肩。惜哉老僕逝，薪水莫之虔。師勿更置人，納我十年前。

其二

路自橋外得，門任園中通。何處師經行，草木與虛空。前留數步地，牧笛吹其中。月處金橘光，香時梅花風。覽物懷救度，一目意無窮。磬歇我叩門，不言神溶溶。

【校】

〔一〕題下原無「二首」兩字，據譚詩歸、譚合集增。

〔二〕浮　譚詩歸、譚合集作「如」。

〔三〕鏗　譚詩歸作「鏗」，另一部明刻本譚詩歸作「鏗」。

【評】

譚合集評「經聲」句曰：「悟根深静。」評「取予」二句曰：「不必説禪，其機已活。」評其二末兩句曰：「總無鈍根，故不言而自悟。」

黄以實自蘭溪來汲陸鴻漸第三泉見遺且有贈詩清真洞密喜而和之

陸子茶神聖，出入於淵湫。水鏡自遥照，碧寒幽明愁。我拜惠山足，挽綆窺所由。瓶甌雨天下，舟車載其流。又嘗過練湖，頗懷玉乳羞。苔滯久無光，嗟哉暴棄儔。感此蘭溪石，泉性中飀飀。長河不敢入，維護亦孔周。耻與茶逢迎，高人或偶收。附君扁舟來，可謂得良仇。對之殊數日，烹煎未忍投。相見竟陵人，慎勿念故丘。

【評】

譚合集評「我拜」四句曰：「以二水相形説徵泉品，復徵品泉人品。」評「耻與」兩句曰：「表章情性，泉亦知感。」

成都圍解後什邡令謝彦甫歸致朱菊水先生書蓋蜀未譟時寄也答懷一章用寫歎聲

成都門已啓，謝尹迴楚車。瘦黑喜燈光，致君亂前書。尹歸裝散盡，是書獨袖諸。字字未沾血，猶存嵐煙餘。揖尹問尹家，云攜入崎嶇。深幽性所投，未免爲亂驅。小醜喧西蜀，乘我遼陽虞。誕敢窺堅城，無濟亦饑虚。婦人抱膝走，城下骸瞿瞿。登城望遠樹，如果掛頭顱。邑里化一燼，火興土不鋤。聽尹雜愁説，益思避者殊。繁莊竹檻陰，在否知何如。賊退理林亭，悲喜上殘株。高人逢亂離，詩句不可拘。忝住静遠鄉，得使菱芡舒，構屋君俸多，寒暑慚寧居。各自私安危，寄君以嗟吁。

【評】

譚合集評「尹歸」句曰：「高奇可想。」評「如果」句曰：「怕人。」評「各自」兩句曰：「感處正不飾不諱。」

譚元春集卷第四

嶽歸堂合集四

七言古

南湖蕩船引 宴諸子作〔一〕

湖如盆盎船如葉，兒童用篙不用楫。幾人曠蕩任所之，歌船吹船忽相接。放船正值日落時，天地漸小雲烟隨。喧聲四合客不言，新月滿湖湖未知。漁人渺渺還其村，我亦落落歸黃昏。風吹湖水凍兩岸，異情各趣同入門。

【校】

〔一〕「宴諸子作」四字原無，據譚詩歸、譚合集增。

【評】譚合集評「天地」句曰：「看出日暮景象。」

飯性空上人真公作

深溪淺溪寒事足，老僧呼門聲如木。衝雲踏霜凡幾重，昨夜風便偶聞鐘。視聽已遠靈心退，向僧問禪僧不對。但言今年老去年，去年別我雨雪邊。欲邀一飯長無期，正值村家飯熟時。飯罷自度綠溪去，行到夕陽僧歸處。

【評】譚合集評「昨夜」句曰：「肅然。」評「正值」句曰：「俱是悟根語。」

病中奉侍老母上紅濕亭子

侍母渾忘身健無，以身作杖任母扶。母坐亭中愛流水，水照是母與是子。賢母多識古行藏，手指荆花勉諸郎。

【評】 譚合集評末句曰：「可作一圖。」

過張無疆〔一〕

七年不見中常思，問君不必君盡知。同作游人各鄉里，我歸或非君歸時。此來無事亦無意，與君翻若有定期。九月八日露爲霜，門庭槭槭黄花滋。足前一半天下路，案上七年未見詩。生剥荔枝與客啖，手捲蘆葉學人吹。到來窺君青鏡間，鬢毛雖蒼猶未衰。世間名流盡奔波，或有遂如寒梅披。君笑不答我重來，明日黄花枝枝開。

【校】

〔一〕張無疆 譚詩歸、譚合集作「張無彊」。

【評】 譚合集評「此來」句曰：「偏是此際忽然欣感。」

漁父詞〔一〕

五步一漁竿，十步一罾架。飯向江中午，宿向江中夜。夜來牽魚曉無力，賣魚不即將魚食。漁伴或有知姓名，但逢樵人已不識。堅坐無營看山煙，錦纜掛網心煩然。上下篙師莫相侮，手指林西秋水田。

【校】

〔一〕譚合集無此篇。

滯歌

一事已過一事存，狂風始憶微風恩。客舫怯江繫短垣，人家向水閉其門。細雨滴篷秋氣屯，牖斷炊烟屋瓦翻。前江後湖浪爲村〔一〕，青蔬價高於鷄豚。大別山影障酒罇，故人百里夢有根。

【校】

〔一〕前江後湖浪爲村　譚詩歸、譚合集作「前江後浪爲村村」。

寄唐宜之京師

靈谷寺中松謖謖，靈谷寺外一林竹。竹中人已入長安，澗水打户竹光緑。聞知君自長安回，白雲去盡還自來。與雲同宿者誰子？澗邊竹邊户未開。

【評】

譚合集評「澗水」句曰：「如此正不必有人。」

寄題胡彭舉小九華石歌〔一〕

君有懶石抱影斜，近聞迎得小九華。九華可大亦可小，如人有少亦有老。老人志趣勝少年，石奇不在高貼天。澹雲過齋濕寸峰，梧桐吹影翠秋容。一庭苔與煙光滿，立者卧者皆成懶。只恐幽險畫不出，反令君石困君筆。

【評】譚合集無此篇。

商孟和爲予畫山水林茂之題其上余并作歌

商一畫景但畫意，林二題畫無畫字。山光水光不歸紙，無故煙嵐落階次。泉欲濺衣畫分寒，樹不落葉冬留翠。觀者縹緲於其傍，眼光不入神高寄。

【評】譚合集評「山光」句曰：「詩無與畫無，皆欲清出。」

送耳伯

得君在此不蕭槭，或過東林或南陌。手攜一卷伴深更，避人私語露肝膈。雖狂何曾眼盡空，極窮尚免頭來責。事必經奇始開口，友恐尋常寧掩宅。同聞俱在數年前，同往只作一月客。朝來別我上京去，欲言不言忍至夕。君前留君意不宣，客中送客愁轉積。舟人緩發慾經旬，鷄籠山色夜夜碧。

【評】詩慰本評曰：「真率，自與膚淺不同。」

從俞羨長讀宋幼清九篇集宋復以長歌見贈

俞君示我集九篇，恍從地底見巒嶽。江南骨體傷秀媚，此君出語何淵博。書等於身文充屋，把君半帙見君腹。寥寥晨星不幾人，相與撑支若一木。曉見山雲暮已掃，回首螢光即腐草。感慨萬事不肯言，向我但言官妓好。此身只在南都裏，出門相見動十里。何況扁舟歸去來，漠漠新秋點江水。

【評】譚合集評「感慨」句曰：「各有深寄。」

詩慰本評曰：「大手眼。」

阿丟歌

華亭童子得名早，未滿十八自言老。禿衿小袖耻爲容，掩面低頭影亦好。昔事風流老太守，箜篌弦索不停手。今侍蕭蕭槭槭人，不歌不舞寒秋辰。桃葉渡頭百女子，素矜婉麗亦羞死。名下人多抱懶情，亂髮如油垂到耳。艷艷相向倚寺門，癡來不語徒有魂。山鳥亦解識人意，恰欲語時飛過村。

【評】譚合集評「禿衿」句曰：「不矜風調，低回自賞。」評「名下」句曰：「笑殺此輩。」

贈姚百雉

身長九尺鬚眉蒼，前有張鎬今姚郎〔一〕。一見慷慨夏葉黄，纖思軟語爲子藏，提子且置佳人旁。酒酣羞聞客短長，吟詩一章或兩章。聲罷瞪目目有光，江海偉人驚紅妝。明發買棹衝菰蔣，大江日夜流肝腸。

【校】

〔一〕今　譚詩歸、譚合集作「後」。

夏夜古意

吳女織羅添花作，江南諸姬身上着。夜來怕遺香風度，裁縫裁羅作羅幕。明月皎皎照羅幃，羅花一一影香肌。郎來諛妾肌生花，取衣覆肌花在衣。

【評】　譚合集評末兩句曰：「罵盡肉眼諛媚人。」

寄王穉恭南歸北上

王郎秋寄在家字，嚴冬早聞稜陵至。單車往返若星馳，走過城門傾城知。我往一年君一月，始知才力更超越。下馬换裝復北去，笑我南歸歸何處。

懷吴康虞〔一〕

竟陵秋風無别離，江流通溝水到池。菱花荷花細雨裹，千墟萬墟落日時。高士不願守鹿場，出門舉動生幽光。吴翁來往駕小舟，焦山度夏鍾山秋。此翁年紀高六十，禪鋒詩趣無因襲。意思必通谿谷寒，髯鬢常帶煙嵐濕。欲寄明月與梧桐，桐影方在蟬聲中〔二〕。

【校】

〔一〕譚合集無此篇。

〔二〕蟬　譚詩歸作「蟾」。

雪朝得茂之書及讀余秋尋草歌

十月風霜寒如鷺，厭人踏破柴門路。忽得故人病中書，氣凍江花年事暮。颯颯短歌吟未了，涵澹賞我秋尋草。愁君苦思深君病，因君高唱卜君好。病起清坐客停車，自往應門未還家。梅塢分香不出簾，大小瓶中疏密花。此際相憶人莫知〔一〕，昔年同作咏梅詩。幾欲躍上長干船，思往思來又一年。

【校】

〔一〕莫　譚詩歸、譚合集作「不」。

八月十五夜誕先招泛南湖〔一〕

八月寒生武昌湖，隨意蕩槳入菰蒲。動者入湖各欲静，湖連江北浸平蕪。所向空闊半村落，陽侯奪作魚龍區。篙師袖手任所往，但一牽條與攀株。楊柳作圍覆藕塘，蓮子摘盡荷未枯。此月隨我十餘年，去年歸楚前年吳。江山映發出入久，後飛鴻雁先棲鳧。忽思中庭月已滿，岸鐘切切盍歸乎？

【校】

〔一〕譚合集無此篇。

入甲寅歲欲亭其河上尋以游尼五月歸見亭基已築喜諸弟同志作歌〔一〕

阮子冥心易老融，林皋之間兄弟同。我家諸人俱年少，參差不覺兄薄躬。已誅茅茨平緑疇，五處疏窗自相通。河流浩浩送晨夕，久窺乍觸開愚蒙。亭焉初恐河身高，累土向下納濕紅〔二〕。遠歸登臺失故趾，如弟惠我四邊風。夜浸月光樹光裏，日浮雲氣水氣中。即事酬對非孤影，况有良朋來西東。

【校】

〔一〕譚合集無此篇。

〔二〕土　譚詩歸作「上」。

題伯敬詩集

人見祗作數卷詩，我見鎔裁成光彩。歲歲顧影步步入，取次觀之深淺在。嶺秀潭空雲未作，静者獨居百花落。有聞無聲肅肅如，惟恬惟澹涵其博。於古不背今不襲，升沈其外中而立。古人變化真難窮，内有浮焰人誤拾。與子勸戒非一端，如子深究者實難。

【評】譚合集評「取次」句曰：「年力、學力鎔鑄乃出。」評「内有」句曰：「俗眼非此不取。」

吉祥寺松下夜歌示伯敬

星漢不可爲光輝，輦路下矚深璽微。隔院笛與斷香散，一聲磬如秋花飛。來步殿前訪古松，禿頂傾枝老人容。子言燕寺勝於此，有松乃若巫山峰。憑仗深厚松不知，見松應以佛拜之。亦知世上多松柏，神理茫茫空爾爲。

【評】

譚合集評「一聲」句曰：「杳然深静。」

玉泉寺鐵塔歌

冶人爲冶道技徹，神奇可以救頑鐵。瘦硬清老夔螭纈〔一〕，雲嵐起手波濤結。漢玉漢製鑪性滅，真宰嵌空佛流血。半山雷雨試硊鮠，層層天眼瞻蠓蠛。古苔難生蟲虚嚙〔二〕，水鸖銜泉巢嗚咽。俯臨隋鑊氣精核，自忘其高若同列。寺有隋大業鐵鑊，幽古如之。因思古人意想别，金石土木無妖孽，神之格思焉敢褻。

【校】

〔一〕夔　原作「蠖」，疑誤，據文義改。

〔二〕蟲　譚詩歸、譚合集作「蠱」。

【評】譚合集評首二句曰：「鎔鑄此語，亦是佛力所攝。」評「古苔」句曰：「妙。」評「俯臨」二句曰：「妙。」

隋大業十一年鑊歌

鑊兮鑊兮，不復鑊兮。以之爇香，大損沈水；以之煮泉，將苦提攜。其放置於山水車馬之間者，使夫歌而問，仰而思。念唐以後之古人，後此鑊生，先此鑊朽，而因是以發深省而悲啼。

【評】譚合集評曰：「其音節是歌，其起止是歌，其段落沈鬱是歌，此所謂得其神理所在，不復更以章句求之矣。」詩慰本評曰：「二作，虞山極言其卑俚，蓋下筆時未嘗師古人耳。然友夏豈不自以爲警句哉？詞人率意處，輒自以爲得意，未可也。」

早春入郢贈無易先生

柳枝氣動春在晴，動我摇摇瞻眺情。梅花香暖春生煙，速我含緒過公前。徂春與公隔郡樓，鶴銜青草立牆頭。今春見公郡齋中，月澹梅影吹虚空。

【評】譚合集評曰：「如分四段，段段入情，不懈不支，極爲清潤。」

前銀花歌 有引〔一〕

正月十五夜，郡齋清宴，抗言在昔，火樹静開，童子欣暢。太守朱公無易，詩人也，顧春曰：「古有歌銀花者乎？」因而授簡，命篇云爾。

早春花事似花闌，請來觀燈燈亦殘。始向庭中設火樹，燁燁朗朗紛無端。不根不株在人手，藥爲土氣紙爲畝。火速不遺花神知，四時名花半夜有。初放梨花與杏花，枝枝葉葉光交加。繼見芙蓉甚分明，霧露不隱電横斜。眼底木樨未有香，紅點落雨雜海棠。忽復置身寒燒裏，瘦梅開不逢雪霜。開亦此一時，落亦此一時。開如東風薰風涼風朔風吹之開，落如春晚夏晚秋晚冬晚辭故枝。明月在天羞與争，人巧天工本錯成。好蕊好柎從所覓，高枝卑枝相向生。摇摇升降氣如醉，始嘆翦彩少生意。冶郎游妓知何處，蜂蝶安敢前來戲。金火土木互相翼，要知此中有消息。節候歡娱天定之，莫言不由真宰力。

【校】

〔一〕譚合集無此篇。

【評】

詩慰本於篇末評曰：「乃見才情。」

後銀花歌〔一〕

十五至十九，燈火歇還存。同此一庭内，名花煙作魂。太守清奇愛良辰，火光相近照野人。倘非藥物易含蕊，安肯夕夕煩花神。敕開即開落即落，侍童欲掃光影薄。最後寫出松與柏，命酌斗酒以贊客。

【校】

〔一〕譚合集無此篇。

雪蘭詞 有引

蜀山蘭有奇種，莖特一蕊，其花正白，與苔蘚相依，生石稜間，香獨杳遠，土人呼爲雪蘭。成都朱公無易來守郎邦，向余而説。余爲蘭花逸品，而此更皎皎有不屑之韻，此亦花中之王無功、井大春也。公曰：「蘭本清物，又以雪得名，而不使聞於世，鄉人何所逃罪？子筆不俗，爲長言以永之。」余感其言，退而成歌，托公之家人往來於蜀者，寄題焉。

緑葉兮無光，紫莖兮徒芳。蜀山深深兮，白雪朝出而暮藏。山有石兮石有苔。苔繡石瘦兮，蘭花白開〔一〕。一枝一蕊兮，山禽静飛。一蕊一花兮，山澹其暉。

【校】

〔一〕白　譚合集作「自」。

【評】

譚合集評引文中「公曰」句曰：「能作此語，豈無感恩知己。」評本詩曰：「字字清特，使雪蘭可受不可褻，此花知己。」

逢終南老僧歌

院立老僧映松藤，自言本是終南僧。亦知終南遠綿綿，老在他山心不能。夏月浮梁募茶來，獨上祝融下南臺。倒墜寒壑自扶起，至今頭上猶嶽苔。今日不出勝早歸，纔完綻衲霜已飛。坐到僧再出定時，草間秋月光上衣。

【評】

譚合集評「老在」句曰：「禪悟在性情之間。」

明詩平論於篇末評曰：「拗僻。」

沿月步蒙惠二泉見予與伯敬之詩在焉向游可慕清感憑心

惠淙淙，蒙齒齒。如思復如驚，初亦何怒喜。良久流向石窪遠，然後任他紛紛耳。怒者看同石俱落，喜者月亦化爲水。神鬼豈不坐碑陰？客履剡剡神或起。蒙惠泉，感客心。二泉一音生衆音，與客孤聽山夜深。

【評】譚合集評「怒者」二句曰：「妙理，觸處始知。」

明詩平論評曰：「禪理化境，茗香琴靜，妙不容言。」

放啄木詞二首

丁丁投林邊，虞人意默然。君莫一放事便已，幸坐相守飛遠天。

其二〔一〕

叩木如叩門，逢君感君恩。明日鷩蟄蟲滿谷〔二〕，我往啄爾齋中木。

【校】

〔一〕「其二」標目原無，據譚詩歸、譚合集增。

〔二〕蟲　譚合集作「蟲」。

【評】

譚合集評「虞人」句曰：「酷像。」

山雪引

豁然明眼素輝迫，獨上一峰千峰白。衆山嵐淺光難久，雪來秀之山光有。素林杳杳蕩遥巒，駐視良久身上寒。

【評】

譚合集評末句曰：「慄然。」

湖南清絶地

岸青點點浮沮洳，直看天入菰蒲去。隨波流山山不知，鷗與前帆落何處？輕舟二月桃源間，有此奇秀無此間。雲中湘娥不斷魂，疏雨如秋涼萬山。山水照耀晨復昏，南方自有湖嶽尊。人來其間亦如此，孤懷落落千餘里。

【評】

譚合集評「疏雨」句曰：「孤遠。」

觀水簾歌

潭水溪水滿山渌，别懸飛瀑覆寒玉。閒花引入亂石邊〔一〕，壁銜聲光冷遥矚。空山年年不自絶，若有人兮司蓄泄。久立盤石智勇生，寂寂回首巖壑明。

【校】

〔一〕入　譚詩歸作「人」。

【評】譚合集評末二句曰：「高深觸望同，奇人與山水自有曠感。」

登祝融峰頂歌〔一〕

半生但知住浮世〔二〕，忽上此峰鶴難至。誰言午旭下界高，漠漠晴雲裏天地。幽幻眼光如愁胡，縹緲靈機兼夢寐。下聽數劫始湧聲，静想長空或含意。一身仙隱不自辨，安知山河何處置。近天語天天亦聞，以雲驅雲雲觸類。卓絶四峰不足言，甘與峰爲七十二。

【校】

〔一〕譚合集無此篇。

〔二〕住　譚詩歸作「往」。

仇英宫蠶圖引

麗腕寫宫晴，蠶房幃幕明。朱梯擁上桑就手，不是人間提筐情。一人采采幾人拾，秃衿小鬟掃葉及。旁坐白頭欲相催，前曳後擔肩踵急。處處切桑如切玉，喂蠶未忍纖手觸。請望碧欄丹楹中，蠢蠢眠來驚新緑。束葦抽絲繭無虚，自蠶至繭數日餘。先蠶有神敢不拜，后敕宫中修禱書。仇生本是山林士，宫中機杼何曾識。國朝以來稱好手，細寫王家秋毫力。盆中出手宛自嬌，繰車連連運紅綃。熨柄刀尺雜織凍，其間三五十細腰。就中多是含怨人，生蠶死蠶手裹春。仇生似欲愁緒歇，不向流黄寫明月。

【評】譚合集評「先蠶」二句曰：「細婉聲口復莊重，似女子虔恭態。」評「生蠶」句曰：「絶奥靈。」

迎浦兒詞 有序

予幼失嚴君，長無嗣息，惟五弟三妹，孀母不免勤苦。而予以長子佐力於外，雖鮮克盡道，然過耳縈懷，似半生已沉淪婚嫁中，不復堪自作尚平矣。嘗置妾，三年不子，即遣之。所遣妾，輒生子他處。始知身不宜男，不當歸過婦人。而戊午夏六月，元聲弟生雙子。予喜謂聲曰：「天賜也。」拜而迎之。天之所賜，不迎不祥。聲哽咽不能對：「吾寧使吾兄獨有子，奈何令吾兄終子吾子乎？」予笑謂之曰：「汝欲愧世之盻盻然於兄弟之無子者則可矣，然安見汝子不可子乎？我於侄數人皆若子，而復曰迎之則子，我則世人矣。」乃止不迎。後十二月五日，是爲老母誕辰，又迎焉。母賀春曰：「喜兒今日得一子。」予因大悟：此十二月五日，是吾浦兒生日矣，戒家人無復言六月生日者。或以爲奇。夫兄弟子侄，寧有奇耶？當六月報生雙子時，吾心動欲迎。心動欲迎，即爲精爲氣。乳媪抱而告諸祖，祖已見而授吾妻，吾妻受而置諸懷，即爲胎。母子兄弟之所跪拜，朋友之所聚觀，僮僕之所歡迎，即爲形。不從十二月五日始，安始乎？歌以永之，俾無改焉。

汝即臘月五日生，伏時出腹臘時迎。迎反爲實腹爲名，祖母帨期靜哉貞。接汝天性移汝情，又懷抱之堅汝誠。新堂新竈巢神明，老僧立此煙磬鳴。

【評】譚合集評序文中「予笑謂之」數語曰：「宛轉躊躕，總非世情，獨存至性。」評詩中「接汝」二句曰：「靈心慧性，總非凡氣所能凝結。」

詩慰本評序文中「予因大悟」數語曰：「此等性情見解，真孝友人也。」評詩篇首句曰：「突起妙。」

明詩平論評序文曰：「厚道佳言。」

虎耳巖山池取藕歌(一)

老僧坐巖開林薄，老僧已死樵來縛。猶有蓮塘塘親鑿，泥爲膚兮石爲魄。春雨雖微藕未涸，藕以飯僧無外索。食半餘半花葉托，湖上童子善尋度。欲知其處問雙腳，手出素節照丹壑。巖氣與我合冥漠。

【校】

〔一〕譚合集無此篇。

觀南巖一帶奇巖歌

一巖兩巖常經奇，南巖獨以巖充之。上天下壑鬼所斧，中留一隙人所施。削與鑱，松與杉，風日蕭蕭如海帆。石以屋，龕以谷，左嗟右嘆勞我目。遥指有人坐枯穴，欲往無路呼如鐵。形憊口噪留不得，我對白雲常面熱。

【評】

譚合集評「風日」句曰：「幻妙。」評「左嗟」二句曰：「看山真境，每用勞憹。」

吴康虞宅同袁公寥及李少文談乃歌之〔一〕

膠膠側側輪西日，砌蟲欲語待筵密。耆宿筵高坐太乙，夜明青桐露尾出。鳳息其聲影照匹，十年畏友血流筆。欲湮其血天無術，拍我右肩抱爾膝。相視琤琤眼光一，筒詩郵書事可畢。高天之下星辰暱，天低星老蓮出室。

【校】

〔一〕譚合集無此篇。

牛首閱祖像及鍾子所書各祖始末八十餘軸歌〔一〕

名手匿名圖諸祖，祖不能多高僧補。恭迎尊者上素練，三十三外始去取。酣然一筆無生滅，氣滿幽明化金鐵。亦知歲遠練當非，意與他年遊者結。愛山臨筍心忽動，收召墨魂重裝送。贊頌不免爲文字，因祖書祖以示衆。始知畫者勤心想，弘慈滿眉勇露掌。牛首以南多山色，年年供汝蟬聲上。

【校】

〔一〕題　閱　譚詩歸、譚合集作「閒」。

【評】

譚合集評「恭迎」句曰：「莊得雅。」評「氣滿」句曰：「奇動。」評「弘慈」句曰：「雄悟，似祖師語。」

文天瑞見枉寺中作歌爲贈〔一〕

我習點畫事，未究點畫意。天地浩浩星電徙，徒向溪山引空翠。察君端委周易來，京氏焦氏口難開。千身散作古今遍，其中常以易爲胎。井丹在前足自卻，高車屢向窮巷索。不是閎深不如此，鳳無苟飛飛向鶴。

【校】

〔一〕譚合集無此篇。

【評】

詩慰本評曰：「略無類書語。」

選夢庵爲余集生題〔一〕

浮生昏旦雜飲哭，我夢忽墮青山宿。愛君體静悟今古，與予同夢不同熟。君是夢外選夢人，有時不選任天真。不然何以炙手塲，把予一篇嗟沉淪？客裏君歸月亦在，秋光不與高閣礙。日日夢中鍾山影，共君遲眠守蒼黛。

【校】

〔一〕譚合集無此篇。

攝山看王小大走馬歌

城中尚未收秋輝，城外秋荷香儂衣。山空馬響麗人靜，去來野紅光中飛。初見夕陽照怪石，再見素衫摇空碧。松柏陰陰不障道，萬步一摺秋雲襞。髮欲亂時勒未收，感郎意氣當馬頭。盤馬身輕如墮馬，春螺再向鏡中寫。

【評】

譚合集評「去來」數句曰：「聲影馳驟，卻以静氣攝入。」評「感郎」句曰：「情妙正忽然。」

俞仲茅潛池隔雨聽鼓吹歌

一天秋氣行漣漪，秋風秋雨同在池。坎坎伐鼓鼓聲濕，主人南歸未幾時。雨溜漸多檐竹亂，前竹後柳秋離離。就中鼓聲吹向水，風雨在前猿坐疑〔一〕。將鼓來近燈燭前，始覺耳中秋雨天。

【校】

〔一〕坐　底本文字不清楚，似爲「生」字，今據譚合集定爲「坐」字。

【評】

譚合集評「風雨」句曰：「奇在猿忽坐想。」

范漫翁贈予五詩三畫感答其意

范翁名迂字以漫，以漫濟迂性習半。四十年後畫溪石，生氣早與詩相亂。古人詩畫必有以，我見漫翁囅然喜。衰薄場中常坦步，羅網干戈儘可已。相見便談談未了，蕭蕭肅肅欲幽杳。爣然一士過城中，雲流煙翔停花鳥。漫翁居止亦難測，朝安夕徙無迴惑。家人茫茫若仙去，眼中空有琴書色。聞我朝來尋湖山，五詩三畫投不閒。敢謂漫翁勤心手，嗔人妄乞多搖首。

【評】譚合集評「朝安」句曰：「寫出事跡具致，俱飛動可想。」

住尤時純家别去作歌

煙雨到門柳行直，良久不揖察顔色。驚我枯槁拂子鬅，微染新霜止不得。男兒慷慨意無如，寸心欲剖血有餘。龕外兩幅酬恩畫，篋中一卷窮交書。冠蓋如雲空草草，獨攬衣裳自顛倒。萬事嘻笑天地昏，半醉吞聲一野老。夜夜瞻星愁遼陽，婆娑笻竹看精光。有時笑向路傍人，行歌猛虎秋復春。

【評】譚合集評「夜夜」二句曰：「此輩必有可取，乃動譚子作詩。」

答贈葛震甫〔一〕

君雖還山我出村，相逢不外一白門。山中心動雲移棹，知有人過湘江渾。來往無踪客程一，秋風入懷天地逸。知己細數不多事，相逢前日離明日。

【校】

〔一〕譚合集無此篇。

分杖上鏡花閣

老僧愛客山志篤，欣然出贈幾節竹。未老而杖愧佳山，我拜辭之爪甲間。山雲扶我如杖好，垂垂不滑過苔草。須臾先登竹裏閣，回聞杖聲響冥漠。

【評】

譚合集評曰：「真樸，正在不宥多事。」

喜李長蘅至

殘客場中望獨友，待君欲來日叉手。千頃波中影倏忽，看君登舟反恍惚。人傳君貌多似予，相見先問如不如。皮毛百年散寒煙，諸君莫問然不然。夜夜城中如遠俗，閉門便向山水宿。我歌止時君畫起，起止蒼茫鼓聲徙。君欲約看太湖梅，置君且在霜紅裏。萬葉一色紅易終，我愛黄邊緑邊紅。

【評】譚合集評「皮毛」句曰：「忽然轉悟，高氣磊落。」

聽李長蘅所攜客弦索歌

李郎不肯不蕭槭，攜得江南三弦客。蕉陰沈沈未知霜，將進一杯秋草白。初彈調弦弦聲同，纔出清喉應寒鴻。喉所欲急弦不緩，三弦萬疊沈虛空。颯颯瀝瀝如將泣，背人時抱聲響立。静者生喧喧者静，幽琴哀箏氣相及。歌歇李郎向予言：此人恬憺如丘樊。世上萬事皆有以，我發長歎從兹始。

【評】

譚合集評「颯颯」數句曰：「幽思宕漾，聞者動色，此是感人，與人之自生感者别。」

又聽長蘅所攜客撾鼓歌

李郎所攜三弦人，又解撾鼓辭秋辰。霜風徑入鼓吏前，楓丹梧黄立冬天。雙手不停急者鼓〔一〕，半欲生歡半欲怒。有時如弦赴清歌，有時如雷擊驟雨。諸君俱向聲中落，借繁華事存寂寞。城中夜半天早寒，能使空堂爲高閣。

【校】

〔一〕急　譚詩歸、譚合集作「擊」。

【評】

譚合集評起句曰：「老氣挺然。」評末二句曰：「住得無情無緒。」

重送永啓還閩予亦從湖上西歸

白門别時已難别，又復棲盤添幾時。敬君爲人交自深，外廣中坦志不移。昨日獨上南屏顛，前湖後江淼眼前。已恨不曾與君往，況隔閩山萬重煙。閩煙楚靄朋好稀，望家各似不欲歸。夜半長嘆驚榜人，我竟入楚子入閩。閩中二三人了了，見之説我與君好。韶光山下紅葉落，敝車過嶺無青草。

上海顧繡女中針神也己未十一月十一日與雨若相見蔣樹適有貽尊者二幅舉一爲贈時地風日往來授受皆不知爲今生相顧歎息乃爲歌識於二幅上

女郎繡佛人天喜，運針如筆綾如紙。華亭顧婦嗟神工，盤絲劈綫資纖指。如是我聞猶未見，以紙以筆想靈變。一見驚歎不得語，竹在風先，果浮水面。拙哉筆紙猶有氣，安能十七尊者化爲綫。有鶴有僮具佛性〔一〕，托汝針神光明映。浪浪層層起伏中，以手捫之如虚空。可見此物神靈肅，來向沈郎現水木。沈郎愛予初見予，寒日霜湖贈一幅。尚留一幅亦奇絶，同是顧婦幽素結。相視恍然各持去，我歸荒郊草庵處。

【校】

〔一〕具　譚詩歸、譚合集作「其」。

【評】

譚合集評標題曰：「恍惚中具有一詩。」評「竹在」兩句曰：「寫入細事，始活活浮出。」評「以手」句曰：「刻劃乃盡。」

集李客星伯仲宅隔簾聽侍姬徵曲　同康虞、獻孺諸子。

霜森月寒曲房清，一聲乍從簾裏生。宛宛瀝瀝千萬轉，細聽始有兩人聲。起如穆穆琴欲作，接如涓涓泉始躍。放如鳥踏梧影疏，收如冰凍潭光落。肉聲已兼絲竹有，若翔若停若回首。不知簾外有人聽，一歌自賞隨更久。中有一姬不見月，閉目凝想清喉竭。隔屏偶聞弦索響，取弦學彈驚林樾。主人孝友天機篤，洗盡高堂與華燭。與客階除行月光，回聽簾内天茫茫。

【評】

譚合集評「細聽」數句曰：「淡艷正妙，思理中出將四句，馳驟一番，曲意已盡，而聽之不窮。」評「不知」二句曰：「得意正在自賞。」

江夏送徐子卿先生

林亭不得穩，命舟乘涼夕。送我知己人，還鄉上京國。自出山來卷文史，兩爲令時邑皆劇。手口眼耳一時用，餘但枕簟與酒弈。磊磊作令凡幾年，無人敢諛花與舄。我在西庵時，言笑寡嫌跡。曾共登岡坐亂草，忽聞騎馬過夾柏。如此敏妙經綸手，當時上海猶被謫。一片次山舂陵情，君雖不言我歎息。歎息上高樓，黄鶴散空碧。静夜徒侶稀，磯聲鳴磔磔。樓所未納君作堂，能使山川歸李白。江臺湧月月湧波，初照千古苔蘚石。送君至此莫離傷，重攜數子飲如昔。

【評】

詩慰本於詩末評曰：「放。」

天啓元年隔歲久雪歌示譚訥庵[一]

是年人日雪未已[二]，臘之十有八日起。地老天破冰相載，不容舟船容馬駛。光多或有春同來，小園無日扉不啓。平原旦夕作巖壑，踏入虛無摇踵趾。老人留眼看積光，獨向朔風寒自喜。莫待霽明聽檐消[三]，忍送堅光成流水。

【校】

〔一〕譚合集無此篇。

〔二〕未　譚詩歸作「表」。

〔三〕霽　譚詩歸作「齊」。

人日以後又雪歌〔一〕

大家廒庾皆閉死，饑禽但啄梅花蕊。上天偏頗亦有時，三旬雨雪不知止。老農倚杖望湖田，看看此雪將成水。

【校】

〔一〕譚合集無此篇。

雨兒除夕撾鼓歌

殘菊細雨霏霏夜，披衣喜汝啼聲乍。不知已過十年事，鼓聲即如雨點下。兩捶在手一捶急，肆行中邊如呼吸。吾家子侄仗人天，初賴天性後賴習。決知誦讀從此生，明年入塾忘鼓聲。

【評】

譚合集評「吾家」二句曰：「感激規誨，宛然天性。」

江夏女客行

昔年秋泊孤山趾，鄰舟夜半一女子。空杯久坐厭明月，各掩船扉繙書史。雁過人絶無衆聲，不聞咳唾聞響紙。别後流落吴越間，好名卜宅梅花裏。前日寄我江州書，我笑不答動其耻。不知何處得金錢，兩三畫舫游未止。近説江城有女郎〔一〕，好訪良朋移行李。往過其户蘆簾驚，深心察客良有以。孤山女子清照物，同心雖結未可倚。不如坐此爐香消，細雨酸風街鼓起。

【校】

〔一〕江城　譚詩歸、譚合集作「江南」。

【評】

譚合集評「空杯」二句曰：「幽艷中别有生想。」評「雁過」二句曰：「豈復庸俗人，所知復庸。」評「好名」句曰：「已知其人。」評「我笑」句曰：「事奇志奇。」評「不知」句曰：「使之無詞。」

松石園歌 有引

吾鄉少司農陳正甫先生，澄懷物表，洗氣象先，人莫窺其際焉。一日出松石園記，令春詠之。春盤旋其間，不覺累日。深邃而方廣，瑩拂而幽尋，茗香岸潔，花艷湖明，春雖未至，亦曠然天真之想矣。其或感薪指之俄謝，悟來生之津梁，春固無由得知，即以叩先生，不應也。惟是松櫝陰沉，牧樵躑躅，此亦人生之常理。而先生哀樂過人，恭敬寄慨，以至於杖履從兄，教養子侄，敦厚退讓，衣乃德言，則夫竹柏之懷，水木之好，烏足以窺先生之際乎？吾無以窺其際，吾姑且歌吾歌〔一〕。

里名松石無松石，初移松翠與石碧。豈惟堅瘦瑩心神〔二〕，若因杯棬慰朝夕。蜕丘藏瘞水雲處，有嶺蜿蜿入雲去。位置仍憑經濟才，淳樸恥獲清遠譽。恍然身世太古中，往來村墟如野翁。情閒獨上百果嶺，岸近不畏扁舟風。湖光開宇月開扉，荷香林香含笑歸。把鋤常爲墓草剪，倚杖還向池草依。兄弟相將看平原，攜種渚茶青滿園。風便已傳伊吾起，雨過或聞禾稻翻。西疇日在園邊緑〔三〕，南華日在園中熟。二楞幾卷不自窺，齋晨愛與僧共讀〔四〕。歷歷松子落僧前，臺尚伊吕俱悠然。雖耽林嶺非耽隱，五朝聖主恩如天。

【校】

〔一〕吾　譚詩歸、譚合集作「且」。

〔二〕瘦　譚詩歸作「質」，譚合集作「潤」。

〔三〕園邊　譚合集作「周遭」。

〔四〕晨　譚合集作「明」。愛　譚合集作「時」。

譚元春集卷第五

嶽歸堂合集五

五言律

憶五弟正則

一時忽不樂，五弟知何如？臨别曾相訂，未痊當寄書。幸因書不達，遥揣病當除。寂坐賓筵上，魂驚夜叩閭。

【評】譚合集評「未痊」以下數句曰：「一氣渾淪，字字是情，畢竟入不得他想。」

道逢饑人候賑官不至

盡説君門遠，皇仁荷有司。三年生寇盜，百里至衰疲。足以嗟重繭，心能憤漏卮。來臨遵故事，愚賤敢申詞。

【評】譚合集評「三年」兩句曰：「樸在清，古在正。」

送魏二十九舅之承天

眼看吾舅氏，兹度出門艱。見樹知村落，無波是郢山。時大水後。舟行秋色外，人往雁聲間。郡邑何嗟遠，甥將東出關。

送章德開美二兄北遊兼寄李屯田

兄弟愁何並，之京風雨裝。途中行一月，馬上度重陽。勞者歌無關，歸歟歎必長。故人如問及，身正作菰蔣。

【評】譚合集評「途中」二句曰：「初唐人無其秀。」

抵白下尋林茂之

霧蓋蔣陵天，先尋古巷邊。寄書非晤後，拜母在交前。地闊狂名小，人歸幽事傳。高齋殘雪竹，相見亦欣然。

【評】譚合集評「寄書」幾句曰：「此是古人相與景況，非名士相與景況。」

明詩平論評「拜母」句曰：「古道。」評「人歸」句曰：「腹語。」
詩慰本選收此詩，並曰：「爲交情存之。」

同彭舉子丘茂之看春遇雨

含嬉未肯出，攜手奈朋何。雨後尋車馬，春先入綺羅。梅傳花信到，簾隔艷情多。惱亂惟今日，林鶯漸有歌。

逢潘景升

曲巷驚相識，十年遊楚顔。喜深無一語，坐久始開端。俱歎飛鴻翼，同收墮馬鬟。高情兼遠趣，勸我到黄山。

【評】

譚合集評「坐久」句曰：「應上『喜深』。」

瓶梅〔一〕

入瓶過十日，愁落幸開遲。不借東風發，全無夜雨欺。香來清浄裏，韻在寂寥時。絶勝山中樹，游人或未知。

【校】

〔一〕譚合集無此篇。

二月十八日彭舉茂之同予葺理園林其明日子丘送予入園

移床先浄穢，浄訖入林中。散步驚殘白，凝眸窺小紅。跡揜三月匿，徑許數君通。來莫全看竹，主人殊不同。

【評】

譚合集評「凝眸」句曰：「傷雅。」

登清涼臺

臺與夕陽平，同來爲晚晴。隔江山欲動，半壑樹無聲。艇子遥歸浦，庵僧近掩荆。烟嵐處處合〔一〕，殘興尚能清。

【校】

〔一〕合　譚合集作「含」。

【評】

譚合集評「同來」句曰：「妙。」

寄王百穀〔一〕

半偈王居士，今猶善飯無？世知尊雅頌，問不後公孤。豈乏名流接？看來前輩殊。好留風韻在，策杖到荒蕪。

【校】

〔一〕譚合集無此篇。　王百穀　譚詩歸作「王百谷」。

園

反鎖蕪園裏，孤尋徑徑嘉。柔條青過草，初葉放如花。燕到寒無職，鳶來雨共斜。午眠能適意，不肯夢歸家。

【評】

譚合集評「柔條」數句曰：「妙趣正在有一『園』字。」

三月三日懋清招登雨花臺二首〔一〕

此日宜臨水，偏尋郭外山。草能如柳緑，鶯似讓鷗閒。賴有晴光助，莫愁歸路艱。雨花臺上好，全在夕陽間。

其二

六朝真可想，三日尚如兹。香滿肩輿路，花開歷代祠。江帆盡立鳥，山塢暗藏姬。設坐時高下，同游多遠思。

【校】

〔一〕譚合集無第二首詩。

【評】

詩慰本評其二末四句曰：「後四句卑。」

除竹

萬竹須臾盡，其如客舍何？山從此際見，月比舊時多。影斷寒塘水，虚通隔嶺歌。要知終悵望〔一〕，無處避人過。

【校】

〔一〕要　譚詩歸亦作「要」，然另一部明刻本譚詩歸作「夏」。

【評】譚合集評「影斷」二句曰：「除得有致，豈是草草。」

同耳伯雨宿唯心庵

念君容易去，來傍佛龕眠。雨響三更後，山寒薄暮前。濕能增樹色，暗定結江煙。行遍無窮寺，兹庵若有禪。

【評】詩慰本評曰：「第六句佳甚。」

齊王孫屢招入社不赴作詩謝之

亦覺王孫雅，招摇道廣時。偶因園禁足，若爲社攢眉。花落花開事，春陰春盡詩。閒將揀數友，來爾小山嬉。

【評】譚合集評「偶因」二句曰：「堅拒入社，説得和平。」評末二句曰：「妙在原不拒社。」

送陳荆生

從前漫相識，近自友邊聞。真樸無遊道，余心方重君。歸懷衝匹馬，畫意入奇雲。五月焉知到，閩中山氣紛。

【評】譚合集評「真樸」句曰：「真知己。」

得家書二首

開封心不定，母弟定催歸。何意良朋札，亦言遊久非。湖田秋在麥，河水夜浸磯。堅我遲遲發，家人幸未饑。

其二〔一〕

尺素愁相瀆，家書不厭長。石頭雖逆旅，漢口易舟航。未向來人悉，先知老母康。所交敦古道，説此十餘行。

【校】

〔一〕「其二」標目原無，據譚詩歸、譚合集增。

【評】

譚合集評其二末二句曰：「入得家書人即千行不厭。」

同茂之九雒鐘樓岡看月〔一〕

好懷多對月，此地對難頻。白浸高岡草，青迷隔嶺筠。囂聲不到夜，涼意盡歸身。各自尋家去，鶩予是遠人。

【校】

〔一〕譚合集無此篇。

鍾伯敬書至以一詩見懷云夜夢寄予書談使蜀事懷答一首〔一〕

新知雖櫛比，念子勝新知。況在無人處，何能不我思。久聞歸向蜀，近見使多詩。片楮報殘夢，當予同夢時。

【校】

〔一〕譚合集無此篇。

天界寺過朱伯還尋徑〔一〕

城中幽久歷，郭外寺初過。樹密失全照，林陰生細波。鳥聲聽不一，人跡見難多。欲傍良儔住，悠悠奈夕何。

【校】

〔一〕譚合集無此篇。

自園中移永慶寺

深園通客徑，久住即無幽。鐘磬引人徙，鶯花難我留。知非朝暮計，欲避往來儔。僮僕私相謂：何時返復州？

【評】

譚合集評曰：「此詩之病，正以押韻不老。」

答吴允兆見訪〔一〕

我生君白髮，不覺又同時。止欲求君晤，何圖愛我詩。病尤成矍鑠，老未礙棲遲。肯作山園訪，真如夢寐期。

【校】

〔一〕譚合集無此篇。

病中同茂之尋菩提場

僻徑渺無際，君來約細尋。香花行處是，老樹到門深。抱病生閒事，逢僧長慧心。有誰送歸路，返照與啼禽。

【評】譚合集評「香花」二句曰：「好光景。」評「抱病」句曰：「静中真想。」

康虞同子丘茂之過永慶寺〔一〕

未受先期約，從何手並攜。井初離虎嘯，窗屢换烏啼。危塔無全火，深林少一溪。領孫書史罷，也欲學攀躋。

【校】

〔一〕譚合集無此篇。

彭舉茂之過談〔一〕

有客頻來問，流雲到眼邊。以君心並篤，致我意相牽。静愛山僧出，幽生院竹連。莫言長守寂，忍失後湖蓮。

【校】

〔一〕譚合集無此篇。

贈馬巽甫

肯復輕還刺，能來過我先。因知良友晤，多是往生緣。高欲争鍾阜，清如寄惠泉。相逢時苦淺，猶幸及歸船。

與吳從聞夜坐

幾度換居亭，惟求户反扃。龕塵僧出院，塔響鳥銜鈴。子謬推三益，予叨長數齡。幸從禪理入，文事尚空靈。

【評】

譚合集評首二句曰：「真畏俗客應酬之苦。」

雨中過茂之洗兒同百雉孟和〔一〕

小階來急雨，歸緒自然生。賴有聞啼處，因深共話情。竹光斜帶潤，桐韻俯垂清。記取高人致，庭規待長成。

【校】

〔一〕譚合集無此篇。

九日泊漢川〔一〕

九日雨中歸，一年江上衣。候遲楓未落，節滿菊猶稀。積水魚蝦盛，殘城主客微。其情多脈脈，似悔到家非。

【校】

〔一〕譚合集無此篇。

夜坐〔一〕

山上自明月，齋中但薄寒。意知光炯炯，不在上山看。香氣隙逾出，禪燈朝乃殘。佛前深晦色，從此悟非難。

【校】

〔一〕譚合集無此篇。

寒月〔一〕

月自來窗下，人難出户前。不風亦獵獵，如水將涓涓。雁入淒清遠，砧知慘澹先。此光何處滅？欲待早霜天。

【校】

〔一〕譚合集無此篇。譚詩歸、詩慰本題作「寒月同伯敬作」。

留伯敬家〔一〕

曰歸君未答，仰首看霜紅。人隔茶香外，鹿馴饑飽中。一燈照難字，半臂閱淒風。損益交非小，年年晤不同。

【校】

〔一〕譚合集無此篇。

佛燈〔一〕

何分光近遠，日月與同情。能破無窮暗，全因不用明。照殘身益幻，看定妄難生。自覺淵然處，依依寒磬聲。

【校】

〔一〕譚合集無此篇。

【評】

詩慰本評曰：「三四妙絶，莫僅作詩人看。」

伯敬孟和茂之叔静同坐河上

人家將盡處，已即接孤村。水落沙邊渡，天寒川上原。各分衰草坐，相對夕陽言。羣動息歸路，山房明月存。

【評】譚合集評「水落」二句曰：「自然，有衰颯之氣。」

又晴

不能成雨雪，陰氣自當歸。昨夜空山外，烏鴉無故飛。雲開晴在嶺，霜重曉生扉。幾處人争曝，猶然寒上衣。

讀陳白雲遺詩

翁避難金陵，織屨賣卜。有人誦其詩，輒從旁哭。

痛哭當時意，其言豈望傳。過情君子恥，微顯古人然。兵火離家日，饑寒織屨年。胸中常湛朗，一世眼光邊。

【評】譚合集評首二句曰：「意氣淋漓。」

題鍾叔靜居易新齋

幾回留此地，動静必同君。近日書齋獨，山光兄弟分。園仍蔬一半，徑但葉紛紜。亮有高明見，尚其尊所聞。

【評】

譚合集評「近日」二句曰：「發意必趣。」

孟和茂之同過南湖道中〔一〕

山勢忽然止，誠哉壤地偏。晴光澹在水，野色遠於天。鳥過溪猶見〔二〕，人來渡已還〔三〕。何知寥廓意，不出小村邊。

【校】

〔一〕譚合集無此篇。

〔二〕溪猶見　譚詩歸、詩慰本作「一溪没」。

〔三〕渡已還　譚詩歸、詩慰本作「千里專」。

道乾之北庵不值值吴彦先一宿而去

有約亦何久，相逢如此難。賴茲僮意洽，能使客心安。松小風吹壁，水明星下灘。此中迎送者，多少異鄉寒〔一〕。

【校】

〔一〕多少　譚詩歸、譚合集作「俱冒」。

【評】

譚合集評「水明」句曰：「粲然明動。」

冬日彌陀庵同茂之孟和作〔一〕

亂踏寒蕪路，因之過野庵。眼隨無限往，心與自然含。遠樹煙鐘接〔二〕，行人水鳥參。近來朋侶有，出入此湖南〔三〕。

【校】

〔一〕譚合集無此篇。

〔二〕鐘　譚詩歸亦作「鐘」，然另一部明刻本譚詩歸作「鍾」。

〔三〕末二句譚詩歸作「近來同出入，只在此湖南」。

婦病〔一〕

憶爾頻年病，皆從道路聞。所憐無子息，真覺愧夫君。中夜冷焉取？十年痛莫分。斜暉寒照水，愁亦與紛紛。

【校】

〔一〕譚合集無此篇。

别盧非敖〔一〕

從兹别直諒，寧復聞予非。北地沙兼雪，前途酒與衣。清真亦有際，識力在攸歸。但取寸心是，知音古所稀〔二〕。

【校】

〔一〕譚合集無此篇。

〔二〕末二句譚詩歸作「君忍袖君手，王家氣不微」。

寄懷吴康虞二首

向人無不道，公信自高貞。齋日佛相與，衰年山有情。出遊尋澗坐，得句繞墩行。憶罷追隨事，窗中湖月明。

其二〔一〕

高人豈問齒，交爾祖兼孫。一飯知無益，寸心猶可原。寺逢看塔語，江失上舟魂。不第遊情有，重逢未敢言。

【校】

〔一〕「其二」標目原無，據譚詩歸、譚合集增。

【評】

譚合集評「得句」句曰：「妙。」評其二「一飯」兩句曰：「要知此不是自恕語，是情至語。」

寄懷林子丘

寂寂楚江事，摇摇朋好情。聞君不得意，爲我未成名。有約母同望，無書弟寄聲。扁舟暫難發，諸累在家生。

【評】

譚合集評「聞君」二句曰：「知此乃不愧真朋好。」

寄南中諸子

作客東園久，文成煙雨親。一驢同近遠，幾字向宵晨〔一〕。此後多相憶，當時非有因。明年江水小，來看藕花新。

【校】

〔一〕字　譚詩歸、譚合集作「劄」。

散步

無事出門望，沿湖過小齋。漁船霜共薄，罾網月相乖。農理重茅屋，僧投寒水涯。不知何所切，亦覺動予懷。

送茂之南還三首〔一〕

萬愁不敢道，又是送君還。心事江邊路，母兄天外山。竟陵無一好，臘月在其間。去去何嗟及，寒花背棹開。

其二〔二〕

一見一情深，徐徐留至今。肯來同語默，安忍計升沉。月泄江城氣，雨收湖舍陰。踟躕分手澀，要我更相尋。

其三

君家事頗悉，肯不速君歸。同樂見帆了，孤吟與浪依〔三〕。裝成白門薄，身過漢川微。曠野良朋遠，惟餘一掩扉。

【校】

〔一〕譚合集只選第三首，無第一、二兩首。

〔二〕「其二」、「其三」標目原無，據譚詩歸增。

〔三〕浪　譚合集作「良」。

同王明甫過謝吉父

起從城上看，城外水光明。漸近伊人宅，園門開晚晴。竹陰殘雨落，簾影一階平。歲暮此中隔，全無歌吹聲。

【評】

譚合集評「漸近」二句曰：「疏暢，涉語成趣。」

詩慰本評曰：「驚人之句常有，但不肯珍重全篇。名成之後，頽然自放。然他人求此等句亦未易也。」

鄒子尹舟往泰和遺書相訊答以訂之〔一〕

静覺一窗移，竹風停又吹。偶過石門友〔二〕，曾自金陵知〔三〕。學道心無所，游山面有期。客帆軒外落，樹樹黄鸝時。

【校】

〔一〕譚合集無此篇。

〔二〕過　譚詩歸作「然」。

〔三〕曾　譚詩歸作「云」。

雨夜念茂之江上二首

一從上舟後，風雨未曾停。是子路相阻〔一〕，皆予心所經。近春江氣活，傍岸梅花靈。萬想馳遥夜，孑然留此形。

其二〔二〕

風雨相終始，心知未秣陵。頻年千里雪，殘臘一江燈。舟子歎常有，家人卜屢憑。大都關念處，驚悸諒同增。

【校】

〔一〕是　譚詩歸、譚合集、詩慰本作「凡」。

〔二〕「其二」標目原無，據譚詩歸、譚合集增。

【評】

譚合集評三、四兩句曰：「體恤温至。」

詩慰本評曰：「『殘臘一江燈』是真境。」

送周明卿中丞撫兩廣〔一〕

中外情同仰，東西粤可知。入疆無雪處，過嶺有梅時。海闊鮫人静，樓明象跡奇。不須珠玉扺，元老亦何私。

【校】

〔一〕譚合集無此篇。

【評】

詩慰本評曰：「全别全佳，送中丞詩只一首，大妙。」

寄懷吴允兆〔一〕

所賴既相逢，時時憶鷲峰。精神隨病老，杖履肯從容。潮闊浙江黑，山多秋氣重。遠心淒斷處，樹外即殘鐘〔二〕。

【校】

〔一〕譚合集無此篇。

〔二〕末二句，譚詩歸作「遠心正淒斷，隔樹一聲鐘」。

秋涼取胡元振畫掛之齋壁蒼潤深寒覺不可坐遂題其上〔一〕

名畫流蒼秀，寒生素壁邊。深山六月雪，古樹一橋煙。筆墨近非近，父兄傳未傳。怪他矜慎極，贈我獨欣然〔二〕。

【校】

〔一〕譚合集無此篇。

〔二〕獨　譚詩歸作「乃」。

代書答伯敬燕中五首　有引

九月十四日江黄遊返，得伯敬六月書。書與詩各滿十紙，讀不易竟，竟即復讀，遂與累幅，不舍晝夜，以至客到，迎送憒如。搜其要者，筆而爲詩。語之至者，揖伯敬於其前也。

讀伯敬鄴中歌至安有斯人不作逆小不爲霸大不王霸王降作兒女嗚無可奈何中不平且賞且歎遂得一首

曾疑鄴中事，快讀鄴中歌。不有憐才意，其如定案何？韻高生險怪，氣結怨蹉跎。屑屑談香履，英雄所感多。

伯敬以新刻陳昂集見寄並所作陳昂傳

永矣白雲詩，讀君傳可知。餓開山水眼，泣發古今悲。俗久譏衰鳳，人將重仗龜。褒揚先晦辱，持論有何私？

書中甚惜吴兆湯因二山人之死

豈能太平世，草莽一人無。次序收其最，傍徨恐至孤。詩非安苟簡，卷不釋斯須。肯似生存者，冥然車馬途。

書中喜商孟和得馬仲良館胡昌昱得張金銘館〔一〕

德色勝於饑，貧交不易依。肝腸吾愛汝，館穀至如歸。何有四公子，能知一布衣。世情從古薄，莫以厚爲非。

書云李長蘅清真佳士貌絶似友夏尤奇

聞道李生久，兼知亦信予〔二〕。膚清原可厭，惟肖獨何與。畫已將詩見〔三〕，神能令貌如。他年誰後死，優孟免躊躇。

伯敬舊有連珠小玉章甚可愛書言頃已失之惋惜異常形於夢寐乃復購向手刻大小玉章十枚

南土攜私印，忍從北地遺。愛憐君久矣，惆悵我同之。微物常徵厚，清人不厭癡。玉章今滿篋〔四〕，新故動深思。

【校】

〔一〕題　譚詩歸、譚合集無「書中喜」三字。
〔二〕信　譚詩歸、譚合集作「慕」。
〔三〕見　譚詩歸、譚合集作「有」。
〔四〕今　譚詩歸、譚合集作「金」。

【評】譚合集評第一首「氣結」幾句曰：「一腔心血，按捺不住。」評第三首「肯似」二句曰：「只欲薄此輩，故借之作題。」評第四首「肝腸」二句曰：「樸直多感，妙在氣完。」評第五首「他年」二句曰：「恰好。」評第六首「微物」二句曰：「細密真至，自寫性情。」明詩平論評第四首「德色」句之「勝」字曰：「易『甚』字似亮。」並於「莫以」句下評曰：「婉厚無窮。」

次三乂潭〔一〕

晴川泊亦宜，將夕不須之。民盡爲魚日，天當有雁時。此間新月好，况是樹枝垂。表裏正融淨，平吟河水遲。

【校】

〔一〕譚合集無此篇。

漢口大風

風雨秋全有，江程不可拘。誰能險處險，忍此孤舟孤？燈黑雁聲疾，氣涼蓮子枯。寒溪何處是？煙樹自爲途。

【評】譚合集評「氣涼」句曰：「慘然。」

江發

童子一漁竿，看人江上寒。離湖葭菼絶，出市水煙安〔一〕。客裏晴相得，愁中秋易殘。徐徐雙槳落，風止洩雲乾。

【校】

〔一〕安 譚合集作「寒」。

鄰舫〔一〕

鄰舫投心緒，木犀香了然。秋晴帆曬雨，江夕鳥飛煙〔二〕。安得閒亭榭，空知永水天。眼前山樹止，爲我界中邊。

【校】

〔一〕譚合集無此篇。

〔二〕譚詩歸此句作「江鳥夕飛煙」。

至孟誕先家〔一〕

原期七夕前，愧使雁聲先。信友重今古，游人行半千。衣裳夏口雨，辭氣竟陵烟。別後何曾別，非書即夢傳。

【校】

〔一〕譚合集無此篇。

劉日寅邀遊寒溪西山

日落湖光動，江流煙物微。情閒隨路去，行緩數峯歸。二寺交幽磬，一樓容澹暉。太平劍花死，石上但苔衣。上有吴王試劍石。

與夏平夏乾談〔一〕

舟到問兄弟，愁難共此樽。既逢開口笑，忍作負心言。月亦隨人照，秋非擇地存。愛君惟一語，奇節貴無痕。

【校】

〔一〕譚合集無此篇。

頻夢伯敬〔一〕

憶君前後草，多是夢余詩。無夜不相見，醒中還自思。清魂在江夏，孤枕有京師。翻恨拘常調，往來如定期。

【校】

〔一〕譚合集無此篇。

卓刀泉謁關祠

萬松如有意，聲冷漢侯祠。幽隱臨泉得，靈光入境知。真禪能久照，大勇必弘慈。休咎紛相瀆，精詳無厭時。

【評】

譚合集評「大勇」句曰：「深正。」評「休咎」二句曰：「是謁祠語，他人作卻忘『祠』字。」

詠九峰山泉〔一〕

自是名山裏，清泉日夜流。初生如欲動，稍遠不知休。氣冷谷中草，影吹溪上楸。無人常此汲，空令一橋幽。

【校】

〔一〕譚合集無此篇。

【評】

詩慰本評曰：「此首虛淡中有斤兩。」

憶諸弟

伯氏南還後，始知兄弟馴。全家皆可友，閉户豈無人？明月花棚夜，長河柳岸春。時傳慈母語：勿得遠遊頻。

【評】

譚合集評曰：「氣味深厚，常語皆有古趣，亦不知其工力之所及。」

鍾伯敬兄弟見過二首〔一〕

君來我正歸，倶向此廬依〔二〕。雨過桑麻覺，月分榆柳微。遥舟與歌往，時鳥帶啼飛。自信無人入，盡開南北扉。

其二

草堂無不素，茗粥以爲歡。旱月春溪變，涼風夏雨難。夢惜古人別，歸問客中安。冉冉斜陽裏，良朋影莫殘。非敖明甫至。

【校】

〔一〕題　原作「鍾伯敬兄弟見過」，且只有「君來」一首詩。譚詩歸有鍾伯敬兄弟見過，也祇有「君來」一首詩，文字同底本，但同卷中又有鍾伯敬兄弟見過二首。譚合集、詩慰本有鍾伯敬兄弟見過二首，文字同譚詩歸中的鍾伯敬兄弟見過二首。今據譚詩歸、譚合集、詩慰本改題，並補其二。

〔二〕首二句，譚合集、詩慰本和譚詩歸中的鍾伯敬兄弟見過二首一篇作「君來當我歸，忘卻此廬非」。

【評】譚合集評「月分」句曰：「幽趣。」評「盡開」句曰：「妙。」

夏夜

此處果星月，南方聞薄雷。安知今夜雨，不過一村來。案帙慎新漏，溪苗危昨栽。良非山可比，天意幸加裁。

問伯敬泰和游期〔一〕

癸丑燕中寄詩云：「玄嶽須相待，金陵莫便行。」

名勝如玄嶽，遊寧遠近殊。普天皆禮謁，同類各招呼〔二〕。境内慚登晚，巖間慮杖孤。自然君信士，相待語非誣。

【校】

〔一〕題　泰和　譚詩歸、譚合集作「太和」。游期　譚詩歸、譚合集目録中作「幽期」。

〔二〕同類各招呼　譚詩歸、譚合集作「其類有招呼」。

【評】

譚合集評「普天」二句曰：「逼似移動不得。」

夏夜雨甚寒甚不敢快幸故作是詩〔一〕

天欲清三伏，燈因展累宵。氣涼風雨淺，心肅枕衾超。憑藉林陰厚，怨咨民俗澆。齋居真可矣，猶望及農苗。

【校】

〔一〕譚合集無此篇。

送黄美中還江夏二首

驅馬歲將終，繁霜下爾躬。用情野夫處，行路古人中。不屈仍高筆，相宜是舊衷。月郊寒未徹，深夜望晴空。

其二〔一〕

臨河曾夜步，細路浦沙平〔二〕。重過苦思處，自然新恨生。出蔬明圃道，考牒養遊情。主客俱難必，予常山水行。

【校】

〔一〕「其二」標目原無，據譚詩歸、譚合集增。

〔二〕細路　譚詩歸、譚合集作「路細」。

夜過野庵同小米遠韻正則諸弟〔一〕

暮始尋庵刹，祇緣扉尚開。秋聲隨步去，月影與林來。戀磬立青草，先僧坐碧苔。最於流水便，倦則一舟回。

【校】

〔一〕題　譚詩歸、譚合集作「夜過野庵」。

【評】

譚合集評曰：「俱以神氣流行，故覺奇至。」

再過野庵同六弟服膺〔一〕

又復思閒步，弟多閒每同〔二〕。星懸秋梵外，禾入暮聲中〔三〕。食淡有賓主，閉關過雨風。近湖事可遠，羣動小橋通〔四〕。

【校】

〔一〕譚合集無此篇。題　譚詩歸作「再過野庵」。

〔二〕譚詩歸此句作「惟庵閒不窮」。

〔三〕禾入　譚詩歸作「禾人」。

〔四〕末二句　譚詩歸作「近湖塵可遠，人事小橋通」。

亭旁紫薇花盛開〔一〕

移置新亭側，開時何坦然。歆於他樹裏，灌即此河邊。紅雨濕秋野，奇雲生夜川。能令凄落候，籬外駐人船。

【校】

〔一〕譚合集無此篇。題　紫薇花　譚詩歸作「紫荆花」。

紅葉〔一〕

山中有紅樹，加我愛山情。萬緑已如此，不須黄落聲。餘光隨物變，奇質作秋成。好共高花想，如同葉未生。

【校】

〔一〕譚合集無此篇。

和伯敬夜觀二泉〔一〕

二泉自有偶，颯颯出寒流。清響石邊夜，潛光燈下秋。已聞萬類泣，如共百靈游。神物非鄰並，焉知所得幽。

【校】

〔一〕譚合集無此篇。

羣山萬壑赴荆門〔一〕

要知巖壑理，非特自高深。諒此驅馳色，如人道路心。紛紛爲氣脈，衮衮向光陰。日落荆門外，儼然巫峽臨。

【校】

〔一〕譚合集無此篇。

喜劉玄度至〔一〕

洞事三游續，秋聲一笑連。談言聞夜夜，誦讀想年年。眉睫相關處，波瀾莫二焉。忽因江月好，不别即回船。

【校】

〔一〕譚合集無此篇。

奉贈朱郡伯無易

春初來此客，一鶴便風聞。寄想山川別，低頭牒訴勤。衆皆言有母，鄰欲以爲君。請望郡樓内，無非白兆雲。

【評】譚合集評「衆皆」二句曰：「雅氣，老氣，以靈秀得之。」

奉答大參蔡公敬夫札子二首〔一〕

雪光分院鶴，春氣着湖鸝。境内所當謁，公兼峯上山。冠裳非必遠〔二〕，溪洞亦相關〔三〕。盛世三苗叙，出游能不閒。

其二〔四〕

一札先微士，三年仗我公。每逢人便説，全不自爲功。山海從而後，車魚任所窮。羞陳感恩語，頗慕古時風。

【校】

〔一〕譚合集無此篇。

〔二〕非必　譚詩歸作「一以」。

〔三〕亦　譚詩歸作「即」。

〔四〕「其二」標目原無，據譚詩歸增。

元夜同無易先生作〔一〕

明月破天遲，良辰寂寂知。鼓聲梅夢醒，春氣竹風吹。鳥雀常翻夜，花燈但貴時。看公真好士〔二〕，非學昔人爲。

【校】

〔一〕譚合集無此篇。

〔二〕士　譚詩歸、詩慰本作「事」。按「士」勝。

采九峰茶寄無易〔一〕

茶未出山日，烹之山月生。貴從僧舍裏〔二〕，去向郡泉清。鑪沸僮聲隔，杯香鶴步横。夜翻書快處，獨飲見深情。

【校】

〔一〕譚合集無此篇。題　譚詩歸、詩慰本作「采九峰茶寄無易先生」。

〔二〕僧　譚詩歸、詩慰本作「山」。

將離九峰答無易〔一〕

是君相送入〔二〕，招復出荒岡。情思去來際，耳根聲影旁。近秋通月性，每夜吐松光。若果懷神理，應非山所藏。

【校】

〔一〕題　譚合集、詩慰本作「將離九峰答無易先生」。

〔二〕君　譚合集、詩慰本作「公」。

【評】

詩慰本選收采九峰茶寄無易和本篇，評曰：「二題俱佳詩，總具別腸，勿以時代論。」

下第後答寄無易〔一〕

窮山甘久住，泉月達秋碪。歸後湖如改，愁中天屢陰。自憐常失意，還問舊知音。於此嗟蹉跌，諒非君子心。

【校】

〔一〕題　譚合集、詩慰本作「下第後答寄朱公無易」。

【評】

譚合集評「歸後」二句曰：「無聊悲嘆，真使聞之者氣折。」

詩慰本評曰：「五、六是唐詩中高調。」

明詩平論於「愁中」句下評曰：「心能易境，湖非改而改，天不陰而陰耳。唐人氣味，如中酒情懷，似別人較淺露矣。寧謂古今人不相及。」

無易先生招同伯敬游何氏舊園〔一〕

游情寓政術，不欲廢亭臺。歌吹徐相得，樵蘇暫未來。塘渾無可月，徑塞豈惟苔。猶賴客心厚，想其園始開。

【校】

〔一〕譚合集無此篇。

【評】

詩慰本評曰：「前六句佳甚，寓意極深。」

月夜郥歸道中得蔡敬夫先生札子約至辰州且問入成均消息蓋公曾有夢予詩又索魯文恪墨蹟將以所書陶集歸之綴其事於馬上成三首隨箋奉答〔一〕

忝入至人夢，清宵迴不疑。朝來記長短，友處證髭鬚。想因多妙理，恭默有深思。我則何能爾？心心拜手時。

其二

霜夕衣裳薄，逢人是遠將。照書星月下，含緒道途旁。無嫁青樓理，仍爲閨閣藏。向君呈古意，肯作盛年傷。

其三

何以見沈篤？窺公點畫深。細評非好事，此法最知音。親録陶元亮，吾鄉魯止林。文恪一稱止林。藏來憂失所，托贈兩公心。

【校】

〔一〕譚合集只選第二首，無第一、三兩首。

【評】

譚合集評其二曰：「悲思苦語，意致落落而氣特渾融。」詩慰本收全篇，評曰：「因題存詩。」

寄送朱仲素〔一〕朱先生次郎也，最好予詩。

數面成親舊，何如未面奇。引嫌難一見，抱恨想如之。愛品經中水，能稱選外詩。請將雪蘭句，寄與雪蘭知。

【校】

〔一〕譚合集無此篇。

寄胡彭舉〔一〕

友朋多六十，公與吴徵君。豈不憶他士？盛年終易羣。蒼顏晝裏想，白髮人邊聞。起步至霜月，目隨東去雲。

【校】

〔一〕譚合集無此篇。

寄吴康虞

曰由燕入楚〔一〕，失意定南歸。聞説數年老，常縫萬里衣。歲添新事送，月放衆生肥。我亦僧來往，香櫞共一扉。

【校】

〔一〕曰　底本字跡不清楚，似爲「曰」字。譚合集作「自」。姑且存疑。

【評】

譚合集評「歲添」二句曰：「韻人事，言之可喜。」

歸菊寄舍弟

孤舟菊所依，舟返自先歸。見此黄無改，知予寒尚微。更因曾伴侣，須異衆芳菲。置在亭東次，明年記密稀。

【評】譚合集評末二句曰：「結甚有趣味。」

新歲赴蔡使君辰州

别梅上道路，年鼓緒風沈。晴在半村屋，雪知千里心。憶人成内愧，隨意任天陰。杳杳閒踪跡，將因青草深。

【評】譚合集評「憶人」二句曰：「深心緼藉，妙於立言。」

荆州早春〔一〕

南國人無限，讀書春閉門。我先芳草出，誰繫白雲根？妙氣一巢接，新機萬物奔。安知爲客者，不是仲宣魂？

【校】

〔一〕譚合集無此篇。

沙市逢袁述之王天根

松杉城外路，雨雪沙中期。春色何曾滿，故人同在兹。寺從今夕静，書寄隔年知。款款一瓶側，水香梅落遲。

連雨

家家雨掩門，行子欲何言？無益山川晦，徒成天地尊。煙深人墮馬，雲密雀迷村。久矣斜陽少，春光安忍論。

宿桃源縣水樓

一樓春水向，身忽寄漁舠〔一〕。孤燭風煙動，翠微波浪騷。冥心終夜迴，無語曉星高。夢惜仙人去，此生何太勞。

【校】

〔一〕舠　原作「舫」，據譚合集改。

【評】

譚合集評「無語」句曰：「鬱氣孤響。」

雪後

風煙一以斂，四際杳無分。溪外晴非日，峰邊白亦雲。險夷行失次，深淺照同文。獨往心多悟，光清若使聞。

得舍弟元聲書〔一〕

士不出鄉塢，亦能懷抱新。書無一家語，汝似四方人。晴氣對知己，溪聲夢老親。花源吾已過，歸日説天真。

【校】

〔一〕譚合集無此篇。

晴夕宿華嚴庵

高山新月就，敢不及時看。漸夜天如去，方晴春未寒。行常隨襆被，眠亦爲峰巒。待曉披衣出，煙鐘且莫殘。

【評】

譚合集評「漸夜」二句曰：「妙在幽淺。」

詩慰本評曰：「立意欲空，欲别，自有佳致，而留訾議者正在此。」評「澌夜」句曰：「似此不妨。」

始泊[一]

檣歇春花内，花猶未甚飛。春高浮岸小，螢早過江微。嶽客煙中舫，漁家浪後磯。自來山水篤，有路不知歸。

【校】

〔一〕譚合集無此篇。

過龍陽二湖

枉山離數日，寬狹一舟移。渚動江沙落，湖安溪水遲。橘洲恨芳草，魚税到鸕鶿。懷意不能訴，洞庭吾所之。

三日晴〔一〕

磊落晴斯日，昨宵愁未能。圖書下船客，薇蕨上灘僧。共待野雲了，方知春水增。怪人新月裏〔二〕，舟岸一時燈。

【校】

〔一〕譚合集無此篇。

〔二〕怪人　譚詩歸作「怪月」。

雨中舟進

新晴娱上巳，過此又如前。港氣知花正，雷聲入水圓。湖窮仍兩岸，舟迴只高天。意已無卑濕，孤懷春悄然。

【評】

譚合集評曰：「『正』字、『圓』字俱不甚着力，故妙。」

舟病〔一〕

一病生無故，扁舟去有端。幸由湘路逸，想到嶽邊安。竹實清靈氣，黃精久遠餐。鄉心終不起，燈影發雲湍。

【校】

〔一〕譚合集無此篇。

春深

如此雨兼風，我愁春易終。地寒隨客久，天濕與江同。蒸燕飛生病，林鶯去若空。似青實碧處，人事在其中。

【評】

譚合集評「似青」二句曰：「太似訓注。」

贈同行僧

可憐顔倍臘，心力佛前枯。放去禽魚外，從行笠鉢無。入舟添爾静，因伴悟身孤。相倚五峰上，虎狼來亦俱。

坐周伯孔北園〔一〕

自是湘中獨，結齋臨衆清。分爲僧一刹，仍與鳥千聲。園榭花無繼，亭樓竹所成。非君在家日，雲不滿前楹。

【校】

〔一〕譚合集無此篇。

有李花一樹甚可愛〔一〕

爾自能如雪，我言同作春。無心飛燕子，有致立游人。着日莫成水，消煙將出晨。未須愁一落，猶欲徙爲鄰。

【校】

〔一〕譚合集無此篇。

敬夫先生折玉蘭花見貽〔一〕

白花如葉放〔二〕，梅後是開時。節候寬荒服，芳菲潤小枝。魂清春不散，氣遠夜相宜。君有才難嘆，折之應斂眉。

【校】

〔一〕譚合集無此篇。

〔二〕白　底本字跡不清楚，據譚詩歸、詩慰本定爲「白」。

敬夫又見示齋中桃信〔一〕

桃花然獨夜，静者未遑通。鶴影方能白，鶯聲忽在紅。吐含窺意外，遲速感胸中。退食須臾際，閒真與客同。

【校】

〔一〕譚合集無此篇。

【評】

詩慰本評曰：「頗費揣摩而出，不同率筆。」

玉田洞和敬夫見送〔一〕

層層泉注竄，歷歷石爲田。與火如相發，隨沙無盡邊。寒疑潛百怪〔二〕，暗定肅諸天。莫以偏崖較，山靈意各宣。玉華洞，一名偏崖，人謂勝玉田。

【校】

〔一〕譚合集無此篇。

〔二〕疑　譚詩歸、詩慰本作「凝」。

【評】

詩慰本評曰：「『暗定肅諸天』似王覺斯公語。」

方廣　有梁海惠尊者洗衲石在泉中。

日下寺峰静，水流橋路深。清暉向前去，奇影自相沈。以我倚松意，知師洗衲心。聲光融萬物，不獨在長林。

【評】

譚合集評「以我」二句曰：「各不相照，所以相深。」

廟雨

不聽下山雨，何知山霽難。游情成委曲，天意示波瀾。階蠹動新濕，松禽變夏寒。此身衰俗内，入廟敢求安。

【評】譚合集評「游情」二句曰：「每從抑折時驗天意。」

齋僕詩爲懷刺持戒作

肯向舟僧學，江聲共木魚。身微歸果報，山返動清虚。可見佛兼愛，深慚主不如。此中無異理，恭謹但當初。

【評】譚合集評「可見」二句曰：「警悟中許多感慨。」

素艷樓別夏君憲周伯孔〔一〕

如兹淹數日，同在一人旁。坐惜春陰盡，出逢江氣涼。殘妝新月影，良友半山光。再問湖南舫，各應年貌蒼。

【校】

〔一〕譚合集無此篇。

渌口雨憂〔一〕

一身沿岸移，旦晚莫能知。江動無星夜，舟喧忽雨時。嵐煙新嚮往，風水大危疑。嶽事方無限，皆隨晴所之。

【校】

〔一〕譚合集無此篇。

晴月〔一〕

明月家家入，容光先在舟。雨餘天一秀，水次夜多幽。歌笑開春梵，悲歡照遠流。與人清切處，不定若身浮。

【校】

〔一〕譚合集無此篇。

過伯孔舊齋有僧住静室中〔一〕

是君讀書處，我立歎蒼苔。二客山情性，一僧雲往來。茶煙浮竹遠，峰色失門開。機息便相識，但看巢鳥回。

【校】

〔一〕譚合集無此篇。

宿上封寺〔一〕

雖從峰頂下，此地尚高天。室壞朝昏氣，火寒春夏邊。疏星吹海日，澹月守山煙。幽夢何能結？無非意渺然。

【校】

〔一〕譚合集無此篇。

【評】

詩慰本評「室壞」句曰：「此謂古雅。」

赴蓼示王明甫〔一〕

何以耽山久，玆山反後登？去酬生半世，吟入嶺千層。楚闊天增嶽，春深花照僧。賴君淳樸甚，一杖易相憑。

【校】

〔一〕譚合集無此篇。

【評】

詩慰本評「吟入」句曰：「奇句。」評「春深」句曰：「薄。」

橋上聽青羊澗〔一〕

此流流已大，不但是初生。紅落澗花響，碧環山氣晴。天人命了了，猿鳥性琤琤。太始有真意，欽哉非雨聲。

【校】

〔一〕譚合集無此篇。

中瓊臺夕思〔一〕

宮闕生人事，因來閒處眠。肉妻無一可，金碧亦徒然。羣峭方圍閣，諸松已暮天。道人知虎善，同在磬中煙。

【校】

〔一〕譚合集無此篇。

從澗上玉虛巖作

後上窺前上，如猿綴一溪。幽幽生物役，側側有神棲。水鳥飛明影，山花界遠倪。竦然清聽久，非夜亦難齊。

【評】

譚合集評「幽幽」二句曰：「異境異響，意理都盡。」

洞庭湖

夏淺湖心伏，不分天水非。新帆隨數點，好鳥擇邊飛。日月光難遍，江湘氣盡歸。客舟來此泛，孤似嶽僧扉。

【評】

譚合集評「江湘」句曰：「妙。」

君山〔一〕

白環無際水，清逼有窮山。客到風波小，僧耕煙草閑。端倪高處覓，渾沌井邊還。日照岳陽動，孤亭飛素鷴。

【校】

〔一〕譚合集無此篇。

夏日送諸弟郡行

亦有家居際，間看汝遠行。林塘新雨後，車馬夜涼情。兩日途無幾，萬端心盡生。始知吾久客，諸弟念難輕。

【評】譚合集評「閒看」句曰：「質處只在此句衍出。」

秋日客高裒之竹柏軒在古陽春臺旁

大人秋似浴，枕簟有蛩心。柏入鄰家老，竹從來路深。吹燈明遠火，止笑受微吟。坐盡昏兼曉，古臺無不陰。

【評】譚合集評「止笑」句曰：「好光景。」

出篸示王明甫〔一〕

獨往是如此，同君仍自由。能先巖下坐，肯在澗中留。礚礚松篘夕，營營蟲鳥秋。深山春可戀，來者亦何求。

【校】

〔一〕譚合集無此篇。

與舍弟談山中事〔一〕

各自有生事，難從吾所之。山歸無失意，家語易相知。登頂不由道，坐泉常過時。記茲靈與秘，他日往非遲。

【校】

〔一〕譚合集無此篇。

見譚訥庵欲往詩〔一〕

七十何其老，時時思上山。雖堪爲伴侣，恐反致牽攀。勸我千峰表，安君二麥間。見歸應更悔，去亦遂云還。

【校】

〔一〕譚合集無此篇。

遊西山歸示孟誕先

必自寒溪返，青蒼非一情。涼螢光草色，微磬立泉聲。又有江村火，映予山路行。懷坡亭上望，寂寂覺前生。

【評】

譚合集評「微磬」數句曰：「細遠幽出，寫盡山歸幽況。」

題林良孔雀畫〔一〕

蕭蕭纔數筆，已是孔家禽。忽墮萬重影，何殊衰鳳心。尾真能自愛，意欲向人深。夜半高堂上，飛飛或送音。

【校】

〔一〕譚合集無此篇。

舟出南溪尋鴻漸第三泉留别美中卜公綏之

河流明一縣，斜港屢通村。不厭故人送，能將往跡言。暗泉新月事，遥火野舟魂。陸子吾鄉里，茶心終古存。

【評】

譚合集評「不厭」二句曰：「澹永，妙在游理。」

夜過茂之病中〔一〕

小階沿月入，桐影八年春。來尚莫傾吐，君其多病人。榻仍存故處，鏡祇照閒身。何可光陰内，輕兹相見辰。

【校】

〔一〕譚合集無此篇。

南京與伯敬相見

與汝同鄉里，思之必遠行。友朋惟故物，經史是平生。勞不全從衆，閒當一出城。昨宵非有月，淮水坐來明。

過王永啓病後閣望〔一〕

微雨發蒼緑，開窗務遠觀。此時新愈者，下照萬家寒。相視鸛蚊際，與分瓜李盤。意皆今古向，所荷謗書寬。

【校】

〔一〕譚合集無此篇。

同唐宜之入鷲峰寺作

客路我先到，蔬園君易行。用禪養餘力，留病伴長生。家祇隨身去，歎常無事成。先投佛一拜，冉冉數年情。

【評】

譚合集評「歎常」句曰：「無意而深。」

詩慰本評曰：「三四極肖宜翁。」

訪郭聖僕同伯敬

齋心閒日夜，亦未理桑麻。世上瓜俱老，庭前豆乃花。六時經課女，三代器爲家。所急非人急，吾知念物華。

閒過胡彭舉昌昱父子知載齋〔一〕

何敢輕言福？惟君知載之。往因良眷屬，暇日古鬚眉。紅蓼蕉邊立，清香石外吹。我求同一静，來不必前知。

【校】

〔一〕譚合集無此篇。

傅遠度水閣柳下作 同唐宜之、茅止生、徐牟父。

閣共家家水，柳環兼柳穿。爲陰覆良晤，下露濕遲眠。文物既相命，愚蒙如自專。一酣莫易視，嵇阮潔身年。

【評】

譚合集評「爲陰」二句曰：「説柳陰，有知妙。」

夜泛秦淮得愁字 同潘景升、冒伯麟、洪仲韋。

十萬簾中户，燈光照去舟。人人知有夜，事事不曾愁。稍傍野花岸，細看新漲流。屢宵心澹艷，皆未藉笠篌。

【評】

譚合集評「人人」二句曰：「是南中風景。」

贈程敬敷吴彦先二友人〔一〕

兩君淳古士，易到竟陵來。親見寒河水〔二〕，常令竹户開。我來觀寂寞，人未識徘徊。榮利滔滔内，安貧亦見才。

【校】

〔一〕譚合集無此篇。題程敬敷譚詩歸作「程敬夫」。

〔二〕見譚詩歸作「君」。

拜客暑甚就茂之舍休焉忽鍾伯敬周伯孔亦至〔一〕

綿綿生拜揖，亦匪出門初。桐石此相近，茶香方有餘。客來仍不起，筆便偶思書。當暑能今日，一天風雨如。

【校】

〔一〕譚合集無此篇。

與牟父陰泛尋伯敬前舟不見〔一〕

固是君孤尚，主賓如自私。遂能陰一日，不必柳多枝。人立漁罾動，水灣歌舫遲。淳淳神理内，我友去焉之？

【校】

〔一〕譚合集無此篇。

偶出寺伯敬坐至暮留三詩於壁而去

雖出仍留户，知君必午來。居然書是主，自可榻無猜。硯濕吟方去，舟陰棹未回。高天如此向，何肯惜風雷。

王太古招同伯敬兄弟舟泛新月〔一〕

落日至殘月，爲時凡幾何？娱人惟此澹，照世不須多。事簡良朋舫，天涼處士河。感君分暇日，三夏未蹉跎。

【校】

〔一〕譚合集無此篇。

【評】

詩慰本評曰：「有一語佳，輒不忍棄。求君全首，實未易也。」

答周仲完養病天界寺見贈〔一〕

隔城少相問，詩到見身安。問我耳何洗，知君腸未寒。僧尤高藥餌，鳥亦靜眠餐。五字莫頻作，深思昏曉難。

【校】

〔一〕譚合集無此篇。

送居易歸迎太公就武進教職因托省家中〔一〕

一書吾寄弟，千里汝迎親。若共青氈去，仍逢白下人。相煩移步趾，好爲看清貧。老母君常見，應知髮舊新。

【校】

〔一〕譚合集無此篇。

六月十八日喜雨〔一〕彥先攜具過寺，與冒伯麟同坐。

靈雨成非易，炎天數日雲。客來屐新響，茶熟沸無聞。農圃夜方足，巫尪昨欲焚。書中故鄉好，兼此意欣欣。

【校】

〔一〕譚合集無此篇。

又過青海林塘 同子丘、茂之。

窗隙得山根，欄邊何必言。藕塘風雨去，苔路霽陰存。似野能留鳥，常閑不用閽。幾人城裏步，移必到君園。

【評】

譚合集評「藕塘」二句曰：「輕動颯颯，如有行人聲。」

茂之席上逢范漫翁〔一〕

癯不離城市，乃驚山澤光。多言如默對，一揖已機忘。秋色星河事，華林魚鳥鄉。起遷常就月，亦覺月徬徨。

【校】

〔一〕譚合集無此篇。

吴凝父七夕招泛烏龍潭尋雨至就泊茅止生森閣 同冒伯麟、許無念、宋獻孺、洪仲韋。

寒潭久不響，雷雨作其聲。野筏蒼蒼亂，秋陰汩汩生。電隨波出入，燈與閣昏明。天上重今夜，定然橋處晴。

【評】譚合集評「天上」句曰：「揣摩得妙。」

伯孔客廣陵寄懷

知君久欲返，愁説上維揚。親老千餘里，身存幾日糧。高疏添客累，憔悴值秋涼。我欲尋江舶，悠悠路更長。

【評】譚合集評「高疏」數句曰：「寫作客不堪處，似有諷意。」詩慰本評曰：「似浪仙。」

宋比玉招上結霞閣（一）

此閣秋全在，非因望始生。客從高處立，山爲左窗明。碧日萬家氣，朱花一雁聲。有樓無不啓，誰最倚檐楹？

【校】

〔一〕譚合集無此篇。

送伯孔還湘潭

豈不深相念？送君亦旅中。入江鴻雁後，爲客柳絲同。田舍薄才士，聲名慰侍童。自從聞汝歎，秋露濕新紅。

【評】

譚合集評「爲客」句曰：「『同』字寫飄泊景況。」評「聲名」句曰：「韻甚。」

攝山道中

止生招，凝甫、子雲同往〔一〕。

湖上即城外，殘荷氣一灣。緑堤午陰後，白日暮光間。輿偶遲經塢，雲先自上山。野田沿水去，秋與寺方閒。

【校】

〔一〕譚詩歸、譚合集無題下小注。

生日柬伯敬茂之〔一〕

生日故鄉少，爲年老大時。向君非不語，在我是相知。物外懸山嶽，秋懷照等夷。煙雲自上壽，以此勝高危。

其二

母弟尤相憶，今朝一磬聲。祝言何所説？遠道幸安平。爲此山川事，慚人孝友名。栖栖亦得志，爾輩識予情。

【校】

〔一〕譚合集無此篇。

京口雨進

汀外轉前堤，長河如短溪。舟輕惟雨熟，秋老是天低。芳草高緣屋，桂花香出蹊。江南吾所憶，不可怨淒淒。

【評】譚合集評曰：「『熟』字妙。」「『不可』二字緊甚。」

舟夜寄伯敬

世事每同見，知交已半生。記予商飲啄，約爾杜柴荆。此會秋花發，纔離寒雁聲。毘陵江泊夜，燈雨不求明。

姑蘇舟中〔一〕

約畧江南水，秋懷無不然。三吴士女俗，萬古雨晴天。涼日蘆凄浦，人家桑力田。蒼茫辛苦客，的的爲風煙。

【校】

〔一〕譚合集無此篇。

徐牟父曾約同舟訪之嘉興死去二十日矣解纜傷懷而去

舟來一月遲，存殁失前期。自覺是君友，君家多未知。無言但上岸，欲吊已收帷。亂水浮全郭，人生空有爲。

【評】

譚合集評「自覺」二句曰：「可憐事寫到不堪。」

舟中贈香櫞〔一〕

隨僮城市到，來即弄光輝。直作飄零伴，肯尋林薄歸。秋風如有托，江氣不相非。橘柚家家重，空香何處微？

【校】

〔一〕譚合集無此篇。

喜王永啓尚在西湖〔一〕

兩高峰始辨，拜手向清光。賴此湖山影，猶遲嶺海裝。疏衷深應接，雅量峻門牆。處處同爲客，斷橋煙月香〔二〕。

【校】

〔一〕譚合集無此篇。

〔二〕斷　譚詩歸作「山」。按「斷」爲是。

【評】

詩慰本評曰：「譚子應酬詩也，故存一首。」

游十八澗贈佛石僧

雨已離三日，亂溪流若何。僧閒有詩積，路誤得幽多。柴少虎相送，花殘猿未過。不攜餘興返，留半與山阿。

【評】

譚合集評「柴少」句曰：「事奇。」

近西陵橋邊息舟

湖天一氣合〔一〕，上下映星辰。近艇不知露，遠燈如有人。堤邊黄葉步，水外素秋神。過盡歸飛雁，孤煙直到晨。

【校】

〔一〕天　譚詩歸、譚合集作「人」。按縱觀全詩，當以「天」爲是。

泊堤夜至昭慶寺〔一〕

但能一夕住，必遂水天心。人度香中影，舟行空外音。幸無歌舞雜，益覺梵鐘深。太皎難爲繼，翻愁望日陰。

【校】

〔一〕譚合集無此篇。

移宿段橋

橋上行常好，因來橋下眠。秋真在此晚，月尚不遑圓。所有遠山照，無多閒夜船。終宵一人影，頻步兩堤邊。

【評】 詩慰本評曰：「有此閒情，乃可言詩。」

九月十五夜宿法相寺〔一〕

欲落中秋雨，幽光未肯然。如何過一月，翻受此清圓？林密山無露，竿通夜得泉。蘇公堤上客，安可只求眠？

【校】

〔一〕譚合集無此篇。

月坐法相寺門

光芒雖覺滅，能霽亦誠難。林木未通處，雲峰蒼可觀。霜前衣不急，鐘後寺如安。頗有山僧愛，相留黃葉殘。

【評】
譚合集評「霜前」二句曰：「上句婉而傷，下句静而幻，各妙。」

鄒孟陽移具法相宿月 同王永啓、聞子將、嚴忍公。

遍倚森森樹，流光濕磬聲。山空有處響，月色不難明。幽侶桐相引，道心泉始生。雖曾聞虎出，肯廢影中行。

【評】
譚合集評「道心」句曰：「悟甚。」
詩慰本評「山空」句曰：「從杜出。」評「道心」句曰：「尚有理。」評全詩曰：「爲第三句存之。『影中行』三字嫩極，每如此欠理，費解。」

法相待月（一） 屺瞻師招，同王永啓、柴文伯、湯贇敬、鄭士弘、僧西生。

何事淹多日？房房可對山。況因師友在，能不曉昏閒。佛自依燈裏，星常露樹間。昨宵清殘月，非久亦當還。

【校】

〔一〕譚合集無此篇。

答嚴忍公無赦兄弟二首〔一〕

一舟藏不住，人亦一舟來。新雨霽猶雜，好風吹未回。跡慚游女似，書喜静人開。君望秋山葉，紅知霜露才。

其二

未免春湖雜，兹來亦爲秋。見人兄弟好，即起别家愁。良友山中約，閒踪船上樓。陰晴容易測，火色看漁舟。

【校】

〔一〕譚合集只選第二首。題下原無「二首」兩字，據詩慰本增。

【評】譚合集評其二「見人」二句曰：「不甚感慨，而情至生悲。」詩慰本評首句曰：「細看不雅。」於其二末評曰：「比『鐘鼓報新晴』更別。」

一日兩上孤山作

來往無期數，此翁不厭予。請看芳草塚，便是梅花居。萬嶺氣如暇，一湖煙有餘。高人發深省，肅肅者何如？

【評】譚合集評「一湖」句曰：「掩映得妙。」

鄰舟詩贈鄒孟陽李緇仲

内外湖争碧，朝昏時覺遐。友朋非一處，山水作鄰家。偶逐葑船散，同隨漁火斜。頻呼免相失，橋隔是天涯。

後鄰舟詩贈葉行可陸嗣端諸子

漁父漸能識，二三煙舫回。琴簫浮水去，緇素與鷗來。泊必相依泊，開常不覺開。有幽須互質，久住得新裁。

【評】詩慰本評曰：「『緇素與鷗來』亦不易道，從敲推出者。」

泊舟尋南屏静室〔一〕

同西生、必慧、方平三沙門。

始將兩高眼，來此識南屏。石怪鳥難下，林深僧亦青。茶無一徒候，笠與衆山停。歸向湖光照，真如影答形。

【校】

〔一〕譚合集無此篇。

與永啓移宿裏湖〔一〕

聲影此湖别，舟人或未知。與君深坐卧，自可得孤奇。岸火明多返，洲星濕亦移。孤山楓數樹，静夜獨紅時。

【校】

〔一〕譚合集無此篇。

戲贈孟陽家僮名緑綺者〔一〕

有聲傳素朴，想爾命名宜。香出衣冠外，神流侍立時。秋仍不曾去，波似欲相吹。游子夜難夜，主人知未知？

【校】

〔一〕譚合集無此篇。

譚孟恂入閩特訪予湖上即登車去〔一〕

移棹孤山客，停車遠道人。不須重問姓，何以似周親？雅頌生來事，風波定後身。離魂隨汝往，師友半居閩。

【校】

〔一〕譚合集無此篇。

夜同慧公過宿南屏衡公

踏葉葉盈路，訪僧僧叩扉。夜寒山更黑，冬早磬先微。貧共殘齋鉢，閒分一燭輝。昨因良友集，其實宿城非〔一〕。

【校】

〔一〕實　譚詩歸、譚合集作「負」。

【評】譚合集評「夜寒」句曰：「淒淡，卻不淒苦。」

同李長蘅尋聞子將龍井山齋二首〔一〕

楓色紅難已，黄從翠處分。偶然亂葉下，風雨似同聞。谷鳥臨寒路，籬花開遠雲。逢幽無一語，心眼自氤氳。

其二

十里蒼蒼路，非深亦覺遐。陰晴澹山氣，雞犬静人家。閣迴生溪水，坪香過蕣花。紅黄光莫艷，羣動豈無涯。

【校】

〔一〕題「二首」二字原無，據譚合集目録及詩慰本前題增。

【評】譚合集評「偶然」二句曰：「與此身俱遠。」

詩慰本評「籬花」句曰：「新。」

過韓求仲同出城看吴興山水〔一〕

欲訪本疇昔，翻因邀始行。到門苕霅合，出郭石沙平。帆滿投新月，樹殘歸野泓。此方山照水，落落寸心明。

其二

非讓西湖冶，貞閒自昔來。添人新墨妙，即主古亭臺。一日明君意，十年接衆才。難同登此石，臨出念青苔。

【校】

〔一〕譚合集無第二首詩。

酬黄令則〔一〕

不覺爲時淺，匆匆躋與攀。素風高士墓，謂孫太初墳。好月大何山。俱客愁先返，對君慚久閒。冬晴添氣象，同轉數溪灣。

【校】

〔一〕譚合集無此篇。

過王修微山莊

緑溪天外没，宜有是人居。殘葉埋深巷，新窗變故廬。心心留好月，夜夜抱奇書。女伴久相失，荒村獨晏如。

【評】

譚合集評「殘葉」二句曰：「韻人居止，實有此景趣。」

無錫答茂之見懷即以爲别

好懷向吴越，仲夏至於今。聚散半生事，寒温一夜心。始知貧賤好，能在友朋深。以汝贈茗雪，如予寂寂吟。

【評】

譚合集評「始知」二句曰：「至語，不但是不忘友，實歷乃知。」

泰伯里與伯敬别〔一〕

意外梁溪晤，人生安可量。兩帆分有路，三讓念兹鄉。雖亦居賢達，非全無慨慷。江楓紅已久，落豈盡由霜。

【校】

〔一〕譚合集無此篇。

時純處得朱叔熙寄書朱時守真定〔一〕

朋友與君共，此心殊未疏。人争言郡政，君想似平居。山遠沙塵路，天寒霜霧書。開椷深感歎，已是晤言餘。

【校】

〔一〕譚合集無此篇。

過沈雨若蔣榭得觀字

同伯麟、比玉、子丘。

湖上遊雖遍，來兹不改觀。敗荷依水盡，落木與霜安。洲凍樓臺影，人分魚鳥寒。豫知宜雪際，光滿爾凭欄。

【評】

詩慰本評曰：「『安』字在下筆時甚好，後人揣摩，亦覺不老。上句妙絶。」

送丘長孺還麻城

我尚逢君發，江帆有後先。家雖同在楚，會亦不知年。歎盡疆埸事，來思筆墨緣。亦知髯落落，終未屑歸田。

重集俞仲茅芥圃〔一〕同景升、伯麟、漫翁。

仍對秋時客，惟添橋上霜。竹禽争一宿，池雁宛中央。就月家家暖，垂簾漠漠香。通人無可累，亭木澹相忘。

【校】

〔一〕譚合集無此篇。

重逢譚彥屏〔一〕

何意秣陵見，猶然寒夢驚。一官君偶寄，數載我閒行。異日簫爲伴，當時琴有聲。天涯欣再別，諸感未遑生。

【校】

〔一〕譚合集無此篇。

將歸送潘景升〔一〕

忘年兼愛敬，處俗等鴻濛。髮向名中老，妝添筆外紅。君喜爲名姬作文。與君又別去，爲客每相同。莫使芒鞋倦，黄山吾夢中。

【校】

〔一〕譚合集無此篇。

【評】詩慰本選收本篇，並曰：「因前四句留之，亦以其肖景翁也。」

太保周公舟枉草堂賦贈　時同令弟華翁。

一舫移風俗，來非爲辟疆。愛予能共被，攜弟亦循牆。閣燭摇眠鷺，庵鐘定薄霜。誰堪榆柳分，冉冉學松長。

【評】譚合集評「閣燭」二句曰：「俱是初更光景。」

秋初飲劉鈞天宅〔一〕　同吕望公、舍弟遠韻擬陶。

甚覺煩蒸短，蕭蕭秋已臨。杯浮十年事，砧起萬家心。昆弟交無雜，詩書氣自深。樠山煙不息，微思怯蟬吟。

【校】

〔一〕譚合集無此篇。

贈王眉兹〔一〕

坦然全自放，此亦異庸人。偶遇心生厭，方如足有循。愛帆常上閣，逃竹或鈎巾。主客不相顧，纔堪住一句。

【校】

〔一〕譚合集無此篇。

蘭如見訪題麗人畫爲贈

客寫娟娟影，君來輟筆時。聞君真未貌，持此即相貽。畏月穿疏竹，依花墮半池。不將神韻想，猶謂畫差肥。

【評】

譚合集評「畏月」三句曰：「纖動，不特嫵媚。」

秋菊詩下第後呈周鉉吉督學師〔一〕

多負秋風意，重陽後末花。猶羞衆草伍，不向主人嗟。泥土從來守，澆培何處加？小園依帝里，光影照幽涯。

【校】

〔一〕譚合集無此篇。

送王明甫南遊

愛遊吴越地，亦欲令君遊。到即登牛首，歸須問虎丘。寡求宜作客，無繫始知幽。暫減良朋跡，林園且莫秋。

寄林茂之書適塘堤成

開鑿由冬霽，陂塘入雪深。此身隨畚插，多事是園林。設宇如停月，通庵不借陰。訖工應報爾，寄爾一年心。

【評】

譚合集評曰：「一氣相引，高深雅静，使讀者欽想。」

寄楊文弱歸省武陵〔一〕

數載與君别，聖朝憂辱時。籌邊趙充國，下筆賈捐之。盡瘁天當念，承歡地偶私。明春花外水，鼓枻亦焉期。

【校】

〔一〕譚合集無此篇。

【評】

詩慰本評曰：「應酬不惡。」

始見鬚有一莖白者嗟異之〔一〕

白多翻不覺，驚此一莖時。始念盛年過，先防老母知。照看神忽忽，拔去影絲絲。忽有高人勸，君能樂未遲。

【校】

〔一〕譚合集無此篇。

前所拔白髭復生〔一〕

鑷去終人力，重生造化心。不情年月少，有種雪霜深。氣自中宵換，衰從舊路尋。感他青鏡裏，日日照光陰。

【校】

〔一〕譚合集無此篇。

集劉繩之宅留別公安諸子

村庵行未盡，歸路滿明朝。最後君來晤，相同即久要。杯涼城響隔，雨止草光遥。欲結花源夏，江城數日消。

【評】

譚合集評「杯涼」二句曰：「秀潤有疏致。」

登袁澹浦影閣〔一〕

不欲任荒城，高卑由興生。岸楊相俯仰，水鳥入經營。息慮聲如影，遐觀坐似行。始知原濕内，俱可得空明。

【校】

〔一〕譚合集無此篇。

僧實相持袁述之書見訪與真公同住數日〔一〕

陰雨是晴餘，梧桐聲已疏。莫辭山衲見，恐有故人書。齋食不能好，老僧堪共居。近亡香火僕，因感夜鐘虚。

【校】

〔一〕譚合集無此篇。

瘞老僕八齋公詩

孤亭二載内，木訥運齋心。用盡老農力，俱爲鐘磬音。僧衰忠茗粥，主出慎園林。般若是何物？那須識字深。

【評】譚合集評「僧哀」二句曰：「是齋僕信知其可傳矣。」

聞鍾叔静悋卒於伯敬南邸傷心賦此

既知兄友愛，何至使傷神。且尚爲人子，得無憂老親。焦桐空一尾，癯鶴不多身。良藥同寒骨，匆匆達四旬。

【評】譚合集評「且尚」二句曰：「婉而慟，自然悲感。」

送魏定如還南儀曹與伯敬同部

兩年江上下，有似客頻遊。官況值兹日，客心方欲秋。地天新主禮，霜露故臣愁。爲語鍾祠部，欒亡當細求。

【評】

譚合集評首二句曰：「氣老而直，清挺可愛。」

元日雪不已登四弟遠韻帆閣〔一〕

風雪不知年，同雲兩歲天。田園豐有日，竹木潔無邊。冰厚人能出，窗遥思亦然。謝君新位置，登盡似巖懸。

其二

吾家雖孝友，頗愧世人云。欲學衣無主，猶知閣是君。青存桐的的，白滿竹紜紜。貧賤無他好，歲時堪聚羣。

【校】

〔一〕譚合集無此篇。

雪夜與譚訥庵同宿

茲夕讒同卧，相憐非但今。積寒隔年雪，殘火老人心。持我身邊褐，添君夜半衾。殷勤翁未覺，默默向翁深。

久雪後同弟正則發舟江黄

冰開隨進艇，踪跡向幽壑。明月見今夜，斜陽記去年。陂陀形觸物〔一〕，燥濕事由天。攜汝行空朗，汝心應颯然。

【校】

〔一〕陂陀　原作「坡陀」，據譚合集改。

得伯敬南中書作三詩記其新事

人傳君病甚，亦覺久無書。近始來音旨，中仍略起居。藥香諸佛下，歸志一官初。我信田園好，山川或未如。

其二 吴孟子，伯敬姬人也。書來，稱其事佛。

有姬吴孟子，同事古先生。蔬筍藏餘艷，蘭筠吐一貞。將身依浄域，爲爾懺高名。悔往思來世，閨中引導誠。

其三 謂徐元歎，蘇州詩人也。

久交恩怨雜，能不廢初心。饑渴求徐子，神明錫好音。厭聞人愛惡，分共我崎嶔。暮得晨馳告，君真此念深。

【評】

譚合集評「近始」六句曰：「真人不復故作寒温，寫人定有樸趣。」評其三「分共」句曰：

「妙。」

過劉濟甫城中新居〔一〕

子甚親師友，村居每不能。移家桐與柏，事母石兼冰。血入數年字〔二〕，天明昨夜燈。對君慚放廢，即此是良朋。

【校】

〔一〕譚合集無此篇。

〔二〕入　原作「人」，據譚詩歸改。

過劉于磐翁蘄水教職〔一〕

頗耽浠上好，山色自相親。君往師諸士，賢能友異人。空明成職業，泉水是鄉鄰。石上有東坡所書「擊空明」字，陸鴻漸品第三泉在蘄水。陸，竟陵人也。語笑安疏簡，知予訪泊真。

【校】

〔一〕譚合集無此篇。

宿恒度上人庵中兼贈王五岳

筇杖石倉邊，銅瓶五老前。再歸蘄上屋，曰愛主人賢。游息嚴冰日，窗開細雨天。磬聲不盡聽，飛作一湖煙。

【評】

譚合集評「再歸」二句曰：「感慨夙昔，覺甚宛篤。」

雨過汪闇夫山庵

平野度河灣，高低一步間。人稀僮卧徑，僧出客扃關。梵響多依竹，雨聲如下山。只疑白門住，猶未與君還。

其二

欲來非一年，偶泊亦成專。無妬分良友，多憂學昔賢。野空鐘若磬，春淺雨兼煙。頗欲羈游舫，君常起望天。

【評】

譚合集評「雨聲」句曰：「妙在『如』字虛而響。」評其二「野空」二句曰：「耳目俱細，又復静遠。」

寄商孟和〔一〕

君胡久在閩？根本慮常真。存恥依田舍，生兒悦老親。飛潛俱聽世，起落不隨人。忘是何年别，又殘淮水春。

【校】

〔一〕譚合集無此篇。

過馬沖然部齋水亭

蘆荻春相暮，池梁晴亦深〔一〕。與君看鶴浴，意忽念魚沈。細務存高致，多言表静心。秦淮今夜水，不及此森森。

【校】

〔一〕池梁　譚合集作「池桑」。

【評】

譚合集評「細務」二句曰：「但覺名通。」

寄懷王永啓

未向西湖歷，看君猶衆人。詩從此地易，水見夜來真。天地催人別，鄉間妬子貧。念予不得已，重浣硯邊塵。

【評】譚合集評「天地」二句曰：「渺然孤嘆。」

題李長蘅母夫人壽册

別後真相念，聞君事母奇。買姬青雀舫，禮佛白蓮池。震澤梅形影，閒窗竹歲時。舟居湖上約，願各載孀慈。

【評】譚合集無此篇。

尋林茂之新巷答其詩

十載過君舍，常霑苔竹痕。不知人已易，仍叩舊時門。漸有鄰家出，始將幽巷言。年年花鳥思，如以病爲恩。

【評】譚合集評「漸有」二句曰：「徘徊中有情有趣。」

丹陽夜步逢賀氏諸仲

泊來無可訪，屜履月光中。深夜交難卒，危時路不窮。捨舟踪跡幻，近燭貌言同。何似袁宏夕？猶因咏史通。

【評】譚合集評「捨舟」二句曰：「想際真切，情理反幻。」

賀函伯邀尋玉乳泉入小惠山望練湖作〔一〕

若不與君值，安知地窈然？近湖光遠岫，羣木壯孤泉。鳥只啼人處，陰多在霽邊。復從來徑出，步趾緑芊芊。

【校】

〔一〕譚合集無此篇。

送陳沂公會試

不可無茲捷，良朋得第難。當予羣聚好，反覺北行寒。世路防終熟，人情慎始安。與君戎馬内，出處各思寬。

喜濟父朗伯遠訪〔一〕

運數扁舟内，成游莫自知。敢因君到舍，即怨友違期。雪月明前野，林橋暮此時。幾年魂夢向，無不是河湄。

【校】

〔一〕譚合集無此篇。

別劉濟甫還江夏〔一〕

曠野與嚴冬，能來自異踪。相過半橋雪，初見九峰鐘。學廣知才靜，機忘愛禮重。非君攜一往，城市久難從。

【校】

〔一〕譚合集無此篇。

別朗伯自用前韻

何處可深對？將無負妙踪。幸成橋上屋，未遠草堂鍾。春近連舟動，天寒贈布重。孤帆不帶雪，鵶與夕陽從。

【評】

譚合集評「幸成」二句曰：「妙。」評「春近」句曰：「淺事必深。」

僧寒碧見過

跡無僧遠到，枉自説林幽。甚愛孳孳意，專爲犖犖謀。天寒衣履夜，年富性情秋。約至園成日，來當數月留。

答憨山師寄老莊影響論（一）

憨公七十七，貽我一編餘。物外心相照，人間面不如。常存游戲眼，洞視老莊書。何夜石門月，高泉察太虚。

其二

憨公豈不偉，似悔著書非。偶檢當時草，遥傳古德衣。萬泉中試杖，五乳下開扉。頗類游人倦，賫糧爲遠歸。

【校】

〔一〕譚合集無此篇。

喜伯敬自白門到家

寒河一步地，白下七年人。門巷君難記，芳菲我亦春。素心晨夕願，慈力盛衰因。野水長林外，非庵不結鄰。

【評】

譚合集評「素心」以下幾句曰：「實有可懷。」

江夏逢賀可上送之黄州〔一〕

豈得言游楚，颯然江去來。猶貪兩日送，甘受片帆回。友道如師切，歡情觸物哀。無窮愛賢意，翻爲畏人開。

【校】

〔一〕譚合集無此篇。

送伯敬督學閩中〔一〕

爲官離索事，豈至羡清華。閩遠予常夢，才難爾素嗟。戎旃身不歷，筆墨債微加。新主求賢闊，薪櫄莫主家。

【校】

〔一〕譚合集無此篇。

再送伯敬入閩兼寄敬夫先生〔一〕

日夕默沉吟，君行嶺海深。驅車武夷下，溪水與君心。蒼質照松路，幽光入荔陰。穆然蔡君子，書外悉良音。

【校】

〔一〕譚合集無此篇。

漢江看放燈懷黄美中

萬光迎舫入，生滅總無歸。因念山中友，能堅物外扉。孤燈存磊落，滿月助希微。縱值滔滔際，何妨耿耿輝。

【評】

譚合集評「孤燈」二句曰：「定有高氣，森甚挺甚。」

詩慰本評曰：「悟頭不同。」

官舟紀夢 有引

往歲夢與鍾伯敬同一官舟，泊岸登嶺，伯敬指示余曰，此閩中山水也，奇麗照人。顧視其山，上有一子雲碑。數年來屢述兹夢，不省何驗。今伯敬官閩學使，予送之黄州，舟泊赤壁，在山水影中，臨發將别，吾友王子雲忽投刺，相顧恍然，人生豈能任意自行一步耶？賦詩一章，庶幾迷行妄想，不復萌作焉爾。

今君官與地，前五六年知。並此舟中客，鐫成夢裏碑。牧人心有慧，石馬耳無奇。可不翻然悟，空成擾擾爲。

【評】

譚合集評「今君」二句曰：「紀事正在直而動，樸而静。」

詩慰本評曰：「題可紀。」

得蘇州徐元歎書

自顧無相識，書常報汝安。庶幾君不病，寂寞事多端。日月空山急，身心落葉乾。想應初逢處〔一〕，必在萬峰盤。

其二 前二語，元歎事也。

巖裏逢高衲，下山辭故遊。志嘗聞子勇，生益念人浮。燈火物相警，風霜天正愁。書來惟一恨，追我昔江頭。

【校】

〔一〕逢 譚合集作「見」。

【評】

詩慰本評其二「燈火」句曰：「妙。」

戲爲納侍兒詩和服膺

頓覺身翔貴，多拘不自由。慚非珠賜號，僭用玉搔頭。逢怒無良愬，工歡有近憂。閨涼諳舊性，枕簟亦宜幽。

其二

屢將衾枕換，後者或多疑。女子誰知静，家人聽所宜。竹釵妝不學，花路步原知。侍立無他伴，森森弟與姨。

【評】譚合集評「身翔貴」三字曰：「三字戲得毒。」評其二「竹釵」二句曰：「修細婉約，靈性中微有黠慧。」

寄盧非敖初度

何能不五十？交爾亦多年。喜愠全由己，榮枯頗笑天。迂宜常帶怪，老莫遂忘顛。盡改園中舊，君來似夢然。

留二十九舅過夏以初秋别去因柬三十四舅

老年勿僕僕，且息我林端。敢效嘉賓宴，如添老母餐。殘書同坐卧，先德慰艱難。歸有古農父，忙持子粒看。

【評】譚合集評「老年」句曰：「樸甚，厚甚。」評「敢效」二句曰：「誠感本乎至性。」

遠韻弟寄書歸訊答懷

汝閣雖堪上，嗟予季在他。弟兄真不易，亭館是如何。堤遠諸陰足，宵涼一卷多。治生非盡拙，近效見菱荷。

【評】譚合集評「堤遠」二句曰：「有意無意，只覺温然。」

齋堂秋宿

寒暑兩無接，眠宜就一堂。齋明欽夜氣，夷静沃秋涼。蟲響如成世，雞鳴不近牆。此衷清擾擾，弘願學耕桑。

【評】

譚合集評「蟲響」二句曰：「奇蠢中别有一境。」

晦夜同弟侄妹婿庵宿〔一〕

骨肉聚纔半，房廊紛有人。一齋迎朔望，羣動謝宵晨。禮簡希冥力，情疏入往因。微躬何足省，甘苦爲慈親。

【校】

〔一〕題中「婿」字，原作「偦」，據譚合集改。

【評】譚合集評「骨肉」句曰：「真氣自接。」

中秋李朱實邀泛義河〔一〕

厭看他方月，能無故里舟。到城遠江水，得酒亂時秋。磬達東西寺，篙司上下流。宛然吾野外，神貌自相幽。

【校】

〔一〕譚合集無此篇。

伐先人所種柳爲真公置庵園内名曰柳庵

居士庵初踐，先人柳未枯。罪難辭剪拜，恩益想勞劬〔一〕。露電過前事，風煙失舊株。吾師勤施鳥，亦以慰巢無。

【校】

〔一〕勞劬　譚合集作「劬勞」。

【評】譚合集評曰：「感慨中多有含蓄，而至理至情，自覺相永。」

遠韻弟新居作

移家上五里，快比聚云何。行作他村往，來如遠友過。鶯花人各致，伏臘事增多。差勝王居士，東皐尚隔河。

【評】詩慰本評曰：「結妙。」又曰：「詩之佳處，不離一『真』字，真則久而不腐。」

哭舊督學師周鉉吉先生終於吾郢分司二首

援我耕桑内，當人謠詠時。遂殘山野性，空結海天思。疏密君忘物，敦寬世允師。何堪如此散，霜樹不相知。

其二

全宅爲桃李，何曾見夏陰。且將羊舌泣，灑到馬融心。風雪晨村急，江流夜舫深。茫茫投孝愛，靈魄去焉尋？

【校】

〔一〕譚合集無第一首詩。

送譚訥庵寒河歸村

此行筋力憊，緩步似將難。僦蹇資翁返，迎門望客安。光輝杯酒覓，造化薄田干。首向吾家過，春游稍有端。

送黄伯素蘄水教職寄聲黄美中諸子〔一〕

豈能常不念？蘄上數家雲。平野今宵雪，寒江明日君。膠師應是暫，勝友欲相分。擊向空明外，溪光不可云。

【校】

〔一〕譚合集無此篇。

【評】

詩慰本評曰：「『君』字押得古。」

蔡先生開府郧陽遣信招至承天相見作〔一〕

賤貧無可悔，乖我數年書。幸賴山川力，難將學斆虚。肺肝呈祖廟，精氣貫巖居。疲鈍欣重到，斯心當一初。

其二

細觀潛見理，勝概亦孤情。智勇開羣物，冰霜鍊一生。素絲惟率性，彤矢得專征。尚有閒中緒，聽山春夏鶯。

【校】

〔一〕譚合集無此篇。題　詩慰本「作」下有「二首」二字，而無「其二」標目。

【評】

詩慰本評其二首曰：「三、四似杜，亦僅見之調。」

五月八日孟誕先招泛鸚鵡洲邊觀緑〔一〕

芳洲雖未上，慰彼緑森前。急棹空江水，初晴朋友天。茫茫生往昔，漠漠到流連。此恨與歡雜，舟歸莫待煙。

【校】

〔一〕譚合集無此篇。題　鸚鵡洲　原作「鸚武洲」，據譚詩歸改。

瞿曰有出示尊聘君慕川先生年譜傷其往事詩以送之〔一〕

家恨與朝恩，客中常閉門。談遷俱史熟，員尚各名存。曰有名罕，與其兄名甲者，有「雙孝」傳。我慕君家久，士經多難尊。一春無細雨，今日灑精魂。

【校】

〔一〕譚合集無此篇。

鍾伯敬作家傳每一傳成令童子越村二十里送觀觀已復持去予因感歎題其傳後

亦覺君家傳，宜君此際成。文章攢後死，花果結前生。天在淵中寫，聲從影外驚。桑林霜雨內，相念至殘更。

【評】

譚合集評曰：「温緩之氣，有孝友在内，不浮不詭。」

詩慰本評曰：「題可紀。」

譚元春集

〔明〕譚元春 著
陳杏珍 標校

中

上海古籍出版社

譚元春集卷第六 嶽歸堂合集六

五言排律

雨坐伯敬齋〔一〕

數日經年緒，從朝至暮吟。方當有明月，不肯破重陰。檐静風纔入，軒高雨易尋。茶聲相與夜，冬事始於今。穆穆孤懷逼，悠悠亂響沈。形神生問答，坐卧具崎嶔。談必微方中，書非證不深。暗燈禪榻裏，清切别來心。

【校】

〔一〕譚合集無此篇。

茂之孟和至湖上作

晴遊仍雪泛，從此度朝昏。壞道行多里，貧家住一村。馬兼舟並用，湖與河相吞。有賴情文古，無慚風俗敦。入廚勤老母，愛客導諸昆。賓主非常調，悠悠同入門。

【評】

譚合集評「壞道」二句曰：「和厚不厭其迂。」評末二句曰：「自相矜賞。」

二夏邀遊雷山十韻

不後西山色，西山較得名。林丘多用晦，蟲鳥亦含貞。樹點知洲没，罾安見水平。扁舟樊口夾，野寺嶺腰横。别有塘分谷，旁通徑入城。無心遊止逸，回首往還輕。峰外孤煙立，江中落日生。老僧歸未息，一棹夜鐘聲。

【評】譚合集評「林丘」數句曰：「深於觀物，必欲使之嵬然獨立。」評「罯安」句曰：「妙。」

住伯敬家檢校唐詩訖復過京山〔一〕

在家君是暫，思與共秋蔬。百里何勞隔，一窗相對居。看多天下士，來論古人書。搖筆門庭肅，開心固陋除。勿嫌同或異，常恐密翻疏。仙佛精神耀，賢愚準則如。既須存豁達，亦以戒孤虛。解者須之後，勤焉慎厥初。聚防離悔恨，歸勝出躊躇。坐到蛩兼客，行非鶴即余。尋山從此往，光彩不無餘。

【校】

〔一〕檢　譚合集作「簡」。

客雷何思太史故宅見伯敬理其後事感而弔之

歷覽真奇士，情惟我友敦。與君雖不識，聞此即爲恩。殘墨散親故，遺文當後昆。母腸霜露裂，師道日星尊。竹石無心好，池塘有數存。世添君子歎，葬待衆人論。所見曾題壁，何須昔在門。正如觀往史，氣結不能言。

【評】

譚合集評「與君」兩句曰：「感恩知己不必身受，均足奮發。」

詩慰本評曰：「無一字浮泛。有以詩爲戲者，真風雅之罪人也。」

將攜聲禮兩弟九峰山讀書謁無易先生即别並訂入山見尋之約〔一〕

由此漸深去，春光已九峰。與人或臨水，看弟各穿松。必往期難失，猶來意所宗。往將歸聽睹，來以説心胸。閒坐有微月，新聞非去冬。緒方添叩叩，氈即就蛩蛩。郡日如多暇，山門未可封。泉流三月雨，馬響一僧鐘。藏去衣兼帶，同看鉢與筇。嘯音巖際落，花鳥盡相從。

【校】

〔一〕譚合集無此篇。

移住虎溪僧樓〔一〕

梯折入樓分，情高遇所欣。萬山不離水，孤客以爲羣。素李開時月，黄鸝啼處雲。展書光的的，縣鏡影云云。下界生人事，中宵會我聞。歸裝旬日外，頗不厭紛紜。

【校】

〔一〕譚合集無此篇。

德山

維舟無所住，深入亂雲間。江水高僧性，梨花古佛顔。塔靈抽寸寸，周金剛自言：「塔長三寸，吾當再來。」今一寸矣。碑晦想班班。秘密聞幽鳥，威儀見别山。穿�不願盡，烹蕨有時還。移步孤峰下，如同樹影閒。

方廣路

真幽難測識，古路自多驚。深緑摇靈魄，空青蓋衆聲。山登如水泛，地暗雜天明。曲直度千劫，高低分一泓。鹿禽人共道，花草樹同生。如此十餘里，難言有限情。窈冥常是夜，奇奥幸而晴。梵火濃陰裏，何僧不可清。

【評】譚合集於「山登」句旁評曰：「真境忽别。」

自蠟燭以下諸澗趨九渡澗八韻〔一〕

乃雪光何極，如松動有端。盡將去來路，付與澗中寒。一翠凝南北，諸松任狹寬。斷崖時吐日，礙日又分湍。穿峽吹香混，衝禽出影難。淙淙聲語隔，落落性靈安。必賴添幽響，方堪助遠巒。途人香火事，各自遇悲歡。

【校】

〔一〕譚合集無此篇。

秦淮五日賦得投詩贈汨羅

赴淵辭未畢，不忍此心愁。已過千年事，何須代者憂。羣然歡出舫，勉矣静同修。哀樂原爲繼，形神莫再仇。一言聊舉似，隨地可相投。非必節臨五，敢云湘始流。牢騷君既足，寄托世焉求。良夜清淮上，夢來當有酬。

【評】

譚合集評「不忍」數句曰：「興情悲感不屑隨人附和，語氣鎮壓得定。」

寄楊修齡廷尉〔一〕

筐庋雖無舊，聲光久已尋。龐公因是往，若士趣非今〔二〕。終夜九仙骨，全家七廟心。溪山養全力，梧竹入奇音。鹿止常隨杖，蟬嘶或在砧。忽聞秋氣到，知向緑蘿深。

【校】

〔一〕譚合集無此篇。

〔二〕士　譚詩歸作「是」。

寄曹能始閩中

每過匡廬色，作君鄉里看。家山仍莫舍，野水自相安。手注十洲記，神營一釣竿。生來嵐翠福，歸去菊松歡。慕匪從人説，游將往自觀。亦如閩海熱，猶畏嶺霜寒。含思君同久，寄書予頗難。荔枝秋瑟瑟，終欲就林端。

【評】

譚合集於首句旁評曰：「孤嚴峻特，自發高唱。」

自天開巖千佛嶺歷中峰下飲池邊兩月相代作

斜陽倒深壑，光影鑠金珠。人力生千佛，神工開一隅。平衺搖遠盼，升降效微軀。竹密僧邊路，花紅物外區。野江秋淼淼，靈雨月瞿瞿。池坐歌常定，門扃磬易孤。有時亦獨往，何處似相呼。衣濕空山翠，悠悠靜夜徂。

【評】譚合集評「池坐」兩句曰：「纖思靜氣，孤迥獨微。」詩慰本評曰：「每不能似杜。」

入月會詩呈別李長蘅王季和嚴印持陳亦因鄒孟陽聞子將嚴無敕諸兄弟兼懷嚴家忍公往餘杭吾家諸弟在寒河

此會留余入，歸雖緩亦甘。似知無結習，相誘到瞿曇。以志忘殊里，借舟成野庵。主賓期有益，網獵自生慚。今夜冬山影，明朝客路含。燈高霜不落，弦罷水初涵。於舫猶難別，爲朋何以堪。數家兄弟裏，遠思動湖南。

【評】譚合集評首四句曰：「相誘獨深，不肯附會，自悟話頭。」

又客白門賦得欲歸翻旅遊

上馬寧非路，見舟因起情。裝移嫌故國，刺滅念同聲。每雜遊人語，仍觀别者驚。形骸他處寄，肉骨寸心明。前月有書到，此番無意行。卜錢知未有，釵是舊時荆。

【評】譚合集評「每雜」數句曰：「行旅悽愴，偶然如此。下二句更痛。」

承郡使君葉公玉壺徵及近狀寄謝十二韻

一從山澤好，邛友渡邊呼。敢謂勝情有，自知長策無。鷩魚聞罟急，閒鳥見林趨。逃雨雨盈野，放雲雲過湖。使君頻致惜，長者自當殊。訪道黃兼老，留心狗與屠。謁寧煩草芥，問即寵菰蘆。清靜真能載，形骸安肯拘。已無裾可曳，幸此杖相扶。白社慚前輩，青溪似小姑。如泡終幻化，惟谷且躊躕。知己腸猶在，難言性太孤。

【評】譚合集評「鷩魚」二句曰：「偏與此等相警切。」

己未除夕王明甫留寒河與予兄弟守歲

非無兒女念，來此聚墻東。明旦予當拜，故人君不同。先靈萬卷內，天意兩年中。出久欣初返，情高肯共窮。舟車心又始，海嶽氣難終。燭得兹宵滿，杯非往日空。家閒筵事缺，村淺鼓音通。吾弟更闌去，方欽落落衷。

喜得袁六述之書

酬答真煩事，厭人頻致書。此書殊不爾，所寄是開予。文事君家有，素心先哲如。躍鳴無足羨，弓冶特其餘。同是水邊住，何妨相傍居。殘陽吟立久，恐此意成虛。

【評】譚合集評「同是」句曰：「古淡可思。」

徐乾之四十時居母夫人喪〔一〕

昨日驚青鏡，臨流拔白髭。念君年較長，與我性相宜。賓友何妨遠，兒孫亦肯遲。嗜茶初改井，動筆每成池。阮籍三年内，香山四十時。倘非無益事，滿百又焉爲。

【校】

〔一〕譚合集無此篇。

泊江夏晤諸故人作

兩年離此地，一泊見深情。未免尸饔事，俱停洛誦聲。止觴言暫負，閉户計難成。益友翻如損，虚懷肯妄盈。引看殘瓦雪，或納遠江明。文事春消息，香才夢志誠。予往年客江夏，夢「香才」二字。酬知惟自重，寡過荷相旌。不是因予出，徒令楊柳生。

【評】

譚合集評「酬知」以下曰：「余嘗刻意自期如此，譚子先得我心。」

重過鄒彥吉先生惠山園

冬深與春晚，兩度見枯榮。記得前年到，冰霜非此情。重來青不隔，久坐翠如輕。鮐背人天供，鷗心主客並。肉絲留運數，苔石厚聰明。步緩移山氣，廊迴通水聲。一堂堪數日，後谷可前楹。雨去澗彌有，煙消塔始生。空冥迷舊鶴，杳靄長初鶯。載此高深往，知無幽獨驚。

【評】譚合集評「肉絲」句曰：「擔荷得妙。」

聞陸君啓使君量移吾郢尋復爲九江留鎮悵然有寄〔一〕

時地吐精神，量移何貴頻。暗嗟三楚士，空羨九江人。齒頰餘曾忝，咽喉處幸馴。去留同濟世，彈壓尚分身。子自愁離母，因尤慮失親。匡君君並謁，泉石信予真。

【校】

〔一〕譚合集無此篇。

李本寧太史之任南太常八韻

黄髮盈朝日，寅清托豈微。英君讒失志，良史鄙無譏。神自周千古，腰新長一圍。老成能夙夜，孤立肯從違。名壽山河借，鬚眉雅頌歸。秋雲耆舊色，江月上卿衣。傭販争相問，賓遊欲再依。似因文獻缺，物望答南畿。

【評】

譚合集評「名壽」句曰：「典重森至。」評「傭販」句曰：「譏刺此輩苦甚。」

譚元春集卷第七

嶽歸堂合集七

七言律

將移往幽處留示同志

招摇多在板橋邊，寳鴨銀箏十五前。野水乍生船弄月，諸峰不動柳殘煙。繁華事作寂寥想，今古人如新舊年。將欲掩關心未了，一留書問到諸賢〔一〕。

【校】

〔一〕書　譚詩歸、譚合集作「詩」。

【評】

譚合集評「野水」二句曰：「纖遠淒動，又潔又響。」

答友人

雨過桃葉水初生，與子朝朝暮暮行。雪女歌應憐句好，秋娘妒不待妝成〔一〕。紙鳶牽落歸雲鳥，畫鷁驚飛戲柳鶯。卜得幽居漸深入，君來莫話此中情。

【校】

〔一〕妝 原作粧，今改。唐白居易琵琶行：「曲罷曾教善才伏，妝成每被秋娘妒。」

【評】

譚合集評「紙鳶」二句曰：「瑣事特幽特慧。」

遊徐氏西園同林子丘茂之

新主倥傯鎖舊園，小童遮犬爲開門。潭邊白影交紅影，石下松根卧藥根。幽徑全忘城裏住，山房尚自國初存。好遊從此無期約，任意來行祇莫喧。

【評】譚合集評末句曰：「意趣不逆，妙會自足。」

尤時純見訪

與我年年姓字通，傳君事事古人風。掀髯一見春光駐，捧腹千回夜漏終。桃塢晴雲分竹嶼，柳塘新水問瓠宫。相留稍住華林館，畏送江帆細雨中。

【評】譚合集評「掀髯」句曰：「光景頗解人意。」

同康虞諸子遊靈谷寺

出關途徑已經奇，難測幽深到轉遲。澗水荷香殘雨後，寺門松影細風時。因臨古殿侵涼氣，隨坐僧房抱遠思。爲語同遊閒眺者，高皇典則盡如斯。

【評】詩慰本評曰：「三、四幽微。」

復雨示伯敬

已除山下亂流聲，又聽前山未肯晴。葉再經風無可落，麥須頻雨始能生。問知蹊路高低濕，來見橋梁大小橫。也自曰歸歸不得，行行且止異常情。

【評】譚合集評「葉再」句曰：「枯遠凄然有之。」

登白龍寺閣

偶遊荒寺將窮處，一閣高深出自然。村鳥不飛紅樹外，行人半在緑溪邊。寒通遠里無非旭，冬滿平疇但有煙。欲豁南來山水目，此中風物不須全。

【評】譚合集評「寒通」句曰：「輕俊自喜。」詩慰本評曰：「此首純乎唐人。」

山夜聞鴉 同諸子分韻，即成。

寂歷空山何所聞，寒鴉離樹不離羣。東西南北皆來宿，雨雪風霜若有云。萬點淒涼從此遠，一聲哀樂向誰分。同時聽罷憐孤客，是物含情可似君。

【評】譚合集評「寒鴉」數句曰：「其聲迥異，静聽自知。」

伯敬將還朝始同孟和茂之往湖上

匹馬輕裝不計遥，來如驟雨去如潮。齋前竹樹閒時共，山外陰晴寒裏消。我所思兮人已至，子將行矣客當邀。村家酒是重陽熟，與逐溪禽過野橋。

【評】譚合集評首二句曰：「其氣寬平，其言迅動，不覺自妙。」

庭前冬草同諸子詠

冬氣先從湖上冥，草根何幸托閒庭。茸茸一任林霜落，寂寂長無野火經。袖手人誰分款坐，驚心客似在離亭。別將幽澹開天地，節候翻如向此停。

【評】譚合集評「袖手」句曰：「孕含獨妙。」

馬巽父書至以湖山草元白集見寄感而有懷〔一〕

談兵下筆肯誰如？近往江南何處居？寄我湖山三歲草，損君元白一函書。顛須從衆嘲難止，貧不依人餓有餘。記在東園繡毬發，精神落落到門初。

【校】

〔一〕題「馬巽父」譚合集目録中作「馬巽甫」。

【評】

譚合集評「貧不」句曰：「孤傲。」

寄懷尤時純〔一〕

共尋芳草白門殘，天末歸休梅蕊寒。自耻明時常落羽，方徵古道勸加餐。君邊祇有冰霜凛，世上還同雨雪乾。莫向衆中誇野鶴，養成六翮亦非難。

【校】

〔一〕譚合集無此篇。

誕先新置一樓客予

愁我遊多屐或艱，好秋涼月意相關。有樓能致朝昏色，無檻不收遠近山。欲列奇書居穩後，早移行李話深間。主人時向林塘笑，煩爾清幽滯友還。

【評】譚合集評「早移」句曰：「似初客景事。」

尋葛更生不遇

長安寄語未相聞，舟過江城自問君。信步不知何處往，遠心猶肯與誰羣？閉門全有山中意，向客欲分衣上雲。素侶從來無幾見，因思世法太紛紛。

【評】譚合集評開頭幾句曰：「步步入處即步步出處，躊躕審量，自生曲折，妙會可思。」

誕先追送江夏再晤〔一〕

此來如悔別離輕，不待相懷去後生。與我同宜丘共壑，愛君尤足具兼情。一江楓瘦吟無跡，孤館燈微夢有聲。昨日九峰游儘細，神膚看比向時清。

【校】

〔一〕譚合集無此篇。

黄美中姚長虞置酒雙峰山待予九峰遊歸

負卻遊山約已非，猶能待我自山歸。石棱秋露先生履，誕先有見予履穿詩。泉氣寒通客子衣。所遇惟松無落葉，相將有雁共斜暉。九峰信信雙峰憩，品罷煙雲又掩扉。

【評】

譚合集評「石棱」四句曰：「結意獨遠而命筆獨鬆，故氣與力皆足相覆，絶去卒卒之態。」

詩慰本評曰：「中四句從東野出。」

六月一日同二十九舅諸弟對雨生寒喜魯幹季至

寒暑近來多失期，即如今日怯涼颸。聞蟬野館空亭外，下馬輕雷密雨時。筆硯影清一門户，桔橰聲歇幾塘陂。與君談到斜陽出，收盡陰森大有爲。

【評】

譚合集評「下馬」句曰：「涼思灑然。」

九日與伯敬居易在玉泉

豈意登高如此清，重陽何止愛其名。鑊依寒寺藏興廢，葉下平沙聽重輕。颯爽能飛四時雨，蕭森不學衆峰晴。閒心一意尋泉去，尋到源邊月亦明。

【評】

譚合集評「鑊依」句曰：「自然悲涼。」評「颯爽」二句曰：「覺有神氣薰蒸其際。」

詩慰本評曰：「似高僧詩。」又評「葉下」句曰：「妙。」

答蘇潛夫出關後見寄〔一〕

書到寒原知啓關，得君詩可當秋山。荷聲雁截渚邊去，蓼影僧由雲際還。一部殘經中有味，四旬九日外俱閒。貧居自厭如人厭，始信高風非世間。

【校】

〔一〕譚合集無此篇。

飲朱公西齋起步樹月下

東齋松竹西榆柳，西較寬閒月滿衙。光欲照人先照地，影能生樹並生鴉。常兼勸勉無浮譽，雖有源流莫定家。獨向霜風霑酒意，安知去郡不天涯。

【評】

譚合集評「常兼」句曰：「意氣樸直。」

詩慰本評曰：「結語深情，全首不苟。」評首句曰：「此起費百千思而出。」

至辰州呈蔡敬夫使君〔一〕

使者來時顔闔來，褰裳寧待復相催。四經蒼雪山如閉，九過寒城門早開。師友勞生無歎息，君民異數許徘徊。青鞋便欲尋峑去，後往知能鑒不才。曾有「境内所當謁，公兼峑上山」之句。

其二

此意非徒見面然，君前下拜語難宣。洞雖開後誰窺酉？苗到馴時亦動天。兩月三花梅近狀，一春雙屐我良緣。濟人超世如相遠，觫牝何由想塞淵。

【校】

〔一〕譚合集無第二首。

【評】

譚合集評「九過」句曰：「悽涼中有倉皇意在其中。」

漁仙寺

竹外藤邊深淺行，近來焚剪得山情。纔開古洞禽知路，盡復禪居虎夜鳴。泉道泠然離磴去，石梁奇絶爲樓生。細將理數思興廢〔一〕，更上一峰春水明。

【校】

〔一〕思　譚詩歸、譚合集、詩慰本作「分」。

【評】

譚合集評「纔開」數句曰：「道氣足以相貫，覺事事物物皆真實義矣。」

詩慰本評曰：「此詩可當『簡遠』二字。」

嶽路

冥然近遠不知分，消盡閒游舊見聞。鶯外松聲有時默，鹿邊花氣自相薰。田高野路過蒼水，嶽露旁峯破白雲。漸覺驅車人物外，世間亭午即斜曛。

【評】譚合集評「鹿邊」句曰：「妙。」
詩慰本評曰：「第六句高快。」

出方廣路

溶溶水木澹多思，長歎聲如良友離。素蝶黄花春盡日，暗泉深樹雨來時。將橫石上過馴虎，欲濕橋邊立子規。去住飄然吾夙昔，白雲生滿下山遲。

【評】譚合集評開頭二句曰：「喜悟交心，自然情生。」

叔静月夜舟至寒河

一河涼月是秋痕，維爾輕舟疏柳存。露氣行來分夜釣，鐘聲斷處聽敲門。別經年隔添亭子，語接天明留病根。光影請從簾内察，密疏俱可洗心魂。

【評】譚合集評「露氣」二句曰：「神氣淒感，纖影空聲，或聞或見。」

無易先生下訪寒河談至月出始去

詩過黄初誦數章，自將行止發幽香。扁舟所渡肩輿簡，十畝之間落葉光。晴午臨河紅就濕，涼宵候月白争霜。重來若補燉煌事，昔别依依問草堂。

【評】譚合集評「扁舟」二句曰：「韻人韻事，幽光古趣，自覺照耀。」詩慰本評曰：「與朱公詩，每極敲推，所謂爲悦己者容也。」評首句曰：「似朱先生。」

答劉濟甫黄美中陳沂公龍朗伯四子見憶

莫用彈文日日驅，素心遐氣亦差殊。慈親漸老無多望，執政方嚴敢亂吁。時挺漁叉迎野客，月分燈火與浮屠〔一〕。避人猶吐冰霜句，傳到君邊不可無。

【校】

〔一〕月　譚詩歸、譚合集作「舟」。按「月」佳，且與上句「時」字對仗。

【評】

譚合集評「慈親」句曰：「感嘆中作寬解，更自情急，可傷可涕。」

哭西安徐無疾子卿先生長公也

酸風惡浪怕經思，久矣魂牽一病危。別院草中香藥處，幽庵柏下袷衣時。瞳人剪剪如仙向，筆意深深學父爲。能不羨君煙鳥散，總無相妒與相知。

其二

雖然賴有鍾期在，頗解餘音是此人。還越遂爲青草塚，悲君只似落花晨。情纏往日朋儔事，夢繞他鄉祖父身。識盡人間無一味，再來何可踏秋塵。

【評】

譚合集評「能不」二句曰：「不堪之極，無益而思孤。」評其二「悲君」數句曰：「涕淚才人與此相匹。」

詩慰本評「筆意」句曰：「用羲獻意卻使不得。」

上篸頂

松過十圍曉亦昏，萬峰相次不相存。回看來路驚人險，漸了層巒見汝尊。籃筍通天雲入谷，香爐插澗石爲門。蒼然霽色鴉飛去，春氣沈沈何可言。

【評】

譚合集評「漸了」句曰：「奇宕排闥，妙。」

詩慰本評曰：「結否。」評「回看」句曰：「如此不是俚句。」

從頂下澗作

無杖無輿一野身，徐窺坦步自情親。日星所照皆能曉，杉檜雖青不爲春。在僻樵蘇應見道，最高鐘磬亦傷神。山禽弄羽精靈内，猶有人間學獵人。

【評】詩慰本評「最高」句曰：「妙。」

俞伯彭芥圃作 同康虞、子丘、彦先、茂之、居易。

所謂伊人在此潯，夏雲無事落餘陰。高林盡作悠悠勢，止水能生一一心。悵矣開簾向魚鶴，永然憑閣想清深。雖知不是僧居住，童子微知煙磬音。

【評】譚合集評末二句曰：「枯静，至此便欲忘世。」

喜周伯孔至白門〔一〕

前帆後櫂不相聞，及岸參差舟戀羣。半世知交方盡在，兩家愁緒未能分。望予暫止驚人語，憂爾仍爲拔俗文。水漲洞庭飛鳥怯，來踪入夏一孤雲。

【校】

〔一〕譚合集無此篇。

答程孺文〔一〕

眼前白髮即先民，見爾霜頭無可新。略記當時元夕會，安知不是六朝人。鹿門引去灘前侶，仲長遷來花外鄰。猶肯老年高興始，步尋山寺看精神。

【校】

〔一〕譚合集無此篇。

答贈魏定如儀部

八載重逢同里顔，蕪湖水氣秣陵山。詩能念我今羅網，熱不因人素往還。弄子笑啼羣務在，課僧鐘磬一官閒。出江蘆葦蕭蕭夜，即報君知覺意關。

【評】

譚合集評「課僧」句曰：「此卻是冷，不是幽。」

與尤時純別八年矣入秋將過訪錫山先成數語寄之〔一〕

惠山端不重登臨，秋到君家先寄音。河漲親窺沉璧處，野饑曾竭捕蝗心。暗傷魂魄酬諸將，遠問容顏念苦吟。天墜玉棺身更健，始知高士死難尋。

【校】

〔一〕譚合集無此篇。

吴康虞招泛月中得非字〔一〕

素月森森星亦稀，一河燈燭不知輝。屢還舟趣多經眼，時就林陰似息機。香着水邊花已過，響行煙外曲何歸？試思明夜雖來泛，坐上朋儔恐半非。

【校】

〔一〕譚合集無此篇。

【評】

詩慰本評曰：「五、六咏之頗有餘香，結未妙耳。」

月夜牛首往返作〔一〕

乘暮出游乘暮還，秖移眠在午窗間。光隨野滿半林月，涼達天明兩夜山。不雨田尤傷凋歇，獻花巖又待秋閒。流螢獨照蟬多露，已是羣生銷夏灣。

【校】

〔一〕譚合集無此篇。

過青海王孫水榭同其令弟渤海舟還〔一〕

疏林面面有村光，日見鍾山影在塘。夏水夏雲兄弟樸，荷風荷露主賓香。似聞茶沸因尋竈，時得鶯啼只繞堂。園好自然明月入，忽驚初照是歸航。

【校】

〔一〕題 青 譚合集作「清」，但譚合集目録中亦作「青」。

【評】

譚合集評「時得」句曰：「妙。」

周大司農明卿留飲示以新詩奉贈

每羡吾鄉古道垂，白門相見學威儀。安危未肯忘桑梓，肥瘠非徒倚繭絲。漢水流來開緑野，鍾山秀處照龐眉。冰盤六月涼猶小，拜誦清風吉甫詩。

懷楊修齡先生

一詩曾寄到園林，三載懷中未報音。聞議沙場徒氣塞，若歸原野本情深。德山風雨吹秋舫，穿石雲濤漲古琴。間卻此人邊事急，明君何可但無心。

【評】譚合集評「聞議」二句曰：「有心人不忍見，不忍讀。」

七月十二夜宋獻孺招泛烏龍潭

同景升、伯敬、止生、子丘、茂之。

夜夜潭光不盡然，即今流止已非前。雲霞落水紅生浪，草樹依岡緑到天。遥散漁燈先照閣，未殘荷葉尚留船。風涼月好俱朋侶，莫道良儔衹坐邊。

【評】詩慰本評曰：「此詩每爲潭上諸君所稱，惜結句近腐。」

哭魏太易四首〔一〕

丁未舊作，補刻於此。

痛定回思撤瑟辰，不知當日幾傷神。況逢生我兼知我，同以今人作古人。是年吾父亦亡。嶺冠松梧埋筆冢，澗穿禾黍送詩貧。登山酹爾知含笑，水國惟堪採白蘋。

其二

月致烏絲及白團，拂塵尋玩瀋多殘。顛狂彷佛君如我，憐愛依稀儂與歡。手爲云亡失左右，眼從驚定始波瀾。蠶叢峽口非全歷，肯信吾歌蜀道難。余曾賦蜀道難贈君。

其三

峭性淵衷見古狂，議騰寧必澡滄浪。身先死不煩人殺，世盡存何令子亡。兩度傷神過奉倩，一兒傳業勝中郎。如今瘞向北邙去〔二〕，曾痛他人瘞北邙。

其四

文心譽癖與書淫，夭枉兼常理感深。一代名流將屈指，五年知己更傷心。王雖不好須存瑟，友既先亡應碎琴。可是牢騷可是憊，蒼茫莫曉異人襟。太易以病試，罷諸生。

【校】

〔一〕譚合集無此篇。

〔二〕邙　原作「圻」，據譚詩歸、詩慰本改。下句中「圻」字照此例改成「邙」。

【評】

詩慰本評第一首曰：「此結聲調獨合。」評其三曰：「三、四讀書多方能道。」

中秋棲霞作〔一〕　同吴凝甫、王子雲、茅止生、張午卿。

城遠山深物色含，蕭蕭佳節始無慚。涼秋既好天低石，風雨欲來月滿潭。候雁一聲游子聽，長松半夜老僧庵。並將歌舞秦淮事，走馬崎嶇驚翠嵐。

【校】

〔一〕譚合集無此篇。

初至西湖

湖水蔭山山氣搖，娟娟蔚蔚與秋遥。孤舟竦聽行千古，新月留魂照六橋。客少波閒難此日，林空草冷易爲宵。泛觀流覽蒹葭外，澹爾冥茫無可消。

【評】譚合集評「孤舟」二句曰：「如此覺淡妝濃抹何等粗氣。」

自靈隱寺上韜光秋望〔一〕 同王永啓

石曰飛來非故鄉，北高峰下漸蒼蒼。秋從素處微生照，葉有紅心欲望霜。上出亭樓尋磴道，遠收江海作山光。竹竿妙與泉相會，細引奇聲步步長。

【校】

〔一〕譚合集無此篇。

秋盡逢韓求仲〔一〕

滿湖秋水立情神，相悅常疑再見人。此地無慚梅鶴種，與君同憶白蘇身。波光的的如催曉，楓葉離離漸勝春。夜半酣歌無語處，十年心緒向高旻。

【校】

〔一〕譚合集無此篇。

過張文寺園看月　同宋比玉

路由松竹若山空，尋徑登城寒信通。明月纔生即在水，殘陽不了尚留紅。幾人氣落高天外，一片光深小閣東。已是將歸歸思少，愛他冬夜與秋同。

【評】

譚合集評「明月」句曰：「筆舌之妙，可以化腐爲活。」

詩慰本評「幾人」句曰：「此等句不是詩。」

長至日蔣榭餞集留别郭聖僕沈雨若宋比玉汪闇夫寇五姫兼送葛震甫歸洞庭[一]

苦聞離别更依依，起步清霜霜失威。百五日長爲客久，一千里外向江歸。曲因梁近如難駐，月爲塘深未便飛。我憶梅花洞庭好，煩君寄語達芳菲。

【校】

〔一〕譚合集無此篇。

過贈陳司徒正甫先生

今古情兼海嶽情，出階魚鳥不相驚。欲師至德嫌奇譽，益歎前賢邁後生。憩寂松間三昧活，寄愁天上六經争。此疑難決深年載，潔已從君灑掃明。

【評】

譚合集評「欲師」句曰：「質而靈，勢亦流便。」

過袁未央竹谷作〔一〕

暫借清和一日寒，不由風雨與檀欒。江城處處斜生水，亭館蒼蒼別有端。庭積光輝人未盡，郊通古澹鳥相安。因思昨夜形神向，相失金陵見頗難。

【校】

〔一〕譚合集無此篇。

別荊州歸舊學師陸公舟酒相送過其旁園亭數處〔一〕

溶溶汩汩發江陵，雖理歸心似未能。深緑無窮分野鳥，浮涼欲滿及孤僧。輪蹄忽覺因溪寂，園榭多知爲舫增。去就師儒十年事，只如幽夢落汀罾。

【校】

〔一〕譚合集無此篇。

過江陵訪夏明府不遇因之公安〔一〕

濺我沙頭三日雨，邀君夏口一江風。似兹舟楫能無念，雖有鶯花已不同。郡内自今人吏肅，樓邊最古水煙空。鵔鸃冠好何須着，去宿公安野館中。

【校】

〔一〕譚合集無此篇。

孟誕先泠光亭看西山殘雪

春初雪事動精靈，晴引輕寒入小櫺。着日山烟能不散，出江溪水未遑寧。磬存餘濕流羣響〔一〕，林秘高光結一形。羡爾當時心目向，遥情野思共泠泠。

【校】

〔一〕餘濕流羣響　譚合集、詩慰本作「流濕餘羣響」。

【評】

詩慰本評「着日」句曰：「似此大妙。」評「林秘」句曰：「亦費解。」

至黄美中浠川新居〔一〕

别來身世未相當，往視良朋愛路長。雪不離晴七百里，廛能達野一輕航。淒然見子衣冠白，邈矣親人魚鳥蒼。若得年年來石畔，苔邊願剔溯流光。「溯流光」三字，子瞻醉書石上。

其二

愁顔暫止即深談，不但移居就翠嵐。雨雪無傷高士圃，鄰家況接故人庵。王五岳庵在西鄰。年經苦趣翻如悟，貧有幽懷亦易堪。門外川光春汩汩，齋心休向柳邊探。

【校】

〔一〕譚合集無此篇。

【評】詩慰本只收其二，評曰：「五、六是閱歷後語。」

送萬爾獻北雍鄉試〔一〕

新文萬斛湧泉間，尚肯深思伴苦顔。懷抱人言宜北道，性情吾許望西山。故交散去方知好，逋客歸來亦厭閒。先在長安應辦酹，天寒到晚醉維艱。

【校】

〔一〕譚合集無此篇。

過無錫哭尤時純〔一〕

梁溪再到即酸然，憶爾能將友道全。有力忽來趨夜半，無能似可倍生前。柳枝寂寂存門巷，春月茫茫送客船。萬事請君尸視在，靈光一片肯空懸。

【校】

〔一〕譚合集無此篇。

伯敬過園中

與君尋徑致君疑，橋上草堂君不知。花柳殊光緣物化，禽魚一暢若人爲。頻添水土生閒日，漸作鄉鄰爲老時。且坐春風簾影内，七年魂夢正如斯。

【評】

譚合集評「橋上」句曰：「疑處只在幽深。」

王修微江州書到意欲相訪詩以尼之〔一〕

無思無言但家居〔二〕，僮婢悠然遂古初。水木橋邊春盡事，琵琶亭上夜深書。隨舟逆順江常在，與夢悲歡枕自如。詩卷捲還君暗省，莫攜惭負上匡廬。

【校】

〔一〕題　詩　譚合集作「書」。

〔二〕無思無言　譚合集作「無言無思」。

七月十五夜同諸弟蓮湖作

別將聲影寄幽涯，小艇人人可自拏。若爲新秋添野水，天然明月下荷花。此身香出三生外，無事情高五里家。少取榮名應得老，弟兄門巷各漁車。

八月十三夜再泛蓮湖〔一〕

樂止扁舟亦有涯，縛舟如筏幾人拏。前番秋少先光水，此夕荷涼益念花。無以娛賓招牧唱，最能爲主是漁家。泠泠艷艷將歸路，竊取清暉載滿車。

【校】

〔一〕譚合集無此篇。

慰服膺弟喪女

性本端凝豈易驚，亦從愁恚試平生。夢中墜瓦消人累，空際飛花濬爾情。織素雖嬌亡則已，金鑾太慧畜難成。笑予求出憂歡外，猶向中宵理歎聲。

【評】

譚合集評末句曰：「未免有情。」

詩慰本評曰：「從劉隨州送女婿詩看來。」

濟甫至寒河予以事即入鄂令諸弟留之

似兹賓主可無論，君泊舟時我出門。正值空簾桐雨落，全留野户竹香存。丹鉛所秘私嘉客，魚麥無多輔衆昆。肯待歸來鶯亦老，架西橋北浄心魂。

【評】

譚合集評「魚麥」句曰：「典緻。」

詩慰本評曰：「『私』字、『輔』字恰好。」

寄九江陸君啓使君詩未達重有此寄（一）

書信悠悠難計日，予懷耿耿又經冬。正如江上十年客，空望天邊五老峰。地迥神魂通物外，時危卵翼讓鄰封。近來棲止君前報，行到東臯宛似農。

【校】

〔一〕譚合集無此篇。

【評】

詩慰本評曰：「忽似陸放翁。」

程簡子明府枉過秋園夜談賦詩謝答二首〔一〕

素鷴掠水雁團沙，幽矣輪蹄到未譁。落日微雲仙令跡，殘燈疏磬野人家。百靈聲静欽蘇涣，一線騷存念景差。笑對空樽頻易跋，武城城内是天涯。

其二

園林疏樸不知幽，忽枉空堂若有求。談到峨眉天欲雪，思同屐齒夜驚秋。農桑眼底别成世，書畫胸中欲勝舟。始信蓬蒿堪自慰，看君旌旆幾虚投。

【校】

〔一〕譚合集無此篇。

【評】詩慰本只收其二，評「書畫」句曰：「應酬語。」

伯敬閩歸屢至寒河別去江夏寄贈二詩乃有此和

好移門步步清暉，開徑添茆久望歸。冬早秋如因閏在，塘空月亦照霜飛。氣連砧擣俱流水，聲過樵蘇衹野扉。堅住不知君是客，似予相值與依依。

其二

欣然坐處是荒疇，竹木沿緣漸可遊。常易亭名煩客問，每窺庵火愛僧休。月明岸水皆如路，年熟瓜芋各有丘。我設柴車兼木榻，君來尚治一輕舟。

【評】詩慰本只收其二，評曰：「好友家常話，卻字字入妙。」「『岸水』句爐錘，遠水平如岸，自覺意味深厚。老杜善用庾開府。大凡詩文正病在自我作古也。」

譚元春集卷第八

嶽歸堂合集八

五言絶句

戲寄伯肯

前車馬欲佚，後車幔欲開。歡儂各相照，忘度歌風臺。

【評】

譚合集評「歡儂」句曰：「此意獨知。」

江行四首

花樹空如洗，鴇鸝凍不飛。逢船試借問，半是爲冬歸。

其二〔一〕

棹轉盤塘口，鴉銜片肉斜。愁他征不息，有税到神鴉。

其三

盛世寬儒士，褒衣每自如。爪牙來大索，怒是一床書。

其四

安慶臨江滸，城高比塔高。漢文繇代邸，何有打城勞。

【校】

〔一〕其二至其四標目原無，據譚合集增。

【評】譚合集評其二三、四句曰：「毒語苦語，使人畏之。」評其三三、四句曰：「風刺不忍直盡。」

詩慰本評曰：「淺處轉近古人。」

送宜之入燕〔一〕

久雨傷羈客，依依復送行。莫愁前路滑，漸入異鄉晴。

【校】

〔一〕題　宜之　譚詩歸、詩慰本作「茂之」，譚合集目録中也作「茂之」。

【評】譚合集評「漸入」句曰：「『晴』字着『異鄉』便淒感。」

獨吟

强讀架邊書，繞籬飛白蝶。舉頭如有人，階前落一葉。

代楊姬柬友人二首

閒坐妝樓下，買花不買葉。客從何處來？戲郎兼戲妾。

其二〔一〕

今朝出桃葉，明朝折柳枝。不及渡頭船，尚有無人時。

【校】

〔一〕其二標目原無，據譚詩歸、譚合集增。

【評】

譚合集評曰：「調笑中有嫌有怨。」

詩慰本評曰：「癡處近古人。」

姊妹詞

姊欲養鸜哥，問妹妹不許。笑姊一何癡，鸜哥能言語。

【評】

譚合集評首二句曰：「常意比人，卻多幾層轉折。」

詩慰本評曰：「蘊藉，然是鄭衛之音。」

托小米弟收雪二絕句〔一〕

忍寒提甕行，行到無人處。明夏北窗開，一甌先及汝。

其二〔二〕

野外最能清，籬邊猶自白。掃時莫委僮，僮掃兼僮跡。

【校】

〔一〕譚合集無其二，祇收第一首。

〔二〕其二標目原無，據譚詩歸增。

答伯敬別詩〔一〕

去時葉將紅，來時紅未老。能令感秋人，猶言秋暮好。

其二

相與聽泉夜，遥同過嶺時。此心歸欲語，亭際鶴能知。

【校】

〔一〕譚合集無此篇。

與聲禮兩弟入九峰山讀書〔一〕

幻情願住山，他日山中叟。莫作游山人，四時非我有。

【校】

〔一〕譚合集無此篇。

上山 以下三十一首皆九峰山詩

人真抱勝情，具即爲之生。青蒼看不厭，移足踏松聲。

下山

俯身松下路，石與屐相商。落日催人返，幸逢東月光。

【評】譚合集評第二句曰：「『商』字游理。」

禮學公塔〔一〕

錫定有時飛，骨安知不蜕。拜舞動禪心，似爲下根贅。

【校】

〔一〕譚合集無此篇。

穀雨前三日催僧採茶

晴有雲不採，吾聞諸季疵。貴精兼貴少，莫待葉舒時。

【評】譚合集評首二句曰：「矜重有貴氣。」

看造茶〔一〕

言餅與言粥，真茶何自生？天然多妙事，篝火莫相争。

【校】

〔一〕譚合集無此篇。

嘗茶〔一〕

甆甌相照燭，松竹亂春雲。旬日龍檀歇，真香不在聞。

【校】

〔一〕譚合集無此篇。

松柴

松枝可憐緑，樵樹伐山光。不忍香生爨，但言春氣香。

【評】譚合集評曰：「神理交屬，微聞山松歎息之音。」詩慰本評曰：「是山中人語。」

拾松枝婦人

婦人不斤斧，所愛松枝殘。静倚窗邊較，濤聲何樹乾？

【評】譚合集評末句曰：「解事解語。」

長廊

東廊穿西廊，風雨徒然有。信是風雨時，閉門不可久。

勸山僧工課

山僧欲戀山，成佛是第二。人趨鐘鼓聲，云是山中寺。

【評】譚合集評曰：「就其所知以勸之，最爲易入。」

頭茶

萌芽不可折，除卻桑茶論。桑老傷蠶意，人情亦有新。

二茶

同是嫩而拳，何知非雨前？辨茶如辨水，江半南零泉。

三茶

生意窮三摘，纖毫貴一真。采山牙筍外，不慕遠峰春。

【評】

譚合集評第二句曰：「挺出。」

同誕先坐池上〔一〕

寺有經行僧，梵響纏松栝。定静看池水，若因雨後活。

【校】

〔一〕譚合集無此篇。

同遠韻服膺坐泉橋

苔草水光浮，行人飛兩眸。但知橋上過，安知橋上休。

各攜一卷上山選密陰處怪石坐之〔一〕

選石競幽奇，坐如青兕守。卒然好鳥啼，心静各摇手。

【校】

〔一〕譚合集無此篇。

晨起觀浴佛〔一〕

高深同欲曉，真若佛生時。自哂何分別，不觀僧浴池。

【校】

〔一〕譚合集無此篇。

納涼於廊

磬聲隨扇住，繞我散松風。風力迴衣帶，還來鳴磬中。

【評】

譚合集評曰：「『散』字從『繞』字，看出思微而情遠。」

食筍〔一〕

巖礬雲根剥，竹園應減青。不居清士態，稍可報山靈。

【校】

〔一〕譚合集無此篇。

開佛殿仍反鎖之與諸子寂然坐地或任意繞行

香燈歸沓默，金碧入深沈。坐與行非我，諸天門裏心。

客至

鶯旁有客至，茶筍與相嘗。見他初入坐，眼亦在山光。

【評】譚合集評三、四句曰：「胸中無主而有愧悔。」

出谷

足音清歷歷，林鳥未思飛。高興有程限，不聞鐘處歸。

飲山中人家

荷氣生前坐，榴花紅一溪。牧童歸應客，黄犢過山西。

【評】譚合集評三、四句曰：「趣事不嫌其野。」

由鉢盂峰行遍九峰取徑下於寺〔一〕

過石已三休，遇松難盡撫。周始得山情，望山中有主。

【校】

〔一〕譚合集無此篇。

寺田〔一〕

沖深坐一階，苔蘚移消息。起看寺門田，良苗泉水色。

【校】

〔一〕譚合集無此篇。

與劉濟甫柳太原樓宿〔一〕

山松低入夜，聲夢作寒河。平聽高樓晚，江南舟際波。

【校】

〔一〕譚合集無此篇。

晨起開樓看諸嶺松色

看松有分合，品松無淺深。氣於多處肅，曉在煙中陰。

【評】

譚合集評首二句曰：「俱從言悟中領略得盡。」

月下看松〔一〕

蒼蒼明月滿，疑是松所爲。似將天嶺合，雷雨不殊時。

【校】

〔一〕譚合集無此篇。

遍上僧樓看松〔一〕

樓居無異向，寬狹各波瀾。始愛陳尸語，萬情松下寒。

【校】

〔一〕譚合集無此篇。

同舍弟默坐小塔上察山間秋色一人禮塔不言周視而去予怪焉尋跡之無異也

山空秋一歲，何處辨秋天？靈蠢俱無説，方知山悄然。

【評】

譚合集評曰：「蠢人未嘗無悟，但不能全説追之。」

夜别九峰〔一〕

招歸是明月，追送此泉聲。峰亦知予去，秋天一杖輕。

【校】

〔一〕題　譚詩歸標題、譚合集目録作「夜别九峰山」。

【評】

譚合集評三、四句曰：「兩情俱不能及。」

重陽風〔一〕

造物太堪料，年年此際風。應將孤客思，吹向菊花中。

【校】

〔一〕譚合集無此篇。

踏青詞〔一〕

山邊水邊坐，桃花李花光。不知花事外，誰問到柔桑？

其二〔二〕

隨人風俗出，不解閣中藏。見客遥分路，自知是女郎。

【校】

〔一〕譚合集無第一首。

〔二〕其二標目原無，據譚詩歸增。

【評】譚合集評首二句曰：「鄉村情事，嘲笑盡矣。」

春暮見岸上草

春草岸邊出，亦在岸邊深。君莫踏春草，離人三月心。

【評】譚合集評第二句曰：「妙。」

巒響臺

山外始春盡，山寒多落葉。溪聲下葉聲，反怪飛黃蝶。

【評】譚合集評末句曰：「『怪』字安從知之？」

汲君山柳毅井水試茶於岳陽樓下〔一〕

湖中山一點，山上復清泉。泉熟湖光定，甌香明月天。

其二

臨湖不飲湖，愛汲柳家井。茶照上樓人，君山破湖影。

其三

不風亦不雲，静甆擎月色。巴丘夜望深，終古涵消息。

【校】

〔一〕題　詩慰本「下」下有「三首」二字。

【評】

譚合集評「泉熟」句曰：「『定』字奇。」

詩慰本評曰：「不似太白，卻是太白。」

繁川莊爲無易詠〔一〕

不杖入寒雲，雲深見父老。曉來春水生，語笑相聞早。

其二〔二〕 川分清白，江水灌田。

雲濤盤不盡，穡事動川香。江水存民力，何辭百道光。

其三 度竹隱橋，有地孤浮水中。

依依大石橋，柳色終閒步。稍至此橋休，光多不敢度。

其四 含清亭，入竹五六十步處。

萬竹光同碧，煙生不自空。有時煙墮水，亦浸竹陰中。

其五

純音軒，軒瀕奔流。

蜀江怒莫測，水石駭心魂。不戀奇聲久，誰知江入園？

其六

古榿百數十株，川響在此。

柳竹榿相接，何川不共陰？幾層寒覆處，奔響獨驚心。

【校】

〔一〕譚合集衹收一、二兩首詩，餘未收。

〔二〕其二至其六標目，詩慰本依次作二、三、四、五、六。

【評】

譚合集評「語笑」句曰：「悠然有會。」評其二「江水」句曰：「典重。」詩慰本評曰：「六絶説景太盡，微乏含蓄。」

發舟答别陳元朋

我即石尤風，如何舟得去。鼓栧誦新詩，是予風順處。

【評】

譚合集評首句曰：「翻得妙。」評三、四句曰：「轉得奇。」

雨游隆中不得〔一〕

昔人不可見，梁父空爾吟。峴山一時雨，歸客萬重心。

其二

細雨隆中來，濕雲如見惱。因他出草廬，不信幽人好。

【校】

〔一〕譚合集無此篇。

忽憶

小姬未解事，一拙係予思。不避堂前婦，問予歸幾時。

【評】

明詩平論評曰：「形小姬猷稚，卻影出君婦妒意如何。」

詠江上婦人看侍兒浣簟〔一〕

日日浴冰簟，因來看江水。江打兩三回，冰簟浴未已。

【校】

〔一〕譚合集無此篇。

在錢塘吳興間皆逢王修微女冠每用詩詞見贈臨別答以六章

相送萬里碧，月光生道心。始知人意淺，不及霅流深。

其二

離時碧萬重，晤時黄一色。與汝看孤帆，不霜何可得？

其三

西陵松已暮，潛在橋邊行。夜半候舟出，沈沈作鳥聲。

其四

不用青衫濕，天涯淪落同。前夜三弦客，一聲霜露空。

其五

素淡出閨來，怒人稱小小。我在鏡邊過，妄言君尚好。

其六

播揞無從入，山莊獨閉門。自然冰滿研〔一〕，我亦到荒村。

【校】

〔一〕冰　譚合集作「水」。

【評】

譚合集評第一首第二句曰：「幽悟。」評其二第三句曰：「静悟。」評其五第二句曰：「介性自持。」

題伯敬畫贈俞彦直

寒林初幾株，久漸生林薄。吐納一亭中，何須上山閣。

代燁如四解

寒宵一片箋，頻放筆牀處。學郎書未終，忽寫蘭花去。

又

數枝臘梅花，香繞別離處。花在此瓶中，餘香出簾去。

又

與郎愛月光，行入霜多處。無事亦無言，同眼看月去。

又

有客畫溪山，是郎歸路處。嫌他添一舟，真使郎西去。

【評】譚合集評第四首三、四句曰：「細心畏慎，癡心得妙。」

少弟元亮端午回勖以三詩〔一〕

案頭有奇字，園内是流光。不似羣兒返，得離師友旁。

又

諸弟撲黄梅，汝在梅邊立。莫羡衆争嬉，威儀小時習。

又

五歲悲無怙，汝今如我長。忽看燈下影，寸寸是孤孀。

【校】

〔一〕譚合集祇收第二首，無一、三兩首。

徐元歎寄二畫詩

一爲仇十洲女畫櫻桃

寫鳥啄櫻桃，啄之意如渴。上口是何時？櫻桃子不落。

一爲馬姬湘蘭寄王百穀芝蘭圖

寫蘭兼寫芝，老妓心如乞。默思大易言，同心正一物。

【評】

譚合集評第二首一、二句曰：「可憐。」

二十四夜飲聲弟新舍〔一〕

五里三柴門，河流無後到。今宵是小年，燈燭如相告。

【校】

〔一〕譚合集無此篇。

二十五夜飲禮弟簡遠堂〔一〕

汝堂非始開，我心如再幼。二十五年前，此階跪清晝。

【校】

〔一〕譚合集無此篇。

二十六夜飲暉弟齋中〔一〕

肅肅家筵裏，賓姻得共觴。羨予兄弟暇，來此覓年光。

【校】

〔一〕譚合集無此篇。

二十七夜飲少弟亮宅〔一〕

後夜與前宵，諸兄家飲食。依依歲暮心，一夕貧家力。

【校】

〔一〕譚合集無此篇。

二十八夜當飲方弟河湄以事散去〔一〕

造物來相諷，歡多即是愁。家庭無放浪，笑口各知收。

【校】

〔一〕譚合集無此篇。

【評】

詩慰本收二十四夜飲聲弟新舍至本篇共五首，評曰：「存此五首，不爲詩也。」

二十九夜同木從齋宿柳庵呈真公

梅花寒寸心，照磬亦能響。老衲與香住，此香隨磬往。

除夕示弟〔一〕

母病乍能寬，歡心如捧檄。小愈即春光，村年不用曆。

【校】

〔一〕譚合集無此篇。

托木從收所失稿〔一〕

歎我忘奇想，如君製大篇。莫邪呼姓字，躍冶亦當然。

其二

精神何處流？但遇眼光住。收爾殘年心，此中多字句。

【校】

〔一〕譚合集無此篇。

譚元春集卷第九

嶽歸堂合集九

六言

月泊洞庭

全迷起止何在，忽過朝昏未驚〔一〕。眼闊雲消岸遠〔二〕，心閒月上湖平。漁人漠漠無火，商舶勞勞有聲〔三〕。獨立清波最久，亦如山夜深更。

【校】

〔一〕驚　譚合集作「警」。

〔二〕消　譚詩歸、譚合集作「霄」。

〔三〕聲　譚詩歸、譚合集作「人」。

【評】譚合集評「心閒」句曰：「從心閒看出，妙。」

戲題歸舟〔一〕

亦有登臨孝子，豈無田舍清人。歸與吾黨狂簡，耻矣明時賤貧。煙滅煙升竹事〔二〕，湖南湖北花辰。五十餘里孤客，九十年光去春。

【校】

〔一〕譚合集無此篇。

〔二〕升　譚詩歸作「深」。

送郭伏生游天台〔一〕

兩屐非因采藥，一囊長爲看花。若逢山裏人出，應問是游是家。

【校】

〔一〕譚合集無此篇。

山還六言〔一〕

青嶂秋江影倒，黄州夜渡聲齊。潦餘人住峰頂，送罷僧投澗西。

其二

僮僕皆宜客裏，形神盡在山中。孤庵坐處秋色，野艇移時晚風。

其三

牛羊落日途遠，麞鹿當時價平。若問交道今古，王生潘生胡生。

其四

西山雷山興盡，竟陵秣陵思煩。夢去常先書去，弟婚常先男婚。時六弟服膺以九月畢姻〔二〕。

【校】

〔一〕題　譚詩歸、譚合集作「山還」。

〔二〕譚詩歸、譚合集無此小注。

【評】

譚合集評其三末兩句曰：「審量已定，不肯多添一人。」評其四末句曰：「古人之風。」

家園示弟三首

凶年殺禮人怨，暇日新文自删。聞往江南色喜，偶遊村北行艱。

其二

池水留分北里，木橋移置西偏。此中興廢雖小，何事規圖不然？

其三

穿屋緑�無礙，邊堤烏桕不宜。也愛秋霜染處，但防春水生時。

答王以明遠訊三首

蜀山兵定人静，老友天寒信來。自笑草堂雖閉，野橋邊有門開。

其二

聞汝園居竹滿，又聞梅幹尤奇。由來草木堪敬，能共高人老時。

其三

讀書益人意智，學道吐爾聰明。欲待聰明盡吐，方從爾問無生。

送胡用涉之越訪徐西安

月爲今冬全好，江惟寒夜覺深。高堂一拜舟遠，不告妻孥寸心。

【評】譚合集評末二句曰：「胸次高奇，全無繫戀。」

寄徐子卿四首

交情世情不定，故我今我無他。背人常慷以慨，獨居或嘯也歌。

其二

蘭杜不如青草，年年洲上春生。倚樓與客烟覽，遥過江帆骨驚。

其三

記君當日山志，春到西山可尋。亦履危嵓習膽，遍收雲物吹心。

其四

將學陰符智短，欲謀陽羨徭苛。壺口年來可惱，鷄聲夜半如何？

【評】譚合集評其三「亦履」句曰：「惕然。」

冬夜過村聞迴向庵鐘聲懷亡友徐九惕二絶句

宵光滴瀝今野，朝響依違昔牀。聲耳如相來去，幽明各滿徬徨。

其二

燒入多霜不滅，寒兼欲雨惟危。孤齋記我行處，老衲如君在時。

【評】譚合集評第一首末二句曰：「陰幽之氣，如左如右。」

譚元春集卷第十　嶽歸堂合集十

七言絶句

送伯肯先生還里

蜈磯握手未經旬，忽指金陵别返輪。寄語慈闈兼弟妹，道予知勸久遊人〔一〕。

【校】

〔一〕予　譚合集作「子」。

【評】

譚合集評末二句曰：「歎息舒顔，獨知潦倒。」

泊湖口夜月望廬山〔一〕

上帶九江六十里，幾人船上無匡廬。好山只入看山眼，明月横江畫不如。

【校】

〔一〕譚合集無此篇。

鄭季卿移家至題其春草齋

曾讀巴山采木行，似聞山上子規聲。微官得罪休言早，春草留君住治城。

【評】

譚合集評末句曰：「草留妙於攀轅卧轍。」

落花〔一〕

紅白無聲下徑遲，因風蕩入柳邊池。園中小鳥憐春色，幾欲銜來再上枝。

【校】

〔一〕譚合集無此篇。

答彭舉贈畫〔一〕

此老胸中山外山，臨時和墨意相關。奔峰疊嶂知無韻，爲寫春山千萬間。

【校】

〔一〕譚合集無此篇。

柬張克雋見訪不遇〔一〕

山僮不辨是耶非，衹見籃輿即掩扉。不及林逋雙白鶴，艇邊能唤主人歸。

【校】

〔一〕譚合集無此篇。

四月一日惱彭舉時純茂之負約〔一〕

來看未落繡球花，即煮新貽穀雨茶。甚惜春光過一日，端居不上短轅車。

【校】

〔一〕譚合集無此篇。

五月七日康虞宅病中對花〔一〕

樹外高峰啼老鶯，少年扶杖問無生。主人正坐幽窗下，對得葵花不忍烹。

【校】

〔一〕譚合集無此篇。

商孟和至同坐茂之齋中〔一〕

待我歸時君始來，幸猶能及我將回。流螢火冷南風歇，默坐空庭桐影開。

【校】

〔一〕譚合集無此篇。

留别南中諸子〔一〕

寺度朱明園度春，華林轉眼去冬塵。可憐筵上催歸客，即是江頭怨别人。

其二

幾人相見問歸舟，纔掛歸帆又訂游。歷盡殘冬與春夏，他年祇領秣陵秋。

【校】

〔一〕譚合集無此篇。

答彦先雨夜見柬〔一〕

一嶺寒雲催凍葉，全村密露下餘花。從來作客依僧舍，閒看僧歸尚有家。

其二

雨滴孤身醒酒後，詩成終夜不眠時。南中客子歸非久，易解游人雨夜詩。

【校】

〔一〕譚合集祇收第一首，無其二。

題李長蘅畫寒林

野老風霜不出林，未知何事尚關心。上無落葉下無葉，山遠天寒冬事深。

【評】

譚合集評曰：「静直不妨孤寂。」

閏十一月新月

祇有微痕未有明，重添湖上仲冬晴。依依寒水堪憐處，似怯年光不忍生。

【評】詩慰本評末句曰：「當作別解。」

夢到上新河而醒因寄張克雋尤時純林茂之

大江泛泛夢焉之？曰去東南尋所知。夢裏相逢亦有數，竹風敲醒泊舟時。

月夜同長叔聽人橋上吹簫〔一〕

抱影來行皎皎中，短簫中夜在橋東。六街人散清涼後，流水流雲同不同。

【校】

〔一〕譚合集無此篇。

孟誕先招游武昌〔一〕

閉門春夏意能閑，堪置山間與水間。一夜秋風傳客思，書來約我上西山。

【校】

〔一〕譚合集無此篇。

舟聞三首〔一〕

楊柳不遮明月愁，盡將江色與輕舟。遠鐘渡水如將濕，來到耳邊天已秋。

其二

孤岸漁家已閉門，泊來洲上近平原。笛聲吹水水吹月，一段蒼茫不可言。

其三

檣燈隱見碧波紅，頂禮聲聲惜福同。始覺凡夫有白業，萬船俱静木魚中。

【校】

〔一〕譚合集祇收一、三兩首，無其二。

【評】

譚合集評「遠鐘」句曰：「緩而媚，促而哀。」

贈慧光僧〔一〕

攜僧尋寺亦僧心，共聽寥寥空外音。惟有山僧識僧徑，導予穿石出疏林。

【校】

〔一〕譚合集無此篇。

赤壁示同遊諸子

三遊赤壁偶興思，下拜蘇公荒穢祠。往跡不須深抱恨，祇如壬戌以前時。

問伯敬南姬生子消息〔一〕

子未生時少女愁，不須全問到箕裘。懷中若有攜持物，即減郎前片片羞。

【校】

〔一〕題　問　譚合集作「聞」，譚詩歸目録中亦作「聞」。

歸經玉泉

蟬立山光山薄寒，晚秋聲短應泉難。幽鐘秀塔泉同性，音在其中請細觀。

【評】譚合集評曰：「細想静想，字字迥出。」

歸經蒙惠二泉

元氣蒼蒼勝玉泉，細源分出一溪煙。静看今夜衣邊月，知落蒙邊落惠邊？

紀行

竹將松補青諸塢，河與沅連碧一船。寒裏覓春真不易，寸心揺處是春天。

穿石二首〔一〕

雨細空江山弄煙，轉添靈静不知邊。鷺飛新柳鶯飛棹，飛向石中天外天。

其二

下控漁仙上水心，此中吞吐亂煙深。試從山遠江澄裏，四聽人間篙櫓音。

【校】

〔一〕譚合集無此篇。

坐雲中勸僧

投户輕雲共遠心，老僧依火怯春陰。山雲出入艱難際，莫便關門此念深。

出洞庭〔一〕

帆下平江識遠天，草青洲島落漁煙。夜來湖上烹泉月，今古風波何處邊？

【校】

〔一〕譚合集無此篇。

贈妓同汪闇夫袁述之作

衫回扇掩目相因，盼欲流光辨客真。若待山紅霜灼灼，攜君去作晚秋人。

【評】

譚合集評曰：「中有畫意。」

行嵾中絶句

山在皇虞猶未春，可知天地亦棲神。忍將光響私蟲鳥，不引奇山見古人。

【評】譚合集評末句曰：「山亦見古人，奇甚。」

烏龍潭閣上看潭中人舟泛二首〔一〕

同宋獻孺、傅遠度、茅止生。

一泓空碧不成流，前後高林埋素秋。棹往棹來岡下過，恐驚蟬去失潭幽。

其二

不須高閣是遐心，下近澄波上近林。閣外舟中聲影别，看來只在一潭深。

【校】

〔一〕譚合集無此篇。

白日掩荆扉爲鄒滿字題〔一〕

野客閒僧莫見存，堪容膝處若深村。徑當題作幽人巷，多有鄰家對掩門。程孺文、洪仲韋皆住此巷。

【校】

〔一〕譚合集無此篇。

畫蘭詩爲伯敬姬人作〔一〕

幽心上紙自枝枝，聊借輕毫若乍移。寫到花邊蘭不覺，從開至蕊未多時。

其二

山水從郎是此生，腕中風露香盈盈。郎今直欲伴花宿，持腕向郎郎自明。

其三

學蘭未已學篔簹，亦愛天然竹氣香。願寫楚詞蘭數種，便從畫裏斫青光。

其四

葉是儂生香是身，畏郎持出示旁人。儂今自製收蘭篋，女伴離時開看頻。

【校】

〔一〕譚合集無此篇。

得止生内姬楊宛叔書扇遥贈一絶句

新詞自寫未曾歌，郎有良朋謂若何。角枕豈無孤寢夜，不如筆墨共郎多。

旋失宛叔扇又作一絶句〔一〕

愛書香箑逐秋新，本爲郎言贈友真。自是旁人懷袖淺，不如篋笥近郎身。

【校】

〔一〕譚合集無此篇。題"一絶句"，譚詩歸作"一首"。

入山尋可結草亭處二首〔一〕

山上尋源山下耕，石巉隙處遠峰明。當前祇是量雲壑，雲滿安知松有聲。

其二

最憐門外蒼蒼路，欲理泉邊颯颯心。閒置小亭僧不管，二三人與鳥蟲深。

【校】

〔一〕譚合集無第一首。

將至錫山望尤時純

秋積扁舟水滿堤，聞君不出在梁溪。八年相見天猶暗，未到門前山雨齊。

【評】

譚合集評末句曰：「真景入詩最妙。」

贈相者王翁〔一〕

已斷堅肥不入想，笑予丘壑亦難安。奇人出爾眼光外，須合青溪影照看。

【校】

〔一〕譚合集無此篇。

秋盡逢劉同人

不知君亦至江城，江甚涼時寒未成。城裏逢君郊外語，共將閒思待霜生。

【評】

譚合集評「城裏」句曰：「冷氣蕭索。」

答修微女史

宵燈曉火共西湖，船隔書聲聽又無。歸後憶君先憶此，春晴春雨長蘼蕪。

其二

奇踪不定可天涯，傳汝梅邊亦有家。人妬人憐俱未受，或將宜稱問寒花。

江夜與孟誕先劉同人看月〔一〕

江月相持不肯霜，積爲寒意此全光。試思空水無舟到，若有鴻飛影亦妨。

【校】

〔一〕譚合集無此篇。

【評】

詩慰本評曰：「亦是絶唱。」

西庵與男女十一人拜佛

男身女志各從容，柏照樓邊五載冬〔一〕。君不思惟好年力，看予涕淚聽煙鐘。

【校】

〔一〕柏　譚詩歸、譚合集作「相」。

【評】

譚合集評末句曰：「一齊悲感。」

西庵贈伯芽校書

性習文人欲自除，君仍學此是何如？幽香一炷休潛禱，恐惹他生愛讀書。

與同人赤山哭汪闇夫

劉郎共往我孤還，伴約琴樽多未閒。莫恨長君今幾歲，能來一拜即朱顏。

其二

寒草平沙路有因，赤山殘雪記今春。一言未布君先死〔一〕，猶恨東風挾彈辰。

【校】

〔一〕布　譚合集作「有」。

【評】

譚合集評其二末兩句曰：「哭亡友，全無驚怪，衹痛其在日情事，可傷心難言。」

逢王妓朝餘江樓病坐

欲待風消看静江，月邊煙下是君窗。秋橙顔色無多盼，頗愛孤鴻不易雙。

【評】譚合集評「月邊」句曰：「枯静，可想其人。」

團風别同人兼寄黄美中

善處行藏與霽陰，别時只有太平心。建奴未死蜀先躁，問是山川何處深。

月中舟趁劉子不覺遂至黄州

欲老江黄製一船，米薪書史向遥天。他年未必帆中月，泊到城邊即汝邊。

【評】譚合集評曰：「深於涉趣，不覺説到淒涼，可謂幽感。」

月下坐朗伯齋贈魏冥一〔一〕

君但端容能悟物，我常集穎不驚禽。雖多一友是君友，坐滿清霜寒月心。

【校】

〔一〕譚合集無此篇。

有以水晶瓶盛薔薇花露見寄者戲有所與爲一小詩詠之

一瓶冰玉照無痕，收得名花曉夜魂。是露永香香永露，附君身影欲長存。

其二

濕香貽爾發天真，頗爲花魂揀受人。何事一瓶香不散，幽花曉露是前因。

【評】譚合集評第一首末句曰：「媚媚細影，聲響欲墜。」評其二第二句曰：「珍重得妙。」

住孟誕先新居送之北上

每構樓居住不輕，令予先住識檐楹。笑看經世人閒日，常繞晨昏几案行。

【評】譚合集評「令予」句曰：「别況淒暗，止此已盡。」

劉濟甫諸君約以臘月訪予兄弟寒河

經月苦無多笑處，寒河近有一鐘聲。冰霜凍滿庸人路，莫與春舟待水生。

伯敬閩歸得閩中曹能始王永啓商孟和蘇州徐元歎四書各題一絶句

粵西山水若高煙，紫蓋蒼梧俱道邊。作客作官翻似乍，石倉幽住十餘年。右得能始書。

其二〔一〕

湖上山中念共居，身閒月好遍僧廬〔二〕。只須一夕風篁嶺，抵過年年病起書。右得永啓書。

其三

聞我園林非舊觀，自言出户較前難。閩中天地不能雪，積入君書一寸寒。右得孟和書。

其四

交游散後與君親，未見君時作故人。書寄笑言詩寄魄〔三〕，愁君兀兀只孤身。右得元歎書。

【校】

〔一〕其二至其四標目原無，據譚合集增。

〔二〕僧　譚詩歸作「山」。

〔三〕書　譚詩歸作「詩」。按「書」佳。

【評】

譚合集評首二句曰：「奇妙，又掩映得深。」評其二末二句曰：「瞿然。」評其四曰：「如此相感處，豈是一見可了。」

譚元春集卷第十一　嶽歸堂新詩一

五言古詩

蔡敬夫先生賦寒河二詩見寄奉答二首又和其來韻二首用呈懷抱

杳杳吴越路，從此門前踏。我歸欣有所，河光資伏臘。天陰濕素練，月上瀾玉塔。雖曰流不返，林居有吞納。茆屋圍長堤，水火自相匝。溝池界爲垣，春流歸無雜。桐卉覆雞鳴，渡口聲颯颯。兄弟成鄰里，賓朋知老衲。倚樹時不冠，人逢無拜答。庶幾桑者心，泄泄猶沓沓。吾師曰不然，大道明闢闔。

其二

異哉淘河夫，門斷十年橋。大夫始梁之，亦以寫陶陶。喧寂無成心，高懷若冰綃。可斷亦可梁，斯人德先昭。我欲志尚友，雜念隳其標。河水鷗所家，以我充乃僚。釣雪櫂煙心，耿耿貫晨宵。落葉知將生，落月知將朝。落翎知將毿，落岸知將潮。君子閉門深，百物稟榮凋。蘆荻性所堅，松柏脂所銷。吾師師此水，何以冥静囂。

其三

寒泉亦此寒，寒山亦此寒。深巖閟靈化，蕭蕭反難干。河流周舍北，幽蹤已造端。自我桃能花，淵士時往還。緬將無競心，吐入煙物間。衣冠陳俎豆，蠢蠢寫人閑。非詠先王風，無以發其瀾。舟車不言勞，使令不言安。所難提攜人，數子咸達觀。物外生笑語，竹風吹肺肝。豈不慎威儀，我友聊相寬。

其四

欲隱先濟世，此意空蹉跎。仰彼易名叟，竿外不求他。臺池僮僕力，微具溪與阿。曾袖南嶽雲，投之東皋河。春杵雜鐘磬，緇俗相蕩磨。誰結風雨歡，視此笠與簑。樸心良以一，毋乃幽緒多。弱柳亦有浪，古松亦有波。肅肅乃娟娟，懷君能不歌。我歌臨河水，河水流奈何。

【評】譚合集於題下評曰：「近來步趨鍾譚者，類知其清靈，不知其蒼渾，故求之愈親而去之彌遠也。請從此等詩想其開闔排宕之勢，則得其神理所在矣。」評「茆屋」數句曰：「即引注『吞納』意，他人只知作上句，便以爲學譚矣，安能演出下文。」評其二「大夫」句曰：「森古。」評「落葉」兩句曰：「鬆處正爲淹雅，氣格也。」評其四曰：「氣彌樸，思彌淡，悠然相深。」

光化舟中春熱奉懷老母夫人寄六弟元禮

最憐吾母愈，似人多病時。游子歡出門，良由未經思。難言諸仲季，齋塾非遠離。母愛無是非，含哺即爲飴。前欲向汝拜，忍膝恐淚隨。初向長安道，相戒勿苦悲。俗情不可同，聊以慰親知。鄖襄風土高，兼旱來牟危。鳩喚吐新熱，不爲春雨資。憶母身上衣，增損是其期。酌汝軒牖間，敬哉延涼颸。

【評】譚合集評「游子」二句曰：「惻至語，真難爲情。」

贈羅少司成師英江

嘗陋陳正字，胡琴集市喧。所以客京師，破寺隔頹垣。吾鄉羅先生，體氣如湘源。淡淡秋水月，分身注甕盆。君適爲陽城，我來作何蕃。北面窺高座，巾舄肅心魂。遭際成師友，絲毫皆君恩。班行喜深匿，皇皇誼我敦。逡巡未肯前，亦以見道尊。執經古所許，是日上公門。

【評】譚合集評「吾鄉」句曰：「入法捷而挺。」評「執經」句曰：「樸至。」

西山道中念馬仲良邀晤今日

一路把君詩，過門不及訪。數月慕山光，展期未暇往。歎我事事然，後時多存想。楓柿紅高秋，微涼天氣廣。安能城中坐，徒受喧塵享。山亦喜人來，不聞罪今曩。君子物表心，豈不嘉空朗。

【評】譚合集評首二句曰：「行徑高妙，確然有之。」

觀裂帛湖

荇藻藴水天，湖以潭爲質。龍雨眠一湫，畏人多自匿。百怪靡不爲，喁喁如魚濕。波眼各自吹，肯同衆流急。注目不暫捨，神膚凝爲一。森哉發元化，吾見真宰滴。

于司直邀入西山紀贈

相攜入秋山，與君見面始。人情重拜揖，脱略高雲裏。巧熟自相因，静默翕靈詭。先引謁奇樹，再導踏芳芷。襭草香衣裾，約泉行爨底。升降君所司，虚衷聽起止。香山而能言，感君來君子。

【評】譚合集評末二句曰：「激直緊亮，使人森悟。」

西山還馬仲良以詩見簡復寄數句

不甚急君晤，良由平素深。反覺故識人，尚多速見心。故人急鬚眉，故心急高森。十年藴形影，水月默相尋。譬如交隆古，未面始得欽。良覯今可遂，常恐洩幽襟。京師萬物早，菊先重陽臨。地寒拉使燥，易使花散金。杯酒涼秋天，漠漠山還吟。雞鳴見君子，我懷如空林。

【評】譚合集評開頭幾句曰：「深交淡交，胸中自有此一段想路。」評末句曰：「朗聲静寄。」

長安得徐元歎詩有寄因送顧青霞還吴門

如何君形影，乃覺都城遇。我無山川心，致君車馬句。塵糞不敢道，累君失君素。一舟易江水，慈親有日暮。貧養必以身〔二〕，友尚可神晤。問我胡燕遊，我難答其故。面赤真無益，路窮行非路。含情送君友，愁心墮煙霧。

【校】

〔一〕貧　另一部明刻本譚合集作「愛」。

周安期忽忽辭去

此心向君驚，明日歸路多。颯如獨坐時，夜半聞雁過。丈夫萬事左，誓莫嗟蹉跎。請看吴楚路，原不同煙波。君歸我即歸，君聞驚如何。

【評】

譚合集評「夜半」句曰：「颯颯有聲。」

與譚梁生鄰寓詩

南屏窺子齋，勝因窗牖透。湖上登我舫，奇唱發初遘。五年天涯身，再逢鬚及袖。我退君則進，胸中不可究。鈐韜與圖書，常若馬處廐。馬有出廐心，慨世將焉救。人生射猛虎，即是依靈鷲。以我空拳人，雖勇不遑鬥。京兆試失利，丘巖離難驟。乙我而甲君，壯心拱手授。京城路易遠，卜鄰君先僦。月寒不能寐，門掩頻相叩。兩人何所語，耿耿菊香候。

【評】譚合集評「卜鄰」三句曰：「族中累候蕭索在，日過而輒思之者也。」

馬仲良邀餞同茅孝若賦亭皋木葉下

秋風帶早寒，吹君鄰家樹。葉葉望遠吹，在君階下遇。木與葉相別，飄焉牆瓦赴。颯沓散秋迴，非爲霜所誤。如何故人影，看作霜天路。是夕燈外菊，同心照遲暮。

【評】譚合集評曰：「游虛卻實，摭實卻虛，非静養證候人不知其妙。」

留歎詩別王六瑞作

與君同井邑，升沉各在京。非緣今始合，結交難結輕。是年官騎馬，沙土飛冠纓。衝塵出破寺，肝膽吐可驚。長鬚怨遥邸，裹飯頻出城。宵夢與晨思，片紙走營營。青鸞月一隻，照柏舞鐘聲。安知故鄉遠，所在懷抱明。初秋拜夕即，封事有紀經。笏影含希夷，君友一精誠。氣宜栩栩化，非但不爲名。賈生憂已久，原不在枯榮。還家郊樊寬，千竹水一泓。留歎在君處，我尚力我耕。

【評】

譚合集評「所在」句曰：「洞然内見。」

爲葛震甫題幽閨人所畫野草

燕中草木稀，何人畫此草？自是幽閨人，無端發静好。偶見上階生，索筆向秋杪。毫素覓不及，閒心豫成稿。咳唾化野煙，未必由墨掃。觀者前世來，足令秋天了。

【評】

譚合集評「閒心」句曰：「真覺敏妙。」

詩慰本評曰：「前四句佳，舊評殊不之及，始笑唐詩有爲鍾譚批壞者，而鍾譚詩又爲諸家批壞。弇州謂臨川湯生塗抹吾文，後世亦有塗抹湯生者，俱可作文人懺悔。」

新化令陳鏡清予所刻寒溪六詩者也都門得書感寄二首

行住待終古，果得遇君詩。君詩如有覺，衝泉破壁馳。我適遭天幸，退即告友師。數眼同一心，各口無兩辭。何必有故舊，此物真絶奇。曾聞峰與塔，飛飛自外夷。精神萬里來，豈人力致之。甲子春客燕，家以君書貽。得書寧不喜，心中反自嗤。可惜神賞意，機泄受君知。雲雨雖一物，常感雲生時。

其二

廉吏不願富，老吏不遑貴。持此太古心，豈能甘宦味。前亦有所聞，不免私相謂。歸耕性可伸，懷袖忠孝氣。時勢迫令然，非關人勇毅。大哉吾取法，蒿中一仲蔚。

【評】譚合集評「雲雨」句曰：「引喻微妙。」評其二曰：「老硬似東野。」

糴米詩乙丑六月十八日作

獨飽看人饑，腹充神不完。我在凶歲内，不可謂旁觀。雖有家人糧，喜因賓遊殘。冬衣夏所用，出糴不爲難。糴穀糠粃力，饑婢催心肝。未若糴米好，入門旋作餐。米價朝夕更，人如饑烏攢。富人與市兒，倡和作粘竿。安能久不食，嗟哉立城端。

其二

六月望前後，稻花香過區。子粒未暇黄，益與初饑殊。令尹平其直，忽復閉倉庾。擔石空夜還，吾尚立瞑途。山僧學道人，愛與其飢劬。一舟下蓮塘，相飽亦須臾。老衲慈有數，倒甕向予輸。反令僧爲檀，此意化妻孥。有弟不失養，瓶粟多私儲。君看吾饑時，何以不瞿瞿？

【評】譚合集評「喜因」數句曰：「高人本性，只是一副癡念頭。」評其二曰：「此又在道州諸詩之上。」評「山僧」句曰：「有此妙人。」

蔡師亡後令弟仁夫遣問感答其意

弟兄無各羣，師友非偏篤。不恨見友晚，但恨失師速。我師恨煙霄，其弟問林屋。殘驛乞馬來，悽然響僮僕。展書不敢喜，拜使先之哭。平生春草心，它鄉夢常緑。貽弟惟良友，未面意久熟。曾代雁鳴渚，以答鶯啼谷。予曾寄仁夫詩，先生代答四首。此意是何如，皓首當交勗。

【評】詩慰本評曰：「交情可觀，『響』字有光景，不同他處杜撰。」

甲子京師得池直夫書丙寅家居得書與贈詩因寄之海上

奇人住閩海，日月出其門。白鷺兼島湧，吟嘯相崩奔。玉屏太古色，手自劈雲根。雲斷損怪石，文字補無痕。萬里尋儔匹，只如越陌存。會面非所急，親舊安足論。念我亡師友，無日不聲吞。真宰逃無處，皇皇收心魂。靈秀傾人命，徒令拙者尊。與君暮相保，進以大道言。浮丘遇安期，所談近蒙昏。世人風煙下，一笑焦螟喧。

【評】譚合集評「日月」句曰：「奇險。」評「雲斷」句曰：「幽壯。」評「世人」二句曰：「哀憫之言。」詩慰本評「日月」句曰：「唐人句。」

寄鄖别駕吴君

文人作郡倅，世争歎轗軻。豈知學道人，亨屯任運妥。舉世戲相逐，有如男女贏。甘爲青裾婦，寧羨佩玉瑳。湞中三府齋，少時半年鎖。衙西通曠園，塘小鑿未果。日見過牆鹿，啣草斜陽亸。憶君是時步，如與相右左。但以我知君，因覺君知我。彌天耆英稀，遥遥存碩果。

【評】

譚合集評「因覺」句曰：「妙悟。」

武陵舟寓贈楊弱水先生

客心寫空江，客踪愛孤艓。瑞人與神士，自賀得梯接。中丞風義高，蕭遠歷多劫。大道萬物母，實心真宰血。昨日識鬚眉，十年勤齒頰。相見欲致辭，忽墮無可拾。君適閒一郊，丘壑入匡爕。高樓收眺聽，目往圍紅葉。繁霜落不及，妙容恣餐獵。

胡公占游西山見予所題煙磬閣有詩和答之

巖墟不可盡，煙嵐向夕通。坐卧碧岑上，星辰立燈中。香山宫闕心，趨與百祥同。僧懶不廢磬，嗚磬如幽衷。天半行筆墨，杳默存遥踪。用我手蠢蠢，映汝目熊熊。吟歗落人世，曲折亦從風。佳句裂帛聲，疑經湖水融。始知高下際，曠士收厥功。

【評】譚合集評「坐卧」二句曰：「實歷真境。」評「嗚磬」句曰：「一折更深。」

別鮑男卿寄懷劉同人

劉生五年別，不謬劉生意。約略心口間，常有男卿字。男卿會漳卿，久亦成良友。又愛劉生字，日在男卿口。野庵立東風，柳色牽腸去。告别車馬香，音影滿君處。我寄劉生書，自喜常飄泊。飄泊固人心，無復友邊薄。

【評】譚合集評「久亦」句曰：「意甚不苟。」評「野庵」二句曰：「聲鄉絶幽，情文宛折。」

玉泉歸贈胡汝濟明府

胡公才卓然，悃款作良牧。許我王燦流〔一〕，登樓共游目。日愛清漳清，不愛曲沮曲。時雨散櫟林，好風吹鬼谷。度門八十老，僧中號耆宿。萬事皆健忘，尚知誇佩犢。我再游玉泉，泉寺易風俗。肥僧對蔬豉，不遭輪蹄辱。笑問何由然，公至洗腥毒。知者戒非常，潛夜授壯繆。再來事有之，階級數應熟。

【校】

〔一〕王燦　疑爲「王粲」之誤。按三國魏王粲著有登樓賦。

【評】

譚合集評曰：「如此等詩，亦不失爲蘇長公。」

古意寄懷美中以實兩黄子

苦念兩黄子，貧居浠上川。川光日以碧，貧居日以妍。茶香午夜爇，魚肥深秋船。各自懷金錫，時多重貝錢。竇爾布褐囊，寧不厭人憐。我亦有弦朔，念之不能眠。喬木既易朽，藤蘿相歲年。藤蘿自可古，慎勿荆棘纏。寄語兩黄子，斯言或其然。

【評】

譚合集評曰：「筆意秀發。」

潁川張同甫曾訪予都門萬福寺投詩不值而去丙寅冬日閒居有懷始寄答此章

古音不可追，正響謂孤調。雲水散沓冥，永日不彈妙。小室緑燈影，自將朱弦照。憶念平生友，宜用寂寞報。囊客春明門，塞默中浩浩。盛世四民外，别自有無告。汝陰張氏子，萬卷不圖效。奇踪無貴游，訪我申所好。荒寺苦難逢，一去成遠道。天寒雁鷺多，野水自移釣。

【評】譚合集評「正響」句曰：「時自自爾。」評「天寒」句曰：「迂静。」明詩平論二集於「宜用」句下評曰：「紛紛往來，總無關係，此寂莫中正有平生友在，躁競人豈知。」於「别自」句下評曰：「舉世溷濁，知音無一，真堪下泣。」詩慰本評末二句曰：「亦似接不得，住不得。」

龔母詩爲君路母賦

龔子齊憶忘，自念其母苦。冰蘖如薺甘，難哉母兼父。孤貧表弘慈，挫針日夜輔。缴帷映鄰光，誦讀聲出户。有儆可捧時，收淚思爨廡。何以報爾親，勤慎用相補。

【評】譚合集評曰：「忠孝人寫性情中事，即一端言之而全理已具，第知其宛篤沉摯耳。」評「自念」句曰：「至性中語。」

同劉濟甫橋坐

種秫常薄收，嗟嗟緑尊淺。子適斷盤辛，雖飲不至湎。霜月没深溪，林逕互隱顯。端坐想十年，村舂送寒犬〔一〕。相傍良夜深，褐中珠玉煖。

【校】

〔一〕春　另一部明刻本譚合集作「春」。

鄂城贈傅陵九郡尊初度

人生本在直，又以勤不匱。古語矜昔聞，之子得其意。離堆山下月，月心照高致。文士羞自了，起而去爲吏。膂力人方剛，骨體天無媚。小戢楊馬才，安就龔黄位。來守武昌日，江魚價騰貴。些些水晶鹽，便足知宦味。問君今幾齒，生我遲暮愧。四旬公始滿，蹉跌我過二。公曰且無論，脈脈笑相視。

【評】

譚合集評曰：「一氣疏老，淡然清深。」

送葉敬君憲副

陶公心問影，莊子夔憐蚿。茫茫海水際，可以悟成連。西安葉夫子，憲郡二三年。作述如古人，非獨麗眉然。談經七城肅，物物中和宣。一語流州黨，競綵兩俱捐。高坐飯寒士，庭空人吏眠。我棲林廬遠，水木托丹鉛。覿面成私淑，心耳自覺圓。洗伐苟能盡，安用毛髓全。今聞君去郢，始一摳衣前。大人見傾筐，野人歌扣舷。無隱固如斯，江雨桃花天。

丁卯秋場前一日看童子買草鞋戲送夏長卿兼寄韓求仲太史

前步別苕川，悵君後步至。紜紜楚場前，帆過君投刺。蹤奇或往生，心驚如殘寐。高言吹江天，秋熱散荷芰。詩書久無益，賴君增意智。諸生好藏身，略帶田園戲。爾舅家弁山，十年無一字。麻鞋見試官，不可謂憔悴。江漢秋水流，舟遠各獨醉。

【評】譚合集評首二句曰：「樸至而哀。」評「諸生」句曰：「發戲送意妙。」

詩慰本評曰：「自是詩人，那得頭巾氣。」

贈李都諫座師

秋桂馨一山，孔子爲春風。魯有無字碑，古色照鴻蒙。能使物我深，不由滔滔終。採木梗柟鄉，兼以涉芙蓉。風雷兩其腋，星漢雙爲瞳。神鬼聽燈火，愧用疵愚充。萬夫堵而觀，三歎試官公。嘉賓不敢當，所喜芭從雄。誓載車馬後，保此簑釣躬。

【評】譚合集評曰：「酷類文舉雜詩。」

詩慰本收潁川張同甫曾訪……、同劉濟甫橋坐、丁卯秋埸前一日看……、贈李都諫座師四首，於本詩末評曰：「詩不佳，但不作五言排律，不作七言律，四首亦甚别於今人也。」

送閔同生還苕

竟陵生桑苧，吴興明松雪。我留茶外思，君補畫中缺。吾家盛池塘，芳草芳不絶。入君幽夢長，舟盡添車轍。各蓄鷗鳩心，春風浩將别。

小米弟四十感懷成詩

吾弟亦四十，歲年催我深。巾裾棄如屣，醉來聽兄吟。兄吟有哀樂，弟醉無古今。古今只一夕，胡爲不浮沉。失足入世場，刳腸露文心。當我刺促時，羡汝正披襟。各自有二毛，莫向快人侵。始知憂用老，一快生光陰。

【評】

譚合集評「醉來」數句曰：「家庭妙趣，寫來動人。」

答許玄昭

高翔無可墮，弦驚快林藪。必待聖明出，祓除謠詠口。君治三户民，我是十年友。背人酣秋光，紙驅愈郊走。溟涬隨手穿，澒洞徑情有。私度如是人，給札宜左右。且抱釋之心，濕飲黄州酒。廓落忘嶮巇，焉復記某某。閒當排宦闥，夜坐嗔問斗。

【評】

譚合集評「私度」二句曰：「感嘆中磊落自在。」

周伯孔移家湖岳堂招集兄弟友朋歌姬觀湘漲因具舟泛河遍歷湖蕩諸處下泊萬樓鼓吹大作分韻記事得原字

空湘待春雨，薄旭照湘渾。卜築聚風騷，魚鳥入高門。堂幽宜晚坐，舟事沿芳蓀。欲知所歷妙，信棹覓溪村。柳絮點濁醪，野香行岸根。小灣水夜夜，前者渴平原。勿謂湖岳遠，厥勢如吐吞。一醉古人到，重游安可論。

【評】譚合集評曰：「作幽適詩，最難如此氣韻生動。」

負傅陵九觀察永州約至湘寄之

瀟湘易含愁，琴書不暇暢。弱纜牽春色，迢迢安能上。徂冬拜公書，永齋收奧曠。樓檻入高煙，遠江充騁望。展書心目迴，學射身手壯。聞此空躍躍，郢哀如疏放。夜夢武昌城，曉看潭水漲。離別有舊恩，三嘆釋笻杖。我知紫蓋心，嶽雲無背向。

【評】譚合集評「三嘆」句曰：「悽警可懷。」

園中送劉子侗黄子城龍子霽臨歸舟

伐木理殘舟，秋水緣篙漲。旱餘留舂聲，氣敵歌喉上。厭君歸明朝，愁心何處向。

【評】譚合集評「旱餘」二句曰：「無限悲淒，忽生癡想。」

送王六瑞給諫還朝

秦歸不幾見，一飲即成愁。聞君新亭高，延結河上鷗。我邑陸生奇，貴不在王侯。酒茶無去取，涼心香夜甌。吐肝撤籬壁，戛戛鳴好仇。坐兼壞色衣，磯專新羊裘。僧漁我輩物，君胡在中洲。側席者何人，將伯意孔憂。能不捨此去，明良相與酬。轂洛於焉静，欃槍久矣收。托汝非一端，予其甘荒丘。

百日詩哭仲弟小米作

今日是百日，吾弟去不返。霜雁稀一行，參差不覺遠。達人在世間，爲樂猶未緩。有子不常教，何怪身名懶。驅馬愛疏直，禮法駕言晚。坐非心所篤，肯令杯行滿。羨汝未及終，哭汝聲已斷。騷騷北來風〔一〕，手寒遭袖短。

其二

今日是百日，切切復唧唧。兄拜而弟受，下跪匪家吉。酹汝以美酒，是汝手種秫。愚者憂水旱，豈憂壽命畢。爲樂雖及時，膏絶燈無術。兄弟四五人，刳心事紙筆。

其三

今日是百日，孟冬望前日。不待齒髮變，人生安可必。肩隨振衣裳，顧影驚疏密。弦朔爲人設，何爲向汝疾。富貴不可待，友愛事未實。别汝百日後，白髮雜然出。

【校】

〔一〕來風　詩慰本作「風來」。

【評】

譚合集評曰：「雜然相次，所謂至哀無聲也。」

詩慰本評「羡汝」二句曰：「十字有曲折。」評其二末句曰：「萬里哀音。」

祝鳌篇送傅陵九觀察進表

瀟湘我舟返，永衡君節駐。同此三户内，各在一天住。頗怪禄食人，争粒如鷄鶩。仕踪無近遠，坎坎耻餐素。土僻見古心，樸散君常怒。朝與山光朝，暮與奇書暮。蒼生有苦樂，願爲宣室吐。虎拜趨承明，明德天所祚。君志已清虚，難匪在疆固。曰臣自楚來，楚人香一炷。玄后與祝融，黽勉山蹔赴。岋岋藩臣才，陸離佩寶璐。欣此日中時，默用葵心付。白雲滿蜀天，紅雲滿燕路。行矣投君親，車輪愛沙霧。

送劉同人北學四十二句

麻城山谷怪，歲産龍數百。人面龍鱗爪，脱衣欲驚擲。如雨隨風雷，如湫養窟宅。不受造物鍾，離離窮幽賾。詩書咽即吐，夜鍊惟精魄。忠敬隘日用，不能謝風格。孤可孑瓢笠，野堪濕襏襫。娟然繫人處，嫵婉思向夕。不知妬者非，反覺愛者窄。破帽訪小廬，林坰羨我闢。未仕先辦隱，許身一長策。理舫埽苔閣，欲示性所癖。歌吹發憂患，情似官遠謫。去負一卷文，徒步作燕客。失意走踆踆，氣平不可阨。楚埸鬼遮燭，貧賤生戈戟。願入橋門觀，高聲讀邕石。太學數百人，睁眼看珠璧。雄文寫磊磊，宗廟護手跡。莫向露才人，把盞賣肝鬲。沽有一斗酒，半醉充奇隙。

【評】譚合集評「未仕」二句曰：「大經濟人作用如此。」評「失意」句曰：「形容刻肖。」詩慰本評曰：「敦坡公。」

置竹鵲亭將竟送李仲含歸

春深草木一，青緑被溪涯。野香不辨名，鼻慧渺無遮。穿池爲亭基，修竹四交加。�有鑒別，好惡在心遐。二柳老奇材，當亭資歎嗟。待此級可登，琴書暱如家。所須攜手人，日與穿谽谺。惘惘聞君往，别心未萌芽。自歌蕩舟去，餘音焉可拏。

【評】譚合集評曰：「渾深古奥，如有鬼神聲響繞其左右。」評「好惡」句曰：「鑒别得妙。」評「自歌」句曰：「妙，妙。」

譚元春集卷第十二 嶽歸堂新詩二

七言古詩

喜譚訥庵持新詩見過予將别之入都

老人咄咄良可怪，日犯天忌身猶在。越陌度阡問梅花，天意如此翁自愛。七十老人窮寄食，好詩好友嗟無力。徒步送我沙塵去，歸向鶯聲失吟處。

【評】

譚合集評「天意」句曰：「入得矯健。」

題别李漱甫酌甫亭子

李家亭子兼豐嗇，原田陂水私相得。惓惓欲盡魚鳥心，鄰家竹柳來弄色。君亭直作我亭看，下上河水分一寒。讀易讀莊不礙人，亭閒君樸儘可安。車馬塵中乍分影，夢君兄弟燈耿耿。春深夏首鶯離乳，簾外斜月村邊雨。

郢中歌追和鍾伯敬

北風吹漳漳水明，落日照人心不平。渡口望臺指飛鳥，觸撥從前情杳杳。英雄作事無可隱，耻將仁義换紅粉。分香自是平生事，試想高臺爲誰置？磊磊瑣瑣本一腸，雄心柔骨無短長。銅爵下令少愧耻，怒擁如花看流水。臺上女兒多不俗，魂歸片瓦硯光緑。

【評】譚合集評「落日」句曰：「幽瑣纏綿，只須此句盡之。」評「觸撥」句曰：「可憐。」評「耻將」句曰：「謔意妙。」評「魂歸」句曰：「用事發笑。」

詩慰本評曰：「不及鍾作，結句尤小氣。」

香山碧雲寺施朱魚歌

碧雲池上金鯽生，不網不罟邀天成。饑來未敢食蜍蠕，時過高僧梵咒聲。一生弘慈仰來客，出入池上此心迫。如袖餅餌慰嬰孩，來亦不忘投不擲。餌上餌下浮片片，大魚小魚唼水面。明知人有佛天心，忽聞人語翻不見。池定餌消我徘徊，明朝自有給孤來。

【評】譚合集評「出入」句曰：「俱是一片道心相裹，生氣浮動。」

同袁田祖客燕贈之以歌並懷令弟述之

游燕常喜逢楚人，喧寂多與君相親。西山數日城數月，領盡煙嵐與埃塵。煙嵐素有山靈舊，埃塵甘爲君父受。以賓酬名忌不生，因文生質君善救。時衰相對抱膝吟，勸君勇智貴深沈。丈夫事不必由己，贏糧躍馬君留心。君家六弟與我好，常願同君幾人老。可記當年過竹谷，累劫慧人坐一屋。

【評】

譚合集評「丈夫」句曰：「悲憤激直。」

詩慰本評曰：「謂『丈夫』句，因思留侯致四皓之妙。」

葛震甫洞庭詩人索米久不遂將別感賦

君先來，我先歸，塞報卧衾霜報衣。有營無繫住長安，識君者多知君稀。長安宫闕上虚空，疋馬一人孤吟中。偶然古句銘周鼎，有時花底活秦宫。我過君來寄幽賞，陰鏗李頎私來往。聞君酤價較米多，别去久客儉如何。

【評】譚合集評「有營」以下曰：「贈詩不欲太譽，太譽則詩過其人矣；贈詩不欲太浮，太浮則人有一詩矣。如此不浮不譽，真有古人贈言之意。」

劉季龍簡討庭上看舞刀歌

燈影與月争微茫，階閒塵静添薄霜。主人奇不但文事，呼童舞刀刀劃光。一童雙臂如蛟纏，兩童蹴踢身手强。沐金浴火刀欲吼，颯颯月響秋吐芒。我欲飲時舞亦廻，素魄挾霜紛下翔。鷄既鳴矣冷相看，葳蕤鑰起天欲明。青鞋青笠我不辭，君用世人宜徬徨。他年期我深山裏，世平僮散刀沈水。

【評】譚合集評曰：「閑細心眼中另有曠感，冷人譜壯事偏是。」

惲道生以畫見送並出張葆生顧青霞畫同觀

君不同去攜畫去，峰光剡剡雲絮絮。如從天半插江根，又如疏林卜深處。自知君非失意人，杯停香歇役冬春。一片心想行空碧，濛濛寒河霜月神。霜上林時月下島，張子顧子畫蒼浩。

【評】譚合集評開頭幾句曰：「飄然而來，雲煙肆就。」

送五弟正則會試

誦讀之暇兼力穡，廿年兄弟聚喜色。今日臨歧難盡言，但汝動念兄在側。霜中入燕我返扉，風塵化人如化衣。汝到長安自知之，莫使榮出輸賤歸。長安歸來如女處，縱不得官笑迎汝。

【評】譚合集評「汝到」句曰：「真語，言之惻然。」評末句曰：「傷心。」詩慰本評「但汝」句曰：「至性語。」

桐臺歌

此桐移植八九年，初在庭次已聳然。地静土疏風露幽，槐柳凡材莫得先。森欝上枝下枝疊，離奇左枝右枝穿。日午微暉學斜陽，朗星數點漏殘煙。勢似未肯巢鳩鶯，意向高人充屋椽。覆土築階經營少，便來坐哦賀居遷。昆弟緇俗懶上堂，喜登靈臺過東偏。惠施槁梧吟想久，陶叟庭柯眄睞專。西桐三株氣未敵，去年一樹折風顛。莫更爲臺受苔蘚，留與疏雨滴涓涓。

【評】譚合集評「槐柳」句曰：「歷落悲動，語意悽宛。」

楊修齡先生生日歌

神仙中人我聞之，乙丑孟冬見其人。含胎本在山水裹，下牀即與煙嵐親。有子經世李長源，其先高隱鄭子真。古之人乎君孰是？輞川香山或其倫。對之三日舌本强，自顧片片如飛塵。亦云鷄犬有仙分，叨逢龍象則佛因。焚溺滿前不得救，縱君郊原與松筠。拜石焉取具袍笏，捲還衹留霜月輪。霜月如水照丹壑，十月十日崧高辰。

【評】譚合集評「下牀」句曰：「好境界。」評「亦云」句曰：「不淺不膚。」

喪鍾蔡二公得陳鏡清書感答之

連亡知己心惻惻，君又遥遥不相識。日月日月逐飛光，晨星獨有天明力。梅初開，雪亦至，感君書來夜夜醉。官況世事何足問，新詩細字莫憔悴。

【評】譚合集評首二句曰：「可感可涕，不必聲盡而淚垂矣。」

寄懷文汝止

我行青溪耽孤往，笠與飛鳥争方廣。此中有路入西陵，欲去難去忘俯仰。念君燕寺結情親，含情始成孤往人。

【評】譚合集評「笠與」句曰：「何等敏慧。」評「含情」句曰：「妙。」

青溪春雪引

入山看山養毛羽，古泉飛作一潭雨。曉起山靈幻巖壑，吹雨作雪融膏乳。亂煙斜霧封羣岫，添寒着艷心如畫。不知何峰有樵逕，青帝縹緲龍女瘦。萬白光中分翠微，其中新柳碧依依。山家拄杖撥春麥，田禽饑出肩輿飛。鬼谷相迎吾不往，洞口雪花大如掌。

鄂城呈傅陵九郡伯話舊

此來始覺江漢流，重喜洲上芳草稠。孑孑干旄先寒士，我聞今之太守古諸侯。天下根本在郡縣，二千石好何必憂。野人久矣如禪蝨，蜀中師友心茁茁。亦知奇絶願相商，十枝庵外藕花香。

徐公穆過訪後南游不果復同舟自夏口至漁泛涔始別作歌紀之

天下奇士皆丘壑，徐生一事十年諾。峨眉古雪心到今，長安秋月影如昨。長安月甚好，結交無草草。神静不歌寶劍篇，道在羞誇致身早。徐生買舟不買車，竹塢蘆岸尋我廬。家在天涯心在友，此行渺渺去焉如。園丁小摘婦脱粟，藕花塘邊野燒燭。桑麻久不見奇人，暫停犁鋤相款曲。喜君往江南，霜楓夢亦酣。送君指夏口，草色波上守。出門千里萬里思，逢人一步兩步忌。始知兩人胸懷間，好古未掛干謁字。挽君上鵠磯，闤闠有寒衣。秋滿楚天去不得，送君行又君送歸。秋氣悲，秋聲急，心眼俱明古人出。揖君且謝遠遊冠，正值貧家秋熟日。

【評】譚合集評「家在」句曰：「奇人胸懷，自然高曠，忽然寫出。」評「好古」句曰：「妙。」評「送君行」句曰：「可憐。」

將到青溪同周汝璞雨宿山家

行近青溪猶夢溪，溪鳥出溪數里啼。主人細雨自同心，濕雲下山松桂低。雨不停絲嵐新飾，瀌瀌怒增空崖力。明朝新霽猿出迎，昨日緇流探消息。

【評】譚合集評「溪鳥」句曰：「靈在『出溪』二字。」

劉濟甫自江夏至吾里讀書授徒與舍弟遠韻師席相望予身往送之主人以二鶴見送濟甫有詩予亦和歌

琴書遠鶩紅雲耕，日擁一卷如專城。五經蟠胸師道榮，燈火待且蓄奇聲。主人階前鶴䇯䇯，羽雖可鎩氣肅清。舉酒贈我出籠鳴，縱之千桃萬竹行。我今捕魚以爲生，依塘飲啄無經營。有弟如君潔哉真，兩座皇比人所驚。褐珠囊璧對峥峥，伴君能使鄉夢輕。我攜鶴歸林霜盈。

【評】譚合集評「伴君」句曰：「妙。」

監軍沅州使君陸公景鄴三山擣苗以紀事十六首見寄索和壯之作歌

前年戰，蔣義寨〔一〕，今年戰，馬鞍坡。斜倚雕鞍西風吹，短旌禿袖自度河。兩度河，十逾山，鞭指扇揮獅子關。叩鞚泣諫懦可哂，出人不意我常閒。亦不攜烏合士，亦不攜部伍兵。令嚴氣決馬半棄，二十九人健無聲。賈角山何高，捫葛披榛罥戰袍。監軍一登溪瀌瀌，二十九人相向刀。苗人未死膽先死，咿嚘不得丘壑委。血殷刀瘢火燒穴，人疑此軍雜神鬼。公曰神鬼我爲之，曉入匣斗夜不知。一騎前馳九騎突，快刀亂切人如泥。更遣中軍奪苗鼓，聲震水塘苗無主。人頭累累充負戴，來獻公前自起舞。公爲何人曰陸公，欲拔人出烽火中。借問將軍安在哉？金樽豹褥門未開。

【校】

〔一〕蔣　另一部明刻本譚合集作「將」。

【評】譚合集評「出人」句曰：「無限韜鈐在此。」評「健無聲」曰：「如聞。」評「相向刀」曰：「如見。」評「人疑」句曰：「生氣迫動，忽此一轉。」評末句曰：「其人斯在。」

詩慰本評曰：「極陶鑄古人而出字句之疵，寒河生平所不能免者。世人反學其疵處而歸咎寒河，何哉？」

奉和座主李太虛翰林黄鶴樓放歌

吾師吾師真絶奇，西風捲山山盡夷。曠如奇雲生太清，快如烈日破流澌。吾師不可及，胸中萬里，手底一卮。李供奉重來，回道人再期。江漢日與黄鶴流，倒蒼寫碧成風儀。江不可測，漢不可窺，似疏實密，光影離離。夙生恍記靈山會，此日争誇芙容池。我生四十常落羽，彈琴種圃甘如飴。鬢有星星，意何蚩蚩。良友將盡，惠我以師。我今自賦北山移。魯蜀兩夫子，鐵網同此珊瑚枝。潮痕相及，鏡照無疲。平生最重一人知，吾師吾師真絶奇。卷阿車馬，載驅載馳。臨榜欣然，各慰調饑。登樓不復見古人，師弟如此，古人何爲？鸚鵡洲邊空青草，沅湘澤畔空香蘺。楚屈俱左，曹禰一悲，應輪今日獨賞時。從今以往，無復路歧。下拜丘與壑，負愧良在茲。吐肝事人，廻筆生姿，晴川颯颯白雲吹。奇矣哉吾師。

【評】譚合集評曰：「奔決横放，如聽風雨馳驟之聲。」評「平生」二句曰：「知己之感，説來痛切。」

寄孟誕先初度時在蘭陽

初逢采石看殘雪，十七年來光照徹。吐心吐膽作知己，許爲佳士意不屑。我驅瘦蹇君揚鑣，子歌唾壺予擊節。鬢各蒼然天涯散，向時顛狂如煙滅。老筆奇放長安驚，可笑廣文腰猶折。昨入江城逢女士，記君生辰歎離别。同是西庵拜佛人，寶劍似冰斫地熱。

【評】譚合集評「記君」二句曰：「偶然記憶，不覺沉痛。」

十月十日篇寄壽楊修齡先生六袠時巡撫三邊

十月十日崧高辰，欲往從之無主賓。是年先生在西秦，弓矢節鉞辭楓宸。帝目送之語諄諄，眼是是人浄烽塵。先生自許管樂倫，有君如此寧顧身。匣中寶劍吼到晨，隴水嗚嗚車轔轔。貔貅十萬如家人，僕射父兄嚴且仁。邊酒夷歌取次陳，各賣釵釧市醪醇。先生羽扇白綸巾，終南山色照錦茵。賤子一卮不可申，他年汾陽聲伎新。我亦張仲孝友人，桃川無歲無花津。

敬夫師易名祭葬後未即入閩展拜傷懷作歌寄仁夫兄

我生有願誓當了，樱笠入閩拜阡草。祠宇肅肅國人哀，我亦隨之奠芰棗。有弟有弟吾兄乎，安得同居以終老。荒燈殘磬隔遠天，孤忠奇志跡便掃。安得日把士龍手，叙述生平送懷抱。半擅秋祭聖明知，兩字謚典史氏討。信是兄弟同心人，喜無書走燕京道。石火忽忽眼中飛，自公逝矣吾潦倒。書不忍讀蘭已衰，名未及成萱先槁。新文一卷向誰看，冥默焚之用自考。

【評】譚合集題下評曰：「如此等題絶去駢麗堆塞，淡淡寫出，黯然神傷，真是雅人深致。」評「信是」二句曰：「只此二句，羞盡從來乞恩等疏。」評「新文」二句曰：「真知己無間生死，至意至語。」

後迎匯兒詞 有引

吾弟有孿子曰匯與浦。予既已迎浦而子之，事已在戊午臘五矣。天啓丁卯之暮秋，予以聞慈氏喪，自鄂奔還，凶吉受於旬月，措身無所，心自糾盤，骨肉之内，一過其前，皆如地獄變相焉。從兄諱元龍者，死而無子，有遺命以匯爲後〔一〕，予不覺有感。此二子自我主離，胎性劃破，如亭皐葉落，因風遠近，不識故枝，乃堅留匯不許，而出五弟子筍爲之後。仲冬八日，我母柩還，因以是日告廟迎匯，匯與浦復得聚一處。予自笑，乃似喜多子者然。生平於嗣息不復厝意有無，雖不願效達人之言，而性不可化。常如不飲酒食鹽人，亦竟不知酒有何佳，食鹽亦復何甚。蓋予生平無他畏，畏束我苦縶我，不得暫動。今迎一子，復迎一子，乃又似市苦購累，用繭自縛者。他時嗷嗷然悲我而聲加疾、容加蹙者，儼然二子焉。婚友常情，倡爲無子有子之談，以私幸逝者，則又似今日者，亦汲汲然謀此爾。嗚乎！愚豈至是哉。予每每動一念，即思有以行之。初動念於雙生，以爲天將駢一拇貽我。十年之間，兩小各扉，寢食師傅，各有出入，不自記憶爲同胎兄弟。又以是動念觸事，便發人天願，併獲有二子。每見共牢而食，比硯誦習，面目無别，别以衣履，亦間爲之一喜，私心止於如是。偶一日命二子名，匯名笈，字祇負；浦名籍，字祇收。謂祇可負吾笈、收吾籍耳。予又自笑：誰謂予不愚者？予生平讀書專一，遠不如鍾蔡兩公，涉筆圖史，常多紕漏，本無足傳。即有可傳，正欲使殘帙斷軸，散去人間。或遇高邈之士。流覽一過，自賢於凡下兒孫，陳列終身者，予豈不知而令之芸蠹爲？予聊以命名爾，作後迎匯兒詞。

弟先兄後胎重換，剥駁造化割昏旦。孿子子我亦有天，世父父爾誰作瀾〔二〕。我自人間離奇人，掀浪海中我笑看。豈必樹樹接有花，常見葉葉落忘幹。泉眼飛布無時休，我聞汲井聲常斷。田園書籍莫悵悵，奉身告畢似可散。繞膝且教十年讀，屈指惟望兩家爨。借問此意欲如何？堪相對語歌酒半。

【校】

〔一〕匯　原作「酒」，據詩慰本改。

〔二〕作瀾　詩慰本作「相貫」。

【評】

譚合集評引文「胎性」幾句曰：「深静人偏生此感，衹是情細。」評「匯與浦復得聚一處」曰：「妙。」評「亦汲汲然」幾句曰：「似嘲似笑，忽然雜以悲嘆，妙。」評「私心」句曰：「妙。」評「謂衹可負吾笈」曰：「老泉名説，妙在簡質。」評「予生平讀書」句曰：「如此一轉，忽然靈遠，即古文，於高筆不能爲之，妙，妙。」又評詩「剥駁」句曰：「奇琢。」評「繞膝」句曰：「衹是心胸中無宿物耳，高寄獨一。」

詩慰本評引文「他時噭噭」句曰：「深於莊子者。」評「不自記憶焉同胎兄弟」句曰：「可警。」詩末評曰：「不及迎浦君詩。」又曰：「細閲詩序，是一篇自己古文，用意甚不同也。」

早春老蕩子行 同朗伯、仲含作。

牆頭柔柳東風拜，山蘭花作幽情賣。夜聞鬼哭鬢絲中，抵碎青銅思家敗。腕脆不能事弓矢，神愨耻令學機械。仰天不笑太憨生，薰籠香噴犯淫戒。昵昵側側度天陰，捋鬚許嫁表知音。人生一熟不足道，君但記取初夜心。

【評】譚合集評「山蘭」句曰：「情妙在闌珊無主。」評「捋鬚」句曰：「妙。」

老蕩子失意行

學拈同心教人結，帶斷續繩繩中絶。今日宛頸明日飛，怪風雜雨鶼鶼别。東家兒郎癡過我，年少顏朱心未妥。偶奪鸞篦隨手驕，小姨參差阿母左。道心孤耿此際申，十日光陰如煙塵。枕畔衣裳不着體，喔喔鷄鳴思古人。古人招之不肯至，持鏡照我眉無翠。空知年貌不知好，燕子樓頭亦草草。

【評】譚合集評「帶斷」句曰：「可悲可笑，癡憨在目。」評「古人」句曰：「悲來填胸，無可自訴。」

潛刻右丞墨蹟有歌 并引

王右丞維，因其父官司馬，徙家汾州，然實祁人也。我明萬曆間，祁閻氏築宅。忽地陷，得骼櫬宛然，中有甆枕，枕上有剔銀燈詞，乃右丞夫人聞金泥喜信作也。其邑人無言，李公嗜古之士，憫然有水流燈焰之感，倡祁上同志，歛錢改厝焉。公來令潛，告予故，且刻其墨跡。予以爲右丞棲神禪悦，施莊報母，發心永劫，願爲佛門伽藍，想於生平詩畫風流，舉在懺中，當時凝碧池、鬱輪袍，已蕩然如夏鴻冬燕，何知所在？且妻亡孤居者三十年，即有金泥喜信，此夢幻之尤可笑者。而嗜古如李大令，寶其殘骸遺枕，重封馬鬣，愛其枕中詞，如香奩新詠，纔脱諸口，方將傳爲逸事美談，拾之惟恐不盡也。天地間詩畫風流，機倪踪影，其連屬後世人，與造化相持，所謂貽所不知何人，獨此物有神焉。即右丞焚香寂照時，亦不能使詩畫風流化爲月光童子，一泓空水，而予與李大令古墓荒草間，安能澹不生情也。大令豈直爲鄉人徬徨耶？於是譚子爲之歌。

右丞移家河東去，祁人想像空知處。魂依畚土失前和，出隴新詞香風曙。重瘗盡蝕土花好，素甆作枕金石保。我欲高歌剔銀燈，喚起維摩禪心早。

【評】

譚合集評引文中「其邑人」句曰：「妙，如此方表大令之妙。」評詩中「祁人」句曰：「不必説大令而神情已全。」

詩慰本評曰：「以叙傳詩。」

譚元春集卷第十三 嶽歸堂新詩三

五言律詩

改柳庵坡路

坡陀尺寸勢，要取徑鶱騰。乾土晴敲杖，疏林遠報燈。坐看上橋客，行送出園僧。爲愛新成日，情添故故登。

【評】譚合集評曰：「修和明遠，要使題理相全。」

明詩平論評「坐看」句曰：「拗。」

贈素甫卓甫

數載君兄弟，從遊意寡猜。衹須鴻雁好，因有鶺鴒來。窗静同垂柳，亭寒各放梅。莫慚遷史語，自守是奇才。

【評】譚合集評「窗静」句曰：「妙於觀對。」

寄贈蔡仁夫

未晤煩君夢，夢中曾晤君。氣春驚是蟄，天霽望爲羣。我友無如敬，人生果在勤。相懷轉相告，古語向同聞。

其二

甚知君夙昔，寧待作閩遊。軾轍易三卷，機雲屋兩頭。以予遥水乳，在世各蛟虬。静抱幽琴看，高深指外求。

【評】譚合集評「我友」二句曰：「歷落自悟，乃有此言。」

寄懷仁夫詩蔡先生得之鄖陽代和四首再奉和答二首

若復無神理，舟車未是游。淵明私問影，子羽或慚頭。終日野如鶴，有時書似虬。並將心大小，俱向友邊求。

其二

友于乃如此，貽弟似貽君。喧静豈無主，飛棲多未羣。通仍存落穆，困不悔辛勤。灌灌家中告，予誇是異聞。

【評】譚合集評其二末二句曰：「家庭瑣屑有此。」

以三小物别元履師撫黔各詠以一詩

知無斑駁嗜，止爲漢輝光。對此古堪守，非公静莫當。軍持旌武節，花事壓廉裝。天地是中滿，或收雲一囊。漢小銅瓶。

其二

城池身到肅，自不少閒時。以此酬孤影，常如接遠知。邕琴微一弄，苗笛悦相吹。若向月明裏，長安憶滿卮。獨酌壺。

其三

廷珪留絶技，一片偶隨身。與茗俱離俗，如交不重新。最宜魯公手，耻染孔璋麈。昭德無如此，君其示遠人。羅小華墨。

【評】譚合集評「軍持」句曰：「用事秀穩。」評其二「邕琴」二句曰：「用事又妙在微遠。」評其三：「與茗」二句曰：「此又妙在用得虛淡。」

彌陀寺答周安期

懷中字雖滅，此意但悠悠。今日帝城裏，前年詩箑頭。杯深鐘告夜，瓶下井知秋。未暇西山往，君邊可當幽。

【評】譚合集評曰：「説鐘、井、杯、瓶俱有知識，妙。」

秋夕集周安期陶公亮陳則梁趙彦琢胡用涉金正希柏鸞堂看月

雖云常謝客，太寂亦思人。月性閒階滿，秋聲半夜真。歌連鄉夢了，坐歷酒寒頻。如此森森柏，微喧恕好賓。

【評】譚合集評「太寂」句曰：「實歷知之。」評「坐歷」句曰：「『歷』字應『頻』字，妙。」明詩平論二集評「太寂」句曰：「正是子瞻『學道未至，静極生愁』二語注脚。」評「秋聲」句曰：「最是竟陵習語，不恨清態，正坐浮耳，詆之者常舉伯敬『桃花少人事』，謂『李花當獨終日忙』乎？今云『半夜真』，則前此後此秋聲尚假，論詩雖不必如此戲謔，要之率爾語亦當簡括，病在不煉。若唐人『海静月月色真』，自有悟境，但襲用此等字句，最爲疏庸淺學人便逕，大抵一涉習氣，王李鍾譚墮落則一。」評末句曰：「生一波意作結，亦不見老。」詩慰本評曰：「『秋聲半夜真』卻有理，偶然悟此意，朱雲子刻畫議之，似未當。」又曰：「曾有『近秋通月性』句，妙在『通』字生動，此處『月性』二字使不得。」

得舍弟書自老母晨昏外惟報園中竹筍荷花喜賦二首

數行親健外，原不似家書。頗見平安久，真由誦讀餘。粉霜開晚筍，香雨溢新蕖。寫寄多塵裏，寥寥鼻眼虛。

其二

東鄰鵝鴨斷，荷竹報依依。可怪垂楊活，長條信尚稀。弟常經野閣，家自慎柴扉。最憶懷梨棗，相邀省夜闈。

【評】譚合集評曰：「事妙情妙，氣格高凝渾化莫擬，惟老杜『久客應吾道』等詩足以方之。」評其二「可怪」二句曰：「更深鄉思只在此。」

廣慧庵同譚梁生袁田祖雨宿于司直舊齋

山泉處處虛，細雨欲何如？滑有明朝路，安惟舊日居。榻多僧出乞，硯在客來書。静守禪燈暗，知無火照爐。

【評】譚合集於「榻多」句旁評曰：「事事幽，事事細。」

太和庵前坐泉

石選何方好？波瀾過接時。應須高下坐，徐看吐吞奇。魚出聲中立，花開影外吹。不知流此去，響到幾人知？

【評】譚合集評「魚出」句曰：「森然如見。」

碧雲寺麗甚題之

如佐幽人麗，層層金碧通。驚心多事日，識氣不貪中。鬼下牛蛇壁，松高鳥鵲風。眼光非亂射，散作萬山紅。

煙磬閣夕望贈澹公

不但遐終日，兼能迴一生。平臨星燭影，雜出樹泉聲。客少欣存性，僧閒失問名。還城塵定遠，山氣養身輕。

【評】譚合集評末句曰：「想路微。」

詩慰本評曰：「前四句高眼，結句在閣上，説故佳。」

答茅孝若

所行吴越路，聞説有君存。燕市賤同事，苕中間一村。蘆花秋此際，菊葉暮何門？許汝扁舟下，水天明旦昏。

其二

知子一何久，幾曾名字輕。等夷皆相國，甘苦作經生。爲客嗟多故，論詩露不平。菊寒霜月外，離合付都城。

【評】譚合集評曰：「沖夷簡淡中，正其發憤不平處也，玩兩詩，全意自見。」

乙榜詩呈贈分考傅公右君

榜中分甲乙，衆棄表孤音。莫問天人理，微存師友心。鵲鳩巢易换，圭璧氣難尋。耻作蹉跎感，空霜吾舊林。

【評】

譚合集評「衆棄」句曰：「自好語，妙。」評末二句曰：「妙在氣静。」

秋日同震甫安期集于司直園作〔一〕

幾人同聚好，況復在兹園。密葉心心落，寒鴻字字翻。夜常明井屋，秋不出牆垣。莫怪微蕭槭，離情諒有根。

【校】

〔一〕譚合集目録題作「秋日同震甫安期集于司直園中」。

【評】譚合集評「秋不」句曰：「似深實淺，妙。」
詩慰本評曰：「祇『寒鴻』五字佳。」

席上贈馬是隱

君適作司城，萍踪遇自驚。蜀中師友地，燕市米薪情。落羽心相眷，如毛德匪輕。時衰官莫大，人海可孤行。

趙退之陳則梁夜半叩門告以明日別去

遂如江上夜，謫客值琵琶。誰叩三更户，各還千里家。字斜分旅雁，棲近羨城鴉。尚共佳儔往，生予歸路嗟。

【評】譚合集評「字斜」二句曰：「深思徙倚而出之。」

詩慰本評曰：「全首警策。」

得五弟元方登楚録信

賢書天下滿，一喜見家微。燕筑吾空飲，村籬客不稀。迂遲豐祖德，安静壽慈幃。奇警汝難料，勿徒誇策肥。

【評】

譚合集評「迂遲」二句曰：「不侈不苟。」

詩慰本評「村籬」句曰：「説賀客，雅。」

别張葆生

自然吴越去，先欲到君家。客舍園中有，交情静處加。柴桑真仕宦，詩畫古生涯。記得高粱水，灣灣爲柳斜。

【評】譚合集評末句曰：「『爲』字妙。」

留別馬遠之錢仲遠惲道生徐公穆

不第如離友，何堪友亦旋。天涯催我散，物外爲君牽。柳下高粱水，松收報國煙。幾人同夢夜，相記在游燕。

留別謝彦甫劉士徵王六瑞同里諸君

吾鄉猶古道，未甚愧沉淪。慰藉無多語，知予澹朗人。開尊僮僕喜，閉户笑談真。豈不欣歸路，煙霜入別辰。

【評】譚合集評「慰藉」句曰：「語氣樸傲。」

與俞彦直别五年矣至是又别

一醉各分艇，吴江夜别心。鴻霜飛塞早，驢月踏燕深。鬼敢輕羅友，人如對展禽。君留吾且散，水耨草堂陰。

再答馬仲良

謂予當返楚，仍勸尚留燕。多别兩三夜，遲交十五年。官疏忘磬折，詩細入匏弦。徐記君聲影，去行黄葉天。

【評】

譚合集評「徐記」二句曰：「蕭疏自遠，使人可接。」

金正希留燕讀書柏鸞堂中念其夏秋間情事殊不易別因有此贈

相依荒院住，同守暮天鐘。可見鴻蒙物，即如緇衲踪。笑予猶短見，怪爾不修容。事事非今世，君其吹朔風。

其二

同舍有三人，胡生亦最真。謂用涉。反如登第者，未免獨孤身。高筍林同晚，疏梅塢漸春。半年堂下月，留與鑒精神。

【評】譚合集評「同守」句曰：「依倚無聊。」評其二「反如」二句曰：「精神相輔，不以榮悴相異，乃有此言。」

奉別陳正甫侍郎

無意居先達，淵然獨見君。逢聃龍即見，留奭鳳重聞。時蹇中常結，情恬夢不紛。送予多悵悵，聲寄故園雲。

贈同行僧香公

甚可天寒住，歸人約奈今。幅巾同客影，孤磬到庵心。十月晴霜暫，一瓢汶水深。羡君眠易着，車馬是何音。

【評】譚合集評「羡君」句曰：「謔中有悟。」

送龍朗伯還鄂兼寄劉濟甫

惟爾敦交好，寒舟上水行。重來桐映竹，閒步弟前兄。沙蟹添杯事，林禽習鉢聲。歸煩私告友，門閉是真情。

【評】譚合集評「重來」二句曰：「友愛。」

喜五弟北還

忘爾公車躓，羡予茆屋盈。才俱堪鹿薦，性但入鶯聲。負米姑同養，聞鷄覺暗驚。蓬心看盡息，益矣帝都行。

夏五月燕巢吾堂

一村百餘户，誰是爾巢邊？茆屋寧當捨，桐陰允可遷。高飛雛始遂，多暇主真賢。心力嗟輕擲，明年認水煙。

【評】譚合集評「心力」句曰：「叮嚀得細貼。」

送僧暫還公安

行踪若雨風，羞與繫舟同。遇有丹鉛處，常勤汛掃躬。巾瓶霑曉濕，燈火浴春紅。啼盡園禽老，油江水自東。

【評】譚合集評首句曰：「妙。」

阻風野庵竟日

野刹泊荒荒，風濤不受航。雖然貧到骨，焉肯坐垂堂。龕磬多生熟，庭陰一日蒼。吾家花下藕，出手正新香。

喜碧僧再至園中同舍弟遠韻服膺作

已經鶯笥後，相住稻苗辰。滌硯蓮塘水，拾枝茶竈薪。涼宵收曠野，饑歲樂閒身。危路嚴僧衲，輕裝徙莫頻。

【評】譚合集評「涼宵」二句曰：「身心静朗，十字已足。」

喜袁田祖就晤沙市

驅車恐不及，風雨入交深。氣已輕千里，秋常肅一陰。客燈添近事，朝報遂初心。欲與君言切，空江隔夜林。

【評】譚合集評「氣已」句曰：「促簌有聲。」

病足沙頭徐銓部嵋雲垂問

山公家暫憩，海内事紛然。静問秋園月，遥開水鏡天。花香官假後，藥熟客愁邊。欲企淵明脚，籃輿未可前。

【評】譚合集評「静問」句曰：「微會。」

送寒碧還公安

相留經數月，聊亦踐前言。師莫忘槌磬，予惟勸杜門。詩書僧未業，麻麥佛深恩。聞爾菴居水，空濛勝小園。

武陵逢陸君啓使君黔還

相逢五溪路，頻失九江書。横槊君猶壯，拈毫我亦虚。友稀貪把袂，母在聽牽裾。悵望一帆下，寒汀立古漁。

楊文弱桃源歸示予以舟遊即事八首和答其意

圖經如自作，指點復前名。幽響過仍隱，奇峰到始生。虎惟漁父狎，鷄見野僧鳴。十載此中影，身心相照明。

其二

致有幽人號，可知時事難。禽魚因暖出，汀渚落雲乾。思靜隨舟寫，機忘若夢殘。恨無王績勇，鄰就此溪巒。

【評】

譚合集評首句曰：「卓識至語。」

武陵三遊詩 有引

三遊者，遊德山、梁山、河洑山也。夷陵宋賢，三遊從人，兹三遊從地。是歲天啓乙丑，是月秋冬交。德山之遊在竹，竹與木同爲一山，山水與竹木同涵一碧；梁山之遊在霜紅，霜紅之妙，亂蒼翠而映黄紫，足目升降，失厥端倪；河洑山即古平山，是山獨以夜遊，遊獨以坐，坐於道士山門，亭影森森，磯聲戛戛，從燈火星光中頻臨四眺，永永酣肅，不可爲狀。名爲三遊，伊可傳矣。其遊有侶，皆楊修齡先生倡之。德山有越中陸公君啓、先生之子户部文弱；平山有文弱；梁山有荆王孫。予既爲三詩，系之小引，以當記云。

河洑山

山上復山下，芸芸不一尋。磯流鳴遠火，亭影宿寒林。白帢吹霜薄，黄冠立夜深。誰能甘自絶，棲託古人心。

梁山

高松翠萬行，斗折亂紅黄。造物光揺落，空山破混茫。人如一雨雨，國是衆香香。理屐非今日，徒誇靈隱霜。

德山

便娟無限影，日緑枉人山。偶見漁舟出，猶存善卷間。烟深分衲老，雲古守筇還。此地能茅舍，門宜對小灣。

【評】

譚合集評引文「竹與木」句曰：「一路寫出，深淺分明。」

詩慰本評河洑山末二句曰：「要作此想，方不負山靈。」梁山「造物」二句曰：「真警句。」

武陵別楊修齡先生同天嶽文弱海運及雨諸君扁舟相送郊外遊集遂不成發留詩三首

笑談連昨日，舟酒尚無驚。水繞通城渌，霜吹對浦晴。卜居龜策困，指路牧兒明。請載梁山影，歸人伴數程。

其二

暫緩離人思，荒坰未便寒。斷蓬忘去住，衰草受盤桓。爾汝攜朱累，渠儂理白團。春郊應更好，將別得遊端。

其三

竟負梅花去，徒然見蕊肥。存亡師友散，歌哭一身歸。檣鳥先舟發，賓鴻戀郭飛。翠屏時悵望，山水遠危機。

【評】譚合集評其二「衰草」句曰：「有怨思。」評其三「歌哭」句曰：「可悲。」詩慰本評「水繞」句曰：「唐音。」評「指路」句曰：「『明』字妙。」評其二末二句曰：「此爲深致」。

胡應侯廣文六十送其令子公遠公占南遊

博物吾鄉宿，胸中書史函。一氊寒座側，雙璧照江南。庭廨昇平氣，舟車遠道談。不知尊酒内，兄弟孰先酣。

【評】詩慰本評曰：「平淡中有刻畫，譚詩此種正佳，向來但稱其纖處，所以累君之遺議也。」

爲栗仲芳題初月閣

結閣千家上，遐心可見君。欄寛先吐月，瓶静久留雲。但許孤琴動，無煩蠟屐勤。玉泉遥注想，亦若此中聞。

【評】

譚合集評「遐心」句曰：「發想奇。」

將往玉泉青溪别胡汝濟明府

白雲君部内，敢不告山行。晝入宗生路，琴分子賤聲〔一〕。淙淙春谷大，艷艷夜花明。去與樵人揖，閒談尹素清。

【校】

〔一〕子賤　詩慰本作「宓子」。

【評】譚合集評首二句曰：「奇宕復宛篤。」

青溪寺雪中作

溪雲常不斷，雨雪自多端。收得聽泉意，分來衆嶺寒。煙凝成秀壁，晴瀉作哀湍。貪就山房息，火邊逢懶殘。

【評】詩慰本評「煙凝」二句曰：「二語説雪别。」

遊青溪寺觀濫泉上石洞洞爲龍女聽法處

玉乳冬春一，濫泉流匪今。黿魚蒼蘚瘦，猿鳥碧雲森。山色開宗炳，溪聲續法琳。杏花依洞發，意欲襯青林。

【評】譚合集評「龜魚」二句曰：「說得禽魚皆有道氣。」

度門過無跡時公已八十二矣

此山由北秀，如嶽下南臺。末法兒孫力，幽居國老才。健忘禪定後，多病苦吟來。珍重燕公手，碑垣莫浪開。

【評】譚合集評首二句曰：「疏別引喻皆妙。」

送胡崑石弟兄還蜀

我來花縣曉，君返錦江春。峰秀名峨處，箋香姓薛人。雁羔先備物，蘭玉各矜身。莫惜萊衣遠，彈冠好慰親。

【評】譚合集評曰：「清芬和雅，絶去應酬。」

過徐生新居題其初構園

非爾抱襟期，爲園應尚遲，圖書先榻到，魚鳥若僮隨。步爲躋山緩，懷因徙宅奇。花紅來覿語，吾適念王維。

【評】譚合集評「爲園」句曰：「刻意作『初構』字。」評「魚鳥」句曰：「妙。」

傷譚訥庵野老

已老何須病，真衰即易亡。仙遊仍草屨，佳句失枯腸。水旱癡兒力，誅求寡婦鄉。送君辭末季，地下或羲皇。

其二

悔不生前至，親將甕牖開。焚枯煩老婦，裹飯慰兒孩。天屢收吾侶，人多忽爾才。叩園車馬有，誰與杖秋苔。

【評】譚合集評其二末二句曰：「傷心語，不堪多誦。」詩慰本評曰：「結嫩極，舊評乃極稱之。」

喜閩中徐公穆遠訪二首

開户披衣笑，專來必是君。曾叨兄弟好，不飾主賓文。交道停卿夢，秋心納遠聞。瓜蔬穿竹設，且爲息辛勤。

其二

好友來何遠，丹鷄一念深。君游須慎口，予住是灰心。老圃細商句，奇人貧散金。秋光不相厭，且爲聽蟲音。

【評】譚合集評首句曰：「喜慰之極。」評「秋心」句曰：「幽奥。」評其二「君游」二句曰：「殷勤教戒，互相敦勵，妙，妙。」

蔡師亡後得林觀曾書問

鄖齋三日語，已是故人如。西水歸時恨，蓡山别後書。貧交予縞紵，新出汝芙蕖。萬里心常苦，鶯聲滿索居。

【評】詩慰本評曰：「直覺沈篤。」

居易過小園志感

失侶空愁歎，君來暫豁悲。晚年予與女，新社俗兼緇。饞問堂邊筍，涼添户下枝。難將胸臆結，日日徙臺池。

【評】譚合集評「晚年」二句曰：「老景閒情，豁然通遠。」

小園閒夜同李永言竹宿

空堂萬竹明，好月照同行。向我酣歌徹，知君誦讀成。貧常隨曠了，懶亦爲奇生。不似軒車到，予猶廢送迎。

【評】譚合集評「好月」句曰：「妙，妙。」

冬夜橋上示寒碧

帆到即臨河，常來苦菜多。園廬如寺隔，僮僕見僧和。月好君難寢，更深我尚過。外人傳不可，近趣愛蹉跎。

【評】譚合集評「園廬」幾句曰：「旅中趣事，妙在性閑，一氣渾成，只如偶然語。」

園中贈居易

雖因花事到，兄友固難忘。夜雨寒春屋，疏燈接暗芳。椿煩僧伴摘，茗許主人嘗。何處同悲切，鐘聲自草堂。

吴彦先重訪贈之

一家鶯筍静，重到或前因。衰鬢驚殘燭，輕裝照晚春。怕談村外事，喜問舊時人。不敢塵封硯，伴予農圃身。

【評】譚合集評「輕裝」句曰：「幽淡。」

送濟甫

馴鶴見君鳴，空堂是日成。野蔬趨隔歲，高燭略深更。養母離家重，攜書返棹明。此中鄉里樸，亦解具舟迎。

【評】譚合集評「野蔬」句曰：「冷趣。」

贈周四表弟準宣

愛汝性淵沉，吾姨墓草深。相攜湖畔影，同起渭陽心。弓冶無慚舊，風雲各有今。笑予兄道拙，惟喜避人吟。

義河邊別業欲改作庵訂點雪師弟來居

捨宅雖猶愧，齋閑易改庵。來翻如逆旅，家漸信瞿曇。雨長鄰園豆，霜垂屋角柑。竟陵城隔水，住此覺師堪。

【評】

譚合集評「齋閑」句曰：「興情竦惕。」

明詩平論二集評「齋閑」句曰：「胸懷真率，如見其人。」

丁卯仲冬夜拜伯敬墓訖過其五弟居易家四首

孤身來及夜，乞火照墳成。碑碣增冬野，山川見哭聲。車停仍腹痛，劍失仗心明。萬事如筵散，荒寒立二更。

其二

吹笙秋宴日，墮淚亦因君。晚售空相長，新知別作羣。歌兼登木苦，是時先慈見背，亦以十月廿八日葬。音觸碎琴分。何事申前約，孜孜小物勤。

其三

姑蘇徐逸士，香雨祭茶時。謂徐元歎，有奠茶文。寂莫常宜赴，江山不再歧。楓橋朋好路，桃渡古今思。勝此一抔土，君當無不之。

其四

哭罷尋何處？宵投汝弟家。磬聲知世短，墨跡引心遐。墓柏微微樹，瓶梅漸漸花。在時頻遠別，悲只似天涯。

【評】譚合集評第一首末二句曰：「悲感無聊，反作寬解。」評其二「晚售」句曰：「知己之感。」評其四「磬聲」句曰：「哀感難任。」

詩慰本評其二「晚售」句曰：「可當下淚，此真杜詩。」評其四「哭罷」句曰：「章法。」

江上逢周陶士督學鉉吉師長公也

江水知予事，存亡百感深。但能歡把手，即有淚盈心。澹澹春洲漲，茸茸夜草陰。箕裘君似可，再見勝如今。

【評】譚合集評「但能」二句曰：「情事關切，愈直愈悲。」

得六弟服膺藩署寄詩有懷三首

忽忽常思弟，充充總爲親。署深成遠客，苦近得閒身。夜易添嗚咽，天難補苦辛。不憑毫素力，楚越聚何因？

其二

家園無汝在，焉忍快林幽。塘泛惟前日，湘行必暮秋。軸籤身内事，杯棬手邊愁。欲慰鄉心切，音書每雜投。

其三

客中親仕宦，亭沼不生雲。逢倦翻成句，多愁易向文。弟兄常自拙，人世每相聞。音好全關尾，桐焦莫再焚。

周友怍招集劉又伯齋中薄暮紅雲在天疑返照所映服膺云薄雲收晚照因用爲起句紀一日之事

薄雲收晚照，高燭接殘星。客子且安坐，關門尚未扃。同心蘇小小，别態柳青青。秋月牆頭立，公然待耻瓶。

其二

薄雲收晚照，微露下幽花。歌舞翻增恨，林園易受嗟。塵飛移故榻，香動出新車。一聚煩珍重，秋深各遠家。

【評】譚合集評第一首「客子」二句曰：「樸而宕，故妙。」

送汪全吉里選北上

先皇恩詔及，載筆試都城。送汝今番往，如予昨日行。拜呼隨象散，誦讀上車生。誰不尊醇士，吾聞世太平。

【評】譚合集評「送汝」二句曰：「觸緒生悲，不欲盡說。」

了然見過適竺峰自郢來而居易寒碧先在柳庵茶果夕集遂成盛會

數肩裝未約，衣屨到門均。庵小如巖屋，僧高即故人。溝塍俱隔俗，鹽豉不知賓。舍北溪西地，紛紛議卜鄰。

【評】譚合集評首句曰：「『裝未約』正妙説僧，他人則俗矣。」詩慰本評曰：「『紛紛』句極見興會。」

倪航再泛 同友濟甫、僧開子、寒碧、弟遠韻、服膺。

一泛幽光迫，因堅泛泛情。友朋俱未散，兄弟漸相生。鷺祇依沙聚，螢初出浦明。每遊留興返，歸路亦難輕。

【評】譚合集評首二句曰：「游事中每多此味。」評「每游」句曰：「妙，妙。」

贈張玄升

不覺旬盈六，焉知輩是前。口常開日日，顔轉嫩年年。蠶犢豐由婦，兒孫好聽天。帶來方朔性，過架袖奇編。

【評】譚合集評「蠶犢」句曰：「樸至。」

輓柴夢菴

離潛二十年，重到自酸然。氣結山陽笛，心悲單父弦。羔羊貧不失，烏鳥痛難宣。執汝士龍手，感懷東屋邊。

僧開子過訪贈之

雨晴俱歷過，始覺到旬餘。愛蔭常移舫，貪眠但枕書。鉢纔縣户牖，筍亦上階除。不願推敲苦，閒吟莽莽如。

【評】譚合集評曰：「語語輕婉，又細又冷。」

寄于司直燕中

詩成人不見，獨寄竟陵邊。驢帶西山雨，簾通北闕煙。約惟間聚好，來必計偕先。曾指高粱水，論交笻竹前。

郢舍答胡公占雨夜見柬

與君時得晤，堪此一宵疏。甚有杯觴向，私將筆硯如。磬奔爐火暖，燈入布衾虛。對雨休愁歎，心知好月餘。

【評】譚合集評「燈入」句曰：「悲涼入情。」

屢過孫爾穀園因題二首

來是園成後，冬心向此多。欲移藤作格，漸有竹陰坡。步步邀誰笛，舩舩叩即歌。空霜飛夜半，入水或增波。

其二

不知一泓水，藏此作家園。坦步書聲去，幽心艷事存。風旋成葉巷，月祇似柴門。怪是城居裏，披衣任曉昏。

【評】譚合集評「月只」句曰：「聲影空遠。」

夜飲王青嵐齋作

夜爲羈心卜，無拘事更添。高閒相引出，幽艷一時兼。半醉私藏跋，輕寒始問簾。麗人扶上馬，亦借薄香霑。

【評】譚合集評「半醉」二句曰：「韻人飲趣，往往有之。」

得海鹽陳則梁書 時韓求仲、嚴印持、聞子將、馮宗之、朱宗遠相唁。

疏狂似汝稀，漫士得相依。往往緋衫坐，蕭蕭緑蟻圍。偏能崇禮法，遥與哭慈幃。四海高人慟，彌傷見齒非。

【評】譚合集評「偏能」二句曰：「如此乃真疏狂。」

詩慰本評曰：「起結深至。」

湘岸過周伯孔

年貌不須疑，扁舟再到奇。江潭留坐處，岳麓送行時。病爲孤吟在，田因好宅遲。我愁兼聚散，相見愼嗟咨。

湘潭客周宜一齋中

夜雨濕湘花，春山欲焙茶。牛蹄聃叟氣，鼠跡惠生車。快侶吟無節，愁人醉有涯。重君多遠尚，恥向説名家。

贈易順之

同上吹笙宴，偏成廢樂人。過君雙慶日，驚我百憂身。順之卯秋亦在省候宴。錦帶羹堪煮，紫羅囊可珍。潭州風日澹，離合似周親。

別謝仲玉

兩都遊各遍，相失十年交。年貌同堪惜，風華不受嘲。春吟商竹屋，夜醉踏江郊。再聚天涯易，君方出故巢。

【評】譚合集評「年貌」二句曰：「風塵閱歷，不堪多道。」

送陳庇華自竟陵往襄陽

秋容寫水木，明月主人心。鴻漸井雖好，鹿門灘正深。裝輕思絶俗，帆静感知音。獨上大堤去，君聽堤上砧。

【評】譚合集評「帆静」句曰：「一往深思。」

劉同人龍朗伯黄宗之見訪夜上帆閣

千林明月積，登閣暗相看。秋荷良朋眖，身常獨往難。天涼催筆札，家陋學盤餐。行遍漁人路，同思物外安。

【評】譚合集評「天涼」幾句曰：「俱是讀書人細事，述來偏妙。」

與詹卓爾步園中

萬竿園數卷，未免受君尋。只可題門暫，難容謝客深。果常垂到口，瓜亦種無心。喜汝新詩就，初來上岸吟。

【評】譚合集評「果常」句曰：「趣甚。」

李朱實制中初度不受觴慰之以詩

忍向支牀骨，觴君出腹辰。南陔供母力，西塔飯僧人。坐雜時增赧，談深或露齗。舞衣須再製，孫子繞嚴親。

【評】

譚合集評「南陔」二句曰：「莊雅，不膚不熟。」

李師奉旨歸省南昌呈寄四首〔一〕

文綺及朱提，裝輕仗帝齎。舞來衣正彩，扶去杖仍藜。丹竈階前火，爐香夢裏鷄。孝經師手授，悢悢我難齊。

其二

爲官思負米，寒燠歎離居。暫緩朝簪筆，常隨僕御車。烏烏歌下酒，白白水迎魚。流覽多閒日，情高必著書。

其三

唯阿羞史職，抗疏幾番呼。有筆資司馬，將心許董狐。拜知明主喜，戲慰老親孤。亭外誰相問，侯芭不可無。

其四

人間師弟子，獨此覺徬徨。有約尋匡俗，無歌怪楚狂〔二〕。鶴翎修日夜，雁足托冰霜。陸羽君臣契，猶存褐布囊。

【校】

〔一〕題旨　詩慰本作「命」。

〔二〕怪　另一部明刻本譚合集作「恰」。

【評】

譚合集評第一首「裝輕」句曰：「温宛篤摯。」評其三「有筆」句曰：「古韻每能森挺。」

詩慰本評曰：「四詩可見友夏善用事。」

劉同人至蘭陽訪孟誕先寄以詩誕先前詩有別來書不絕句用爲起語

別來書不絕，五歲在蘭陽。制舉心猶愛，爲官味已嘗。寒山僧赤脚，夏汭女紅妝。是汝家居日，年年到武昌。

其二

別來書不絕，此度故人傳。夢繞微酣夜，天乾薄禄年。鶴聲癯益遠，梅格秃方全。細問劉郎好，秋曾踏水烟。

【評】

譚合集評其二「鶴聲」句曰：「善於音賞。」

祴生子晬日因懷其尊公退谷

雖云亡友曠，性亦喜飴含。似此初稱祖，翻如再得男。全家依竺國，遺産守芸函。風俗盤中物，知從紙墨探。

陳正甫先生舟過敝廬感贈

不厭魚蔬薄，益知前輩真。柳明舟忽霽，花艷路深春。兄弟争求誨，鳬鷖素所親。猶嫌洛下社，年位尚須均。

【評】譚合集評首二句曰：「真人無外飾，自然氣接。」評「柳明」二句曰：「妙，妙。」

仲含代予删竹

竹亦仗人成，何能任意生。開眦予欲秀，割愛客尤明。但送經行步，疏穿浦唱聲。空園留入夏，此地最流鶯。

【評】譚合集評「割愛」句曰：「出『代』字，妙。」評「但送」二句曰：「使竹心折，不妨任删。」詩慰本評曰：「起句堪悟人。」

譚元春集卷第十四

嶽歸堂新詩四

七言律詩

坐來青軒

翠到兹山欲盡收，幾多風物自相遊。虎蹲宸翰峰峰雪，龍變玉言歲歲秋。有氣泉巖如應答，無聲酒茗不沈浮。心高目下須臾際，雁掠荒雲去未休。

【評】

譚合集評「有氣」二句曰：「幽激自成壯響，直以枯懷濬之耳。」

陳盤生處聞王永啓白下訃音

書道三年衣表骨，不知何故出江南。快人興豈隨生盡，才吏貧常誓死甘。猶恨殷遥禪未入，最同張籍哭難堪。與君情好堪思處，輿小舟高湖上庵。

【評】譚合集評「不知」句曰：「一問情深。」評「才吏」句曰：「傷心痛語。」

過利西泰墓而弔之 同趙伯雝、周安期、陳則梁。

來從絕域老長安，分得城西土一棺。斫地呼天心自苦，挾山超海事非難。私將禮樂攻人短，別有聰明用物殘。行盡松楸中國大，不教奇骨任荒寒。

【評】譚合集評「斫地」二句曰：「苦心護昔，意言之外，別有感慨。」評「別有」句曰：「爲西泰寫照。」

懷鍾伯敬久無書至〔一〕

沙急秋深意每驚，思君此際息怔營。隨拈滿字皆無字，静照前生與後生。小几開花閒日伴，高樓落木暮天情。音書不肯來都下，予適滔滔久在京。

【校】

〔一〕題　譚合集目録題名無「至」字。

【評】

譚合集評「静照」句曰：「相信人默念如是。」評「音書」句曰：「可想其人。」

真定道上懷舊井陘使君朱無易先生

人來不易得回音，何敢然疑失素襟。常袖青城山下字，兩過恒嶽道中心。楚燕秋草車輪賤，巴蜀春江里巷深。前日相逢馬京兆，説君齋食輔幽吟。

【評】譚合集評「楚燕」二句曰：「嘆息悲涼，含蓄隱映，似婉似直。」

燕歸明日伯敬同賀可上令弟居易過訪時諸弟他出

不尋溪塢欲焉爲，親愈家安莫妄思。開徑苔痕朋聚早，候檐煙火弟還遲。福生狂士誠知載，慧在文人即總持。作客將休留客始，寒星高柳夜相宜。

【評】譚合集評「開徑」句曰：「清徹處只是情真。」

黄美中從蘄水遠過

舟隔朱陳村復村，數年一到易衡門。身經世事荆榛路，袖匿新文風水痕。有月隨君溪上照，看霜點我鬢邊存。自慚靈運心多雜，欲入空山但口言。

【評】譚合集評「身經」幾句曰：「似作客初歸悲喜交集景況，言之娓娓而不窮。」

喜白門胡元振至

白門歸後四無鄰，已是丘園半老身。明月不寒依好友，還鄉未定羨遊人。林塘位置煩咨補，榆柳蕭疏種畫因。僧起鴉飛君尚出，愛閒行獨覺君真。

【評】譚合集評曰：「讀譚詩，要想其一段寬然有餘處，卻復字字迂，字字緊，蓋氣舒而力遒也，此等細味之皆可悟。」評「還鄉」句曰：「久客厭家類如此。」

十三夜喜雨後月遠韻服膺同作

節物驚心各掩書，一門中自結相於。過塘靈雨胎佳月，出塢輕風翼敝廬。春早宵明光井竈，葉開花落息舟車。懷新不覺生餘感，香動江南何處輿。

【評】譚合集評「葉開」句曰：「入想殊遠。」

皂市問伯敬病勸予究心楞嚴

離卻荷香欲近旬，陂塘祇作獨行身。扁舟甘載深情路〔一〕，半榻平生苦志人。文覺王褒何句好，經逢杜衍自然親。惓惓時作資糧語，損爾衣珠念甚真。

【校】

〔一〕甘　詩慰本作「廿」。

【評】譚合集評「扁舟」句曰：「情事欝積，覺語盡而氣未平，通篇全味如此。」

沙市尋袁述之

微涼幾夜客懷生，氣誼無多復此行。莫爲友朋傷脆弱，時伯敬新逝。且邀神鬼聽和平。出城草樹三秋路，過市風煙十載情。欲信別來書史好，鬚髯颯颯向江鳴。

【評】譚合集評「出城」句曰：「悸惻悲慟。」

十五夜月食張樓同朱其勤袁田祖述之宴集

友朋昆弟聚常希，自與高樓遠樹依。月不成圓天若老，秋當既半暑知歸。坐連香粉蛩私語，世滿罝羅雁静飛。未待尊空身屢起，六街街鼓急光輝。

【評】譚合集評「秋當」句曰：「『知』字老確。」

武陵待少司馬中丞師蔡公黔襯五首

苦僧棄婦合成身，欲徇黔荒早被嗔。力盡聚沙爲塔日，心悲發笥逝梁人。將如南八肝腸少，世值朝三喜怒頻。正羨君歸君忽化，霜花霧雁不知聞。

其二

路繞蠻溪與瘴深，一棺杳杳入寒林。自傷屈子沈沙志，誰有侯生負土心。此日日惟思鑄錯，今年年在失知音。良朋先赴緋衣召，白玉樓邊幸往尋。伯敬以六月先亡。

其三

芒鞋記到酉陽時，古道秋心與我期。公贈予詩有「置身凛在古，行世淡於秋」之句。才愧來書稱畏友，情甘負笈事良師。人天慧總難兼福，存殁恩俱不敵知。許大精魂風月散，焦芽石女欲焉爲。

其四

日見高流理酒漿，謂楊修齡先生父子。武陵溪口遲君航。漁舟約好尋仙界，馬革魂先戀鬼方。始覺詩文難斷瘧，豈知牙纛甚投荒。予今悟矣甘無用，梁父吟多是挽章。

其五

布衣相死諾無虚，况托深知古不如。林入忘形三度約，篋開沾臆十年書。鴻飛爪在追無及，石轉江流恨有餘。我欲歸家鴉萬點，平山枉渚坐躊躇。

【評】譚合集評其二「誰有」句曰：「罵盡平生稱知己輩。」評其三「人天」二句曰：「深情關係，説來氣塞。」評其四「豈知」句曰：「怨毒不平。」

詩慰本評曰：「此等詩亦非不學者所能到。」評第一首「力盡」二句曰：「承起句，卻好。」

答郁仲開明府書問公爲弟元方房師

真成越絶絶人姿，書到常如夢見之。路愛沅湘多作客，緣慳軾轍不同師。文章力盡五丁險，旌旆光翻二酉奇。君處東風應獨早，高花弱柳孰先吹？

【評】譚合集評「緣慳」句曰：「譜古入化。」

冬夜謝吉父招泛東湖題其水屋

野水霜天永夜凝，似將舟事待君興。薄煙歸閣惟棲磬，殘雪明蒿不掛罾。子美浦沙隨地有，志和家宅逐年增。遥知兩岸幽人出，應喜寒湖報一燈。

【評】譚合集評「薄煙」二句曰：「幽窈通疏，豁然在眼。」

送周無畏

野人談笑當笙歌，臘後春前細馬過。來入弟兄羣自好，戲添杯斝數無多。相邀豈肯賓周黨，重晤猶聞帝謝羅。樊口西山新柳色，不同君往是蹉跎。

【評】譚合集評「來入」二句曰：「温文婉若義山也。」

玉泉閒步覆舟山響水潭憶同伯敬舊遊

十年音吐落嵐光，叉手看山衣履蒼。智者常存依洞壑，文人消盡念隋唐。土膏漠漠融新雪，塔影蕭蕭學夕陽。咽向春禽啼不徹，行來行去水聲旁。

其二

笻孤敢羨再遊身，帶翠沾藍若夢親。乍到此中潸墮淚，移經數處始棲神。耘煙鳥亦燒畬侶，樵澗僧無遇茗因。回省山邊今古士，何人不是覆舟人。

【評】譚合集評第一首「塔影」句曰：「妙在不解。」評其二「移經」句曰：「無聊中忽然寫出。」

王天庚令姬人畫霜紅圖而自題詩寄予冬窗賞之寄以一詩

才人意想女娃筆，筆作新霜霜作花。愁借娟娟生客緒，喜分艷艷向天涯。卧看素壁如移屐，置近晴窗欲當家。有士亭中呼不出，卻瞻嵐翠獨咨嗟。

【評】

譚合集評「置近」句曰：「理趣沈摯。」

喜袁述之過園中

古交相訪十年誠，曾啓園扉看水明。一入深林知路改，屢眠閒宇較家輕。早追南董君奇筆，遲餉東菑我拙耕。私約老年舟上下，遍從水木着琴箏。

【評】

譚合集評「一入」二句曰：「園林景物，偏是客子記取明白，妙。」

妹婿魏木從自山中過住

曾依几案兩年餘，筆墨酣時每乞書。自汝一歸心便懶，遭人數請手常疏。夕煙河上黄茆屋，秋雨橋邊白小魚。深愧重來猶寂寂，祇將新瀋贈山居。

【評】譚合集評「自汝」二句曰：「疏慵懶漫，性情自妙。」

贈李表兄長叔參議

六旬鬢黑四旬斑，自是輸君澹與閒。頗喜常師黄叔度，不須親見白香山。官宜水部梅花裏，身在沙門貝葉間。更欲摳衣重下拜，日從歌笑學朱顏。

友人送雙鶴置之窗間喜題數句

嗚躍同增物外緣，不妨君與日周旋。分餐似客朝收釣，假寐如僧夜立禪。霜滿姑安閒户内，月明徐熟慢塘邊。新來剪羽慚相待，何處深林非遠天。

【評】

譚合集評「假寐」句曰：「坡仙至境有之。」

中丞姚公直指温公垂唁感賦 予是年出二公門下。

落落斯情亦古如，高官孰肯問廬居。胡床興老庾公月，茆屋緣深嚴武書。豈有新歌逢雪後，漸多芳草及春初。知音散盡邕琴破，投向人間好愧予。謂蔡司馬亡後。

【評】

譚合集評「高官」句曰：「直説得好。」評「豈有」句曰：「委折近情。」

沈滄洲攜五郎過訪並示令弟炎洲給諫書問

僻村齋舫載書車，喜我園林即是家。雛鳳領來千竹裏，鶺鴒音到兩湖涯。作官兼隱忘冠佩，待客同僧設茗瓜。可記騎驢京國日，對彈薰調不爭差。

【評】譚合集評「雛鳳」句曰：「亦不俗。」

傅陵九郡伯入覲單騎歸省秋復還鄂攜家抵湖南觀察任

燕霜蜀霧歷將周，始見高牙赴永州。路爲君親行萬里，署封兒女到三秋。浯谿頌好雲邊石，鈷鉧緣深郭外丘。頗有文如元與柳，前賢謫處是佳遊。

【評】譚合集評「路爲」句曰：「寫到悲壯處，不須瑣屑。」

移航至河同劉濟甫僧開子寒碧弟遠韻擬陶月泛

夏塘生厭又遷舟，望望河光若有投。篷底坐僧全幅畫，篙邊訪弟數家幽。野香吹岸茶初濕，林月涼灘釣未收。愛製漁歌歌吹外，志和終老宅常浮。

【評】譚合集評「野香」句曰：「幽事妙於無意。」

寄陳湘潭房師

情耽望嶽又浮湘，師在其間欲裹糧。昨歲剛逢歐永叔，往時多似孟襄陽。論文自與人天對，相士無如器識長。學道讀書俱可報，邇來幽夢亦徬徨。

【評】譚合集評「昨歲」二句曰：「用事只如寫己言，妙不可測。」

詩慰本評曰：「結句繇中之言，可愧得意者。」

廬居悲感送六弟服膺入鄂應左伯閔公館聘

數載冰淵事病親，最驚無繫出門身。亦知車馬江干有，餘得詩書淚跡新。静署茶香思母嗜，高文墨飽笑兄醇。燈窗可羡荆花照，散去常愁貴與貧。

園居贈胡用涉

别家惟喜近朋儔，偶晤常如日日留。恥用奇懷雕字句，時分健氣錯觥籌。野蒲塘上予敷坐，好月門前汝泊舟。既有歸心因母動，此時真可罷閒遊。

【評】

譚合集評「時分」句曰：「有雅致在。」

閔左伯紉弦中秋初度予與舍弟元禮飲署中因贈

高文古質出苕川，數載江蘺岸柳緣。玉笛清秋吹夜夜，金樽好月照年年。教嚴鵠鶩家前輩，心切夔龍世大賢。短短池塘兄弟草，映茲松柏與蒼然。

王青嵐樠山齋中同公占看殘雪

雪在樠峰照郢明，與君高踏萬家晴。煙飛日落歌喉薄，屋白山青醉眼争。帝里餘寒冰寢廟，客檐新霽雨柴荆。惠連一賦無他好，堪減胸中慮與營。謝雪賦云：「縱心皎然，何慮何營。」

悼同年孫爾穀

郢門從此倦徘徊，最怯園扉日日開。剛與嘉賓同鄂渚，忍教名父獨燕臺。爾轂尊公伯御亦上春官。硯邊看我書争坐，燭下催君喚夜來。交好早知如此盡，但當常醉不思回。

【評】譚合集評「硯邊」二句曰：「情事恍惚，寫出卻似夢幻，結意猶痛。」

送沈滄洲令洧川

君才豈但有鳴琴，所羡常經聖主心。粟卜當時兄問弟，舄飛佳事古猶今。含巾吐栢三年熟，别溱離㵾兩地深。漸欲隨齎鉛槧往，溱邊好爲聽車音。

金正希學道人也新官庶常貽書相迪舟過其家仲氏招飲因寫寄燕中

六溪春水漲江渾，始見君家溪繞門。久爲茹蔬慚善友，翻因許飲愛諸昆。上乘根利兼官作，中秘書多念職存。莫向人間談勇退，好將君父佛同恩。

【評】譚合集評首二句曰：「即宛在水中央意，寫來迂淡。」

湘潭謁陳闇然房師

乘春襆被向師尋，百丈牽江草未深。花地扈天迎破笈，米船漁網送孤吟。才輸屈賈遭明眼，遊入瀟湘理夙心。卻念古賢奇絶處，白頭羇旅少知音。

【評】譚合集評首四句曰：「四句輕中有宛轉之致。」

别栗仲芳諸子

遊集常添好友情，玉州風日自幽清。春山碧處頻登閣，晚燭紅時尚啓城。藥餌相將停過客，吟披不輟念平生。此中亦覺離多緒，愁負家園老去鶯。

【評】譚合集評「春山」二句曰：「語意疏遠，甚有情致。」

七言排律

甲子除夕和伯敬歲暮感懷之作因示弟輩

河上冬晴欲當春，一聞春至即良辰。土阜微動猶思雪，京洛初歸始畏塵。入野班荆驅蹇便，代僧椎磬閉門真。從昆弟飲勤相敕，熟老莊書曠有因。閲盡風濤舟易穩，望知阻險步先勻。長安弈散全拋子，豪傑江寬暗揣綸。雨急忽迷南北路，沙明轉愛鷺鷗身。行藏帶黠安流俗，禮數多慵睦媾姻。聚日追離驚忽忽，衰時得白誘循循。梅開此夕寒千里，鏡到明朝見四旬。還我鶯花成歲月，聽他村犬静昏晨。生平遊止防中徙，豫致音書告故人。

【評】譚合集評「代僧」句曰：「絶閑絶趣。」評「從昆」句曰：「莊得妙。」評「閱盡」二句曰：「老於涉歷，非大學問人不知。」評「行藏」二句曰：「俱作真實不欺人語。」

乙丑歲除夕感蔡敬夫鍾伯敬二公之亡賦十二韻示弟

枉渚歸與聲自呑，如因歲序動愁根。溪山頗好嗟空返，師友新亡愧獨存。夙具道情俱未退，近聞疆事總難言。峥峥鏤臂傷君辱，謂敬夫。寂寂棲心想佛恩。謂伯敬。雪月佳時私短氣，笑談叢裏暗驚魂。身强叔寶終歸幻，眼怹嗣宗可耐喧。憔悴先從文字始，凋零益向友于敦。俱貧豈得分南阮，常定真宜學北昏。已過四旬休照鏡，能安百畝勝求閽。營生首辦新芒屩，謀醉多交老瓦盆。施鳥僧還猶淨域，捕魚人到即仙源。高懷日日偷愁換，漸有春風吹竹門。

【評】譚合集評「溪山」二句曰：「淒然淚下。」評「雪月」二句曰：「意境不堪之至。」評「已過」句曰：「撫己知畏。」

丁卯除夕同諸弟及妹婿魏繩老僧真公守歲先慈塋上十二韻

鼎湖秋動萬方哀，適有人間苦痛催。下土照知冰蘗性，先君勖就柏舟才。天乎何罪今除夕，母也多愁此夜臺。年長不堪經節序，親亡誰忍具尊罍。雙麟卧處吾家宅，數雁聲中客酒杯。未肯離羣佳婿事，疑從熟劫法僧來。夜晴燒燭跌衰草，山静拈香祭野梅。蕉剥層層傷舊本，珠明粒粒想初胎。豈無櫬在嗟毛子，縱有衣歸非老萊。空占聲華徒積淚，隨遭寵辱盡如埃。布金爲地酬龍虎，予建坊金閣供大士。策杖如雲息蹇駘。亦忝東風村鼓内，無正可賀墓門開。

【評】譚合集評「夜晴」二句曰：「哀情紛紜，不倫不次。」

湘潭贈李宗伯八韻

恥從文字問傳燈，本爲深心欲仰承。杖屨豈宜忘海嶽，門牆亦自有高曾。先生與予座師淵源甚遠。坐穿木榻迎千卷，忽悟花前廢二楞。管樂合來方似葛，春秋大處莫如澠。人皆事後思王旦，我是緣多見李膺。出世棲神俱夙命，救時蒿目但晨興。晴塘雨寺徘回久，湘草山花領悟曾。何用更探黄石秘，至人奇絶是淵冰。

壽陳松石先生

蒼然石骨吾當拜，高作松鱗老自看。黄髮司農尊在品，白雲宰相重非官。挑燈喜話先朝事，杖策常尋野父歡。萬石一經家訓遠，渚茶汀草道心寬。香山仕久餘三泰，向秀情空脱王難。牛李成風俱不染，禪玄異派祇參觀。真將末法歸龍象，始信深林嘯鳳鸞。君自出塵塵便隔，王喬更欲進何丸。

【評】譚合集評首二句曰：「引喻高異，有詩人興比之意。」

譚元春集卷第十五 嶽歸堂新詩五

五言絶句

伯敬畫武夷一景寄蔡先生先生以授其婿林觀曾題之

他山宜畫水，武夷宜畫石。武夷溪水深，石少空天碧。

其二

藏自冰心人，入君玉潤手。半天冰玉光，先被溪山有。

【評】

譚合集評「石少」句曰：「雲氣宕漾。」

湯陰過嵇紹墓

堪羡侍中血，原從叔夜來。若非高士種，忠勇許誰開。

其二

此衣飛野煙，此血流中夏。三年碧易成，頗笑萇弘化。

其三

殞讒與殞仇，同覺心無徙。賀君新卜鄰，前得岳王里。

【評】譚合集評第一首末二句曰：「截然定品。」評其三首二句曰：「翻不説入忠字更深。」

過葛震父客舍見紫薇心動各題二絶句

入户薇光迫，蕭蕭烈日中。一紅意無已，知必立秋風。

其二

君與數枝花，長安不多有。明月滿今宵，照紅成碧否？

【評】譚合集評其二末二句曰：「徘徊自忖，能使情傷。」

題張葆生贈畫

山居望我來，先指行吟處。舟發是何辰？山陰從此去。

【評】譚合集評末二句曰：「偏是淡中有悲。」

伯敬畫林巖見貽予兩住司直園舉以爲贈因題二絶

既愛長安月，又愛長安霜。攜來好東絹，同發暮秋光。

其二

不好寫槎枒，吐成蒼潔影。層層托贈深，千里通林嶺。

【評】譚合集評其二末二句曰：「贈意贈畫，與之相深。」

酬張龍生製裘

改作拜君心，近身温似氄。高嚴是敝裘，肯向霜前脱。

【評】譚合集評末二句曰：「説敝裘有品，不辱我裘矣。」

巷中七詩爲武陵姬秋水詠 有引

客鼎識秋水，嘉乃志也，出巷中七題吟者。難暢爲之構染，已播在人口，筍無稿也。別去，秋水塚生草矣。思舊詩，略記大意，㽞㽞在冶詞外。

酒酣重拈，頗超向聲，焚之燈前。秋水夢謝予乎？

釧夾念珠鳴，香燈心不已。未知學無生，誓同播揺死。念佛

其二

一罐江南信，渚茶香透頸。正游河洑歸，汲有崔婁井。煮茶

其三

驚喜弄苔箋，吟聲隨拜落。謂是昔人詩，焉知是郎作。寫字

其四

樺燭照殘局，娉婷下子微。旁人莫相助，要取郎相圍。圍棊

其五

有郎愛弦索，北調久無傳。恨學江南曲，聲聲帶可憐。度曲

其六

開合少人爲，志誠生倏忽。郎若詐贏時，相看翻咄咄。揖陳

其七

月明夜夜吹，能和歌喉響。天上苦難嬉，莫隨簫史往。吹簫

【評】譚合集評其三首二句曰：「嬌癡在目。」評其四末二句曰：「艷情正性，妮妮自憐。」評其

五末二句曰：「口角宛然，妙。」

六言絶句

園中

柴門未破先改，橋木將欹始安。夜燭每臨水次，午餐多在林端。

【評】譚合集評末二句曰：「思之神往其間。」

答俗人

家添鶴鹿三口，僧與琴書半船。問古人中孰比，野夫行徑多偏。

倪航晚歸偶題

橋煙閣月差富，竹輿蓮舟亦榮。婚宦微乖素尚，懷安用敗浮名。

【評】譚合集評末句曰：「箴規語。」

茶瓜

茶瓜楚楚無客，桑柘陰陰及鄰。老圃老農後輩，住溪住寺前因。

【評】譚合集評末句曰：「自信得真。」

丁卯夏日有感

誰容賈傅多淚，願學焦先不言。野性先疏慶弔，幽居厭聽寒温。

贈居易

古道無妨弟畜，淵人久欲師承。巾車百里相訪，歸課兒書佛燈。

七言絶句

戲别姪簡兒

牽來左右神皆聳，喜有奇駒送遠行。伯父一呼予悵悵，人生易老是兹名。

【評】譚合集評末句曰：「茫然自失。」

沙河過佛圖澄洗腸處

腸在衆生佯暖熱，一天陰穢盡藏身。異僧出度無他法，臨水肝腸洗示人。

【評】譚合集評「一天」句曰：「罵得很毒。」

贈熊尚書非所

頗笑魂飛湯火句，喜聞烽静任身危。明君執政俱無意，自是龍泉有匣時。

郭聖胎齋中有石似佛骨詠之

泉侵蘚蝕悟無生，空谷原無想與情。天地自然同石結，始知中土佛先成。

【評】譚合集評末二句曰：「端嚴相好，已見情性矣。」

入西山

可慚塵土埋春夏，留得秋心與好山。蒼翠此中迎太急，野雲相愛不曾閑。

【評】譚合集評「留得」句曰：「孤遠。」

入水源

嵐交四野雨初歸，濕滿幽崖日抱暉。寺寺秋深深不得，蜻蜓蝴蝶暖中飛。

【評】譚合集評末二句曰：「便始俊爽，幽思忽出。」

由香山上洪光尋徑

登登物物是森森，攜有泉源到樹音。松柏午天皆暮色，誘人風雨晚秋心。

【評】譚合集評末二句曰：「『夢得納爽耳目變』可注此二語。」

登車時楊心湄大行送綿

尋常着綫添綿語，事到長安亦頗難。纔説還鄉身盡暖，因君款款悟霜寒。

【評】譚合集評末二句曰：「傷心道路，冷暖自知，可感可嘆。」

報國寺看松留别陶公亮于司直

秋光盡處接松辰，枝縱枝横無四鄰。星日風煙俱一變，恥從奇物訴離人。

【評】譚合集評末二句曰：「寄托高適。」

夜宿長店書付倪不離還京

桑乾欲渡殊難渡，檢校鷄聲上旅愁。回憶出城橋兩處，高粱愛客勝盧溝。

【評】

譚合集評第二句曰：「觸緒可悲。」

送友人游少室

贈雲休望陶居士，賣屨新逢朱逸人。自恨壺中天未滿，遍行嵩少慰清貧。

病中隔壁聞袁郎與諸女兒歌笑

虎丘殘雁段橋鶯，似許今宵雜夢行。不忿秋燈增客病，細吹檀板合蛩聲。

【評】譚合集評末二句曰：「淒其黯淡，委折其中。」

喪友詩三十首 有引〔一〕

喪友者，喪鍾子伯敬也。予與鍾子交，庶爲近古。起萬曆乙巳，訖天啓乙丑，蓋二十有一年。交終矣！循省情事，每别必思，思必求聚，將聚必倚檻而待，聚必盡其歡，歡必相莊，片語出示，作者斂容，一過相規，傍人失色。於是天下人皆曰：「此二子真朋友也。」客有善譖者，鍾子笑應曰：「吾兩人交，所謂雖蘇張不能間也。」鍾子死，予亦年四十，不能多哭，又不能已，乃漫筆依上下平韻，爲絶句，告其柩焉。

兩人生死獲交終，不問誰亨與孰窮。同守一檠茶果缺，亂書堆裏眼匆匆。

其二

含煙共賞玉泉松，帶月同驚牛首鐘。小水小山容易聚，高人五嶽即孤筇。君游岱，予游衡，有岱衡集。

其三

生樂江南死故邦〔二〕，奇蹤漸老自情降。牽回黄鵠磯頭舫，春水宵宵打漢江。

其四

曾商對結兩茆茨，又欲開軒共柳枝。如此晨昏真異福，空留願力照臺池。

其五

頻到園居不報扉，燕行蜀返與閩歸。家人即出魚飧待，别遣兒童上市稀。

其六

耻用浮文掩性疏，甘將命相入孤虛。年雖半百天無力，歲歲沈痾夜夜書。

其七

形人未免文章好，愛世多將禮數無〔三〕。官罷禍輕身便死，可知天意黨凡愚。

其八

局間觀曠念蒸黎，寇盜衣冠着處迷。殷浩謝安書數紙，右軍通識不沾泥。

其九

似官似客水邊齋，香笑船過養静懷。深夜史書書細字〔四〕，破窗燈火壓秦淮。君讀史白門，著史懷二十卷。

其十

影抱羸骸寒似梅，日驅寸管走雲雷。詞場氣魄争門徑，逢爾幽吟入不來。

其十一

清朝水火偶驚鄰，仕路波濤益愴神。幾度規君君亦悔，簡交常有誤交人。

其十二

角巾相仿俗紛紜，道廣交浮事厭聞。名刺未通翻薦禰〔五〕，目君爲冷豈知君。

其十三

甚雨酸風不再煩〔六〕，荆花零落雁迷村。猶餘一弟僧行逕，洗鉢然燈晝掩門。君五弟快，長齋持戒。

其十四

朝雲解事死方安，阿鶩灰心嫁亦難。謝卻蘭筠久不晝，獨留春倦與秋寒。謂吴姬、孟子。

其十五

胸蕩春雲溪水灣，武夷游後絶躋攀。餘情不肯同流俗，拙拙倪黄數筆山。

其十六

忍手楞嚴衹漠然，天台未見拜年年。飢思倦想無他物，夜夢經行兜率天。君夢説經兜率〔七〕，著有楞嚴如説。

其十七

十餘年内事三朝，笑看長安弈手驕。身迫諸緣香一炷，天陰夜短易香消。

其十八

冰中炭即漆中膠，下石人傳是舊交。閲盡寃親心始悟，畏人予亦築江郊。

其十九

蔡公今古義常高，一騎雙函發泂皋。君死尚無幽夢往，書來多是羨蓬蒿。謂蔡敬夫先生。

其二十

手植園荆長嫩柯，弟兄持此感人多。全家愛把君文字，坐向白雲秋水歌。「手植園荆」，君贈舍弟詩也。

其二十一

貞曜先生宜有友，鹿門居士本無家。雲天一慟不能止，記憶纖毫莫細嗟。

其二十二

開卷茫茫撿和章，新箋舊軸動盈筐。欲將最入幽微處，寫向僧庵佛閣藏。

其二十三

被人相强立虚名，劉白韓張唤一生。美耻同歸讒獨受，此中真賞在孤行。

其二十四

安能記此到幽冥，鳥散雲飛豈暫停。欲望來生兄弟聚，子瞻癡想不堪聽。寄予書語。

其二十五

賀子三春許共燈，徐郎九月説擔簦〔八〕。人生健日蹉跎極，相約衰時待不能。永新賀中男、姑蘇徐波皆君道友。

其二十六

好風好月罷同游，猶記梁溪一段愁。我上江湘君下越，兩帆風順各開舟。

其二十七

也怪伯牙説廢琴，山川滿指是君心。深悲極報從兹覓，珍重五弦音外音。

其二十八

爲文告佛願投庵，世世生生掃佛龕。再作文人君莫受，怕從絲盡了春蠶。君將逝，爲告佛文，發願受戒，法名斷殘。

其二十九

夢宜頻到月侵簾，魂若相窺葉落檐。鵩鳥一聲埋賈誼，彩毫十束葬江淹。

其三十

譏人從此不須譏，泉去山扉風去帆。潛步吞聲何處好，微生有命托長鑱。

【校】

〔一〕題 詩慰本無「詩」字，無「有引」二字。

〔二〕邦 詩慰本作「鄉」。

〔三〕多 詩慰本作「都」。

〔四〕細 詩慰本作「數」。

〔五〕未 詩慰本作「不」。

〔六〕甚 詩慰本作「苦」。

〔七〕夢 詩慰本作「每」。

〔八〕篸 原作「萶」，據詩慰本改。

【評】

譚合集評引文「交終矣」句曰：「可涕。」評「天下人皆曰」句曰：「要使天下盡信，尤難。」評第一首詩末二句曰：「情真語至，寫一節而全理俱見。」評其四首二句曰：「閑中想像，事事難堪。」評其五末二句曰：「絶不哀語，思之可涕。」評其七末二句曰：「如此人死，乃怨得天，乃駡得人。」評其九末二句曰：「説好光景，益慘。」評其十末二句曰：「堅壁清野，不攻而卻。」評其十一末二句曰：「説盡高人從來受病處。」評其十二末二句曰：「古人之風，恨不一識其人。」評其十三末二句曰：「不堪再讀矣。」評其十四末句曰：「俱帶高人情性。」評其十五末句曰：「亦傳。」評其十八末二句曰：「同心箴砥，不必其身受之。」評其三十末二句曰：「有激之言，嶔崎歷亂求解。」

明詩平論二集評其十二曰：「冷人必有極深情、極憐才處，僞謙飾厚，姝姝暖暖中，安得有有心男子哉。」評其二十五曰：「可感。」

詩慰本評曰：「首首是交情，即首首是文字，自當全存之。若又論聲調工拙，即景陵全書可不觀也。」評其六曰：「文人大都如此。」評其十曰：「兩人自命處可思。」評其二十三曰：「似自香山。」評其二十五曰：「昌黎云：『祝融峰下一回首，便是此生長别離。』可慨。」

送徐聞復自當陽還金陵

雉鳴鶯長若相關，君有鄉心我有閑。同去曲沮原上戲，也如笛步望鍾山。

其二

白門音斷十年餘，君去逢人應問予。師友新亡生白髮，鑷來封入故人書。

【評】譚合集評曰：「送人詩，兼爾我言，不覺凄然。」

客樓

沮漳作客寸心微，纔上樓時翠已圍。最愛人工空外滿，風鳶響鴿破天飛。

【評】譚合集評末句曰：「竦然有生氣。」

鶴吟四首

貧家愛與鶴分田，也向閑溪製釣船。階下偶來伺顆粒，怕將煙火累臞仙。

其二

鶴雪相宜一片凝，但愁缸水凍晨興。渴來不用瓶他汲，待爾鏗鏗自鑿冰。

其三

經旬未鑷鬢間白，月月難忘剪鶴翎。鶴不令飛鬢再出，懶人心事未全停。

其四

村屋如山徹夜晴，曉眠慵起愛窗明。不知空響誰教觸，春磬一聲鶴一聲。

【評】譚合集評其二末二句曰：「潔寒自立。」評其四首句曰：「層深空肅，尚有餘響。」評第二句曰：「妙。」

送魏木從妹婿還申山

妹將箕箒遠依君，家入申山純是雲。老桂深松蟠數里，未過先喜向僧聞。

趁風過岳陽示僧寒碧

纔向巴丘趨鹿角，岳陽樓下去忽忽。湘君廟遠帆邊祭，怪有閑僧怨順風。

【評】譚合集評末二句曰：「寫實事，居然有幽致，妙在想路閑細。」

重過洞庭

曾游嵾嶺後山登，悔失三天門未升。卻又過湖逢水小，君山燁燁見春燈。

洞庭舟中示琴伴涂客之

十四年前獨往時，不堪心緒被琴知。囊琴且住洋洋手，怕動湘君往日思。

湘雨歎二首

青袍素韠常兼着，白鬢紅顏偶雜居。涕淚忽盈春雨夜，昨宵歌笑是何如。

其二

一城人隔雨聲邊，高唱閑情出自然。怕遣爐香來擾坐，終朝寂寂是湘天。

【評】譚合集評第一首末二句曰：「低徊感慨，胸懷常有數層。」評其二首句曰：「奇妙。」

潭發留別謝仲玉易順之周伯孔宜一仲辰秋若諸子返棹湖岳堂作

客放船歸天放晴，仍飛密雨切羣情。此中師友誰先定，何可山川少恨聲。

【評】譚合集評曰：「『何可』字殊難爲情。」

登覽昭山

煙急茶爐僧木末，雨腥漁屋叟峰腰。花開花落知何事，草扼泉鳴問去昭。

岳麓山下送周宜一還棹

維舟柳港愛山邊，笑語紛紛就醉眠。昨見荼蘼黄一架，送君心到野塘天。

【評】譚合集評末二句曰：「景事中忽然入情，繚繞言外。」

四月八日過洞庭湖

碧空晴遠露鷗身，柔艣輕風去若津。香縷未消湖便過，方知帝子佛門人。

【評】譚合集評「香縷」句曰：「輕渺。」

園居答車孝則遠詩相質

野塘遥岸想形神，一僕囊詩過洞庭。正值寒河新句就，也無人看立茅亭。

【評】譚合集評第二句曰：「瘦硬如有形影。」評末句曰：「正爾獨賞。」

至郢東葉玄胎明府

天教卓魯寛饑歲，性癖江山閉晚衙。欲信君才非吏俗，看予如訪故人家。

【評】譚合集評曰：「祇以已看出非俗吏，有品。」

伯敬在日歲以采岕茶寄書徐元歎名曰茶訊雨前有感寄訂元歎

泉烹雨采弄幽姿，頗爲生慚陋季疵。歲歲楓橋僧俗路，幾人魂魄在茶時。

【評】

譚合集評「幾人」句曰：「已無人矣。」

譚元春集卷第十六　嶽歸堂未刻詩一至三

四言古

彼檀四章禮檀溪晉柏也

彼檀也溪，匪晉伊漢，柏則有幹。我瞻斯柏，亦匪晉矣。人曰晉矣，再瞻再顧〔一〕，亦孔之固。

彼檀也溪，霜雪又又，柏則有偶。我瞻斯柏，亦匪柏矣。人曰柏矣，再顧再瞻，亦孔之嚴。

漢既涸矣，我馬作矣。彼雙柏矣，垂瓔珞矣。匪瓔珞也，維柏綽綽也。

溪既平矣，我馬升矢。彼雙柏矣，屹如石矣。匪石也，維柏力力也。

【校】

〔一〕再　人琴集作「載」。

公無渡河爲張子作

公無渡河，河不可家。十里流水，一里走沙。一解。公無渡河，舊鬼瞰川。沈溺得代，饑鼋曝灘。二解。公無渡河，水賊張羅。彼富也估，笑涉風波。三解。昨日一金，今日隕身。公是貧士，得金天嗔。四解。旅人身單，墮水衣單。星漢照地，不照驚湍。五解。

忽忽促促行

忽忽促促，中心環互。明月在天，照我孤兔。憑高望遠，北山涼暮。不户而野，蟋蟀鳴誤。我頫兹郊，淒神孔固。晚稻未香，裝棉出袖。曰予先人，敬夕如晝。天亦祚止，自北龍赴。葬師獲之，龍懼失措。泯泯諸孫，省躬無怒。今夕不寐，秋逖籬瘦。斗酒沃腸，狂淚決霤。忽忽促促，月落入墓。促促忽忽，雁飽鳴透。蒼天蒼天，不如地厚。嗟爾地下，孰無親舊。

瑟八章送弟亮侄籟之高苑也

瑟瑟江流，載之寒軜。倚我落木，視女遠游。遠亦何之？有令在東。琴長邑短，爲王租庸。庸則靡逋，咎則靡獄。高人之子，矜寡攸告。往告仕者，彈丸易理。克縶爾足，以藴萬里。我有師友，官彼東方。昔誨蒸蒸，慨獨難忘。塘有曾樓，步有闊舟。往告仕者，居人忘憂。十月地震，牖鳴床側。東方如何？我心隕石。將家者誰？少弟長子。上慎無荒，東人瞻止。

猛虎行〔一〕

猛虎食人，不擇醜好。毒刺猛虎，不避彊暴。虎急山深坐張口。人拔刺，虎稽首。

【校】

〔一〕原本未收此篇，據人琴集增補。

讀學語贊〔一〕

文以情緯，理以趣蓄。瑣見蕪意，不如空腹。煌煌聖言，如日初旭。漢宋汲汲，欲爲燈燭。我傷其綴，與其局曲。寧不有窺？非道所宿。敬讀學語，以盥心目。無高冠相，籬落不逐。影光四射，諷高韻獨。所尤欽者，增人問矚。杼軸於懷，不驚雅俗。致則歸一，經可穿六。妙義一陳，駢詞波屬。何其天然，大巧由熟。是在先生，散朗所觸。我愛其詩，風湧泉縮。

【校】

〔一〕原本未收此篇，據人琴集增補。

五言古

到京寓故人于司直七丈園〔一〕

三千里行役，篝火鷄鳴作。兄弟三人行，自顧如車脚。望見長安門，解裝是一樂。裝過我友居，僮稚争相攫。下馬飲君酒，顛倒話離索。倦即眠君床，讀即啓君鑰。人物紛眼前，安得不淵漠。當軒汲井華，曉分天壇勺。春草是故根〔二〕，春風吹即覺。我愛斯人風，藤栅懶未縛。

【校】

〔一〕原本此篇僅存目録，今據詩慰本補詩文。　題　園　詩慰本作「閣」。

〔二〕根　人琴集作「相」。

【評】

詩慰本曰：「爲司直交情存之。」

夢李朱實〔一〕

夢君畏君別，攬抱不相棄。小開平生眼，窺我睫間淚。夢醒淚相牽，角枕無乾地。肝腸能幾投，情親裏機智。君亡我亦閑，省卻城中字。收淚厭鷄鳴，努力圖重寐。知君愛友心，安忍過憔悴。

其二〔二〕

强奪汝萊衣，銜悲入地底。大傷斯人心，造物失孝理。何以瞑君目？餘風感妻子。無語冷執手，哀緒颯蕊蕊。梵聲報西塔〔三〕，魂返湖燈起。

【校】

〔一〕原本此篇殘缺，今據詩慰本補。

〔二〕詩慰本無「其二」標目，據人琴集增。

〔三〕報　人琴集作「執」。

【評】詩慰本評曰：「『情親裏機智』是有肝膽人心上話，若止於笨腐，衹朋友之一端，亦何所用，雖質之周孔可也。」又評曰：「閱此二詩，頓覺蘇李爲陳言，即友夏未能再作。」

秋夜作示李仲含〔一〕

秋雨與秋風，唱和作悲涼。昔我少年日，不能使心傷。凛冬猶未至，燈火初在旁。有酒浸潤之，魂魂掠中腸。蛩雁消長際，如客孤難忘。桑麻滯人行，江海鬱荒荒。

其二

涼風有委曲，失從簾櫳折。焚香禮秋陰，桐雨不可褻。讀易森在眼，自然薄莊列。蟹語天地内，寒衣與切切。半日留前除，安知爐尚熱。

其三

哀思與樂殊，來驚至人天。端居如不動，此懷諒勉然。念我同産仲，帶雨埋秋煙。送送到山岡，能不衰草眠。吾猶及燈影，學易卜筳篿。

【校】

〔一〕原本此篇僅存末尾十四字，今據人琴集補。詩慰本未收此篇。

李朱實亡後爲其尊公八十壽

兹觴良獨稀，八十人天重。斗酒爲翁熟，秫秋此初貢。健身愛閑書，不覺深巵送。頳顔慰我情，兼可報幽夢。納履而接杖，皆如子弟供。萊子雖已遠，衣彩人猶衆。賢婦時滫瀡〔一〕，家學月弦誦。孝謹如深㗢，我友在時種。一柯有爛時，殘局仍未動。山松大十圍，誰能斲作棟？我髮素垂領，稚子憐雛鳳。他日看女孫，相期倒秋甕。

【校】

〔一〕潞　原作「滁」，據詩慰本改。

坐隆中小泓橋作〔一〕

山田米可春，石隟雲可耕。洛下好吟者，不知梁父聲。士元相還往，琅琅過此生。諒非纓冠日，管樂高其情。如何一世上〔二〕，傳得龍鳳名。結友不韜晦，山居未可寧。人生怕知己，少食以經營。嗟嗟野泉側，秋蟲時一鳴。

【校】

〔一〕人琴集題作「過隆中坐小虹橋作」。

〔二〕原缺「如何一世上」五字，據人琴集補。

坐萬山頂石上作

我上萬山巔，先愛萬山石。星辰相墜倚，似與光同擲。盎盂視漢水，煙嵐此窟宅。澄潭不敢抵〔一〕，是物如有力。交甫佩離離，一碑聲莫莫。求之兩不在，沙禽出瘦柏。

【校】

〔一〕敢抵　人琴集作「改低」。

習池別襄陽諸友〔一〕

南郊相送者，乃在習池間。猶有上舟人，壺觴如初閑〔二〕。疾疾飛籃輿，泛泛雜朱顏。籃輿本非期，懶友今出關。朱顏揚袂行，亦非索所歡。篙纜與同心，歌笑別萬山。晚州到鄢郢〔三〕，弟子迎門闌。冬序陽和小，薄言游以盤。龍寫石起舞，待我細沙斑。數蹇踏鏗鏗，斧響驚龍鸞。百夫輦入舟，不覺歸人單。我友拜我石，謝謝君當還。

【校】

〔一〕人琴集題作「壬申十月二十三日離襄至漣泗洪棲止屈氏二仲宅留別相送諸友懶友蓋指同

年曾更魯也揚袂行者則姬人剪剪也」。

〔二〕壺 原作「壼」，據文義改。

〔三〕郢 人琴集作「野」。

贈水督學向若

官職既磊砢，師道即嶒嶸。抗疏與談經，自可一人並。陽城本鳴躍，豈爲退之爭？他日公輔用，先胎於經生。水鏡越夫子，江漢濯雙晴。朝端想鸞鳳，四方羅羣英。如彼珊瑚沉，往而網滄溟。我楚備梗楠，槎枒初受程。冶光淰淰融，寶劍土拭成。不才嗟老馬，獨向高天鳴。

【評】詩慰本評曰：「亦有如許襯貼話，若此，豈不欲嘔，而反病其空靈者，何哉？」

龔習庵太夫人七袠詩

是母産是子，辛盤已不悔。是子報是母，勤慎庶無罪。是母真畫荻，是子真戲彩。不謂古人語，今人事事在。老我計偕身，戒裝累桃宰。天寒母頻出，貧解豐酒醢。言欽子有友，嗜古如中壘。蓄意兩經歲，觴祝事遥待。十年賦一詩，翟茀數已改。不羨身首耀，所羨親日健。

姚長虞出寶鏡見贈

姚氏有藏鏡，天陰潤沃沃。土德發輝怪，蝕繡感朱緑。出土六十秋，久識人眉目。先秦略雕鏤，如獲逸文讀。鏡陰儼金鋪，菱花媚亦辱。肯令近玉臺，拜貺以自勖。

其二〔一〕

蜀江到我門，子往豫章路。胡不繫子舟，於我溪上樹？溪上失意者，吟聲生薄暮。昨在匡谷來，泉響心更悟。閉户苦太閑，安得舊友聚。蔬秫園中求，魚蓮塘下布。貧居三十年，盜賊此無怖。花源苟能避，草廬肯煩顧。相念必一來，爲子告情愫。

【校】

〔一〕本詩二首，人琴集祇收第二首，詩慰本祇選第二首。爲清楚起見，今加其二標目。

【評】

詩慰本評曰：「此等作皆前集所無」。

送范叟歸白門

片帆來楚江，梵誦達千里。楚江西復西，緣願非今始。入幕成親舊，到門乾鵲喜。經聲出短垣，血猶透經紙。苦行吾輩難，二業在所徙。朋好争來觀，黄鶯啼階圮。既非鷄黍客，林筍是月美。鶯亦有時老，筍亦有時止。送歸何處歸？寄語秦淮水。

答陳義升令君

寇盜怯水國，葭葦承清昊。下澤過里閭，有時徒步好。鄉人不相避，揖我簑草草。見此頗自忻，無官恣潦倒。又有竹下舟，溝水曲如島。書聲代棹歌〔一〕，午眠溪風小。走謁終歲無，曾蒙官長惱。何意風期高，車馬含文藻。駐駐問小灣，未嗔逢迎少。仰首見堂名，已知耽枯槁。布衣禮無次，巾幘黴未掃。鬢間霜信繁，自祝或壽考。笑彼名貴人，雖貴不至老。我有架上書，補閱送昏曉。讀罷有餘味，不騁少時巧。富於袁伯安，健於衛叔寶。凡事貴率爾，營營即不了。邦君因借問，匡濟應深討。子齒猶未也，君平棄差早。再拜謝邦君，流螢亦皎皎。世人争上書，敝廬私自保。

【校】

〔一〕棹　原作「擢」，據人琴集改。人琴集作「擢」。

壽倪任先母七十

竹谷深我鄉，吟詠少人共。倪子方潔士，數年情抱送。茗酒同時乾，閑來叙奇痛。前陳少孤貧，徐嗟母尸饔。甘守蟋蟀床，永離膏沐夢。腸膝自相縮，腹胎可不用。問子何該雅，唯母督其誦。問子何皎皎，母嚴如轡鞚。徑有仲蔚蒿，釀無畢生瓮。子母相倚時，我知人天動。飾母自有珈，逸母自有俸。今日是何日，白髮青裙重。

壽陶太母八袠

瑞哉吾戚里，頻見大耋人。蒼然劉太君，康懌及兹辰。履道二賢子，壯齡違慈親。繞膝與弄飴，雙鬖恭昏晨〔一〕。紡燈猶不衰，魚鮭亦足珍。天然成陶母，戴逵爲嘉賓〔二〕。回憶三十載，觴舉自含嚬。百年保相旌，予爲叩天閽。

【校】

〔一〕 嫯 原作「嫈」，據文義改。

〔二〕 戴逵 疑當作「范逵」。按范逵，字士行，晉代名士，曾作客陶侃家，並爲陶侃母子延譽。事見世説新語賢媛。而戴逵字安道，與此處典故無關。

感時上中丞唐公

天常念我楚，不使經躝蹂。樊沔馬無塵，江湘晝夜淥。此地建高牙，鈐下亦厚福。四方多虞日，戎饑兩相蹙。徭賦空千家，誰能怯瘦肉？官民同一苦，不敢怨良牧。天又念我楚，乃令公出督。司理棠未剪，□□上入告。公昔兩官楚中。何以帝心簡，知與三户篤。重如父祖來，自笑婦姑倏。吾聞文中子，將相皆教育。風雪滿江天，久立光如旭。

癸酉春夏間又於朱花閣旁構一小堂顔曰花時在家堂同黄以實閑居述贈以實

朱花繞堂上，其閣名朱花。榴火然我穀，菡萏香我涯。妙情善裁物，四序相次差。桃杏不足言，梅薇争爲霞。雜岸生楓葉，天意有補加。遂得朱花名，碧素竊所嘉。自抱梧竹懷，斯心安敢遐。今年家居久，常如猿守瓜。嚴與芒鞋誓，游則斷汝麻。開落總關心，旁無一物譁。袒跣探鶴糧，披衣伺蘭芽。水旱柴門内，緑疇明窗紗。東籬無其闊，蔣生嘲吾奢。何以致君來？孤居媒嘆嗟。詩書不隔眼，老懶念深華〔一〕。所在有軒牖，主客互相家。深更林際燈，日午竹間茶。隘哉此兩人，客斷意色誇。兩人面亦稀〔二〕，溪橋有蔽遮。

【校】

〔一〕念　人琴集作「戀」。

〔二〕兩人面亦稀　人琴集作「會面兩人稀」。

【評】詩慰本評曰：「説景真，兼帶秀色。」「題好。」評首句曰：「少年無此直致。」

送襄令李公受明府〔一〕

烏烏痛春深，鸞凰戢其翅。天乎苟爲民，君子何憂悴〔二〕。襄樊户百萬，南北視茲地〔三〕。才人悃愊心，不同末時吏。村村我熟游，父老語多備。治縣出家譜，豈問碑上字。父高南村學，隆中迎不至。居家越布風，但索甘泉寄。機雲一門中，天心非濃睡。我交第四孫，奇書寧澹志。鷄斯發江漢，賴有朱玉侍。予心告兩槳，岸花莫相避。

【校】

〔一〕人琴集題作「送李公受明府艱歸鞔封公兼送四郎」。

〔二〕悴　人琴集作「瘁」。

〔三〕視　人琴集作「顏」。

吴郁卿司理毘陵遺使贈詩兼示與太守洪半石唱和惠泉五首感答古詩一章

我昔惠泉游，曾逋惠泉詩。瓶甌兩天下，一語差近之。君今李蘭陵，曲曲瀉武夷。郡守我黄産，匡山瀑水姿。探泉共幽香，出語茶光吹。陽羡兩年來，雨芽動華滋。只可陸張採，肯容丁蔡知。二公高韻士，政暇躬汲斯。閑心到涓滴，九龍雷雨隨。居民泉上住，澣沐日夕資。封題千里外，飲客務相宜。近遠發精微，可用卧理推。

陳雲怡學使自豫章貽書徵其先公傳傳成題贈

一揖有知己，何用羨相於。高文輕浮綺，大道重專愚。褐夫自有玉，采采充所須。岵恩寫遥函，仁孝裹雙魚。有道碑易古，中郎寧愧諸。庭際續傳燈，豈歧禪與儒。白馬東吴練，白鹿西江書。我慕斯人風，春風吹衣裾。

古詩二首送弟服膺

一喜竟三冬，借問喜何長？喜見弟乘車，黯無照路光。腰下當有綬，肘間當有章。觀者不知心，視以爲輝煌。德義充汝用，未字先嚴妝。爲學事未已，況乃百責將。腰下誰無綬？肘間誰無章？

其二

天念我姜被，遲汝官數月。几案補三冬，言笑覆屋雪〔一〕。臨當燕行時，不敢愛林樾。構閣爲兄居，分架爲兄閲。無限負米懷，聲淚蔭松柏。天寒集子侄，閉在堂西折。書聲鳴喈喈，技成區以别。教養子弟心，往爲蒸黎竭。

【校】

〔一〕屋　原作「屢」，據詩慰本改。

【評】

詩慰本評曰：「二首甚古，視少作大勝。」

三洲蔬圃同陳大士萬茂先起先徐巨源集喻仲延京孟父子齋中賦

今日春陰日，三洲適所投。雨垂不能下，羣緑光悠悠。我友窗户深，蔚蔚對中洲。愛兹城中人，日在涯際浮。水末參差屋，復爲煙所稠。澹蕩晝夜交，汀火初眠鷗。我念織履翁，圃事亦兼修。謀生良匪難，聊以資優游。

【評】詩慰本評曰：「吾鄉蔬圃之勝，全在煙樹。時覺滿湖俱緑，視外湖人跡更少，真幽境也。此詩頗爲寫照。君胸中豈無王右丞、韋刺史？而作此等詩，只出己意，不復有摹擬前人之想。然謂此詩非王非韋，不可也。」評首二句曰：「起二句好不容易。」

送余小星之廬陵時同坐劉士雲泛閣作

我適到南昌，子則去廬陵。各自離其家，欲留俱不能。毫素祗自弄，非爲索知音。春草引令出，晴雨歷幽襟。且還把我手，時一捉子衿。步閑適何所〔一〕？上巳宜水汀。行行過劉子，小閣户未扃。其下雨後塘，其上多柳陰。劉子不揖客，歡然如郊坰。自囊筆墨來，來向鬆几增。舉頭見鄰園，野水共冥冥。鶴步踏岸緑，斜日飛鳥深。斗酒動鄉思，豈無榭與亭？筍迸荷復錢，安能久滯淫？頗愛君此行，不諱安飽心。廡下著奇士，春汲驚百靈。丈夫養葬鬭，焉敢輕黄金？昨有廬陵宰，朗懷如春燈。訪我章江上，與語薄飛騰。歐陽本所部，旁羅南豐曾。其意良未已，急友懷淵冰。子其往實之，春帆六日舲。謂廬陵雍和鳴也〔二〕。

【校】

〔一〕所　人琴集作「在」。

〔二〕人琴集無此小注。

【評】

詩慰本評「丈夫」句曰：「二句老。」於詩末評曰：「此乃極敲推者。」

答熊伯甘

後園枕下街，前街蔭廣塘。之子懷中古，圖書托一方。決明生松隟，草石相青蒼。笙竽豈不喧？歷經自幽涼〔一〕。子非是中人，聊與子傍徨。先與猿鶴言，勿復執行藏。天地亦多事，回幹有微彰。啼鳥過筵端，飛飛去龍光。龍光一以偉，沙際寒劍鋩。前夕雨聲深，坐論何其長。

【校】

〔一〕經　人琴集作「徑」。

待太虚師不至留詩五首

南客三春思，西江萬里船。及師弧矢辰，花我桃李天。舟檝不可遲，空復到堂前。

其二

堂上鶴髮翁，鰥居三十載。堂下子弟賢，相與弄萊彩。師嘗告天子：臣也有親在。

其三

停停復企企，風水乖夙願。日愛蕪園中，西山入圖券。豈無江南夢？歸魂爲師勸。

其四

秋屏閣外山，章江門裏水。風物既艷艷，人士兼萃止。但得師遠歸，兹游豈不偉？

其五

莫春左蠡壯，席掛不能待。濯足雲嵐中，五老攻予怠。登堂思君子，下堂思江海。

陳雲怡督學相聞投詩爲贈

素不識章水，此來孤騖熟。芳菲遍湖堂，我思含幽緑。藻鏡日高懸，氣志相膏沐。西江才俊鄉，深淳自公復。欲得數偉人，往救戎馬辱。忠孝不可窒，難用自潔足。

壽唐方平太母八十 有引

予交方平，述其太母撫尊公焕虚君，勤辛萬狀，真未亡人奇節也。里君子欲請於上，旌其門。方平多長者游，曰：「得其言，有徵於後，遠過棹楔。」予爲先舉一觴，唯唯屬辭。有孫如此，是太公婺星光昱昱時也〔一〕，請從隗始。

梅酸亦可醬，瓜苦亦可剖。世有蒻藺房，何用剪棘莠？鸞影未能雙，鴟鴞驚户牖。攬衣終夜作，髮散垂到肘。機聲或札札，燈光鄰相吐。不好仕顯交，有釵寧易酒。耕織皆自教，漸戢彼婦口。民生勤不匱，晏安誰敢狃？母道代夫爲，豈獨理箕箒？門雖從此大，朱服服非久。年壽昔所重，喜見子成叟。子不離於旁，孫嘆於朋友。朋友亦何言？化淳者不朽。

【校】

〔一〕婺　原作「婺」，據文義改。

悲胡子用涉

生無高天力，死無厚土恩。鬼伯安得取？自往泉路奔。其形如猿鶴，其心如深村。矯步踏荒昧，好惡別有根〔一〕。願俗隔萬重，天趣瞪目敦。子雖今春没，久久不可論。

其二

家遠三百里，矧予方游燕。窮山絶命時，猶草寄予箋。乘棹寒河下，邀月鶴樓邊。雖非兒女語，壯志已如遷。可怪竹與木，拙拙發哀弦。

其三

文字死時收，婚嫁死時訂。愚者百年事，聊用斯須盡。曠懷不可再，流俗嗟吾命。

【校】

〔一〕人琴集無「矯步踏荒昧，好惡別有根」二句。

答汪武昌西源

來往三十載，如家抔與樊。抔湖車入野，樊流舟到門。溪鳥我素識，溪人我素敦。况有賢邑宰，職氓誼則昆。城外雲氣滿，若與琴心屯。天下戎饑日，黴輸亂心魂。杜甫與元結，此憂如相分。我來石魚睡，灌以酒一樽。剥啄不驚友，安問官長閽。初涼棹素秋，吾亦尋江村。

爲西源作壽母詩〔一〕

萬物有根株，母子相鈎連。我愛文伯母，沃瘠語尤賢。圭竇與高門，斯心亮俱然。武昌有西山，簾亦捲秋雨。仕無干進懷，方爲琦玗主。我誼得登堂，因悉荼蓼苦。貧居二十載，酒漿無可云。機下有誦讀，燈火知辛勤。含酸受黼佩，義不棄青裙。吾家兩邑尹，鐺飯何所寄。有令及母爲，敢以令爲戲？頗怪造物私，觴罷自垂淚。

【校】

〔一〕〔順治〕寧國府志卷六收此篇，題作「奉壽汪年母胡太夫人」，全詩如下：「萬物有根株，母子相綴連。我愛文伯母，沃瘠語尤宣。母有沃土戒，子有瘠土賢。蓽室與華屋，斯心亮俱然。庾樓訪良宰，簾捲西山雨。仕無干進懷，真爲次山主。我誼得登堂，因悉荼蓼苦。慈尹平反多，寧致萱心怒。回思二十載，非議兩不云。酒漿無可議，燈火知辛勤。子以母爲師，黄玉下高文。含酸受黼佩，義不棄青裙。吾家兩邑宰，鐺底飯無寄。頗怪造物私，詩以羨斑衣。」

同李師游遺愛寺尋草堂遺跡師出山錢授僧修公復之欲常居其中

日問草堂者，不識草堂地。柯亦未戛雲，瀑亦未瀉砌。蒙茸翳片石，兼惑臺沼位。茗田僧所家，指此界峰寺。堂之即香山，河用發虛喟。茆茨貴眼見，來路竹光翠。

五十初度游廬山寄家中四弟八弟官下五弟六弟

無雲看晴山，匡君失泄蓄。往而觀三疊，陰陰值新瀑。造化有靈閟，靳予晉唐目。不盡皆若斯，庶以增山肅。我常陋游人，杖杖皆尋逐。山徑與僧語，虛無受繩束。放志高天外，千仞鳥背觸。天高地亦平，茗芋豐山腹。忽望峰壑窮，深榛滅踪躅。此去知有人，燈黑趺仄屋。婚者既以累，仕者往往辱。生辰遠兄弟，不寐秋寒獨。

石門因尋小徑出天池

入山有初步，驚竦發其端。鐵船導我行，轉轉逼奇瀾。亂泉不瀉雲，削崿開門闌。似向實背處，神物坐未安。造化惜嶔崎，聚歛作危巒。我命寄藤葛，犯身於蒼寒。因感開途人，徑進良非難。

贈匡雲上人同李師作

怪哉此破衲，藍縷自開山。失足墮蒼耳，狂叫窮搜攀。化工本不密，留此石兩關。短松學攫拿，壁嶂學劈刓。千年鑪峰雪，照知奇與艱。偶被椶笠窺，遂人不肯還。逆取而順守，磬聲破古頑。怪哉此破衲，藍縷自開山。

【評】詩慰本曰：「因匡公存此詩。『化工』句細看轉是腐話。」

李道生未識面寄陽羨舟中見夢詩

雪事與晴光，兩年精氣貫。村鼓聲未絶，銀花續爛爛。夜得千里書，書到梅香亂。寄書常不值，值此王正半。游子有歸候，果在年光换。異哉陽羨舟，遠夢赴客岸。幾度面未真〔一〕，一夕夢已斷。江曉發孤吟，心懸楚天旦。嗤彼識面者，茫茫醉中散。

【校】

〔一〕面　人琴集作「書」。

正月十六日籟侄宴集遥祝高苑弟四旬生辰醉後懷德清六弟因兩寄之〔一〕

同生幾兄弟，半爲官所驅。誦讀有今日，將復怨誰歟？强仕名若美，人生受其愚。不幸官九列，幾得睹眉鬢。居者守故轍，仕者不覺殊。真心發別離，焉能忍斯須。可見榮名場，其毒如蝍蛆。東齊歇戎馬，西吴辨租儲。兩令有賢聲，不如家軒渠。清吏本無求，徒使遠懷拘。所幸水火日，蒸黎一分舒。努力事軍國，足以救殫廬。愷悌聞人説，家園資歡娱。忍使有用物，匿之爲我需。殘臘過空宅，紅梅香徐徐。今日侄庭上，梅花高覆閭。人影缺昔時，方知各有圖。向衰重暇豫，胡爲理公車。高築方塘上，以爲奇石居。心舌浣水木，鼻眼吹芙蕖。人生老有法，勿爲褊且迂。善矣吾近狀，八行寫不如。

【校】

〔一〕題　侄　人琴集作「兒」。　醉後　人琴集作「並」。

【評】

詩慰本曰：「名人少此孝友。」評「真心」句曰：「古歌謠中妙句。」評「人影」句曰：「即景性情。」評「向衰」句曰：「接此二語是古法。」

桃花下送德徵過訪歸家即之吴越

花下送君歸，花下送君游。歸人作游子，高懷可自由。禮經立一身，善戲能遠尤。冥濸吴門路，昭昭向越投。煙水連我扉，坐令端居愁。芳草尼人步，吾亦安久留。入鄂視爾親，眷然敦朋儔。君其放寥廓，且爲心目謀。

七言古

十年行答夏四雲

十年不見老爾才，好游結友心徘徊。賦海賦江大手劈，注草注蟲幽情哀。我但得意在蒿萊，寶刀秃缺歇風雷。竹閣渌溪繞，梅檻鳥聲開，君今欲來安得來。睁眼要作管樂事，取賢時世自崔嵬。自崔嵬，可不朽，十年心事欲白首。

江北桃源行送君路〔一〕

湖南桃源花覆津，江北桃源浪潑人。淮海嚙城成蜂房，缺岸開衙長吏忙。長吏欲嗔嗔何家？鞭撻瘦男如自撾。舊徭無主新徭急，吏捧嚴牒空堂立。是時海内大征租，鯨鼉怒與掾胥呼。前年一令拙罷官，今年一令賢脱冠。天子召用曲江名，挺然應者楚龔生。龔生家貧骨支天，大叫官闕抗疏前。但得有燭照逃徙〔二〕，小臣養母仍盂水。我壯君行强君酒，江北桃源花亦有。

【校】

〔一〕題　君路　詩慰本作「龔君路」。

〔二〕徙　詩慰本作「徒」。

【評】

詩慰本評「鞭撻」句曰：「哀音亦可發笑。」

劉士雲園亭醉歌

世人爲園丘壑假，奇人爲園中懷寫。愛兹佳卉成古木，主人坐我月明下。垂楊拂水水荇開，芳草上階階有苔。吾家煙月遍林廬，春光隨身千里來。此夜歌細簫亦緩，能飲不飲觴各滿。

【評】詩慰本評曰：「結句稚而俗，當杯已入手，歌妓莫停聲，何等高妙。」

逢楊子王令浦城以詩送之 浦城有真德秀祠、江郎夢筆山。

一生懶誦真西山，此行往拜西山祠。又笑文通有進退，筆在人手難自持。君家兄弟筆風雨，君尤森横不可羈。家楚山水鄉，令閩山水邑。雲物奇譎案牘光，幽人何妨手板執。自沅達湘經章水，雜花野香非蘭芷。告我猶若有深羨，驅君且去莫戀戀。

【評】詩慰本評曰：「亦自風雅，兒戲二字難免。」

爲友人李伯澄仲含贈其家隱君

江城喧雜十萬户，窮巷一步即深居。他日富貴不如此，三子能文父能書。苦遭官長相拉搦，許令鄉里質君廬。質君廬，君正暇，夢在鶴背騎未下。

龐居洞歌

槿籬秋風驅游子，首尋鹿門賀屐齒。龐公亦是家室人，幽洞寒燈老秋水〔一〕。恩愛隊中炯自明，古田平沙泄雲生〔二〕。紛紛剃染出家兒，反向團圞禮磬聲。本爲此山深不識，後人踏破空山色。安榴垂檐紅，細竹新種得〔三〕。榴掛檐，竹覆徑，鹿門山水冒龐姓。一洞雨痕兩洞荒〔四〕，君不話禪禪已竟。

【校】

〔一〕老　人琴集作「炤」。

〔二〕泄　人琴集作「白」。

〔三〕安榴垂檐紅，細竹新種得　人琴集作「細竹安榴新種得」。

〔四〕雨痕　人琴集作「苔滿」。

喜蘄上黄以實南漳魯爾章在襄約入山水間〔一〕

黄子蘄上人，讀書峴山下。襄州百里外，始是魯郎舍。我采風物良友並，白雲紅葉長聲價。三年不見任差池，一見拱手無報謝。客燈但照驚人字，尊酒常怪多病夜〔二〕。是秋暖暖學春夜，野鷹可呼驢可跨。高流相與閑，山水焉不暇。君不見大隄老女兒，年久不思嫁。

【校】

〔一〕人琴集題作「秋游襄樊喜以實同爾章在此約入山水間作歌」。

〔二〕常人琴集作「但」。

由習家池至谷隱寺歌〔一〕

可醉可坐憶舊池，種魚千頭水如陂。羡爾醉人不似官，亦未嗔喝攔街兒〔二〕，誰謂酒吏非上治？馬前突返初古時。此風一謝但杯斝，甃池環亭風趣寡。池受東兮人尚禮，朱魚唼萏防人打〔三〕。我欲開池數畝寬，池邊釣女日來觀。好飲不飲無足道，如我數子今亦歡。黄冠帶霜獻瓜剖，翠袖煎泉點菊餐。十月三日客將歸，山影入漢成紅瀾。但愛銅鞮名，不問冠蓋字。提壺來往里西東，肩輿再上道安寺。

其二〔四〕

山陰道上秋冬際，萬木中有松亭亭。霜欺雨浸不能老，一枝遥與報國青。母在燕京翁在越，袍笏翟茀映階庭。我聞高士貧不諱，磊歷肝腸如劍星。人海超然大布衣，生憎市魁與銅腥。有子今爲龍門史，惟司馬談堪翁比。銜命新從襄陽還，襄陽耆舊冠蓋里。翁曰冠蓋不足言，鹿門眷屬吾所喜。

【校】

〔一〕人琴集題作「冬初由習家池尋谷隱寺」。

〔二〕欄　人琴集作「攔」。

〔三〕人琴集無「池受束兮人尚禮，朱魚唼苔防人打」二句。

〔四〕其二　人琴集作「人海」，則當與冬初由習家池尋谷隱寺標題並列。

過西塞山先寄唐梅臣時以江防駐節蘄陽

西塞江上霜薄飛，西風吹水水波微。身附畫舫心孤遠，片片檽啓對釣扉。釣徙漫叟交無神，自有迴軒易舫人。

其二

泛泛浮浮江上客，因浮思家泛思宅。生不得志賀優游，笑與煙霜謀空碧。欲渡未渡隔溪呼，誰知我者唐大夫。

其三

石巖緑短楓林瘦，防江使者詩清透。蓑翁手持釣竿揖〔一〕，峴首春山訂親舊。人生羈棲良自難，常得依君意即歡。

【校】

〔一〕釣　人琴集作「一」。

臨高臺

臨高臺，以軒軒。上有樓，樓有櫓。櫓前雜樹交朱斑，楓丹柏烏學春妍。老人不知愁，强於愁少年。

寄朱公

西林詩卷風格瘦，題名佛手待苔舊。喜見老梅絲抽條，得句往往書公後。泉淙淙，石瑟瑟。一日踏空冥，千夜夢盩厔。既出復入羨身閑，遺卻水口恨終日。寫我懷，寄君歌。南浦可往奈歸何，秋深彭蠡朔風多。

答林觀曾

清憲嗜茶通茶理，歲致英茗道其美。遠分韻友不獻君，一灑前丁後蔡耻。□□正骨茶渺茫，佳婿採寄罍復光。膻甌腥鼎非我事，夏林開甕臘水香。感君擊鼓助雷動，擎甆不飲數前夢。茶信猶在閩山外，包裹封題誰爲送？

答孟代來

但貴海水深，不貴得珊瑚。閑君鐵網梁上棲，紫瀾紅日盡觀乎？

選張白湖集訖答示劉天孫

百年白湖翁，今朝開生面。昔人手無力，在人眼光變。炯炯電光司興廢，高名雄才化冰霰。玗琦眼，篋中詩，其餘唐選總未知。春山肥艷秋山瘦，汝當從此悟深奇。

答徐元歎

天下作令者，吾弟差近古。大開冰霜門，高士窺空甒。天下結交人，無如亡友深。能從浮濁世，取人一片心。亡友但記生公石，尋君魂迷畫溪碧。君欲歸吴且莫歸，武源縣令音咫尺。止騶覓君舟，把火安君席。明日題書報家人，茶香酒沸纔一夕。我有江帆年年許，樵風不便頻誤汝。天遣吾弟結相於，照見平居家庭語。恩深讐大鷄鳴朝，學道十載恨未消。儻就雲水他年約，退谷冢傍雙掛瓢。

【評】

詩慰本評曰：「叙事嵚崎歷落，總非隔宿之物。」

爲誕先題所藏劉鳳鳴萬竿煙雨圖

不知劉氏有竹技，名曰鳳鳴得竹意。萬竿煙雨一煙雨，横斜濃淡皆生氣。孟子有樓號積煙，煙霏雨潤領高致。

寄答吴永錫庶嘗自用堂聯作起句〔一〕

老與詩書敦宿好，家在園林無世情。堂上戲益淵明語，書報京華非爲名。喜君思理究幽賾，堵牆觀者聲嘖嘖。忽擁千金得夷光，安知陶朱即少伯。永錫名天胤，後改名禎。廿載聲光不我增，感君相賞自秣陵。院歸有燭藜生火，尚憶草堂挑殘燈。

【校】

〔一〕原本未收此篇，據人琴集增補。

譚元春集卷第十七 嶽歸堂未刻詩四

五言律

視服膺弟武源徜齋十日別去

案牘晨先辨，閉門兄在兹。盤餐仍楚物，山嶽自童時。薄雨遠林葉，新泉當縣池。獨餘鐺底飯，惘惘各相持。

【評】詩慰本評曰：「後四句極似賈島風味，惜前半是習氣。」

過桃源坐龔昔庵棠舫題贈其上

瘵色更弦後，心閑淮水濱。岸分初火處，河喜未冰身。鼓響來沙鴇，書聲習吏人。東游逢米賤，灘爨不愁貧。

喜笈籍兩兒同冠

櫛掠經吾手，巾衫到汝身。聽天一野老，見客兩成人。世可卑躬涉，家當細務親。時危思閉户，恃此護幽真。

喜次兒籍先婚

沓觴雖漸漸，苕碗已紛紛。稚子闈先設，孿兒影暫分。望孫吾暮景，娱父汝新文。孝愛非難事，階庭自小聞。

里人饒登之過訪年七十三矣因贈

衰齒有初訪，深留頗致恭。自思成野老，肯復忽貧踪。果落橋邊客，苗分宅内農〔一〕。能來機盡息，已似住高峰。

【校】

〔一〕苗分宅内農　人琴集作「溪留暝際鐘」。

過滸墅席間贈許玉史户部

吴關燈影裏，閩楚萬重心。將母君恩大，懷師友道深。譏征何代法，山水往時音。自潤煙光滿，臣清是橐箴。

又到五弟正則高苑縣署喜作二首〔一〕

視弟迂千里，經冬見兩衙。小城尤近古，貧宦總如家。雪覆饑人麥，泉奔孝婦茶。夜闌思子侄，瑣細話天涯。

其二〔二〕

病身驚復見，羣盗喜粗安。隨分食微禄，添裘失舊寒。道途吾歲暮，僕妾爾更闌。莫厭郊村僻〔三〕，人生值此難。

【校】

〔一〕題　人琴集無「二首」二字。

〔二〕「其二」原無，據人琴集增。

〔三〕「郊」字原缺，據人琴集補。

【評】

詩慰本評第二首曰：「『添裘』對『隨分』，意境不相接，似此處又不可離法，方坦翁論詩每説一緒字，邢孟貞不解，當是此處。」

高苑距霅化二百里寄酒器候座師李雲許先生因以呈懷

驅車夫子路，步步念吾師。白髮生茅店，青州寄酒巵。蒸嘗年暮事，雨雪計偕時。此後漁簑客，之春杖不疑。

鍾居易復還皂市

林屋猶難就，寒河去此人。攜家餐筍罷，遠害入松辰。婦性多懷土，兒書頗失鄰。莫學君伯子〔一〕，相傍約終身。

【校】

〔一〕學　人琴集作「如」。

秋日承三昧律師見過因入邑西塔寺説戒有感將赴北請送以二詩昧公曾在金陵寶塔禮懺求見塔光光現旬有五日

末法承相過，頑夫知病由。五臺迎隔歲，三澨泊兼秋。杖響生人信，衣傳看孰優。長干光十日，塔影不能收。

其二

蒼苔經滑處，敢作昔林園。端坐瓶相習，同餐鉢未喧。北方多古學，西塔有微恩。迷路生巉阻〔一〕，吾師憫念存。

【校】

〔一〕巉　人琴集作「崎」。

答仲平病署志喜

自背吟囊至，君當藥裹停。懷恩秋欲滿，酬唱户猶扃。碧嶂時娱卧，黄花不怪醒。國人争望出，豈獨客心寧。

從峴石登頂復取道甘泉寺

踏葉來看石，三休坐進途。風高南北脊，煙點郢鄢圖。漢水明山缺，吟聲接雁孤。一筇支數嶺，身幸在虚無。

其二

若少登臨事，峴山空自高。初冬來尚可，昨日望徒勞。鐘鼓驅雲岫，仙凡暱漢皋。屐歸深悵結，猶願與泉遭。

【評】詩慰本評第一首曰：「如此自是絶倡。」「『煙點』用長吉，卻空闊似杜；『孤』字押得妙。」評其二曰：「此首勉强，可删。」

懷遠韻弟

失意斷家書，棲棲一載餘。忘歸疑汝懦，作客似兄疏。湖只依明聖，州仍歷兖徐。寒梅霜數樹，忍不念園居。

得金正希書寄贈

食禄未經時，何從向灑墀〔一〕。終朝商表餌，静夜悟希夷。習膽空山險，冥懷史館奇。十年良友別，幾可作吾師。

【校】

〔一〕向　人琴集作「血」。

聞鍾郎陔夏亡因憶先友伯敬

江路把君詠，悲涼繞素秋。但防音失部，何用治傳裘。宿草吾心痛，迷陽世事休〔一〕。

其二

嗣年仍不固，君信佛兼仙。峻氣收兒女，孤光絶地天。道人恩養盡，貧宦槖囊捐。總是茫茫裏，休稱子弟賢。

【校】

〔一〕本詩原存六句，末二句缺。

【評】

詩慰本只選其二一首，評曰：「結句高。」

奉澧州華陽王札子

蘭茁一枝枝，香風過浦吹。來從青澗曲，分與緑華滋。錦瑟嫌人撥，牙籤揀客披。我聞函谷作，感慨贈丁儀。

新野吊馬仲良〔一〕

宛洛空平野，天寒客店微。鷄聲聞喔喔，馬首記依依。氣出冠裳俊，才收楮墨肥。在時能秉燭，行樂敢言非。

【校】

〔一〕人琴集將此詩編入古詩中，並缺五、六兩句。

【評】

詩慰本只選其一二首，評曰：「後二句逆收佳，頗費苦思，不似他作，結多草草。」

金魚池雪中誕先宴集

雪光無不好，天意潔長安。塵土眼中盡，衣冠馬上難。鄉心牽早緑，旅盞慶春寒。拍拍朱魚出，争投餅餌乾。

【評】詩慰本評曰：「大是進機，極揣摩子美、義山處。」

徐元歎自古彰附周彝仲寄書京師得盡讀新詩懷答二首

草履垂吴市，柴門選晝溪。教予清夢迴，亦過秇香西。僻有僧知處，閑無鳥亂啼。芳菲驅使賤，覓句只端倪。

其二

山畔昨相見，眉腮非世情。鄰家能若此，獨處想孤清。報佛燈無恙，懷恩淚不平，暗將鬚髮理，遥與共霜莖。

【評】詩慰本評第一首曰：「結句是論詩文妙旨，徑以之爲詩，不可。李宗伯亟稱此，故録之。」

送王六瑞給事謫江右

波瀾此一謫，我愛獨殊常。是夢驚初醒，如秋喜乍涼。廬高吟到頂，楚稔酒盈航。許爾還稱客，君恩不瘴鄉。

【評】詩慰本評曰：「結深於唐人。」

送遷客 再贈六瑞[一]

昨逢京國老，頗有念君人。劍佩趨張膽，兵戈入挺身。蕭然宜暫出，静矣自徐伸。笑上扁舟去，之官似隱淪。

【校】

〔一〕人琴集題作「再贈六瑞」。

燕歸夏惟正九丈見過

道心淵可畏，情話别尤欣。亦覺年相遠，深期老作羣。詠觴燈與鉢，婚嫁水兼雲。請看吾衣化，塵多不可云。

【評】

詩慰本評首句曰：「如此總是不肯落套，亦成其爲友夏之詩而已。」評末句曰：「自是學問中語。」

送盧富陽

漢家新詔切，吏本是民師。何處弦堂好？君於釣瀨宜。折腰官有分，彊項世先知。入郡資風格，湖頭夜泛奇。

遠韻弟施憨僕與雪公有詩和之

夜春僧盡力，春牧主同心。壞色知常有，葷腥本未深。鋤存原上草，溉致圃邊陰。昨向而師說，休教梵字侵。

待僧碧公

僧能山久住，自有望僧心。亂帙煩相理，溪堂怯獨深。病多饑是藥，懶甚臥方吟。非汝蕭蕭覓，扁舟可易尋？

重九省視仲弟櫬畢同居易仲含雪公師弟塔閣飲月下作

老秋藏皎月，歌細最心驚。山祇登時霽，蔬能摘後生。此宵僧梵歇，何户草蟲盈？斗酒吾衰相，微酣白露行。

送孫伯駁令會稽

懶赴木天試，知君用世人。馬遷游暫客，劉寵宦宜民。從此山陰道，全needs霑雪裏春。秋冬巖壑際，我亦夢相因。

輓王翁以明

老不忘君國，去年猶上書。衆謂嗟三已，誰知信六如。園梅花莫待，木槵子寧虚。直到冰澌滿，吾方駕素車。

贈朱脩能寓倪航

歸裝難再陸，移只可吾舟。醉不離江上，吟當近竹樓。聞聲欣欲往，鬻手見無求。所遇皆君輩，吾寧厭應酬？

送胡公占諭江夏

江冰猶未固，殘雪瀉篙聲。可着孤吟往，何知勸學行。謁人腰黽勉，謝客腹經營。羨爾師儒地，多予舊友生。

【評】詩慰本評曰：「落想不同他人，馬融、鄭玄都來矣。」

朱禹卿深柳居同彭汝嘉萬茂先陳士業〔一〕

共尋深柳居，柳下讀何書？門户漢中壘，詩家朱慶餘。架藤多骨立，盤蕨亦拳如。飲罷猶憑檻，驚心月出初。

【校】

〔一〕題　詩慰本「萬茂先」下有「熊伯甘」。

【評】詩慰本評曰：「可當一『冷』字。」評「柳下」句曰：「此句套。」

送蘇武子客維揚

雨細邗江路，春深章水船。别予堪此地，知汝自今年。養母須身出，消讒貴道堅。莫將才格好，草草入芳妍。

【評】

詩慰本評曰：「詩格到此，自非少年可及。」

答李仲章示楚游舊詩

周衰小雅後，楚有繼風時。可敬維桑梓，難鋤是藥籬。蒼梧遥迎抱〔一〕，紫蓋傲相持。十載予未答，誇君左蠡奇。

【校】

〔一〕迎　人琴集作「送」。

夜静閱茂先詩

一宵不相見，讀盡數年詩。細得窮游止，常如共歲時。燈疏何肯暗，僧卧與同遲。昨上灌城望，風鳴松樹枝。

【評】詩慰本評曰：「結句少理，如此不可謂之遠。」評「燈疏」句曰：「深情。」

南康學中見朱晦翁所書明倫堂

紫陽來守日，榜此對匡廬。山水留時筆，雲霞講後書。郊膺今未絕，洞鹿代無虛。猶記泮宫字，金陵日炯如。

弟服膺與友人司直同人作長安即事六賣詩愛而和之

賣衣

意外身難稱，短長偏爾逢。減貲因剪尺，多事是裁縫。金石書求售，江山酒不供。典衣堪此費，篋内豈須重。

賣貂帽

自厭看山影，頭顱似貴人。此時燈市踴，昨夜酒貲貧。遼陷徒驚物，天寒欲煉身。賜貂空有詔，憂國是樵巾。

賣書

難割爲丹鉛，傷心反減錢。較虚劉向夜，曬任郝隆天。並失窮愁物，微留把玩篇。笑君真是癖，明日購奇編。

賣鏡

半生年貌擲，豈但此銅腥。市道輕秦漢，貧家照水汀。遇妝蛾處緑，安佛髻邊青。升墜俱由命，忘情試往經。

賣筆履

小物難多直，宜將筆履兼。池邊文事輟，家計婦工添。侍婢無珠賣，良朋但口占。候扉僮子笑，毫素價尤廉。

賣劍

壯心雖脈脈，寶劍枉相知。吼只聞中夜，磨寧在盛時。换錢星斗急，争價虎蛟悲。細想十年事，龍泉汝亦癡。

【評】詩慰本評曰：「此種題原是極韻事，又極苦事，須要説得極真，方不似借題發泄者。高人落魄，何所不有，六詩佳在甚真而無一點俗氣，自非同時諸君可及。任其極穩，未若不穩也。大略詩文除俗字易，除俗氣難。」評賣衣首二句曰：「他人無此想，此真肖杜。」評賣貂帽曰：「結亦是杜，而風韻自在，正非蹈襲一飯不忘者。」評賣書曰：「可爲賣書者解嘲，亦自不能割愛。」評賣鏡曰：「後四句是賣後事，説出悽慘。」評賣筆履首句曰：「杜意。」評「家計」句曰：「宛轉。」評「良朋」句曰：「上句好，以有來歷也。」評賣劍曰：「『虎蛟』二字相連必欠安，不知前人曾用否？」

送王聞修學使

文章思一變，豈敢羨鴻冥。泖水待君碧，秋山離楚青。棗梨書上架，竹柏影横庭。終異莼魚想，歸惟棲性靈。

十四夜汪明府招上江樓

高樓一片月，停卻萬家燈。歌急催光滿，杯深待閏增。胡床臨皎皎，更鼓聽層層。此醉千年後，何人更許能？

過赤壁

豈能樊口住，赤壁不思行。濕樹浮漁火，風江走鼓聲。笛簫遠天思，僧妓道人情。往返懷斯愜，何須限一城。

中秋南湖誕先招泛

舉世歡呼夜，清光受侮多。湖明他縣水，洲改昨宵波。澌涸人排荇，新涼釣益蓑。幽情仍不盡，留閏與寒河。

秋日移寓胡五去飛葛莊

上舟纔七里，已是好山家。稻晚天私雨，松涼地出霞。稗川方以外，漫叟水之涯。寄謝城中月，秋深此處加。

見美中詩有同遠韻西湖冬夜詩憶而和之〔一〕

段橋好霜月，意愜昔年看。不似春湖雜，能添暮刹寒。題中欣見弟，天末但求安。良友多時返，吾知獨住難。

【校】

〔一〕題 詩人琴集作「作」。

贈學憲水公前爲侍御抗疏

獨使升階易，彌知折檻難。諫書傳海外，師道化齊安。遠古風煙接，高文嶽瀆盤。龍門吾素耻〔一〕。……

【校】

〔一〕原本殘缺末句。

春贈〔一〕

且安名小日，斜户竹簾身。青草知羅襪，黄梅曬練巾。最憐人骨傲，可愛汝家貧。坐覺愁懷徙，吟聲是早春。

【校】

〔一〕人琴集題作「有贈」。

居易蒼艇

匆匆收茗竈，且自蕩船開。鷗鳥真相好，山僧不斷來。早霜紅葉里，明月白家杯。師表吾河上，扁舟願取裁。

密賞軒觀女劇

老氏安神處，昌齡畫壁時。影光交片片，聲態藴離離。一盞賓朋壽，半生燈燭癡。斯文娱可密，何惜暫相追。

移樹

怕教春氣覺，入眼兩株時。帶土鋤珍重，登舟棹陸離。閣虛餘地待，窗想暮年吹〔一〕。不少花兼柳，才當遜此奇。

【校】

〔一〕年　人琴集作「天」。

壽岳翁劉悦潭八十

本是翁堪敬，欣將婿結緣。坐卧依一佛，鬚髮儼羣仙。樸厭鄉賓飲，貧彰宦閥賢。松蘭嗟異壽，羡婦有親焉。

贈點雪五十

自得吾庵住，名山亦不行。席敷林廕闊，杖撥菜芽生。支許充親眷〔一〕，河橋失送迎。白頭僧卻好，莫似在家驚。

【校】

〔一〕親眷　人琴集作「朋舊」。

龍沙寺同陳大士萬茂先朱子强劉士雲陳士業萬起先

誰使平沙立，周遭繚作牆。古蛟聲嘿嘿，野鶴影荒荒。徙去終依寺，吹來不礙塘。我同遥集士，疑信到斜陽。

【評】

詩慰本評首句曰：「嫩。」評末句曰：「『疑信』二字豈可入律，有意故作此語，卻不明白古人所以貴沉著也。」

壬申春月山東登州兵變米民和明府致五弟高苑平安信餉酒相樂喜作

得友荀書滿〔一〕，慰予姜被寒。魯人三遂備，吾弟一方安。山水行真好，城池事頗難。旌陽神炯炯，盜賊敢波瀾。

【校】

〔一〕荀　人琴集作「香」。

雨夜同戴初士宿嗣昭園

試聽今宵雨，西山數日雲。籃輿依竹住，羅襪上苔薰。坐雜歡無主，檐喧語半聞。春游猶未遂，寒尚怯匡君。

【評】詩慰本評曰：「起句佳。」

過鍾居易松林作

十載野無事，萬松高過頭。難哉君自植，得使地多幽。未寺陰先合，爲亭翠便收。吾園榆柳盛，微恨土膏柔。

歸舟贈山侶李仲含

到鮮人投刺，行非自裹糧。閑游差汝快，幽路撿僧商〔一〕，巖險時更屐，泉寒夜並床。歸來秋未盡，汀岸漚麻香。

【校】

〔一〕撿　人琴集作「與」。

龔尹達見予此生除閉户即往杖遥岑之句寫作一圖題十詩其上見懷遥答一首

十字十回吟，多君長苦心。月吹泉外舄，煙夢畫中岑。傍宅空相密，挑燈無此深。山還真閉户，肅肅受知音。

柴桑橋寄劉同人白門

久客近生子，爲官先著書。此時賓客集，何處世情疏？君到石門未，吾經栗里初。煙深封隘口，猶未見兵車。是年流寇入楚〔一〕。

【校】

〔一〕人琴集無此小注。

【評】

詩慰本評曰：「極力唐人。」

雨泊寒溪懷去飛西塞舟中

以予溪泊久，知汝水居難。抱膝消前浪，科頭犯乍寒。量江絲可守，埋市餅誰看？得與君同釣，相呼風雨安。

石聞居送錢沃心比部

知公非浪出，本爲度生謀。古洞常馴鹿，新司重爽鳩。甘棠人意厚，噬嗑主恩酬。何事無匡濟，白雲不可留。

八弟歸因憶四弟客中

斗酒雖堪醉，寒江尚有人。牽思仍惙惙，散步已頻頻。園蕊不知雪，階條自蓄春。何從窺老態？西塞外無津。

【評】詩慰本評曰：「『散步』從老杜憶弟句出，最是真情。」

別李素心還華亭

懸樓奇士閉，寂寂擁圖書。我到方投鑰，相迎始覓梳。雍邑名欲讓，陽孔世誰如。寶爾神充實，雲煙攬結初。

甲戌除夕雷雨守歲明朝五十矣

嚴親無此壽，曰艾亦欣遭。春盞趨眉黛，晨鐘到鬢毛。樸兼農父野，懶有昔人高。梅蕊安時節，嗟哉雷電勞〔一〕。

【校】

〔一〕人琴集末句作「春雷亦早勞」。

【評】詩慰本評曰：「道人眼界。」「『眉黛』着於有女流處乃佳。」評「晨鐘」句曰：「亦可解頤。」

晨階移瓶荷入室

夜霑天宇濕，亦覺曉妝紅。何意根株遠，猶分雨露功。池塘非不棄，開落尚能同。資汝過閑日，色香看漸空。

【評】詩慰本評曰：「前四句興致別。」

九峰與誕先復寓乙卯讀書處

當時同學者，來此覓秋燈。書似前生事，房添後輩僧(一)。旱餘泉滯草，煙底塔穿藤。廿載吟聲老，峰峰逞健登。

【校】

〔一〕房人琴集作「庵」。

【評】

詩慰本評曰：「題可感。」

贈劉德徵

兩載能三訪，幽居可自寬。牧漁交不揖，今古事同看。愛爾翻書確，慚予强記難。舊堂新薙草，欲使客魂安。

送吴慎旃還越〔一〕

泊舟頻遇友，君至是何如？史筆襄陽志，鄉心越絶書。杯觴存磊落，冠蓋重蕭疏。霜信前途報，江楓紅正初。

【校】

〔一〕題 人琴集作「送吴慎復旃還越」。

過西塞舟趁諸子

秀動金陵悦，合歡去此邦。雲光催雁侣，山色照人雙。暖滯香棲幔，晴隨畫到窗。前帆良友隔，語笑别爲艭。

自蘄陽歸至鄂别德徵

往往同君出，因君是故人。兹來求燕婉，只合共真淳。酒價知飄泊，香妝哂苦辛。歸家予較遠，幸不至孤身。

招凌茗柯

暫停張翰舫，喜遇賀循來。王命三湘路，交情九日杯。江晴蘆亦艷，節晚菊全開。簫鼓無輕功，中流細語同。

【評】詩慰本評曰：「最穩。」

譚元春集卷第十八　嶽歸堂未刻詩五

七言律

張仲素讀書攝庵兩兒師之

剔面薰香薄俗爲，似君蒼樸豈非奇。不巾不襪人争禮，真褐真珠世定知。案上無書書在腹，龕邊有顧顧低眉。閑來只愛深心侶，相對忘機坐竹籬。

空階

空階美蔭翠盈盈，目繞心棲亦當行。蛻脱蟬邊觀兩世，螢飛草際惑前生。渚茶過壁僧還棹，林筍穿垣婢就擎。夜夢乘車朝自悔，坐來翻有熟緣萌。

劉翁於磐明府解組後見過

惠陽歸後益淵然，老頰紅於四十前。長令辭官方可醉，高人着壽即爲仙。林亭不杖游常勇，史漢無笥記已全。我上公車非夙願，儻從來往受溪煙。

黄可遠太史典試得六弟元禮因有晤贈

懸兩星眸照楚疆，天高燭朗夜皇皇。三年策問推任昉，一段橋碑愛蔡襄。因友知君深夢寐，得師教弟荷穹蒼。纔聞棘撤吾帆掛，秋蟹秋鯿漢水長。

從王六瑞甌香亭子泛湖船過宿西塔

友閑秋注一床糟，野艇禪燈任所遭。露滿梧桐螿自急，水空葭菼雁方高。微涼布衲猶堪借，熟寐鐘聲不可逃。永日愛登亭上望，肯同車馬作勞勞。

六瑞子陵寺不歸問之

去漸深深各駭然，久知生事向高煙。遠聞山磬資徒步，閑取僧裝試兩肩。大道須防心有恚，好懷休記客曾還。重來訪我爲長策，繞行溝塍已盡穿〔一〕。

【校】

〔一〕行　人琴集作「竹」。

歸息林居寄于司直

出瞻雙闕返欣欣，世已清平力可耘。白髮數莖求汝拔，朱門幾處讓人勤。井欄花事春同見，酒餞松風別尚聞。正值吾家煙水待，買將漁艇去收雲。

【評】詩慰本曰：「余小星最愛『酒餞松風別尚聞』之句。」

寄五弟六弟京中

遠坐空廳荷葉香，新添夏水讀書航。一篙支向灘邊爨，半夜舂成柳下糧。不可懷予鄉思亂，最能寬汝賤人涼。入京書懶存高倨，兩弟同箋只數行。

倪航夏居四首

擬將何物易車輪，門有煙波受舫新。糧帶僮奴分八口，茗需賓戚莫三人。穿簾細雨吟聲濕，照席微曦野態真。唤作倪航吾不忝，雲林畫可日隨身。

其二

懶捲爐香與帙書，已移涼榻此中居。偶容僧入癯方可，未許官登弟亦除。鷺滿全村時繫柳，猧迎近岸夜知廬。試教明月人間照，何處身閑得我如？

其三

豈惟菱藕與蒹葭？種植多年有百花。老樹壽藤譚子里，斜風細雨志和家。帆投遠影尋佳泊，鼓得前灣守舊撾。素愛湖南兼霅上，倦歸方解選幽涯。

其四

自然棲止老荒原，舫是吾家家是園。嫌鶴開籠常報客，看魚出網正攜樽。野風幽暮花前岸，新月虚涼水數村。總在香山門内好，粟倉書庫並堪存。

遠韻弟四十

呼君作仲即含悽，物欲齊時自不齊。減子分兄多玉樹，將文角弟易金閨。當兹日暇逢佳會，亦得秋清過野棲。可笑四旬如大耋，遥箋近甕走提攜。

二祭葬詩一爲京山禮部尚書李公維楨一爲吾邑吏部尚書周公嘉謨二公年德可述又卹典同時春曾被知獎作詩志之二首〔一〕

一生官盡典文章，老掌容臺少史場。傳得奇才驚内苑，宜收大集進今皇。士攜金去驕韓愈，客散門前負孟嘗。祇覺自天題處厚，種松多是北枝長。

【校】

〔一〕本詩二首，原本缺其二。人琴集也祇收第一首，題作「李本寧先生卹葬詩」。

送王明甫應大廷試與弟服膺謁選同行

柳絲拂拂條條氣，竹裏蕭蕭策策聲。老我園林春幾日，壯君鞭轡弟同行。得茲好侶如閑往，初作嘉賓有夙名。素喜平臺新問對，宫槐親去聽流鶯。

入彭蠡

北渚晨趨積氣薰，地天茫昧得山分。大孤塔表層層日，五老峰飛濕濕雲。我到澤連江漢水，誰言量減洞庭君。舟人坐待風消長，半世虛誇櫓槳勤。

滕王閣是日見招者文士二十人

序手紛紛動渚關，可知文事古猶艱。霞添鶩影人人句，晴發簾光歲歲山。閣是重營嗟向背，筵從再徙試忙閑。感予黄鶴樓中至，玉笛攜來弄此間。

萬茂先見懷詩是十年前作感和之

一生真有十年思，贈我都非見後詩。久在天涯慚碩果，得談前代即孫枝。筐看快士初傾日，榻想良朋未下時。退盡名心猶感此，此懷仙佛亦難移。

漢口還驛傳吳興閔非臺公借舫

汗汗秋冬漫漫游，使君知我有閑愁。樵青忽上顔公舫，李白常酣賀老樓〔一〕。數月裝安江上水，兩鄉人静峴山頭。西歸隔渚書相報，風過爐香雁不收。

【校】

〔一〕賀　原作「費」，據人琴集改。

弟擬陶游淮上作詩寄之

作兄功罪頗難辭，季亦耽游好作詩。聽説江南知久羡，常親硯北自優爲。遠人争道林高筍，識者翻嫌藕出池。新在燕還吾正懶，封毫閣屐只餘癡。

送美中

得因兒女過冬晴，孤舶窮村見不輕。道力兼能資我短，天心久未向君明。茶香醉裏哀無相，雷電春前亂作聲。蘄米軟吹泉到户，卜鄰恐終是要盟。

漳源感事

不爲娉婷信屢愆，孰甘江口守空船。媒勞轉自同心有，價重非徒一笑然。愧送寶釵無古物，應攜石硯樂他年。漳山月朗宜難寐，不及高朋取醉眠。

壽周華松姨翁七十

皓首從兄蔣阜春，緑溪先返自由身。心如霧岫能藏豹，家近秋原易網麟。不廢耕漁延客入，時分紙墨與孫均。衣冠逼古兼瀟灑，一任笙歌佐酒頻。

爲唐郡伯壽其封公自新先生時年六十有六

澄山紅紫峴山青，夾轂朱幡護隱星。漁仲先生閑道古，虎皮夫子快談經。年猶未坐耆英社，世已争傳几杖銘。笑入官齋嘉澹遠，高人宦況即巾瓶。

到襄陽呈唐子安郡伯

古路青鞋本不疑，主人淹雅久銜思。歡如對宇求新友，静擁專城理舊詩。好月出門桐正影，佳辰值客菊先知。高懷去去資津逮，南郭寧甘隱几疲。

贈襄李江仲平君有苦住軒詩與家弟同籍

才人豈受簿書侵，自向煙雲泄素襟。已許鄰民歸鈞牧，更將年譜换蘭金。君停皎月池邊待，我愛殘秋嶺上吟。識得高軒名苦住，方知抱膝□□□。

九日子安太守招同荆司理劉公元洲吳興馮公翥登仲宣樓望襄樊山水

高可憑欄盡啓窗，此中山水現全邦。黄花上座窺楊柳，斜日穿樓照漢江。但肯登臨俱是粲，何分仕隱總如龐。羨他漁人忘佳節，來往波光駕小艭。

九月十七十八日以先父母雙忌再入檀溪請沙門無着誦經齋宿藏經樓日對晉柏和子安太守韻贈以志感〔一〕

漢水明樓樓繞岑，悲來兀兀只思吟。多年柏帶松杉色，秋日煙兼雨雪心。子有雙親堪配此，我依諸佛獨嗟今。天人命在階前見，久矣枝頭斷鳥音。

【校】

〔一〕題　人琴集無「贈以志感」四字。

寄李太虛座師

大筆琅琅觸物宣，拙詩句句有人傳。世間師友盡如此，眼底兒曹無可憐。霜下二毛雕草木，秋饑八口儉菱蓮。南舠北窗成何事〔一〕，不見章門近四年。

【校】

〔一〕南舠北窗　人琴集作「南畦北郭」。窗　詩慰本作「蹇」。

鸚鵡洲邊送袁特丘六丈司李淮上兼寄龔君路

淮東鵠首高於屋，帆過芳洲去作官。飯不依人恩素少，棠如可坐法當寬。朝廷珍重遲鈴索，朋友崚嶒愧釣竿。寄語桃源辛苦吏，楚天煙艇養予安。

贈郡伯玄垣吴公以名御史治郡

帷開無復吏人驚，悶悶欣欣古道並。但許蓋公來舍館，寧將甯越立威名。雨飛滿嶺春城濕，風過蘭臺好鳥鳴。回想自公持斧日，中朝伐木聽和平。

送程從之南還兼寄其從祖敬敷

祇見習池吾縱酒，怪將愚谷善藏身。輕裝且近深林鶴，野屋相知隔歲人。未落梅時歸不晚，多留竹壁晤如頻〔一〕。君家與可年來别，爲道高懷又值春。

【校】

〔一〕壁　人琴集作「處」。

童平寓亡後其子䢿命從婦翁黃以實讀書吾園賀其初冠

白髮生頭不怨遲，坐中多雜故人兒。分君竹室涼三夏，謝客花塘静一時。忍執丹鉛方類父，遠經鄉縣但依師。三加古禮何須問，好記寒河是冠期。

送卓爾令新都

郡縣安民天子重，是時何敢厭卑棲。才人涕淚辭鉛槧，文吏深心念鼓鼙。聞説牟彌遺八陣，且從興樂靖羣黎。新涼解帶煩相别，暫與清言出小溪。

長安會朱無易先生

快見何知滾滾塵，蒼顔看定反驚神。新笻恨少添三峽，舊節曾叩問小津。獨處兵戈仍盛世，多方水火耻閑身。公來執玉吾羔雁，遲拙同成計孝人〔一〕。

【校】

〔一〕計孝　人琴集作「孝計」。

再從棲賢入山

舊蝶新鴻路不迷，晨曦曉月送將離。纔過古澗懷三峽，再上高峯補九奇。隨意朱花稀點點，蕩眸黄稻熟遲遲。生平不帶游山雨，霽發山光亦有私。

朱方寧邀予過秫莊後不果作詩見寄答之

吾已吟聲不暫離，喜君深入竹中思。歡呼客散聞鐘過，拱揖人疏有硯隨。拙圃相忘無色作，小丘可買即神怡。笑予清佩煩君待，情滿光義未到時。

過濟寧呈贈劉簡齋中丞二首

似松千丈柳春陰，濯濯峨峨匪自今。詩史常思追杜甫，水經真可續桑欽。楯欞纔動魚龍伏，劍履初閑鵝鸛深。有客□□從楚至，猶操故曲向知音。

其二

路入鄒滕自躍然，風神尚記在幽燕。庾家開府新詩好，周世司徒外任專。茭玉細吹河水浪，琴尊静領嶧山煙。須知岣嶁書碑手，泰嶽峯頭亦可鐫。

贈傅陵九

夙昔知音想奮飛，重來又值我空歸。道心萬古樓中月，世事十年江上磯。坐有清霜消寇警，步攜膏雨濕農衣。安危所仗欣公在，□可滄浪釣落暉。

九月十七十八兩日爲先忌禮佛雷山孟萬生設齋而誕先曦侯德徵濟甫皆同宿山中感賦

禮嚴先忌感終身，雨細風酸度兩辰，漸老彌傷親去久，分悲始覺友來真。空山槲葉紛紛淚，半夜鐘聲劫劫因。游子松楸隨處是〔一〕，檀溪晉柏記昏晨。

【校】

〔一〕隨　詩慰本作「暗」。

寄潘昭度中丞

昨上廬峰遥騁望，高牙大纛有淵人。贛中蘭好常貽友，江外魚肥易饌親。地静陳琳無一草，書通陸羽自前因。霜鴻度郢艱難到，爲道驚心入釣綸。

登趙彦清新閣同李太虚老師

望遠登高閣此間，大開心眼敵躋攀。匡君只在檐前伏，楚國俱從樹外閑。霞氣染箋紅蕩水，雲陰似帶白腰山。落成先上吾師友，不但雙林衲往還。

任城風雪舊登樓〔一〕

任城風雪舊登樓，聞説仙才藻此州。天許潘輿終日健，地開申嶽爲時謀。兵銷蟣蝨雄風遠，波感魚龍苦志酬。我有弟曹趨負弩，只如身傍□□□。

【校】

〔一〕本篇原佚標題，今暫取詩之首句爲題名。

淮上逢劉同人

送客留人此未知，是君是我即難離。友非騷雅休持蟹，身有期功不廢絲。客舫深燈青泛泛，淮流始雪白時時。四方征戰慎行李，路已行迷不但岐。

與元歎遇武源官舍因憶亡友伯敬

夢魂堪訝此初逢，十載艱難看老筇。親領吟聲知好句，叨分道念抗塵容。溪流沸火寒三鼓，雨雪深衙隱一峰。亡友眼光猶掛樹，自然相待虎丘鐘。

【評】

詩慰本選輯嶽歸堂未刻詩七律六首，即：歸息林居寄于司直、寄李太虚座師、童平寓亡後其子匙命從婦翁黄以實讀書吾園……、九月十七十八兩日爲先忌禮佛雷山……、登趙彦清新閣……、與元歎遇武源官舍……，於本篇末評曰：「雖録六首，俱非佳作。」

喜誕先滇還

送君滇去最傷神，萬里今還欲老身。退谷肯容多事叟，寒溪聊示現官人。井丹經學何妨授，王績幽風甚可鄰。知爾貪癡原不着，默觀斯際亦無嗔。

送蔡士田之江陵廣文

一柱觀頭秋氣好，君將行矣客猶來。時連轡飲東西里，更與舟尋大小洄。草亦常依羅子宅，菊如相待孟生臺。忍將吾友氈邊冷，好杜閑扉遲我開。

譚元春集卷第十九

嶽歸堂未刻詩六至九

五言排律

葉玉壺使君守郢時有奉贈十二韻歸卧十年復起家荊西分司喜用前韻寄呈

我友聲今斷，時將命命呼。何知公旆入，若使我愁無。短劍思酬答，長袖怕走趨。所行燕雨雪，厥念越江湖。慵問幽人諒，樂歸廉吏殊。爨常身自執，齋厭里多屠。又聽鶯登嶺，如觀雁起蘆。心寧隨泛泛，格可不拘拘。蘭滿知天錫，公歸後舉數子。桐高匪衆扶。人言師是母，相慶婦爲姑。車熟輕方好，刀藏久尚厨。

但將詩代謁，聊自慰棲孤。

答夏四雲裕州寄懷

宛洛雖游戲，聲光此一氈。爲師添帳樂，作客夢溪煙。雅事崇皋比，卑官狹木天。接書霜昨夜，開户蘚經年。草草鴉頭襪，低低鷁首船。住村真有策，不敢盡遥傳。

不見菊翁十年漁泛失晤遂復差池偶遇東粵游人寫此寄憶

恨少青城訪，常懷白兆時。如何數里路，不遂十年思。肥瘦奴邊問，光輝札裹知。書開鴻即遠，酒醒鷁焉之。散局非全子，安巢是舊枝。君情如蘚冷，我況尚萍遲。細字床頭易，高聲驢背詩。没犂春雨足，多是返畬菑。

送孟誕先守騰越

萬里游真壯，惟君志氣堪。此行休悵遠，相送但微酣。庾月知同照，燕臺本不慚。家恩懸闕北，國運重滇南。持汝文翁化，何憂異類憨。江深應息浪，嶺盡尚飛嵐。忠敬蠻如一，威名世已三。誕先三世皆官此地。庭清書出篋，部順劍歸函。龍友豈離馬，藺翁猶似蠶。有盟耕退谷，未老勸抽簪。

夕佳樓茂先起先邀士雲武子同坐

肯忘幽獨意，寂寂上兹樓。山色平飛鳥，江風恐靜鷗〔一〕。茗芽新退火，硯瀋自臨流。友愛似君好，高懷從古愁。餘香釵偶借，殘咏衲多收。所悵春深客，旬時南浦舟。

【校】

〔一〕恐　人琴集作「恕」。

【評】

詩慰本評曰：「韻致極古。」

謝岩李公受明府招

渺默弦中思，兹岩領獨長。蘿猶青石厂，楓已紫山房。峭峭分寥壁，微微引徑篁。輕鴻過野火，小犬吠新霜。飲不從山簡〔一〕，清如對謝莊。大堤堤上散，衣袂是何香？

【校】

〔一〕「簡」字原缺，據人琴集補。

得無易先生楓香驛見題名録感予被落詩八韻增之七韻兼呈李師

不能真斷絶，致子屢嗟吁。裸索空遭辱，帑存衹自愚。爲嗣三益望，常減平生娱。姊妹先誰嫁？人印孰友須？世猶尊頗牧，名只後曹劉。頑鈍愁何有？因循數亦俱。無官塵遠馬，有寇箭隨驢。戎滿身宜退，饑多勢未驅。化每觀蟲豸，藏如畏虎貙。紙消通夕血，鏡失去年鬚。笑矣高僧迓，歸與稚子扶。溪山盟再訂，師友報原殊。有句楓香驛，寄書彭蠡湖。琵琶初撥恨，鉛槧未知孤。嶺表新飛雁，秋音自不無。

【評】詩慰本評曰：「不能如香山、義山之妙。」

甲子六月六日七枝庵馬是隱招同熊於侯傅陵九陳無名徐公穆看荷花〔一〕

幽士如開士，一香生衆香。誰將巫峽意，來助水天光。灣欲銷全夏，沂疑居故鄉。遠甘塵拂拂，新赴氣滄滄。客静無書曝，僧衰與簟涼。閑心終一日，物表受微茫。

【校】

〔一〕原本未收此篇，據人琴集補。

茅孝若社集馬仲良諸君子見送同賦六韻〔一〕

菊香存漠漠，芳草失萋萋。佳事纔成緒，離心屢見倪。神形杯酒向，行止雁聲嘶。窗外秋冬换，卷中冰雪攜。笑殘隨客去，燈静入霜低。自厭嘗情有，猶然戀故棲。

【校】

〔一〕原本未收此篇，據人琴集補。

贈徐微體翁七十〔一〕

落落諸生舊，蕭蕭漁父羣。寧甘稱野老，最耻號徵君。笑對侏儒雨，愛看弘景雲。孟嘗貧不儉，伯業老猶勤。僻事窮年少，細書當夜分。俗謠趨問禮，公輔揖談文。畏者吾先子，簡兮人共聞。七旬中世態，高士復何云。

【校】

〔一〕原本未收此篇，據人琴集補。

龍泉展胡文定康侯先生祠墓〔一〕

客將分袂日，疋馬出春城。好墓空山受，靈泉細雨争。松高祠下合，草短帶邊生。物物妍千古，燈燈續一經。璧如魯宫響，磬與宋煙鳴。人地俱堪戀，歸時怯獨行。

【校】

〔一〕原本未收此篇，據人琴集補。

袁述之重葺柳浪湖祀先吏部公寄題九韻〔一〕

君今新結宇，惋惜亦多年。土木當貧日，聲名未貴前。不堪殘岸柳，忍負小灣蓮。煙月先人物，吟觴後代緣。猶陳林下器，漸放步間船。門到岳陽水，帆通夢澤天。亭空思遠客，祠古配羣賢。衆論拘弓冶，孤懷潔豆籩。迴環神理内，相與問綿綿。

【校】

〔一〕原本未收此篇，據人琴集補。

七言排律

癸酉客司直園中同劉子同人除夕守歲十二韻

不似今宵客帝城，翻因友聚晤燕京。深燈照我三年別，殘犂資人萬里行。由越經齊兄弟路，在園扃户笑談聲。香簾益火藏佳事，墨瀋無冰慰好更。叨預制科同物睹，往惟頒曆奉王正。人安中土需微福，地近圜丘動夙誡。未具衣冠思虎拜，爲離鄉縣怯鷄鳴。静然吟想酬存没，遽只年光設送迎。稚子學文應戲減，新姬解事定筵成。家和可不長安憶，賊遠將無小膽驚。竹木如常吾老伴，稻粱粗備世虚名。問予何事仍車馬，相視無言斗酒傾。

甲戌除夕家園守歲雷雨大作十二韻

今皇八載罷京闈，我有園廬亦喜歸。寇盜經年纏晉楚，風雷入臘兆寒饑。可憐出位匡無策，縱欲移家去孰依。衰始恒河將見皺，傲來山嶽不知非。春仲望岱山傲來峯。楊條惹眼青青長，梅蕊窺鬚白白微。五柳門前休責子，四禪天上偶攜妃。小蠻可遣旋開閤，織女當迎正弄機。有放姬納姬事。所愧忘親曾閔少，那堪念舊應劉希。嗟嗟友逝心猶許，燁燁君恩願已違。二親初以元方汶上贈文林郎、孺人。西塞煙深貪鱖飽，北都雲滿厭鴻飛。老來萱草能腰笛，春至桃花莫掩扉。遍語諸公吾艾矣，肯將勞辱累芳菲。

五言絶句

題襄陽主人壁

峴煙迎我來，壕月送人去。好記此軒中，吟聲常達曙。

慷慨詩贈魏溟一襄陽往返十絶 有引，刻古文中〔一〕。

風雪許人行，銅鞮千里白。回頭語妻子：汝自過除夕。

其二

人知漢臯樂，君知漢臯苦。一裘脱送君，裘敝不遑補。

其三

武昌大艑舸，爛熳歸人睡。微怪此人醒，不知急何事。

其四

宜城好酒家，雖酤不敢醉。持友一金來，要作十金事。

其五

不待朱亥往，不令季心知。儒冠與裋褐[二]，混作襄陽兒。

其六

今朝抗手人，昨日端容士。傳遍到香奩，呼君作君子。

其七

安得彩絲緣，即是寶刀侶。江上相送君，各願産男女。

其八

結交冰雪心，莫爲春鶯誤。腸冷鹿門人，無資於舊故。

其九

我有漢皋佩，佩之兼報客。小婦喜君來，村妝弄肴核。

其十

君去嘉平月，君歸上元夕。上元仍未歸，燈雨良朋宅。

【校】

〔一〕人琴集無題下注文。

〔二〕袹褟　人琴集作「短袹」。

題内人畫寄去飛

寒河亭上樹，寫寄葛山人。遠遠葛山影，片帆天際春。

龔尹達寄妙老堂圖適家姬慨悟畫早林因題句贈之

春風吹不着，春氣緑深林。樱笠頭□見，高人一杖心。

脱氈半背送誕先車中

老朋身上衣，脱與滇南着。好護深春寒，予心萬里托。

重過九峰禪堂

煙光無可戀，戀着逐年增。一飯不回首，吾輸且過僧〔一〕。

【校】

〔一〕且　人琴集作「旦」。

閱代來詩

君有白雲懷，看看詩思發。山中無匠石，愁使秋蘭伐。

留別寒碧

公車天正寒，欲得閑僧伴。沙霧壞人多，緇衣不可換。

七言絶句

送僧秋水還黄岩

高踞黄岩看瀑身，峰危徑仄亂煙屯。此山盤亘兼吴楚，可羨私耽一壑人。

病坐九江舟中望山四首

數日船頭載岫間，賞妍千變豈空還。白雲真是多情物，生滿匡家兄弟山。

其二

九奇峰但望雲開，三疊泉從白處猜。慚愧雨中茶笋意，山僧擔擔下山來。

其三

雨留高屐入林艱，亦耻歸心故作閑。白石清泉難誑語，此來真不爲廬山。

其四

二林門向未曾知，已許僧題五乳碑。欲問廬山何日到，樂天新集寫成時。

城北亭夜紀事

木梁牛屋各車音，傍漢濱行農事深。兩岸鼓金鳴到曉，喜予歸未老秧鍼。

寒溪別德徵還鄂

拉君同問洪厓嶺，許我惟觀菩薩泉。引到空山聞滴滴，已收江氣上林煙。

同濟甫天孫舟宿龍蟠磯

賴共深更惜別觴，中流亂石近舟涼。鐘聲依水不依岸，微許孤吟與短長。

寄懷于司直

簾啓茶聲猶自沸，怪君何事出幽居。經旬一喚天街馬，走遍皇城覓異書。

【評】

明詩平論二集評曰：「行逕奇。」

送四弟遠韻赴湘潭

百丈春風甚自由，是兄游處即思游。晴來憶爾瀟湘雨，雨外昭山晴上樓。

雪後同張惟遠園行

雪着千林作眼光，徑通橋斷各深蒼。須臾引遍初來客，誰許寒江勝野塘？

冬夜同遠韻作

寒鴻響上疏疏閣，野月光穿瘦瘦枝。對客擎茶涼一盞，無端想遍十年時。

八弟亮徙宅西偏作

種爾魚成適共溪，飯吾牛去亦同畦。此生安得鄰相傍，弟任居東又住西。

龔君路燕還怪予貌黑戲答之

林西堰北日千巡，保有黧顔護野身。錯信風塵纔化色，閉車多少皙肥人。

王明甫出貢受賀孫以是日試週

朱旗灼灼舊衡門，是日先生笑弄孫。一具晬盤千種望，首拈毛穎合堂喧。

八月十七日亮弟席上

主客紛紛但一流，季家新酒白如秋。感予親逝纔稱老，歡汝茅齋不廢愁。

生日示四弟

數日前逢弟四旬，請君休問我生辰。短轅新賣能添舫，過盡漁家即老人。

其二

莫因生日過柴荊，未死前皆日日生。歲歲人間成夜半，直須棺蓋始天明。

答倪任先見嘲

天驟涼時各凍鴉，翻將半臂爲姬加。老來顏厚無多事，秋鏡前頭染鬢華。

笥侄數侍吾飲書與之

老愛兒曹羽翮成，翻將正色悟浮情。少年膽薄常逃去，喜汝頻來好笑聲。

送詹卓爾諭蘄上

孝廉年少傅浠川，自有南宮乙卷傳。君竟陵人殊不屑，澹然桑苧去嘗泉。

托卓爾訪黄美中山居

頗聞黄子住無鄰，百畝園山泉繞身。藏汝冠裳應得見，相尋且説是漁人。

【評】

詩慰本評曰：「畫境。」

索王天樂隴州鸚鵡

罷試歸來汝謫歸，湖山渺渺有閑扉。隴州官好無人説，要與言禽問是非。

送四弟六弟秋試

秋場鬼亦知雙璧，茅屋天先逸長兄。祇可數年酬俗債，老來俱要聚柴荊。

諸弟省試五弟亦附舟入鄂戲示

兩度鄉場無汝分，獨隨江火食秋鯿。一兄一弟文章伯，看買麻鞋意爽然。

【評】

詩慰本選收送四弟六弟秋試和本篇，評曰：「二詩真率可傳。」

偕正則服膺兩弟公車答别遠韻擬陶兩弟

種竹開堂似結鄰，到今車馬始轔轔。縱教羅網重重設，尚有題詩贈別人。

出都數日鳥聲甚稀

都人幻舌囀千場，沙鴇宮鶯學得詳。于七齋中聽人鳥語。何意行來春樹裏，鳥聲啼不到漁陽。

雨中鄭州

油碧車中望緑阡〔一〕，喜無塵土亦無煙。麥光柳色微添雨，翻似江南薄霽天。

【校】

〔一〕碧　人琴集作「壁」。

呂堰雨

河南河北風塵燥，此地春寒塵不驚。楚色青青楚雨細，孟家詩思接樊城。

贈坊金閣雪公 有引

雪公庵居義河上一年。戊辰冬，元春於先丘古白龍寺建坊金閣，資祖父母冥福。其地向河環山，山光翠濕，時有北僧粗滯，汛埽不任，春亦適貧乏，告諸佛鬻義河庵助閣費。雪公蔬圃花架及鄰舍，緇俗因緣相得，以春延請和篤，遂欣然來爲吾閣主。其眷屬海栖〔一〕、海若、寂初，彬彬然皆質有其文焉。栖素從予兄弟游，猶往來巾車棹舟間。雪公裹足不出山家。遠韻有憨僕，牧馬終日，視馬嚙草，忘倦，不知飯腹，繩終日執於手，不知謝去。遠韻曰：「此真雪公薪水物也。」舉爲贈。憨僕亦喜，佐衆沙門辛勤山中。山地荒固，鋤鍤爲命，井畫畦畛，雨灌交青，桐亦初有陰蔭，弄秀閣上。雪公益焚埽深棲，小園二十里而近，數月不聞錫聲。忽有便船，乘興叩款。值予午眠，童子報雪公至，予夢中答曰：「且坐，待予起。」起視之，童子又曰：「適出户。」屣履及户外，則雪公寄聲曰：「舟甚便，吾且返山中。」予悵然書其所以，而綴之以絶句。

園扉乍款不留身，覓爾瓶笻何處津？莫怪乘舟輕越陌，此宵仍是住山人。

【校】

〔一〕人琴集無「海栖」二字。

【評】

詩慰本評曰：「引佳，僧亦可想。」

出吴江城外同徐元歎遠韻弟登周安期小閣望太湖吴門諸山〔一〕

垂虹遠隔洞庭間，昨日長橋空往還。野閣無多三郡出，老人晴杖指湖山。

【校】

〔一〕題　人琴集無「外」字。

【評】

詩慰本評曰：「『出』字唐人神骨，『三郡』二字，淺夫下不得。」

君路署中贈熊子牙

我慕明王馳冀北，君因好友客淮東。異人本是霜天物，夜仗微酣羨吏窮。

爲于慧男題醉美人圖

鬒髮微摇眼倦開，輕衫委委似傾來。憐他户小非深飲，鸜鵒杯乾纔一杯。

上馬出永定門往五弟高苑

高文暗寫入深簾，且散春晴與酒帘。最喜到京無贈句，達官懷袖不曾沾。

【評】詩慰本評曰：「詞客須勉存此意。」

與馮宗之故人快聚都門

白門歡後此幽燕，爛爛雙瞳光勝前。場入少年翻不讓，與君休數訂交年。

甲戌春再客司直園中同人在焉而兩家弟去爲令

添得奇人好共扉，疏林尚覺影猶稀。兩人交語星光下，祇可名成一揖歸。

場前與楊維斗陳卧子夏彝仲吴來子邸舍同巷

還刺都城見面虛，朝昏數子隔牆居。漢時文物今差勝，談到天人各仲舒。

過舊滄州有鐵獅子丈餘獨立田間腹中曾捕得十八賊聞其鐵入火即飛故爲冶人所棄

鐵光深黯照荒丘，城郭俱移一物留。盛世金銅無淚眼，狻猊知守舊滄州。

【評】

詩慰本評曰：「極有爐錘。」

汝州秦京七十有四矣寄書都門且作詩云舟車若到必嚴冬路入山原幸未衝一騎亂流趨北磧數椽寒雨在西峰指示居止而予取道山東殊愧詩人之約

詩人老去念依依，約訪西峰與北磯。不過汝南無信往，黄鷄啄黍半年肥。

别高苑

住非當日東西屋，隱可吾鄉大小林。狄水商山來兩度，此生原有仲連心。

長白

李深梨淺與紅爭，閑眼看來花自明。長白山長東到海，一車蒼翠過鄒平。

雪中觀歷城汋突泉

聯水無端向上萌，氣蒸飛雪濟南晴。奇流甃作方塘物，微損荒荒出世情。

汴梁逢任澹公父子同行

父子攜文共至京，春深把盞大梁城。孤懷素不隨人熱，噫噫何從得五聲。

【評】詩慰本評曰：「如此看出襟懷，方爲善讀古人之書。」

聞流寇破當陽

夢中擾擾念春閨，故里何人識鼓鼙。聞説顯陵旗□集，誰傳賊過玉泉西。

汴梁遇鄉人作

歸人盼望意難寬，鄉使摇鞭説寇殘。但道楚無秦晉厄，不須重問到家安。

馬上

傳呼馬上盛冠紳，尺絹無緣罩是人。涴卻鬚眉應不惜，恐教雙眼亦生塵。

朱仙鎮謁岳祠

功在朱仙謗亦因，奸魂的的作胡塵。煩公努力看今代，懼虜人非憂虜人。

山花紅甚

紅盡山腰無隙處，老天真有構園才。轉將車馬入山徑，藏得春光鳥語開。

送四弟癸酉鄉試時八弟亮與簡笴二侄俱入闈

妹先姊嫁鄉人笑，葉後花開造物奇。對策場中君作想，念兄孤在北行時。

出隆中宿廣德寺

柏暗茅添又一時，輕泉細雨月芽池。空山處處生煙火，猶似黄頭午正炊。

送筍侄就贅浠川

冠婚千里事攀登，依婦翁居清似冰。自羨書聲今已滿，深山猶有未歸燈。

歸舟有贈

長夏親書證道歌，清齋下鑰事無他〔一〕。半生擇偶天垂念，嫁得詩人楚路多。

其二

添香侍女識爐煙，爐放金光字鏤宣。宣廟五年宫裏物，喜他同日上歸船。

【校】

〔一〕清齋下鑰　原作「齋下鑰□」，據人琴集補訂。

重入九峰寺

三百年前遺物在，二十年後老僧居。高皇卷軸深宫衲，留與游人想國初。

贈妓

小舟家宅未同浮，目目相成衹益愁。楓葉蘆花西塞裏，近來心緒不堪秋。

有寄

李家十二選幽香，曾話金陵子甚詳。欲識今生緣恰恰，兩人秋月各空床。

孟萬生邀上江閣重尋蘇公石上字時爲秋漲所没

喜弄江光鄰野煙，昔人心手揔蒼淵。題名石上無多字，隱在波濤動半年。

同去飛八月十三夜泊蒿墩

日過南湖愛此洲，月光邀我泊輕舟。教停兩槳任風往，吹到松間作好秋。

進船掛口有憶

好防霜到護芙蕖，幾月幽憂寶靨除。傳説多愁思轉切，擬開青鏡待眉舒。

停船漳源有憶

漳山影照是蘄春，漸近香風欲見人。夏簟秋燈俱負卻，楚江孤客半年身。

其二

忘卻經年桃葉夢，復乘三澨木蘭舟。竹溪花塢吾家有，已囑蕭郎莫好游。

懷耿克勵

孝廉船裏藏高士，兵燹叢中有瑞人。争向松鱗堂上羡，五經何日不紛綸。

其二

章江碑湧有人傳，五百餘家小耿賢。我愛君心殊澹素，須知拔宅亦蕭然。五

百餘家拔宅，楚黄小耿受記，皆江西奉新縣水湧出一碑上語。

甲戌燈市别李小有南還丙子夏寄之白門二首

憶到良朋燈夕會，三千里外忽飛來。珠簾捲去人猶醉，已聽明朝騎馬回。

其二

燕月照知君感慨，洛塵羞見俗癡嗔。放生小品尋蓮社，要作蟲蝦造命人。

【評】詩慰本評第一首曰：「友夏以朋友爲性命，似此起句見一時狂喜真情，不病其率，後二句卻妙。」

子藥住園中題其坐處

竹間新雀尾初長，榴火光中雨滴塘。多向漢橋添小屋，遠僧來便鎖閑房。

爲劉漁仲作四十詩

悠悠獻策意難宣，奇服奇書老未傳。渴想中興悲憤極，羨君小我十多年。

【評】詩慰本評曰：「『奇服奇書』四字，畫出劉漁仲渴想憤極，似有揶揄之意。」

令陳公過園門投詩而去

夜來新雨發蘭芽，門有筍香過野花。自是高人作官長〔一〕，不教桑苧自煎茶。

【校】

〔一〕是 人琴集作「世」。

【評】詩慰本評曰：「韻甚。」

寄二西廬山

西林仗汝塔層層，我到涼秋欲曉登。一日泉聲尋人夜〔一〕，喚雛光點石門燈。

【校】

〔一〕人　人琴集作「入」。

山中有憶

全山皓月倒鑪峯，小閣留輝知幾重？照過綺窗斜上几，愁人夜夜罵秋蛬。

其二

空階捉搦好閑談，誤卻朝朝書一函。我過潯陽門盡閉，臨行囑寫褚河南。

【評】

詩慰本評曰：「静境。」

宋明之畫浩然句中盤嶺入雲多題贈胡五去飛

霞上逢君煙外呼，入山騎虎出山驢。寒溪雲少難容汝，贈汝平田盤嶺圖。

同寒碧柳庵夏日懷真公

雨散蓮房珠粒粒，月摇溪塔玉層層。兩人分取仍難拾，坐聽新蟬念老僧。

葛山逢馮書先假還

衣冠覲母舊山中，遇我停車路一終。秋入葛山涼未徹，南湖湖畔釣絲風。

李單文山行詠予煙嵐此窟宅之句作畫相寄答之以當題畫

偶畫予詩筆已遐，將詩答畫意何加。雲嵐頗有山人性，歸到巖泉似趁家。

初入匡山寄别于司直

有人知我入匡廬，約訪茆齋事已虚。絶頂秋寒思北道，五峰忙寫送行書。

其二

欲持廬嶽好晴嵐，寄汝香山澗底參。吴越遍游歸自急，退之原不樂江南。

九奇匡雲西林一如開先秋水送予出九江

行近山窗嵐始開，虎宵鹿晝各無猜。土人驚問予何客，盡致高僧踏瀑來。

初入西林

猶與江湖稱沃土，已如星宿近高天。廬山過此無閑路，野客行來見去泉。

李華郁夫婦八十

八十孤笻亦瑞人，況兼巾帨與同旬。兒孫聽我談莊子，第一篇中是大椿。

冬夜坐寒碧小房

月真明處郊難凍，鶴欲鳴時夜已長。客久在家愁易起，一河春水去何方？

其二

加棉罷火鷄聲細，待月休燈雁影遲。雪事告消春尚遠，且挑塘土待梅移。

【評】詩慰本評第一首曰：「生動。」評其二曰：「令人想見林和靖、蘇雲卿。」

漢口逢道恒因憶山中

入山不覺身千仞，喜入平田廣野行。遥指小庵無數點，細游他日仗君成。

喜篤侄婚

篁聲策策雪融時，及爾春冰泮尚遲。子侄能文婚又冠，自來霜不誤人髭。

羅彥白自光化來郡就晤於習池贈之

一氈容易作閑尋，值我來行山水深。留得一池堪醉汝，葛疆猶似不同心。

鹿門寺泉

積草懸蘿響可求，峨嵋水作鹿門秋。燈公我相原消盡，何不飛泉出院流？

出京詠報國寺松

儘他姿幹布奇縱，三百年來誰與封。不是此株真怪絶，寺中何樹不虬龍。

飲黄嶺雲秋思軒

秋陰淡泊入山遲，野草平窗香出籬。架上書多多舊帙，始知秋夜默經時。

鸂鶒舟泛

西塞山漁浮可家，此灣黄鵠且停槎。雁知江晚微留響，蘆爲洲秋亂作花。

榜下詩

恥如曹鄴太傷神，造物奇懷未許嗔。漁獵聊充三百五，詩人放去詠殘春。

報國寺中別五六弟

榜無甲乙兩馳驅，送我松邊着汝奇。分與官家深悵悵，家園是汝暫來時。

【評】詩慰本評曰：「最是關情語，如『何時風雨夜，復此對牀眠』，及『不知飄泊在彭城』句，皆能令讀者生孝友之感。」

同德徵看月福持園

月將階滿復園通，好友遲眠醉頗同。算到燕行惟數日，始驚廳事早梅紅。

喜鍾五徙宅吾里

常喜子光爲近舍〔一〕，最宜龐老帶全家〔二〕。道人兼有林廬韻，嚴護西園近手花。

【校】

〔一〕喜　人琴集作「願」。

〔二〕「宜」字原缺，據人琴集補。

祝柳太元

古心如嶽質爲松，猶憶晨昏聚九峯。待到兒孫婚嫁就，許予杖履日相從。

孟代來過訪園林有贈

山還不復出疏林，君到穿�與細吟。賊擾光黄人帶甲，似留明月照鴉深。

報國寺留別諸友〔一〕

喜得先還林屋身，一尊酒熱緩車塵。諸君莫道松邊散，猶是生平聚首辰。

【校】

〔一〕原本未收此篇，據人琴集補。

答于司直〔一〕

暗拔髭鬚白不成，近來忘鑷出霜莖。良朋不信予懷闊，疑有新愁數日生。

【校】

〔一〕原本未收此篇，據人琴集補。

譚元春集卷第二十　鵠灣集一

記

游玄嶽記

自寒河七日抵界山，山始衆。是時方清明，男婦鬢生柳枝，淒然有墳墓想。至迎恩觀，舁人忽下肩，向井東叩首，復舁上肩去，肅肅悸人矣。過沐浴堂，夾古柏，陰黑成市，與王子坐柏下，告之曰：「此物豈無神乎？矧今且萬株。」入遇真宫，復出，行於柏，窮其柏之際，仰視枝，俯眄根，無一株遺者。柏窮爲仙關，關阨塞，他木老秃，與細竹點兩山。又行陂陀中，指元和觀東路行人紜紜者：「何所也？」同行僧曰：「十八盤道也，返則徑其處。」又行沃野，乃見玉虚橋，橋渡之以之於宫耳。舍橋，由樹隙旁至道人室，由道人室躡板渡溷渠，旁至宫。宫麗甚，制乃不可詳，且非野人所好。旁至會仙樓，峻壁四周，蒼翠無間，啓後窗，有樵人方負薪過。出宫，柏數十層，亂於門。又旁至先所謂橋者，微聞水音不能去。返道人室，語同行僧曰：「游，他山人跡不接，從本路出入，稍曲折焉，即幻矣。此山有級有鎖有絙，以待天下人，如人門前路。天下人咸來此山，如省所親，足足相躡，目目相因。請與師更其足目，以幻吾心。」同行僧曰：「此而去，有金沙坪。」

明日，從望仙樓後，由昨所謂樵徑者，漸不逢人，橡葉正秀，壑平，其阜柳家澗。初自林出，嶺行屢折，橡輒隨其折處，忽從萬橡中下一壑，高低環青，有石可坐，澗亦送聲來坐處。將至坪，左山深杳，道者結廬。纔引脰望之，有二山鷄從澗中衝起。入觀中，道人方煮橡麵，接粜，食隨磬下。由齋堂啓窗，羣山墉如出。與王子坐泉中，而同行僧從左右遥呼，已先得一處爲閑亭者，爲煙客居者，皆可澹人情慮。去坪，回望坪中，殊秀絶然。壑漸深，樹皆如其深數，高卑疏密，非聰明所能施設。過繫馬峰，忽一巖奇甚，連延數處，怪石與樹與草與澗，若一心一手，彼隙則此充之。與王子復返其起處，詳觀焉。巖未窮，即爲仁威觀，有落葉數十片，背正紅，點橋前小池，若朱魚乘空。過觀十餘里，桃李花與映山紅盛開如春；接葉濃陰，行人渴而憩，如夏蟲切切作促織吟；紅葉委地如秋；老槐古木，鐵幹虬蜷，葉不能即發，如冬深山密徑。真莫定其四時。有猿綴樹間，方自嬉。童僕呼於後，猿掛自若。入隱仙巖，無居人，惟異柏一株，類垂楊，梟梟然新青欲墮矣。自老姥祠而上，望天柱、南巖諸峰，嵐光照人，層浪自接者爲一重，而其下松柏翼嶺，青枝襯目，稍近而低者又爲一重。兩重山接魂弄色於暄霽之中，萬壑樹交蓋比圍於跬步之間〔一〕，目不得移，氣不得吐，遂休五龍方丈自恣焉。宮所負山峯，峭然豪立。所謂五井二池，碌碌不可照覽，一入即出。又途中經奇逾涯，聞有凌虛巖、希夷誦經臺、自然庵，皆勝，皆畧之。是夜眠不穩。樓下有繫猿，啼到曉。

早起，梯石穿岡，上竹樹，俯看深壑，茫若墜煙，身在塹底，五龍忽在天際。下級，幾不可止。細流時在耳邊，與蒙茸爭路。又行四五里〔二〕，水自北來，南響始奔，自南折東，始爲青羊澗。澗上置橋，高壁成城，相圍如一甕。樹色徹上下。波聲爲石所迫，人不得細語。桃花方自千仞落，亦作水響。聽澗，自此橋始快焉。沿澗而折，過仙龜巖，如龜負苔蘚而坐，泉從中噴出濺客。此而上，石多怪，向外者如捉人裾，向下者如欲自墜，突起者樹如爲之支扶，中斷者樹如爲之因緣。其爲杉松柏尤奇。在山上者，依山蹲石，根露獰獰，必千尋數抱而後已。其在深壑者，力森森以達於山，千尋數抱，纔及山根，而望其頂，又亭亭然與高樹同爲一蓋。此殆不可曉，覺山壑升降中，數千萬條皆有厝置條理，參天拔地，因高就缺，若隨人意想現者。始猶色然駭，中而默息，久之告勞焉，如江客之厭月矣。然每至將有結構處，尤警人思。自仙龜巖過百花泉，東至滴水巖，觀其水所滴如刻漏。是時南巖宫殿已迎瞻矚，猶尋徑左行。右見五龍，已如舟中望岸上送者欠立未去，而五龍前所見，衆山紛紛委於壑，松柏各隨其山，下伏安然，與荇藻不異。自顧身所經處，怪石奇植，非無故者。度天一橋，山蕊自吐，道人室層架其上，峻坂危棧，相爲奔秀。及登小天門，有巖石垂垂冒人，但所謂巨人跡者，貿貿不可踵趾。王子亦曰：「巖間紋多類此者，欲入殿觀諸巖之奇，而兩日間木石多變，心目賢勞。若更以衆奇巖惑之，縱觀費目，分觀費心，參差觀，心目俱費，費必將有所遺。曷寓道人室？明晨澹然一往矣。」

日未午，道人不可久對，與同行僧謀：「此半日亦無坐理，當以了虎耳巖。」同行僧曰：「若上太子巖，取道之虎耳，則並可了紫霄。」乃往紫霄。其宫背展旗峰，卷雲切鐵，有起止之勢，使人眩栗。已入宫，問禹跡池及福地所在，則已過。復出宫觀池，繞池登福地。峯頂以下諸峰，赤日直射，有光無色。由宫上太子巖，磴道迢迢，疲乃造極。峯頂别爲一重，不可見。以下諸峰，嵐息煙滅，暄多而淒少。由巖歷山上行，臨睨紫霄，指隔嶺朱垣，問同行僧，云爲威烈觀。行穿後山，下趨虎耳。此路無林木，見一松，追而憩之。虎耳僧適來松下，會，因同進。近巖有竹數竿，水一泓，與王子堅坐。比入巖，嵌空成屋，故榻尚在。僧導至頂上，凡老僧，花木、亭榭殆盡，惟藕塘水猶與泥相守。僕有善取藕者，跳而下，兩足踏藕之所在，如梭往反，而手出之，山僧以爲樂，送余從嶺間還，不由向路。忽循展旗峰後，過其隙中，峰方削而突，古竟離爲一處，非先所見皂纛相連者矣。稍進，復會於五龍來路之杉松下，較始見覺親，蓋虎耳心目閒於無林故也。

晨起往觀巖，巖在殿後，大石百餘丈，詭秘峭刻，有骨有膚，有色有態，有力有巧，高者上躍，壑以下至不可測，使鬼爲之勞矣。内察巖之高下思理，外察頂之起伏神情，不覺遂窮。亭際憑欄坐楯，遠望人客，佛號沸然。是日天風吹木，作瀑布聲，常以之自愚，爲巖中補遺。已而詳所過幾處，亭閣蜿蜿，天與人規，製若相吞。西去爲元君殿，數十折，至捨身崖。大木隊而從，由級以登，爲飛昇臺。臺孤高，亭其上，天柱峰聳然在五步内，不望亦見矣。臺旁有一樹，下窮壑，上出亭，挾千章萬株之氣，而葉未能即發，作枯木狀。臺上石後老松，有一株散作數枝，銜石而披，大風摇之，宜可折，偏以助此臺靈奇。臺旁又有露臺〔三〕，露臺下有巢穴者，能休粻呼之，久不應，慨然舍去。行曬穀嶺，經黑虎巖下，精魂方爲諸巖所奪，至此都不經意。過斜橋，問斜橋人，上頂有三徑。一爲磴道，人所由三天門是也；一爲官道，由歡喜坡往；一爲樵人道，由銅殿峌入。予樵人，當由峌入。同行僧別去，上三天門。獨與王子次萬丈峰，向背香罏諸峰，行枳棘中，數息數上下，道人家汲水者、負土築者，稍稍遇於路，乃至峌。石巖高危，嶺横如界。同行僧先至，迎我太和，一見而笑：由磴道者近耶？小憩道人室，室七層，有鴉數十頭，方向板屋上飛。喘而登天柱絶頂，禮真武殿上，觀其範金之工。四顧平臺，萬山無氣。近而五老、罏燭，遠則南巖、五龍，在山下時了了能指其峰，今已迷失所在，惟知虚空入掌，河漢西流而已。出，返銅殿，是元大德年物。坐觀天柱峰，草木童稀，石骨寒瘠，壑而上，石稍開，因築城銜開處。城而上，石復結，稍欹之以護頂。至於頂，乃平焉，高削安隱，天人俱絶。因想山初生時，與人初上此峰時，皆荒荒不可致思，私語王子曰：「水猶不滿人意，如此大名山，苟有千瀑萬泉，流之使動，樹杪、石罅受響不得寧，吾何思廬霍哉？」同行僧曰：「此而下蠟燭諸澗，純是水矣，且可了瓊臺。」但察僧意，以失三天門爲恨。然予以避三天門，益力從瓊臺往，非避其險，避其雜也。他日譚山中事，獨不知三天門何在，亦奇矣。乃復自峫出，枳棘隨人衣裾，漸覺又有山石傲岸，與他石離而立於前者無數，皆默領其要。王子恐予未見，輒從後呼語之。

至上瓊臺，瓊臺峰落落有天地間意。去投宿中觀，桃花開我立處，松古於門外，有數鳥拍拍飛而東。入登其樓，蠟燭兩峰正當窗，不知其名，而圍者同照眼。是時天欲暮，白雲起壑中，然氣甚暖。力不能上山，閑步静室，有道人瞻視不凡，與之語，導以山下僻處，松石依依可坐，而即促予起曰：「鐘時虎過此。」因明日行澗上，夜夢即焉。踰一岡，爲下瓊臺，兩燭峰已向後數里，始入澗，山東爲峽，水穿其腹，右伏者爲底，竪者爲埭，大者爲激，最大者爲分湍。石少者爲衍，多者爲甃。石不勝水者，狹爲溝，寬爲塘，水石並勝則狹聲急，寬聲遠。長石爲橋，方石爲水中臺，圓石爲座。植本之朽而倒於水中央者，亦賴之爲橋。水趨左，而傍右嶺行，水忽趨右，人從右穿左。水分爲二道，則人踏水聲，相石之可過者托履焉。心在水聲者常失足，視在水聲者常失聽，心、視、聽俱在水聲者常失山。恐其失也，常坐石兩崖望。王子常越數石，坐水中大石，予望其自石過石也，若蹈空，亦常徙數處。而兩崖山斷復合，開復收，削復平者，樹層層翠水光中，妙高夾立，畫鷄鶩飛。自山半亦思返，日非斷崖不得露，澗二十餘里皆陰陰，而山香四發，不辨其自何來，惟左山一隙，有行人由山路出。同行僧曰：「此自威烈觀來，前紫霄山後所望丹垣者也。」至此，一嶺横於前，以爲不復峽，而趨過之，又峽焉。澗聲直汩汩，喧至王虚巖下，九渡澗旁出與之合，巖兩收其響，以爲幽，遂欲爲諸巖冠。澗中觀巖，巖上望澗，上巖水聲若在空中，下巖水聲若在木末，而其間結構，天爲之屋，人爲之棧。無此一段，是山猶不可竟也，遂自此竟之，以爲武當山記。其下十八盤，與其出路不足論。

【校】

〔一〕比　譚合集作「此」。

〔二〕「幾不可止。細流時在耳邊，與蒙茸争路，又行四五里」四句，譚合集位於「俯看深壑，茫若墜煙，身在壍底，五龍忽在天際。下級」五句之前。

〔三〕露臺　譚合集作「靈臺」。

【評】

譚合集評「男婦鬌生柳枝」幾句曰：「悲涼生感，别有領會，他人作記結語，此偏以之作起語層。」評「宫麗甚，制乃不可詳」幾句曰：「説幽處，不肯説麗處，一句略之，妙，有手眼。」評「漸不逢人，橡葉正秀」幾句曰：「酷肖水經注。此譚子意得處，輒淡然以出之。」評「怪石與樹與草與澗」句曰：「人與地皆出心眼，故根遭而益深。」評「聞有淩虚巖」幾句曰：「不端其略，正欲以人傳山水，不欲借山水以傳人也。」評「覺山壑升降中」幾句曰：「有此明心慧眼，一人游之，使百千億人亦從而游之也。」評「松柏各隨其山，下伏」幾句曰：「妙。」評「若更以衆奇巖惑之」句曰：「培養心力，培養山水，如呵護才人，不苟不漫。」評「僕有善取藕者」曰：「以此瑣事譜入，妙，有天趣，見其心眼之閒。」評「忽循展旗峰」幾句曰：「每以分疏處曲盡其向背起伏之妙。」評「是日天風吹木」句曰：「耳驚目駭，每矜獨得，常有此想。」評「始入澗」幾句曰：「獨將水叙，不夾入山樹，以終『水猶不滿人意』，而情勃勃如見。」評「一嶺横於前」句曰：「奇險奪人。」評結句曰：「此山之董狐。」

游南嶽記

丙辰三月，譚子自念其爲楚人，忽與蔡先生言：「我且欲之嶽。」於是遂之嶽。湖南山水，舟戀其清。次江潭，盟周子以静游，周子許焉。譚子曰：「善游嶽者先望，善望嶽者，逐步所移而望之。」雨望於渌口，月望於山門，皆不見，譚子悵然，都市乃得見之，深於雲一紙耳。

將抵衡，觸望莊栗，空中欲分天。又望於縣之郊庵，雲頂一二片，綻者的的見縹碧。又望於道中，萬嶺皆可數，然是前山，非郊庵所望縹碧者也。道中多古松，楓色緑其旁，聽睹如意。行三十里，入嶽坊，雜木亂植，新葉洗人。步尋集賢院，麿松息竹，一僧瘦浄，良久始啓扉，問周子何來。蓋周子少時讀書院中，扁尚有周楷姓字。是日意有餘，再往水簾洞，越陌踏澗，澗中亂石流影，閒花開之，舉頭見山巖間，忽忽摇白光者，水簾也。水傾如簾，霜雪同根，下坐沖退石，且卧焉，以仰察其所飛。返於廟，天乃雨。

明日又雨，登峯者危之。驅車而上，不雨。及華嚴峯，晴在絡絲潭。及潭，晴在玉板溪。及溪，晴在祝高峯。若與晴逐者。紫雲洞以上，泉氣白墳，絡緯軋軋，潭名不謬。過潭無不泉者，左右交相生，或左右隱，或左右微斷，惟玉板橋左右會，草木陰其響。離橋南折，頻上綠影，小憩半山亭，游者頗自足。香爐、獅子、南臺諸峰，皆莫能自立，鳥莫能自飛。再上，可折入鐵佛庵矣，曰：「留以快歸路。」又上，則湘南寺，意不欲往，遂不往。惟一入丹霞寺，棟宇飄搖，若欲及客之身。自此以上，雲霧僦居，冬夏一氣，屋往往莫能自堅，僧莫能自必。譚子每值平臺，俯納晴朗，所曾經危聳，已有罔焉者、有壑焉者矣。廣疇細畎，水微明如江，江水亦莫能自大。出丹霞門外望，又有異同矣。漸仰幽徑，穿草木花竹行，有樫松拙怪可笑，顧周子而笑之。逾北斗嶺，嶺盤爲星，數步一折，足不遑措，頗以此生喘。轉尋飛來船石，衆石支扶，一石翱翔甫定，銜尾卧其上，人從隙中過，見石上樹如藤，皮半存，青青自有葉。望講經臺，甚了然，遂不往。取舊路邊山而下，指隔山上封寺。道有級路，趾斜垂蟻影，游人與雲遇於途，雲不畏人，趾窮，坦然得寺。僧火於衲，客依於鑪。是時春夏交候，有蟲無鳥，亭午弄旭，澹若夕照。由寺後上祝融峰頂，新庵舊祠，仙往客來，四顧止有數人，數人止各據一石。晴漾其裏，雲縫其外，上如海，下如天，幻冥一色，心目無主，覺萬丈之下，漠漠送聲，極意形狀之轉不似。譚子顧周子語：「奇光難再得，願堅坐以待其定。」周子許焉。久之雲動，有頃，後雲追前雲不及，遂失隊。萬雲乘其罅，繞山左飛，飛盡日現，天地定位，下界山争以青翠供奉。四峰皆莫能自起，遠湖近江，皆作一縷白。譚子持周子手，不能言。右下會仙橋，是青玉壇也。橋垂空外，架空中石，老松矯首橋下，倚試心石，不可以咫。乃復過上封，見歧路，幽翠彷彿，若有奇，欲搜之，僧曰：「此下觀音巖矣，留爲明日南臺路。」宿諸寺，雲有去者，星月雍然，磬聲不壯。

晨趨望日臺。艱難出淺霧於天海之間，稍焉，日脱於窘，山山雲洗，乃搜所謂幽翠，若有奇者，觀音巖也。寺閣光潔，有泉鼎鳴。自幽徑左行，忽得來時路，祝融追隨，下鐵佛庵，乃不見，此皆所謂後山也。庵以下爲兜率庵。下極復上，爲己公巖。稍上，即又平，爲福嚴寺。惟獅子、天柱相從最遠，左方溪澗溝塍，時時宕人眼。因思來時路，南臺左翼所峙者，香爐、獅子、赤帝諸峰，所望者特右之溪澗溝塍，雖南臺火無昔觀，要當補爲歸路也。出南臺，松徑豁整如前。初入衡山道，想其未火時，譚子悵然，已復自解。游人各自有會，如所憩兜率庵，大竹桐如笋皮半脱，泉喧喧静其右，僧引入閣上聽泉〔一〕，晴天雨注，憑軒對天柱峯，峯氣静好，可直此一來耳。下退道坡，坡盡榛楚荒寂處，有閣觸目，知爲紫虚閣。跡之道士樵，扃户，攀檐端，接魏夫人飛仙石，石盤空外，勢出香林，高松寒覆，而溪聲曲細，上合其濤。道士既不歸，子亦去，與周子訂方廣游，周子許焉。於是遂以明日往。

初行平壤十餘里，溪山效韻，望昨所爲諸峯皆不見，無論祝融。陟嶺，得疏林，云有須彌寺，意不欲往，遂不往。須彌而上，向背高低不一。沙邊有石，石隙有泉，泉旁有壑，壑下復有奔響，響上有樹，樹間有花草，青紅光光中，又有飛流雜波，流急處有橋，橋上下皆有陰，陰内外有幽鳥啼。水可見則水響，不見水則汩汩屮樹響。萬樹茂一山，則山暗，一山或未能叢〔二〕，則兩山映之使暗。崖石森沈，多如幽齋結構。至於水蒲溪毛，宛其盆秀〔三〕。步步懷新，度三十餘里，聲影光三絶。惟至半道，緩行蔽翳間，左右條葉〔四〕，隨目俱深，表裏洞密，有心斯肅。譚子視周子良久，卒不能發一言。此山中，太陽易夕，壁無返照，小憇嶺端，望之蓮形若浸。暝投方廣寺，林火鴻濛，泉鳥驚心。僧引至殿旁，折入禪栖，廊下忽度橋，泉聲又自橋出。所宿處聒聒然，與來路莫辨。

曉起即出寺西，由林泉夾道中，過洗衲池，梁惠海尊者洗衲處。一石卧水面，旁守以大石，亂流匯瀉，聲上林間。石去地數寸耳，不能簾，而亦依稀作簾光。稍進，爲尊者補衲石，近人因其勢，上置臺，題曰「嘯」，予易以「戀響」。戀響者，戀洗衲以下水石樾薄之響也，然亦任人各領之。又西高徑山開，可入天台寺，意不欲往，遂不往，惟坐起林邊水邊，自西歷東，低回澄竦而已。如是者三往返。俗人知好，僮僕共清。乃出方廣路，天乃雨。影響無一增減，但初至重徑，略有異同。當此之時，虎留跡，鹿争途，猿啼一聲即止，蝶飛無算，似知春盡者。譚子悵然。

明日不雨，乃出嶽。善辭嶽者，亦逐步回首而望之。

【校】

〔一〕入　譚合集作「人」。

〔二〕叢　譚合集作「或」。

〔三〕盆　譚合集作「明」。

〔四〕左右　譚合集作「右左」。

【評】

譚合集評「雲霧僦居，冬夏一氣」幾句曰：「荒寒蕭颯，畢竟山氣妝裹，森然竦然。」評

「轉尋飛來船石」幾句曰：「秀細零星，曲曲以與之遇，幽潤而不欲直盡。」評「久之雲動」幾句曰：「前篇以樹點綴山容而畢見，此却以雲掩映山氣而益深，山水别有慧根，畢竟要從心眼自出領會。」評「星月㸑然，磬聲不壯」句曰：「妙思清音。」評「須彌而上」幾句曰：「氣馳驟，光摇而響亂，不知起滅，於何臻止。」評「卒不能發一言」句曰：「正妙在説不出。」

初游烏龍潭記

白門游多在水。磯之可游者曰燕子，然而遠；湖之可游者曰莫愁，曰玄武，然而城外；河之可游者曰秦淮，然而朝夕至。惟潭之可游者曰烏龍，在城内，舉舁即造，士女非實有事於其地者不至，故三患免焉。予壬子過而目之。己未，友人。茅子止生適軒其上。軒未壁，閣其左方，閣未窗，未欄，亭其湄，甃其磯，皆略有形，即與予往觀之。

登於閣，前岡倒碧，後阜環青，潭沈沈而已。有舟自鄰家出，與閣上相望者，宋子獻孺〔一〕、傅子汝舟〔二〕，往來秋色上。茅子曰：「新秋可念，當與子泛於沄沄淰淰之中，不以舟以筏，筏架木朱檻，制如幔亭。」越三日筏成。

【校】

〔一〕宋子獻孺　原無「孺」字，據下篇再游烏龍潭記、三游烏龍潭記增補。

〔二〕傅子汝舟　傅，原作「傳」，據本書卷五五律傅遠度水閣柳下作改。傅汝舟，字遠度，萬曆間江寧人，國子生，著有傅遠度集。

再游烏龍潭記

潭宜澄，林映潭者宜静，筏宜穩，亭閣宜朗，七夕宜星河，七夕之客宜幽適無累。然造物者豈以予爲此拘拘者乎？

茅子越中人，家童善篙檝，至中流，風妒之，不得至荷蕩。旋近釣磯，繫筏垂柳下。雨霏霏濕幔，猶無上岸意。已而雨注下，客七人，姬六人，各持蓋立幔中，濕透衣表。風雨一時至，潭不能主。姬惶恐求上，羅襪無所惜。客乃移席新軒。坐未定，雨飛自林端，盤旋不去，聲落水上，不盡入潭，而如與潭擊。雷忽震，姬人皆掩耳，欲匿至深處。電與雷相後先，電尤奇幻，光煜煜，入水中，深入丈尺，而吸其波光，以上於雨，作金銀珠貝影，良久乃已。潭龍窟宅之内，危疑未釋。是時風物倏忽，耳不及於談笑，視不及於陰森，咫尺相亂。而客之有致者，反以爲極暢。乃張燈行酒，稍敵風雨雷電之氣。忽一姬昏黑來赴，始知蒼茫歷亂，已盡爲潭所有，亦或即爲潭所生，而問之女郎來路，曰不盡然，不亦異乎？招客者爲洞庭吴子凝甫。而冒子伯麟、許子無念、宋子獻孺、洪子仲韋，及予與止生爲六客，合凝甫而七。

【評】譚合集評首段曰：「寄托中忽然有感。」評「電與雷相後先」幾句曰：「參錯羅動，時有神鬼相亂其間，游事勝概，每每遇此，覺此景宛然杳然，恨不能記其事以相質也。」

三游烏龍潭記

予初游潭上，自旱西門左行城陰下，蘆葦成洲，隙中露潭影。七夕再來，又見城端柳窮爲竹，竹窮皆蘆，蘆青青達於園林。後五日，獻孺招焉。止生坐森閣未歸，潘子景升、鍾子伯敬由蘆洲來，予與林氏兄弟由華林園、謝公墩取微徑南來，皆會於潭上。潭上者有靈，應觀之。岡合陂陀，木杪之水，墜於潭，清涼一帶。叢灌其後，與潭邊人家，檐溜溝勺入浚潭中，冬夏一深。閣去潭雖三丈餘，若在潭中立。筏行潭，無所不之，反若住水軒。潭以北，蓮葉未敗，方作秋香氣，令筏先就之。又愛隔岸林木，有朱垣點深翠中，令筏泊之。初上蒙翳，忽復得路，登登至岡。岡外野疇方塘，遠湖近圃。宋子指謂予曰：「此中深可住。若岡下結廬，闢一上山徑，俯空杳之潭，收前後之綠，天下升平，老此無憾矣。」已而茅子至，又以告茅子。

是時殘陽接月，晚霞四起，朱光下射，水地霞天。始猶紅洲邊，已而潭左方紅，已而紅在蓮葉下起，已而盡潭皆頳，明霞作底，五色忽復雜之。下岡尋筏，月已待我半潭。乃迴篙泊新亭柳下，看月浮波際，金光數十道，如七夕電影，柳絲垂垂拜月，無論明宵。諸君試思前番風雨乎？相與上閣，周望不去。適有燈起薈蔚中，殊可愛。或曰：「此漁燈也。」

【評】

譚合集評首段曰：「先有此境在其胸中，如遇故人，不覺情達於內外。」評「紅在蓮葉下起」句曰：「奇幻。」評「盡潭皆頳，明霞作底」句曰：「更奇更幻。」評「諸君試思前番風雨乎」句曰：「静境中益生感嘆，情深人無時無之。」

陳武昌寒溪寺留壁六詩記

天啓二年四月，春與故人孟登，蔬食於寒溪寺者累日。山雨積林，梵聲低濕，閒步殿門，仰視白板字，請孟登誦之。孟登爲誦其詩序，又請沙門取紙筆，録其全詩。詩六章，章各有題。其一曰旱禱龍湖〔一〕，述龍德。其二曰祀龍明日母疾靡留東門乏櫝孟封公遺美材，述孟德。其三曰縣人賻贈百金用爲歸資僧二十三人齋公六人爲誦禮經懺不取瓣香半粒，述賻德。其四曰縣有三鹿商有鹿米欲用秋祭予不可請者曰安知後來之不終用也，述三鹿。其五曰縣有魚稞秋日届期請開湖曰待署者，述魚稞。其六曰武昌勝地昔多名流百年千祀誰知陳生，述名勝。六題古質鬱厚，詩俱稱是。春瞪目而視孟登曰：「噫！」孟登曰：「此吾縣舊令鏡清陳公也，古人也。當在吾縣時，務以德化人，以禮服人，有父子兄弟訟於庭，賜父兄坐，與之茶，而令其子弟拜於堂下，入公門忿，出公門慚，觀者懌，聞者歛。不意刑政汩没、僞薄鑠骨之日，行其所學，不敢以衰世待世，不敢以衰世人待人，古人也，乃不知其詩至是。」春聞之改容。

嗚乎！道德之化，似亡而存，風雅之道，名存實亡。方此刑政汩没、僞薄鑠骨之日，有人焉不苦其力，不煩其視聽，隨其所安，而與之無求，尚足以使民愧畏而懷思，故曰存也。學詩者先於澹其慮，厚其意，回翔其身於今人之上，無意爲詩，而真氣聚焉。春嘗就而思之，歌兒舞女，以情殉志；清流秀子，以志殉情，其於詩也，似矻矻乎求所以亡之也，故曰亡也。兩無所殉，而獨立焉，斯之謂存。存者，不告於人，而守此以待者也。陳君殆其人與？

孟登又言：君今年補官都下，得長沙新化令，登以計偕至，恒與相見。袖數文錢，日買餅飥充饑，晨出夕返，數十里，皆緩步迤邐，無騎資，而人率無知其賢者。春故梓其六詩，與孟登私相慶而爲之記。

陳君名治安，會稽人。春不詳其氏籍，孟登云爾也。

【校】

〔一〕旱　譚合集作「早」。

【評】譚合集評「有父子兄弟訟於庭」幾句曰：「此直是聖賢經世作用，非第一邑一官之教道中也。」評「乃不知其詩至是」句曰：「尤妙在不知其詩之妙。」評「學詩者先於濬其慮」幾句曰：「説出詩品詩弊，真實切至，使人坐進此道。」評「而人率無知其賢者」句曰：「把庸人一概抹殺。」

繁川莊記

莊遠清白江六里，過繁縣北五里。江至此分爲川，在大石橋西半里，川又分，不及橋一畝復合。橋北不能見川，柳陰之。柳南，度竹隱橋，以川爲地，不能見地而見川，時一見地浮其間，如水上物。度其地十三畝有半，竹陰之。蜀中竹善爲陰，碧沈如桐，高矚始有葉，葉鬱鬱隆至半，萬竹齊陰，倒影在川，川常碧碧浸人影而後已。榿亦然。年深映遠，株必累百。初入竹時，煙其步。

朱無易先生從蒼蔚間置含清亭，清所含也，竹盡榿陰之，合百數十以爲影，如不見川，而見川所浮之地，如榿中物。然川至此奔激怒生，流潑潑有聲，自竹隱橋以南之地皆若動。先生乃置軒，常自成都來，住累月，課隸人，分江水入川，灌田以自澮。而先生之仲子履，顔其軒爲純音，先生之鄉人稱爲繁川莊，先生皆聽之。萬曆丁巳，官楚憲司，屬譚子爲之記。記暇，譚子想慕其地，復爲絶句詩，凡六首，先生亦聽之也。

【評】譚合集評「度竹隱橋」以下曰：「歷落縹緲，意境各自相迫，而徘徊出之，如遠如近，絶宜繾綣。」評「竹盡樾陰之」幾句曰：「妙。」

重修寶峰山觀音寺碑記

邑志載寶峰山觀音寺，創自天順年間，即今所謂十八灣觀音寺也。邑百里無山，何山之足名？寺必麗山寺之，斯「山」之矣。或曰竟陵者，陵之所竟也，茭葵蒲葦之間，稍岡焉、脊焉，亦「山」之矣。是二者皆無據。然稱爲十八灣寺者尤著，十八灣字亦雅。瀠洄所環，堤勢地形，及帆焉、步焉者，相與灣之，以暨於十有八。而寺之鐘晨梵夕於渚畝之内者，亦常與舟馬之人戀魂送響，而不即去。

近土人又稱爲十八灣楊氏寺。楊自成化始從江右移家占籍。奄有田廬，寺僧相依爲香飯主。至幾傳而諱某者，始克新之。又兩傳而爲今之楊居士某，夙有白業，閭黨稱善〔一〕，聞旃檀而不愧，見蓮花而生恭。入禮大士，垝敗觸目，若其身冒風日也；吊百身於莓苔之中，若其衣蒺藜也。乃以數十年所耨於水、耕於火、植於木、鋤於金，而變化於土者，舉以輸諸寺，而像之，而殿之，而廡之，而垣且甃之，視舊制加廣焉。越三年，始改觀，是爲萬曆之己未歲。謁碑於予，而予因以發歎焉。

朝施者吾思其所瘠，官施者吾思其所膏，商施者吾思其所子母，儈施者吾思其所血。農以勤行力作，不造一寃、不希一福而施，吾望其瓦甍龕宇，猶有汗痕，即此是日月燈明矣〔二〕。然則十八灣楊居士，亦可傳也已。乃爲記，以貽後之慳貪者。

【校】

〔一〕「閭」字原缺，據譚合集補。

〔二〕燈　譚合集作「登」。

【評】

譚合集評「寺必麗山寺之」句曰：「是箋注體，非訓詁體，以秀健益之故也。」評「十八灣字亦雅」以下曰：「杜撰得有趣。」評「農以勤行力作」以下曰：「不説福田、因果等語，直以勤行力作侈其功，覺從來貪戀人徼福，佛必不肯受之。」

廬山五乳寺供養畫像碑記〔一〕

予三游江南，一入彭蠡，至章門，凡往來八經廬山而不得登。崇禎壬申孟夏，病卧琵琶亭下，蓋山中僧待予久矣，對之有愧容。適慈航、石照諸師初募成五乳寺八十八祖畫像香燈買田礲碑，求予爲記，以壽此畫及其募田，永無漁敚，予既以病不得上，而喜吾字墨之先據其巔也，諾之。

其明年，予家居，慈公身爲請，始進而問故。慈公曰：「此新安丁南羽居士所畫像也。南羽畫佛、大士像滿天下，雄悲動人，率不能一二軀。而是畫獨取盈各祖，册與軸各八十有八。所畫行住雲水，目努眉低，杖飛瓶立，捧書執器，皆有微細，功行蟠入筆端。下至胡人蠻奴，獅喜蟒嗔，無不支頤曲膝，豎毛決蹄，仰視俯視，向人作語。蓋道子、伯時之流也。自憨山大師至，止五乳，此畫遂留山中。憨師逝，畫益當守。吾徒募緇褐，善信如其祖，數各有香燈花果，生生供養。於是乎有田，因田念香燈花果，因香燈花果念丁氏畫像，因像念憨師所遺，是其所以壽之之道也。」

予聞之有感焉。憨師在神宗朝，坐有道士猛山事，赴詔獄，戍嶺南，尋蒙放歸衡嶽，因老匡阜，高標警俗，卓行棲雲，宗風之振，遠接紫柏，而深山眷屬，同志相與，敬所尊，愛所寶，爲法皇皇，營心千劫，可重如此。吾儒士大夫一遭罪廢顛躓，嗟吁頹然，無復道德文章之想，偷生視息。安能卬首結思，益究所未逮，使天下翕然？而其所號爲門牆徒侶者，又安能益重其言，服習恪恭，步趨不稍衰，念其死而曝其書畫？爲一歎息者，是豈真世外人獨有高風耶？碑山中者，當令巖間亂流，莫便飛去，尚爲人間洗此感慨也，作八十八祖畫像記。

【校】

〔一〕譚合集無此篇。

應山舊令碑〔一〕

廣德夏予蘭從應山遷武昌郡丞以去，且數年，應山諸君子懷思日篤，創生祠貌其像，歲時祝之。蓋應山無他祠，自張公給諫後，至是始再見云。其情專，其意古，非他郡邑文飾去思以行諂者，予是以諾其碑。

予嘗與令交，不能諂事也。側聞吾楚賢者皆義令，以令有保護楊忠節一事，入人甚深，若家受其賜者。天下人聞其風而義之曰：「賢哉夏令。」至行於章奏，聞於朝。雖久淹丞署不得調，而頑夫宵子仰視之，在層雲之上矣。我楚人寒心銷骨，念之悸栗，其何忍忘令與同時郡伯李公也。三户義之，三户祝之，所以報也。祠於應山，不幾隘與？諸君子曰：「義令者，吾楚人事也；德令者，吾邑事也。令治吾邑，冰雪其身焉，一縑一鎰不以擾吾民，賦無羨，訟無鍰，甑塵魚梁，有廉澹風。邑利病則不讓，力除子粒，改折二糧，請於上，民困蘇焉。邑久茀不理，令斯士者，如以官爲郵，官以何時而悴神竭物，爲後來作勞薪大夫日？是何言之陋？得百里而君之，爲父母而不爲子孫計長久乎？城痺池塞，一夫可越，視厫厫亡，視庫庫亡，可若何，一更新之。督畚插，謹錢穀，必躬必隸，如有呵責。性素愛士，追之琢之，使成譽髦。以爲頖水人文之都，居也新其宫，使講德焉。已而周覽風物，作二閘以聚之，水石迎拒，輝瀾相朝，其上建藥師殿，士子日課藝比丘，梵潮磬煙，與城堞迴匝，洵可樂已。吾儕德令者也，非義令者也。」

予慨然曰：「諸君子謂下石助焰者，有不輕士殘民者乎？美官在前，奇禍在後，而色不變者，前日之廉吏、慈吏、才吏也。叔向有言：『君子枉憂，不救不祥。』廉吏、慈吏、才吏，祥莫大焉。不負國，不負朋友，寧負士民哉？天下人與吾楚人義之，諸君子德之，一也。匪德胡義也？上官信之，齊民保之，學古之道之君子許之，其大夫之謂乎？匪義胡許矣！予非知道者，竊附於學古，而永之石。」題曰舊令碑，別謂也。

【校】

〔一〕譚合集無此篇。　題　原本目録題作「應山舊令碑記」。

譚元春集卷第二十一　鵠灣集二

傳

封郎中葛太公傳

元春嘗讀陶元亮爲孟長史嘉作傳，其言曰：「懼或乖謬，有虧大雅君子之德，所以戰戰兢兢，若履深薄云爾。」蓋古人之愼如此。己未歲，謁吾師葛學憲公於杭州，命爲封郎中君傳。元春冰淵其懷者累年，於是始爲葛太公傳。公嗜學，重經義，嘗爲諸生講説，故學者稱爲麟郊先生。以伯子學憲公爲南京禮部郎中，遇覃恩，得拜封郎中，人又稱葛大夫〔一〕，或曰葛太公。元春爲學憲公受知門人，義當比大父，尤得稱太公「太公」云。太公名大成，字以時。其先出許州郾城，後徙會稽。至元四奉直，由會稽渡錢塘，遂爲錢塘定北鄉人。太公亮拔多奇節，十六補弟子員，二十六入雍，六館之士，翕然宗之，辛卯首乙榜，主司琢菴馮公、植齋曾公，世所名爲能識文章者，手其卷歎焉。太公雖試屢絀，然下帷益奮，攜學憲公讀書吴山，分燈啖虀，不窮工析微不已。至庚子試京兆，復失職。而伯子學憲公是秋舉於鄉第一人，明年成進士。公歎曰：「吾苦心積學三十年，老於道途而收於階庭，是則有命。吾其爲崔斯立乎？」斯立嘗謂官無卑，顧材不足塞職。旨哉言矣！

去爲福建崇安丞，又遷廣東欽州倅，皆强幹清慎，壹意字婷鋤暴，用酬生平，不敢有不屑之意。而臺御史目其才敏而練，志堅以貞，造軌者亦頗自信自喜焉。太公之爲崇安也，丞耳。崇有訟山者，連年不決，咸以邑連江浙，率未可詰。太公曰：「豈有是乎？」捧上官檄，界而遺之，民不敢譁。崇有榷税中使，制其命，而丞尉望風倡和，賈人重足而立。太公督給公上，惟謹而已，無浮額，無私獻，中使不得意去，然亦無以中也。太公丞崇，攝崇篆；倅欽，又攝欽篆；兩官皆滿，考最，致其政而歸。凡官之攝守令也，羈旅於其官，計且旦莫謝去，而又常不足於所自有之官，稍稍取償於攝，故州邑之苦失守令也，苦其攝焉爾。

太公慨然：「吾日欲伸其志於不得伸之日，奈何暫得伸，自令屈抑爲？且州邑有何官可苦民，官有何日可苦民者？」丙午，閩大饑，郡守禁米越疆。民攫取之無問。於是閉糴者達江西。太公方攝崇，爲郡守力争。郡守語塞，因請之江西諸道，得聽民轉輸矣。治州事，吏以羨進，太公叱曰：「女不見吾平時作何狀，而敢以此浼耶？」吏懾而退。欽州有夷寇被兵，邑里蕭條。太公承檄，往清民居。故例，一户錢百文，約可數百金。吏以爲言。太公笑曰：「則是寇未退也。大軍之後，必有凶年，可自我而凶年之乎？」嚴敕勿斂。匹馬雙僮，自裹糧往，民無半菽之費。又招撫流亡民，以安集兩地〔二〕，人皆至今德之。問太公，太公不言也。

太公風格峻整，動由禮節，飲啖服御幃幕，常如素士。家在西湖上，笙歌相沸，士女競華，而太公肅衣履，寡言笑，課子弟門人，皆孝友樸質之事，與夫忠臣烈士廉吏之談，不以家之腴枯、官之升沈，錮人趨嚮，損人骨體。其鄰虞德園先生曰：「人多縛絀繞指，意蟠屈不自申，而葛公父子美意烈心，不申不已。」知言哉！

元春又聞學憲公在江州迎養太公時，湖口稅璫張甚，學憲公逮治其爪牙，璫窘，伺太公發武林，行賂求解。太公正色麾之，使者懼逃去。歸過湖口，又齎珠弊造請。太公扃郵舍，不聽入。瑠停車良久，然後去。於是瑠喟然歎曰：「是父是子，果然矣！」戒左右勿得以身試法。其後數年，學憲公衡文吾楚，簡鏡肅然，紈袴之士，無所麿庇，顏氏所謂駕長檐車出入〔三〕，望若神仙者，自悔不讀書，塞默入地。而太公在武林，終日步湖上，有匿踪伺太公間，欲以私干，不敢近。當此之時，太公與吾師學憲公，父子以執法守素，名聞天下。

譚子曰：春秋時多君子，而孔子思剛，如饑人思江瑶柱。至蘇子瞻作剛説，得一人焉，曰孫介夫。至今日又得兩人焉，曰葛太公父子。何春秋時之難，而後之易也？然峨峨先生，天挺無欲，足知是剛者無疑矣。寶劍無折無摧，無求於世，光芒屬天，固日拭以華陰土。夫讀古人書，則太公父子華陰土也。

【校】

〔一〕葛大夫　原作「葛太夫」，據譚合集改。

〔二〕地　譚合集作「也」。

〔三〕入　譚合集作「人」，則連下句讀。

聞母傳

聞母者，杭州聞汝東先生夫人也。夫人姓朱，亦杭人，沖和虔静，有名賢之美。夫人死，里黨之中，無不慕叫擗摽，思一易其名。嚴子調御，母事夫人者也，躍謂夫人二子曰：「吾無以名之，吾無以名之。其全德也夫！」於是稱全德聞母焉。

初，夫人歸聞氏，年十五，事舅南江翁，孝敬備至。翁有所幸妾，日以啐語相侵，夫人煦煦然事之，卒賴以化。所幸妾晚失明，身自扶攜，嘗甘旨以進。所幸妾感泣語翁曰：「而婦真孝婦也。」翁壽至九十五，夫人逮事五十年，白頭毵毵，如初作羹湯時，杭人至今艷爲盛事〔一〕。夫人與汝東先生如同志友，相莊無間。先生好節義，樂施予，恤孤篤舊，不以亡爲解，皆夫人成之也。先生愛客，通人秀士、林僧杖老，率滿坐上，開樽設豆，絡繹簾屏之内，與客同聚散，終日未嘗一起，夫人亦不以耻罄亂先生談也。舉三子，長即吾友啓祥孝廉，仲啓初，季啓禎，皆才而自束，家學淳雅，夫人愛之如一子，愛諸子婦如一女，兄弟娣姒，亦並相愛敬，末世所謂雀鼠風雨，壁陷檻淪，塞室殆盡，一門之内，不知世間何者名爲乖和。下至僕媵，皆欣欣自得，不事嗔喝，自然勤整。

夫人既夙具道念，與汝東先生嚴持殺戒，魚蛤無犯，子姓婚友，刀俎含血，則羣起而呵之，如有嚴刑於其旁。年五十，即皈依雲棲，長齋念佛，日可數萬聲，飲食抽解，悉無間斷，轉經數部，木槵軍持，日有常度。所過尊宿如憨山、雲門、真寂、桐塢諸老，皆肅心悲仰，稽首發願。所謁佛地如普陀、雙徑，皆兩三至其處，去來灑然，巾瓶無跡。

歲己巳，忽病供佛榻前，數日持佛號，令眷屬三匝和之。梵唄聲徹寢門之外，西向而逝，異香滿室，凡一晝夜不散也。生生劫劫，與慈氏俱，豈顧問哉！

啓祥甫居憂，遺書其友元春，使作傳。元春不能以文字作誑語。如聞母者，則常登其堂，知其誠然，乃爲之立傳。夫一傳之中，而梁妻、狄姑、陶母、龎婆合爲一人，豈非翰墨之幸哉！任彦升曰：「夫貴妻尊，匪爵而重。」爲蒿簪藜杖、欣欣負載者言耳，況兩足離垢，世外棲心者哉！全德之名，予猶以爲世諦也。

【校】

〔一〕杭　譚合集作「相」。

雲眠居士小傳

楊修齡先生爲長安令，其大公封長安令；爲侍御，又封太公侍御。是時孫文弱亦成進士，而太公年六十五。太公恐：「我老書生耳，積學不第，自以爲忘於天。今子孫貴相踵，吾安知天所爲？」乃以退晦自處，令其孫授越中教職，因循由國子遷計部。念侍御莫可損者，惟黔中荒菁，於臺班無所取人，乃請按貴州。至今子孫海内有静稱，太公教之也。

今上四十七年，虜蠢屯堡失職，遼陽諸將吏，多與賊通起居，事已壞。而是時侍御方與其太公逐花源漁父爲笑樂，聞臺召，父子相顧語：「安可以静晦失國恤？」太公曰：「且非獨汝往也，吾與汝偕往。向吾爲盜驚，汝自黔即日歸。今國有寇，君父情等耳，獨可以明日乎？」驅車去，至都。每侍御草疏，太公自起焚香。以爲憂不在兵餉，而引用當世膽智公忠之人，則其虜自退。疏七上，上動，太公教之也。尋，侍御中人言，謂歸不宜即入都，入都即不宜七上封事。而太公愀然曰：「此豈不知國有憂乎？吾向者南來，朝士挈家歸者，相望於道，乃知不足怪耳。」侍御即拂衣。太公手一疏，欲刎以悟主上，爲計部所匿阻。自抵家，迄於病革，惟痛恨遼事，及問遼警何若，與遼中用何人，人何言而已。

譚子曰：始予與文弱交，太公出肅客，聞客有川源雲壁之好，意甚喜。而太公亦自號雲眠居士，嘗出入吳越佳麗，又能道參衡嵩華所以伯仲同異之故。戊午，予致書武陵，使者歸爲予言：書至日，三籃輿在門，笻履壺觴已具〔一〕，曰：「將往游山水。」予聞之嘆息：三世同堂，如此乃可羨也〔二〕。一旦國家有事，潭煙石霞猶在衣裾，而安危存亡之意，勃勃不可忍，然後知真山水人，能急君父也。

【校】

〔一〕壺　原作「壼」，據文義改。

〔二〕羨　譚合集作「歎」。

孝義李太公傳〔一〕

孝義李太公者，南昌李貞所先生，以吾師、伯子貴封翰林院侍講者也。公名某，字尚絅，事母至孝，愛戀如兒嬉，身自服役，奉養無方。嘗出爲宗人後，輒推所後産予諸父，家日貧。性穎敏。手結網，漁於章水，不設餌，無所得魚。去而結旄自製巾，巾成，人輒取去，不責直。初游荆楚江淮間，已而悔之，去爲農，農亦中下。輒自喜曰：「濤不驚，水不宿，得穩眠隴頭足矣。且老母在，寧能遠游也？」年三十二，元配周安人尋卒。是時有二子一女，伯子太史，次子明哲，俱幼。周安人將瞑，執公手曰：「君知後母有遺其子守果風中者乎？」公矢不復娶。且公亦不欲委井臼於婦女，欲身自養母。出入煙煤之中，依爨下，滌釜罌者二十年。

先是，公舟行江上，風雨暴至，爲檣所厭，若有翼之出者，劣得不死，殃及趾履，自是仰杖而行。伯子既爲史官，侍講幄，伏闕下，語同朝曰：「吾父孝養，洵與人殊。曾雪中拔草析薪，手自磨釜，杖而上竈，敲冰淅米，杖而下竈，

帶濕炊煙，湯揚則又杖而上，火沸則又杖而下。已而飯熟，手捧之祖母前，有餘

則以給諸子女。稍暇又爲子女補裳製履。一人之身，爲子兼婦，爲父兼母，蓋辛

勩萬狀矣。」

聽伯子之言，人天變色，聞者幾於泣下，天子爲之頒金繒，乘傳歸家。公眄

眙不知所爲，曰：「孰使汝上聞於君父者？汝諸生時，受知盧太守，汝與太守

言，太守乃欲式吾閭。汝從臨川湯先生學，先生書『雪廬炊養』褒我，亦汝輒語

湯先生。貧家瑣細事，豈求名？而汝張大，今如是乎！」其質行不曜類如此。公

性沖退自守，榮利非其所嗜。伯子迎養京邸，意弗善也，曰：「吾篤好閒居，足

不及寢門，而乃從數千里塵沙僕僕爲榮耶？」趣裝歸。

歲壬申，楚譚元春以伯子門人，得拜公床下，親見公所坐處，榻常穿，所

倚立處，雙趺隱然，所扶筇，爪指痕寸許。雖貴，帷帳几席如素士，常衣故繒

衣。僮僕禿衿低頭趨階前，無喝呼聲，公亦無嗔恚。子孫過其前，卑慎斂容，無

仕人家習。室中惟架書連屋。太史時居京華，塵封之餘無一物，真奇矣。公好奉

天竺，誦楞嚴、金剛諸經，所謂絶情絶思，志慕苦空，太公有焉。時年七十有

九，忽一夕病，遂卒。

譚子曰：凡爲人太公作傳者，率以其子傳，而不能爲太公自立傳，太息向楮墨，曷足貴焉？瀋猶濕而言已槁然矣。故予傳李太公，特別之以「孝義」。孝義感動人天，筆所往，如血縷。予敬爲之拜撰，非徒以師命也。史稱元紫芝不欲離母，負之入京師，母亡不娶，家無僕妾，日每不爨，望其眉宇，名利頓盡。仿佛似太公矣。而紫芝猶涉仕宦致名譽，多飲酒彈琴之樂，不似太公，一切誠樸如上古人也。太公之鄉有蘇公焉，謂不幸生衰俗，猶幸見紫芝。良然。而太公乃爲予通家大父行，予猶及見於未死前數月，款款如家人，予之幸可勝言哉？

【校】

〔一〕譚合集無此篇。

魏太易傳〔一〕

京山魏子死，遺一紙，屬其家人曰：「譚子傳我。」譚子聞之，作魏太易傳。

魏子名象先，太易其字。大父令西安，以中子及其婦從，産魏子署中。幼羸，大父、父憐之，字曰嬌生。魏子無他好，好詩，每屬文必奇。與其里中少年爲社，請名魏子，魏子以黄玉名社。諸年少抱其才多怪，而魏子齒又第四、五，貌不勝中人，諸年少推魏子主社，塗乙、責備無抗者，然亦未常罷吟，故社中文與其詩，人各一帙，帙徑寸也，魏子獨三帙，帙徑寸。

魏子性不近俗，里人以爲誕。己亥流言起，凡魏子詩，取而誦之，自驚曰：「是語得無類我。某曾有是事，是必刺某。」一城大鬨，度不足以傷長者之心，更端言所諱，謂傳已成，今在某所，且有圖本，出某畫工手。言侵邑令，且穢也，欲激之怒。令置法，一夕私判諸年少罪，榜諸城門，魏象先罪當戍。居嘗親暱者，至莫肯名爲魏子三黨。魏子聞之杜門，召其同社生曰：「冤哉！即無論象先才，著書令其可傳，有如象先不才，亦能效市人夜持謳謡榜人門户，且求亦不可得。安能以謾戲鄙文令人踪跡，以其身自殆也？」事聞令，令已先洞其冤，事得寢。魏子既已自傷其寃，益治詩。其詩初年按法口行，審己度人，求免於累而兼其長，晚乃自以爲固，持論愈異，輸瀉傾吐，以資笑傲。詩成，或誦，或向同社生誦，或自賞，或笑也。

戊申抱羸疾。學使者檄下試諸生，魏子孝，不欲以病故端居爲尊人憂，趣入郢門試。日屬文，噡囈相半，字出幅，得諸生六等。明法，六等放黜，所以處荒悖者。乃以魏子六等。鍾子惺是時爲孝廉，冤之，與其友數輩上冀觀察、劉太守書，曰：「正使帖括之言〔一〕，偶輸國手。乃其詞章之美，久擅文心。生值孤虚，何數遭連蹇。每遇小場大試，輒遘異疾奇窮。清羸之肌，真同衛玠；放逐之苦，兩減屈原。乞開旁徑，以待實學。收之宫牆，比於散地。」語多不能載。書奏，兩公心動，白主者，不報。魏子歸，嘿嘿不自得，作六等吟一十首自廣，如：「舉案兩回成宿草，操觚一敗逐秋蓬」；「場開選佛因緣淺，句就驚人折筭窮」；「失卻弓還安敢必，顧他甑破亦何爲」。覽者惜焉。而魏子病益甚，將死，乃自題銘旌，又言：「某書從某借，今當還某」，「某篋，某賫來乞書，當送某所」。起更衣，向少弟索所愛畫扇，納之袖以殉。

譚子曰：魏子固以病被黜，然使魏子以文被黜，魏子尤奇矣。

【校】

〔一〕譚合集無此篇。

〔二〕帖括　原作「帖恬」，據文義改。

二吳母傳〔一〕

武昌諸生吳如揆，篤行士也。見予作汪母表宅文，喟然嘆曰：「揆有二母，不令鵠灣居士知，誰爲表二母苦者？」一所生母氏胡，大冶名家女；一庶母氏丘，黄岡人女。

胡年十六嫁文學公正經。生揆五歲而父亡，母年二十五耳。性柔静渾木，既已喪良人，撫藐孤，晝哭不絶聲。盡以所遺百金上之舅，惟舅所爲。舅耄，暱所畜媵，焰甚張。母樸人無以取歡，大窘母。母衣無襦，食至無鹽，木瓢瓦鉢，常不備器，突竈煙或間日一興。遂誓於佛：「生不復近腥葷。」然終不恚也。有姑自宦歸寧，金貝一篋屬母置奥處。姑忽病喑以死，人無知者。母曰：「何可負吾心？」呼姑女授焉，封如故也。母既茹素，誦金剛、楞嚴諸經，日熟夷塞讓其勤。迨其終也，氣息纔屬，惘惘見一婦女相者，衣白，旁兩童子，皆衣青，凝睇不散，如是者數日。

庶母丘者，歸文學公則已病，年未二十，同胡母嫠居，共一衾，至所謂無襦、無饘、無飯盂茗甌，百茶千蓼，供權滕刀俎者，無一不與胡同。嘗雪夜無薪時，以茅炙欖，引胡同坐，曰：「我兩人幸不相離遠，合承此苦，可交相慰藉，稍離則號泣無所矣。」氏慧而剛，才魄不類婦人，其撫撰常如己子，慈不減胡而嚴常勝之。初，文學公之亡，柏舟矢者，胡職應爾也，安知氏貞白若是！他鸞別柱，孰尼之者？撰痘籲禱，同胡燥濕之，撰幸差，氏撫棺大號，因啓舅：「勿奪吾志。」又與胡盟：「吾不與而撫此子成立，以報逝者，吾則不氏丘。」撰幼好弄，因送之大冶母族，此家户弦誦者，兒不得獨嬉矣。從師三年，歸而補青衿，撰猶與人賭塞爲樂。氏牽胡裾潛至戲處，泣數之：「吾望汝何如？汝浪子耶？」摧拉其具。撰見氏來，即惶恐伏地，畏之過所生母。氏性嚴整，宗黨臧獲皆憚之。人不敢侮撰，撰不敢無禮於人家。卒有事，胡後丘前，挺挺如烈士。或疑其侵嫡氏，不顧也。胡亦不嫌，曰：「非丘安得有今日！」嗚乎！難哉！難在丘，難在胡也，予故詳傳丘。傳丘者，傳胡也。

萬曆某年，楚中丞徐公檄郡縣，問孝子節婦。縣以二母對。徐公歎異久之，大旌其門曰「雙節」，里人稱「雙節吴家」〔二〕。

鵠灣曰：予安得盡天下窮鄉荒徼之節母貞婦烈女而盡記之？婦女者，母人者也。母者，生人者也。廉耻蕊焉，膽識胎焉，顧可忽乎哉！難不難又無論也，予故樂爲吴子作二母傳。且吴子所自述，亦能深知其母者，其曰：「吾母非但柔静也。吾母嘗撫同祖五歲之孤，嫁同堂無歸之女，議之而必行，任之而必濟，雖剛斷男子或不能。」而丘之勁風肅肅也，可謂天性矣，及至於胡母亡，孺子成，斂氣恬神，歸誠蓮土，門内外事，一旦拱手而還之子若婦，若將軍病還邸第者。然則剛柔之際果足以窺賢母乎？嗚乎！世豈有懵然之忠孝節烈也哉？

【校】

〔一〕譚合集無此篇。題　吴　原作「胡」，據文義改。

〔二〕吴　原作「胡」，據文義改。

敬亭蔡公傳〔一〕

學憲蔡雲怡先生寓書寒河曰：「子之文無飾而近於道。先奉直大夫有篤行，道力深重，恐文人以藻語蒙蓋之，不得其面目，子爲我作傳。」予感斯誼，作蔡公傳。不稱「贈奉直大夫」者，以學使方大用，贈當益貴，且公以質行道力貴，非以奉直大夫貴也，故不書，書敬亭蔡公。

公崑山人，名某，字維誠，敬亭其號。公之先世，在正嘉間有憲副時馨公、銀臺直夫公，父子占籍京師。家於崑者，中落，多爲農夫。獨公寬仁端直，以亮節著於城市，方學憲未貴時，已模格一鄉矣。

公事父母篤孝，色柔志歡。家貧，爲兄弟佐家政，經紀公私，不自名一錢。親亡，未嘗委諸兄弟，兄弟亡，未嘗委孤孀，人以爲有黄文强、姜伯淮之行焉。性夷粹，又秉父教，故觸物無迕，能忍大辱，能守大讓，以是終其身。三黨之間、九里之内，如有争，向公質平，無所用官府；如有緩急，不謀父兄，來相告語。公譬以利害，導以理，率誠區畫，人皆得其助。然中實剛決，耻俯仰，常正容悟物。物不可悟，變之以色，色不可化，繩以大義。皆知其無他腸也。獨族有頑黠人，公教之不悛，轉相怨毒，至雀鼠嚙人，横不可堪。公笑曰：「吾所以嚴繩若者，其效如是耶？避之耳。」有鬻産於公者，以租抗，官爲直之，公謝不取，曰：「若亦貧負我耳。」官義之，歎曰：「蛇珠雀環，豈終負汝哉？」居嘗慨然謂「好官無如安民，安民無如除蠹」，自以身貧賤，不得爲所欲爲，抱膝戟手，憤至填膺。會里有胥魁侵縣官錢，穴蠹至不可問，公力欲條上，官司以有所格，遂罷。是時學憲尚未貴，公顧語曰：「汝爲官，無忘吾所欲湔除矣。」後公没之三年，學憲始成進士，所歷官日以惠愛百姓，使姦人失職，蓋家訓也。公居身勤嗇，耻因人熱，人亦不得沾潤，故太常王公、中丞周公，皆肺腑戚，公游其間，泊如。

公又以母命，深心塵刹，嚴浄毗尼，實修梵行。偶以疾故，稍一干戒，而持誦禮拜無間一日。禮雲棲師爲師，具道如是。師大賞曰：「此真修行路上人矣。」又登白嶽，謁普陀，瓶杖飄忽，雖病中亦覺身輕，人天護持，事誠有之。吾聞公有反風滅火事，又四明道中還人遺金，皆與古人合。然此猶天人常有細事，不足爲公奇。

蓑士曰：雲怡先生嘗顧我於章江之上，導揚宗風，而皆依於鄒魯質行，以濟物接世爲禪。予生末法中，恨不見姚江，至是亦粗有警動。及讀太公行實，知泉所噴出，雲所起處，乃在是中也。生平怪昌黎文人，不深佛理，獵吾儒皮毛語，抗顏與之争，不知一生所爲忠義道德，行於佛門梵戒之中而不知。如蔡太公，鄉邦所稱林宗太丘耳，不聞以佞佛譏，而至其誨慈嫉惡，眉低目努，忍辱所以遵父，浄土所以報母，唐人所謂大孝通禪，有之似之，而眷眷以安民教其子。嗚乎！世間豈真有出世法哉？

【校】

〔一〕譚合集無此篇。

劉侍郎傳〔一〕

今上崇禎己巳之冬，虜從大安龍井入犯，逾薊，陷遵化，據永平，蹂踐良固，薄都城下，砲聲徹日夜不息，火光照天，所至輒糜爛。上爲之廢食，皇皇御平臺，召對公卿，策退虜緩急。舉朝憂懼，卬視不知所爲。當是時，庶吉士劉君之綸與楚金庶吉士聲憤不顧身〔二〕，先後上疏，具言：「主憂臣辱，小臣何敢避死。」上爲感動。

先是，兩人志行沈深，相與究切時務，念世方多故，陰以求天下膽決失意之士，備一旦國家之急。於是有滇人申甫，以落拓客京師。兩人見其敏敢，善料邊，因禮客之。劉所客凡數十人，甫爲最。聲入見上，因以甫對。上復問誰可任大事者，聲曰：「劉之綸可用也。」然須上試，可，乃用耳。因賜甫冠帶，同劉召入。劉情辭剴切，上益動容。甫對亦大稱旨。上因命甫前。甫跪於中，劉右金左。曰：「甫！授爾京營副總兵。」曰：「聲！爾往，以御史御監其軍。軍中之事，一以委甫。」曰：「之綸！其授爾協理戎政兵部右侍郎，爲我嚴城守。城守之事，汝無怠焉。」

劉既受命，登陴巡視，夜未嘗解帶。一日從城上觀奴騎如入無人，憤甚，因請兵出城自效。上許之。而朝以新進抗疏，驟領崇階，失遜避，廢廷推，衆忌叢焉，守城已無應者，請兵復不應。君乃廣募兵而出，姦人、大猾、丐有力者，皆在募中，都城爲之静。一切芻糧、衣襖、器械、馬匹，無一應者，百印負貸，終不備而行。然血誠，入人深固，賞罰明，甘苦與其士爭，不愛其死，倉皇約束兵將，如自鬥其私。俄傳甘定門外，將滿桂敗死，援兵盡潰，甫以夜襲虜營，戰殁蘆溝橋。君益憤甚，趣督兵出城，驅八路進，徑搗柏林老營。虜聞風夜引兵去。追之，日獻斬獲。明日天大晦，風沙獵獵。君直抵通州，過三河，至薊，偵知虜衆駐永，惟數千騎屯遵，思爲犄角，與馬世龍、吴自勉二將約。方是時，世龍將五萬，自勉亦將二萬，皆在薊。若二將提兵，可以自薊趨永，而自將八路兵趨遵，遮擊歸路，不出數日，虜無一騎還矣。謀已定。明日，石門遇虜，大破之，石門民焚香迎。因授裨將方略攻羅文峪，自往出頭嶺相險要，探虜虚實，遂軍娘娘山，距遵八里而陳，翼日攻三門，伏北門。虜果北出，伏發，火器俱發，擊殺過當，殘兵奔羅文峪，又遣裨將奮擊之，虜扶傷棄城遁去。而虜之援兵三萬騎自永平來，勢復大振，分二路，一上白草頂，一上娘娘山。公益嚴軍令，誓以死報國。士益奮，駕西洋砲，中虜，虜立碎，始驚散，有頃復合。再駕砲，砲炸，自焚其營。嗚乎！天也。虜遂上山，三萬人共圍而攻之。我軍殊死戰，自午達酉，砲窮弩盡，虜矢下如雨，不爲動，而二將約至永者猶卧薊未出。君自知不免，因解印授僕學敏，間道歸送撫院，方曰「無落賊手也」，忽一矢貫其首，尚奮躍欲戰，又一矢中膝，遂仆而死。

先是，臺臣論劉行徑可異，天子力破羣疑而用之，至是震悼，下羣臣議。聖意洞然，欲以褒忠行勸，如世宗朝，將官死虜，猶謚廕廟食，亡所吝，況君以詞臣慷慨請纓，領大兵，轄五帥，獨力空拳，勞困萬狀，卒以身徇疆場。而朝議乃當之文官陣亡，與參贊計畫者正等，賜祭葬，一子入監，猶以原官稱侍郎，非上意也。草莽臣元春特書之曰劉侍郎傳，明非上意也。

按其弟之紀狀云：侍郎之綸字元誠，別號與鷗，蜀宜賓人。家故農，少即質行有古風，從師就試，試已，同父兄力田如故。提學牒下，録入弟子員。方負薪入市，睹姓名已，復鬻其薪歸。辛酉舉於鄉。奢酋難作，賊以鋭兵攻成都，餘兵躪州邑。君條上兵使者，謂南富瀘陽方失，當鍊兵士扼其歸而擊之，可圖恢復。兵使者以爲儒生談，不省。已而酋遁，踉蹌渡瀘，竟無要擊者，悔不用君言。其倜儻好大計，蓋天性也。戊辰成進士，宴禮部，紛呶自三及第以下不得即席成禮，君獨數名至本席，危坐曰：「君恩也，敢不成禮。」在旁者驚問：「此何人耶?他日大人也。」釋褐日，見一人正色獨立，抑抑然若有深思者，詢之爲金子駿，即與定生平交。子駿者，即同君以庶吉士拜疏，改爲御史參軍名聲者也。君平生喜誦陽明集，謂聖人必可至，聲華美好，如遠寇讐，讀書不好文辭，館試不問高下，居身約苦，形同土木。遵之難，虜欲挈尸以去，剥其衣，見内皆粗布敗絮，汗漬穢涴，疑非將領，舍之。尸舁慈惠寺外，刀痕周身，血流噴出，兩手如煤黑，顱所没羽及膝上鏃皆深不能拔，見者皆泣下。一日目忽開，母陳淑人趣視，伏尸大哭曰：「爲臣死忠，汝何恨！」始瞑。子駿倡同年有義者治其喪焉。後三年，子駿書來屬傳，又二年乃暇爲之。

譚子曰：漢諸葛豐非真君子，然予嘗讀其書云：「夫以布衣之士，尚猶有刎頸之交，今以四海之大，曾無伏節死義之臣。」痛哉斯言！千古大恨集此矣。使與鷗坦坦施施，需次致高位，臻道德之途，成勳名之美，何憂不爲名臣碩輔，而自棄初得一官之身，以徼功險窞爲。嗚乎！國耻未雪，孤忠徒泯，劉司馬縣目阜成門上滅虜矣。

【校】

〔一〕譚合集無此篇。

〔二〕「庶」字原無，據文義增。

尤生傳

【校】

此文原脱，姑存目。

譚元春集卷第二十二 鵠灣集三

序文

求母氏五十文説

古文起衰之士，或不作壽文。非止謂古無此體也，誠不欲以無益之語，投於無益之人。作之者媚筐篚，而當之者涴飲食；作之者避忌諱，祈五福，而當之者光婚友，集卷帙；作之者言短勒之使長，事少勒之使多，先自有賣菜之意，而當之者長以爲如椽，短以爲草草，尤驅人於濫觴之途。古文有此，有志悼嘆，而真文章不見於世矣。春何敢以此例名筆？但春無他嗜，惟貴真古文。母五十而無一二人文，又泛然務多於衆人之文，則是以所賤事其親也，不孝莫大焉。

或曰：「五十壽乎？」曰：亦有説。父母之年，不可不知也，四十、五十以上，皆不可不知也。吾父四十七逝矣，使得半百之年而壽之，春猶得爲子。母今未亡人，何敢不喜懼並？

或曰：「女人無儀。」曰：請陳其「無非」。春門無俗士，無殘客，自吾父始，今未敢有俗士、殘客。母供之極歡，曰：「此有益吾子。」外王父魏公似朴多讀書，好逢人舉説，不問其解否。母嘗從旁聽，亦以此知道理權數。家中事大小，春兄弟白母乃行，行輒吉；不白母，亦不問也，然而多失矣[一]。春兄弟六人，百畝之田，三尺之童，母乘其俱出析之，曰：「非兒曹意也。吾見魏氏數世同居，子孫不知世務，卒以此憒懦，落其家聲，徒存義名無補。且吾所爲析者，便諸婦淩雜耳。」其母妹兄弟同食如故，人直供一日。薄暮取酒相對，談學業世事，母亦喜出聽，自出餅餌蔬醴佐春兄弟啖。兄弟中有求益者，母喜曰：「吾乃見汝曹爭，家中長若此，可矣，不須大富貴也。」婦女性多局蹐憂愁，而母豁達，遇事坦然，惟哀至一哭先人。春嘗思斯干之章，「無非無儀」，即男子所謂無譽無咎也。有譽而無咎，與譽咎兩忘者，固不知孰難耳。「酒食是議」，議之中蓋自有道理權數焉。「無父母詒罹」，無罹之處，蓋自有深淺大小焉，此亦難言之，然而春之母，真無負於讀書者之女若妻也。春先爲名筆慮，而後敢以請。母明年丁巳五十，無乃蚤計乎？春既不敢務多於衆人之文，又不敢無一二人文。然則此一二人者，恐其不易值也，貴早也。一二人者，今世古文起衰之士，不能强之使有言者也。

【校】

〔一〕失　原作「而」，據譚合集改。

【評】

譚合集評「誠不欲以無益之語」幾句曰：「作古文者，能直言其弊之所至，其所爲佳者已不待言矣。何也？弊者，人所欲言而不敢盡；佳者，累言之而無有窮期者也。」評「惟貴真古文」以下曰：「極其矜慎，不肯苟且求傳，而文乃始可必傳矣。」

洪山四面佛庵建藏經閣募疏〔一〕

萬曆丁巳、戊午間，元春讀書西庵，日與文上人游。往，上人方同給諫段公議鑄四面佛像，其時土室如龕，像亦纔成一髻，銖銖拾銅，幾如聚沙，予私心難之。而上人者，北人也，甚鋭且樸，嘗謂予曰：「有如不就，當以來生足之。」至丁卯春夏，一再過其地，則金火相得，端然四軀，各向同縈，有金光晃昱，如千百日俶人眸子。又一年，而張善人者相其高廣，屹嶸爲殿。殿成而上人已示寂，作山中一祖矣。庚午早春，始得拜於雪柳煙柏之中，爲之浩然而一嘆。念此上人者，十餘年間，無歲不以碑請。予諾諾至今，愚公之山已成，而圓澤之語未踐，亦世外交道一恨也。

會今方伯杜友白先生置隙地數笏，將募諸同志，建一閣，請藏其中，以鎮此山，而屬元春爲之疏。元春以意度之，鈞是佛也，而是佛以面面注視，氣格弘肅，使人生歡喜心，生悲淚心，生希有難遭心。先生欲於是間設一全藏，令繙閱禮拜之形，消人妄念；鐘磬懺悔之聲，警人靈魄。苦者衣糞埽、食麻麥，解者明心性、遠名利。程子所謂三代禮樂，盡在乎是，而我朝崇右佛法之意，庶於是乎明。

何以言之？苟有人焉，身口意能浄，貪嗔癡能滅，殺盜淫能息，而太平之治，官司之守，可以不勞而化矣。予以爲全藏者，佛所以輔帝王治天下之書也，而苟非乘歡喜、悲淚、希有難遭之想，則末法之人，亦頑然而不能入，故藏經於是中，佛似尤有力焉。經謂一切衆生，皆依食住，我今願一切飽食衆生，皆依經住。且夫庵以東，即修静寺，李北海所捨宅也。自北海捨宅，而當時游戲翰墨，生平罪過，無復有存焉者矣。今縱不必捨宅，而度世惜福之人，默念前後，但捨一椽一甍、一函一籤，無掛礙相，與捨宅等，則藏與閣必有言未畢而復成者矣。先生欣然而笑曰：「子之言是矣，但其詳多似碑。」元春謝曰：「有之。竊不敢忘上人之諾也。閣成，請以勒於庵石。」

【校】

〔一〕題　疏　原本目録中作「文」。

蔡清憲公全集序

元春固得親以詩文逮事清憲公，北面稱弟子者，公亦時以上德古懷，引元春於詩文之内外，又似獨相期許，開其亶率，與爲朋友商究之言，故元春亦稍稍知詩文涯際。嗚乎！今不可作矣。元春日以退，無以與於鴻壯淵窅之觀，顧嘗端居深念：古今文人，卑者無足論；即興會標舉，踔厲風發，聲爛爛然，自謂名下士，吾爲之慚甚；俊異文雅，芳流不歇，便自以爲不俗之人，吾爲之慚甚。山谷老人謂大節不奪者，乃真不俗，而司馬仲達望武侯葛巾毛扇，指麾三軍，乃以名士稱之。嗚乎！世固安有名士與不俗之人哉？惟吾敬夫先生，始可以盡瘁爲名士，始可以山嶽之性，拔去俗根，而亦必真如先生名貴不俗，始能使詩文之氣充滿天地之間，而決不至隨荒煙野草而散去。故元春竊以爲公之可及、不可及者凡有六，德業詩文，水乳和合，請得而深論之。

夫人少而好學、老而不衰者多矣，然皆掇拾附益，必以歲時，公十齡以往，書史上口，觸目皆如重閱，嘗借人奇書數十卷，燭下取讀，曉而還之，其敏可及，其勤不可及也；目下十行者，思力贔贔，率無暇想，公作古文詩歌、章奏牋啓、檄移科條，日可百餘通，數小史不給，朝屬草，申酉成書，而公優游尚自如，山水書畫，幽其神緒，其辦可及，其閒不可及也；公忠孝友愛，出於自然，一生冰霜滿抱，千頭橘，八百桑，非其所有，救世心切，如夙生負涕泣欲償，一字一句，如佛説法，其慈可及，其誠不可及也；既爲國家經緯人，治一切邊腹夷險，可爲不可爲，無不功歸人、罪歸己，至於星隕而不化。任彦升之序王文憲曰：道在廟廊，理擅民宗，先生有焉，而日妙思經書，如寒流淵人，窺深領奧，窮其要眇，以入無際，我輩下帷終日，獲者鱗爪耳，其肆可及，其微不可及也；鴻儒大方，喜談源派，兩漢八大家，熟人聽聞，不自振精魂，如貧落子，侈稱先世門閥，予每讀公詩文，海潮泉眼，瀉注無方，其古可及，其獨不可及也；世之作者，光焰過多，才每足以震物，權每足以彩毫，具曰予聖，斯亦可矣，而公與寡取篤，形神在友，墜己千仞之峻，慕人一壑之幽，誰爲爲之，誰令聽之，其高可及，其虛不可及也。凡爲若説者，不勝書，將一書之而已，亦猶謚法，但節以一惠，而以爲「清憲」耳。「清憲」足以盡先生乎！

先生死，弟仁夫梓其集，未數卷，亦死。其婿林子觀曾搜而梓之〔一〕，予因語林子：「子之心苦矣，未遺餘力矣，還先生以日星河嶽之觀，開天下以元始玄化之域，是吾子之功也夫！而竊不敢忘公昔者一語。公來郢中，與元春夜半論文，以爲：『自愛其詩文者貴少，愛人之詩文者貴嚴，必嚴而作者之精神始見，必少而觀者之精神與作者始合。且吾輩終日獻酬人事，神明如珠，豈能從萬斛泉中，湧出滔滔莽莽，趁筆而爲之？豈能自滿作者之意？而何以接天下後世之眼？子他日爲我精選數十篇，令其可傳足矣。』夫以先生鴻壯淵育之學，鼓吹經史，自存稿外，但能罔羅一字之遺，争相傳寶，如玉匣金碗復出人間。是何忍復議删選？雖然，元春不敢忘也。全而搜之固難，有而擇之甚易。子爲其難，吾爲其易，吾兩人各職一事，以告哀逝者，使光靈復棲止故處焉耳。若夫詩、古文之氣，挾其道德經綸，以充滿天地，梓不梓，亦非所輕重也，又何論選不選哉？」

【校】

〔一〕婿　原作「㥯」，據文義改。

【評】

譚合集評「引元春於詩文之内外」句曰：「『内外』不可草草看過。」評「嘗借人奇書」句曰：「人奇事奇。」評「其勤不可及」一段曰：「每用一意，層深頓挫，愈淺愈深，愈幽愈亮，必欲使作者不留餘力，閲者對之而警動也。」評「如貧落子，侈稱先世門閥」句曰：「妙喻。」評「凡爲若説者不勝書」幾句曰：「以此作餘波，亦即以此爲定論。」評「自愛其詩文者貴少」一段曰：「始悟割愛是一生受用事，是千古受用事。」評「豈能自滿作者之意」幾句曰：「必使己可安而後人可見，語公而情篤。」

詩歸序

春未壯時，見綴緝爲詩者，以爲此浮瓜斷梗耳，烏足好？然義類不深，口輒無以奪之，乃與鍾子約爲古學，冥心放懷，期在必厚，亦既入之出之、參之伍之、審之克之矣。

有教春者曰：「公等所爲創調也，夫變化盡在古矣。」其言似可聽，但察其變化，特世所傳文選、詩刪之類，鍾嶸、嚴滄浪之語，瑟瑟然務自雕飾，而不暇求於靈迥樸潤。抑其心目中別有夙物，而與其所謂靈迥樸潤者，不能相關相對歟？夫真有性靈之言，常浮出紙上，決不與衆言伍，而自出眼光之人，專其力，壹其思，以達於古人，覺古人亦有炯炯雙眸，從紙上還矚人，想亦非苟然而已。古人大矣，往印之輒合，遍散之各足。人咸以其所愛之格，所便之調，所易就之字句，得其滯者、熟者、木者、陋者，曰：「我學之古人。」自以爲理長味深，而傳習之久，反指爲大家，爲正宗〔一〕。人之爲詩，至於爲大家，爲正宗〔二〕，馳海内有餘矣，而猶敢有妄者言之乎？嗚呼！此所以不信不悟，而有才者至欲以纖與險厭之，則亦若人之過也。夫滯熟木陋，古人以此數者收渾沌之氣，今人以此數者喪精神之原，古人不廢此數者爲藏神奇、藏靈幻之區，今人專借此數者爲仇神奇〔三〕、仇靈幻之物，而甚至以代所得名之一人，與一時所同名之數人，及人所得名之篇，與篇所得名之句，皆堅守莊誦，而不敢颺言之，不過曰：「古今人自有篤論。」夫人有孤懷，有孤詣，其名必孤，行於古今之間，不肯遍滿寥廓，而世有一二賞心之人，獨爲之咨嗟徬皇者，此詩品也。譬如狼煙之上虚空，裊裊然一線耳，風摇之，時散時聚，時斷時續，而風定煙接之時，卒以此亂星月而吹四遠。彼號爲大家者，終其身無異詞，終其古無異詞，而反以此失獨坐静觀者之心，所失豈但倍也哉？

今之爲是選也，幸而有不徇名之意，若不幸而有必黜名之意，則難矣；幸而有不畏博之力，若不幸而有必勝博之力，又難矣；幸而有不膈靈之眼，若不幸而有必鶩靈之眼，又難矣。法不前定，以筆所至爲法；趣不强括，以詣所安爲趣；詞不準古，以情所迫爲詞；才不由天，以念所冥爲才。恬一時之聲臭，以動古今之波瀾，波瀾無窮而光采有主。古人進退焉，雖一字之耀目，一言之從心，必審其輕重深淺而安置之。凡素所得名之人，與素所得名之詩，或有不能違心而例收者，亦必其人之精神止可至今日而不能不落吾手眼，因而代獲無名之人，人收無名之篇，若今日始新出於紙，而從此誦之將千萬口，即不能保其誦之盈千萬口，而亦必古人之精神至今日而當一出，古人之詩之神所自爲審定安置，而選者不知也。惟春與鍾子克慮厥始，惟春克勖厥中，惟鍾子克成厥終。詩歸哉！

明萬曆丁巳十月二十五日景陵譚元春撰〔四〕。

【校】

〔一〕正宗　明閔振業刻古詩歸本作「正務」。

〔二〕正宗　明閔振業刻古詩歸本作「正務」。

〔三〕專　明閔振業刻古詩歸本作「先」。

〔四〕此行原無，據明閔振業刻古詩歸本增補。

【評】

譚合集評「乃與鍾子約爲古學」句曰：「有手段，有本領。」評「察其變化」幾句曰：「近至並不讀此等書，而岸然言詩，而岸然以詩人自命者矣，不知譚將何以處之也。」評「夫真有性靈之言」幾句曰：「惟作者與觀者精神相接處，覺別有一段一段光煙勃勃欲動，真不可時代品目閒之。」評「此所以不信不悟」幾句曰：「使才人不得趨中正之軌者，老輩驅之也，言之隱痛。」評「皆堅守莊誦」幾句曰：「寫癡癡蠢蠢，無頭無緒人，酷肖。」評「彼號爲大家者」一段曰：「竭力喚叫此輩，思其終不悟也，婆心獨切。」評「今之爲是選也」一段曰：「苦心調劑，欲服其心，以誘之入也。」評「凡素所得名之人」一段曰：「就兩種曲曲說入，明白洞達，可令人感，可令人思，有不瞿然而覺者，非夫也，譚子以此自持，而其功至矣。」

東坡詩選序

選東坡文者，更十餘家而始定焉。獨其詩尚無選。非無選也，人之言曰：「東坡詩不如文。文通而詩窒，文空而詩積，文淨而詩蕪，文千變不窮，而詩固一法，足以泥人。」夫如是，是其詩豈特不如其文而已也？雖然，有東坡之文，亦可以不爲詩，然有東坡之文而不得不見於詩者，勢也。詩或以文爲委，文或以詩爲委，問其原何如耳。東坡之詩，則其文之委也。

吾嘗思之：使東坡之文而一人之文，則可東坡，而古今之全力也，雖欲執人從來之言，與信己一時之目，而將有所不敢，則其重東坡之文而不敢不求之於詩者，亦勢也。故淪其窒而通自見，芟其積而空自生，約其蕪而淨自出。日出没於千變之中，而後窮者乃我之目，固者乃人之言，而東坡不存焉，惟求其東坡之所存，爲古今之所共存者而已。

然則不自知其窒與？不自知其積與蕪與？曰：奚而不知也？六經成而詩爲一體，詩之處經中也，大地山嶽之有水也。水以妙大地山嶽，而摇大地山嶽，碎之以爲水，吾知其不能。有古文於此，截其字句，變其音節，而謂之詩，可乎？然以此而冀其詩文之爲二事，工詩文之爲兩人，又不可。江海之内，冰水之間，嗚呼！難言之矣。唯東坡知詩文之所以異，唯東坡知其異而異之，而幾於累其同。則文中所不用者，詩有時乎或用；文中所有餘於味者，或有時不足於詩。亦似東坡之欲其如是，而後之人不必深求者也。

蓋嘗爲之説曰：文如萬斛泉，不擇地而出，詩如泉源焉，出擇地矣；文行乎不得不行，止乎不得不止，詩則行之時即止，雖止矣，其行未已也；文了然於心，又了然於手口，詩則了然於心，猶不敢了然於口，了然於口，猶不敢了然於手者也。請以是而求東坡之詩文，庶幾焉。

斯選也，袁中郎先生有閲本存於家，予得之其子述之，而合諸夙昔之所見增減焉。述之奇士，吾友也，知不罪我矣。

【評】

譚合集評「詩或以文爲委」幾句曰：「説詩文原委，便有相爲終始意。」評「則其重東坡之文」幾句曰：「文章、品行具足千古，即得其微言瑣事而欽想之矣，況於其詩乎。」評「日出没於千變之中」一段曰：「詩文精氣，原藉此一段凝結不散者以傳其散焉，固以爲委也。」評「則文中所不用者」一段曰：「自立人決不依門傍户以求衆好，故寧處獨而不處同，此詩文忼朗自見處。」評「詩則行之時即止」幾句曰：「説破千古大疑關。」

刻水經注批點序

自水經有注，而桑氏書遂真爲經矣。注行，而孤吟遥想之，夫開物寄道之士，若有所恃，以自證其山水之好。端坐深讀，若奇卉佳木，舟馬相濇，若森森礚礚，麗我瞻矚，又若塔廟碑版，光我目，蒼我思，有高人真僧迢迢待我，可舉足提杖而一往也。

予少時即知好之，聞一名家前輩歲輒一閲，深嘆其勤。求得其書觀之，筆如槁木，無復冥奥，似爲考核醜記而已，私語亡友鍾子曰：「如是，則是書亦可不著也。」頗與鍾子空濛蕭瑟於其中，庶幾想酈子當日作注之意。而蜀朱無易先生者，淵人也，來官我楚，揖我而坐，卧乎桑酈之間。當是時，師友淵源，通理輔性，外慕等夷，内懷悱發，真有如雷次宗所云者。於是有朱鍾二家之選，而予評遂逸去，不復能自愛惜矣。友人嚴忍公家武林，不妄交一人，獨好予輩所閲書，而與聞子將諸同志合刻全注，以爲雅人資糧。

夫予之所得於酈注者，自空濛蕭瑟之外，真無一物，而獨喜善長，讀萬卷書，行盡天下山水，囚捉幽異，掬弄光彩，歸於一緒，以力致其空濛蕭瑟之情於世，而胸中獨抱是癖，且獨著一書而死，而世人猶執考核醜記以求之，不幸而與類書同功，嗚乎！則是書亦可不著也。

【評】

譚合集評「注行，而孤吟遥想之」幾句曰：「此書之所以傳也。」評「聞一名家前輩」幾句曰：「無此輩人，竟不必選書閲書矣。」評「頗與鍾子空濛蕭瑟」幾句曰：「可入水經注中作注。」評「師友淵源」幾句曰：「逼似晉人注中語。」評「夫予之所得於酈注者」幾句曰：「别無有物。」評「以力致其空濛蕭瑟之情」句曰：「此即是物。」

袁中郎先生續集序

公安袁述之行其先中郎續集，而屬予序。其言曰：「先子不可學。學先子者，辱先子者也。子不爲先子者，實是先子知己，惟子可以叙先子。」

予愛述之而敬其言，受稿於裝，歷辰湘湖岳殆遍，目察公之用心。其議不待人發，而其才不難自變，其識已看定天下所必趨之壑，而其力已暗割從來所自快之情。予因思古今真文人，何處不自信，亦何嘗不自悔。當衆波同瀉、萬家一習之時，而我獨有所見，雖雄裁辨口摇之，不能奪其所信，至於衆爲我轉，我更覺進。舉世方競寫喧傳，而真文人靈機自檢，已遁之悔中矣。此不可與鈍根浮器人言也。往公之哭江進之也，有悔其詩文妙理，生前未商語。後寄黄平倩札，有悔其瓶花詩文，俱有痕跡語。夫公之妙於悔，何待公言哉？細心讀破硯集，又似悔瀟碧矣；細心讀嵩華游稿，又似悔破硯矣。今察公續稿，其文章中卓大而堅實者，又似爲古今人俱下一悔腳也。楊子悔少作，其意甚美，而觀其晚作，又似不知悔、不必悔者。予益以此嘆公之根器識力，有大過乎人者焉。

續集出其卓大堅實之文，出自痛快俊穎之手，吾願學公者，從是悟文章之道。若舍其大者不言，而於所爲翰墨游戲，易於觸目者，則賞之不去口，傳之不崇朝，而法之不遺力也，又未免令述之纍息欷歔，而獨以予爲知己矣。

【評】

譚合集評「受稿於裝」幾句曰：「以山川勝情與文章奇氣相爲表裏，真中郎先生知己。余少時輒以中郎先生集自隨，幾十年所而不得其解，讀譚子語而快然釋其大惑。」評「予因思古今真文人」三句曰：「此尤其相信深切處。」評「雖雄裁辨口搖之」幾句曰：「一代文人，擔荷世道，苦心救正，不得不從此思量入去。」評「續集出其卓大堅實之文」幾句曰：「文章莊正者，必以鋭鋒淬之，始不癡重。」評「若舍其大者不言」幾句曰：「學中郎先生者急於此處着眼。」

古文瀾編序

王聞修先生選古文瀾編既成，寄聲譚子元春屬序焉。

元春竊謂古人之文，不可及矣。生其後者，無可附益，不能端居無爲，必將穆其瞻矚，暇其心手，出吾之幽光積氣，日與賞延，或不能無去取其間，久之成一書，而是人性情品徑，已胎骨於一書之中，因而後之讀是選者，皆曰「某氏之書也」，則幾於取古人之文而奄有之。

夫奄有古人之文而自成一書，其事豈細也哉？徐偉長云：「六籍者，羣聖相因之書也。今之學者，勤心以取之，亦足以到昭明而成博達。」斯言誠是矣。吾輩勤心，如修漏舟壞屋，必有其處，舍評選無可置力，亦無可與古人游者。且非獨吾輩也，尼父詩書二經皆從删。删者，選之始也。梁宋而下，有專功焉，然困於其識，局於其代，使後人望而知爲梁宋以下之書，如見其所自著之書焉，故知選書者非後人選古人書，而後人自著書之道也。學者不能勤心以取之，又勝心以居之，如劉舍人所謂會己則嗟諷，異我則沮棄者，往往而然。祖兩漢即奴陳隋，尊八家即退羣儒，朝廟實用之言，溪山翰墨之致，甚至同年不相爲語，亦其勢然也。雖然，無是理也。古今文章之道，若水瀉地，隨地皆瀉，常窟穴於忠孝人之志、幽素人之懷，是二者皆本乎自然，而文章之道，恒以自然爲宗，使非貞篤恬澹之人，諷高歷賞，光影相涵，雖甚勤心，亦莫得而取之。

王先生者，固今之貞篤恬憺有道文人也，故其讀書，不忘漢初，不輕唐後，不苟經世，不厭尋幽，始乎詔疏，訖於小品，輯爲一書。先生日讀數篇，輒自喜曰：「吾上下千六百年間古文，不問爲海爲江、爲河爲溪、爲谷澗爲石泉，下水而皆有風生水皺，沄沄然波瀾可愛者。吾暇日編之而常自讀，授子弟讀，授他人讀，如泛扁舟入漣漪中，蹵之使碎，又如建一閣一亭於水上，招達者數人，列坐其中，以觀其瀾之生也。謂余心樂否耶？且是瀾之妙，有時而有，有時而無，有時而安，有時而驚，有時而碧，有時而紫，豈能一端而既厥美耶？」然則讀是書者，恍然窮其際，有幽光積氣，不知所自來，則皆先生之幽光積氣也。譚子曰：「是則王先生所自著之書也。」

【評】

譚合集評「必將穆其瞻矚」幾句曰：「真實讀書之言，每覺思理相涵而氣體相接，淵渟嶽峙而忘其深高。」評「則幾於取古人之文而奄有之」句曰：「不恨我不見古人，恨古人不見我讀古人文，不可不作是想。」評「尼父詩書二經皆從刪」幾句曰：「繇此言之，而選書始爲有本，必使我之精神已出，而後古之精神始聚，故知文章之力，與天地相流通者，在其人之有以取之耳。」評「祖兩漢即奴陳隋」幾句曰：「小儒陋習，專欲倚其一偏以相排詆，即不能平心靜氣讀書，而古人亦受其譏訶矣。」評「古今文章之道」幾句曰：「光氣搖人，知真文章自相凝結處。」評「如泛扁舟」幾句曰：「只如游記中語，空明遐曠，周繞其外。」

河洛人文序

吴興潘昭度學憲家藏萬卷書，有森挺之才，其爲古今文辭，皆簡潔深健，不喜爲一切衰世苟且之言。故其視學中州也，亦務於才之疏以達、圜以閎、廉以深者求焉。若四時之氣，獨夏與冬有未宜於中州者，曰：「吾將以行救也。」予盡視其文，莫不有森挺之意散於其中，而衰世苟且之習，似遥望其界而不敢入。公既觀察閩中，屬予友孟誕先寓書，俾序其牘。其中强半秋售，公甚快之，而尤咨嗟愛惜於未遽俊者，是其意用以師表一世有餘矣。

予嘗嘆古道之不可復也，莫甚乎師友之間，以一日偶然之升沉，而忽變其愛敬之初心。售則曰：「吾卜之如是。」不售，咄咄曰〔一〕：「敗矣哉！汝之負我也。」入而揖，禮貌衰。久之刓其文，不使與俊者齒，師倦友怠，冷燠侵人。嗚乎！衡文者固將爲數十年得奇士偉人耳，非外身命、忘爵賞、齊得失，不足稱奇士偉人；而衡文者乃以一旦之逢不逢、冷燠素所望爲奇人偉士者，驅而納於喪我徇物之途，所養非所用，君子憂焉。一切衰世苟且之言與事，俱從此生矣。昭度是刻，所以云「救」也。

亡友鍾子伯敬往閩督學，方公孟旋送之曰：「君此行須辨三十年精神，使此三十年間所用道德、功業、文章，皆出君門下，勿徒愛戀一榜中耀目也。」予最服其言，但有一言未質諸孟旋：使得一奇士偉人，坎壈纏身，一生道德、功業、文章，無一見於世，鼎也不可以拄，識鼎者焉可悔哉？三十年中亦不可無此一恨。昭度性淵奇，無世味，予故附質之。

【校】

〔一〕曰　原作「向」，據譚合集改。

徐中丞集序

春從事於詩文者也，往見歐陽子有言：唐四庫書目，班固藝文志，其所列著書之士，多者百餘篇，少者三四十篇，而散亡不存一二。雖以文章之麗、言語之工，營營汲汲以終其身，而卒無異於飄眼之草木、過耳之好鳥，未嘗不爽然喪其嗜古之志。然而歐公之文流傳千古，無一篇失者。則嘗思之：彼多者百餘篇，而不存一二，少者或一二篇，而亦足以傳，皆命也。意篇章之業，或賴道德以久，或附經濟以見，或風期才華之美，各有所因，而流於人間與？抑在己無意於必存，而居其後者，從旁而收掇之？此自前人道德經濟、風期才華之力，默鼓動於其中，而雖一字片語，自不得而淪墜與？

中丞徐惟得先生，我之所自出也。宏才雅量，整儀高懷，爲海内鸞凰者五十餘年，未嘗沾沾於詩文，而古今之詩文，若不外於是者。此何故也哉？公仲子乾之，嘗欲春序其遺稿，未幾乾之歿，公之孫中前請焉。予淒然久之，嘗記公之言曰：「吾在儀曹時，居閒寡務，與王敬美、孫月峯諸公，切劘爲古學，頗知古人之意。後屠長卿以才艷誨妒，而不腆君苗之硯，亦坐是而焚。人生在世，上則性命不易之理，次則民物有用之學，焉用是招尤之言爲哉？」而又以春之嗜古也，壹似欲摧折其盛氣，如歐公之於徐無黨者。

今公去春十餘年，而春猶耽戀楮墨，若蜣之喜思，又竊以爲性命之理、民物之學，未有出於搜討之外者，恨當時未以是復公，而今日者，猶幸序公之集，得一言之，因私語公之孫曰：「予既無以窺公，汝從旁收掇，使人想見公之道德經濟、風期才華，而有能庶幾其一二者，此孝子慈孫之志事也。」予嚮者亦以此告乾之矣。

楚才録序

督學師金壇虞公來視楚士，科歲二試既竣，脱穎之士萃焉，於是刻卯辰穎秋賦；撤棘，士以賓見，皆公嘗試嚌啜，知其才之可俊者，於是刻録科卷；新天子御極，士由里選，公益勁於弩末，務爲蒸變雲霞，以告成功，於是刻選士卷。而公是時已擢爲冏卿矣，其將別楚也，猶日夜枕籍士子之文，徘徊摩娑不忍釋，復合而梓之，使人問序元春。

憶元春首見賞於錢塘葛公，賴閩周公復彊起爲諸生，其以恩貢上京也，爲秣陵顧公，今復歸楚，出公門牆。公本以第一人見期，是其於四師也，俱不敢一日忘，而竊有以賀公之遭也。楚年來鐸司，時分時合，江湘之烟中斷，寥衡之雲不屬，即前三師亦有遺恨。而公之來楚，復合爲一，始有以見楚才之全，而察其風氣精魄之所在，足之所歷，目之所到，與山川相吞吐，天與人俱若應之，而公以一年之中，盡收明經孝廉之俊，復古鄉舉里選之科，豈可不謂之奇也哉！

夫公之於士也，無舊譜，無常格，無我相，而後楚人之才，欲留爲不盡；居之以豁達，竦之以精嚴，引之以高深，行之以變化，而後楚人之才，又樂爲之盡。今其試牘具在，始甲之，既乙之，而終甲之者有矣；前學使者甲之，而今或甲之、或乙之者有矣；兩試自乙之，而後乃大甲之者有矣。士人面目忽易，若出於神，若出於鬼，觀聽者亦若雜行於星日風霆之中，而務勉爲文章。非三楚才不足以發公心眼，而非公之神奇博大，不足以揉楚才而窮其際。嘗怪宋玉有言：「天下之美人莫如楚國，楚國莫如臣里，臣里莫如東家之子。」此言何其隘也！彼美無涯，良媒獨難。使有汲汲皇皇之懷，搜幽剔寒者，爲之蹇修，吾知江皐之佩，湘靈之瑟，皆南國絶艷也，何矜一東家之子乎？

【評】

譚合集評開頭幾句曰：「叙事次第得有身分。」

吊忠録序

中丞楊公大洪以擊魏璫二十四罪，逮繫詔獄，榜笞刺翾，一身無餘而死。當是時也，天下之人腹悲膽寒而不敢言。其後二年，今上深褒其忠，褫奸人以慰貞魂。郡伯胡公於毀巢卵翼之，又從而建祠祠之。海内知與不知，歌詠嘉樂，甚至稗官之家，編爲小説、傳奇之部，鐫成圖像，其於常山之血，侍中之髮，若已成金鐵星斗，不可朽壞。男子在世，此爲大快，而國人哀之，猶爲賦黄鳥。

予以爲百身之贖，不如一言之知。中丞所不惜，府怨梯禍，奮身一擊，頭與玉俱碎者，衹是「顧命」二字，盤梗於衷，死不釋音耳。光宗遺命，「輔皇太子要緊」，熹宗臨朝，亦問「鬍子官安在」，唐人有云：「布衣一言相爲死。」何況聖主恩如天。變負之臣，肥義以爲「死不容誅」。死不容誅者，死不得所也。楊公勁氣一往，爲風爲霆，而不知痛癢之人，必坐之以沽名，且謂逆璫後來之禍，公激成之，真所謂好議論而不樂成人之美者也。

予嘗言：士君子胸中不可無愚拙人事。如石工刻子瞻諸公爲黨人，不願鐫

「安民」二字；石孝忠感李愬之恩，傷其功不見於天下，推倒平淮西碑。一以好德之良，一以不平之氣，然兩人俱目不知書，無禍福生死、計較妥當亂其胸中〔一〕，故與聖賢豪傑無異。而世之黨逆璫以下石楊公者，其視此何如哉？不愚不拙，遂至於此，楊公必尸視而憫笑之矣。吊忠録刻成，因爲書此，以報辛程二君焉。

【校】

〔一〕妥當　譚合集作「安當」，另一明刻本譚合集作「安危」。

【評】

譚合集評開頭幾句曰：「數言而情事慘然。」評「真所謂好議論」句曰：「此句弱。」評「士君子胸中」句曰：「是，是。」評「一以好德之良」幾句曰：「偏是知書人生出許多貪生惜死、畏首畏尾念頭，所以終絶於聖賢豪傑之路。」評「不愚不拙」句曰：「罵得毒。」

近縣五里募修路文

禹貢有「過三澨」之文，三澨蓋吾邑水，爲江水所過，如昔也。酈道元稱竟陵之水，含巾吐柘。巾柘在吾邑東，含之吐之如昔也。陸季疵〔一〕：「千羨萬羨西江水。」今在吾邑城下，可羨如昔也。獨漢水常自上流，決郊郢以下數百里堤防，怒而入，直抵吾邑城下，率夏漲冬涸，虛其地以供舟楫。舟人各操一葉艤而待，舟必滿，至無可坐始發。先登者待至饑疲不滿，滿而發，舷與水齊，旁觀股栗。一遇風濤忽生，篙柁失執，不可測已。如是者二十里。數年間，邑人築土爲堤以自庇，田畛號爲負郭垸，多黍多稌於其中，行人得取道焉。堤窮復登舟，舟人艤於是。而水益束，如箭如袱，一折而入於黿宮。昨秋之事，可爲寒心。如是者止五里。有一人趁舟不及，悵悵岸上，而舟忽覆，是人以後至獨免，自矜重生，薙髮棄妻子，投西塔寺爲空門，喌號予門外者累日夜，以路成爲期。予爲之心動，然未敢以爲能也。一日，胡君元闢告於邑令公，商於里之賢者，位置堤幾何丈，橋幾所，而日以書促予爲文。

夫二十里之患，縮而爲五里，覆舟者羣然在劫數之中，而留一人不覆，予以爲皆持地菩薩含荼茹蘗數十年之事，而予輩安能不動！

予嘗謂營建之事有二：快人足目者曰光景，切人焦腑者曰利病。少時愛弄光景，思得自寒河至邑長堤亙匝，雜木夾植，橋梁可以坐行人，庵剎可以蔭暍子，予輩瘦蹇徒步，旦晚去來，是里中至樂，而不敢告人。何也？其説止於足目也。

必至河水嚙岸，馬歇舟興，人命寄於舴艋，人天變色，而一邑之人，爲焦腑利病奔走如騖，然後有議有任，有作有成。農人販夫，不脱屣而行乎堤梁之上，車馬駪駪，士女雅雅。予輩所謂光景者，亦自是而攬焉。古今光景之事，未有不始於利病者也。明聖湖比於西子，濃妝淡抹〔二〕，爲游人馳騄之地，而其初開葑掘井，豈敢以光景言哉？予故疾首蹙額而言之。

【校】

〔一〕疵　原作「庛」，據新唐書陸羽傳改。

〔二〕妝　原作「粧」，據文義改。

始作汪武昌奏績文〔一〕

僕自知文字以來，未嘗爲邦大夫奏績之文也。爲邦大夫奏績之文，則自武昌汪令君西源始。常以爲凫飛雉馴之語，千言一律，衆口同諂，真不寫，芳不揚，徒增垢耳，無益於邦大夫也。雖然，予斯文實當作。

予往來蘇亭、元谷間，如一溪鳥，泛泛弄影，躬被其化，談之不誣，一當作也。天下多故，所在囂凌競誶，武黄之間彌甚，而武昌人民熙熙樂業，虞牧不改舊，僕得縱游其地，久不思歸，二當作也。寇充斥遠近，居者一囊粟，行者一束布，惴惴不自保；而獨不敢入大夫境内，脱有之，大夫命釋之，皆愧悔爲平民，僕行李不驚，三當作也。司農日乏，郡縣租不得逋，守令罰有差級，常下不得比散職，而大夫之民争輸挽，里不聞胥吏聲。僕驚問之，曰：「何忍負吾侯？」四當作也。大夫猶有暇晷讀書討故實，頫水湖山之地，結一閣祠文昌，揖諸士談藝，隨才大小教之，其作文皆有法，諸生多吾友，五當作也。

大夫常訪僕山水佳處，薄世俗熱中干進之態，道其諸生時事：窮巷荒刹，偃扉展卷，不以面孔向人，亦不知入棘闈後有何得失，營其胸中，淡然蕭騷；今入仕宦，此懷微損。僕聽之，如對古人語，而微察大夫，雖醇謹雍茂，然無善事上官以博名譽之意，又京華要津，鴻影不傳，竿牘之風，此焉真絶，是邦之人，僉嘆爲希有。而頃以三年報政，從鵲磯還，顧僕小泂舟上，喜露頰表，且曰：「吾母多病，今者侍粥痊，侍杖起，獲以健身，親承翟珈之榮，我則幸矣。」是秋也，僕有弟報政於魯中都，而二親杳然，即莽青魚白無由奉之，何論封章。然則天之酬大夫純孝者爲何如哉！夫封爵高，蓋大夫能忘於懷，而北堂日長，北闕恩深，即至人達士亦自欣然動念，今兹之賀，真可賀也。如是，則奏績之文，安見不可作者？是爲邦大夫奏績文始。

【校】

〔一〕譚合集無此篇。

廬山西林寺修佛殿文〔一〕

廬山有雙林。惟東林遠公甚著，或曰道力較弘，或曰賢交有功焉。二者未足測神僧之淺深。然永公香谷西林，乍隱乍顯，即其顯也，只如士龍西頭屋耳，終不敵東頭大陸。而右永者則曰清散過遠，當時何無忌已有此論，或永自逃於喧盛之外，願生生劫劫將此香谷，遠車馬以幽梵磬，謝金碧以澹戒衲，未可知也。以予論之，二公雖爲法門塤箎，或如俗家王無功、馬少游之於兄弟，不妨各行其意耳。故有領結社一派爲東林兒孫，有領清散一派爲西林眷屬，無所不可。

南宗傳能，北宗傳秀，正洗卻世間雷同面目爲佳。故千七百年間，東得常興，西匱匱得不廢。想二公精神，俱有以自致也。

至天啓、崇禎之間，香谷則幾廢矣，即所謂磚浮圖者，甃者凷如，級者犁如也。惡木穴其中，怪鳥乳其巔，朋比相家，凶鳴遠怖，深可慨畏。崇禎辛未，給事王子鳴玉左官赴募，感於讖驗，思復舊觀，倩律僧照真因戒聚衆，因衆聚檀，不四年塔成。其明年，元春拜塔下。塔真矗矗然翔雲表矣，獨殿且圮，勢將及佛。佛，唐像也。風雨支之，何忍焉？元春拈香再拜永公曰：「僧力竭矣。某動念於斯，欲往而告同志落落清散者，領此一宗，如成都先生其首也。永助我哉。」成都先生聞而笑之曰：「遠公止結十八賢，甚隘。世謂遠清散不如永，亦隘。子欲率同志領此一宗，亦復隘。蓮花根中，豈真有紅白林，豈真有東西念，豈真有雜不雜哉！待土木工罷，僧休心粥飦滿盂，足以給客。吾邀君輩坐溪聲望鑪峰，畢十年而究之。」予因促律師真公曰：「事急矣，曷往募乎？」

【校】

〔一〕譚合集無此篇。　題　原本目録題作「廬山西林寺修殿文」。

譚元春集卷第二十三 鵠灣集四

序

王先生詩序

王先生之爲性情也，人驚以爲癖，相隨而議之，惟春與其里之袁子不覺也。以其不覺者，而求王先生之性情，是亦古人之性情矣。以其所覺而驚，驚而議者，而王先生之性情，於是乎益古人無疑焉。

王先生之性情既已如此，而予又與之復述故聞曰：詩以道性情也，則本末之路明，而今古之情見矣。嗟乎！性不審而各爲其性，情不審而各爲其情。將率天下而同爲此各有之性情，以明其不癖，是其於性情也，苟然而已矣。由此而之焉，一步一趾苟然也；由此而笑語焉，苟然也；由此而吟諷焉，苟然也。而彼方自肆曰：「我以道性情，其詩之謂夫？」嗟乎！竭生平之力，而徒以成一苟然，而又皆果出於天然由中之言，豈不惜哉！夫性情，近道之物也，近道者，古人所以寄其微婉之思也。自古人遠而道不見於天下，理蕩而思邪，有一人焉近道，相與驚而癖之者，勢也。則今之癖一王先生者，亦自其天然由中之言也。王先生欲以古人之道，安於性情而行於詩，而欲以易乎今之所由中無勉强之物，予憂其將不可得，而王先生聽之固已久矣。

王先生者，公安人，其人抱素，尚能冥心無生之旨，春與袁子皆稱爲先生焉。

醉藥軒遺詩序

當此時也，予益不敢觀人之詩矣。末法滔滔，苟濫相沿。贊歎少則怨怒多，必至之勢也。人既視詩爲可興可廢之物，而怨怒之後，遂失一友。贊歎由我，甚無足吝，吟者資爲體貌，觀者因而涉世。苟非有幽獨剛静之士，不能實贊歎〔一〕，以待才士詩成之日。而詩之一道，未免以全交而廢。吁！可念也。

予友黄子伯素爲孝廉，孝敬淵馴自守，奇士也。每囊其詩示予，予於手口間也，甚踟躕。伯素雖性恂恂，無怨怒，而交亦坐是不深。久之，乞一氈養其親，病蘄上，遂死。予既久莫見其詩，茫然於君所以進退。而君之亡也，猶及囊其詩示予，命其弟仲宅踵門而致遺言。予急取觀之，向聲已杳然無存，而心升腕降，神起氣落，幾不知其所來。予贊歎之懷，滿不能流。使伯素而在，寧不足以深伯素之交，而予真實談詩之意，與神鬼事友之心，俱不得不待乎今日也。

予嘗言：凡爲詩者，非持此納交也；所賞人詩者，非爲我交好也。當伯素在日，好學深心，不止以進取自見，又内行夷粹，可畏而親，誰不利其爲友。迨其死而贊歎出，予亦拙於交伯素矣。拙於交伯素之人，而誠於讀伯素之詩，亦庶乎詩之一道，以拙交而興焉。不然，予惟不敢觀人之詩也，斯已矣。

【校】

〔一〕寶　譚合集作「實」。

【評】

譚合集評開頭幾句曰：「無可如何而言之益憤。」評「予真實談詩之意」二句曰：「恨不及待死者，負卻存者。」評「拙於交伯素之人」幾句曰：「掃盡從來黨同伐異、互相標榜一切魔障。」

潘景升戊己新集序〔一〕

新安潘景升年六十餘〔二〕，其文與詩，足以自固於六十之年，其名足以自固於文與詩。而才多意深，復以向來之文與詩，取而質於六十之年〔三〕，以向來之名，取而質於文與詩〔四〕。若不足以自滿其望，自盡其才，自對於後世之人者，於戊己間復潔其體〔五〕，深其思，振其衰，神明其用，是爲滴游、青溪二集〔六〕，而屬予言其故。

予嘗諒天下之人，其虛衷而從事於變移之途者，非盡虛衷也。才足以變，不必止於其所也。其拾取於先輩，莊守其故物，而不思一變，且以變爲非者，非盡自滿也，中實有所愧恨，但才不能變。以爲吾既不能變，而示人以欲變之意不可，多人以善變之能又不可〔七〕，不得已而安其舊，以笑天下之變者也〔八〕。嘗憶楚先達有言曰：「吾不復作詩。」聞者愕然。先達曰：「吾頃在世務中〔九〕，日不暇給，何敢言日新？夫新者不得入，即舊者復將出〔十〕。」予常竦然念其言以自勉〔十一〕。

而景升六十有餘之年，好學深思不倦〔十二〕，皇皇終日，若有所營者，能變故也。景升六十年中，初與瑯邪雲杜游，歡然同志也。已而與袁氏交復歡〔十三〕。弇州諸先生力追乎古以爲古，石公游於古之外以追乎古，今二三有志之士，以爲無所爲古内古外，而清明在躬，志氣如神，即古人之用意，下筆俱在是，而景升復婆娑翺翔於其間〔十四〕。其年能待，其才能不衰，景升得乎天；前後之交如一時一士，景升得乎人。而予皆歸其功於變。夫不變不化，則又安有景升矣〔十五〕。

景陵社弟譚元春撰〔十六〕。

【校】

〔一〕己　原作「已」，據文義改。查明潘之恒撰漪游草，明萬曆刻本（以下簡稱漪本）中保留了譚元春潘景升戊己新集序（以下簡稱漪本序）和歲在屠維協洽温陵黄居中潘髯翁戊己新集叙。黄序云：「戊午之春，（潘髯翁）應湯宣城招，有漪游草，己未客白門，僦居青溪，有青溪社草，合之曰戊己新集。」

〔二〕新安　漪本序作「吾友」。

〔三〕「六十之」三字原無，據漪本序增。

〔四〕「取而」二字原無，據漪本序增。

〔五〕於　原作「而」，據漪本序改。

〔六〕青溪　原作「清溪」，據漪本序改。按漪本黄居中序亦作「青溪」。

〔七〕多　漪本序作「取」。

〔八〕漪本序「變者也」與「嘗憶」之間有一段文字：「夫論今之人，何敢引仲尼爲擬然？而仲尼吾師也。周有藏書者曰老聃，入周往見，乃比之猶龍。猶龍者，至變至化，無飛走之跡，而仲尼心折焉。惟仲尼能變，故□□老子之變爲非，而且若有□□己之所爲時，則是生平受益良深，惟老子一人。後世聾愚分爲二門，及若指老子爲旁蹊側徑，度量相越，豈不舛哉！」

〔九〕中　漪本序作「終」，則連下句讀。

〔十〕復將　漪本序作「將復」。

〔十一〕漪本序無「常」字。

〔十二〕漪本序「好學」之下有「乃如袁伯業，其可及乎？如景升者，不非人之變，而不欲以一舊自足者也」一段文字，而無「深思不倦，皇皇終日，若有所營者」一段文字。

〔十三〕與袁氏交復歡　漪本序作：「與公安交，復歡然同其志。」

〔十四〕婆娑翱翔 滃本序作「歡然同志」。

〔十五〕矣 滃本序作「焉」。

〔十六〕「景陵社弟譚元春撰」一句原無，據滃本序增。

【評】

譚合集評「復以向來之文與詩」幾句曰：「不肯假借於詩文，而第以年力徵之，有微言在。」評「才足以變」二句曰：「日新富有，夫豈虚語。」評「不得已而安其舊」二句曰：「以一笑爲藏拙之地，嘲笑勝於怒駡。」評「其年能待」幾句曰：「不甚周旋，而周旋始見。」

秋閨夢戍詩序

古今勞臣思婦，感而生歎。夫歎之於詩，亦不遠矣，何難即形而爲詩乎？嘗有一言數語，真篤凄婉，如猿之必嘯而後已者，非盡係乎才也，歎所至也。然役或不盡於戍，時或不及於秋，情或不生於夢，體或不限於七言律，數或不至於百篇，一歎而已矣。

閩友宋比玉〔一〕，好奇人也。偶過荒坰垝垣，心動，忽於架上得秋閨夢戍七言律百首，爲虎關馬氏女作。見其中有「芳草無言路不明」之句，驚怪而卒讀之。凡秋來風物水月、枕簟衣裳、砧杵鍾梵，其清響苦語，一一搖人，而至於英雄之心曲、舊家之喬木、部曲之凍餒、兒女之瓢粒，有悲天憫人、勤王恤私之意焉。其夢中聲情步履，不可爲狀，一若去來於孤燈瘦影間，漁陽之道路夜經，寸腸之車輪朝轉，豈止「鸛鳴於垤，婦歎於室」而已乎？

歎者不足以盡其才者也，才者不足以盡其魂者也。誰爲題之曰香魂集，吾謂如此女郎，而以婉孌待之，但恐不受耳。或傷其太苦，予曰不然。伯兮之詩曰：「願言思伯，甘心首疾。」彼皆願在愁苦疾痛中求爲一快耳。若並禁其愁苦疾痛而不使之有夢，夢餘不使之爲詩，此婦人乃真太苦矣。嗟乎！豈獨婦人也哉？

【校】

〔一〕宋比玉　原作「宋北玉」，譚合集亦作「宋北玉」，另一明刻譚合集作「宋比玉」，據改。

按宋珏，字比玉，莆田人，流寓金陵，國子生，著有荔枝譜，與譚元春有交往。

【評】

譚合集評「一歎而已矣」曰：「潔峻。」評「歎者不足以盡其才者」二句曰：「分别有至情，永思而得之。」評「彼皆願在愁苦疾痛中」幾句曰：「惟願不出此，而後乃不得不出此，亦何知其禁與不禁也。」

周元如遺詩序

亡友京山魏太易者，詩人也。屢欲選刻其遺稿，不知何以故而屢止。予又嘗序人詩、選刻人詩，如譚叟、陳令，皆朝入目而夕命梓氏，意欲以備明詩一人一種，惟恐速朽，不知何以故而於太易屢止。太易子弟常疑吾薄，即予幾無以明吾厚也，有時而愧念之。

蓋詩之爲道，淵洞寂歷，人天不尸，而我徒以高興絶才，揚揚夭死，不惟己之歲月不積其光，而同時講究之友朋，俱不到乎此，何從而自變？何從而聞之？故予蚩蚩然幸而過於三十也，然後有以自致其力，與朋友同進退，始觀太易作如觀少時自作，有不代爲高興絶才之悔，而肯以未竟之業竟此良友耶？屢選屢止，其此故也矣。

一日，黄子以實出其友周元如詩稿，已亡矣，已選矣，已刻矣，索予序。予歎息久之。其高興絶才如吾太易，而不久留人間更甚。興與才之明明紙上者，如其人復在；而年齒之脈脈地下者，如其詩已有進於此，而又如其興與才之已歸於無存也。然則歎其年者，刻其詩可也；想其詩者，恨其詩亦可也。晉人悼友早亡，輒引苗不秀、秀不實爲歎，不知此苗長青於天地之間即是秀，此秀不斷於朋友之心即是實，豈在蚩蚩歲月也哉？予亦歸而選太易詩矣。

【評】

譚合集評「屢欲選刻其遺稿」幾句曰：「余嘗有所負，而因循屢敗，正不知云何，至此不覺神動。」評「太易子弟常疑吾薄」二句曰：「使人不解，即不知何以自解。」評「何從而自變」二句曰：「忠厚自保、自明自懺之言。」評「而年齒之脈脈地下者」幾句曰：「其所興歎靡盈者，正不從其至而知之也。蹀踆哀吊，言之益苦。」

匡説序〔二〕

吾友孟誕先著詩説成，秦臺梁匠先題爲匡説，本於鼎來解頤之義。宗誕先者，皆謂齊魯分門，嬰固接跡，諸儒矻矻於前，考亭皇皇於後，丞相衡，老儒耳，特詩之一家，而謂足以盡誕先所説之詩。誕先説詩如懸崖斷谷，游者或一到，如木落見星月，不苦遮暗。又如星月在枝葉茂密時，其光露處有，遮處無，取顯榮者用。若説冠岌岌，佩垂垂，幽異之士，風雨淒深，鷄犬不鳴吠。知吾説者或嘘或唏，或默或癡。解頤特説詩之一快，而謂足以盡孟説之合離，其然，豈其然乎？

寒河生曰：我知之，我知之。君輩要爲知誕先説者。不然，何言之微也？雖然，恐不知解頤。匡不足以盡解頤，而解頤足以盡説詩。夫詩自性情外無餘物，我中處，上合作者，下合聽者，性性情情，自相胎卵，如子聞母聲，又如母聞子聲。愁傷悶，笑傷喧，悠然深然，微一解頤，是則有之矣。彈琴而魚不出，説法而石不頭點，吾未之聞也。予昔與退谷、元履尋味既久，中間海鹽馮宗之、南昌萬茂先往復咨嗟，家弟服膺後游先躋，一往便深，皆干誕先所説，爲之解頤焉。史稱衡説詩深美，不知能如誕先否？又不知當時解頤者，有吾輩一二人否？若得吾輩一二人解頤，是名解頤；若老師儒皋比談經，大丞相金口木舌，即千萬人禮拜贊嘆，稱其深美，與西河並傳，吾只以爲夢夢也。高子説詩而固，孟子説詩而逆志，匡之於高，不知其何如？大約固者也。非孟子不能解人頤，解頤無他，其胎卵性情而不自固其意志者也。予觀春秋諸賢所稱引詩語，雜見於睹記者，迥出本詩意志之外，因思説詩之法，必出本詩意志之外，是名意志。鍾蔡二公往矣，老且閒，尚與誕先幽深究之，姑以詩觸與匡説先焉。詩觸者，予有觸二公所箋而筆之，其視匡説三十年苦心，蔑如矣。

【校】

〔一〕譚合集無此篇。本篇篇名，前題作「匡説序」，目録作「孟誕先詩經匡説序」。

汪子戊己詩序

汪子以抑塞之奇才，閉門十餘年，與古人精神相屬，與天下士氣類相宣。凡一切興廢得失之故，靈蠢喧寂之機，呑吐出没之數，趨舍避就之情，豪聖仙佛之因，拘放歌哭之變，既已深思而熟諳，出有而入無，確於中而幼於外〔一〕，然後切之以舟車，證之以人物，廣之以雲水，收之以吟嘯，而歸之以不主故常，與無有常家之兩言。

往與予論詩板橋霜月之中，予乃颺言曰：詩隨人皆現，才觸情自生。天不以箕笑畢，池不以魴謝鯉。賢者升降於樂府、古詩之先，不能者周旋於律絶填詞之下。周旋志衰，升降力薄。夫作詩者一情獨往，萬象俱開，口忽然吟，手忽然書。即手口原聽我胸中之所流，手口不能測，即胸中原聽我手口之所止，胸中不可强，而因以候於造化之毫釐，而或相遇於風水之來去，詩安往哉？

汪子撫予臂大呼曰：「然則子試觀予近詩何如也！」

【校】

〔一〕幼　底本字跡不清，據譚合集定爲「幼」。

【評】

譚合集評「賢者升降於樂府」幾句曰：「得力處正似聰明歷鍊人説家常，瑣瑣曲曲，不煩不略，井井有條。」評「胸中原聽我手口之所止」幾句曰：「以此知觸物達情之妙，非可力强也。」

萬茂先詩序〔一〕

聞茂先之名者十年矣。人稱其至性深淳，篤實而有光，深思好學，不知倦息，古今高深之文，聚爲一區，而性靈淵然以潔，浩然以賾，且爲吾輩同調。及予過蠡浮貢，舟未息櫂，遇一黄冠，問此中人士，黄冠即應聲曰：「萬先生，萬先生。」予心知其爲茂先也，怪之：何其名至是？其後延接友朋，所稱茂先者，亦謂其與吾輩調同，而人地之美，如予家居十年所聞者，但益以獎來學，抑薄俗，即緇素童孺之長一技有韻，必令其聞於人人而後快，以是名益重，如是，則尤文士所難也。予觀茂先良然，而獨所謂同調者，茂先不受，予亦不爲茂先受之。蓋吾輩論詩，止有同志，原無同調。

客因問曰：「志與調若是殊乎？」予曰：非但殊而已也。調者，志之仇也。有志之士，原本初古，審己度物，清而壯，壯而密，常以内行醇備，中堅外秀，發爲自不猶人之言，而其途無所不經。則試取古人之詩而盡讀之，志無人不同，調無人同。陶淡謝麗，其佳處不同；元輕白俗，其累處亦不同。譬如人相知，貴知其所不足，因而濟之，豈在衣屨同〔二〕、笑哭同哉？夫茂先之詩，如鐘鼓聲中報晴，如大江海中扁舟泛泛，又如冠進賢不俗之人，又如數十百人持斧開山，聲振州郡，而其實則幽人山行也，此豈吾輩聲調所有哉？而至其原本古音，審度物我之志，茂先無纖毫不與予同，則何也？所謂志也。然則十年間稱茂先不容口者，恐亦不能與黄冠之稱争其深淺已。

【校】

〔一〕詩慰本收此篇，版心題作溉園集序。

〔二〕屨　譚合集作「履」。

【評】

譚合集評「即緇素童孺之長一技有韻」幾句曰：「即直是真聖賢所爲，豈僅取名而已。」評「吾輩論詩」幾句曰：「今人往往以同志同調爲互相黨援者，不惟不知同調，且不知同志矣，得譚子正之，而理可久。」評「而其途無所不經」句曰：「余嘗謂走路頭錯人，其途始熟，其理始堅。」評「譬如人相知」幾句曰：「俱是一派心血中語。」評「又如數十百人持斧開山」幾句曰：「妙喻。」詩慰本溉園集選評「所謂同調者」句曰：「實不同。」評全篇曰：「議論亦甚闊，不獨真也。」

序操縵草〔一〕

予年十六學爲詩，初無師承，亦不知聲病。但家有文選本，利其無四聲韻可出入，竊取而擬之，殆遍其法，止如其詩題與其長短之數、起止之節，而易其辭，亦自以爲擬古也。越三年，始有教之爲近體者。是時，亦粗知詩意。有問予擬古詩十九首，及韋孟以下諸詩者，則面發赤。後數年又稍進，並陸士衡之擬古、江文通之代擬諸作，私心亦有所不慊，則遂泛泛焉回翔於古詩、近體之間，蓋未有專力，至於今愧之。而要其猶知此中升降，執筆運思，輒有一二字近古者，則亦十六時刻畫殆遍，暗暗爲我根株也，然而力不專者過也。

予入豫章，萬子茂先、陳子士業皆言熊氏伯甘長於樂府、五言古。已而伯甘來，把其詩，則樂府、五言古十之六，合諸體十之四，帙中分數多寡，已可喜。觀其樂府，樂府以被管弦爲功，今未知何如也，不如取其離者，如牧童敲蓮、五祀歌辭之屬，則離者也，離而奇者也。觀其五言古，蒼以澹者有之，深以淳者有之，比興猶存，胎骨渾然。吾知其用心，吸其氣而上，不搖其波而使下，古詩手也，無不合也。吾猶望其稍離，稍離則上矣，何吸之有乎？觀其諸體合離之間也，雖離亦知其從樂府、五言古而來者，庸病乎？

予因而問伯甘，伯甘曰：「書無不閲者，惟不愛閲近代文集耳。」嗚呼！得之矣。詩之衰也，衰於讀近代之集苦多，而作古體之詩苦少也。近代之集，勢處於必降，而吾以心目受其沐浴，寧有升者？子之不閲誠是也。

予嘗恨古今爲詩之限，何以不訖古體，而止有律焉？雕之囚之，又從而減其句之半以絶之，甚矣，其不古也！人生竭歲時、忘昏旦以求之，精力銷隕，於是而反以古詩爲餘，其不知甚者乃反以古詩爲易，大郊廟，小田野，將無真聲之可存。吾雖衰，尚願從伯甘而究之，不敢忘讀文選時也。

【校】

〔一〕題　原本目録作「操縵草序」。

【評】

譚合集評「止如其詩題與其長短之數」幾句曰：「此直言濟南擬古之法矣。」評「輒有一二字近古者」幾句曰：「先輩訓人讀古，謂不求其字句之用，而常資其氣體之助，互相發明。」評「不如取其離者」幾句曰：「心手之間，自有得力，不必諱其離也。」評「詩之衰也，衰於讀近代之集苦多」幾句曰：「氣運盛衰之故，只是人不思變耳，唯變而後知其反於古也。」

二嚴書義序

有傳二嚴文字一卷於寒河者，伯曰子岸，仲曰子問。其文神魂清杳，含和吐潤，固已若光若滅，裔裔旭旭於西泠之上矣，而且自名其社曰「讀書社」，予尤畏之。

夫多涉筆，少下帷，固通人之大累，而有道之所深耻也。事業如博陸而不曾讀書，文章如歐九而不曾讀書，諒亦有愧於嚴氏之旨已。士君子天分高，塵務寡，不求甚解，奇隙充滿，然後如陸平原所云「叩寂莫而求音，眇衆慮以爲言」者，夫是以可許焉爾。嗚呼！天下有饑，由己饑之，中郎秘密一人之書，洛陽傳寫一篇之文，皆汗顔事，子岸、子問，蓋深有志於是者。救人之饑，豈不亦急乎哉？

二子尊人，吾友印持氏者，越之讀書人也。予因愛二子文題之，而諮於印持焉。

【評】譚合集評曰：「通篇俱有無意爲文之妙，故淡泊而修潔，欲以藥時世綴輯之病也。」

渚宫草序

予甲子客燕，與徐公穆定交，未暇言詩也。越二年，公穆始乘一舟，走寒河園居，徘徊於小橋茅屋之間，因相與游晴川、夏口，往來江港數十日夜，日在乎寬閒之野、寂莫之濱，和漁人，雜蘆子，備極冥緬，而後與公穆談詩。

公穆出數年詩，皆令予道其工拙去取之由。予盡其誠，而公穆盡其虛，蓋亦朋友中所難也。但古人之詩亡矣，予所與談古人詩者亦亡矣，予尚敢言詩也哉？竊念生平思有以自立，空曠孤迥，祇是一家，非其所安，意欲上究風雅郊廟之音，中涉山川人物之故，下窮才力升斗之量。然是數者，非荒寒獨處，稀聞渺見，則雖不足以亂其情，而或足以減其力；雖不足以隳其志，而或足以奪其氣。則亦終無由而至也矣。

公穆才秀朗百予，少年勃勃，以古今自命，久之而落落瑟瑟然，如有所失焉。如有所失者，其詩之候也，予所謂荒寒獨處，稀聞渺見，孳孳慄慄中，所得落落瑟瑟之物也。古之人，即在通都大邑、高官重任、清廟明堂，而常有一寂莫之濱，寬閑之野，存乎胸中而爲之地，夫是以緒清而變呈。公穆之候，其至矣。予請以渚宮詩爲端。公穆自渚宮歸蜀，蜀成都，予有師在焉，曰朱無易先生，往質之。

【評】譚合集評開頭幾句曰：「高人定交，豈肯即出其所得示人，必以其詩自見，而其人可知矣。」評「備極冥緬」幾句曰：「與詩情相和，而真詩乃見。」評「竊念生平思有以自立」幾句曰：「文章千古事，得失寸心知，苟安即不能自信矣，譚子以變化立論，而後之興起者，當矍然發一悟也。」

汪闇夫時文序

予不幸出入於浮名之中者十餘年而厭之。而友人汪闇夫曰：「楚士之名其子矣，次者予。惡，是何言也？」

闇夫閉關十年，與砌苔檐溜相朝夕，以鳥空蟲響爲伴侶，而名已汩汩滄滄於海之内〔一〕。予雖亦辱人口耳，然常逐車船之用矣，常煩和平之聽矣，常嘯於阮籍下山之時矣〔二〕，常詠於袁宏月夜之浦矣，雖無意於名，而名亦有從此而得者，是以自厭也。故予自年漸深，意漸怠，天下之人，始有非之者，而予不辯。非惟不辯也，反覺天下之人，墮於吾年深意怠之中，適投吾厭之之意，而救其所悔。然不可以是而悔闇夫之名也。闇夫之名，生於其閉户，而不生於舟車朋友之間也。乃闇夫則自悔之。予近日見其道心沈退，學力幽壯，方自適於麏麚之野〔三〕，而晦之以八關之齋、六逸之竹，其於名何有哉？而予又告之曰：「名之爲物，往而不知其所在，來而不知其何由，無形無影，無首無脊，浮動於不可知之中，而我之根深蒂熟者，遥遥與之相應，亦如人之鬚眉髮三者而已矣。夫三者非有用於人也，而子以其無用於人而去之乎？其將存之乎？」闇夫曰：「存之。」曰：「如是，則名生於閉户者，何可悔也？雖生於舟車朋友之間，而實生於閉户者，又焉足悔也哉？」

闇夫乃檢其前後文而盡刻之。

【校】

〔一〕汩汩　譚合集作「汪汪」。

〔二〕下山　譚合集作「不山」。

〔三〕目　譚合集作「自」。按「自」較勝。

【評】

譚合集評「予雖亦辱人口耳」幾句曰：「每欲現身説法，只是救世婆心獨切耳。」評「非惟不辯也」幾句曰：「夫人自欺其耳目，而非耳目之欺我也，意深而情惻，言之黯黯。」評「浮動於不可知之中」曰：「此真實之賓也。」

金正希文稿序

予於金子正希之文，而不敢題爲制科義也，直題之曰「文稿」。猶之乎讀漢註疏爾，猶之乎觀史論爾，猶之乎上下諸子爾，猶之乎名臣奏、大家集，而真理學語録爾，故題爲制舉義。而有所不可。然於所爲經史子集之類，其闊且大者近之，而一言一事之美，可舉以爲稱者，不屑近也；奥則者近之〔一〕，而其熟滑者不屑近也；質雅者近之，而其蒨艷者不屑近也〔二〕。

嗚乎！天下之人，怵於昔人久定之名，動於今人易售之路，而不暇自伸其才力精魄，以争奇人魁士之所不能致，又不暇自理其喧寂歌哭，以挽神鬼人天之所不能奪〔三〕，而日夜艱瘁，燈寒虀苦，從俗所號，爲制科之文，畢委心力以求之，究竟命數，所幸所不幸，與此何涉哉？而以予私計之，凡此心力之耗，與人世聲色貨財，同一苦毒。使其欲爲古文字，則將舍此而別有古文，苟真有志性命也，不舍此將無以學道。由此言之，彼耗心力於舉業者，其於人世嗜欲，以何分别而獨得美名也乎？

金子年少深默，冷面隔俗。每披其帷，或俯而繙書，或仰卧而思其曲折，追其微茫，自尊其性靈骨體，以冒乎紙墨之上，任其所往而不欲收也。每金子一文出，而駭者至於不能言，愛者亦至於不能言。觀其伸紙用筆，俯思仰嘆時，何知世復有駭與愛者，但曰吾所有止此耳，舍此寧復有物乎？予謂金子雖俯思仰嘆，備極寒燈苦虀之事，而卒未嘗耗其所爲心力也。何也？其心力殆歷録然存也。

吾弟服膺閲其稿竟，掩卷曰：「直一味根器之言也。」如是，則題以「文稿」而亦將有所不可矣。

【校】

〔一〕奥　譚合集作「與」。

〔二〕蒨　譚合集作「舊」。

〔三〕夭　譚合集作「天」，似當從。

【評】

譚合集評「其闊且大者近之」幾句曰：「讀古文而無真識，類取沿襲，易入者以覆之矣，具爲穢塞，未可深道也，必胸中眼中有靈秀和碩，如此者乃可與言古也。」評「其於人世嗜欲」三句曰：「中有佛理，不可思議。」評「每金子一文出」幾句曰：「有此兩等，而文章之精氣，亦有離合、輕重、榮辱、久近等分數。」

特丘文稿序〔一〕

特丘者，吾友袁述之也。公安有特丘村，述之愛其名，取爲號。予以特丘名序其文稿，亦愛之甚，如愛述之云耳。

述之豈受人愛者？夫豈惟不受人愛而已？將名家之後、文人之子見述之者，口不敢道數字。或遇不知己者過末相呼，獻徽浪擬，述之常不應。豈惟不應，常蹙然見於鬚眉，中夜披衣，私語同眠起之人曰：「是謂我不成丈夫也。先人豈用是門闌之子爲哉？」弱冠以往，發其藏書，深心强記，獨居衰柳壞陂之地，自予輩外，莫有聞其笑語者。其先世詩文，皆善用乎虚，以力減乎實。述之歲月心力，獨遍歷乎實，以漸游於虚，文有餘，用質救之；慧有餘，用福救之。

予嘗謂人曰：「我觀述之，雖無紫蓋不朝之心，亦有連嶺爲高之恥。」故述之獨以予爲知己，而予因憶中郎先生一言也。先生曾攜家經廬山下，是時述之年十餘歲，忽作詩數句。先生喜甚，且曰：「袁中郎子，不得科名入仕宦猶可，何可不作詩耶？」今述之亦得科名入仕宦，如人家子弟，而又能卓犖作詩文，深心讀書，擺離其世父父叔，能自見其奇。

予以此論述之，述之亦不應，因笑曰：「吾特丘在彼。」

【校】

〔一〕譚合集無此篇。　　題　目録作「袁特丘文稿序」。

南北遊草序

胡應侯明府在里中稱詩，先予二十年。及予得從事於詩也，君折行輩而與之談，以其風華來相掩映，亦足以津逮乎予。如是者十年。君既博雅翔步，遍游燕趙江淮間，去而爲官。君之子曰公遠、公占者，讀君之書，與予往來談詩，遒秀迫人，予幾不保其壘。而君之詩不相寄者又且數年，私心以爲君力於官而倦於詩。而君自淮東往爲越中令，忽函一帙詩寄予，使序，則數年來南北之遊在焉。

而應侯憶里中當時與應侯稱詩者，皆一時髫髦，其後或厭或倦，或以銷沈。而應侯獨深心好古，志高氣厚。凡朱門蓬户、驥子虎兒，皆若造化位置之，以成君之詩，而所經城郭山川，所逢淵人衲士，皆若先點染有致，以待君一詩。吾因而思詩之成也，有詩才，有詩情，又有詩福。使非有詩福，則在人即爲厭倦，而在天即爲消沈。君苗之硯，以福少而焚；應劉之友，以福盡而亡。求才與情之無所不暢，亦不可得也。夫人世浮膏俗焰，亦必擇一福人畀之，而況多取造化精華之氣，久奪人士筆墨之權，寧渠無福乎？

予奉應侯盤匜於二十年前，而今尚落落郏莒，既不及君所就，又不及君之子鋭，則亦頹然厭倦人也，福薄甚矣。

【評】

譚合集評「使非有詩福」幾句曰：「説來可懼可畏，人何可不自愛也。」評「夫人世浮膏俗焰」幾句曰：「卻將此作證佐，非深心用力人，安能相信。」

長安古意社序

予來京師，僦居城外寺。柏二株，鸞一隻，送聲遞影，常若空虚。暇則如退院僧，不常接城中人，書亦罕至。自以爲雖非學問所得，然躁心名根退去四五，往往有不負師友處。

一日步至城東，值桐鄉錢仲遠、山陰張葆生、平湖馬遠之、武進惲道生、公安袁田祖、興化李小有、閬中徐公穆，飲正暢。予久不見奇士，怦怦心動，徙倚難去。小有、田祖者，舊社友也；公穆數年前邀予住峨眉，未果，予甚感其意；庚申歲，予在西湖看兩山紅葉，葆生、遠之先後挐舟相尋，予適去，然猶躡予葉上履跡，皆可徑稱故人；而仲遠之交俠、道生之筆墨，與予久相聞，初得見。盡日六七人相勞苦，長安塵沙多，米貴，諸君皆來覓作官人，不能滿持一觥酒，遍贊客，曰：「有貴交游乎？」謝：「無有。」曰：「時事何如？」皆曰：「無從聞也。」於是樂甚。酒半酣，問年齒少長，忽下拜，兄己而弟人。

是日覺有古意，令譚子授筆記其事。記成無所附，附以他文字，人若干首，刻焉，題爲長安古意社。因想盧尉有長安古意篇，盛稱香車寶馬，挾彈探丸，徒與麗人冶客爭郊外巷中之艷者，視此孰爲古意耶？

【評】

譚合集評「予久不見奇士」幾句曰：「見士關人心性，豈俗人能明此一段耶？」評「與予久相聞」前後數句曰：「驚喜狂躍，如在眼前。」評「是日覺有古意」句曰：「自我作古。」

刻黄美中文序

予嗜美中之文，後於徐子卿先生，而先於天下人。天下人争好其言，且非特一好而已也，蓋争有爲其言者。凡爲其言者，率魁壘拔出之材，每用此得志於天下，而美中守諸生自如。即美中自用此得志於天下有日矣，今尚守諸生自如。

友人金卜公浠之，文士而具目與骨者也，盡刻其所爲文，以書告予。予於美中之文，無多少長短、淺深平奇、濃淡歛整，一字一句一篇，皆若身一葉而泛於海，身孤筇而支於嶽，身貧兒而管鑰於庫，身匹夫而瞻卬宫闕，茫然而已爾。獨其茫然之餘，汗消喘定，驚止味生，若竦然見其人，又若淵然見其抱出世之懷，而不甚屑於此者。故予於美中之文，不可謂不知也。美中日出入馳騾文字之中，冥心放手，未之有悔，而爲其言與好其言者，先用此以救世。蓋天下大文章自有一實用〔一〕，而決壞於浮靡纖削之人。惟美中文出，而莊語可以救謔，冠裳佩玉可以救袒裼，經史之言可以救諸子末流，不必問救自何人，以何日往救，而大都不出美中一流之文也。

有小儒者，謂卜公不宜先刻。作者苦心，見者承響，竇入他家，亦復何益。其言似愛美中，不知大乘菩薩願人成佛，即自成佛。卜公者，固以美中之文作佛事者也，非特具目與骨也。

【校】

〔一〕實　譚合集作「日」。

【評】

譚合集評「蓋争有爲其言者」一段曰：「文人創調，常令奔趍恐後，唯奔趍者得志，而創調者益淪落如故，此正不知何言，每欲問之彼蒼。」評「又若淵然見其抱出世之懷」句曰：「深爲作者致想。」

自訂制藝序

予生平見人中後必談文，人亦傾耳而聽之，以爲中固文章之效也，中而冠其曹，則尤文章之力也。嘗從而笑之：牛已肥而始欲探其爵禄不入之胸中，鴻已飛而始欲留其雪上偶然之指爪，嗚呼！世安有此哉？

默省前事，予於諸生時棄時取，於其業時作時止，於世所號爲名文章者時效時鄙，縱心一往，恥爲教束，終身老巾衫，吾不怨，而隨科推移，忝竊至此，正予不敢妄談文之日矣。獨恨壬子以來，文字多在人間，坊間之刻且四出，懼其無故而加之以定論，又懼其一字一句，無故而冒之以成法，大乖予向者不衫不履之意。適有以文請者，草土中借以遣哀，合舊來師友圈點過寬、評隲過厚者，削之以幾於盡，而更自下圈點，自下評隲，略明孤往之懷，且以見得失真不在此耳。

家弟元聲、元禮，識之過乎予者也，同詞以請曰：「斯言出而世復有以君爲欺人者，將奈何？」嗚呼！是又不然也。人各有才與志耳，才才有分，志志有數，字千寫而必肖其初之肥瘦，思萬變而必依其初之高凡，是豈無分數耶？人一切枉之，而舍平趨奇，舍奇就平，希一旦之合者，造物之所必怒也。有道於此，盡其才，篤其志，勿逢造物之怒，是其人也，於遇不遇何有乎？而遇未嘗不在其中，或者有之耳。往甲子，予以恩貢上京，念道里長，去親遠，年迫四十，食玉炊桂，出入沙糞之中，似不容空返。此念偶邪，誤聽人言，束心學程墨時文，晝諷誦之，夜覆被思之，技將成而精光退。雖闈中爲本房所收，彼造物者安肯聽其苟得？於是謬訛其五策字句，以巧行其怒。予懼甚，退而不敢作一字者三年。夫予固退而三年不敢作一字者，而又敢欺人乎哉？

【評】譚合集評「嘗從而笑之」句曰：「真可發笑，制義一道，非經生日夕揣摩而言之者，雖若有驗，究竟畫蛇添足，捫燭爲月者也。」評「而隨科推移」句曰：「可悲可涕。」評「又懼其一字一句」幾句曰：「真無可奈。」評「盡其才」幾句曰：「欲盡理，還可使人人自以退步爲進步，覺從來躁氣不覺爽然自失。」

選語石居集序

閩唐梅臣先生初至襄，延見屬吏師儒之屬，睹謁，有羅學博，竟陵人也，因問竟陵譚子。譚子方匿跡遠墟，久不掛於壇坫〔一〕，學博心竊訝之曰：「安從知是人也？」已而投一集曰：「爲我示譚子，選而序之。勿多，多弗傳也；勿譽，譽弗益也。」

學博傳斯語以至譚子，譚子笑曰：「唐先生如是，安得不問譚子乎？予所以遠跡，不求掛文人齒牙者，凡以爲談詩者量多而親譋，元春性翹劣，無以塞其望，且吾師友皆散逝，古道不可以望人，寧甘兀兀，撅株枸耳。今使君乃若是。」

起而披其集，是月也雪郊枯岸，手龜坼如淘河漁人，喜極兼怍，輒永夜獨坐，研朱凝冰〔二〕，親炙硯鼎鐺間，爲下點不休。所逢艷驚目、秀可餐、風神肅肅、忠孝迸裂者，歌之，聲出籬外，絶不知有寒夜，小婢送酒至手邊，亦不知取暖。回而或有應付雜收，熟如無物，眼不驚怪，入手芒斷者，亦竟不能爲使君踟躕。回顧卷帙上，丹銘之痕如古木，槎枒可怪，則因而念之：夫詩文之道，上無所蒂，下無所根，必有良質美手，吟想鮮集，足以通神悟靈，而又有硯潔思深、惕惕於毫芒之内者，與之觀其恒，通其變，探心昭忒〔三〕，庶幾一遇之而不敢散。然則今者使君令譚子職選，譚子欣然選之而不辭者，豈非所謂遇之而不散者乎？多也，讕也，斯散矣。

予入冬閲方秋崖集，喜其詠梅有云：「古心不爲世情改，老氣了非流俗徒。三讀離騷多楚怨，一生知己是林逋。」是詩也，可以贈梅臣。而梅臣詩中，又有「拙吏津頭不嗜錢，浮囊布被恒夷然。論交結客清尋研，碩人逸叟中流連」，日在吾口中吟諷不去。遂覺秋崖、梅臣二老，來往雪天，手眼之間，不知何以遇，又不知何以不散。使君治襄多暇，爲我祀杜二、孟六，招其詩魂，一問其故，恐亦無以舉似也。

【校】

〔一〕掛　原作「桂」，據譚合集改。按下文有「予所以遠跡，不求掛文人齒牙者」之句，可作佐證。

〔二〕冰　譚合集作「水」。

〔三〕探　原作「棎」，據譚合集改。

【評】

譚合集評「譚子笑曰」幾句曰：「夷門監者口中語。」評「歌之，聲出籬外」句曰：「真得選書、讀書之樂，述一遍，覺精氣浮動。」評「庶幾一遇之而不敢散」句曰：「遐思自冷。」評「喜其詠梅有云」幾句曰：「兩借詩作結，蕭散中有峻峋在。」評「爲我祀杜二、孟六」句曰：「妙思，是一派生趣。」

黄葉軒詩義序

予家世學易。先人蚤歲爲諸生，怯其難，徙而治尚書，因課予兄弟尚書。惟弟服膺一人，中道徙去，去學詩三百六篇，蓋三四年間事耳，而弟之文已幾令四子藝讓，工且富矣。弟謂我曰：「吾樂之甚。吾終日行籬間而吟諷，吾終夜步窗外以追尋，蓋是中有深趣矣。」

予視其文良然，但私謂六經無不美之文，無不樸之美。匡衡說詩可解人頤，而史稱其說詩深美。深美云者，温柔敦厚，俱赴其中，弟所謂是中有深趣者也。漢書又言：兒寬有俊材，以尚書學見武帝。武帝曰：「吾始以尚書爲樸學弗好，及聞寬說始好之。」乃從寬問一篇。今上神聖，遠過漢帝，必時時問尚書。弟雖諸生，當抱異地想，勿自以爲樸學弗好也，當使其深美如汝詩。且詩三百六篇，固予所最好。杜子美云「詩是吾家物」〔一〕，何言徙哉？

【校】

〔一〕詩是吾家物　杜甫宗武生日詩作「詩是吾家事」。

九峰静業序〔一〕

今年孟誕先邀予入九峰山，而吾兩弟亦相依，自爲師友，是殆以予爲可與游者。然予與誕先游最久，見其神穎快躍，私心疑其不甚静，及在山中，則誕先静過予也；予頻年出游，半留山水之間，而兩弟初離老母，私心疑其憶家，及在山中，則兩弟不憶家過予也。是天下之不可與游，宜莫如予者。雖然，予之不能損人也明矣。

世舊目予文爲奇，嘗恐厲一二偏嗜之士。及遍睹時賢所稱大手筆者，挾靈氣者多讀古書者，敬焉駭焉，猶有未解者焉，始悟予之文膚甚鈍甚，而不足以爲厲也。且予固學詩者，雖久不作詩，常有詩意。頃在山中，能察山際昏曉之變，能辨煙雨所以起止，能乘月聽水於高低田之間，能上絶頂，望大江落日，能選石斜倚，寂然相對，能穿松徑，愛其不成隊者，趺而坐之。此數事，皆有深益於文，方持此以相助，又何損焉？故誕先與吾弟所得已如此，而予猶然膚且鈍也，則天之降才爾殊也。

予雖不才，而故人輩皆見念，數以書遺，爲空山之響。每讀其論文快處，精神與天下人往來，庶幾得免孤陋，而今日九峰山中，蓋不止四人矣。

【校】

〔一〕譚合集無此篇。

古歡堂詩序

予既爲胡公占題其堂曰古歡，而公占刻詩即以名其詩。

夫公占之刻詩，蓋予促之也。予行天下，見朝吟諷而暮登梓者多矣，於儒者所謂恥，佛家所謂慚愧，俱不知何如，則嘗以語公占曰：「子之於詩，固搰搰然有深力、艷艷然有秀采、剪剪然無塵埃者也。胡不鐫之，以志子之勤？」公占曰：「未可也。吾得其句也，未得其韻也；得其韻也，未得其氣也；得其氣也，未得其神也。若夫才格則得之於天矣，法脈則得之於親矣。」蓋其親遂昌公工詩，固以詩爲家學云。服習數年，採妙觀徼，潔窗格，芬履舄，以待佳思之經緯。韻如嘉卉，氣如美箭，神骨如奇石。予復以梓人進，而公占始勃勃不自禁焉。予謂公占：「君向來於詩以不工爲耻，聞人以爲工，則又生慚愧，至於今而始勃勃不自禁。儒者亦有積累，佛家亦有時節因緣，俱不可强，予又何言？予只爲君誦『良人惟古歡』耳。」

【評】

譚合集評「吾得其句也」幾句曰：「其事已備而甘苦生熟，足以妙其往來。」評「君向來於詩以不工爲耻」幾句曰：「從其自歷以爲次序，了然於心口之間。」

游戲三昧序〔一〕

王以明，袁中郎師也，而又友予與述之。夫述之，中郎子也，奇情古質，與予交如一人。而翁肯與之互相師友，即其解脱於年分之間，已非世人之所謂師友矣。

或曰：「弟子其父而友其子，將無游戲乎？」應之曰：「患不游戲耳，游戲即三昧也。游戲於人，我則自他融；游戲於世，出世則身土參；游戲於筆墨，則作者自快而觀者朗，作者有本末而觀者同性情。夫游戲者，亦游於戲之中，而非戲也。魚游於沼，蟲游於壁，鳥游於空，客游於溪山，皆游於戲中而不覺者也，不覺之謂三昧也。」

子如不信，曷取其所著游戲三昧而讀之？其中多有與述之送難者，予願爲二家驛騎矣。

【校】

〔一〕譚合集無此篇。

官子時文稿序

士之有文，如女之有色。文之有先輩、時輩，如色之有故人、新人。善論色者曰：「顔色雖相似，手爪不相如。」又曰：「將縑來比素，新人不如故。」知手爪之所以妙，又知素之所以勝。此一人也，豈目挑而心招，倚門而刺繡，可以儌倖於歡儂之交者哉？夫時文中有多數句者，而先輩常少數句；有重後半者，而先輩常重前半；有用過文者，而先輩常用本文。此論色者之及於手爪也。時文中有讀之欲笑者，而先輩不苟嬉；有讀之欲泣者，而先輩不苟悲；有讀之動人心目、快人口齒者，而先輩不苟艷。此論色者之明於縑素也。前輩淪亡，莫究此義，有志之士，多傷心焉。

友人官子以其文投予，予驚而相向，退而告人：此於元詞宋曲中，而有人焉，獨宗離騷者也；此於繁弦急管中，而有人焉，獨彈素琴者也。已而掩袂，嘆息於官子之前曰：「予不得與倚門者争旦夕之效，正坐此耳。子胡爲然哉？孔子曰：『吾未見好德如好色者也。』當此之時，吾亦未見好色者也，悔不盛年時嫁與青樓家。子盛年，子勿貽此悔。」官子曰：「非也。窮達天爲，智者不愁。瀉水置地，任其所流。」予乃躍然而起。官子之見達矣，所以有官子之文，豈誣哉！

【評】

譚合集評「夫時文中有多數句者」幾句曰：「前輩論文極多，總無此警切宛轉。」評「吾未見好德如好色者也」幾句曰：「隨筆點次，即騷騷屑屑，風儀自整。」

劉小鴻詩引〔一〕

小鴻集者，吾邑劉先生于磐明府詩也。明府名號與前賢陸子正同，風期又近之，故予題其詩曰小鴻集，文學、明府，遥遥相集云耳。

予深感先子之友，獨明府在，年七十餘，方健，手不釋書，蠅頭字燈月下辨之無失。自辭和平令以歸，種秫澆菊，斥遠熱客瑣務，所游皆黄冠白社，六逸九老，酒以斗，犇以甌，日與展接，複談少壯里閈間事，絶口不談作令及子侄讀書仕宦事。客有談此者，輒不與通，曰：「此俗人也。」其胸鬲氣岸超超咄咄，真有昔賢詩人之風。一日問序元春，元春甚喜。

記童子時，從先子後，爲明府酌罍撰屨，聽所誦自作詩文，不知其所以佳，而但見一時坐客傾耳俯首，作贊歎不置狀，則亦私作一想：「安得吾它日得似其絲粟毛髮，不至如羣輩傾耳俯首茫然贊歎者，則幸甚。」蹊今數之，已三十四五年間事。乃手録全帙，俾效點竄之役，並向時所誦詩，猶有在編中者，而予素髮垂項，已作五十衰翁矣。詩之繫人，感慨爲何如哉！予近有詩云：「漸老彌傷親去遠。」中宵自吟，頗爲傷懷。而明府以先子之友，日見細作行書，改塗舊詩，日與吟諷，商訂某句最佳，某句未穩。日得明府片楮小封，出自閒叟奚童袖中，則疑吾親猶在此不遠，明府往來如昔，吾猶是齠齔窺聽時。然則是詩不惟移人性情，並移人歲月。顧語吾仲弟之子簡曰：「小子何莫學夫詩？」簡，公外孫也。

【校】

〔一〕譚合集無此篇。題目録作「劉小鴻詩序」。

譚元春集卷第二十四 鵠灣集五

序

大座主李翰林公帳序〔一〕

吾師李翰林太虛先生典試我楚，得元春輩九十六人。自元春外，明年在京者九十有五人，僉爲師上壽。錦爛爛施於庭，而中無字，如一片泰山碑。屬同里張子三楚梱載庾衛，行三千里，歸以授元春，曰：「古之人乎，於此言已。」元春拜，張子亦拜。

元春因曰：「凡弟子所以贈其師者極難耳。稱古今而道盛德，賓狎之詞也；高官大爵，禄潤如河，姻黨志也；比肩事主，子𡚶我珮〔二〕，友朋相慶幸也；勖以至言要道，師事也，非弟子職也。不然，卮酒爲壽，旅進獻文一篇，則例而已矣。師何人也，而例以敬之？故夫弟子而欲敬其師，亦極難也。雖然，吾於吾師也，稍易。吾師爲史官，下筆言語妙天下，浩浩乎如泉之落山，而不欲以文人自居。身如戒衲處子，不可侵犯，而與人語，無所矜貴，必吐盡肺腸乃已。生平喜討求前代已事，及當時之務，煉其身心，使爲有用，而風期散朗，如無事人。往典試我楚，撤棘，出入鄂城，登樓賦詩，把酒望江，人吏隨而觀之，煒然如神仙，俱極嘆仰，然後散。是九十六人者，亦若身遭羨門、安期，忽納我階戺，仿佛如夢中，又安用彼神蕊形茹之言爲？故曰稍易也。」張子曰：「可矣。」元春曰：「未也。子見吾師胸中灑然，如瓶出空，無相留者，然侍其側，俯而不仰，喜而懼，竦而慎，知其有老親也。坐而語，仰而思，思而不敢怠，知其爲君也。新天子三代可復，太封公八十不衰。吾師以忠孝一念，教門弟子，各致於君親，勿謂是九十六人者，徒仿佛焉如夢中一遇也。孔子曰：『自吾得回，門人日親。』今坐中顔子，未知果元春否？而使門人日親，以從師於忠孝，則竊有志焉。」於是元春拜，張子亦拜。已而兩人者，代九十四人，北向長安拜。拜已，滿酌勸僮僕，囊錦字，蹩蹩重繭而上於師。師下拜登受曰：「子之言爲君親也，敢不拜？」

【校】

〔一〕底本僅存後半篇，缺開篇至「是九十六人者亦若身遭羨」大半篇文字。譚合集僅存篇目。今據另一明刻本譚合集補全篇。

〔二〕皵　底本作「散」，今據文義改訂。古詩偕隱歌：「天下有道，我皵子佩；天下無道，我負子戴。」

【評】

譚合集評「下筆言語妙天下」幾句曰：「意甚淵澹，而精隱相授，如水和乳，説己説人，總現真性，不知其合離之□。」評「今坐中顔子」句曰：「談至此輒津津，不敢以此議人。」

少司馬蔡公撫黔文

同安蔡敬夫先生言行如古人，較然不自欺其忠孝接物之志，天下信之。春事公久，獨以爲能懼。今世所不足者，懼也。公何懼之有？春事公久，見公於學問之本末，浩浩淵淵，筆之所往，孔上而周下，贊俯而亮仰，不遺力以達於深賾無邊際，而曰：「吾苦不能思，嗜書不暇讀，於學問無所窺。」嗟乎！春每見有志者爲之，效其一二處微肖，即揚揚氣得。公何懼若此？吾是以見其懼也。

當萬曆乙卯、丙辰間，公在辰陽。辰與黔，兵食相及，有欲用民力於苗者，公執不可，因自解歸去，而皐皐訿訿者，亦適自起滅。數年來，海内多事，天下思公甚，公亦念天下，由晉岳起鄖中丞，民以乂安。會黔夷不靖，舊開府深入未還，天子乃以公爲少司馬往撫之。春聞而度其故：非用其才也，用其氣也。用其氣，用其懼也。方公彊項，不肯輕用民力時，其氣已入人肝脾矣。氣藏於不可見，動於不可禦。古之君子懼以養氣，氣以養智，而今之所爲氣者，皐皐訿訿，而務以苟勝於人而已矣。使皐皐訿訿而可以苟勝於人焉，已洩矣，已盡矣，豈能復有氣乎？氣之所爲，不可使復洩也。誠以藴之，懼以守之。其誠彌積，其懼彌深。懼日以深，而氣日以達，一旦不得已而用於世也，則非我欲其然也，氣自然也。氣猶泉也，泉之初萌，如蚊蠕之微動，視之不得，何况其聽？稍流爲池，爲潤，形見聲增，至於水石交鳴，喧豗不聞人語，浣濯者往焉，灌溉者往焉，而泉則猶守其初萌之性。曷往觀乎蚊蠕之微動矣？

公讀書深，用人細，見事透，以神鬼自則，而以豪聖望人。初下黔，命春適見於郞中。公虛心省躬，遍問人所以往黔者，人莫能應。公自咎曰：「教人而不教於人，學問之大詬也。氣浮與？滿示挹與？肯綮失與？何莫應也？」春聞之躍然，吾所見公懼者，益信矣。懼者，君子所以盡天，而好謀者，君子所以盡人。天人自足於胸中，而國運人心，坦然默聽於忠孝接物之内，故成也。成之爲言，天與人俱，不必問之辭也。大誥曰：「允蠢鰥寡，哀哉！予造天役，遺大投艱於朕身，……不卬自恤。」君猶如此，況代君者乎？有鰥寡之哀以通人，有天役之造以通天，未有暇自恤者。不懼生於自恤，自恤生於愜心〔一〕，於是乎紛然問天問人，而苦無以通之。泉竭自中，氣不足也。

春素以是聞於公，敢述以爲送，尊其所聞，竊自附於高明云爾。

【校】

〔一〕愜心　譚合集作「暇心」。按「愜心」爲是。

【評】

譚合集評「獨以爲能懼」幾句曰：「懼是學問至處，才識不到十分，不知其故。」評「氣藏於不可見」幾句曰：「以原本言之，復以淵涵言之，總是大學問人，歷過甘苦，自知而自言之，不冗不迫。」評「懼者，君子所以盡天」幾句曰：「説至透闢處，決非詮釋訓詁人可道。」

劉濟甫賢母序〔一〕

古今不少母子入山者，然以隱故入山，若姑入山以待他日之出，其後必出者，不聞也；古今不少奉母住山者，然母必依子若夫卜居山麓，速其子仍入城，或入他山，周旋師友之所在，而已獨與子婦守山中者，不聞也；古今不少獨身出游，留妻奉母者，然其家裕然贏餘無反顧，若槖中虚、田污邪，使其子得壹意學問，而寂然拮据，不令子見苦爲生難者，不聞也。

數年來，與吾友劉濟甫游，見其力蒸蒸在進取，神肅肅在文章，性坦坦在師友，負笈遠學，嘯入松雲，而鐺爐壺榼相望於道，僮僕默默與濟甫目語，從衣袂間出一片紙，使濟甫受數，則母字也。濟甫几案無塵，筆床浄潤，沉吟昏曉，伴侶鐘磬，或記憶往籍，忽忽若有所忘，令僮子歸取。僮子懷一片紙輒往，則濟甫貽母字也。

濟甫既已攻苦深思有文名，其井竈疆畎之狀，米鹽粔籹之務，施報疏數之節，一仰母慈，不以分其居業，於是文益工，求交者益衆。凡奩之簪珥，田之收入，以次消耗，繼之以券，至於質宅得緡，以塞收責者之横。濟甫私念母起家人必對案讓，而母欣然徙於八分山，葺其室，塞其向，園牆户牖，蔚蔚佳氣，男耕女織，肅然朝典。而濟甫反得以去來於松窗草帶之間，經月不歸，盡發其心手，爲江漢第一流。然則母於濟甫，真兼造化師友之用矣。

濟甫嘗稱其外王父憲副周公負性貞堅，人不能犯，惟母則之，爲坤之直，方相其夫文學公如友，又教其子如師，爲未亡人二十一年，賴有此耳。而里中父老又怪母名家女，乃能甘如是艱辛，以爲絶奇。此殊不然也。惟名家女故知文字之難，而不以家人生産點子曠懷；惟名家女故知田宅之輕，而不以子母錢虜挫子逸氣；惟名家女故知師友之益，而不以交游道廣謫子煩費；惟名家女故知遭遇之奇，而不以剪鎩羽翰尤子寡效。其本末動静所從來深遠矣。

母今六十，爲濟甫之友者，請文於予，且傳濟甫之言曰：「世人友其子，因知其母，不知子實有不逮其母者。」譚子聞之，乃拜手颺言曰：「小人有母，惟小人深信斯言也。」

【校】

〔一〕譚合集無比篇。

甲戌九月三日爲朱師菊先生生辰八月十五日授匡僧往粵東文〔一〕

蓑士見其師菊先生於京師，請曰：「夫子今年六十矣，春願有言也。」菊先生曰：「子贈我言則可，子如爲佐樽之言也者，吾聞子有是戒，即吾亦願以戒。子盍已諸？」答曰：「夫子之言教我矣。雖然，行年六十而六十化。古之稱六十者，一言耳。春不敏，不能簡而至一言。春少夫子十有一歲，事夫子二十年，别去亦十六年，今相見於京師，蒼顔改舊，下拜痛深，蓋其感也。吾嘗師子蔡子，閩人也，年五十；又嘗友子鍾子，里人也，年纔逾五十。年齒之重於師友也，可勝言哉！吾惟不爲佐樽之言，吾即爲佐樽之言，夫子受之矣。」菊先生喜曰：「子之業尚能工，吾隨牒行止，尚能不已於行，目尚能辨書，口尚能吟且談，足尚能及山巔水涯，意智所往，尚能追古人，子尚能從我游，天賜也。天予能取，碩果相將。蔡、鍾二公往矣，妒予羨汝，曷其有極。」

蓑士退而告人曰：「止矣，夫子之言是也。春終不敢爲佐樽之言，混於歌兒舞女，取賤次山。」

是日，廬山僧請以書行，遂歌曰：

嶺有南，進我觴，炎蒸不解菊猶芳。海有南，荔垂垂，浮聲膩詞空爾爲。弟子遥送匡僧答，楚蜀百越地天沓。人生不感舊，何用老伏臘。

【校】

〔一〕譚合集無此篇。

孟誕先母六十文

人卓然以才格聞於世難矣，因而有出世之思尤難。人之自致其身於出世難矣，因而得出世之母又難。若母先有出世之思，使其子才格足以聞於世，而後引之出世，此豈復有難易之數哉！雖古之聖母，有莫之或至者矣。夫人子之聖其親也，苟有一言一事之幾乎理，邁乎俗，宜乎家，舉而聖之，其誰能不聖之！至母而有出世之思者，佛母也，母而佛也者，苟有一言一事之澹乎想，合乎道，嚮乎慈，亦舉而佛之，無吝詞。雖然，人子之佛其母也，非人之佛其母也。人之佛其母也，先觀乎大者，而後小者，以類從焉。

武昌有孟母湯太君者，吾友孟登之母也。方刺史公無子，而子其總憲公之仲子，是即今登也字誕先者。然則非嗣母與？曰：母不知也。母不知也，是以登亦不知也。春竊聞大勢至有言十方如來，憐念衆生，如母念子，子若憶母，如母憶時，母子歷生，不相違越。以太君爲母，誕先爲子，從無始以來，至於歷劫，春猶指爲母子，矧今者同聚一家，本有母分，精氣密藏，冰水合和。譬之粟偶不寄瓶中耳，而棲者仍吾畝，露者仍吾場，閉者仍吾囷也，吾簸之、揚之、炊之以成飯，吾飯也，沙也乎哉〔一〕。子從胎出，人道所尚，而母不知，能使子不知，此於人世之事，一瞬之榮，復何有乎？故曰：觀其大也。

母教誕先，才格既已卓然，天下之人，傳其罷公車之文，疾於獲雋之篇，吾黨中凡相引以爲重者，必曰「孟登，孟登」。以春觀之，誕先之所以報其母，不爲淺矣。而母尤督之尋師敦友，每佳士至，誕先雖他出，必招呼令返，惟恐後時，身自酌水量薪，與鐺湯相起止，不以盛夏爲解。有不知己者，戒閽人勿相通。而至於慈情所及，黽勉求之，匍匐救之，則無親疏、賢愚、恩仇，力不能而盡之心，己不能而屬之子，人不知而禱之神。春嘗聞而歎焉。

母生長世家，情塵不染，雖鹽豉之間，亦近於道。而春獨窺其略婦女之小見，渾母子之大同，愁城愛河，杳然不知何往，欲率同志之人，奉爲佛母，必如是乃可耳。今年浴佛日，春過武昌，與誕先静住寒溪寺，聽菩薩泉雨響，同山僧七十餘人，經行蔬食。母聞之甚喜，貽以念珠一串，圓滑妙好，是母手所持物。春心許爲作六十文，以報母意，而會四方交游，遺書相屬，因以堅誕先之向。

母有倩劉君旦寅，浄名君子也，請以是質之。

【校】

〔一〕沙 另一明刻譚合集作「涉」。

【評】

譚合集評「人子之佛其母也」幾句曰：「層層翻剥，不欲以概詞、支詞掩其大要，而文氣馳驟，如風雨之忽來。」評「母不知也」幾句曰：「裏，言而微淡出之。」

送鍾廣文公任武進文

春初與鍾伯子交，知其尊公魯菴廣文，因以廣文益知其伯子也。寧惟以廣文知伯子，廣文而猶人之父，其初將無伯子矣，廣文而猶夫居官者之父，將失其所爲伯子亦易矣。

廣文公性温克，不時入州郡，縮口節身，始有田廬。自伯子通籍後，未嘗一步要門。或世講者拜其廬，執子弟禮，益恂恂不自安，以爲逾涯。生平自食其筆與力，絲毫不以累伯子，使子因貧而膻官。又食其禄，以家食食叔子、少子，暨於孫，絲毫不以累伯子，使諸子孫因庇而離業。即伯子之爲人也，能不以失職之諸生易其文，不以久不遷之官易其性，不以可援手可熱之人易其所知。非伯子則然也，其父則然也。予嘗以田牧言之，有如子獲鶉而父望雉，子牧牂而父欲文狸，則其子將受命於田牧之間，倉皇莫措，以亂於原野，甚至墮足擭穽坑塹中而不顧，曰：「吾無可奈何，吾以酬父兄之望，而免於讁焉耳。」乃伯子以諸生困也，廣文慰勞之曰：「不諸生何如？」公車落矣，又曰：「尚諸生何如？」視七八年官在賓旅中，人奪其顯，將徘回郎署，廣文遍語所知曰：「吾子不第復何如？」予嘗察其意，覺未授大行即望大行，不宜爲郎即望郎，郎不宜南即望南，廣文若常以退着静機，動乎伯子仕退之先〔一〕。

或言公何遂能至是？曰：公内行過人。事其兄裕齋公，至於使孺人莊之若翁姑。參伺老人側，加一飯一衣，則脱然快；損一飯一衣，終日不解顔。此在古人不能行其妻，而廣文之敬兄，不自露於身，人但從妻子奴婢處想見之。如是，則名伯子，何可不以廣文也？請以是送廣文。

【校】

〔一〕仕 譚合集亦作「仕」，另一明刻譚合集作「信」。

李朱實尊公序

春與李子士傑交二十年，忠厚相勉，過失相救。疏密不同量，而未嘗相非；疾徐不同步，而未嘗相强。蓋有古人因其天性而濟之之道焉。是以山川雲雨變乎前，而兩人如故也。其弟士彦者，寡交人也，而兄事予甚謹。其子女，予坐而受其拜，不爲禮。其門弟子中分一邦，高冠岌岌，見余過，必揖也。而兩尊人以高年紅頰，屏幕酣肅，令予趨堂前，笑語如家人，至於必成姻媾，以孫女字予次男而後已。雖古之誼交，至此亦難焉。

吾所爲尤難者，其太公貞菴翁耳。太公以落落确确之性，不苟訾笑。吾嘗聞其幼所交好，而其人後顯聞於世，至不能得太公一登堂者矣。吾有友文人也，且貴，吾見其登太公堂，謁刺恭謹，至不欲以比肩見，而太公朝夕與子孫議一拜，竟未果往者矣。然則予幸而賤耳，使予不幸而貴，太公雖不易交，其欲成今日之姻媾，可驟得耶？雖然，不以是而減太公之愼也。伯子出而雍雍穆穆，太公之雍雍穆穆也；仲子出而簡如峻如，太公之簡如峻如也。童子見無趨無倚者，人知爲太公之諸孫；年少過於市，不佻不競，人知爲太公之子之門人。何莫而非太公也哉？蓋太公與其家人，論情理常先乎法，敬夢寐常先乎書，課文行常先乎命，喜施予常先乎聚，務酣暢常先乎醒，花晨月秋，名園古寺，常先乎寢處。而伯子一言一事、一珠一貝、一夢一覺、一觴一盂、一笻一履，凡太公所先先之，所是是之，所偕偕之，順焉耳。

記伯子嘗與予行村落，見茅舍中，翁嫗曝背於前，子婦袒跣於後，瓦盆内少許麥飯豆羹，歡然相得，出不越田間，離不過數里。以爲人生之樂，無過此者，一入富貴場，父母化爲賓客，甘毳化爲供應，真樂衰矣。因相與一嘆，至今念之。然太公二子諸孫，有聲有實，其於富貴也甚易，而太公善教其子孫，子孫不失其至性，豈真異乎麥飯豆羹相得耶？今於太公七十稱觴之日，重與伯子訂之。太公聞而喜曰：「吾子與譚子二十年，交日深，豈偶然哉！」

【評】譚合集評「忠厚相勉」幾句曰：「真根本，二定腳頭語，一字不欺，一念不苟。」評「論情理常先乎法」幾句曰：「可作箴儆，宋儒理學，安得有此爽利。」

柳母序

往年蔡、鍾、張、朱四君子爲吾母作五十文，其言高質無飾，上尊幃幬，下光階砌。是四君子由中之言也，而春凜然以爲四君子寵之而已矣，自是向筆硯誓曰：予雖恥爲觴斝之詞，然有真爲吾友母者，有真爲吾友母賢焉壽焉者，有真爲吾友之爲其母賢焉壽焉乞言者，請得洗吾塵，力吾思，開吾友之喜懼，而生吾友族屬姻黨之笑語，以是報四君子，其可也。

天啓元年七月十日，吾友柳太元母孺人八袠，而以其言屬小子元春。元春喜受命曰：「吾所矢也。且自吾與太元交，於太元知母焉。太元畜人似弟，敬人似兄，樸厚輕潤，質直柔軟，殆人人歸誠焉。而又多聞細想，掩關息游，口中無一媟褻猥瑣語，非母善訓安能如是！」太元則曰：「母自四十八稱未亡人，常以渭陽司李起家，日相督勉，延師問友，迄無虚歲。兄弟六人，四廁膠序。近猶脱簪珥，資予遠學。子所言是也。」

自吾與太元交，於太元兄弟知母焉。太元曰：「予年來諸弟淪謝，花飛鴿散，行路惋惜不已。而母以老嫠婦，收拾九迴腸，一痛即罷，彊飲食，曰：『我幸有長子，有孫八人，森森蔚蔚之氣，猶照里閭。我提一竹杖，周視門户，猶能教養子孫。欲親見煢煢諸孤，大則翔貴，次不失爲寡過。老婦餘齒，勉爲逝者加餐耳。』」吾所聞母言，多有類公父、文伯母者，敢以尋常哀樂量其心耶？

吾自與太元交，於太元田宅知母焉。母歸柳先生，相莊如賓，相助如健男子，荆布蕭然，晨昏雜作，下至筥粒機絲，架瓜圈豚，皆因其取予作止之便，行其寬嚴伸屈之性，而柳先生得以展其力於庠雍之間。太元則曰：「從窘至腴，以相吾先人，易能也；又從腴至窘，以課吾兄弟，不易能也。」吾聞而是之。凡婦女性自我拮据，自我擲散，多眉攢意憒，出於鑰而還扃之，決不能行其志於子之師友，子決不能行其志於師友賓客。如母所聚散，有道有識者，雖鬚眉猶難之。吾嘗過太元村落，氣豐而稻香，盡陂塘林皐之美，牛馬嘶於柳下，垣墉周於畝次〔一〕，如盡睹母手口步趾所在，特未登堂一拜耳。

自吾與太元交，於太元僮僕知母焉。吾同太元在山中，一僕朝而汲，午而爨，申酉而薪，暮而書，拱手而應，斂而退，負而出〔二〕，持束而入，雖予輩猶得使令之，不懈於其主使令之也。太元則曰：「吾母使僮僕有法，教家嚴，不令之嬉，不俾之逸，而又節其勞逸，時其饑飽，其恩足以勸，故吾家僮婢無玩者。子所見此僕耳。」吾乃知母之壽於天者，見事遠而不憂也；柳氏之盛於里中者，母日老而不衰也。

母行年八十，此八十年中，榮枯愁樂之事，所歷如驛舍，苟一一向天問，事事不肯受，唓淚之下，身處乎秋冬，其何能與一家終始？若不與一家相終始，而種植者一人，而析薪者一人，而荷者一人，而買良田者一人，而水耕火耨者一人，而倉廂者一人也。端屢更而法再變，勤窳不一心，靡嗇不一性，收縱不一量，寬栗不一法，家用平康，何道之臻？設官者鋭意任法，未幾而去，復敗於代庖之手，不如古者長子孫，民吏相習，孔蠹不疑，乃可以責之成而觀其化。吾爲柳氏壽母，即此意也。

太元得吾説，退而告人：「信哉！譚子善爲人壽母也。其知我母，勝我自知。」如是哉，果其知太元母也。吾請以斯文往報四君子，曰：「頃又爲吾友壽母八十矣。」

【校】

〔一〕獻　譚合集作「畝」。

〔二〕負　譚合集作「遜」。

【評】

譚合集評「然有真爲吾友母者」幾句曰：「敬其母以及人之母，篤實懇至，言之有本，其於文之身價，亦遂自定」。評「吾所聞母言」前後幾句曰：「峻峋峻峭，傲然孤寄。」評「從窘至腴」幾句曰：「從纖屑獨見學力，固非淺人所窺。」評「吾尚過太元村落」幾句曰：「此直説來，一腔經濟，非瑣田舍傭作事也。」評「苟一一向天問」以下曰：「其氣奥衍，其勢奔騰，每一轉折，必有千里百里之遥，如江濤洶湧，汩汩拍天，而聲光相觸，不知其所止也。」評「設官者鋭意任法」以下曰：「全文散屑，忽以莊正語結之，文之變化已盡。」

郭太夫人序

元春十年間，游於郭文毅公之令子者三，曰無斁，曰無傷，曰無咎。而無傷交較深，好予所爲古文字質而近情，介友人王子、劉子，屬以母畢太夫人戊辰仲夏六十之文。

記元春年十八九時，已能慕文毅公道德氣節，讀其書，洞見根株，恨不及出其門下，發一語，原委今古，資先生一快。而猶得撰斯文，附於家乘觴詞之末，豈偶然筆札之幸而已哉？

生平慕文毅不得見，猶幸交文毅子，因得母儀太夫人。不以春不才，親承其截髮銼薦之愛。過黄離館，文毅公著述處也。覩其所以延他郡邑師，課無咎，訢訢肅肅，如文毅公聲影在簾閣亭欄間。而當吾失母如失師之日，尤嘆羨不能已焉。伏讀所謂雙綸，蓋無斆爲南司農，即無傷爲中書君，晉封其母各有辭。而天子之稱，一則曰太夫人，二則曰太夫人，萱幃蘭砌，遂至於無以加。而太夫人慨然中夜，以獨食其報爲悲，惟日勉諸子學問，訓以居官守身，廣以交正士，親端人，勿失身失足，爲詬辱門。家有敝廬數椽，殘書百卷，猶然先世故物，嘗曰：「但使天下人稱爲文毅公妻若子無愧，豈在多金貝邪？」

里中賀克由先生，惇史也，直以爲母中師云。元春則曰：「非獨司農兄弟以母爲師也，文毅公亦以妻爲友。」當文毅官翰林日，即究心當時之務，欲以其身經世救世，於天下利病、宗藩閹夷、人才伸屈、争讓大故，靡不精心極論，出以磊落忼慨，風節凛然，耻爲詞林輕裘緩帶。然使内無絡秀憲英之偶，不足以商國家大事，又不足以定士大夫才識，文毅雖不以此鹿鹿爲庸人，而入門異趣，誰適爲謀？亦自有温飽瑣談惱亂人意。乃吾聞文毅生平經畫，入告太夫人，太夫人爲之然然疑疑，唯唯否否，以是恒得其力。楊村之難，刀俎環左右，在男子神色夷然，聽其焰息網解，此已難矣，而太夫人口喃喃陳説忠義，無幾微倉皇，即蘇文忠之有王夫人，其賢哲亦古今所少，而奔竄搜邏之際，猶有好著書恐怖婦女之語。以此思之，豈不難哉！豈不難哉！

王子、劉子曰：「子之言止此矣，足以壽太夫人矣。」無傷用其語白太夫人，且曰：「質而近情，先文毅所好古文辭類是也。」因爲舉一觴。

【評】

譚合集評「文毅雖不以此鹿鹿爲庸人」幾句曰：「若竟説其才識，測淺套諛，必如此而後始爲質而近情也。」評「即蘇文忠之有王夫人」幾句曰：「引此作證，可謂擬人必於其倫。」

爲二李觴其尊公文

友人李潑、李瀰，常以其文質予，予爲評駁詢咨者數年。二子感其意，稱門人。予讓不敢當。蓋生平未嘗以一日長於人，所爲以文贄予者，無慮數十百輩，而獨令二子北吾面，何以謝諸君乎？以是不敢當。

其後二子苦心居業，爲名諸生，與予諸弟相友善，潑有女，又與予弟方之子約結婚姻，往來如隔舍比鄰，嚏唾相接。以末俗世情論之，師弟子無明據，至是亦可以衰矣，而二子修前恭不稍變，不以姻友爲解，予私心愧且畏之。安得質行如古人若是已！而聞其尊人省江翁語二子曰：「昔邵堯夫築安樂窩，諸門人弟子之家，争築窩待堯夫。汝曹當仿嶽歸堂制，各營一堂，但聽先生車音所至，相與迎之，使兒童、臧獲皆欣欣然有展待不倦之意，是則汝曹事也。」予之愧且畏也，乃滋甚。天下人孰不高視其子弟，以文章聲譽速與人相雁行，孰肯以名諸生不必，且爲大人者，重自損以聞弟子之名，孰不聽子弟薄，而翁之訓其子，至引古人厚蹤妙事如此也。予雖益不敢當，而竊以爲翁生平知大義，得有賢子，舉在是矣。

且予之不敢當，則抑有説也：予干進好名深入胎骨。嘗記富鄭公欲官堯夫，不可，又欲命爲先生處士。堯夫曰：「若進豈能禁吏責？既閒安更用名爲？」今以予干進好名之人，坐受安樂先生之奉，其誰許我？若翁者，乃當一二不愧堯夫耳。翁雖不務仕進，日嘗手一卷，略知前代興亡得失之故，及昭代實録。有儒者所偶忘，翁輒能言之，雖敏人不能奪。予嘗過其家，坐卧一亭中，聽予與二子論文，盤桓不能去。亭前雜植花果，察其疏密，早暮以爲樂。觀少子弄桔槔，散秧馬，稍存其弓冶。一庭之中，本學末農，本農末漁，本租庸末券責，本賓筵末饔殮，本愧耻末譙讓。進無吏責，閒無浮名。無修束，無仇怨，無愁苦。居今之世，而有一人如翁者，予不得不指之爲堯夫。使有一人如翁者，而猶慎堯夫之名不肯與，予之不能爲堯夫，又何待言哉！

翁六十，予具酒見翁。倘予也干進好名日减一日，亦願營一亭，伏臘相將，用以永日難老，然則翁固予之師也。二子師予，予師翁，敢因二子而請焉。

【評】

譚合集評「天下人孰不高視其子弟」幾句曰：「一言一事，必與古人相頡頏，故言之宛折，使人深思不盡，而痛哭隨之矣。」

汪節母表宅序〔一〕

元春嘗思天地靈正之氣，遇所散處，不論男女，如世界平衍中有石作峰，如一歲風光中有冰作骨，皆堅忍者爲之，而女德堅忍更難於男子，男子堅忍可思議，女子堅忍不可思議。女之失其夫也，稱曰「未亡人」。未亡人者，非靦然視癃也，或爲其舅姑未亡，或爲其煢煢孤未亡，曰：「凡以爲吾夫耳。」若乃歷風涉波，經春徂秋，燈無光，幃無影，機杼刀俎之聲、師友誦讀之聲，如帶涕淚，如行隔世，散髮垂垂，坐變黑白，至於階秀可採，壯子成名，獨食其禄，獨御其服，然後愴然神傷，有倍初没。嗚乎，難矣！

元春先人見背，吾母幸已四十，然亦爲未亡人者二十年，始從先人地下。生平識道理，事姑、相夫、課子如古人，元春兄弟率其教，得寡愆孽，然皆外王父魏似樸公博學長者薰染成香，其來甚遠。

以余聞江夏汪夫人苦節事，其失建昌公，年甫二十六，今六袠矣。兩庠君子以聞於學使者，學使者王公表其宅，大書曰「婦德母儀」。吾友胡子用涉、劉子濟甫咨予爲文，予喜動於色，曰：「微君言，元春亦當書之。此友人名下士子肯氏之母也。知其爲建昌公柱洲先生之配；知其相夫子成進士，官司李，廉仁有功；又知其霜節洌然，家貧多難，以一嫠婦卒瘏捋荼於其間，養葬其姑，教其丈夫子，至有今日也。然不知其誰氏之女。」用涉、濟甫因曰：「君知吾江夏有袁赤城先生乎？此鄂之鼎彝也，博學工書，自倅大名歸，偃仰澗阿甚適，嘗往來節母家，譚述古今堅苦事，以相贊歎。」

元春不肖，益思吾母碩德，蓋受之外王父，而與人講婚媾以昌其後者，益當問其父若祖也。夫節婦百忍於浮艷之世，百煉於凶懼之場，嗚乎，難矣！然其源流有二端：或其家世目不觸詩書，如鹿豕金鐵頑然相守，糞壤芝草無故自生，反爲奇絶；或其書香深久，唾穢末俗，父兄聚語，如蜾祝似，如是父母生如是女，自然無爽。

汪母、吾母，蓋皆秉外家教，獨汪母得以苦節著，覺吾母差幸耳。石起峰豈自作峰想？冰生骨豈自作骨想？但大地太平衍不成世界，一歲風光只是艷艷煦煦，歲不得成。苦一汪母以風勵人間一切男女，造化心苦，元春敢不敬識一語。

【校】

〔一〕譚合集無此篇。

白湖稿序〔一〕

武昌張白湖先生領弘治戊午解額，屢舉進士不第，讀書論道，絶意仕進。

予以崇禎甲戌上春官罷歸，躑躅退谷、葛山之間，其子若孫束帛來請爲選其遺稿而傳之。

白湖孝敬高素，慨風匡物，先哲大儒，居然自待，蒼蒼見於咏歌表章之中，而迫聲成響，迫志成聲，有與先後文人往往而遇者，其可選固無愧，予因而有感也。

天下未有器止乎其身、實止乎其名而得爲人所傳者。如制科以來，更三年有一人領楚賢書，其小小者耳，然亦幸而目之爲「元」。元者，苞之道也。非詩、古文無以苞制業，非質行無以苞著作，非有一段長林豐草不欲干進之意無以苞質行。雖論元者萬萬不及是，而包裹永久之道，則有在於此者。不然，更三年一人焉，至於今不可勝數矣。繇南宫而上，爲高官大吏以赫赫聞於當時者亦衆矣，數世而後，子孫不能舉其事，井邑不能舉其名。何故哉？故吾於白湖之人之言有欣述焉。

王右丞高人，而失身於鬱輪袍；唐六如韻士，而以雜交致禍。皆非所慕也，況草木腐者乎？

【校】

〔一〕譚合集無此篇。　題　原本目録作「張白湖稿序」。

閒園詩選序〔一〕

詩序不應多作，多作之集成敗觀，意頗欲敕斷之，惟足以存吾直而明吾道者，猶當有事於言，故予往往慎之，而今滋甚。間嘗有二戒：廢前美一戒也，嗟後衰一戒也。夫前人自美，彌廢彌章，後安得衰，徒用蒿目，我知智者計不出此。然必得其人焉，揚佳發彩於人。我不生咎譽不作之地，吾得以詩之道行，春秋之法亡熄有候，我得而暗察之，使夫漢魏盛晚，日勝日負於其間者，迥不能至吾所説之處，而吾爲詩家一灑風雲月露之辱。嗚呼！鳥獸草木之名，蘭蓀鸞鳳之比，詩騷所貴，偏在於此。吾輩一不慎，而致以風雲月露爲無用之物。世無辨毫釐之人，吾誰與正之？異乎我者，同乎我者，舉不足以正之矣。客有聞而怪之者，曰：「夫夫也，何其厚自任也？跡若説似孟韓任道之言。何哉？」泰和曾子房仲獨喜而深信之，自選其詩，數千里爲長篇遥贈以贄予一言。

予雖欲不言，然如房仲者，聰明而誠壹於此中，功加倍，思加幽，藻加紛，自以爲治予輩言甚久，夢想飲食不去心者二十年。則此二十年中，人我之幾生而不生、咎譽之幾作而不作者，不知凡幾矣。而房仲疾驅馳，惟恐失之。則房仲之工詩又何怪焉？吾友曾堯臣告我：房仲樸素如寒流，齋食學道，於世紛一無所好，而獨好於世所不急務之詩，與世所不急求之人，如予輩者，亦從而夢想飲食之，不惜以二十年精魂，與之澹澹結於天地之間，而二十年後，始遣人持書賫所作以告之，豈不深可念耶？蓋詩之一事，若無益而有功，若有損而無罪，甚而功之罪之，一聽於人，而無一日不爲詩用，無一事不爲詩人之事。則房仲者，非但以二十年精魂傳之，而一生精魂氣志德業，若有非是不竟用者。

堯臣蹶然而起曰：「子論詩，乃及於功罪，是又以春秋之法論詩也。」嗚呼！詩、春秋相表裏，存吾直，明吾道，吾何敢一日忘經？吾蓋慎焉耳。

【校】

〔一〕譚合集無此篇。本篇底本的版心標葉碼「一」、「三」，缺「二」。因無他本可校，難斷是否缺葉。如有缺葉，則在「而吾爲詩家一灑」至「風雲月露之辱」之間缺一葉，計三百六十字（每葉十八行，行二十字）。

移龍渦石贈宜城屈母文〔一〕

予每聞人母德，即默念我母太夫人教家課子之賢，上同昔媛。不肖兄弟以福過災，生而不能長有之也，惟爲天下賢母作文，以一寄吾慕。而筆硯適有天幸，爲佳子孫者，往往使佐萊戲之末。惟江夏郭文毅公夫人令其子丐文懸於屏，則出自母意。予既爲郭夫人文，夫人則大喜，令少子嘗讀一過。越一年入鄂，予既已忘之矣，郭夫人聞其至也，趣治具大召客，令二子延予謝文展屏中堂，如始賀狀。予於天下偉丈夫屬辭不少矣，未嘗有年往事闌而猶眷眷德其文者也。

入鄢，則又有若屈母王太君。太君子二人，一曰盛，一曰嘉，皆以年少茂才師事予者十年。予昆季皆過其家，予友朋皆聚其館，予僮僕皆飯其白飯，而予之馬亦嘶其櫪也。吾聞太君無倦色，且訓二子曰：「交如是人，乃有益耳，吾如是乃喜也。」當太公在日，佐家，家日贏餘，太公亡，太君當户，勤勩不衰，散髮至老，日以孝友退讓、忍辱唾面之風敕其子，及聞予與二子言，亦不離孝友退讓、忍辱唾面，則益喜：「小子聽之，交如是人，真有益也。」

予好舉所知於人，嘗爲方伯杜公友白、郡伯唐公梅臣、明府李公嵎軒稱太君之賢，各欣然棹楔旌其門矣。而二子則曰：「吾母更有望也。額之旌人也，自上而下；文之傳人也，自今而後。今之額可以求而得，今之文亦可以求而得也。吾母不求而得額，固官司之化，仁人之言，而亦吾母冰霰報也。獨十年來，吾母習知先生能以古文字傳説人，先生獨無一言半字。先生文雖不可求，先生忘之乎？」予猶默然無以應也。

是時予適納大堤女兒飛來寄居太君客舍，太君念吾家失賢母，姬媵無所服習，教之誨之，因爲姬道所以慕悦吾文，指如二子言。予始蹶然而起：此予所以抱管城，熟視良久，欲得出自母意，如郭家夫人者也，今果爾，吾文蕩胸而出矣。孟母課子，非遷不能，而太君無所用遷，肅壼嚴塾，束下有體，即荆杞滿前，亦化爲蘭畹藥房，即其冬蓄足以待客，青芻足以給馬，漿酒臛肉取諸宫中有餘，亦無所用凱母之髮薦。而陶之所好在仕進，太君所好在文士傳世之言。予之文未知竟可傳與否，而如太君教家孝友退讓、忍辱唾面，則皆古之賢人君子所以可傳之物也。

太君聞其説曰：「老婦無以報是文。治具張筵，以樂嘉賓，譚先生不貴也；

我筐我篋，用絹酬字，譚先生不貴也。吾聞譚先生愛龍渦一石，而無以致之。」顧語二子：「『峙乃糗糧』，『峙乃楨榦』。」乃發僮百二十人，石工一，木工一，買舟置石，送至寒河福持園而後已。

【校】

〔一〕譚合集無此篇。

紀大冶周子河朔道中語表其節母〔一〕

甲子弟元方同籍中，予獨善周子無畏。周子蒼莽軒豁，文字如潮怒海笑，不屑屑飾字句，與人交，牆岸撤盡，肝腸出撩，人每見，一揖後笑聲驚户外。獨時時稱其母楊，年二十九失父雪盤公，撫五歲、三歲孤，内困外侮，辛盤萬狀，而後有今日，則歔歔泣下曰：「勿謂寧爾，今身長七尺，腰數圍，目如電光，聲如鐘，齒於楚人士爲易也？寸寸孤孀所積，辛螫所餘。母紡績，弟躬耕，所周旋教養於多懼多病者。」則又歔歔泣，不知狂笑聲從何頓止。蓋其語予者獨詳，意欲予形之爲文章，以道其苦苦極，而人始知其賢也。

辛未會試，予得見周子於都下。周子是年文獨奇怪，有豹蹲虬卧之勢。予謂世知尚奇，周子必一決其才氣，以圖一當。非獨爲其身富貴，即場屋坐起把筆，無非欲一釋母尸饔，得爲閒婺星幾十年。乃榜放，復下第。予亦被放，騎驢出長安門，歌笑了殘春。詩負予，親亡予，宜無幾微憾。而周子相逢河朔道上，並驢行，笑語喧驢背，語及母，乃不似歔歔泣者，則口我曰：「母從孤孀辛盤中課二子，成先人志，耕者逢年，讀者舉孝廉，子之子復爲諸生，家世質行，爲善於鄉，不知有苞苴竿牘，窮山中，孝友度日，健母順弟，倚閭望吾歸，即羽翮摧，亦無世俗苦。」予笑答周子曰：「子如是甚快，獨不知子場屋中刳剔腎腸，作豹蹲虬卧奇怪之文，復又何爲也。」語訖，則又相與大笑。

周子歸而告諸母，母喜曰：「吾癸酉六十矣，今譚伯子即述道中語爲我觴，我則樂之。」

【校】

〔一〕譚合集無此篇。題　原本目録「節母」之下有「文」字。

題卷送沈洧川序〔一〕

滄洲沈伯子之諭吾竟陵甚奇。蓋熹廟末年，逆寺勢過瑾直。虐焰所及，士大夫在鼎鑊之中。人不敢名爲楚人，楚尤忌滇。滇有沈給諫，以忤璫意，落其籍者，即君仲弟也。君尚官武學教授，卧不安席，又潛爲楊公大洪經紀其喪，伺邏日八輩，方惴惴焉在危巢之下，覆釜之上，而君即有天幸，聞竟陵諭缺，輒乞補改去。

君之廣文君邑也，不敢作官想，不敢有怨色，安時順命，恬然如梅福之在吳門，自稱爲吏，隱兩湖，兩湖分淼茫，弄煙月，光照黌宫〔二〕。每臨講壇，坐收其勝，肩輿扁舟所至，岸磬野篴，遞送聲影。即執手板見上官，亦蕭然如閒遊。而吾輩又與君載酒談經，作肺腑交，君亦甚喜。蓋嘗以疇昔之事，爲塞翁之一福矣。君性潔情深，家學真淳，一切教化束修，惟恐傷弟子之意，而至於興廢舉墜，木石板築，往往物絀用嬴，勸人惟休，曰：「吾凡以爲聖人也。」會今上神明，蕩滌浮雲，復召還當時直臣。而給諫公起用事，乃以君前後狀聞於天子，於是君由資格遷河南洧川令以往。予賦詩曰：「君才豈但有鳴琴，所羡常經聖主心。粟卜當時兄問弟，鳧飛佳事古猶今。」蓋道是事也。君既令洧，澨與澴皆君故鄉。君安樂家於澴，患難隱於澨，所不忘更當有在，予且邀兩湖鷗鷺，指兩湖漁艇僧廬以與君盟。盟訖，書之卷，遂別。

【校】

〔一〕原本無題卷送沈洧川序、同社請爲胡母旬壽引、周子和存詩引、環草小引、高霞樓詩引、譚叟詩引、期山草小引、樸草引八篇，今從譚合集輯録，並置於卷二十四之尾。

〔二〕釁 原作「衅」，今改。

【評】

譚合集評「予且邀兩湖鷗鷺」句曰：「送澹然人文，直以澹然止之。」

同社請爲胡母旬壽引

元春曾同胡仲用涉北上京兆試，同舍共席硯，相與驅馳汝汶之郊，細論金臺之下，未嘗不念其母董太君。元春因得聞太君生平勤劬，佐其隱君爲鄉里善人。已而見其伯氏靖、仲氏牧，皆爲名宿，五孫一堂，書誦聲鏗然出田廬外，猶口刺刺勉子孫以奴耕婢織之業，曰：「豈不願爾曹青紫？然老人所愛者，世世可續爲者耳。」

【評】

元春佩其語，以爲友戚中賢母雖多，如澹然高識過男子者，獨太君與先慈氏，而太君最得享難老之報，固宜觴。觴者，固宜一醉也。

譚合集評「然老人所愛者」句曰：「一語已盡一生百世大略。」

周子和存詩引

周子和年二十而死。又二十年，而其子括刻其存詩三十四首。自傷其少小失父，不復記憶，又其所作詩皆亡去，不知收輯，而其所刻三十四首者，乃其初作詩也。

括既已傷其父之早夭，事業文章不能見於世，心怦怦若中風病酒，夜起，徬徨問於母，問於世父、叔父，問於父執友，問於乳媪，問於所善沙門、山人、鄰叟之屬，問於執友之僮僕，捕影掇煙，苦心詳探。或遇其手書一紙，或聞其衣闊布衣，騎驢出游，或聞其茆屋吟嘯，種瓜植梅，無一俗人事，則悵悵喜出意外，恍然遂若見其父，則遂取筆而登記之。喜極而悲，執其友劉侗之手而泣，如孝女之沈於湍瀨，抱其父屍而出也。

嗚乎！子和才士，弱冠夭枉，然其精神意思，復能結爲一子，令其子悲號擗摽於身後，以有聞於世。又如鴻爪鶴唳，可想難執，盡失其生平得意之詩，而獨留此初作數首，以爲神龍之首也。予讀其詩而悲之，書此以寄括。括之才甚美，竟其志有足壯者，徒悲無益也。

環草小引

古詩人未有無侶者。蔡鍾二公在日，每有詩文，率千里封題寄觀。記伯敬作家傳時，予卧丘園，甫脱稿，淋淋紙濕，輒令童子疾馳送覽，旋馳歸報，一幅之中，予未嘗不乙數字。當此之時，我輩交情，真不負古人也。

數年來，王子六瑞由史氏出爲夕郎，益讀書深思遠想，發爲詩文。使吴越，遷關隴，所歷登陟吟賦，遥相披對，慮所未安，肅若有待。劉白之交，斯其訂焉。或曰：「子所言詩者，多仕宦人，何寡韻也？」予正告之：詩固幽深之器也。然而幽近寒，深近鬼。高流饑病，又求至於寒與鬼而後止，往往墮而不悟，悟而不悔，吾願示之以六瑞。六瑞枕青柯之白雲，弄車箱之松影，而復以鐘鼎冠佩、昌昌燁燁之氣行之。彼供奉拾遺之間，固反足鄙耶？適六瑞寄環草相問，爲題其上。

【評】譚合集評開頭幾句曰：「詩文之道，自有真相信者爲侶，如其無侶，寧終身固秘而不敢出，寧效謄寫屑屑，向貴游各上一通求覽耶？」評「慮所未安」二句曰：「虚懷至意。」

高霞樓詩引

苦無秀遜之士與談詩者，幸而得之，以愁鬱爲騷雅，以淫艷爲風格，以柴門花鳥之屬爲幽深，前者步，後者躡，舉秀逖之才而小用之，予竊以爲恨。豈獨人哉？即予不才，自束髮來，二十五年，未嘗不寄歌哭眠餐於斯，而至今誦漢魏盛唐之詩何如哉？

友人車孝則别八年，忽一僕銜八百里洞庭，負其詩質予。予快甚。曷快乎？夫孝則真秀逖之才耳，得孝則而予之所以慚漢魏而遜盛唐者，方有人乎究之。其何肯以秀逖止？陳同父奇人也，然生平不能作詩。觀其爲桑澤卿詩序，有「立意秀穩、造語平熟、不刺人眼目」之語，則同父真不知詩矣。詩豈如是之謂耶？酈生論山水曰：「峻崿百重，絶日萬尋。既造其峰，謂已逾崧岱，復瞻前嶺，又倍過之。」我等作詩，真當作如是想。願與孝則、伯孔切磋究之。伯孔周楷者，固孝則友也。

【評】譚合集評開頭幾句曰：「暢快言之，而譚子之學始正告於天下，天下之學譚子者，能猛然一破其膏肓否。」評「詩豈如是之謂耶」句曰：「宕一句深微。」

譚叟詩引

隔寒河四五村，有譚叟者，教童子村中，或邀其童子去，不得館，即行吟溝塢間，稱詩里中。里中人輒笑罵之曰：「牛亦自稱作詩耶？」叟聞之大笑。常袖其詩過予，予多外出，叟即袖其詩去，後數月復來，又不值，又去，如是者三年，無倦容愍色。園丁問翁何事，亦不告以袖中物。一日逢舍弟，搜袖中良久，出一帙投之，曰：「爾兄歸，爲我示之。」舍弟手其本，荒荒然無全紙，笑而應之曰：「諾。」

予客歸，舍弟出其帙如叟旨。予性不敢妄測人高下，雖褐夫星卜，必凝思窮幅，度其所以筆起墨止，故得叟詩，即屏人深讀。其蛩蛙之音、唾敗之習已了半帙，予猶望其能佳，而最後乃得老夫病起三詩，如聞其呻吟，如見其枯槁，如扶筇待老友至，如白髮妻在旁，喃喃不已。人固貴自量，予雖年如叟，病如叟，不能爲此奥語也。自是始與叟往來如三黨。久之，閱一詩，復佳，久之，又閱一詩，復佳，積之得二十三首，刻焉。叟傴羸如柴，舉止語氣如初不識字人，聽予去取其詩，皆茫然，覺非其初意。叟名學，未有字，或呼爲訥庵。譚居士曰：安知古工詩者，不盡如此叟與？

【評】譚合集評「叟聞之大笑」句曰：「妙。」評「如是者三年」幾句曰：「感動人作序念頭。」評「予性不敢妄測人高下」幾句曰：「必如是乃令人心折，世之好爲矜傲者，終其身止於其人而已。」評「即屏人深讀」句曰：「深謹詳細，不没人善。」評「自是始與叟往來」幾句曰：「此老可以感動譚子，又能進於詩，如此何必識字，吾恐一識字而詩之工拙未可知，而人之誠樸不可保矣。」

期山草小引

己未秋闈，逢王微於西湖，以爲湖上人也；久之復欲還苕，以爲苕中人也；香粉不御，雲鬟尚存，以爲女士也；日與吾輩去來於秋水黄葉之中，若無事者，以爲閒人也；語多至理可聽，以爲冥悟人也；人皆言其誅茆結庵，有物外想，以爲學道人也；嘗出一詩草，屬予删定，以爲詩人也。詩有巷中語、閣中語、道中語，縹緲遠近，絶似其人。荀奉倩謂婦人才智不足論，當以色爲主。此語淺甚。如此人此詩，尚當言色乎哉？而世猶不知，以爲婦人也。

【評】譚合集評「荀奉倩謂婦人才智不足論」一段曰：「擬議數端，忽以此作定論，不愧其人。」

樸草引

予嘗寄徐元歎詩，云：「想應初見處，必在萬峰盤。」終未與元歎實斯言也。實之者獨于七司直耳。往入燕，知司直工詩而未與接。一日從之作西山游，位置泉巖之先後，雲物相答，僕蹇無聲，始與訂交，向白雲一拜，約此生燕楚黽黽，遥窮今古聲歌之憂，不以一韻自足。同遊者皆曰：「子矜慎許可，目司直而老其盟，子何從知之？」予答曰：吾見其樸也。三百問之，民間真聲。可絲可管，漢魏以前。吐腸而止，蘇勸李酬。雖之夷狄，良不可棄。故元亮田疇飲酒之言，韋應物不能和之於唐，蘇端明不能和之於宋。則何也？文采恣川，而樸心不足以達於詠也。學樸者不樸，紛華之習，日薰其心，而外飾敝車羸服、高士之容，人必以爲不類也。司直詩書無所不涉，而中有淵沉之性，不隨古今增其浮艷。所居京華人物之海，賫鉛提囊以業於京師者，爭一識司直。司直虛衷延覿，幾盡竹箭之美，而下簾封徑，若不識人間有何名流。眉宇淵沉之神，入於吟嘯，聽其所達，而不爲之動。故曰：詩者性情之物，而性情者，皆樸之區也。區於樸，則古今聲詩之變，可以一事一句而逢之矣，韻也乎哉！姑蘇元歎有韻人名，予亦稱爲樸人，亦此意也。

【評】

譚合集評「一日從之作西山游」幾句曰：「灑灑相接，胸中與之相深，利交勢交，靦顏自止。」評「文采恣川」前後幾句曰：「文到至處，不過還其樸耳，於此可參。」評「聽其所達」前後幾句曰：「神與氣接，難言難言。」

譚元春集卷第二十五 鵠灣集六

誌銘

退谷先生墓誌銘

退谷先生者，吾友鍾學使伯敬先生也。退谷既葬，其弟曰快者，謂元春知獨深，可不須狀而銘，又地下人偏嗜其文字，不宜舍所嗜乞他人銘。元春唯唯。居數月，其嗣陔夏復以母黄宜人之命申焉。元春返其幣而哭：使予不爲文則已，使予而尚爲文也，舍是奚述焉？雖然，退谷異人也，不奪其形影精光，使必傳於世，徒絜絜然爲誌墓之言〔一〕，彼其詩文撰述雖傳矣，而形影精光終不能行於天地之間，則是誌墓者之罪也。元春伏思累日夜，至不寐達旦。

退谷初在神宗時，官行人，思有用於當世，與一二同官講求時務，厭呻吟不從，病起玄黄水火，終日聒瀆。以爲吾若居給事御史，務求實用，不兢末節小名、愛戀身家，如鷄鶩之争食、婦女之簡狎，庶不令主上厭極大創，禍流縉紳。然其要惟在讀書，讀書而後實忠、實孝、實用出矣。先機蚤見，已若知有熹廟之末年，與今上之神聖者，是其人真可大用。會有忌其才高者厄之，使不得至臺省，後遂偃仰郎署，衡文閩海，終不能大有所表見，而僅以詩文爲當時師法，亦可惜也。

退谷羸寢，力不能勝布褐。性深靖如一泓定水，披其帷，如含冰霜。不與世俗人交接，或時對面同坐起若無睹者，仕宦邀飲，無酬酢主賓，如不相屬，人以是多忌之。而專積思於書史，齋頭亦致法書名畫，瓶几布設。不數日，繙閲功深，塵堆硯表，卷帙正倒參差。常從塵硯中磨墨一方，頭眼入於紙筆，作書生家紙格細字。居官垂老，無一日間。嘗恨世人聞見汩没，守文難破，故潛思遐覽，深入超出，綴古今之命脈，開人我之眼界。故其所著書，出賢者通志，而鈍夫長根，雖甚仇怨者，意欲投之於廁，而不能禁其不行。

萬曆甲寅、乙卯間，取古人詩，與元春商定，分朱藍筆，各以意棄取，鋤莠除礫，笑哭由我，雖古人不之顧，世所傳詩歸是也。幾以此得禍者數矣，小儒輩侏侏暖暖，刻爲書破之。退谷笑謂我曰：「是何見之晚也？吾輩除此書外，自有可傳後者，正不須護之。使人不妒我輩，護此書而必欲其興，與世之妒此書而必欲其廢，廣隘深淺，相去幾何？」予深高其言。

退谷改南時，僦秦淮一水閣，閉門讀史，筆其所見，題曰史懷。孤衷静影，常借歌管往來，陶寫文心。每游人午夜棹回，曲倦酒盡，兩岸寂不聞聲，而猶有一燈熒熒，守筆墨不收者，窺窗視之，則嗒然退谷也。東南人士以爲真好學者，退谷一人耳。所至名山川必游，游必足目淵渺，極升降縈繚之美。使巴蜀，歷三峽；入東魯，觀日出；較閩士，陟武夷。東南之久客如家，吴越之一游忘返。山川豫待，人士歡迎，其詩文未嘗不勇進而勤徙也。

年四十八九，始念人生不常，佛種漸失，悲淚自矢，以爲讀書不讀内典，如乞丐食，終非自爨，男子住世數十年，不明生死大事，貿貿而去，一妄庸人耳。乃研精楞嚴，眠食藩溷，皆執卷熟思，著如説十卷，病卧猶沾沾念之，曰：「使吾數年視息人間，猶得細窺妙莊嚴路也。」

退谷簡易如揚子雲、劉子政一流人，敝車羸服，挾雙僮出，不治威儀。嘗遊虎丘，遭兩公子見侮於途，醉狀攲傾，作捉搦蹴蹋勢。同行客怒欲毆之，退谷急止之曰：「此惡少也，吾趨避之耳。」明日傳刺，有兩書生求見，肅衣冠，書幣恭謹，以文來贄，稱弟子者。退谷出舟相見，則向人也。爲細閲其文，不復言。兩人慚無措。

退谷雖嚴冷，然待友接士一以誠厚，薦人惟恐其知。曾答當路書，至半，停筆思曰：「彼方有何士？爲一言之。」久之，思得一人，喜而書，汩汩然若有所請屬者。其後所薦人多雌黄退谷，彼特未知前書中語耳。使以書中語告之，慚當何如也？性喜擇士，凡一見而知其人，卒以成名者甚衆。遇有真賞，雖其人在千里之外，心憶口追，常如隔鄰。人有佳文妙談，日自尋味，以潤澤其胸臆，不問所逢貴賤，皆執其裾而詳告之。故往往才人成就，歡悦無量。但以愛人慧巧，不肖者因而呈身，濫入交游，詾㪍齮齕，皆叢於此，亦可爲士大夫不慎之戒矣。

退谷内行過人。凡大父以下，先世貽家孝愛，爲生艱難，事皆迴環於心，未嘗一日忘生嗣父母，恩養教誨，言之哽咽，不能竟其詞。弟侄相依，孤寡盈前，歡笑痛苦，一往無緒。然居喪作詩文，遊山水，不盡拘乎禮俗，哀樂奇到，非俗儒所能測也。予嘗記其一事：生父訓導公以受禮部郎中封，去毘陵，退谷亦秩滿，還閩中督學，侍親還家。舟泊九江，歲除，明晨服吉賀正。訓導公素嚴，忽中繼室之言，不聽上舟。退谷衣冠立岸上良久，長年廝役，錯愕不知所謂，已而上舟跪拜，訓導公咄咄促之起。問嫗安在，則猶牀上卧。退谷復衣冠拜牀下，曰：「太夫人安否？謹再拜賀太夫人正。」後侍童爲予道如是。予爾時問之，歎仰而已。

退谷爲諸生十二年，常不利，癸卯舉孝廉，至庚戌始爲夷陵雷公簡討所深賞，中第十七人，成進士。爲行人者八年，中間使四川、山東，及典貴州乙卯鄉試者凡三差，擬部者二年，改授工部主事，上疏願改南曹部，持不覆者又二年，授南禮部儀制司主事，轉祠祭司郎中者又一年，升福建提學僉事，考較興化、延平、福州三府者一年，尋丁父憂去職。大計中人言，服闋居家者凡三年，而退谷卒，壽蓋五十有二矣。生於萬曆甲戌七月二十七日，没以天啓四年六月二十一日，葬以天啓末年丁卯十月十八日〔二〕，塋去皂市十里笑城之南。所著書有隱秀軒全集，評閱諸書，俱行於世。

退谷諱惺，字伯敬。先世江西永豐人，正德中始徙景陵之皂市。曾祖諱弘仲。祖諱山，最有隱德。山生二子，長即公嗣父，諱一理，號裕齋公，嗣母陳宜人，次即公生父，諱一貫，號魯菴公，武進縣訓導，生母馮宜人，皆以公貴，拜大夫、宜人。妻黄氏，亦封宜人。妾廣陵女吴氏，以過悲繼公死。黄宜人所生子肆夏，年十四爲諸生，穎邁早卒。嗣子陔夏，亦諸生，娶謝氏，有孫矣。母弟四人，愫早卒，恮諸生，詩文甚奇，先退谷卒，悌又先恮卒，獨五弟快在耳。快真樸，長齋事佛，通書畫，事予如兄。侄二人：昭夏、納夏。昭夏亦諸生。

元春既已爲誌，憶昔年退谷之作魏長公銘也，曰：「後死者之墓之誌，烏知夫誰手？」予戲謂退谷：「有如我一旦填溝壑，所謂君雖恨於臣，無可奈何也。」當時戲言耳，豈意一片幽石，真落予手乎？悲夫！何以銘？銘曰：

飱幽獵秀無終極，冰性霜毫真宰匿。得意静書不再飾，海嶽如從君受職。驅煙排霧待拂拭，紛紛餘子不相識。强來君前談法式，鞭笞鳳麟加裁抑。爾曹蠢蠢徒失色，勤農磽湯費稼穡。汗流至踵没籍湜，大勇猛人歸蓮域。厭多聞障宣慈力，海印放光只頃刻。發棺求之不可得，茫茫衣履我銘側。

【校】

〔一〕徒　原作「徙」，據譚合集、康熙湖廣通志藝文志改。

〔一二〕八　譚合集亦作「八」。另一明刻本譚合集、康熙湖廣通志藝文志作「二」。

【評】

譚合集評「退谷羸寢」幾句曰：「已見鍾先生矣。」評「故其所著書」幾句曰：「遥想警達。」評「世所傳詩歸是也」幾句曰：「文章到必傳時，宜有物以敗之，此輩嘗爲高人作一好題，自固知其無益也。」評「使人不妒我輩」幾句曰：「護書與妒書，兩種人太别，總非較量可及。」評「兩岸寂不聞聲」幾句曰：「高静之氣，足以曠然四映，而光影相與守之，此中真見其獨異。」評「其詩文未嘗不勇進」句曰：「與山水交游相長，直不欲名士耳。」評「其後所薦人多雌黄退谷」一段曰：「前事樸而恕，此事傲而達，總不與世俗人交接耳。」評「亦可爲士大夫不慎之戒矣」一段曰：「已歿不廢箴規，方是生死交情。」評「予爾時問之」一段曰：「至性中一贊便粗淺，『歎仰』二字深永。」評「驅煙排霧待拂拭」句曰：「豁然其見。」

觀察使吴公白雪墓誌銘

吴公白雪，天啓甲子卒於寧夏，既輿櫬歸家五年，二子寅、驥將以崇禎二年正月二十三日，葬公於北郭香稻園。園，公所營也，其中緑篠幽石、水榭煙路，皆公平日耽玩徙倚之地。又其北爲三一庵，舊爲東林寺，公少與李少參長叔讀書處。兩君先後通籍。公湖州歸，葺之，燈火青熒，煙水空冥，公魂魄必往來是中，卜吉固宜矣。而二子以其狀乞銘於元春。記公家居日，予常過公貝閣，愛其天機鏗宏，道心超忽，固嘗以公爲韻人也，而讀其狀，想其居官，又不得以一韻而掩之，乃作誌曰：

公諱文企，字幼如，白雪其號，又號屋菴老人，又號絮菴。毛恭人孕公時，從兄方伯公文佳舉於鄉，旗至而公生，故小字旗生。其先世自三吴徙吾竟陵，曾祖諱瓊，祖諱政潮，父諱鏜，贈公也。贈公有四子，而公爲季。贈公早歿，伯兄文炳督之學，辛卯鄉舉第二人，戊戌成進士。

初除南户部主事，即矯然以清節自治，往榷武林北新關，公慨然曰：「璫爲虎，官爲狼，商不可爲也。」澄心察之，度其利病所在，而一以商爲命，於是減纖雜税三千金。有翼璫而虎者，抵於法，除其蠹殆盡。少冢宰史公嘆曰：「亭亭哉，斯人乎！」疏薦之。

後六年，出守寧波，曰：「吾今日東海太守，惟知有法耳。」定海邑爲防汛駐節之地，郡城闉常虚其地以貯戎馬，豪者奪之爲市肆，而輸金賂守號公用錢。吏抱牘進，公叱之：「豈有是乎？」撤其屋，即相國家奴不得庇。蓋沈相國，郡人也，又公座主，先是守令以折腰見，公曰不可，入而揖，揖而請氈下拜，相國答拜。有横於市者，相國家奴也。民訟相國，公械繫之，朱書其上：「訟相國者，罪勿赦。」一郡人見械上書相國無所諱，莫不股栗失色。郡中以濱海防倭，有水陸兵餉數十萬金，向飽人腹，不得問。公身自攴筭，秋毫不受人漁，務使國家兵餉，出於實用而後已。大司馬青雷薛公作撫戎碑載其事，曰：「安得九邊皆若人乎？豈憂南倭北虜哉？」

歲丁未上計畢，取道還家，觴毛恭人八十，再赴郡。尋丁母憂去職，家居五年，始補郡，得湖州。湖州與四明壤相接，清栗之聲達於境外。舊多寇盜，出没千流萬嶼中，聞公至，皆解去。予嘗過吴興，郡人譽之不容口。韓太史求仲導予尋公故跡，由桑苧園上鸛鶴亭，因謁白雪祠，祠塑公像，予不覺失笑：何其似使君甚也！因爲予談在郡卧治，琴書悠悠，當置公顔清臣、柳文暢間。會太守秩滿，遷江西副使去郡。郡齋有石一片，宋元豐間物，公從林薄中出之，笑曰：「太守落落如此石，石應太守將去。」遂歸里，與石相對，擲饒南節不赴。偃卬八年，始起家秦中，備兵關西〔一〕。嘗署「守道」、「苑馬」兩印，一以考覈虛實，約身束下，墨吏皆望風而避。蠹有根冗，不盡搜剔不快。由是平涼、固原之間，兵餉皆有紀經。平涼宗室萬家，禄餼不均，不以時給，常聚族而譁。公曰：「此非宗人譁也，在我而已。」哀益之，去其害，宗人以悦。

未幾調寧夏兵糧，兼督學政。寧夏古朔方地，虜在籬落間，叛服荒忽不常，賓兔、宰僧、松栢、黄台吉十有三種，其部落款貢效順，獨銀定黠不服者三十年，降夷或欲窺邊，則用爲口實。公移寧夏後，是時有一老胡，棄家薰修，胡人宗信之，號爲佛僧，即兵事亦咨焉。佛僧教銀定降，邊吏具以聞，督撫臣請於上，報「可」，乃以公出塞平虜。銀酋初譁，議賞不合，公持之力，命撤去款宴，即草檄飭兵以待，酋見公不可奪，乃意絀。公於是登撫夷臺，宣命受降，是日貢名馬數千蹄，乃給文錦、金錢、牛酒勞之，酋皆羅拜呼萬歲去。公在寧夏，修敵樓易戰馬，造石閘百餘里，不爲一切衰世苟且之計，賀蘭細柳，聳然改觀。巡按高公曰：「民失一寇，軍得一韓。」非虛語也。忽夢有幡幢鼓吹來迎者，覺而異之，有頃端坐而逝。

公爲人清通靈警，妙整風格，而臨事先發制奸，迎見逆決，尤其所長。每到官，輒呼吏胥問年久近，年深者輒罷之，吏胥自言無罪，不當罷，公笑遣之曰：

「戀戀公家，即汝罪也。」

公清冽固其天性，然亦由嶔崎成之。官吴越時，家人舟舶往來，凡粳秫旨畜皆自家中潛齎到廨，僮婢閑暇，日從署後園刈草攀枝爲薪，不時時向外採給，民皆駭服，私相謂曰：「吴府君不食脯鱠猶可也，無薪何以炊？世固有清廉吏，能令釜自熱者乎？」其忍情邁俗，不令人測，皆此類也。所著有絜菴慙録、讀書大義、耳鳴集，藏於家。

公以嘉靖甲子九月初六日生，以天啓甲子八月初六日卒，得年六十有一。嗣子寅、驥皆諸生，寅樸雅能繼其志，驥有俊才，從予游。初，公艱嗣息，一日夢贈公謂曰：「無憂也。有子考，視其足，則着重屐。」没以二子爲後，始知考，寅小字也；屐、驥音類，夢竟驗。

譚子曰：吾邑自魯振之祭酒後，德業名實相踵不絶，而公於其間，具勝因，標佳事，有錫杖胡床之思，古鼎奇字之好，可謂韻矣，紀之亦足以傳。然觀公關西款塞，恩威相輔，非但人不敢以韻盡公，即公亦若耻以文士廉吏盡，而思以宗澤、种世衡之奇抱，一施用於當世者，予猶愧其未足以盡公，是宜銘。銘曰：

俊合道，巧中理。典兩郡，心如水。倚長劍，拭髹几。黠者服，降者喜。旄頭落，馬驚起。緋衣迎，長吉死。獨樂園，通德里。我作銘，公瘗此。似吴天，煙月美。

【校】

〔一〕備 譚合集作「修」。

【評】

譚合集評「園，公所營也」以下曰：「有幽修之氣，闢徑路而繞行之，如游記中事。」評「澄心察之」幾句曰：「凡作官人，決不肯澄心，故澄心又在寡欲之先。」評「太守落落如此石」幾句曰：「只有一片石可與語耳，不諱『將去』。」

廣西古田縣桐木鎮巡簡陳公墓誌銘

會稽陳復野公生於弘治乙卯四月望日，卒於嘉靖甲辰八月五日，年僅五十，尋葬矣。至萬曆丁巳，其孫汝道先生名治安者，始來楚，爲武昌令，又以天啓壬戌補楚新化令。而是年四月八日，予過寒溪寺，忽見壁間有丁艱時别武昌六詩〔一〕，甚不類今人作，驚喜而傳之。越三年甲子四月，自新化以書通予於家，始爲復野公乞銘，而予適在京師，未之見也。又一年乙丑，改教豫章之德興，是年十一月，復來取銘。而予因重有感，以公之葬五朝矣，何尚無銘？予何以得銘公？公之孫何以徵予銘？予何以與公之孫交？其故皆荒奇，非由設施。已而得其故，曰：知之矣。復野公懷奇好古人也，予往者眂寒溪殿門之壁，若有物焉，殆復野公耶？於是志之。曰：

復野公名秀，字大芳。性任俠，尤好讀書，然不好舉子書，舉子書一讀輒厭之。脱身走燕趙，交賢豪有氣岸人，不肯逐隊行，遂留都下，爲兵部掾吏。公鄉人居都下爲掾吏，長子孫率以爲常，相緣沿成魁猾。公慨然曰：「顧其人何如耳，安見公門不可托身乎？」爲掾吏，好讀書日益甚，賓賓如士人。司馬尚書即重之，使其子出拜問業，曰：「是人殆江南學者也，汝師哉。」

考績還里。家日落，然性豪宕，輒以其暇日治具酣恣，與宗人子弟稱引書史。凡子弟師友，連翩招呼，以充坐客，未嘗與俗人飲。山陰有李真泉先生，受業於王文成，善教人，富人扃其塾，不易致。公百計致之，載與俱歸，終不聽李先生還。李先生亦不復取其故館圖書衣履，遂留塾課其仲子。公因相與讀書討論，日聞所未聞，久之，兩人深相得。公雖家不及富人，然事李先生謹，暑月還室，手斸松枝爲架，肅肅陰映，他生徒直日供飲饌，身爲試箸旨，然後進，又親滌溺器，器中納蚰蜒蜕漱之，尊師友如父兄，身操作如餓隸，此寧獨富人難耶？

謁選得粤西桂林郡古田桐木鎮巡簡。時幕府有喪，太守欲遣官吊，烟瘴不可往，人皆避謝，公挺身請行：「寧可以避難爲官？官無崇庳，失義均耳。」太守大喜，遣之，贈一囊藥，曰：「庶免於癘。」然竟不免，返命而卒。太守爲買棺。前所善邑之卿大夫，嘗令公會稽者，曰王公文儒，爲視含斂，極其誠。扶襯者爲僕人陳瑞。初，從僕四人，或病以死，或逃亡，獨瑞萬里伶仃，乘傳哀訴，廪支贏餘，毫髮不以自盜，此亦有過世所稱士君子者焉，非公寧有此僕也？

公之父恒齋君，生二子。伯子雲野公節嗇善治生，家故饒，厭公所爲，兄弟似殊志者。一日雲野公與人鬥，身往助之，不勝，閉門耻不出，忽出門去，從師武人，學擊刺，每月夜則步入僧寺，操械負劍而舞，盡得其法，無所用，始棄去，然亦可以想公至性奇氣矣。公凡兩娶，元配金孺人，繼爲祁孺人。金出者一，祁出者二。師堯金出，交、爻皆祁出。爻别號曰思野公，予亦爲之志墓，即予友汝道先生父也。銘曰：

孰謂掾鄙？慱聞心苦。孰謂官微？豈無靡盬。孰謂歲遠？貞珉可補。

【校】

〔一〕間　原作「問」，據譚合集改。

【評】

譚合集評「其故皆荒奇」一段曰：「奇人古交，例得書銘。」評「予往者眡寒溪殿門之壁」二句曰：「恍忽不知其所象。」評「性任俠」一段曰：「氣性劃然。」評「身爲試箸旨」幾句曰：「寫穢事屑事，亦必以詩書醇謹之氣陰納之，而古文至有生氣。」評「此亦有過世所稱士君子者焉」句曰：「每從哀死中定人品概。」評「忽出門去，從師武人」一段曰：「俠氣英英挺露。」

將仕郎思野陳公墓誌銘

楚舊尹陳子汝道，嘗以其親將仕郎思野公一傳一志銘，請於春與鍾子伯敬。春諾傳，伯敬諾銘。迨汝道使使來徵〔一〕，而伯敬先數月死。予傷其負也，因輟傳而從志，以終友信焉。志曰：

公諱爻，字可效，復野公季子。年十二孤，失學爲縣掾，事古公文炳、張公進思。入京三考，貼辦歸會稽。有同姓冒公名爲奸，當除名。古公、張公適爲京官，辨之，力訊官不可已，而指貼辦擅離職役，亦當除名，蜀人韓公志爲吏部，雪其冤，捕同姓冒名者，且吏貼辦，非擅離職役，名因得不除。久之，謁選爲桐城典史，遷石浦巡簡以歸。及汝道爲武昌令，迎養武昌，久之又歸而卒。卒於萬曆之己未，距嘉靖癸巳生日，年八十有七。其配沈孺人，先一年卒，亦八十有七。合葬於西山。子治安、治本、治策，安即汝道。

嗚呼！讀汝道之狀，可謂不以所賤事親矣。夫世所賤者，掾吏小官也。汝道所賤者，辱人穢行也。苟世之子孫，有能以科名文章揚其親，如汝道者，談至先世爲公門掾，爲卑卑無所比數之官，則不欲盡其辭，有人問及之，則面發熱，若問者以此相譏病，而至其先世集詬，好貨財，戕賊人以行媚，反若可安焉，誰謂是人孝者？汝道述思野公，獨於一考再考三考、桐城典史、崑山石浦巡簡，津津然談之如科目，縷悉之如高官要地，子若孫益榮增華，如得美蔭。考其實，勤廉長厚，自立無苟之地，稱爲當世賢者有餘。吾以知汝道真能愛其親，且尊也。

凡他掾吏入京國，意欲何爲？不過取千萬如寄。公三年間躬躬黽黽，不囊一錢。在桐城時，太守蒲陽唐公重之，拉與上計，途次貸公八金，入都還公，公徑受之無猜也。官崑山，崑山張給事家獲山木盜，公私念歲荒民苦，特拾山下殘枝，非盜也。呼之久不至，至則言曰：「欲賣女，充所司用。」公曰：「吾所司，自書記至兵卒，無需錢者，可無賣女否？」曰：「如此又安用賣女？」其人竟得不坐。

公介心亮節，難可舉述，而予以爲卻金還金，不賤窮丐，公生平總如是，但當傳此一二，使人想見古人之意而已。太守之八金可以取償，可以尉取償，可於上計時取償，無他患；而給事家之盜殘枝者可釋，可以巡司官釋，則天下舉安不難也。嗚呼！當汝道之時，恐已有不然者矣，予故三致意焉，以賀公之遭。

銘曰：

賢者乎，抱關擊柝。長者乎，竇廉居約。吾何忍不志公墓乎？亡友所諾。

【校】

〔一〕徵　原作「微」，據譚合集改。

【評】

譚合集評「汝道述思野公」一段曰：「談事委悉，而意氣淋灕悲憤。」評「太守之八金可以取償」一段曰：「不獨其尉賢，其巡官賢，其爲太守亦賢，其爲給事者亦賢，致天下舉安不難也，人之以其文傳，而文亦以傳矣。」

三十四舅氏墓誌銘

儒者見農人，一切漫不爲禮，祖父士大夫而後人務農，以爲降。春嘗竊笑之曰：「是殆未見吾三十四舅氏魏崑山公也。孰可禮？孰不可禮？孰升孰降也？」天啓乙丑歲十一月二十二日，舅氏死，得年六十有一。春特誌之，以告賢者。誌曰：

魏在邑爲孝友族，三世不析箸。外王父似朴公，兄與侄皆中鄉試。外王父爲博學諸生，每教人必以古人，三男四女皆日熟其言。吾姨吾母，亦以女子知大義，往往有婦道母德。吾舅氏三人，其伯爲良翰，仲爲贊化，習舉子業皆不成。伯舅氏爲吾弟輩塾師，又予嘗從學律詩四聲，年七十以死，予詩中有二十九舅者是也。仲舅氏則未五十便死。予少時，小學、四書、尚書皆舅氏口授，恩勤倍深。但兩舅氏呫呫授生徒，貧困失職，衣冠步趨未肯失尺寸，稍似以詩書誤。而三十四舅崑山者，則其季也，名良玉，不治儒，去學爲農。

魏自三氏合爨時，家盛歲豐。數十年後，歲常大水大饑，田皆瘠薄，耕者率不屑盡力，而舅辛勤力穡，牛種因時，簞食壺漿，約己豐人，故其春先衆及，秋先衆成，良田亦不能過也。農暇或一至予家，問吾母安否，夏月稻登場，必遺以新，仲秋月圓酒熟，必寄予兄弟，每過予家，則教以安分行樂，勿向幻世作認真事。予兄弟往拜舅室，見其與婦喬孺人、子女四五人、所畜童婢二人，料理鷄塒牛圈，屋茆釣緡，寬然無辱於擔石之中，應酬不煩，王税不逋，貴不知敬，富不知羨。若以今世士大夫稍能知苦樂安危者，聞舅氏事，豈有不竊歎者哉？而及其見農人，又一切漫不爲禮。嗚乎！吾其可以不銘？銘曰：

古之農乎？真吾舅也。今何士哉？甥所醜也。

【評】譚合集評開篇幾句曰：「世俗鄙事，言之而輒可笑可憤者，譚子每矜慎，風雅出之，每欲使人瞿然悟而釋然驚。」評「予詩中有二十九舅者是也」句曰：「直以己詩作一故實，何等自待，何等待人。」評「農暇或一至予家」幾句曰：「孝友恭謹，不説人四段，而數語已備。」

先府君志銘

不孝聞貌真者惴惴曰：「一豪不似，即是他人。」而人子狀其親也，欲以古今人之德業文章，並集於親一人之身，其意豈不甚孝？嗟乎！掇拾古語以稱今人，不孝惴惴焉懼其不真也。人苟以名行自治，又使人望而稱爲快人，既死而衆人耳目之前，覺少一快人，足以悲而思矣，況父子之間哉？不孝悲思吾先人，初爲狀，將以求諸志銘者，而久之即以爲志且銘焉，字經三寫則誤，故不孝仍自用其狀，以求真也。

記先人言其少時，行當陽界，暮投村舍，龕上有譚公湘涯神主，異而悲之。父嫗驚問故，先人曰：「見神主姓號與吾府君適同，故悲耳。」父嫗曰：「郎君即是乎？公爲我德，我是以如此。」因泣下不能起，與先人羅拜，交相泣。先人歸而歎曰：「嗟乎！人不可以不爲德，有如此矣！」

先人九歲孤，十八爲諸生，性佻達，與諸少年爲衣馬聲伎之樂，尋自悔：「今日游戲信快，有如興盡神憊，而我將安歸乎？」藏其故所衣篋中，衣大布衣，諸少年望而走矣。當先人衣馬聲伎時，用財如土，然性實爽，不以謝諸少年游，故即錙銖爲富人，無則賣良田給旦暮用，有則復置田，無則又賣之。客至即留，留必傾樽，作客即自留，傾其樽，坦衷率性，直腸快口，映帶一坐，越禮驚衆。雖其體稍肥，竊觀先人上馬歷階，步檝弄影，謖謖然如一癯人也。此豈無神情也哉？凡不孝所與多快士，過不孝之家者，不與不孝談，而與先人談，不孝退，其語笑倍，不孝坐時，及不孝趨就坐，而客與先人笑頓止，子父之優劣，亦可以想見也已。嗟乎！不孝又惴惴焉懼其不詳也。

先人諱某，字德父。以早孤，念先大父不獲與甘大母同養，故又號念湘。嘉靖辛酉九月二十八日午時生，萬曆丁未九月十八日酉時卒。萬曆甲寅十一月十二日子時，祔先大父母白竹臺之墓。年四十七而即逝，逝八年而始葬，痛哉！子六人：長即不孝元春，婦劉，子笈、籍；元暉〔一〕，婦劉，子簡；次元聲，婦歐陽，子篤；次元方，婦江，子籟，女一；次元禮，婦楊；次元亮，婦王。女三人：長適朱運恒，次許字盧充耔，次許京山魏繩理。當附志。銘曰：

不求於人而自銘焉，明乎其有子也。不求乎備而務實焉，明乎其有耻也。嗚乎！此先君之指也。

【校】

〔一〕「元暉」之上疑脱「次」字。

【評】

譚合集評「掇拾古語以稱今人」幾句曰：「即府君志銘，尚不肯掇拾古語相飾，其自視何如者耶？」評「人不可以不爲德」句曰：「一句已盡終身不敢不勉意矣。」評「無則賣良田給旦暮用」幾句曰：「其氣聳達，有足以籠罩輩士矣。」評「過不孝之家者」一段曰：「從家常淺小事反證入最深處，縱到聖賢地位，畢竟先父母勝已百倍，此等皆從心血中自流自止語，譚子言之而惻然者多矣。」評「不求於人而自銘焉」二句曰：「決不肯辱親在此。」

先母墓誌銘

先母魏孺人，邑世家女也。外祖似朴公，博學長者，嘗舉古人懿行教授子女。女雖不令識字，然曉大義，過於三男。先母其最也，年十八，歸先父，事姑率下，及先父所爲磊落少尺度事，則曰：「孰可孰未可，吾聞之家訓如是。」十九生元春，自是多男女，年四十一即喪先父。一夕夢先父故所愛常乘白馬張口作人語，曰：「夫人壽止五十三耳。」至五十三果病，病漸失明，在牀榻間進茗粥，初無痛苦者，凡八年，始從先父地下，得年六十矣。人以爲五十三而後，先母自用慈静延年云。

孀後取婦五，女適人三，子婿皆諸生、孝廉，内外孫、孫女成隊，世俗稱量，謂先母用是瞑。嗚乎！先母生平異甚。生平喜諸子讀書，而不以榮進責望，每逢下第之歲，輒置酒勞苦諸子曰：「此自有定分，吾亦不須汝曹有此也。」嘗邀友人王君時揚輩同飲，至醉，私相戲曰：「賀不到門，北堂傾樽。」蓋自寬也。戊午省試罷歸，元春意殊倦，欲謝去之，入白母，母喜：「能如是乎？是亦足矣。」元春是以謝巾衫如棄屣。越三年辛酉，閩周公鉉吉來楚督學，百計致元春入闈。元春心動，起而應召，又入白母，面有慚色，自陳「亡賴」。先母應聲曰：「如兒者真可謂亡賴也，甘作勞薪，於人乎何尤？」往，甲寅冬十一月葬先父還，馬蹄響於門，訊之，則前此郡所試童子中，吾弟四人俱列高等也。是時家祚衰，又父骨甫厝，獲兹好音，收淚啓母，聲跡歡動。先母方坐爐次，但以箸撥灰不答。元春懼而出，稍頃跪請曰：「母何爲不喜？」先母因切責元春：「汝見汝喜時，有憑觚而侍者〔一〕，非某姻家婢乎？明日歸，道汝喜若是，汝不自愧耶？」

先母情塵無繫，天性近道。子女恩深，本無可言。嗚乎！先母實異甚。現前繞膝，則一倍憐念，纔離旬日，便無多記憶。少子愛女，一切情緣，至母略盡。惟兄弟同居時，日將諸子婦房闥門巷所出所經來往於懷，一日而易之，語元春曰：「人家端肅和睦盡在於是。」久之遂析其箸，嘗曰：「勿好和順虛名也。」其恩愛脱然，獨具識慮，雖通明男子或不及。嗚乎！抑不孝元春所謂近道者也。

隆慶戊辰之十二月五日，先母始誕，歷萬曆、泰昌、天啓三皇帝，歲維丁卯，九月十七日，卒於第五子元禮家。遵遺命，以逾月祔先父白竹臺之墓。其明年，崇禎改元七月，念墓石無所托，又懼世之能文章者，美而失其意，仍推昔所以銘先父者，泣血稽顙而作銘。曰：

子而銘母，自名也。自名者，古也。後有仁人，應傷予苦也。

【校】

〔一〕侍　譚合集作「待」。

【評】

譚合集評「女雖不令識字」幾句曰：「得其概而言之，獨明其大，而小者無用考也。」評「生平喜諸子讀書」二句曰：「只將兩句立案，覺全文俱有丈夫氣而無巾幗態。」

家仲氏墓誌〔一〕

家仲氏名元暉，字小米，予第二弟也。初名元吉，吾父病革，顧謂曰：「是其名不令。」爲更之，於是更今名。鍾公惺曰：「米元暉，小米也。」字之小米。年二十八始補諸生，錢塘葛學使賞其文，以爲有兄弟之風。後數年，抄記日富。忽一日，自以爲塵鈍，不得比諸兄弟，遂棄去之，書其告養紙，以爲鈍而耽閑不愿也。廣文師笑曰：「非體也。」易其紙，乃許焉。

仲既已謝其業，猶日從諸兄弟東皋西堂間，愛戀流光，掇拾風趣，而閑身可羨，顧盼去□□情如意。每馬蹄疾，屐響厲，知爲仲也。皆曰：「仲氏來矣，仲氏來矣。」然其性畏見纓緌，不喜賓從紛紜，見即逃去，不以諸兄弟交游暱就其人，亦不以其人可就就之。予家河畔，仲家湖上，荆衡五里，噓唾相接，聞遠友相訪，仲從屏後觀，或出與一揖，視其人世味淺，禮法疏，以爲避就。好背人獨飲，又好與無猜人飲，如獨飲者，不拘歲時，伏臘常張燈行酒，鼓聲聞於外，似先人晚年風概。倦則囊一被出門，初不知所往，念何人歡笑多、機利少者，得數過，過得數日留，單騎過之，城野市落，極半載而更，解襪跕屣，依依不能去。其所過家，剪韭擊鮮，廢時失事亦無所厭。仲又善爲人命浮脆、萬事空華之談，以開散人意。所過家，老人忘年，稚子亂行，相與極歡，稱譚氏仲，達人也，彼其諸兄弟，擇地蹈，擇言著書，擇人交，是何能如仲？諸兄弟聞之，亦以爲外人之言是也。

仲少予三歲，少嘗受學。先人亡，予持家嚴，仲性卞躁，嘗自抑忍以仰棰勒二十年間。身八尺，腰帶數圍，音吐如鐘，生兒娶婦，猶局促大兄之前，起立欠伸，如初孱小時狀。曾有小過，衆勸之不動，予厲聲數之，仲膝不覺自屈，已而從吾言。方其屈服也，峨峨千丈松，頽然到地。予至今過其膝處，每爲心痛。吾家德薄，聊備荀氏之數，然竊思仲性卞能忍訽，屈於長者，嗔盡豪斂，琴無殺聲，功當百耳。

仲以過閑成病，病百日脾而卒。卧木榻，移中庭，無帳幔。杲杲白日照窗，兄弟相向守之，至於氣絶，亦奇矣。生於己丑歲，至己巳秋卒，年四十一耳。越三年辛未，弟元禮成進士，給假歸里，葬仲兄而後之官，又改厝弟前婦劉氏合家焉。其家在先塋隔塘白竹臺古寺之□丘。子一人：簡，娶婦徐氏，劉出。劉亡，繼劉者爲黄氏。銘曰：

匪六龍兮，蛇亦有六。一蛇先蜕，一銜入櫝。三嘘於旁，其一出谷。勿矜蜿蜒，勿分頭腹。來者吾手，出者吾足。亡者吾舌，存者吾目。蔥蔥先壠，霜飛落木。隔此一丘，豈曰獨宿？

【校】

〔一〕譚合集無此篇。

沈母改葬誌銘

孝感封給事沈鎮東先生元配曰楊孺人，没十年而始葬，葬十二年而復遷。其葬也，爲黄陂南鄉，青烏家咎之，發視良然。距南鄉二十里而近，有丘罣如者，爲匡氏地，岡巒環匝，可穴也〔一〕，改葬焉。

孺人葬後十二年間，以仲子炎洲公令香河，居諫院，重有太孺人贈，又以國有曹節侯覽之禍，抗疏不勝，與一世正人削籍里居，誥命靡留。後三年，今上御宇，不大聲色，誅磔之如卷殘雲，而給事公首召還，泉壤復一光。獨其幽寒沁骨，必議遷乃克安，而復誥命適與遷會，若起而受新天子冠帔之錫者，人以爲榮且快云。

是時長公滄洲，亦自武學徙吾邑廣文，與元春交甚善，一日歸澴中，父子兄弟謀曰：「人生世間，惟師友志同而思深。爲吾母志墓也者，非師則友乎？曩者葬既乞銘於座師韓太史矣，今竟陵譚子者，方有志於古文，是固吾友也，吾友則可銘也。」於是給事公以其書幣來，而滄洲君與其五郎永，親拜於吾庭。元春愧念之，是寧可以世俗名爵量其胸次者？諾而志之。曰：

沈楊同里閈，世爲姻婭。楊處士城，有隱君子行，生孺人，極静婉，十九歸封公，逮事舅姑，封公父至軒公，方嚴人也，束子婦不爲借，母陳濟之以慈。孺人敬順操作，身影在井臼舂杵間，不以勞貽姑。每農月，臧獲在田，孺人一手支壺簞，汗常浹衣，起而更衣，不令陳母知也，最能得陳母歡。陳亡，孺人悼思終身，又事繼姑張，得其歡。孺人亡，張悼思之，亦終其身也。嘗訓諸子婦曰：「惟慎惟默，可以處娣姒。汝輩戒之。汝輩腹能妊子，難藏一語乎？」聞者嘆焉。孺人爲婦事姑，爲姑教婦，不出「慎」、「默」兩者，亦近代之鍾郝矣。性尤澹忍，不鱠不臠，甌盂如齋，恃薄粥以爲生，身無縑帛，即婚嫁歲時，一帕蒙頭而已。然孺人明大義，不爲一切嗇陋。封公同産姊妹四人，皆孺人黽勉匍匐以成。封公孝友，貧者田廬之，緩急時之，嫠者幃之[二]，乏子息者媵之，有喪者衾之、櫘之，嫁者奩之，孺人助居多。

先是封公攻苦遠學，學成而試輒困，孺人督課諸子，涕淚曷之，嘗曰：「汝父數奇，王母以爲憾。汝忘汝父之困於一試乎？」曰：「不敢忘。」有度歲山寺不歸者，母喜治芋羹椒漿遺之。塾師故江右人，挈幼弟來學，孺人辦供具衣履，歲不衰，手爲薙髮，先於諸子。逢歲饑，魚菽艱辛，終不令塾中匱，而身則竟日廢匕箸也。自長公補諸生，餘皆能文章，始勸封公謝經生業，十畝之間，甘之如薺，有夫耘妻饁之風焉。至丙午而給事公舉於鄉，孺人蓋親見之，其明年始卒。

長子惟燿，即滄洲，方論吾邑；次惟炳，即給事公，丙辰進士；次惟煇，次惟煌，俱廪生。女二，孫十五人，曾孫七人，孫女六人。嫁娶皆望族名人。諸孫傷之，曰：「嗟乎！母則苦矣，惜也，不同有今日也。」元春獨以爲不然。夫母也，古賢母也，儉約主倡，在顯彌篤，且素風漠漠，出乎天性，豈以今日有加簋有嬴篚哉？銘之足以風。銘曰：

幽宫冷閟，松柏空長。牛眠有所，勿戀南鄉。君子難老，黄髮映裳。一門粲粲，鸞鵠相將。荆布糠覈，約取奢償。家傳一經，朝有封章。天人同德，地敢不臧？易汝一坏，降汝百祥。我作斯銘，千億年藏。

【校】

〔一〕穴　譚合集作「定」。

〔二〕嫠　原作「嫯」，據文義改。　幃　疑當作「緯」，左傳昭公二十四年：「嫠不恤其緯。」但作「幃」亦通。

岸和尚壙銘

東湖僧覺岸，以戊午客辰陽，不得還。明年己未，徒某、僮某往火其骸，甕拾之歸，而瘞諸塔院。值予方出游，其徒不知，來請銘。予悲其志，爲壙銘，亦不納壙中，使後人知有岸從予游也。志之曰：

岸有術行，善取予，聞四方賢者樂就焉，又自目擇之，未嘗失。每出，必求予作書於其方之士，意不主是書也，第用是書往。或投書其人不在，或見其人未有情力，而岸自以其辨智行於其所客之地，誠詭交用，身所一過，皆成故人。書實無功焉，而歸則德予書也不已。

始爲邑無經藏，憤自任，遍乞士大夫作疏出募，意不主疏也，而貸於人，而復貸人，而更營之，而又以能與人取之，雖事之涉傭販者，不難居其辱以資其智。凡二年，乃奉南藏歸寺。予以是益才岸。岸欲自建一閣，莊守藏經，爲湖中妙勝。意愈不主募。歷辰沅溪洞中采木，與苗人雜居。苗人愛其誠，樂其詭，争爲之用。岸載木抵辰市三倍盡賣之，復往返溪洞如販狀。卒中疫，與其所俱二人死。洞中人皆不知岸所以取予誠詭之道，皆以藏經閣故。而竟不成，客死菁莽間，未償責，有負人名。傷哉！予既與岸暱，而不爲汲汲明其志，世安用與古文士處？銘曰：

足目皆飛，志氣不止。汝是沙門，人曰客死。何其謬哉！各觸悲喜。取或傷廉，與或傷惠，死或傷勇，思汝憒憒。

寒河真公塔銘[一]

師名真風，號性空。本應城丁氏子，得年七十有二，僧臘五十有七。既娶生子矣，性慕離垢，不樂家室。始猶戴髮囊被，遍游名山訪知識，盡學五臺、伏牛、普陀、雲棲諸林威儀規則，然後歸。過竟陵，渡三灣時，天已暮，饑疲，望前村不能到，委體河壖，見一婦下汲，指口前：「有庵，胡不投宿？」師瞪視，則忽不見，移步果得庵。因念此大士導我，遂從師薙髮，久之，結茆堰口，乞食吾村。

先贈公愛其衲破貌古，數與談，元春方十六歲，尤敬異之。先贈公歿，元春結廬河上。師住一雪洞，香燈茗粥具體，日誦金剛經，爲先孺人祈壽，夜則繞吾廬，經行竹木，念佛至曉。曰：「此豈止百步洪也？」園中溝塍不接，恒倒一朽木代橋，已而易之，以橋名真公橋，即今蕢橋也。後伐先人所種柳爲師卓庵，師住庵又十年。天寒出階下取水，瓶忽墮，師喜曰：「桶底脱矣。」然字義闇淺，不能通解，粗拾佛書、古德語言一一牽合，多可笑者，然實念婆心不在此也。已復返堰口，易茅以瓦，佛前燈光不絶，而師日憩吾園居如故。予好讀書中堂，師來不告應門，僂臂踽步，寂寂自階下升堂，尋坐，即趺坐其上。吾亦不起，或尚未即見，而師已低頭假寐入夢境，呼之不應，惟見手持念珠，歷歷在指頭過數不停。及一驚醒，珠反停不行。予嘗大笑〔一〕，以語黄美中。後有遠友問：「君家老僧熟寐中數念珠分明者，今尚安否？」予因舉師生平告之。師養馬當步，終日撫摩牽掣，恤其饑勞，愛之如嬰孩。馬亦鳴顧向師，如前世眷屬。一日馬縮絀不肯出，道逢黠少年侮師，師甚悔之。其後屢十出入，良驗。師嘗謂：是物亦似有夙命前知者。

予往語師：「師若滅度，則奉師之骨而塔吾園焉。」崇禎甲戌秋，予舟居西塞，師亡於堰口舊庵，合掌西向，笑而逝。明年乙亥臘八日，予自廬嶽歸，集戒僧常修浄土者二十四人，居士所嘗與師善且有道行者三四人，燃燭念佛，用浮屠法火之，而散其灰於流水，以之於江。予仍守前諾，爲小磚塔於師常施食之臺，劖石志不朽。因作銘曰：

破汝瓶，大事明。愛汝馬，萬念捨。火何熱乎，水何濕？師乎師乎，汝往何急？

【校】

〔一〕譚合集無此篇。

〔二〕大　原作「太」，據文義改。

觀察費公墓誌銘〔一〕

費公國聘以崇禎癸酉三月終於家。蓋是年春王正月，年已八十矣。長君之巽不逾歲而葬，來乞刻詞於墓石，且曰：「微疇昔之故，不敢請也。」記萬曆戊申秋，予游沔，訪公市隱園，公尚未六十，予鬑鬑初有鬚，唱和相接，步屧蕭寺中，式燕以敖，幾不知爲先達文人。今公集中有攜酒寺閣小飲詩，又有同予看月微雨旋霽詩，如「烏叫池楊驚月白，蟻浮檐竹接燈青」、「明月照來雲點綴，涼風吹去雨欹斜」，一時佳句，頓足而舞，恍恍如昨日事，而予亦已霜點鬢毛矣，幸而得誌公墓，何敢辭？

公諱尚伊，國聘其字。父得智公舉嘉靖戊午。公幼若穎，不類羣兒，目十行，可了十九，領癸酉鄉薦，丁丑始捷南宫，出申公瑶泉、王公荆石二相國之門。二相國負人倫鑑賞，異之，得館選，公年少才格，誨妒，改兵科給事中，以覃恩封父母妻如其官。公爲諫官森挺，不少骫詘，曰：「吾職也。」適趙太宰錦以嵩祝入賀，步趨偃蹇，公上疏謂篤老當明止足之義。論者謂公輕詆。以年例出爲四川按察僉事，已而又調漢南兵備，未幾謫靈璧丞，量移紹州推官。公亦丁封公憂，□衣林壑間，絶口不言仕進者五十餘年。然公懷濟世之略，所至必思居思憂，情法相馭而行。方司憲蜀臬，有挾朱邸之戚，扞文罔不顧者，公杖斃之，諷以忌器不動。及治兵漢中，經紀鹽馬，擢摘良奸，災則禦之，饑則哺之，不遺力也。至今漢南人猶指公所修文廟、將臺爲文武壯觀，皆惜其用世才，不獲大見於世云。

公退居堅卧，爲園雜植卉木。臺榭亭軒之中，左圖右書，琴心酒德，交相輝潟。性好賓客，客無近遠，屢相錯，賦詩開尊，陶然終日，簡易撤牆壁，可多而怪寡，客以此樂從之游，沔城風物，昔人所謂「四座醉清光」者也。公不矜威儀，率然徑造，有泉石花竹必賞，有良辰美景必出，有豆棚、瓜畦、漁車、蓮舫，必隨興盤旋，商其肥瘠、貴賤、晴雨、豐凶之數，如一農圃問父老。其爲詩文，師王、李而友雲杜，非兩漢三唐不道，撮勝攬秀，心腕華暢。沔自童内方、陳玉叔二公後，即推公著作之林。李公本寧序公市隱園集，稱其廣庶子之規模，約廷尉之泛濫，爲知言云。

公里居，里中利病必白邦大夫，邦大夫改容從之，然無一竿牘溷明廷。嘗憂末俗寢頹，寄意陽秋，庶幾俗之一悟。如論鄉飲及責友二書，凛凛有風化之思然。或妄男子侮公，公則笑置之，如終風暴於前不問。公至性過人，事封公同上公車，以逮丘園偕隱，時戲膝下，又養葬繼母任，有孝名。母任所生二子，日教督之，推封公所遺千金，産復千金，僮千指，盡以予二弟，後自析子産，又分其所有，予二弟田宅，又多予之百金，公是以益有孝友名。而公天資慈坦，即御臧獲隸豎煦煦，惟恐傷之，三尺童遇於途，必以禮。公初乏嗣息，僉曰：「費先生宜有後。」適楚王孫錮書「五芝館」貽公，公謝「無是也」。忽一日，童子報廳前有物若雲煙，墳起甃石之中，走視之，兩芝也。已而生二子，竟驗云。

當襄陽鄭公嗚峴爲冢宰時，以公才品不宜老田間，欲迫之啓事，公笑而不答，令所知爲勸駕，公又不答。冢宰嘆曰：「吾清慎作官，不敢名一錢，自以爲無愧。然八十而猶沾沾不歸鄉，吾愧費國聘矣。」楚兩臺先後疏薦不一，公惟仰視白雲，□□讀騷而已。宗伯李公欲以纂修國史引公，公亦致書。吾向怪中散絶山公太甚，今乃知其情真耳。公頤性養壽，逍遥物外，未强仕而歸，月告存而始逝，所得孰多矣？

譚子曰：公有自書參趙太宰事一篇，予讀之，知其爲真君子也。人情怨排己而護失人，一招飛語，終身不悟，題世人爲魑魅，視所與皆鵩鳥。安有自悔其事，反盛稱其人，如公之於餘姚太宰者？公之言曰：「吾疏初上，趙公即告老去官。當時耳目塗塞，不及知趙公爲先朝直臣，以劾分宜得譴者。又不及知江陵相奪情時，南北望風旨疏留而趙公獨不肯署名者。吾雖自知其無他，然何以解於趙公？惟不復干進，用雪吾心耳。後世子孫有居是官者，毋效予佻率哉〔二〕！」嗚呼！非君子而能爲是言乎？柳子之坐貶也，亦自謂少年氣鋭，不識幾微，不知當否。予嘗喜其自道如是，而退之知己，亦謂子厚在臺省時，少年勇於爲人，不自貴重，皆與公是語相似。獨子厚怨天尤人之意，雖山峊水涯，尋幽選勝，未嘗一刻忘，日形爲文章，至於斬曲几，宥蝜蛇，憎王孫，堙阨憤鬱，望人援手，則公之器識過於子厚矣。然非予亦莫知以是論公也。銘曰：

亭亭費公時虬鸞，出禁林入侍從班。伉直不回莫可干，炙手雖熱從則艱。一鳴輒斥蠶叢難，敭歷四方志所歡。彼譖人者口波瀾，安能奪我籜皮冠。樂我田園恣我閑，醉吟先生池上寬。隱非痼疾仙非頑，有蓑士者號鵠灣。銘君樂石字不刊，以昌爾後芝翻翻。

【校】

〔一〕譚合集無此篇。

〔二〕毋　原作「母」，據文義改。

李朱實壙銘〔一〕

予素有廣交名，然肺腑交不能數人，同邑李君朱實其一也。

君年二十外，尚未爲諸生，家不能脱踐更之役。縣令點防夫擊鐸，人巧爲請免不應。應者率故事戲怠，君獨一僮，給書室使令，夜則應點。每夜闌，君執火出視，見其僮與衆防夫觝踵交跖而眠，蹴之起曰：「汝安得曠職如是？」有哂其迂者，予則欽容起敬曰：「此古人事。高士應募，賢者抱關，我友不難爲也。」即戲語君：「適聞君此事，身後作傳作銘，當爲君標出，即是古人矣。」君今已矣，二子權、格奉其大父之命，以刻詞見屬。予不幸而言中，又幸而踐斯言也，因而誌之。蓋君生平事皆類是。

君諱士傑，三十始游於庠，即廩於庠。又教其弟，若子，若從子，皆爲名士。而邑之名士，文章、行誼皆有法度者，必君所指授。吾弟元禮、元亮皆出其門。自世道衰，人不樂稱師，師亦自不嚴重，有威無恩，有恩無威，門弟子出其户即叛去，無足怪者。君則與人交如其束身，身所治，尺寸不稍過。爲人師，其父兄貧困，待之誨之常加等；父兄有勢，必夷之就□□見其勢父兄不知，知吾爲師也。家居倫理綿繞，肅出於雍。事兩親，進一衣必杼軸於懷，一飲食必意所甘薌始進。其家人皆斤斤緝緝，慮遠而思深。凡從君游者，其家尊章僮奴，内乖外舋，與之同榮辱。晝必畫，寢必思。爲人所杖倚者凡數十家，即疏外之人，亦喜其和吉，而憂其瑕疵，一念動，必胎禍，一事必蹶，默念久之，負痛於身，亦如爲其人□□護者。平生取予不妄，師道昌，束修充庭，拱手□上之尊人，妻子不囊一錢，所居不能容十數人膝。日飯客，客侍其親，以父執事之，君則益喜：「吾結交是人，不謬耳。」君通暢深密，好爲深坐閑談，然多益人，根性喜悟人，不爲一切徑急之語，身如禮經，而不厭人疏縱，即世法無取如予者，亦愛其真坦，獨與之無間。嗟乎！天之歲奪吾友也，如隕籜，又收君去耶？

君以二親故，投誠釋氏，爲西塔僧經紀常住居食，如理其家。一老戒僧年八十，天寒夜怯，君親爲置溺器與絮，君没，老僧哭失聲。又嘗與婦謀，潛施粥米苫布與最凍餓者，因私語予：「吾輩内度微力，外審諸苦，人間當爲無先此事者。」嗟乎！此願不終，君必復爲居士高僧以遂其願，而吾又不及見矣。

君以庚午秋同長子試，卒於江夏，年五十耳。是時哭送舟櫬者接袂，市人聚觀而駭之曰：「亡者何人？哭者何悲何衆也？」婦張氏。子權，邑廩生；次格。女一，許字吾次子籍。卒四年，癸酉冬歸於土，予方由東南以北之燕，而不能逮其葬日，乃悲而代之銘，曰：

悲哉！孝子而不能終其養也，造物如之何？愿作仁人而造物不之許也，君如之何？嗚乎傷哉！爲之友者如之何？

【校】

〔一〕譚合集無此篇。

馮居士妻熊氏壙銘〔一〕

楚江夏有熊氏女，其父本黄岡人。年十八，嫁於黄之士人馮子君卿。馮卿故善病，修西方氏之教，夫妻同鉢齋素，參究如空門。宗禎甲戌二月七日，熊以病危，延老衲數人，繞牀誦佛名號，屈四指拳，端坐而逝，二男一女在前，無毫髮散亂語。馮卿曰：「合掌不得力，金剛拳如刀切物，斷一切愛染爾，時資糧獨此耳。」是年蓋三十有六也。聞七日前，扶病倩師薙髮易名，自稱義印庵主，褒衣人諱言之，然嬝娜苦惱世中，灑灑去來，雖峭壁不可梯，棲托者安能自絶於其間焉？

馮卿既自傳，屬友人譚子銘於壙。譚子方避暑大小洄中，未及筆也，車驅九峰山禮學公塔。馮卿忽百里自新洲與其遺孤十一齡，扶櫬葬山南，鼓吹導萬松中。而橐筆至者，涼涼譚子也。相視悲以喜，謂西生者不重文字，豈有是事哉！馮卿松下張棚受吊，惘惘念熊生前夢入九峰謁學公，支一足入門，學公方餅，遽止之，一足措門外。今松下受吊處，非門外耶？馮卿遍贊山僧：「若輩勉之，入山門良不易。」予答曰：「如尊夫人願重器堅者入山門，反不易耳。」山中秋茶香發，予奠以一盂，而作銘曰：

妙步潭上，兩庵一磬。曰夫與婦，經聲曉映。聞有期約，磬先者勝。賭笑酌茗，游戲禪定。龐門婦女，以正爲順。彼娟慧人，生死嚴淨。吾懈緣習，婦惛則命。於此松下，光翻海印。

【校】

〔一〕譚合集無此篇。

夏嫡母墓志銘

【校】

此文原脱，姑存目。

太僕寺卿孟公墓志銘〔一〕

萬曆甲午、乙未之間，天下稱楚材焉。楚材者，煙高山厲，雲錦爛爛，其氣如海漲山立。古文入我手，即爲□文者，凡十餘人，而武昌孟魯難先生其一也。今楚雖材多奇創，無是種矣。予至武昌，公嘗枉騎相過。公是時年七十，疏朗玉立，步趾言笑如風流少年，心甚羨之。越二年，再經武昌，而公已没。予入哭焉。冢君道翼使從弟道一離位而請曰：「將以壙石累吾子。」孟子登申之，胡子公鶴又申之，且公嘗忘其齒德，先過我，若夙緣者，於是不敢辭。

公諱習孔，字□□。少補諸生，常爲諸生冠，名甚重，有學博娼之，毀於督學，抑以下考。公奮然投鍵不出，精心覃思，時獲妙義，以指畫胸，衣爲穿，及出帷，文益奇，兩登午未榜，成進士，因笑曰：「成我者，娼廣文也哉！」

循資當得令。公慨然曰：「元次山，吾邑先躅也，曾作縣令箴，有云：『古今所貴，有土之官。爲其動静，是人禍福；爲其噓噏，作人寒燠。』吾每誦此，汗浹衣表，今何敢以書生戲此官乎？」初令廣東之香山。香山在海中，樓臺結於空虛。公推誠置人腹中，以投抵自嚴，嘗吟「此鄉多寶玉，慎勿厭清貧」之句，香人感服。其地蕃漢雜處，澳夷與華人互市，偶釁幾成不測。公羸服往諭，開譬百端，羣夷稽首散去。未幾，調蘇之吴縣。吴之繁也，腰痛腕脱常不可理。公冰心庖鏁，絲解物斷，恢恢若無事。寒山影裏，常不知有令。而性凝毅無蹲絀，適有一名士出簡柙外，墮其家聲，公力鋤之，徇於衆曰：「吾今日吴縣長也，不法者無赦。吾何徇？」有織造閹横於吴，吴人欲兵之。吴雖靡冶爲俗，然其人尚節概，輕生不回，猶有要離之風。公憂其噪也，廢眠餐，累日夕，登進其民，誕告用亶，事乃寢。後以母喪去職，服除，補山東曹縣。曹淳易理，而公又習爲令，無所苦。惟糧有無不能稽，富人與奸吏相因緣，詭離其户，名曰飛詭，貧代富償，愚民失職矣。公通一邑糧，用法均之，無匿無誤，請於上官，民以蘇安。公又精水學，曹河工獨告成，成又最先，他縣不能及。總河曹公駭曰：「子有神相耶？」公至是蓋三爲令矣，亦三舉卓異云。

已而徵拜南工部主事，権税蕪關。已又轉兵部車駕司主事，皆有聲。尋擢知開封府。開封劇郡也，公飲其水而治之，優游褰帷自如。王臨川謂沈文通守開封，旦晝視事，日中則廷無留人，出謝諸客，從容笑語，獨有餘日，而畿内翕然，如沈公坐視其左右。以此方公無愧也。

當是時，承平日久，天下偷燕雀安，不知有兵餉馬政，一旦奴虜蠢蠢入寇，相視錯愕，大名、固原間，所在無人色。朝議以公才足資緩急，兩擢備兵使者，大名輸輓牛車恐後，固原廄騆馳突當先。論者以爲大用，公必有所見於邊腹中外之際，而歷俸需次，晉太僕卿。尋以友楊應山爲璫所陷，冏寺合上章忠楊，璫知公倡也，嗾所私劾公，勒令閑住。及璫敗，以恩詔復官，而白雲無出岫之志矣。

公風神散落，杯枰聲伎，寓情閑暑，即營構第宅竹木甓甍，皆欣欣然會心其間。所接後輩年子，情好歡洽，惟恐其去。客到門，刺入屣出，無淹蹇厭倦之態。行里巷，不乘不蓋，從兩小奚，如老布衣颯然而來。僮僕見里中父老，輒起立。邦大夫歲時候問，語不及私，所言多桑梓利病及冤無訴者，邑所利□，穎禿舌敝，濟而後已，如改水兑是也。公老而彌健，忽一日，白晝見異僧容止整潔，拱而立於簾下，恍然悟前身曰：「死如是，足矣。」竟亦無怖也。享年七十有□，公真可羨哉！

公至孝愛。封公素嚴，公長爲名諸生，猶日受杖，官二千石，一語不當意，叱詈隨之。友難弟別駕公，聲息不間者三十年，荆枝先悴，寄愛猶子。兒無常父之風，庶幾見之。元配周淑人，有婦德。子二：長即道翼光禄，淑人出；次道傅，纔十齡，頭角奇露，貳出。女幾人，孫幾人。婚嫁皆名族，予不能詳，但以所快於公者銘公。銘曰：

道德文章，公所餘裕。公則不居，落落穆穆。聲伎田宅，公所不着。公曰勿諱，諱即神濁。軒軒朗朗，其人玉如。我銘其藏，以永幽墟。

【校】

〔一〕譚合集無此篇。

從姊丈墓志銘〔一〕

予無姊，視從姊如姊。姊適邑文學太華胡君，鴻光相莊者四十年。太華以辛未某月某日終於義河別業，享年六十有幾。後三年癸酉三月，姊親至吾家，涕泣告予曰：「吾每飯未嘗不憶逝者，欲求畫工寫其真，置室中，如生存，澆以酒茗，舉杯向之。何若？」長子泓跪請曰：「如舅氏肯以一言志於墓，是安所用畫！」姊因而求吾志墓。吾將由東南以北之燕，姊使使不絕於道，曰：「卜以今冬十一月某日安厝矣，納石前和而幽其宮矣，是安能待子？」予把筆云云。

太華諱覲光。先世豫章人，移籍吾邑。予猶及見其考賓所公，公爲巢縣尉，質樸長者也。先人入邑，則過公，酣笑竟日，太華與吾姊奉觴上壽，修兒女禮，甚歡。歲辛亥，督學竇公嚴整稱其任，予與太華同補博士弟子，太華庠於郡，即以癸卯試楚闈矣。太華標格秀逸，巾衫衣履皆具風範，與戚友處無溢語，無惰容，無幾微忤於詞色，肺腸滌雪，眉宇帶霞，百家之邑，五父之衢，敬愛如一也。有四丈夫子，曰泓，曰渤，曰瀧，曰涪，皆吾姊出。常課讀燈下，聚飲花前。斗酒之藏不空，河渚之舫不遠。夫勸婦酬，宛有古風，父仰子俯，不愧儒素。予以肺腑戚，得常入其室，與其坐退，而竊有羨也。曰：嗚乎！機利浮兢之世，得如是，是亦足矣。乃承姊命而爲之銘，曰：

文代晝兮寫君照，慰姊悲兮君當含笑。

【校】

〔一〕譚合集無此篇。

湖廣布政司左布政閔公墓表〔一〕

天下言宦業儒風綿綿不絕者，必曰烏程閔氏，謂之郧舍閔，蓋郧舍里人也。禮部尚書午塘公之子，以父蔭不仕，多隱君子行，曰蕭塘公道乎。其孫始補蔭官幕府參軍，當江陵相時，護直臣鄒公元標往戍所，不及於禍，曰晟山公。世譽公爲晟山公子，自知讀書，即留心民間利病及刑獄錢穀之屬，以爲人生貴有用耳，本朝劉忠宣、夏忠靖豈異人？而甘以不經世務老乎？萬曆丁未成進士，對策淹貫，置二甲第二人，館中虚席待公，公不赴，慨然曰：「吾曾祖詞苑簪筆，高伯祖亦秉憲西臺，其爲名臣一也。吾何擇哉！」蓋公之自許云爾。故公所歷官，從刑部郎、汝寧守，以至兵備南贛，築堤繕城，爲民澹菑，朝廷嘉公治行爲天下第一。尋晉河南大參治河，昌平、薊州分司皆治兵，及分守吾郡荆西，遷本省左使司，錢穀大計皆思居思憂，温良而能斷，事無大小冗暇，公壹以精誠勤敏行之。故怨謗紛然之地，其去也，皆懷思不忘，至有泣下者。嗚乎！「理人爲循吏，理財爲能臣」，劉夢得之言，已難多見於世矣，如公者又何如哉！又何如哉！

公在汝，值福藩建邸，在郢，三王相繼之國，供億無定額，即素號能吏，亦冗豫奪常。聞之汝人謂：「當是時，役萬人，租萬石，皆指顧而辨，汝人不知其苦，亦不知其何以辦也。」三王過時，則在吾楚，親見公腰笏駕小舟，營厝往來，旌麾無聲，而王舟已遠矣。江上觀者皆嘖嘖才公。公治河，歲省中州民七萬餘金。予問其故，則曰：「黄河之水，絡藤結柵，盛土石捍之爲費，歲無算，吏因緣爲盜，所科民錢中飽耳，不加新也。一旦水洶洶至，敗藤朽茭不能支，而河潰矣。」公視其料，隨新舊用之，計工予糈，工半滿咸自閲，費乃大省。公又善治兵，奴陷遼陽，公在河上，制府屬公募兵，公汰其老弱與浮竄亡賴者，發五千人援遼，疾驅爲諸路倡，無中道逋者。其精思深慮，雖石曼卿所議不能過也。又治兵昌平，又治兵於薊，是時廣寧亦陷，而薊州東迫山海，北界一牆，公嚴節制，教騎射，汰補武弁，雖樞輔不能奪，而虜款之貢也，需賞亡厭，公廉，知吾驛有猾，囚之，虜始唯唯退。

予嘗聞而思之：使公益煉其才用，他日當富鄭公，任其屈服蕭英，又豈難事哉！志狀皆稱公左轄吾楚時，省宗禄，而悍宗不敢憤怒而思禍，黔蜀餉不加賦而自足，新藩膳田，問之河淤，而豪右屏息，真吾楚所倚辦，而公病矣。死之日，人士惋痛，無論深與不深，皆爲出涕發喪。予獨喜詳其經世雄略，以公生平所志常在此。因不惜紙墨書之，揭於其墓之原，以告夫後世治河、治兵與縣官度支民社之寄者，蓋將以爲法焉。

公諱宗德，字景宗，號紉絃，年五十二，卒於藩司之官舍，是爲崇禎二年己巳二月二十七日。越三年辛未八月十五日，葬於烏程之疏字圩。又四年甲戌，公之三丈夫子曰燧、曰臯、曰肅，肅，吾友也，始以志狀來俾元春表其墓，又一年乙亥，始克爲之。

元春固親見公議論行事，予兄弟又與三子善，今所言，皆三子居嘗接袂挽鬚作家人談，從予耳邊灌灌者，故尤足爲徵。而公氣骨挺然，外和中堅。初入刑曹，有璫陳忠方貴幸，殺人，賄隸使承之，已復餓隸獄中，隸怒其倍己，吐實焉，竟當忠罪，朝貴爲之請，不解也。奸臣崔呈秀者，薊人。公治薊，與崔左，崔終身銜之。公少爲金壇于啓菴所賞，後啓菴坐黨事，人皆避匿，門羅雀，而有一人雪舟遠訪者，則公也，啓菴亦向人嘆其難。公率多大節如此。予因並表之，使知閔氏偉行勁骨，亦世有其人不絶云。

八年十一月二十九日，寒河譚元春記。

【校】

〔一〕譚合集無此篇。

譚元春集卷第二十六 鵠灣集七

文

送少司馬蔡師閩櫬文〔一〕

天啓五年十月四日，總督兵部右侍郎蔡元履先生解任將歸閩中，以病終於平越。楚門人譚元春待之常武，撫櫬而哭。既已，莫可奈何，作詩五首，文一篇，告於其靈。庶吾師摇摇之魂，知春在此也。其文曰：

昔公之知春也，初亦以亡友鍾子，而春獨以肝膽受知，則似乎不因人而自伸於知己。其間勁直無回之氣，精微無漏之學，與孤介無染之品，一見一回深，一書一番入，而春亦能細察其所以。蓋其志不雜而切於軍國，才不雜而力於書史，情不雜而篤於友朋，趣不雜而鍾於山水，吾師乎，而雖以雜念如春，亦對公而知恥。嗚乎！所不可及者，破書萬卷而愛人一事之知，下筆千言而嘆人一字之美。以此立朝籌邊，持身居里，真可謂有大臣之風概，而得古人之神理。獨以冰霜之懷，走卒亦忌其堅芳；薑桂之性，鬼神亦畏其高嚴。故公自仕宦三十年來，石壓而荓還出，風偃而木乃起。

憶公萬曆己庚間，公已拂衣歸鄉，自號遯士，聞彊事之多辱，遂出山而經紀。豈不知時有所難爲？而不以時難爲而遂止。好水街亭之敗，寧曰無恨；三徑五柳之歸，獨覺不喜。其於存亡進退，瀟然可想，則請問於伏波之石室，與香草之沅沚。

嗚呼！公來黔，方予過京師，鄖署執别，殷勤相訂，但謂公明年凱旋，則相迎於武陵之邸。曾未兩年，而功未成而遽歸，身未歸而遽死。此一言之間耳，而時事之參差，造物之倏忽，已有不可料者矣，而何況乎萬事之終始。嗚乎！十年芳草，見公此路。川光嵐影，作客如故。悲夫！

【校】

〔一〕譚合集無此篇。

告亡友文〔一〕

鍾子伯敬死之前三日，告於佛受五戒，發願來生，甚爲寂遠。友人譚元春不敢用人間庶羞重違其志，延僧衆誦經。是日設花果香燈供佛，因以及鍾子而告之曰：

天乎！春之無罪也，喪我鍾子乎？鍾子在時，即久不相見，一見脈脈，心目深凝，開篋質詩文，相賀曰：「别來無恙，幸甚！」大異夙昔近閲何書，書所得究其中之故若何，有佳山水必以告，見奇士必以告，如是而已。然爾時鍾子與予皆人耳。「二十年交如一日」者，人之説也。今鍾子死，則固鬼神也，且事佛則佛眷屬也。淚化血，血化碧。子勿厭聽，予今日乃當與子有言耳。

予生平豈負子者？然亦實難。如昔年書中所謂「敬身醒眼，閑步朗懷，不敢自蹈於非禮之動，自陷於有戾之物」〔二〕，予豈真能如是？徒以負子爲恐耳。由此言之，予之不負子也，固也。但子晚年參尋内典，披剥妙義，病中猶爲學人端坐拈説，嘗因予塵累尚少，欲引其無生之學，微誘重喝，極其痛切，而予以雜念尚多，遠遁壇外，遂至語亦不答，招亦不往，臨危囑累，然後一許，可謂負子甚矣。豈惟自愧念雜，猶豫不進，兼亦病子□想各半，修習無多，何苦談此。今睹子倉皇去路，猶與諸佛結願，山僧尋盟，泉壤下安得有此志士！予既自謂相知，而此反不知人世管鮑，一何粗也。予直負子矣。

詩文之道，受命於胸中，譬不可受，譁不可改，人皆劫劫，己獨有餘。子嘗抽其緒，肩其紐，冥目幽思，望遠汲深，不務多取於古人，以力自致於後世。而予常避同調之聲，厭争趨之陋，灘移帆折，泉去瓶流，雖未知棲翔何所，然子在日，予之文已有未經子目者，意欲待業就志滿，而後與子各置一地，以雪天下人「二子一手」之名。業未告成，子不及見，予則負子矣。

子澹素疏拙，營生最其所短。偶一日與子談曰：「看子命相骨法，不亨於官。亦宜稍策田廬，杜門古處，乃爲不俗。士大夫安可以饑寒告人爲不俗？」子時嘆美此言，而性無遮欄，間受贈遺，遂爲薄俗所檢點。天下之人謂子不宜爾，而予回思之，昔者一言過聽至此，予則又負子矣。

予以頑曠之性，見人嬉游，狂顧勃發，常同子書史靜對，澹若無物，杯斝遥陳，酬勸不施，雖歡情日接，而樂事時乖，旬月之内，吟嘯他往。當其挽袂固留，予嘗不顧而去，始知靜者朋侶倍篤，此又予負子矣。

子今死，人皆引子期、伯牙爲言，予不謂然。予年已四十，世情不復厝意，惟願經始誦讀，力於述作，思得一當，以報子耳。夫子期先逝，而伯牙摧弦，古今之負友者，伯牙一人也。是豈子期之意也哉？天下之真音溢於手耳而流於山水，又豈吾欲止之而止者也？記已未歲，予在汪闇夫山中，客有傳子死白門者。汪歎予知音難再，予曰：「此君一亡，予筆墨間可傳可愛之路，從此遂寬矣。知己者，知其中毫釐異人者耳，能多賞乎？世無嚴人，因無知己。彼都門中紙貴而絹酬者，豈皆我知己耶？今而後，決不敢以漫好浮動之物裹我心手，請日日懸吾鍾子冰面霜瞳，照察物我，終其身而後已。」

告子而後，予即入玉泉桃川，尋子故踪於秋聲月光之中，因攜子所注楞嚴，質之海内知識，求其中安隱，無細微惑，而後津津入焉，即以是報子矣。子能信我。

【校】

〔一〕譚合集無此篇。

〔二〕陷　鵠灣集卷九、譚合集卷七答鍾伯敬書中均作「蹈」。

祭鍾叔靜文

萬曆庚申三伏日，寒河友人譚元春告於亡友鍾三郎悛之靈曰：

嗚呼！七月七日，世俗家設饌迎亡人。自七日至十五日，朝夕奠供新茗，剥棗浮瓜以薦，妻子總總然如亡者之實歸，至望而送之，泣涕不已。沙門教有盂蘭會，延僧懺度，乞恩佛前，若亡人實有大苦於其身，妻子聞梵，未免泣下。而今年汝家迎送之奠〔一〕，里門中元普度之會，子不幸而與乎亡人之數。嗚乎！我以終不免之鬼，哀子先無事之人，豈不甚愚？然世更有愚者，曰：「三郎不幸客死南都。」我則無是説矣。夫鍾山之色千變，淮水之氣萬家，豈負子魂乎？今日一客自越蜀至，明日一客自閩廣至，豈負子趣乎？子之兄，世所謂有道文人也。死於其旁，不猶勝於死子闉闍之間乎？

汝兄書來言：子嘔血盈升斗，勢將不起。我不以爲然。自與子交十六七年，子之血相尋於喉吻筋絡之中未嘗去。記與子客舍同榻，蹴而起曰：「來矣，來矣。」口知之而吐嗽，足知之而踐蹋，不待謀於目而以爲血。我見之駭甚，而子明日健如故。子下筆甚有清思，讀之氣亦不弱。子又知命，談人生死利鈍，未嘗自言死。子又明藥性，久於疾疢，自知增損。我輩小有虚怯，常來爾處乞方。數聞病，數聞愈，因循十六七年，反以咯血爲子養生之物，藥餌爲子茶飯之常，豈見汝兄書來狼狽，而遂料其定死乎？

兩家兄弟凡九人，我六，子三，長幼足以相使，學問足以相立，謔笑足以相明，孝友足以相及，游處足以相容，顯晦榮辱，褒譏取舍，足以相化。而子辨睿疏通，趣浮於身，情高於性。朋友最難得，豈能少子閑雲冷夢之致[二]？惜哉！所不足子者，才足以自致於今古文之道，而力未堅以沈也；興足以立乎田舍錢穀之上，而或有所不能忍於取予之小也。夫有益於身後者，文章之道；無益於生前者，財用之途。我往往能規汝，而近日讀書自令荒，衣不厭華，而居食有所擇。甚矣！入文章之道難，而出財用之途易也。子今死，而吾幾悟乎！然則善取朋友之益者，雖死不止矣。

我去年在南都，待子不來；子今往，我家居。兩舟如相避者。執手一訣，瑣瑣兒女情事，何足爲悔，但汝兄之書四月也，子之死則五月五日。有程山人者，以六月來，未入門，先投子寄書，怳怳然如青燐之照人，竦然骨寒。此豈冥路耶？三郎去此不遠，仍與予兄弟通書耶？亦有山人可薦耶？昨山僧來，方言募建盂蘭，救度一切，豈幽冥亦有道場，反以生人爲死去耶？不然，何得閻浮世有鍾三郎手書也？少頃山人入，始知爲二月書，書爲客踪所滯，予然後驚定。又從山人見其送行，起句云：「疏雨寒燈各有心，茫茫去此欲焉尋。」氣格高亮淒渾，絶不似九泉下語。

末世造化，益無常，窮達死生毁譽，總不知其故。予何言哉？

【校】

〔一〕汝家迎送　譚合集作「汝迎送家」。

〔二〕冷夢　譚合集作「泠夢」。

【評】

譚合集評「夫鍾山之色千變」幾句曰：「傷心中無可如何，反從境地説入，不倫不次，參錯紜紛，亦不知其意之所之也。」

告鍾嫂黄宜人文〔一〕

我與夫子，兩身一目。死別五年，如筵滅燭。自顧其影，一枝枯木。以是皿心，哀樂莫觸。我交夫子，二十年篤。嫂事宜人，山濤識足。爲文人婦，爲法眷屬。翟茀糞埽，更衣自浴。爾有順子，不異出腹。告慈氏前，牲醴屏逐。敢致櫬金，爲嫂惜福。

【校】

〔一〕底本僅存本篇目録，今據譚合集補正文。

告先主文〔一〕

春兄弟今日敢告成人，各攜婦子，奉老母營宅寒河二里上下，析爲六居，各製木主，以祀先人。而舊堂適圮，自葬時所有木主，已妥之靈，春以長子得而迎於新構之堂。神當離其故處，如人遷居，豈不忡忡，以此痛甚？又將爲我高曾祖父母、祖父母與吾父勸駕也。一香火而六之，六之則其子孫雖不孝，猶愈於孝者之止一之也。衆不肖可以當賢，衆嫚可以當敬，衆率可以當腆也。其爲言太自恕，我祖父必笑之。

【校】

〔一〕底本僅存本篇目録，今據譚合集補正文。

哭徐乾之文

萬曆四十八年歲庚申，七月二十二日，表兄王時揚、表弟譚元春，同弟元暉、元聲、元方、元禮、元亮，致祭於亡友乾之徐九郎，而屬元春告其靈曰：

嗚呼！人道所重惟戚，而吾數人者，寧舍其戚而言友；世情必專所交以私一友，而吾與王子者，任子泛交，而心耿耿其獨明也。子瞻之表兄，文與可也。其死也，哭之黄州，再哭之曝書畫，又哭之失聲。豈止哭所親，哭所私哉？風流盡而高韻歇，樂事終而愁腸始，欲復尋一快士作替人，何可得也？嗚呼！傷哉。

子在世，有貴家華士之習，而前生種畸人野客之因，終日有「式燕以敖」之歡，而一念發山水清音之悲，外泛泛如鷗鳧之浮水，而中了了如日月之入懷，此吾與王子所同知也。子孝弟過人，不必爲人所諒。不見子猷之去世，竟以爲上床彈琴而已矣；不見嗣宗之嘔血，竟以爲與客圍棊而已矣。此王子與予少壯親密時所深知，而予兄弟容有未知者也。子之倉箱，四方人之粟也；子之衣，四方人所燠也；子之僮僕，四方人所廝隷也。而子未嘗有德色〔一〕，於客亦未嘗有所擇。夫多者不遑有所擇，佳者不受擇，物之情也，意所樂即客之，人以窮身歸我，豈暇復計其雅俗真僞？即王子與吾弟知之或未盡，而予深知其然也。

人又言曰：「子作無益，害有益，貴異物，賤用物。」予與王子每正色以悟子。子性不可易，予常繼之以笑，王子常繼之以罵，惟恐無所附於益友。由今思之，損何及矣！不幸在此功名富貴之世，咿喔齷齪之場，波波吒吒之内，必欲作有益、賤異物以相就，鬼伯不以是赦人，而生前無一事快人意，此吾數人與一世同其不知，而今始悔焉者也。

子之去也甚倏忽。是日也，方使使至寒河，貽書與筆，自朝至於日中昃，昪一竹輦，遍過其所知，午夜猶飲朱氏園亭，嘯歌不去，倚欄俯沼，若有幽寄者，未達曙而逝於家。誰召之而急若此！人謂子善書，必上清宮殿中，或有以相煩。彼北海魯公之屬皆何在？子書亦未便及此，豈有是事哉？嗚呼！「宛其死矣，他人入室」，詩所云云，豈爲無子詠耶？一則曰「他人」，再則曰「他人」，亦以衣裳非我着，車馬非我駕，庭内非我灑埽，酒非我飲，琴非我鼓，而即有陶公之五男，右軍之七子，皆他人也，如是則子之有無，不足論也。吾弟云：「無論乾之他事，即一河上孤舟，主人不在，客不登，長年無事，凄凄然繫在流水明月之下，豈不可思？」嗚呼！如之何不思？

【校】

〔一〕自開篇至「而子未嘗有」一段文字，底本殘缺，今據譚合集補。

【評】

清康熙刻本山曉閣選明文續集卷六收本文。上有清孫琮評，曰：「情之至者，不過言情。此文亦只落落寫來，而乾之之性情，已使人可摸索而得。其哀痛在於用意，而不在於敷詞。以此寵亡，死者便應含笑入地。」又評「人道所重惟戚」幾句曰：「寄懷高曠，不屑一字蹈恒蹊。」評「豈止哭所親，哭所私哉」幾句曰：「親私之痛有盡，快士之痛無窮。」評「子在世，有貴家華士之習」幾句曰：「此是大概説。」評「不見嗣宗之嘔血」幾句曰：「説入深一層。」評「夫多者不遑有所擇」幾句曰：「帶入議論，妙。」評「由今思之，損何及矣」句曰：「帶入嘆悼，妙。」評「未達曙而逝」句曰：「方及其死。」評「子書亦未便及此」幾句曰：「不信有是，正深悼之。」評「而即有陶公之五男」幾句曰：「片言可了，真千古達觀。」評「淒淒然繫在流水明月之下」幾句曰：「即一事以致思，其思正自無窮。」

騷唁詞

鍾子試閩士纔三郡，而本生封君奉政大夫終於家，棄紱歸。其友譚元春深悲之，而申騷唁之詞。其詞曰：

憂心密而難治，古禮昭昭而不暇襲。惟君子克信其天，笑與嘆之皆不可聞。窮武夷而遠望，舟在山以驚骨。自一曲以九曲，茫茫洞洞兮，若逝者之赴夢。過毘陵而畏城郭，思教化之所淑。設學官於州邑，惟先生獲有其原本〔一〕。性孝弟以爲命，父事其兄兮，婦奉爲舅。胡弓冶之敢以自居，甘綸綍之後及。生嗣同衰以經兮，禮制定而非其心。既花果之有托，何懷抱之可言。棘人惝惘於千里，思緒一而萬端。瘠不足以自竟其哀，坦緩焉而若不知。江水流其深深，如繁悶之中人。君自有兮美報，何獨愁此寸心。舍一悲以就我，相與究乎昭融。

【校】

〔一〕原本　原作「原木」，據譚合集改。

南昌吊唁詞〔一〕

崇禎癸酉春正月十五日，楚門下後學譚元春使使入章門，唁吾師太虛先生，而致奠於封太史公李太翁之靈曰：

天有奇氣，男子紀綱；人有奇氣，嗜欲退藏。惟公貞篤，燁燁光芒。雖宦不仕，雖婚不常。琴無再鼓，以報孟光。獨寐獨旦，明月空床。如浣後衣，潔白幽香。身自爨掃，事母窮鄉。孝義無聲，感動上皇。經筵之地，師典文章。卬着伸眉，論列慨慷。自陳天子，有父貞康。天子曰「都，斯乃禎祥。汝歸省之」，金幣煌煌。世俗所榮，公不知臧。維公家居，髹几布裳。我拜床下，呼大父行。熟視摩頂，鸞龍相方。奇哉此往！我歸公亡。吾師於我，超然門牆。一家之人，滲漉肺腸。扁舟千里，師歸未遑。豈非精誠，得侍公旁。我有鷄絮，不克自將。師既素冠，遥想悲涼。三洲澹澹，章水洋洋。寸心不盡，前路日長。嗚呼傷哉！

【校】

〔一〕譚合集無此篇。

唁葛師讀禮文

錢塘葛師屺瞻，以文行忠孝追步古人，無毫髮誣其心。初發於南祠曹，再振於江州，三著於我楚之督學。天道王法終日相持，皆有實心真跡，非迕人者，而未幾輒以迕去。獨在我楚，以丁太公艱去，而未幾亦得迕。春爲師所拔士，坐以文，不可解，以爲師所以得迕之一驗。嗟乎！時文小道耳，春本自不工，收者與擯者，俱不足置恩怨於其間，獨吾師以君父、師友、神鬼之道，自立於末世，而遂無一人知之，此則可歎也。我朝無長子孫之官，傳舍相習，因沿闒茸。苟有一人焉，起而振之，曰君父在是，曰師友在是，曰神鬼在是，贏糧躍馬，其口不遑休，其力不遺餘，百端補救，稍見頭腹，而以迮去不旋踵矣。再有一人焉繼之，勢必更其法，更其法者當得擢。勢必再有一人焉，以迮爲戒，而以擢爲幸，舉往時口不遑休，力所不遺餘，而僅得萬有一存之法，又蕩然如燼矣。然則世果不可有用，而君父、師友、神鬼果不可不欺也，一至此哉！

春又素奉明師友之教，平心靜觀，不敢以薄料天下，而曰遂無一人知師，惡惡可也。師嘗進其所著書於今上，今上輒下所部議之，雖其事竟寢，不得覆，然其君知之，獨君以下不知耳。凡諸生下等，亦非人情所樂，然亦惟顔赧意憤耳，終不能自謂其文善。此一念，子弟知之，獨其父兄不知耳。夫人皆有心，豈真謂吾師文行、忠孝不如人哉？其有用之才，與決不肯爲之事，彼其心皆知之，獨其手與口不知耳。其不知師者，古今情事之常，飄風過雨，吾師忘之。而其耿耿未嘗不知者，天道王法猶存一縷。天地決不是架漏過時，吾願與吾師感之而已矣。

師既以艱歸，充充瞿瞿，用世一念，盡委松楸。而雖有以迮告者，師如不聞也，而過之。如不聞也，而過之，則即有知己引援者，天亦何恩之有，而況於怨乎？且非惟讀禮時也。方春在諸生時，請見以時，語言有數，耻爲諸生，所以事其師、德其師之狀，即吾師不罪之以簡，亦泛泛焉足矣。而師踉蹌歸舟之夜，四顧無春，若徘回念於其人者，蓋聞之劉子侗云。春因思：不責春之不肯俯仰，是吾師不自俯仰之根，而其實深情至誼，原出於磊歷疏樸之中。世有一人如吾師者，以其不自媚人，耻人之媚人，因而不責人之不媚人，古人可立追，太平可立待也。

以師至性不動，而春來聒聒於草土中，亦似可已。然而非恩非怨，不爲一己，以君父、師友、神鬼之道，咨嗟嘆息而反覆之，亦與師同其充充瞿瞿之意也。

【評】譚合集評「以爲師所以得迮之一驗」幾句曰：「世上無眼珠人，偏作好文章作迮驗。」評「苟有一人焉，起而振之」幾句曰：「稍欲異人，即是迮端，矧如此必欲見頭腹者耶？」評「凡諸生下等」一段曰：「語語從至情流出，所謂甘苦自知，經歷一過而言之益傷。」

送莆田周師舟櫬文

故督學師周鉉吉先生終於吾郢分司。其門人景陵譚元春率其弟元聲、元禮，雨雪走郢門哭焉。春爲詩二章，蓋一時悽惻顛隕之辭也。其一曰：「拔我耕桑内，當人謡詠時。遂殘山野性，空結海天思。疏密君忘物，敦寬世允師。何堪如此散，霜樹不相知。」其二曰：「全宅爲桃李，何曾見夏陰。且將羊舌泣，灑到馬融心。風雪晨村急，江流夜舫深。茫茫投孝愛，靈魄去焉尋。」二詩既成，常中夜哀吟自解，未遑焚告靈床，則以公子陶士、牙士方歸閩，諸公子尚幼無主者。越明年癸亥三月，陶士同叔氏齊吉來楚，迎師之喪。春終日雜儻恍於語笑坐遷之中，待之於江上，而爲祖奠之文曰：

嗚乎！惟此江上，春青鞋布襪，始見師於此，師指水而拔之田野。是此江水也，而忍見其素旐之隨舟歸入閩山煙霧之中，而與之同散也哉！嗚乎！春行藏之不時，厭則忽棄，動亦復來，每自笑其無恒。而師若深喜其不繫世俗之人，以爲起蠖驚蟄。春非空山人也，而納之於功名富貴之中，即春亦以爲當弦摧柱折時，賞音之士，不知何如惋憾，豈復計能琴者之肯鼓，而又安問與我之素識不相識，彼其中真有以自急耳。迨春復出試，下第如故。人情不自悔，或尤人相負，不咎其文之忤時，或稍相勸勉。而師則情加篤，禮加恭，絶口不問文字。始知吾師汲汲拾卵補巢，惟恐不遂，豈惟不爲功名富貴，亦不爲數行文字；豈惟不是愛名，亦不止是憐才。春不得已而歸之多生往因，庶幾近之耳。若以世俗之見，相憶相報，猶有盡時，若是多生往因，便自轉轉無窮。此番牽纏，復生於江上之一見矣，悔何可言！於是書呈齊吉、陶士，悲歌當哭，而與之别。

【評】譚合集評「春終日雜懭恍」之句曰：「不言而神傷。」評「惟此江上」一段曰：「追維始見情有盡而思無窮，不堪與水而俱長。」

傷曹姨母文(一)

泰昌元年，天啓嗣位，十一月十二日，寒河譚元春爲文，使弟某某入郢，奠於姨母曹公所先生元配魏孺人之靈曰：

外祖魏公，詩書老死。緩步正容，教人以禮。訓子之暇，以課女子。女子四人，一適郢邸。自邑距郢，曰二百里。天則婚之，匪媒所以。于歸之歲，吾母九齡。四十三年，未見姨形。兒輩都試，拜姨於庭。過門必入，排其闥扃。如子見母，曾不留廳。侍坐問答，愛我鶺鴒。曰如三姨，天邊月經。自傷其身，若雲過星。吾母吾姨，論事依古。非由生知，顏氏家譜。我所見聞，向之陳吐。憑觚而聽，不駭鐘鼓。見我兄弟，僮僕歡舞。僮子提筐，魚鮭以入。侍婢鸞刀，無聲自急。捧擁而前，屏後婢立。不敢睨客，矜莊升級。自我齠年，載逾三十。此路倦矣，鳥鎩蟲蟄。而姨訃音，何其忽及。我不敢哀，以掩母泣。母曰「天乎！驟雨酸風。聲變形忘，若在夢中。姊妹分飛，音問兒通。兒亦不通，命也何窮！女身靡常，遠近隨雄。所不辱者，淑慎爾躬。躬之不慎，何羨居同」。我聞斯言，用慰我慈。外祖有訓，我姨克遵。之凡百君，子莫不悼。

【校】

〔一〕譚合集無此篇。

哀王明甫詞〔一〕

予於君居，嘗衹呼「七兄」而不姓。今日者，似失其□□哉！悲矣。鍾退谷亡，予無同志友；朱實與君亡，予無同事友矣。君熱腸而忘機，甚快樂。去爲西陽廣文，此數年良苦。予勸君棄去，逐鄉里親朋行樂事，君不能從，君竟死西中。子嶷奔喪千里還，予哭之盡哀，是夜眼痛如欲出不可按納狀。因思予年五十，淚如珠，豈得復似十年、五年前哭伯敬、朱實時耶？

方君以貢至京師，今天子好閱文，親拔君廷試卷置第三，遂得謁選人。君益鼓舞，思有見於世，而竟送死辰陽。馬嘶篙折，寒棺不旦，求與吾輩燒豆箕暖菊花酒，尋吾家數稚子擲賭滿酌，酒醒燈明，聽吾高談，可得耶？

【校】

〔一〕譚合集無此篇。

告李朱實文〔一〕

朱實兄舟櫬茫茫自夏口至，予雖久知生死倏忽，不欲以哀樂自纏，至此何能不慟。嗚乎！豈獨予哉？親朋門舊，少者如失其父，貧者如始棄田宅，老者如奪其肉帛，弱無仗者如遠所護，好嬉少束者如亡其鞭棰，咸悵悵促促，莫知所向，各還其家，憶所縈掛。嗚乎！人猶如此，僕何堪哉！隰朋一死，夷吾舌斷。予今者腹心腎腸皆斷，豈獨舌哉！兄有鴻婦，有難弟，有佳子侄，有婿，爲吾豚子籍，雖魯，吾當教之。獨養葬二事，孝子碎心，張目死去恨恨者，雖後之人皆克舉之，無所憾，然此恨恨者，吾無以贖，所深悲獨此耳。昔有一醫士，所蓄佳紙墨玩好，皆留以贈黄魯直，爲其孝過人也。吾與兄相知愛篤矣，終不能效此醫以待孝子，以是愧恨。兄鑒之乎！

【校】

〔一〕譚合集無此篇。

譚元春集卷第二十七 鵠灣集八

書啓

寄太史羅公萸江啓 南昌李太虛座師出公本房。

元春遭逢雖晚，僥倖難言。續鉢之與傳燈，在大道所不悋，而副墨以追洛誦，惟斯文有奇傳。誠不自意，甲子之秋，既依馬帳；丁卯一雋，遠溯龍門。以衆父之父爲吾師之師。始以何蕃歸陽城，謂可傳於韓愈；今則干木學子夏，轉相念乎孔尼。似此淵源，必由聲氣。

恭惟某官，下筆妙天下，立朝如古人。主恩獨眷，而雲在意俱遲；物望同歸，而水流心不競。當否泰相乘之日，縠洛交門之時，非先生持之以砥柱，化之以虛舟，則楚弓未見其必還，鄒谷何時而得暖。所謂功深社稷，慈映鄉邦，爲儒耻言儒榮，未相先有相品者矣。元春由苦偷息，丘壑坐談，時已過而功不成，恩欲酬而愁先積。空有鴻鵠之志，僅成枋榆之飛。然才不如人，命非由己。願賷鉛槧，先計吏而北學；日詠榛苓，因美人而西歸。聊以求裁於及門，豈因妄附於開閣。欽哉立雪，悵矣臨風。

【評】

譚合集評「始以何蕃歸陽城」幾句曰：「疊用人名，不以填綴傷其靈秀之秀，知其識學之奥衍，非人力之可幾及。」評「爲儒耻言儒榮」幾句曰：「總以獨造別構爲工。」評「願賷鉛槧」幾句曰：「又以餘波取勝。」

謝學使水公檄退谷鄉賢啓

【校】

此文原脱，姑存目。

上座主李太虛太史箋

門生譚元春謹奏箋吾師太史公閣下：

今年楚塲，非吾師得元春，實元春得師也。命相本窮，福分太過。初止謂數年以來，友多亡而師始值，曾不意四旬而外，得一師而失一母，每於呼天呼母之時，即興負君負師之感。回思元春少而讀書，賤未失意。山水固其所耽，而懶不重經；筆硯本與相近，而嬉未至工。苟非知我之人，無不掩口而笑。乃吾師讀其文於塲屋，未數行，而即語副座師曰：「得此一人，我輩數十年都不寂莫矣。」初聞而異之。即使元春自觀自定，亦豈知其若是。乃與吾師再見累見，信信宿宿，悟我以濯濯春柳之豐神，移我於茫茫海水之邊際，始覺無可異者。元春今者乃得與洪崖浮丘，稱座主門生也。

承作壽老母六十文，母不克待，然有此一篇文字，母直以六千歲爲春秋矣。會葬時，邑之士君子製帛爲帳，大書此文，以告母，酹其酒以爲觴，曰母可瞑也。元春敬稽顙再拜，謝吾師之文。師寄母十金爲壽。是日鄂城有劉居士，募修鐵祖師觀者，問其工未竣者幾何，曰十餘金。元春舉師所賜，不啓封而施之，以爲母消災無如師賜者。何知冥福乃資於此，敢不再拜謝師賜。

每於悽斷無緒時，輒誦吾師見寄四言。江文通之恨，衛洗馬之愁，不知何以起止。始知恩到極深處，文章到極妙處，皆能使人泣下。「恩深」二字，自父母而外，朋友亦有之，管鮑是也。座主門生，到此二字者少矣。對吾師時語語吐出，今臨當寫書，甚難下筆，至此又不禁汩汩放言。後之覽者，或亦有感於師弟之間也。終天不得見我母，三年不得親吾師。獨夜無人，有淚如瀉。

【評】

譚合集評「得一師而失一母」幾句曰：「歷叔覺慘然不可讀。」評「乃吾師讀其文於場屋」一段曰：「真有神賞，非草草稱知遇者比也。」評「即使元春自觀自定」二句曰：「宛動中傷感。」評「邑之士君子製帛爲帳」幾句曰：「此一段套得無謂。」評「不知何以起止」句曰：「六字隱痛入骨。」評「始知恩到極深處」一段曰：「語至情深，真能鏤心刻肺。」

寄陳玄晏書〔一〕

僕之序刻君詩也，君蒼蒼灝灝之氣，形於詩，破於壁，而護於山靈，自有不可磨滅者，僕原不任功；君之遺吏數百里遺書於僕也，僕生平亦有一段精誠，不爲浮名所欺，不爲才氣所怵，足以通於蒼蒼灝灝之人。然則君自不能已，僕原不任感，但今日之人物，有對之而可歎者焉，其人情，有歷之而屢歎者焉，其毀譽升沈，有觸之而歎不止者焉，其說在僕所寄詩之第二章也。

敬夫吾師也，伯敬吾友也，孟誕先吾友、君友也，張葆生君門人、吾友也，君則吾師友之間也。元方吾弟也，今適來京師，得先我而見君之蒼蒼灝灝焉者，其年其學不如我，則君門人也，幸門人之也。

承委以兩先世不朽之文，倉卒不遑作，又君所自作，古雅不能加，且未可輕作。曾記葛屺瞻業師命作太公傳，且囑曰：「子遲遲爲之，不在速得，亦不在寄我，但存子集中可耳。」嘗以語伯敬，伯敬賀我曰：「我生平作文，未嘗有人持此說來者，何子之多幸也？」今尚欲比例邀惠於陳先生，先生許我，我決不敢爲俗下文字，至於天分有限，筆力不遒，則固非其罪耳。

向所損惠，金出自俸，帛出自機杼。僕方客燕，故鄉淫雨百日，大麥失秋，家人正饑寒，取用之，而以空函報於京師，所拜實深。

【校】

〔一〕題　原本目録作「寄陳玄晏」，無「書」字。

【評】

譚合集評「僕生平亦有一段精誠」幾句曰：「對至敬畏人自然直抒胸臆中語，一毫欺假不得，他人僞作親愛語，只娓娓兒女語耳，安能伉爽直捷如此耶？」評「元方吾弟也」幾句曰：「薦門人，掃盡向來『皈依』、『聲教』等語。」曾記「葛屺瞻業師」一段曰：「真正高人，真正相信，止借其文以傳，豈如今人作誇耀之觀耶？」評「我決不敢爲俗下文字」句曰：「自負得妙，語亦漢人口角。」評「家人正饑寒」句曰：「磊落，自非尋常遜謝。」

寄周伯孔書〔一〕

兄去年在南都，罵人之興亦太勃勃矣。至使故人輩皆務爲周旋，而不暇細讀其詩。私覺兄詩清妙可想者多矣，豈以一駡而忘之。夫人之駡人不止於不憾，且有相念者，則周五工詩遠過劉四耳。兄去年胸中，似以家計客裝不能滿志，乃迫而成一駡人之周伯孔，非得已也。不能諒其不得已而避兄之躁，至不暇玩兄之詩。爲故人者，不能無過，然兄亦何可如此。

去秋在白門、錢塘間，與王永啓諸公處，深知其作人作客，非時人所及，而同僚未免相形，性亦未免太執，雖有一肚皮報國之志，馭衆之才，而世固不能安之無咎，則其志與才亦有時難行。若使和其性，深晦其有爲之跡，常使此身爲邦家所受，日出入於報國馭衆之中，不尤可以行其作人作官之高乎？弟對永啓持論如此。

今兄白門詩雖佳，而至使故人輩救過不暇，皆不欲細讀其詩，益悟天下事，未有不思所以行之者。所以行之者非軟熟也，躬自厚於深心之業，薄責人以援手之事，人不可親疏，性不可高下，乃敢大言曰：世不可咎譽耳。吾伯孔聰明有餘，幸一自反。豈有下筆清妙，而止以家計客裝不得滿志，遂迫而成一駡人之伯孔？伯孔不當自悔乎？如不自悔，雖詩到儲光羲、王昌齡，無益也。

荒村寡侶，念我才友。士君子相處以正，不作飾語，故直寫其愛惜之意。惟伯孔平心觀覽，思所以復之。

【校】

〔一〕題　原本目録作「寄周伯孔」，無「書」字。

【評】

譚合集評開頭幾句曰：「正言相規，須得如劈頭直喝，使人中心竦動，通身汗下耳，然非好友，決不欲濫用此着也。」評「深知其作人作客」幾句曰：「復就他人泛泛評論一番，畢竟要其自悟。」評「則其志與才亦有時難行」句曰：「拈出使人生感。」評「今兄白門詩雖佳」幾句曰：「作詩而求客裝家計耶，爲之掩口，至使人不欲讀其詩，則作詩而求客裝家計，亦可以自愧矣，何世之紛紛也。」評「豈有下筆清妙」幾句曰：「下筆未必清妙，而又求客裝家計者，又何以故耶？吾知非與伯孔言也。」評「雖詩到儲光義」一句曰：「一語斷盡一生。」

與舍弟五人書

廿九到鄖陽，初六自船返襄中，與胡用涉從大路行。每會蔡公一番，即骨爲之重，識爲之高，人生真不可向損處走也。蔡公以黔事大壞，奉命速征，軍書如山，思手不停，偷閒節勞，與我作兩夕静談。我以公是師友骨肉，無一豪作客見官意思，不知其他。舟中無事，閒發其回陳志寰先生與伯敬二書，説我人愈樸，性愈厚，是進德之驗；又説我筆慧而人樸，心靈而性厚。不知公從何處便窺我如此也，益令人竦然。進德在我消長，明日不可期，豈至喜此稱譽？所以寄聞者，欲諸弟敬身勤職，察言觀色，時時覺有此等清正方聞之人，可法可畏，自不敢只向幾個庸衆人中求好耳。

詠小物三首，别公又作得一篇送行文字，公極喜之，今皆寫回一看。

詩經商魯二頌，舟中批完，似於雅頌獨有所入。若不看得雅頌與國風一樣有趣，又看得雅頌與國風更爲有味，則亦是易入處便入，難入處便怯，固學者讀書之病也。到京當再細增減一過，將同蔡鍾二評刻之，題曰詩觸，觸於師友也。

莊子則我五六年苦心得趣之書。今春又看得諸家注，又參訂過郭注，方自信爲不謬不僻。若未看諸家注，自是貢高虚勇狂慧，未必無大失也。名曰遇莊，道路間或一遇之，不敢以爲堂室在此。然嵇中散云：此書那復須註〔一〕。真是名言。不可註，或可遇耳。莊子亦云：有能通其解者，是旦暮遇之也。則莊子未嘗不許人遇矣。非但鈍根如我，只可一遇，即聖賢知慧絶頂，不遇之，亦竟不遇之矣。孫登長嘯一聲，嵇、阮可謂遇矣，而猶怪其冥默不言，是於一遇之外，而求多於孫登，其可得乎？王烈遇石髓，而嵇公不遇，雖導之使往，留之使食，其可得乎？遇仙不必同升，遇佛不必同證，亦只要本來有此根器，此後留下種子，而必欲同升同證，其又何可得耶？「遇」之爲言，甚活甚圓。莊子與讀莊子者，俱可不罪我妄也。

久旱早熱，晚春便如仲夏，思母親起居，未免煩燥。忽寫一詩寄六弟，不覺出淚。昨過均州，不及重登參嶺，只閒行到浄樂宮，與燒香人同入殿，謁玄后座，欲留香錢，傍一童子呼曰：「爲父母者置錢項下，爲子息者置腰間。」亦不覺動念，此童子口中甚知輕重緩急〔二〕，人特未思耳。

魏家人到，得科考信，知弟輩俱得入場，免費手腳，只笑六弟，又考批首，疊床架屋，真有何益，時作書戲寄伯敬曰：「即使三批首在前，一大科第在後，已未免有頭重之病矣。」附聞一笑。

【校】

〔一〕復　譚合集作「得」。

〔二〕知　譚合集作「有」。

【評】

譚合集評「每會蔡公一番」幾句曰：「真切受用處，只在細心貼體時，思得入，寫得出。」評「說我人愈樸」幾句曰：「無意進德而欲其樸厚，固非其質矣，説得妙，又説靈慧是樸厚根本，更妙。」評「欲諸弟敬身勤職」幾句曰：「即以此相規相戒，便是其樸厚靈慧處矣。」評「詩經商魯二頌」幾句曰：「讀三百篇，只作自己作詩看，則趣味自然相和，易入難入，亦了然矣。」評「方自信爲不謬不僻」幾句曰：「注子專要避『僻』、『謬』二字，蓋游思無所不入也。」評「名曰遇莊」幾句曰：「詁字妙思，真與晉人共垂。」評「不可注，或可遇耳」句曰：「妙！妙。」評「非但鈍根如我」幾句曰：「矜喜中自又得一進步語。」評「孫登長嘯一聲」幾句曰：「只將古人作今人看，知其自見處矣。」評「傍一童子呼曰」幾句曰：「此童子語，何減滄浪之歌？」評「即使三批首在前」幾句曰：「謔語便是晉人風味。」

答何緗卿書〔一〕

舍弟自黄回，得緗卿足下寄書，甚喜。自與兄識面，六年前聽其論，以爲文人之高標持者耳，不敢妄自近。戊午秋事，緗卿去爲孝廉，僕並自謝其諸生。龍蛇有所，功言有分，不宜近其後。朝中人彈錢塘葛師衡文不正，而舉緗卿與僕之文爲戒。天下讀之，以爲冤。僕則笑之。數行文字，所冤幾何？自有道者視之，直是一塾師書堂中甲乙事耳。數子者當更有以自立，不當遂用此相親近也。

兩年來，人皆言曰：「何緗卿，黄之有道者也。」曰：「何以知之？」曰：「性方而篤情，好與人交而栗，訾笑不苟，君子也。」僕乃大慚，昔以文人待緗卿也，誠過。因惟恐世之議吾文者，不能遂與緗卿同毁譽也。夫大毁譽不足畏，小恩怨不足報，惟於有道君子，則得其馬而飼之，得其車而御之，得其衣而拜之，皆足以爲幸，況實實在我師友之内乎？

前到西湖，葛師曰：「不圖乃以骯髒累吾子。」予笑曰：「師止。此何言？但當相與爲好耳。」師以一篇文録我，有何恩？惟生平孑然，不傍人爲男子，真吾師也。師友同道，故復舉似綗卿焉。

【校】

〔一〕譚合集無此篇，但卷六目録中存本文篇目，下注「嗣刻」。題原本目録作「答何綗卿」，無「書」字。

答張夢澤〔一〕

春五月自洪山歸寒河，西庵僧持明公書至，又十日邑僧書復至。兩接手字，數日欣暢。喜仙源太守書俱自僧手授之，雲嵐氣猶冉冉紙上也。

念明公好文樂士，接引大衆，出於真誠，而天道酬以佳兒，自是報施之理。辱示小郎新文，其志俶儻，其氣深蒼，夙慧無疑。春對之當自稱「老夫」矣。

明公選國朝名家，蔭庇前後，又雅欲表章奇人之無名者，尤爲卓然。不肖每有搜集古今詩文之意，蓋專在幽潛。不惟數人之中有一人幽潛者更覺靈逖，即一名人集中有一篇兩篇幽潛未經前人舉揚者，澄心静讀，比日在口眼邊者遠近癡慧何如也。曹孟德集，文如銅爵臺令，詩如臨滄海諸樂府，驚人心魂，不可名説，而稱者不及，何也？豈以許敬宗之硯爲污人耶？朱晦庵書法出於孟德，豈腐道學所能哉？

承委索𢿱郡文集，僕意不忍嚴，而耳不敢恕，如魯文恪振之、王太僕汝化、李太史本寧，皆以身名日月老寄文務中，餘則不知也。伯敬全刻奉寄。僕亦有古文字數卷，翳然榛莽，未經綢緝，其意欲以爲下卷，而著一無關涉、無題目之閒書，有益於經史子部者卷其上，庶可成書以質也。詩歸猶未竣工，想不待數月即有刻本，侍史可免此一抄，明公可免此一段風流罪過矣。附一笑。

【校】

〔一〕譚合集無此篇。

奉房師陳奎瞻先生箋〔一〕

門生學不合時，性不逢人，自十八歲入場以來，亦浮沉在諸生之中，而四旬内落第爲常，未曾有實稱師弟之人。惟甲子北闈，江西傅公右君既得之而復失之，蓋常引爲深恨。即貴鄉相知，如朱菊水、劉蓬玄、傅陵九諸先生，最愛我而不克亨我，惟有相對咨嗟耳。不圖此試得入門牆，豫章七年始，大人或以爲當然，蟄蟲聞雷則驚已〔二〕，猶駭爲怪事。此猶文章之理，天人之數，如水萍之自值，在人世所常有。而老師入場焚香，神鬼相告，出場對酒，文行交勉，以爲場屋之得門生也，固由默禱而致。然門生之報座主也，惟當黽勉以自立，況其素有志於古人，敢不求漸對乎知己。而何意食蘋止於一月，歡粥且復三年，小吉大凶，不知造物何以處我。肝摧腸裂，幾令生趣不復類人。

偶聞訃偕，悵悵泣下，老師念之哉！哀憊之極，百不寫一二，瞻企何窮。明年春夏際，當半肩行李，尋師於嶽麓也。

【校】

〔一〕譚合集無此篇。

〔二〕已　底本「已」、「己」、「巳」不分，今定爲「已」。按「己」亦通。

與王以明〔一〕

述之來，言翁讀書深村，與古之奇人往來，而案頭亦有寒河詩文，口中亦有譚氏子，且論之極深，期之極久，如「磊落晴斯日」句，不肖私有敝帚之愛，而天下之賞之者自翁始，不肖即今番復下第，亦不可謂不遇於當時矣。而中郎先生知不肖姓名，未得親見其靈快語從其口中出；湯臨川曾寄譚子五篇序，竟未報書，湯先生亦死。然後知前輩壽考足以待年少之人，與之書問往還，而又論之極深，期之極久者，遇亦相等也。述之森森中古韻交流，此不肖快友，翁入城，或述之入村，移語終日夜，是即不肖得侍也。

聞有書見及，述之忘置笥中，獨道其款款，倍於得書，口邊寫老翁高深如畫。世有如此洪喬，惟恐其不浮沉矣。

寄此發翁午眠後一笑。

其二(二)

春意興易起易敗，不至四十，便已經過衰颯，重向紅紫，以此益服公持之甚堅，行之有味，日月不知其流，筆墨漸返於潤，真不可測也。今年春夏之際，與伯敬相見，談之不去口。伯敬意之所向，較他人更少情口，此其一長也，公與之往來於空江秀嶺之外而已。伯敬古文，兩三年中，真是一卷冰霜，弟冬間當選刻之。

君欲閱莊子，妙甚。鄙亦有所見，要使莊子鄙倍之意，永絶於千百年觀者之心而後已，曾未有暇耳。

其三

園林村僻，人事簡略。辱翁遠道至，止信宿於竹陰磬聲之中，清我以物外之姿，迪我以西來之義，而闇塞不通，徒有慚歎耳。近從一古寺榛莽中得一詩人，古雅絶俗而名不傳於世，度其人真無意於名。不肖以爲性命之學，反以有名爲宗，如列祖高僧及近代善知識大法師，其成就亦往往如其名之所至，而詩文之事，則非無名者不可。非無名也，名之來無意也。故有志於道者，宜往謁尊宿，而詩文一線，如天際風鳶，待其煙没雲滅而求之。恨翁相去遠，不及究此創言也。寒碧甚有志氣，贈以一詩，可索觀。

其四

方持翁前番書寄伯敬，而尊使乃在其處，又得寄弟〔三〕。

【校】

〔一〕譚合集無此篇。題　原本目録作「與王以明書」。

〔二〕其二　原作「又」，今改作「其二」。下文「其三」、「其四」同此例。

〔三〕「弟」字以下，原書缺佚。

奏記蔡清憲公前後箋札〔一〕

今古道同，曠者超超破格；君民分遠，愚人往往安卑。自賈島推敲於馬前，浩然起伏於床下，乃知士有不必過避之嫌，冠裳匪俗；上有偶然相知之故，筆墨爲緣。但不肖者喜自以爲才，而好名者遂全喪其實。

恭遇某官，日讀異書，月成佳政。慧業勝因，有黄面瞿曇之悟；高樓長嘯，追綸巾羽扇之風。千古之九畹皆芳，七旬而三苗丕叙。苞栩逶遲，諮諏諮詢不已；軍民安堵，載歌載詠何妨。以此轉盼之駒隙，爲文章德業而有餘；因念苦心之蠹芸，雖獎許游揚而不足。在夫子則高矣美矣，惟愚生竊竦焉愧焉。以爲名太浮者不祥，分太逾者獲咎。出入於風雅者十餘年，聊自娱悦而已；皈依乎末光者幾何日，敢云依稀近之。置身玉壺秋水，曰「食無魚」，曰「出無車」，乃生平之所羞；有志布襪青鞋，將讀萬卷，將行萬里，從他日之所好。苟能偕幽人以佩芷，庶幾爲長者而折枝。縱王曰士前、士曰王前而不怒，高義原薄乎雲天；恐用上敬下、用下敬上而或乖，微躬難逃乎斧質。所以汗流箋外，思發花前。問何日其往謝。指初冬以爲期。

其二〔二〕

春以書生愚賤，不敢輒上通。又思稍學古人一二，雖事體當謝，亦不敢輒謝。但數年以來，屢得明公與潄友往返書疏，皆伏讀深思其理，不知其非貽春書也。又得誦明公前後詩，觀所以爲詩之道，如見所以運思下筆之時，是則明公日夜教春不倦也。春居嘗見浮名無益，且易得罪，而潄友與人言，多不令春知，惟前與明公言，春知之，春亦不止，則以明公者，非名之所在，而實之所在耳。

素習明公功德詩文，質樸古勁，而近日伏窺遥揣，始知其幽秀之脈，清芬之氣。乃蒙先示梅詩，拜手寒香，復論詩禪之理甚微，似謂不肖評右丞詩誤。竊以爲梅花妙物，生心發政，寂悟冥想，大道不遠。明公以佛作詩，而春以詩作佛，則大小之别，淺深之候，莫可强耳。但明公心眼既出詩外，則亦出佛外，又何必與華嚴涉者而後爲華嚴也。請再下一轉語。

明公談春於瞿、馬二文宗，此慈情熱腸，全副憐才，偶然洩於不才，心口之間，相迫而言，是何等念頭，而可以人道俗情明其感激者？且又舉二文宗報札來告曰：「予雖言，而彼二公者自能知生也。」此一意尤古人也。入門各自媢，誰肯相爲言，況望其相爲言而不自爲功乎？

春有二弟元聲、元禮，其能文遠過春，將攜之深入山中。雖遇合不可有意，而文章之道實有未能盡者，故欲爲此下楗。今見明諭亦如此，而又訂以無窮遊期，是春之下榻，特爲將來從遊裹糧耳。語之至者，不敢載之於書，其淺者又不足聽。范子之言，春今日之謂乎？數詩奉答，以侍懷袖。寒書生實不能謁謝，秋杪乃走湖北請教。今惟有仰止，頓首頓首，死罪死罪。

其三

春三月至八月，皆住九峰。四月中家人傳得明公札子，如「簡交以得己，斂名以厚實」，春要藥也。無從報箋。伯敬歸，遞明公札子一通，駢語、書價、郵符皆領訖。中云「欲子降格而不可」，此又世人見嗤，與春自阻喪之要藥也。頃與伯敬別於湞，又自湞歸，踽踽行霜月下，忽明臺所遣者相遇，下馬就月觀書徘回。明公自爲挹損沈摯則可矣，春素冒昧，獨仰窺明公，似有一二語稍着。

昨與伯敬言：蔡公書法，雖非其至者，然點畫深重切實，似亦有詩文之淵源，作人之誠壹在内。伯敬頗以爲然。每接明公片紙，覺闊遠之氣離紙許遠，樸厚之道入紙許深。而伯敬則云：明公凜凜板冠裳中〔三〕，公然勝士。即春嘗言世卻有翩翩風雅場居然俗子之説也。如此雖芒鞋往見自可，況又假以人馬之便乎？

春十一月嫁妹，十二月欲侍孀母度歲，過此則飄然負笈之日。春又復不第，場卷點抹皆無，如未以手觸者然。數年來，氣稍平而心稍澹，絕無不屑諸生之意，惟束縛太苦，不能爲所欲爲。若三年後仍如此，則願廣給筆札，閉門無營，就天所付之一竅，充而成之。少時所讀之書，今全不能記，所記者又以熟便汩没其意與辭，了不知佳在何處，請從此始讀書。自哂三年内沾沾雞肋也，初有太學意，今如是作想，恐太學是後來不第一大葛藤，徒勤明公今日特舉，無益也。春五鼓抵逆旅，寒疲中忽有三詩。篋内即有一扇，雖語不能工，覺於明公前即有和肝嘔出之意，亦不知其所以也。魯文恪草書，真有亂小王者，幾入其室，慎辭也。春久失其幅，將搜之邑中，但予否尚在人。惟作孝廉時，合寫楚辭離陶詩二種，楚辭落他人手，不可得，陶詩今在春處，行書稿本，蒼然而已，即不大佳，亦是當藏善物。恨未攜至行李，旋當歸之明公，令其得所也。故詩中先言之。

其四

伏從郵筒傳至明公書一通，詩稿一摺，下贈詩五首，次序跪讀，眼界深廣隆厚，手舞不暇，針砭所及，汗流瀑如。恨伯敬先一日行，不能共讀也。

書云：「詩歸中有太尖而欠雅厚者，宜删去一二。」確哉茲語。春閲唐詩訖，曾有「無嫌同或異，常恐密兼疏」之句，蓋彼取我删，彼删我取，又復删其所取，取其所删，無絲毫自是求勝之意，乃可共事。況明公眼邁而識定，將取裁焉，肯爲二子删之，則徑删之何妨矣。春與伯敬蓋厭詩之宗匠，人所應有必有，事所衆入必入，如書畫之作家，骨董之行家，雖曰可法，而識者憎焉。所以選詩之役，其流爲風趣太多，主臣有之。

書云：「情艷詩，非真深遠者勿留，不喜人於山水花木着婦女語。」尤爲篤論。春選古詩，至齊梁陳隋而歎焉，顧伯敬曰：「岌岌乎殆哉！詩至此時，與填辭差一黍耳。隋以後即當接元，被唐人喝斷氣運。天清風和，可謂煉石重補矣。」伯敬以爲然，相與咨嗟久之。然有真能動人者亦不能舍，雖其氣近妖，不妖於「車來」、「賄遷」、「淇梁」、「芍藥」也。至於山水花木之間，宜秀宜潤。秀有近於媚而實非媚，潤有似於軟而實非軟。有烟粉之婦女，有淡妝之婦女，皆能與山水花木作仇，反不能點綴其光景也。

易曰：殊途同歸。以春小儒之見，上下今古，詩人之致，詣之深淺，力之厚薄不同，而同者歸也。孟子曰：「固哉！高叟之爲詩。」又曰：「以意逆志。」又曰：誦其詩，知其人，論其世。此三言者，千古選詩者之準矣。春雖不能至，竊以自勖，因是以移其心目於明公之詩，雖不中亦不大遠。蓋明公之詩，厚而不濁，清而不寒，近情而不刻，剜腸而不苦。如往者贈伯敬諸古，與前後梅花諸什，亦既吟之拜之，枕之藉之，不意今者躬獲滿函。如「人方存見少，天若歎才難」、「爐依讀易寒，拜君如拜石」、「還當留末吹，孤在簿書暇」、「書落有無裏，夢歸明滅邊」、「道路猶言易，蒸嘗難獨持」、「爲兄終自拙，抱子況俱遲」、「忽與竹聲破，又隨梅想開」、「一官但勞我，復勉子求官」、「此事寧非幻，逃名古亦難」、「臘去固無家，春來詎有路」、「共此寒更中，而以分初暮」、「游人競懷新，君子重念故」、「鳥夢不能成，往往人聲誤」、「綿綿或間之，以斯即舊今」、「惟有薄雲色，猶連隔歲陰」、「締觀今昨事，豈殊光與音」、「日月無改轂，多此新陳心」、「稍露桂輪半，來終轂日晴」、「疑君兼性習，深看喜怒生」、「未見胡然夢，其占曰得書」、「渺矣弦中思，難於聽者心」、「求友誰知苦，相托在無窮」、「相士如相詩，隨人所取之」、「於此無精感，雖多奚以爲」、「山鐘占易體，欲答已忘辭」、「置身凛在古，行世澹於秋」。或使人躍然而起，或使人默然無言，在明公之妙，妙在章法，豈可以摘句標勝。凡若此者，皆私自點閱，丹鉛密處也。不可以全帙賫還，故瑣瑣如右耳。

既而思明公愛春有超倫等，縱一無可言，猶當披尋妄言，稍別媢子。況古今人作詩，亦無有一無可言之理。明公即泛愛，豈肯愛媢子乎？竊以爲贈送馮觀察先生之作，猶有必欲滿四律之意，如「夜雨歸心三丈水」，不多得也。「四十明朝是」三首，長慶多用此調，愚竊謂調未甚高，幸第七句尚不同欵耳。「酒户病乘除」，則未免以太巧得俚。守歲詩妙矣，而念「故之下故園，故人故年泯」之更妙。元日對雨詩妙矣，而「花鳥」以下六句删之更妙。畫理詩妙矣，而圖中即見迎止之更妙。梅詩獨「傳衣」二句稍遠。憶弟詩尚省得一兩首，「歡心事事賒」、「時哉怒翼搏」、「吟成霽景餘」，似以落韻未新。「深於此日哉」，似以落韻未穩。固哉！元春之爲詩也。明公必一見而笑之。竪儒烏知乃公意！爾以孟子三言自勖者何在矣？是明公自發其猖狂之論，而又自笑之也。夫達尊之門，高才雲屯，必未有敢言如不肖春者。春若望其門，不如明公不敢入；入其門，窺其不如明公，亦不敢言。今之敢言者非元春也，明公也。

一二日内發九峰之棹，舍弟聲、禮與俱。聲入學第一，禮第三，前有應試之許，紅案未至，懷疑漠漠，如遺一弟，則往懇仁臺。兩弟真能讀書作文，頗懷奇想，不然者，春門庭之内，亦不能以一字譽之也。已斷詩不作，故未敢率爾裁謝，以寒河集仰求塗抹。元成馮先生曾書至邑，令君物色元春，元春止上一書而未往。其道古道也，見前輩如此，感激用壯，倉卒具箋，附筒躊躇，並乞明公便中爲元春明此意。

其五

春自大西諸勝，乃返僧舍，先以所作詩呈上仁公覽教。春歷證諸洞，必推玉華佳。詩中「鑿雲爲地肺，手搏六丁黑」、「燈光生妙象，龍蜕想空靈」，遂爲此洞寫照。而此洞之妙，可以供諸妙手驅使，非一寫可了。大都玉華是仙宅，玉田是蛟窟；玉華如萬花，大西如老柏；大西之妙，使人可入可出，玉田之妙，使人一出不敢入，玉華之妙，使人既出復思入，再出再入而不厭；玉田如極寒煉師，大西如極真老衲，玉華如極幽文人。雖今古巧樸，化工各有所勝，然不可以「樸」之一字使玉華淪落也。鐘鼓待考，擊而求之，此子瞻所以嗤李渤者，不過玉華中一片石耳，玉華片片可響，但是衫袖所拂，攀躋所觸，皆成五音，是其大略也。春既不遑爲記，拙詩不能寫出，故草草數語，以質之閉門時真山水人。

舟中無事，閲先生文稿，有絶大絶妙者，不可不急以示人，亦輕淺者至藥也。又閲伯敬詩一過。閒暇亦試一動筆，看去取同否。蓋同志人詩文，其去取所在，即是自己取益之端也。如何如何？

其六

遞中垂贈犀杯詩、黄字跋，如日月星辰入懷，如江淮河漢行地，得之驚喜。而犀杯之明遠，黄字之深老，可直一詩一跋也。然春自入辰以來，無日不明遠深老，待杯字詩跋而後知之，是以酒斟别杯之品，以款識覺字之佳也。春性不能藏物，覺從今以往，寢食几案，當與二物爲伴侣矣。

其七

春不量痺近，叨附門牆，既辱百方開誘，何止十年讀書。道路阻遠，莫或詣謝。又以小人之母，欲辱仁人之言，而巷語漁歌，亦求弁首，既忘其賤，又忘其愚，真可嗤笑也。初息林陰，細省所獲，追味前言，與弟曹參詣，或所爲片語，偶失記惝𢝗，至「啼烏」者〔四〕，忽復記之洞然，爲之一快。向求小史録新詩文絶佳者見寄，轉恨其懶，何不於披閲時自寫也。先生小札絶妙，幸勿遺之。頃貞甫黄公見寄廉吏傳，良佳。非先生真廉吏，何能讀。然私計經濟一途，有大詳而損神者，亦望高明稍節之，勿以累眠息也。

其八

春去年六月，奉先生醴陵書，並拜名篇母氏五十之文，又爲春序其稿，兄弟聚觀，母子色喜，手口五六日，至於旬時，以達於今，未嘗不欽儀也。其後九月鍾伯敬書到，申前篸約。春待之襄陽良久，又得其書云：先年往返萬里，頗怯車馬，改從水路。春以是故又不上篸。十二月得其遊岱信，與其詩記，以爲一快。是月也，朱無易先生觀察楚中，先枉寒河，意表舉事，而詩文突過黄初，又一快也。伯敬自是僦居金陵，旋有報書，言所委先傳，自有一副肝腸，暇便了之，可遲不可拙也。又云：見尊作老母文，不無奪氣。

今年二月，無易先生招至西菴讀書，柏路草砌，想見典則，洪山傑其左，修静寺頽其右，人馳洪山，而春念李北海故宅，撫柏徘回，莫有知其寄者。仁公聞此，當亦遥思不才趾矚乎？三月得從無易先生側，聞黔中口業，與臺司不平之言，春惟一歎而已，書生何敢深聞，且自謗自受，於先生何與哉？越十日而閩之使至矣，讀書使春感泣，覩揭使春用壯，味近詩使春神情顧眄，而膂力方將，若從舟楫於九曲之間也。

春自南嶽回，作詩絶少，今年遂不厝意，惟前與伯敬書，偶一商其進步。岱記佳矣，然山記只在升降伸縮，固有以意應，以氣應，以消息應，而不必以字句應者，此不可不參也。伯敬詩，春所不如，然有一進步焉，「元氣渾沌」以上語，止宜厚其氣而泯其跡，「之」、「而」、「於」、「以」諸虚字，還須用則擇，而多則舍，高明以爲何如？三復新詩，神理光怪，破我貧落，亦有妄效矇瞶者：筆大處容或板之，語多處容或舊之也，是即所謂未融也，世豈有未融之清新哉！若自謂清新而實得未融，敢不勉旃。

曹能始使君神韻如仙，非春輩所敢望，然其舊率處，或以爲入筆不妨耶？夫新綺之補衣，與故裳之綻縫，其不融無辨耳，請質諸曹公。今世之能究此中元運者，曹先生其人也。

去年八月，忽見舍弟元聲、元禮詩，驟成塤篪，伯敬亦稱其〔五〕……

【校】

〔一〕題　原本目録和譚合集作「奏記蔡清憲公」。

〔二〕其二起各篇標目，底本均作「又」，譚合集作「其二」、「其三」……「其八」，另一明刻本譚合集各篇均有標題，俱作「奏記蔡清憲公」。今據譚合集定標目。

〔三〕板　譚合集作「於」。

〔四〕啼鳥　譚合集作「啼鳥」。

〔五〕「伯敬亦稱其」以下文字，底本和譚合集俱缺。

【評】

譚合集評「乃知士有不必過避之嫌」幾句曰：「説文士氣脈關頭，傲然自任。」評「不肖者喜自以爲才」兩句曰：「兩者交病，然好名尤爲可耻，説得痛絶。」，評「以此轉盻之駒隙」幾句曰：「必有文章德業人，自能孜孜汲引，合説妙。」評「出入於風雅者十餘年」幾句曰：「蘇眉山表有此老氣，無此宕漾。」評「縱王曰士前」幾句曰：「必如此鎔腐爲新，始稱有韻調之文，逶迤曲折，屢入屢出而不窮。」評其二「皆伏讀深思其理」幾句曰：「非真實體貼學問人，決寫不出此意。」評其三「下馬就月觀書」句曰：「寫出每自縹緲。」評「然點畫深重切實」幾句曰：「四字書法中伯樂，連二語尤知俗情決無佳書矣。」評「覺闊遠之氣離紙許遠」二句曰：「竦然入冥。」評「惟束縛太苦」二句曰：「衹此便是諸生地獄惡輒。」評「少時所讀之書」幾句曰：「追維歎息，如悲如憤。」評「寒疲中忽有三詩」幾句曰：「瑣屑中別有意趣。」評「行書稿本」三句曰：「此八字又可作贊。」評其四「恨伯敬先一日行」二句曰：「常語每自矜異，由其筆奧。」評「蓋彼取我删」幾句曰：「立志較然不欺，故言直而用壯。」評「春與伯敬蓋厭詩之宗匠」幾句曰：「互相傳誦，不過以耳爲目，通病如此。」評「情艷詩」幾句曰：「第一惡套，今始拈出，快心。」評「然有真能動人者亦不能舍」一句曰：「畢竟虚心人，要帶眼力。」評「至於山水花木之間」幾句曰：「自闢語，説得透，使人不敢妄作詩話。」評「有煙粉之婦女」幾句曰：「奇理，思之確然。」評「蓋明公之詩」幾句曰：「贊頌俱令口頭筆頭慎重。」評「或使人躍然而起」三句曰：「無此情境，亦不煩作詩。」評「凡若此者，皆私自點閲」幾句曰：「周旋語，亦自立品。」評「況古今人作詩」三句曰：「語氣愈達愈確。」評「春若望其門」幾句曰：「言詞慷慨，有膽有識，心目間皆有爽氣。」評其五「玉華之妙」幾句曰：「窮絶深杳，恍忽莫測，思之所際，旋得而失之。」評「今古巧樸」幾句曰：「山水花木，正似文士美人，不遇知音賞識，其妙不傳，『淪落』二字説得可憐。」評「但是衫袖所拂」幾句曰：「鏗然有聲。」評「蓋同志人詩文」幾句曰：「磨礱砥礪，正在能明他人志趣。」評其六「無日不明遠深老」幾句曰：「幻入己意，雖帶訓詁，然有質氣。」評「春性不能藏物」句曰：「妙。」評其七「向求小史録新詩文」幾句曰：「偏從小事微細處波瀾一折，渺然以入，使人欣感。」評「然私計經濟一途」幾句曰：「忠告語，有精氣。」評其八「其後九月鍾伯敬書到」幾句曰：「述他人語，文氣貫串，非大手筆人，則參差不成理矣。」評「言所委先傳」幾句曰：「要作妙文，須先辨此，若草草卒事，非所以待其人其文也。」評「人馳洪山」幾句曰：「高人胸中必有一段寄托，豈他人之所能知耶？」評「然山記只在升降伸縮」幾句曰：「作文正須明體，觀此可以類推，要以從思理入者，其精神與之共見。」評「『元氣渾沌』以上語」幾句曰：「今世學兩家者，請從其所得究心一過，則無效顰之醜，而不爲兩家所擯絶矣。」評「筆大處容或板之」幾句曰：「寄情深遠，故能時出其意以警告人。」

譚元春集卷第二十八　鵠灣集九

書啓

奉郡尊葉公玉壺書〔一〕

謹白箋：春兩年來營治十畝，已督率耕牛爲太平農人，兼借柘陰柳影〔二〕，賫一卷自隨，待粳秫上倉，於冬春閒月，放懷山水，學古人經旬不返之跡，部署已定。非爲高潔可慕，止以八比制科，本非真好，不過因功名所在，勉强爲之，今又屢試不第，横以此得罪，自嘆年命有盡，何苦爲此？芒屨扁舟，便可逍遥許時，不枉作一世人，初願如此而已。晉人有云：無官者多矣，豈皆高士乎？論者便以春爲慕高士，此便不然也。

殘冬遠歸，弟生員元聲、元禮詳述祖臺相念相援之意，惓惓欵欵，衆中不名，里黨榮之。今年正月，表兄李長叔先生又傳祖臺徵及行藏，爲之慚感。夫勾萌之被折，胎卵之遂破，欲自以爲芝草翠禽，無由得見，而況其五石之瓠，不才之雁，已見於前事矣。雖平日親厚甚者，賢者止於永嘆，不智者因而竊笑。求其無一日之知，有君民之隔，又缺拜謁之禮，而忽焉增榮益觀〔三〕，獎助無已，此在古人亦不易得。春竊自念，雖無才而襪綫之才尚未盡，雖有興而進取之興則已敗，既不入珊瑚之網，又已驚虞人之弦，其爲廢匿，夫復何尤？而且數載之前，矢盟丘壑，出場已往，謝絶巾衫，初非無聊而强處乎此，又偶有感而忽動於中，此則區區動静不一，遠遯逸士之明徵也。但既翩翩而去，又貿貿然來，與諸生角藝一堂之上，心面相觸，筆硯相向，誰爲爲之？誰令聽之？春雖無良，不至顔厚若此。所以悟窮達之有命，窺捷徑之無益，以途中逃雨之身，聽物外浮煙之遭，或驤首以報知己，或鴻飛以答故人，酬知原非一途，感恩則甚淺矣。自傳諭以來，母弟私語，踟躕旬月，而肝腸所在，嘿嘿不可，始作一詩十二韻，與其舊稿呈上教政，以見春之守義安卑，無裾可曳，非敢頑鈍疏放，止以游惰，自處於戮民也。春再拜。

【校】

〔一〕題　玉壺　原作「玉壷」，據康熙安陸府志改。志稱：葉官，字玉壺，浙江金華人。天啓間以進士知承天府（即安陸），崇禎四年任荆西守道。又據康熙金華府志，葉官，字讓卿，金華人，萬曆三十八年進士。曾知承天，三年考滿，擢三楚督學使，告歸，起爲荆西道，歲餘升山東大參，赴任，卒。

〔二〕柘　譚合集作「析」。

〔三〕觀　譚合集作「甚」。

【評】

譚合集評開頭幾句曰：「上郡尊書，必以此蕭疏澹蕩始之。豈惟其文哉，其人斯在。」評「數載之前，矢盟丘壑」幾句曰：「言之酸心，不知何戀而輒繫情於此，中夜自思，亦復不解。」

甲子夏答袁述之書〔一〕

方坐桐陰中，兄書忽至。反覆之感難盡日，真如兄所云然，弟素無好興，昨行京都，益觸其倦，又讀兄書，一身之倦，不足言也。子美云「文武衣冠異昔時」，弟竊以爲人物仍舊，而破舟漏屋之氣，行於其中，不可結構，此吾輩林麓之日也。而頃者凶饑告於閭里，生平不筭米鹽之人，不得不日問有亡，稽其甑釜鍾庾之數，雖妻妾未敢怒，然而目笑之矣，誰謂主翁曠者？黔楚輔車也，勢足以相及。即其勢旦夕未足以相及，而凶饑之禍，究將爲亂。無論凶饑之究且爲亂，而眼前凶饑已是一亂。前日黔兵偶敗，主之者吾蔡司馬也。憂之甚，聞其後放歸，則又喜之甚。即以弟一人，其憂其喜，皆以蔡司馬故，而西南之不可爲，又若其不甚切者。天下之人，皆此一私心而已矣，其何能爲？

述之有志於當世久且深矣，請勿憒勿怠。憒傷氣，怠傷志。有此則並不足以自立，而無此則並可以救物。即晉宋諸君子，清言之佳者，理學之真者，皆其不憒不怠者耳。但人固有時與命，孔子終年窮忙，伯夷之無聊忍餓，可謂不遭矣，而昔人云：「奔車下無仲尼，覆舟上無伯夷。」將誰欺也？弟以爲瑗僑諸君子治世，亦是孔子快心事，太公望治世，亦是伯夷快心事，述之念此至熟也。何時真過吾林屋，夜半同宿，共聞寒河鷄聲乎？弟鼾鼾熟睡時，萬勿蹴我耳。一笑。

【校】

〔一〕目録題作「甲子夏答袁述之」。

【評】

譚合集評「無論凶饑之究且爲亂」二句曰：「至語。」評「天下之人，皆此一私心而已矣」句曰：「痛心至語。」評「即晉宋諸君子」幾句曰：「達觀於古，使人不敢再説清言誤事，理學黨敗矣。」評「奔車下無仲尼」幾句曰：「每將古人評品較量，其精誠即與之上下，可想其曠懷朗識。」

答袁述之〔一〕

弟今春徂夏，讀書江夏西庵，暗柏疏林，想見李北海捨宅爲寺之意，萬情不興，惟文章一道，則不敢不以爲可傳。修静寺頽然瓦甍耳，「我家北海宅，作寺漢江濱」，非文章傳之哉！弟輩雖張口肆力，空取標持而已。

君家先生所處之地，所謂天下莫不與也，弟輩今日所謂孰能與之也。嘗謂愛古人者，絶不宜護其短，傳世者之精神，其佳妙者，原不能定爲何處，在後人各以心目合之，而若其所不足，人當指爲疵纇者，夫安知後世之傳不即在此？而又安知古人所以堅取後世名者不明，留此一段以發其所議，而因以傳其佳妙耶？無論古人之深遠，與近日君家先生之靈奇，必有出於此者。即濟南諸公，自有所以開人之議，與以議而留天下後世之名，夫豈苟也乎哉？此不實致力於文事，不回旋於今古之變，決不知有謏人人益卑、謗佛佛益尊之權理也。

如弟與君家先生，恨未常納交，然得與吾兄爲知己，則亦有通家之道。所以不掩其疵纇，益成其靈奇者，若或交之也耳。夫推尊人以成己之高，有之矣，詆訶不可朽之前輩，以成一敢説人、能説人之聲，雖愚者知其不可。述之奇士，弟輩肝鬲行逕，不可謂知之淺矣，而嘵嘵致辨者，凡以爲文章之道，疑義當析，既於此深入，豈肯浮愛其親？且君家先生神靈炯炯，決與弟輩相關，豈肯虚就世上之浮名，而不信弟輩爲真愛者哉？

每對人及書札中，即稱中郎有子奇絶，每向人誦爲人子，豈便爲人奴語，無不稱快。今書中又有「不欲效顰先世，反辱前休」，及「上賴繩削，以佐袁氏威儀」等語，決知吾述之爲尊先生所瞑目矣。今人所云云，是以庸人待尊先生也，尊先生決恨之無疑也。聰明才人，同是天地所私，豈肯復作異同，與造化相反哉？亦惟省之念之而已。

【校】

〔一〕題　譚合集作「答袁述之書」。

【評】

譚合集評「夫安知後世之傳不即在此」句曰：「投梭嗜痂，亦有何佳，而輒留一事以爲後人津津也。」評「即濟南諸公」幾句曰：「決不肯没此段苦心。」評「此不實致力於文事」幾句曰：「偏是不實落作文事人隨聲附和，可耻可惡。」評「詆訶不可朽之前輩」幾句曰：「岸然自任，正使文章之道光而前輩之名尊。」評「既於此深入」二句曰：「愛人以德，正在交勉。」評「且君家先生神靈炯炯」幾句曰：「不欺不妄，肝膽如見。」

又答袁述之〔一〕

古人無不奇文字，然所謂「奇」者，漠漠皆有真氣。弟近日止得潛心莊子一書，如「解牛」何事也，而乃曰「依乎天理」；「淵」何物也，而乃曰「默」；「惑」有何可鍾也，而乃曰「以二缶鐘惑」。推此類具思之，真使人卓然自立於靈明洞達之中。莊子曰：「言隱於榮華。」又曰：「高言不止於衆人之心。」今日之務，惟使言不敢隱，又不得不止於吾心足矣。半年中，承使書兩至，真古人舉動。辱惠孫漢陽花卉，久欲致之，而不可得者，李祠部絳學碑記，叙事造語之妙，若生若脱，可以爲法，弟反謂書法不及耳。

【校】

〔一〕題原作「又」，目録作「又答袁述之」，譚合集作「答袁述之書」，今據目録定題。

【評】

譚合集評「推此類具思之」幾句曰：「習而不察者偶思而忽得之，此以知卓然之妙也。」評「今日之務」幾句曰：「如何靈活，使人勃勃欲動。」

答鍾伯敬書〔一〕

曾見兄於骨肉之變，不哭而神傷，不傷而神寒，今最後又遭此一慘，私用爲憂。

七月二十九日，往迎叔静之柩，得兄書，始知近日看内典，誦佛號，一月之中，齋食十五日，即吴姬亦已長齋，不食鹽酪，率其家人寫經誦經，不以死者爲可傷，以生者爲當悟，此實福實慧也。但往往見文人談禪，皆是前生帶來種子，一生汩没聰明中不得出，後來欲以生死大事、性命妙理了其聰明之案，供其聰明之用，悟雖若近於祖師，修或不及乎凡夫。凡夫者，其聰明常不足一日一事之用，胸中無一物先爲之地，止知有誦經寫經。誦之既專，寫之既苦，爲佛子所憫，爲福慧所依，間一往來，根據於身心之中，雖不成佛，亦自得力，每於死時見小效驗無爽者。若文人薰修，非不篤實專壹，以成佛爲期，而不知我之篤實專壹，必欲以成佛爲期者，是其聰明之所爲也。真聰明之所爲，能使己不用聰明，而但恐聰明與福慧雜居，不用聰明之意，又與聰明雜居，有時福慧來，而未免有一習見習聞之物，亦如琉璃光與之相參相映，相爲無窮。則其寫經也，最便於文人之手，其誦之也，便於文人之口，而其薰修苦行，身土相參也，便於文人之志氣才力。聰明之用日新而不已，聰明之局欲結而未能，而生於聰明而死於聰明而已矣。至於死而從前以成佛爲期之願有所不暇遂，其傷生惜死之態，反不及凡夫之從容者，豈不篤實專一，期於成佛者哉？而死多如此，何能無愧。

弟自西湖歸，已斷殺，終日侍老母病，此心澹然，居簡行簡。又見叔静客死，徐九郎一夕暴卒，因思世界之治不治，文章之法不法，游止之快不快，竹木之秀不秀，鬼神之靈不靈，日月星辰之變不變，總無一關切。而猶有敬身醒眼，閒步朗懷，不敢自蹈於非禮之動、自蹈於有戾之物者〔二〕，以爲不如是，無以畢我二三十年、一二十年中有生之味趣耳。其實來生因緣，超度人天，似當不出乎此，不宜僕僕合掌，跏趺枯槁〔三〕，使我不可思之寂樂，反驅使於不能已之聰明。是則區區弟所以爲吾子助也。至於姬妾長齋，禮佛誦經，亦是添顔着色，取憐生愛之第一事也，遂欲以朝雲之書經，爲麗家之法侶，何其拘哉！

與兄常别，惟今年無日不相憶。如知山之人，門前有佳山反忘之，常勸其清晨開窗時，即須精神警動，作此山不易得想，便日日門前受用此山，且不枉知山人生在山前矣〔四〕。記去年湖上聞子將問及伯敬，予答之曰：「伯敬者，不是朋友，直是終日拿來受用者耳。」嗚乎！遍天下皆朋友也，誰知受用哉？

【校】

〔一〕目録題作「答鍾伯敬」。

〔二〕「自蹈於有戾之物」句中之「蹈」字，鵠灣集卷七告亡友文篇引本文，作「陷」。

〔三〕跏趺　原作「跏跌」，據文義改。

〔四〕枉　原作「柱」，據譚合集改。

【評】

譚合集評「往往見文人談禪」幾句曰：「文士學佛，最不親切者，正以聰明横據於先也，上乘落魔，下乘如戲，此卻盡其病□。」評「誦之既專」幾句曰：「佛與凡夫相接，只是專苦，直捷得妙。」評「雖不成佛，亦自得力」幾句曰：「既已得力，何必成佛，何患不成佛。」評「聰明之用日新而不已」幾句曰：「終身畢世，歷劫多生而不能作佛者，此也。」評「反不及凡夫之從容者」幾句曰：「清夜晨鐘，是人皆當發深省矣。」評「而猶有敬身醒眼」幾句曰：「真得力，真受用，時時學佛，即時時是佛矣。」評「如知山之人」幾句曰：「習厭習忘，總是精神不警動耳，拈出妙。」評篇末幾句曰：「歎息深永，令其自悟。」

與茅止生書〔一〕

往辱足下作楚二嶽序，其歸也，日日讀之。又所示武備志、香魂集二序，日日想服之甚矣。足下能古文也。愈日日思之，古文之道，莫有講者，欲不思，足下何可得？然使足下意加虚，神加静，與人處加温克，而又減無用之名，減無用之應接，減似有用、實無用之意氣，減可以用、不必即用之經濟，至於粗之減聲色，精之減筆墨，即其所爲止生也一增損焉，古文在是，古人在是矣。

去年弟亦草草接物，未暇有所深言，自西湖、苕上回，山水發其確然之識，别離悵其確然之情，始自悔與足下交，雖未唯諾，亦少直亮，雖未有豪髮似其人之客於外，裘葛未易，餐館未穩，舟車未將，無主人則鬱鬱，有主人則揚揚，而無以報止生，因譽止生之文章第一、人第一者，然亦未能盡似古人，於文章可賞、人可欽之處，且不須言，而先勸其增損於止生之内外也。

宋子獻孺真朋友，弟略以此意托致數語，足下乃毅然從之。書來甚以爲是。然則足下之所厭，乃在無以報止生，而以一譽塞其報者，而所毅然從者，乃在乎此也，何敢不遂盡其説？既盡其説矣，將無初以爲是而旋復誅之者乎？我知茅子者能古文，又古人其志者也，豈有是哉？

【校】

〔一〕目録題作「與茅止生」。

【評】

譚合集評「然使足下意加虛」幾句曰：「止生一生都盡然已在其目中矣。」評「而先勸其增損於止生之内外」句曰：「法言而巽出之。」

答劉同人書〔一〕

同人足下：得兄書，所以教我者甚至。欲我上尋性命不易之理，次究著述千秋之業，微彰妙詣，盡此二語。僕直奉而行之耳，有何説哉？但性命之理，癡黠不能盡，人偶有所見，亦是聰明業種，非關太始。夫晉人所謂亹亹之處皆龍肉也，即子瞻所謂猪肉亦龍肉也，自以爲啖，而不知其已墮於談，古今相欺以至於盡，可不大哀耶？惟生來有志於述作，不敢不盡心。初年求之於神骨，逾數年乃求之於氣格，又數年乃求之於詞章。前後緩急難易加減之候，惟己得用之，故常以此爲快。如有一醫者，自以爲起病，而參术二陳、粱肉之序，絶與人用之不同。想其用淺也，反如衆人之用深；其置輕也，反如衆人之置重，亦必有所見焉。至於進取一途，本其所熱，而性不耐煩，輕就易去。又所見人世君子，皆以勞役博科名，以恥辱博三公，以負心之事博義稱，以人之死博安常，抑其心之所熱以就冰雪，曰：「何必富貴乎？」而天分不高，屢抑屢起，始知僞隱者之亦難，真不仕者之果爲奇士也。念自有所動，此豈待人勸哉？但高興爲之不妨，高興止之亦可，唐人所謂行藏由興不由身，僕今者蓋用之矣。

同人足下，僕素心儀，以爲才大而品堅，昨舍弟相依之久，益信斯語之不妄，文正、文成之間，幸惟努力，道子學畫，惠之學塑，各勿失時而已。戊午之疏，邀惠朝賢，得使蒹葭倚玉，直一笑置之耳。偶遇此焚琴煮鶴之事，當如不見不聞，苟真有破胎殺卵之心，任彼自作自受。兄以爲何如？我與絅卿、同人氣類相合，豈因同舟遇風，方思親信？況所謂同舟者，不過小兒輩剪一葉紙戲作艓子，覆之溷渠間耳，有何遇風哉！今年一步未出門，明年相思，便當圖晤也。

【校】

〔一〕目録題作「答劉同人」。

【評】

譚合集評「但性命之理，癡黠不能盡」幾句曰：「可見性命之理，決非容易妄窺。」評「前後緩急難易」幾句曰：「甘苦次序，必深於爲文而後知之。」評「又所見人世君子」句曰：「此輩事歷歷在目，真使人代爲不堪。」評「何必富貴乎」幾句曰：「述其無可奈何之詞，無可立腳處。」評「偶遇此焚琴煮鶴之事」幾句曰：「爲世間奇人，必受此一種摧抑事，畢竟以静養鎮之，使俗人無所措手。」評「況所謂同舟者」句曰：「達識直以爲戲。」

答韓求仲書〔一〕

西泠橋上之遊泛，志和宅畔之眠餐，忽忽且十年矣。其間桑谿蘆岸，磬煙漁火，每一年率三四夢至其地，況於大君子傾筐之愛，着屐之歡，手板看山，兩槳打水，其爲思憶，自成顛倒。尊札飛來，笑與忭會，忘其身之伏草土也。賀則及之，翻用爲賻，元春拜焉。書云傖夫吐舌如箕，歷年奎光，偏破雲霧而出，自是知己快論。然豈知婺星匿彩，而翼軫之間，仍如潑墨，此亦章惇所爲耶？我輩從此悟去，亦可以放懷寥廓之外矣。

去秋臨場，見家僮買芒屩回，不覺自哂。適夏長卿兄到門，首訊動止，送之以詩云：「爾舅家弁山，十年無一字。草鞋見試官，不可謂憔悴。」然而此中憔悴極矣。生平知音如敬夫、伯敬，俱先淪泉壤。身亦顛毛蕩然，左車牙豁去，改頭换面，猶不離臭帑。終年如野馬奔塵，渴愛疲勞，不能一再過吳興、虎林，尋舊遊於空冥澹冶之鄉。雖然，當以勇行之，明年辦青鞋布襪，遍遊吳越，擊空明而叩寂寞，决當從苕上始矣。甲子晤彦直於燕。惟長蘅、子將、印持、孟陽、令則、君常輩，作十年别，如何可言。明公晤諸君，皆以遊期告之。談梅口酸，能無津津？鄭澹石不久當通書爲言令則，且告以尊指緇衣當篤，非惟杵臼情深也。

前見文問增補最妙，所益拙作二篇，評語過飾，足知故人念我也。舍弟惟元方一人以甲子俊，而元聲字遠韻、元禮字服膺，才格尤岳岳。家有殊色，不致玉帛，而老女懶婦媒妁屬於道，亦事之可笑者，不可不令明公知也。

兩小阮並賢公子近如何？公子齠年訪我於舟，只如昨日耳。

【校】

〔一〕目録題作「答韓求仲」。

【評】

譚合集評開頭幾句曰：「輕描淡寫，有數重情想在内，直不得，曲不得，聊寄之景物耳。」評「此亦章惇所爲耶」句曰：「怨語宛動。」評「當以勇行之」句曰：「簡語，自令人想。」評「家有殊色」幾句曰：「四句無『而』字、『於』字，即如易林中語言。」評篇末二句曰：「悠然如雲行水動。」

與鍾居易〔一〕

足下來札，欲僕爲令兄志墓，俟文成即書一通，覓佳石刻之，以傳天下，或至來世，使兩人精神如金光聚。非足下不能發此想。僕此一篇文字，不須伸紙和墨，仰屋運思，已自有一篇全文，汩汩然隨汩踪而出矣。生平知己，無少長顯晦、離合譽咎，亦並無東野爲雲我爲龍之分，亦並不借天地山川、東西南北作車笠俗證者，獨令兄一人爾。令兄詩云：「庶幾夙夜，惟予與汝。」今既生死路乖，自令兄魂魄而外，惟足下可知之，其他固無用取知也。志銘當求要人高官，取重幽明，然亦決知非令兄高穆之性，故吾與足下，決意作此一篇文字，用投逝者私好耳。

倪雲林畫是令兄生平寶愛，以足下有道氣，又雅知畫，臨終付囑收藏，是僕所親見，今乃損以見予，僕出入負攜，即用其畫作先賢雲林、先友伯敬二祠香火矣，敬下四拜，拜二公焉。但此畫入好事家，立致十萬，徒手坐獲，恐貪豪成慾，輒用三萬錢，奉足下爲懺度飯僧之資，此亦如置祠邊香火田二十五畝也。如何？如何？

【校】

〔一〕自本篇起，底本僅存目録，正文已脱。今據譚合集補與鍾居易、答池直夫、答金正希、答李長叔表叔表兄四篇。據底本目録，還應有甲子冬與金正希、答蔡仁夫、與馬仲良三篇，底本脱文，譚合集亦未收。但底本目録似殘缺不全，疑還有缺佚文。題譚合集目録作「與鍾居易書」。

【評】

譚合集評「不須伸紙和墨」幾句曰：「真朋友平日已具一篇全文矣，粗心人不察，必待仰屋運思耳。」評「自令兄魂魄而外」幾句曰：「淵源得妙。」評「志銘當求要人高官」幾句曰：「正在發此一段，始不愧真朋友。」

答池直夫〔一〕

蔡先生不輕許人，不苟作緣於人，每見詩文中輒有池直夫，心固已異之。洪爾蕃來京，遍覓所謂竟陵譚子者，而投之書，與玉屏、南參諸集，則故直夫也。今蔡先生死，含淚開蔡仁夫書，讀未竟，而使者又致一書，則又直夫也。閩、楚、吳、燕間，萬里只如一步耳。吾兄才格，既不可梯接，而志氣深勇幽邈，又迥非今人所趨舍。元春行天下得此，於人蓋寡矣。意者直夫信蔡先生過篤，猒凡庸人過甚，而遂寬求於我耶？乃讀見贈佳詩，以文人之筆，發有道之言，不惟鍾、蔡諸公悔知見之琢年，千古才哲同時汗落。有識如此，而弟猶不能信直夫之真知我，則過也。

弟於福慧，總無分毫，加以學道之念不力，不恒見直夫，寄内書既鄙其婦行，自鄙也。直夫所居海島山麓之奇，使人神往，弟住處寂莫之濱耳。然古人獨吟閒釣，每亦思如此地而不可得，以是亦覺心安。回思少年時，有作高奇詩古文之志，後來師友扶持，並有類奇士高人之性情，今皆茫無一效，與鞭影俱亂。直夫明年早來京都，見我祇是一庸人耳，切莫作竟陵譚子千奇百怪想也。

窮鄉下里，無以相寄，作得一詩，書之扇，又書之册，又書之紙，如小家人蔬豉魚菽，設了重設，豈不可笑。弟長安答書，倉卒草數字付爾蕃，本無可觀，今既爲致書者所失，直夫又必欲觀之，因以其稿録往。

【校】

〔一〕譚合集目録題作「答池直夫書」。

【評】

譚合集評開頭幾句曰：「以蔡先生故，愕然起敬，詩文之於人大矣。」評「元春行天下」二句曰：「虚揣得更深更妙。」評「然古人獨吟閒釣」幾句曰：「落筆一興思，必以古人自期，此譚子所以爲譚子也。」評「回首少年時」幾句曰：「必從人情語説來，不肯昧心。」評「如小家人蔬豉魚菽」幾句曰：「謔語妙有疏致，有高致。」

答金正希〔一〕

兩得吾兄書，汗出斗許。弟胸中雖有灑灑落落之趣，與世人入名利恩愛而不得出、入嗔恚熱惱而不得出者，似乎有間。尋常厭人沾泥帶水，喜一過而忘之。故伯敬諸子取其根器，而恨其不肯學道。

弟之不能學道，在弱而好弄，老而不衰。生平貪戀光景，極知光景朝暮更換，而實有所不能舍也。又見學道人愛官與我同，愛財與我同，愛色與我同，愛交遊玩好與我同，而自以爲學道。不知我不學道，又在何處？及迫而問之，則曰：「此何礙於道？子真不知道矣。」弟愈不服其言。彼沾泥帶水，而我灑灑落落。沾泥帶水者，而責灑灑落落者爲不知道，宜其不相下而生退心也。乃出自吾兄，則實修實證，無所大戀戀於世，而忍得住，苦得慣矣。伸手接引，含淚下棒，弟獨何心，自甘昏浮？但不知兄所謂一刀了割者是何刀法，一刀遂了者是何了手。兄於所爲看經持咒，參禪念佛，必當從一門深入。我輩亦有清静時，萬念歇下，覺此事不謬，而少頃事煩人雜，可笑可樂，神疲力倦，性命無歸，未嘗不悔，而卒無一法遠此塵垢。「野火燒不盡，春風吹又生」，是此雜念真境。遠公以謝康樂有雜念，不許入社，弟嘗舉以自恨。而公安王以明累書相責，則言無雜念不可學道。添我迷惑，莫如此語。

畢竟是正希急急討個了絶爲是，而不知何從便得了絶，則請正希示我一路。雖然，學道未有不苦。楞嚴云：菩提涅槃，尚在遥遠。非汝歷劫，辛勤修持，雖復憶持，十方如來，十二部經，清浄妙理，如恒河沙，只益戲論。正希新官翰林，文章人品，卓然一時，而此心斤斤悶悶，絶不知有數者之美，可謂能苦矣。弟則有不能者，雖不至取其光焰以自加，而未嘗不資其津潤以自美。方有惟恐其苦之意焉，而欲以學道，豈不疏乎？且不知正希官翰林，文章品格，卓然一時，而學道之人，果真無礙於是否？雜念果盡割絶否？反而求之，千萬再以報我也。弟非無知，强相排抵，亦實實求一消息於有道耳。至是而弟之通身又汗出矣。

【校】

〔一〕譚合集目録題作「答金正希書」。

【評】

譚合集評「尋常厭人沾泥帶水」幾句曰：「此是真學問受用處，誰謂不學道也？」評「又見學道人愛官與我同」幾句曰：「借身説法，直欲唤醒此輩。」評「及迫而問之」幾句曰：「酷似此輩支吾口吻。」評「無所大戀戀於世」幾句曰：「學道入手處，真得力處全在此。」評「不知兄所謂一刀了割者是何刀法」句曰：「學道中最多含糊語，此類是也。」評「神疲力倦」幾句曰：「似此語皆是嘔心向人，不但急求自悟，抑且急求人悟矣。」評「而公安王以明累書相責」幾句曰：「亦是有工夫語。」評「雖不至取其光焰以自加」幾句曰：「真實老靠語，不欲使人乘其間隙。」

答李長叔表兄〔一〕

入城到門，冀可一見，吐數月之懷，乃聞湖頭水嬉，徙倚堂前，良久乃去。

昨拜手書累紙，反覆研硃，欣感交集。知己之言，吾以愧於心也。

不才村居寡歡，喜人至止。剥啄相續，物竭神憊，主人方欲寢息，而客子猶陳悃未休，投牽繫纜，其意皆出於客，殊增厭恚。又平嘗好爲人涉筆，作紙箑數字，而知與不知，固來相强，敗楮退筆，率滿床几，刻期追索，有如逋負。虚火攻中，對飯不食。常自思惟：日月逝於上，體貌衰於下，前有未了之事，現有當卜之歡，而枉費精神，供人一刻之求，真有何益？不如已之。已之不信，遂刻作一札，有來乞者，舉以塞之，此既一事矣。惟是性本樸率，無思無營，與人無争，高人衣鉢，似欲傳燈，而且村中林水幽翳，舟車草野，門無人門，閨無人閨，長衫累日不着，禿衿小袖，行過兄弟家，如東皋隔河故事，蕭遠不羈，恐城中大人君子猶未免相羡也。

昨偶作六言詩云：「家添鶴鹿三口，僧與琴書半船。問古人中孰比？野夫行徑多偏。」近狀如是，聊呈一笑。

【校】

〔一〕譚合集目録題作「答李長叔表兄書」。

【評】

譚合集評「剥啄相續」幾句曰：「與程曉嘲熱客詩相輔而行。」評「日月逝於上」幾句曰：「極言説到，可憐可惜，真不可以此易彼。」評「長衫累日不着」幾句曰：「行徑蕭疏，真有不衫不履之況。」評「恐城中大人君子」句曰：「驕奢得趣。」

甲子冬與金正希

答蔡仁夫

與馬仲良

【校】

以上三文原脱，姑存目。

譚元春集卷第二十九

雜著

先隱園題門説 乙丑歲客武陵作〔一〕

天啓乙丑十月，予訪中丞楊公修齡於武陵，蓋十年之約也。公於家園山水，真能欣欣然樂之不倦。因思從來佳山好水、靈窟奥區，數百年中必生一人，與之相得，如楊公其人者。

公忽告我曰：「吾性落落然，頹唐自放，凡詩文仙佛琴酒俱不深，而皆有以自得，亦似不必深者。但苦俗下嬲我不置。户外之屨，聞之而顰蹙；案上之箋，對之而太息。顔氏曰：『腸不可冷，腹不可熱。』吾所苦腸熱耳。今幸落籍閒居，以君父之餘恩，爲朋友而受過，管領江山，廓清昏曉。不杜門而客自謝，不絶交而游自息。吾事濟矣，子能賀我乎？」予笑曰：「武陵山水清遠，公適生是鄉。妻子可以當梅鶴，子父可以當金蘭。閒則入山中，棲神竦聽；倦則好樓居，登高望遠。煙暮嵐朝，琴心酒德。書重經史，友商老莊。非獨公樂山水，山水數百年中，所歷奇人魁士，無此相得，今日始爲公一逐俗客耳。此山水之靈，公何得受賀？」因大笑不已。

【校】

〔一〕本卷均輯自譚合集卷十四，現存鵠灣集中無。

【評】

譚合集評「因思從來佳水好水」幾句曰：「靈境奇人相爲終始，決不肯寂莫甘老畢其一生。」評「不杜門而客自謝」幾句曰：「情性本自和平，故不作矯情立節事。」

二杖説

郭子聖僕有二竹杖焉。其一純白而種方，吴公匏菴手自刻銘；其一甚圓，質似常竹，然光瑩皆可鑒。自二杖鏗鏗然出於爪甲也，凡所用之歲時，用之者之精神，童僕之敬慧，主人之間無事，乍若見於仿佛光輝之中。

予客南都，過郭子。郭子潔蔬食，出法書、唐硯、佳筆、舊紙墨相愛樂，而自提一杖，欹側散緩於其旁，時以袖指，優游之，惟恐傷。偶入市訪人，曳一杖自隨。遇其日所用之杖，或方或圓，俱若有意者。與人相見，令童子接杖，然後揖。予謂郭子形僻而性獨，當恒接於其前，以救酬對之太泛也；當恒與之坐起，以救人之面目太熟近也。而郭子則非其杖不出，杖亦若有助焉爾。

予歸楚，郭子送之舟，再拜曰：「方竹杖得之金一甫，圓者爲丹泉周叟所貽。二老者皆年七八十，不留以自扶衰，肯贈我。我守之至死，以報二老尚不足。願爲我明其意，使巧奪者塞望。」夫苟明此意，以塞人之望，有餘矣。然郭子之與其杖也，相依如家人，相嗜悅如田宅美女，相發如神理，相得如朋友之無所爲而交深者。即杖之出於匏菴與匏菴之自爲銘，皆非其所重，決不盡以二老者故。維予曷敢隱諸？乃歌而別之曰：

子涼涼，非二杖，疇發其光。子踽踽，惟二杖，宜與處。

【評】

譚合集評「自二杖鏗鏗然出於爪甲也」幾句曰：「凡習用之物，必如神理相鼓動，而後乃爲物之真遇，二杖得所用矣。」評「而郭子則非其杖不出」幾句曰：「情至深者，對瑣事說入更爲親切。」評「即杖之出於匏菴」幾句曰：「破盡人愛樂古董念頭。」

女山人説

山人者，客之挾薄技，問舟車於四方者之號也。予曾入小巷，訪所謂瀾如女子者，門户簾幕不可識辨。問之巷口人，皆曰：「子問山人乎？此門中是也。」予始怳然。

瀾如善貌蘭，通書，粗知韻事，與一時素士交處，故一巷中相與「山人」之，似贊似嘲。此俱無足論。獨念世之爲山人者，歲月老於車馬名刺之間，案無帙書，時時落筆，吟嘯自得，而好彈射他人，有本之語，口舌眉睫，若天生是屬囑噉人者。雖其中多賢者，然天下人望而穢其名者久矣。而今以其名集瀾如，瀾如樂而受之。户外之屐，來求一觀山人，各當其意去。退而省其私，或自厭其尾瑣之言，輕其錢穀之好，陳其篋笥之書，亦有以迴旋其面目，曰：「吾不如女山人。」

由是觀之，山人固以喪風雅之名，而女子反以存山人之實，則何也？山人之名實，未嘗不美，吾又不敢以男女之跡，論惠中之人。韓昌黎稱秀外而惠中，今吾友在草莽者非一人，有秀外而惠中者焉，是亦男子之瀾如也，吾仍爲存其山人之實而去其名，使無射於世，吾何吝焉？

金十公、劉同人俾予爲説，堅瀾如所尚。予之説固如此。

【評】

譚合集評「獨念世之爲山人者」幾句曰：「面目神情，無一不刻肖而出之，而毒刺狠罵，使此輩無所容身，由其辱身賤行自遭自受，非關言者之簿。」評「由是觀之」幾句曰：「無品與有品，各自不侔，然終不可以求其名而並居其實也。」

五華别號記

名山與奇人相關久矣。宗生四壁之間，尚子婚嫁之後，或卧焉而深好，或好焉而遠遊，亦有寄情山水，而自名其齋，自署其號者。然皆枕巖漱流，保其枯槁，討松桂，訪薜蘿，空老於角巾鹿裘、青鞋布襪之中，造物者亦若聽其所之而不爲之主。惟用世之人，奇情異才，慧業天成。其墮地時，已如巨霧贔屭，高掌遠蹠，森森然有華峰之奇矣。懶瓚撥灰而知其命，石馬缺耳而定其數。心存目往，足歷身經，以至一名一號，造物皆若爲之巧相位置，不可思議。同在人天之內，而獨有天人之稱，良不誣也。

吾邑有五華山，而楊公五華先生，初即以是爲號，事良奇。公治吾邑，悃愊清静，更鼓分明。吏散鳥啼之朝，網間魚樂之夕，時與韻士商及雲霞煙嵐，如帶香氣。一日過風后之區，尋墨池之跡，登高望遠，三澨環匝，而後自驚其身之在五華也，顧謂門人熊子輩曰：「羊叔子之峴山，蘇長公之赤壁，皆宦楚而與楚山有緣者也。然其奇豈至此乎？」

門人退而告不肖春，春躍然喜曰：「吾邑雖有清淑之氣，而苦於無山。幸有是山，蜿蟺磅礴而鬱積。且以神農之國，不能使其必傳，而托於公之號以傳，是即造物所以傳是山之道也。予觀杜光庭所記十大洞天，皆有仙真以治之，如王褒、葛洪、王方平、司馬季主之屬，各領一洞，則皆人間奇情異才人也。今我公秋神玉骨，固不讓王褒輩，則吾邑五華，亦何必不是王屋、委羽諸洞乎？」客復有疑者，問：「長兹土者多矣，何獨公先署號？」予笑而不答，但吟杜老詩云：「自是君身有仙骨，世人那得知其故。」

【評】譚合集評「空老於角巾鹿裘」幾句曰：「説得閒散，人天原不以之爲輕重。」評「以至一名一號」幾句曰：「山川鍾爲奇人，奇人乃傳山川，兩相鼓吹，止令非其人者自愧悔耳。」

跋白兆山桃花巖詩爲禧公募藏

此李太白安陸白兆山桃花巖寄劉侍御綰者也。禧公募北藏，自丙辰發心發足，迄於今壬戌，凡七年者，即其地也。予戊午見之於郢中，辛酉見之於鄂城，今年又至予家。其願力猶未就，其足尚不襪，將由此之南之北，坐立門廡，其心彌以堅，其言其貌，依然戊午郢中禧公也。

夫士君子聞山靈之深美，前賢之所遊息，涉人世之浮幻，悟前後生之必有歸，豈真以一慳自取淪墜？富人子取財縱有道，然守千萬，慎受享，必思所以處之。處之之道利用消，消之足以無咎，而獲福莫如空門，又豈真以一慳罷？豈能見汲汲爲法奔走不休者，恬然觀其苦，聽其去來，而毫不爲動？不過曰：「此汲汲苦行不休者，豈誠爲法？淺者没於利，深者尸於名耳。而我又捨其所甚愛，以資其業，是業由我也。」故大夫士氓終不肯以業易慳，其説幾無以破之。

有禧公之可寒可饑可辱可七年者，其人之不能爲利名而造業也，亦明矣。親見其人饑寒困辱七年，而其施猶未之或力，毋乃真有所慳與？禧公蹙然曰：「僧何敢以一字限人？僧之不誠，僧之罪也。」於是爲書太白桃花巖詩而往曰：「即此山靈，前賢亦可以感人，無論僧矣。」

【評】

譚合集評「予戊午見之於郢中」幾句曰：「即歷叙常語，其氣凡幾頓，故讀之氣塞，而情有所不可止，可以得其中之所量。」

自跋禧公卷

崇禎庚午仲夏，予適樂静居。禧公復過我，肩一木似椸狀，四用青油幕，鉢瓶巾篦具在，而置疏卷薦書其頂，匿之幔中。次第取觀，居然一茆庵也。肩入予隘巷，下幔匡坐。中宵雷雨作，予請其移榻亭子，摇手不從，曰：「是中甚好，是中甚好！」明旦欲别去，予留之，則大笑曰：「吾爲藏經走燕，走州郡，十五年無成，安得在汝家修竹茂林下閒住？」

予聞之愧，汗流至踵。如予者，不作人間一正事，祇愛在修竹茂林下，偃仰如死尸者也。急令家中人，給以米數升，青蚨五十文，自寫一書，與黄宗之。非宗之莫有信予爲真愧者。

【評】

譚合集評「予留之」幾句曰：「以他人警動而警動於己，復以己所警動而警動他人，總是聖賢一副真切念頭，無人我相，而後願力得充滿無漏。」

湘署跋程子小文

予入湘，謁蜀陳師，與其鄉程君飲署中，甚快，因出一卷相示。君風趣落落，然俊爽不可羈紲，而天機敏妙，厭薄時輩，以爲不可莊語，有清質濁文之思焉。予觀其鷺鷥傳、緑衣傳、臭蟲説，寄托恢奇，各有風刺。屈左徒鸞鳳雲霓之喻，閻朝隱鸚鵡貓兒之篇，異代同懷。不直則道不見，豈傷厚哉？但予以座師故入湘署，以湘署故逢君，得睹君巷伯惡惡之言，實有奇緣。嘗讀柳柳州跋毛穎傳，謂身在海外，聞人傳説，但稱其奇絶，而不能舉其詞。然後知奇文不易見也。

【評】譚合集評「嘗讀柳柳州跋毛穎傳」幾句曰：「已見其文矣，而其情尤不能已也，此中寄托更自難明。」

題周氏遊宴詩後

予再過潭中周伯孔帆園，尋十四年前竹樓草亭，已不可得。而伯孔已築一湖岳堂，居妻子僮婢其中矣。偶春雨益漲，湘水上岸，出室入舫，有若接廬。是時平畎化爲荇鄉，長堤飛作柳塢。伯孔慨然高想，買檝命酒，隨鼓吹而上下，循坡陀以周遊。弟侄咸集，士女争歡。我行其間，愁心焉往。忽而望遠岫，登萬樓，曲折從波，瀠洄到户。然後一揖筵端，三爵不讓。清歌掠乎茗香，高燭照此吟諷。何曾記有深更，夫誰知爲郭外。既各賦詩，伊予作記。非獨使朋友念兹相好，亦欲令山川知吾不衰耳。

【評】譚合集評「湘水上岸」幾句曰：「語意俱不必深，使人如見其處。」評篇末幾句曰：「唐人作游宴詩序，有此深情，無此静想。」

題伯吹草

有伯無仲，人誰與樂；仲存伯亡，人誰與生。同安蔡清憲公在日，經營四方，日慕念其仲仁夫氏。對之者覺常有仲在焉。接其談，出其詩文，仲又在焉。司馬不作，仁夫氏無以爲生，輯其寄懷諸詩，朝夕悲吟，馳以示元春。多元春舊所見者。凡所過山水關河，若呼仲與之共游；所歷煙霜雨月，若呼仲與之共影；所見畸人魁士，所聞至言妙道，若呼仲與之共求也。曰：是其塤也夫！是其塤也夫！因題爲伯吹草。中有代仁夫氏見答四首，倡予和女，引人之塤篪，而相與吹，抑又大矣。

題周道一集

沈滄洲處有周道一集，口中雷響，手裏砲發，無論禪理。世間有此斬截痛快男子乎？同一血肉之軀，獨使人塗之以漆，飾之以金。明明是數十年前麻城一周秀才耳，不發信心者非人。

題王以明新刻

王以明年七十而好學益篤，發疇昔之彩，游變化之途，故日有新刻。予賞其蟻賦、蘆蜂詩，有詩人比興之遺焉。昔人謂注蟲魚者，非磊落人事。予頗謂不然。景純好學仙，以明好出世。挾出世之心，而游於翰墨，蜂蟻皆可悟道，磊落孰過此者！並欲爲郭子解嘲焉。

題筑吟

予友葛震父在都下，日苦吟。喜都下有此苦吟人也，題曰筑吟。而誦其詩，則有曰「悲歌今已矣，歡笑且從容」，其意似不欲爲筑。嗚乎！震父之意厚矣。天涯久住，觸物悲思，忠孝不暘，心有斷續，震父之所爲筑也。

然震父幽緒苦懷，埋照於乞米典衣之中，長安日月有光，鄉人消息不斷，都中士人，但覺其往來市上，馬頭塵厚，即僮僕亦以爲吾主人翁有所營於此，而予與震父交最深，能知其不然也。有營者所以度日，久住者所以忘情。偶入山中，懶至州郡，與偶過都門，懶歸湖山，皆詩人之息機任運，似趨實舍，而苦吟終日，以爲一快者也。予故曰：意似不欲爲筑，使其意欲爲筑也，鈍如予，亦得而和歌之矣。

【評】譚合集評「然震父幽緒苦懷」幾句曰：「歷歷言之，而悲觸無緒，哀來有云。」評「即僮僕亦以爲吾主人翁」句曰：「此又安能知其所寄。」

胡彭舉詩畫卷跋（一）〔一〕

彭舉年六十餘，坐起一齋，藤垣苔石，沖然無慮，然未免爲人作畫。其畫緣飾於雲林、大癡、叔明間，而疏疏自運，無驚跳、束縛二者之失，居然有逸士老人之度，世知傳貴之。惟彭舉古詩，老枝少葉，自寫其質性之所近，則自吾數人外，誠莫有知之者。

夫爲世所知，不如爲所不知。然苟無一物以掩之，則雖欲不爲人知，其道莫由。故畫能至於神逸，而又能蚤以之名於世，是彭舉所由以自掩其詩也。江南之俗，畫之易售倍詩。彭舉爲貧而畫，鬻手用老，亦無可奈何。而以畫存於世，又無一人推本其爲人之貞樸以掩之，然則畫與詩，幸不幸何如也？

【校】

〔一〕本篇題下的（一）和下篇題下的（二）係點校時新加。

【評】

譚合集評「而疏疏自運」幾句曰：「畫理知到此，則觀者亦有神助」，評「惟彭舉古詩」幾句曰：「唯此正不必其人知，必欲人知，而其難也，非復在我。」

胡彭舉詩畫卷跋（一）〔一〕

彭舉爲人畫册葉十片，皆生平所游山水，是其得意之筆。鍾居易見而欲得之，即舉以爲贈。吾爲彭舉計，彭舉自爲其畫計，皆當出此。夫爲庸人可求而得，已非高士之情矣，況又使奇人求而不得乎？居易將復往南都，因爲題其册，使堅彭舉，曰：必不得已而爲庸人畫，可以屈其手，令不至於大佳；不幸而至於大佳，每逢奇人輒與之，夫如是，則吾他日亦可邀惠數片耳。

【校】

〔一〕題　另一明刻本譚合集作「其二」。

郊寒辨

詩有作至數十卷而泛泛言無一深者，嘗置之箱笈几案間，只如無物，故其收效常不如少。若使運用心力時，如鴻之滅雲，如峽之犯舟，如雨之吹燐，如檐之滴溜，竊恐不能過十首也。能過十首，吾何少之羨焉。

朱無易先生出孟東野詩，相與論之。予目爲貌險而其神坦，志栗而其氣澤。

其中送淡公、弔盧殷、石淙、峽哀，動逾十首，入其題，如入一巖壑；測其旨，如測一封象，其於奇險高寒，真所謂生於性、長於命、而成於故者。郊寒島瘦，元輕白俗，非不足於詩之言也，豈苟然而已哉！予盟諸先生，將於三家詩，推此類具思焉。

【評】譚合集評「予目爲貌險而其神坦」一段曰：「其神氣久爲所攝，如説心性中語，了無所諱。」

跋樂至知縣蔡先生傳

蔡敬夫，吾師事之。丁巳以尊先公生平屬伯敬作傳，不肖書之。伯敬性最緩，於所願作之文，經年乃就，而願作之意，常見於行文之中，人多利其緩焉。己未秋前，春在白門，每以蔡先生傳爲言。忽下筆成篇，居然一蔡先生立於吾前，又居然從伯仲游，登堂拜蔡先生，有一陳安人出而肅客矣。其入陳安人最有法，所云陳安人紡績佐食，伯氏年十二歲，從紡車燈下誦史記，狀志中俱不載，蓋春與伯敬言之，此一事差有功於傳耳。

【評】譚合集評「所云陳安人紡績佐食」幾句曰：「逸其一事，畢竟補入，讀史者不可不知其鄭重。」

樸銘 有引

七弟亮出就外傅，其傅丈人王君二還也。老母慮其違教，削杖爲誓，命春顓語竹上〔一〕。春謹銘曰：

我蒙父樸，血出如啄。願汝不辱，請竹附肉。

【校】

〔一〕顓　原作「數」，據另一明刻本譚合集改。

寒河遷葬無祀銘 有引

萬曆四十五年，譚子築寒河莊難邵氏之塚，有婿向姓者移祔焉。譚子銘之曰：

子無磷火，青我階除。婿則遷子，稍東其墟。我慕仁人，澆奠欷歔。後千百年，所遇如予。

【評】

譚合集評末二句曰：「達人心胸語，非慨嘆語。」

寒河鐵磬銘

以擊以拊，厥惟石苦。乃命冶氏輔，六時鳴於林澣。逸矣哉鐘鼓。

寒河鐘銘 有引

萬曆丁巳四月，譚子命工鑄於江夏西庵，由大江載至寒河亭子。亭廢，捨諸寺。銘曰：

嘗訪寺鐘，因作鐘想。虡人斯設，波高竹響。

合瘞雙鶴銘 有引

有贈譚子二鶴者，及門而迎之。斃於途者一，憫焉，使童子瘞諸阜；淋淋血其項者一，童子飼之，不達於口，飲諸池，俯視而已，越三日亦斃。譚子合瘞而銘之，曰：

渴於途，未暇及吾塘；血於階，未暇及吾廊。請影於柏梅之間，而酹之曰：此君子之鄉。

硯銘

三山街一硯，不甚古。伯敬以價不高，購之相寄，且曰：「我與子力於文事，其精神宜招致使來，而偏落俗人手，不可得。」予用此意銘之。

奇質蒼性，聲光勃勃。曰古人所寶，今人敢忽。遇富則止，市道汨没。依愚溺瑣，奚取硯骨。有其人者，無其物。嗟夫！

【評】譚合集評「古人所寶」幾句曰：「淋漓嘆息，心魂自相警告。」

蔡硯銘

同安蔡公以自用硯寄予，銘曰：

從公幾年，來從我處。多識前言，往行者惟汝。

宋硯銘

林茂之有宋硯，購得之。嘉定李長蘅在西湖，一登舟，目攝案上，曰：「此佳硯也。」歸寒河，日親暱，思長蘅之言，爲作銘。曰：載筆墨以驅馳。非夫人之言，吾寧昧昧而不知。如得一士焉，淵以典矣，而喜人之相賞以爲奇。蓋好古而樂羣也，其天資。

【評】譚合集評「如得一士焉」二句曰：「於其中獨寄此想。」

端石硯銘

袁田祖寄端石，蒼濕未圓，天然不匠，且告予曰：「子可無銘乎？」予因銘之。

無旁無足，無口無目。墨易生如蓄，水自出如瀑。大人書之金如玉，野人書之石如木。

【評】譚合集評「無旁無足」幾句曰：「直如殘碑摺錢，斑剥可愛。」

連環硯銘

吴聖初得一連環硯，閩友人圖其形於卷，予爲銘之，曰：

石田蒼蒼，一區二唐。

【評】譚合集評「石田蒼蒼」二句曰：「類易林。」

繡觀音頌 有引

朱無易先生爲春作老母五十文及寒河集序，念無以慰其文，思藏有友人之女程辟支所繡大士一軸，髻盤蛛絲，鈎絡如畫，以手捫之，綫蹊泯然，乃延般若庵老僧妙香執，別獻於公而作頌，曰：

騰騰白光，一針所始。何以髮之？既結旋委。稽首審聽，瓶搖新水。春閨無怨，絲絲神理。幅帛莫增，捫如其指。送大士行，月出煙止。

【評】

譚合集評「稽首審聽」二句曰：「神氣深静而莫之所測。」

宋繡觀世音讚

我聞繡佛，慎哉劈絲。離朱晨曦，目午則疲。蓮花瓣瓣，紫竹枝枝。視手中線，觀音在兹。

【評】譚合集評「目午則疲」句曰：「俱有正性。」評末二句曰：「悲悟而警達之。」

繡關帝君像讚 有引

壯繆畫塑廟食滿天下。華亭顧婦買絲作繡，號爲工巧。信官沈惟耀得之，歡喜供奉，令其友竟陵譚元春爲贊。竊意壯繆精光擊射，依直怵宄。千萬世人，如魂氣薰身，不可思議。一切文士擬語，俱墮牆壁。敬稽首浣硯下一讚曰：

一生勇烈，如霹靂墜。欲叩精忠，針泯線碎。

【評】譚合集評「一生勇烈」四句曰：「壯語至語，正不在多，如此已盡。」

譚元春集卷第三十

諸稿自題輯録

虎井詩自題〔一〕

客南中一園，其東數十武，土人言有虎井。愛其名，披榛往尋。上無石欄木幹，中無長綆，旁無車馬溲溺，汲不數家，家不數瓮。親汲之，其味甘洌，與河水、泉水相亂。日煮一瓶，以試客，客即韻不辨也。茶罷輒有遠思，以詩爲清課，井蓋有微助焉，題曰虎井詩。

物固有不可忘者，古來勝跡，常因一人得名，後世或有知予詩者，過虎井而指曰：「譚子名詩者，即此也。」予報虎井矣。

【校】

〔一〕本卷所收序文，自虎井詩自題至自題拭桐草，輯自嶽歸堂合集諸稿自題輯録，題簡遠堂詩輯自嶽歸堂合集卷首。　虎井詩自題　譚合集作「題虎井詩」。

【評】

譚合集評「汲不數家」以下曰：「正以平平無奇，而後身親歷覽，始知其異，名游貴游，皆不能辨。」評「茶罷輒有遠思」幾句曰：「歸功於井，妙甚。」

自題西陵草〔一〕

甲寅之歲，予與鍾子選定詩歸，精論古人之學，似有入焉者。而適以其時往西陵，遇境觸物，所思所筆，遂若又進一格。宜都劉子手是詩而歎曰：「我知鍾子之甲戌，而子丙戌也。百里之内，十年之外，而造化捷若此。」予與鍾子蹴然改容〔二〕，急掩其口曰：「何至遂如子所言？」

【校】

〔一〕題　譚合集作「題西陵草」。

〔一一〕蹴　譚合集作「蹙」。

秋尋草自序〔一〕

予赴友人孟誕先之約，以有此尋也。是時秋也，故曰「秋尋」。

夫秋也，草木疏而不積，山川澹而不媚，結束涼而不燥。比之春，如舍佳人而逢高僧於綻衣洗鉢也；比之夏，如辭貴游而侶韻士於清泉白石也；比之冬，又如恥孤寒而露英雄於夜雨疏燈也。天以此時新其位置，洗其煩穢，待遊人之至。而游人者不能自清其胸中，以求秋之所在，而動曰「悲秋」。予嘗言宋玉有悲，是以悲秋，後人未嘗有悲而悲之，不信胸中而信紙上，予悲夫悲秋者也。天下山水多矣，老子之身〔二〕，不足以了其半。而輒於耳目步履中得一石一湫，徘徊難去。入西山恍然，入雷山恍然，入洪山恍然，入九峰山恍然，何恍然之多耶？然則予胸中或本有一恍然以來〔三〕，而山山若遇也。

予乘秋而出，先秋而歸，家有五弟，冠者四矣，皆能以至性奇情，佐予之所不及。花棚草逕，柳堤瓜架之間，亦可樂也。曰「秋尋」者，又以見秋而外，皆家居也。

誕先曰：「子家居詩少，秋尋詩多，吾爲子刻秋尋草。」

【校】

〔一〕題　譚合集作「題秋尋草」。

〔二〕予　譚合集作「子」。

〔三〕予　譚詩歸、譚合集作「子」。

【評】

譚合集評「而輒於耳目步履中」幾句曰：「細心觀覽，即一水一石具有蒼深幽窈之氣。如以粗淺浮率界於心胸耳目之間，其靈趣已遁，烏從得明秀之助耶？」

退尋詩三十二章記〔一〕

秋尋之三年，予懷九峰，率兩舍弟往住焉。自春達秋，殆山中人也。已而退家湖上，復爲湖上人。始追搜之，始審可之，而後乃今有詩。

凡山之妙，不在游而在住。游則客，住則主人，主人則安焉，作入九峰詩。

春秋過眼，悵然歸與，作別詩。非雷雨窈冥必登山，作上山詩。既上低回不能下，作下山詩。遊九峰者，攀平林，度泉橋，禮香刹，信宿山房，以爲好事，未暇登峰，從某至某，予則否矣，作遍行九峰詩。有學公塔，學公者，開山祖也，念其精神，不出山外，作禮塔詩。學公法力堅永，如浴佛誦經諸教，至今不廢，作浴佛詩。此外獨二三僧房木魚耳，作勸僧工課詩。九峰之勝，其一在松，其一在茶，其一在笋。笋不數園，家有二小童，善尋笋，作食笋詩。茶葉卷者上，舒者下，有三採，作頭茶、二茶、三茶詩。雨前者真，不在岕下矣，作雨前催僧詩。隨造隨嘗之，不以僧，不以童子，予與舍弟烹啜焉，作造茶、嘗茶詩。予對松久，私謂松之神栗然宜寺，松之響縷然宜枕，松之烟憒然宜晨，松之狀矯然宜樓，松之影澹然宜月，獨未察盛雪時，想當宜耳，故作樓宿聽松詩，作晨起看松詩，作月下看松詩，作遍上僧樓看松詩，詳愛敬也。見樵子入山則勸止之，止之不得，然後歎息之，作松柴詩。其殘枝頹唐焉在地，或繇風，或繇老，或繇鳥雀，或繇斤斧，繇斤斧者，蓋不忍言矣，拾者何罪？作拾松枝婦人詩。性好閒行，遇可留處。乃召弟友與俱，在橋作坐泉橋詩，在池作坐池上詩，在石作攜卷選石詩，在廊作納涼於廊詩。廊東西通，雨中不蓋不屐，又作長廊詩。在殿作開殿反鎖詩，在田作寺田詩。因而遠想焉，則出谷矣，作出谷詩。余先，舍弟元聲、元禮從，孟子從，或劉子從，或柳子從，若諸子先，予從亦如焉。聞一客來，則欣然迎之，作客至詩。有招予者，予亦往，作飲山中人家詩。其詩題或次，或不次，凡五言絶句三十二章，爲集。是集也，山谷之開閉，蟲鳥之哀樂，僧農之隻偶，雨晴之升降，鐘磬之潤燥，予雖終身不忘也，而況其始離乎？此廬山諸道人遊石門時，所謂退而尋之也。往而尋之者淺，退而尋之者深。昔者秋尋又何也？

【校】

〔一〕題　譚合集作「題退尋詩三十二章記」。

【評】

譚合集評「始追搜之」幾句曰：「必如此以有詩見，苟作者決非詩也。」評「主人則安焉」句曰：「『安』字有無數作爲。」評「念其精神」句曰：「有一篇大文章在其中。」評「詳愛敬也」句曰：「妙。」

客心草自序〔一〕

客有自竟陵歷郊、郢，過江陵、公安至於澧，尋武陵，達辰窮酉，見聞之蔡先生，抗言析義，惟日不足，忽思南嶽，一日，泛桃川，溯蒸、湘，將從此上岳樓，觀洞庭夏漲以歸，往返且五千里，而自斷其漁仙以上之詩，題之曰客心草。

客之言曰：我乃今後古人而往返此路也。古有以萬乘客二酉者，穆天子也，其心荒；有以依人客江陵者，王粲也，其心卑。之二者不足言。此公安也，子美所數月憩者也，心沈沈乎其滯也。此澧也，三閭所爲思公子也，心涔涔乎其若淚也。此武陵桃源也，劉子驥所有志而未往也，乃心之寄，則已遠矣。此五溪也，太白所以入夜郎也，因爲洞庭葉，飄落之瀟湘，其心至今耿耿在也。

心也者，妙萬物而爲言。我以蔡先生來，以二酉窮兩屐，以仙源問舟車，復欲以洞庭、南嶽爲歸路，若卹若失，獨行乎五千里之間，無穆滿之荒，無仲宣之卑，無子美之沈，無靈均之怨，亦無子驥之高尚，無供奉之曠宕，而自成其爲客心。人各有心，不可强也。於是自斷其漁仙以上之詩，而定之曰客心草。

【校】

〔一〕題　譚合集作「題客心草」。

【評】

譚合集評「古有以萬乘客二酉者」幾句曰：「稍墮時蹊，然氣盛，足以掩之。」

自序遊首集〔一〕

山首南嶽，波首洞庭，質之人無異詞。予之好遊山水也，其天資固然。不至嶽而山，不至洞庭而水，不讀五經而先之以子史，無篤論、無正眼矣。湖嶽詳，而後他山水之美，可以無溢，他山水之幽，可以不勞而闡也。自題其所撰詩文曰遊首集。虎井不得以金陵爭，西陵不得以玉泉爭，秋尋不得以寒溪爭，退尋不得以九峰爭，客心不得以二酉爭，寒河亦不得以閭里之情爭，安然而聽於斯遊也。萬一心有得焉，將賴斯遊而以其詩文首諸稿乎？乃質之人，或異詞矣。夫善其首者，必顧其後。亦猶夫人之屋然冠者，裸之跣之，其又何稱焉？則安知今之首斯遊也，非以自勵耶？

【校】

〔一〕題　譚合集作「題遊首集」。

【評】

譚合集評「湖嶽詳」幾句曰：「深情曠識，自相凝注。」

自題仙室草〔一〕

知慕嵾者二十年〔二〕，與鍾伯子約同遊者十年。丙辰歲既上衡山，聞蔡公嘉其遊，貽書囑以衡、嵾評次。然公信士，聞其有舊約，勸無負。丁巳與鍾子恮至襄陽待伯子，伯子不至，仲亦病，罷歸。己未二月，勃勃有山志，偕友人王明甫、僧凡公往，在山中五日，在路十五日。

詩成於山中最多，惟赴嵾以下四首成於路，清明詩成於界山，隆中習家池詩成於歸舟，恭謁七章，謁時不暇作，亦補於舟，與舍弟談山中事一首、答談叟一首成於家。凡詩之字句竄更者，亦定於家。居家閒十日，始作記，記嘗度又五日，始成今稿。

念伯子寢處詩文，他皆可忘〔三〕，使其讀之丁丁然，將恕我負十年約也。嵾山一名仙室，僭以名吾集，吾愧之。

【校】

〔一〕題　譚合集作「題仙室草」。

〔二〕二十　譚合集亦作「二十」，另一明刻本譚合集作「三十」。按本文作於萬曆己未（四十七）年，時作者年爲三十三歲，則「二十」較爲可靠。

〔三〕皆　譚合集作「家」。

【評】

譚合集評「他皆可忘」幾句曰：「聲情幽宛，繞行數重，而不及追之以入。」

自題湖霜草〔一〕

予以己未九月五日至西湖，三旬有五日而後返，又過吳興，窮苕、霅，以爲西湖之美在裏湖，苕、霅之美在二漾，汲汲乎爲之賦詩，以顯於士君子間，而士君子之賀其遭者亦衆矣。

當其不寓樓閣，不舍庵剎，而以琴尊書札托彼輕舟也，舟人無酬答，一善也；昏曉不爽其候，二善也；訪客登山，恣意所如，三善也；入段橋〔二〕，出西泠，午眠夕興，四善也；殘客可避，時時移棹，五善也。挾五善以長於湖，僧上鳧下，觴止茗生，篙檝因風，漁茭聚火，奇唱發，流光升，霞斂星移，煙高霜滿，或聞鄰舟之一欷，或當空閣之無聲。當斯際也，屬秋冬乎？屬之人乎？屬之湖乎？曰：不知也。

細而察之，意綿綿於空翠古碧之中，逢客來而若斷；目恍恍於衰黄落紅之下，觸松色而始明。皋阜欣欣，借紅葉爲魂魄；六橋歷歷，仗明月以始終。我懷伊何，誰念及此。夫哲人早悟，入山水而神驚；志士多憂，聞黄落則氣塞。況乎望山陟嶺，杳然無極；泊岸依村，動必以情。有西湖幽映其外，不待十里，而步步皆深；有兩高環照其上，尋至千重，而層層欲霽。江海倒射乎韜光之頂，溪流送陰於龍井之前。響聲依然，如蘇子過亭之日；泉事甚遠，同駱丞刳木之思。

又因而自念不已也：予清緣既不如人，壯歲又將去已，若得一間草閣，臨澗對松，半棹野航，藏身接友，老母肯俛從於外，子弟不相念於家，任野人之所之，朝在山而夕在水，度才力之所及，書一卷而詩一章，則西湖、二漾之間，足吾生濟吾事矣。縱不能，亦必踐李三長蘅之約，樂饑忘返，往來小築間，自勾萌以之於紅落，自霜雪以之於炎歊，自喧雜以之於無人，靜觀一年之消息，默審百物之去來。其爲弘益，豈詩文而已耶？

然二漾者，又予之所入而懼，懼而返，返而復思入者也。苟不憚精魂之微，年載之久，遊於其上，立於其中，映於其外，將使人蕩蕩默默而不自得。長蘅何擇哉？

【校】

〔一〕題　譚合集作「題湖霜草」。

〔二〕段橋　譚詩歸、譚合集作「斷橋」。

【評】

譚合集評「汲汲乎爲之賦詩」幾句曰：「其自負處，必使其地與其人首肯。」評「當斯際也」前後曰：「似作賦體。」評「動必以情」句曰：「妙。」評「又因而自念不已也」句曰：「宕得哀楚。」

自題秋冬之際草〔一〕

昔人言，秋冬之際，尤難爲懷，以之命篇，非是之謂也，何嘗快？獨無憂予之爲懷〔二〕，良易矣。然則曷取焉？夫已冬而秋，不猶之方春而夏乎哉？鶯花藻野，則春全在夏矣；紅黄振谷，則秋不遽冬矣。故君子際之，以答歲也。況獨往苦少，同志苦多，泛則方舟，登或共屐，非甚暗滯，其何默焉？然當斯際也，以遊，則山澮澮而不至於癯，水宕宕而不至於嬉，故淵明所謂「良辰入奇懷」，靈運所謂「幽人常坦步」，每臨境下筆，皆抱此想矣。

【校】

〔一〕題　譚合集作「題秋冬之際草」。

〔二〕予　譚合集作「子」。

【評】

譚合集評「非甚暗滯」句曰：「胸中自有不能已處。」

自題拭桐草〔一〕

萬曆庚申迄天啓癸亥，予四歲多在家，意不欲爲詩，即爲詩亦不能成編。吾師蔡公敬夫開府郎陽，招之於承天。喜其到，作詩曰：「拂拭焦桐始，塵中七八年。」讀之内訟焉：夫公日夜以去其心耳之濁，身意之垢，何嘗一日在塵中？如春者乃當如公言耳，輯其四年之詩以質，而題曰拭桐草。

當其焦尾而識其足以琴，琴矣而又塵之，無是理也。出之於火而棄之於塵，乃不如復在火中。予所居多桐，率凡下，不足以琴，而竊愛之，比於琴。月來風去，光響竦切，嘗身至其下而拭焉。未嘗責其爲琴，亦未嘗聽其爲塵，故題之曰拭桐草者，桐焉耳。

【校】

〔一〕題　譚合集作「題拭桐草」。

【評】

譚合集評「出之於火而棄之於塵」句曰：「是悲感中骯髒語。」

題簡遠堂詩〔一〕

夫詩文之道，非苟然也，其大患有二：樸者無味，靈者有痕。故有志者常精心於二者之間，而驗其候，以爲淺深。必一句之靈能回一篇之運，一篇之樸能養一句之神，乃爲善作。

譚子曰：古人一語之妙，至於不可思議，而常借前後左右寬裕樸拙之氣，使人無可喜而忽喜焉。如心居内，目居外，神光一寸耳，其餘皆皮肉膚毛也。若滿身皆心，心外皆目，人乃大不祥矣。然前後左右所以藏此一語者，亦必真如古人之寬樸。苟以古人不可思議之語，藏於今人漫無精氣之篇，將並其妙語而累之。譬如人懷仙佛之心，而所裹皮肉膚毛，疥癩猶可，豈可市井乎？予進而求諸靈異者十年，退而求諸樸者七八年，於所謂靈與樸者，終隔而不合，而其意亦未嘗不思以傳也，所謂「名根」也。人不忘名，則自愛名，若有根則不浮。藏諸名山，傳之其人，沈碑於水，安知後世不在山巔？所以取之者遠，矜之者重，不必親見名之我歸，而寧忍百年之寂寂，以自結於不可知之人，其爲根亦良可念矣。嘗見迫於求傳者不傳。避一世之誹，貪衆人之譽，究竟不切於後世之好惡，而生前心血光陰付之可惜。又有步趨古人，久淹晚出，以爲可傳者不傳。夫古人所可傳之處，未必皆在所傳處，而古人所自傳之路，豈有復爲人可以傳之路？雖毫釐相準，苦心有年，然迷于山者漸深漸迷矣〔二〕。

譚子言至此，竦然喪其所謂名根，曰：靈與樸，吾所不敢忘也。傳不傳，固亦有數耳。吾何知焉？吾何知焉？

萬曆己未秋八月一日譚元春書〔三〕。

【校】

〔一〕題　原作「自序」，爲區別於他篇標題，今據譚合集改題。

〔二〕于　原作「子」，據譚合集改。譚詩歸、詩慰本均作「子」。

〔三〕譚元春書　譚詩歸、詩慰本作「竟陵譚元春自題」。

【評】

譚合集評「譬如人懷仙佛之心」幾句曰：「幻思確識。」評「人不忘名」幾句曰：「『不忘』深矣，『愛』字更切，實有根，不浮，細入無間，只是喚醒虚名之可畏耳。」評「夫古人所可傳之處」幾句曰：「洞然見裏。」

詩慰本評「故有志者常精心於二者之間」句曰：「時文。」評「皮肉膚毛，疥癩猶可」句曰：「痛快之極。」評「所以取之者遠，矜之者重」一段曰：「此等語亦不易造。」評「嘗見迫於求傳者不傳」幾句曰：「二段似時文分股，全無古法，議論卻好。」評「夫古人所可傳之處」幾句曰：「妙論，卻非通論，此乃公生平作詩與看詩之把柄。」於篇末評曰：「其意全在學莊子。」

清黄宗羲輯、清康熙三十八年張錫琨味芹堂刻本明文授讀卷三十四收此篇，上有清李慈銘親筆評語。李慈銘評「必一句之靈能回一篇之運」幾句曰：「鍾譚悟境在此四語，其魔境亦在此四語。」

鵠灣集自序〔一〕

比年寡作，然斯事洞然，以爲詩者，探始助化之物，郊廟掌故，民人禮俗，可取而賴也，何預人事？今觀予詩，多至四百葉，有幾題無人姓字者哉？愧矣愧矣。非但詩爲朽器，諒予亦古人罪人也。力素辦四言，吃吃未充，又嘗愛古樂府，深蒼冥隱，而止令小小駘宕之音，專此一體，能心安否？詩至四百葉，而所作詩尚未有端，請斷自是刻，將上下四旁而索之，山高淵沉而究之。於是有三告：告於帝，賜壽閒二十年；告亡父母，增吾慧；告一二亡師友，陰掣吾筆，使不得妄加點，則予猶今之可與言詩者也。

癸酉首夏朔元春書。

【校】

〔一〕本篇輯自譚合集。　題　原作「自序」，今據詩慰本版心題名改。

【評】

詩慰本評曰：「此序可見友夏生平虛受處，視名成之後頹然自放者，何如哉！」評「令小小黠宕之音」一段曰：「真話。」

譚元春集卷第三十一

鵠灣未刻古文一

倪雲林畫記

倪元鎮溪山圖，相傳從大内出，爲江南寶玩。神廟時在金壇王若士家，予友鍾伯敬心愛之，不能發口。王君非貧士，又負賞鑒，雖累百金，安所得？已而交日密，有所德伯敬，念無以報，度伯敬所欲者，此畫耳，舉以贈之。

予過白下，訪伯敬寓齋。揖未畢，指壁上畫曰：「君看此何如也？」後與鄒臣虎同觀，又與宋比玉執燭同觀，皆企戀不能去。而臣虎則曰：「此元鎮最得意筆，一入楚中，江南無此矣。伯敬所藏黄子久畫，亦非贗物。歸建一小閣藏之，當字曰倪黄閣。」予時以爲然。

閱兩弟選韓文序

辛酉，弟服膺選韓文本甚細，予閱之，畧有加損，不能加損於其所必同之處也。壬戌，遠韻弟復選於客齋，予又閱之，喜其甚細，無不同者，又不能同於其所必加損之處也。然兩弟不謀而合其妙，吾不勞而收其勝，又無事而嘆曰：「天何貧賤我也？欺天矣。」

吕鑫小引

予少課禮弟讀吕春秋，始識吕春秋。十餘年而盡忘之，見人所用吕春秋，迷其所自出，則但曰：「吾曾似從何書相識此語。」丙寅得新本再觀，懼然遇故物，嗟矣乎，予之鈍也。少負遐志，欲閲遍古今書，真妄耳。丁卯，武昌太守傅先生令予選付塾師，予既已三入目，私節録之，題爲吕鑫。以一人一時心目，輒欲廢興千餘年數百賓容精華所在，鑫測海類是乎？又寸寸斷，有蝕齧痕，如蠹然，無復吕春秋矣。鈍者便之，敢諱其醜乎？

辛稼軒長短句序

詩不可如詞，詞不可如曲，唐、宋、元所以分。予又謂曲如詞，詞如詩，亦非當行。要皆有清冽無欲之品，肅括弘深之才，瀟灑出塵之韻，始可以擅絶技而名後世。

余廬居多暇，常攜稼軒長短句，散步於荒墟平疇間，不哭而歌，壹似乎違禮者。然一入其中，形神棲泊，所謂聞犬聲，望煙火，便知息身之有地耳。稼軒與晦庵、同父，常以詞唱和，二公猶存寬衣博帶氣，不如稼軒，一片煙月自肺肝中結出也。方諸古人，其淵明之詩、雲林之畫、懷師之書、梅亭之四六、致遠漢卿之曲乎？予頗欲下批點，而其後裔子良氏欲速梓以傳，子良家譜，正欲載其平生風烈，屢立戰功，没無遺貲，惟圖書數卷，爲一代偉人韻流，足以訓子孫者。予特論其詞章之美，非其意也。嗚乎！此詞章之所以美也。

【評】

佚名手批曰：「此文可入正史。」

魯蓮北先生詩選序〔一〕

予嘗謂年少多才，而名不聞於當時，先達之過也；前輩苦心，而名不聞於後世，後進之過也。予後進，是以選魯先生詩。

蓋兒時聽人譚先生如新，以爲魯先生者尚在，問先君求一見，先君笑曰：「此里中百年以上文恪公也。公舉弘治禮闈第一人，司成南北而不以爲達；羞與逆瑾同朝，拂衣歸而不以爲介；使安南，談笑往還而不以爲任；在告里居，尚羊於覺洲磬池而不以爲清。至於今有識之士，舉以訓其子弟，以故談之不衰。」予始知魯先生已死久矣。

稍長，得見其遺墨，秀逸，幾入小王之室。惟有韻之言，流傳人間者，皆白沙、定山以下語，心竊疑之。古之觀書法者，必並觀其生平，點畫之末，猶能傳人性情，而詩以言志，反不能，豈理也哉？乃旁求其遺稿，從荆棘荒穢間，深自披尋，遂有前之人不能過而後之人不能到者。

夫前輩作人，真樸古澹，其下筆自無輕燥之象與逗脱之病，遭逢不幸，强半没於丹鉛傳誦之下。誦之既久，聞者以爲未佳，得其稿即不肯竟觀；强半没於遥揣輕信之中。前輩無意爲名，其名既不足以敵當時之士，而後進有意於實者，亦未嘗深自披尋，以爲予既已聞之矣，安在其不寃也。

予小子，聞人傳誦，既不敢輕信，得其全稿，又不忍不觀。予後進，是以選魯先生詩。然魯先生無意於名，里中三尺之童亦能知之。詩選行，世必當以名汚先生，則予固詩家之功臣也，而魯先生之罪人也。

【校】

〔一〕題　原作「蓮北先生詩選序」，據目録改。

【評】

佚名手批曰：「余向往此人久矣，以爲非功名則理學，得譚子，又開一詞人生面。」

范漫翁題畫詩引

詩生於心，而不生於心；畫生於物，而不生於物。物無之不然，物無之不可。即爲詩，心出入無時，莫知其鄉。即爲畫，吾終日所見山水、人禽、橋亭、雲煙、草樹之屬，皆畫笥也。凡境之可得而换者，皆笥也。而其人遠想，所畫山水、人禽、橋亭、雲煙、草樹之屬，光影若埶，而其間縹緲澹宕，時時流篋笥外，跡其神氣氣運，反爲笥之所不得收，而筆墨之用，有時奪乎造物者，畫也。然畫山水、人禽始有山水、人禽，畫橋亭始有橋亭，畫雲煙、草樹始有雲煙、草樹，而詩人以一二語點綴，或用其境，或用其意，或旁及其它，而畫之神氣，反得從中而察之，畫之氣運，反得從中而回之，又有因一詩一語而生畫無窮者，故凡畫之所不得而笥者，皆詩也。

吾友范漫翁數十年精神於詩，詩如其人。四十以後忽下筆爲畫，畫遂如其詩。而畫委詩原，終有所不能已，又以詩題其畫。凡有詩之畫，不惟異趣者不可强，即同志者亦不可得，而無以謝不可得之人，則曰：「吾素漫，吾素漫。諸君子何尤乎？」元漫叟曰：「歌兒舞女，動相喜愛，系之風雅，誰道是耶？」此語非漫人不能道也。吾故謂漫翁人溢而爲詩，詩溢而爲畫，畫又溢而爲詩，詩又溢而爲人，循環於人與詩與畫之間，以老其身。出入無時，莫知其鄉，此之謂漫翁。物無之不然，物無之不可，此之謂漫翁之詩畫也已。

【評】佚名手批曰：「可云詩禪畫悟。」

徐元歎詩序

得讀采蘊、就删二稿，兼知其志想之清以深也。早知姑蘇有元歎，何以兩過虎丘，蒙頭不一上也？悔極矣。

嘗言詩文之道，不孤不可與托想，不清不可與寄逕，不永不可與當機。已孤矣，已清矣，已永矣，曰：如斯而已乎？伯敬以爲當入之以厚，僕以爲當出之以闊。使深敏勤壹之士，先自處於闊之地，日游於闊之鄉，而後不覺入於厚中。一不覺人於厚中，而其孤與清與永日出焉。乃知孤與清與永，非我能使之然也。千金之子，儲之有餘，用之不惜，而其中有一學道去塵之見，不得不出於蔬食者也，嘗就其家而食之，彼有餘蓄，不惜用之，兩意已散見於清齋之中，各具於食者之心矣，若元歎今日之詩是也。

遠村獨坐，目無所睹，本不當談此，然使絕國之人，終日懷思中國聲名、文物、衣冠、禮樂之盛，或一念其所缺所需。欲歸而言之，元歎者，是我歸處也，非斯人，我誰與言？

【評】佚名手批曰：「使人坐卧其下，流連不忍去。」

和寧堂彙編引

徐仲次者，微休先生次子也。伯伯上，叔叔次，皆工制科，其文學似先生。仲獨好閑，耽茗枕墨池，雅與予輩多暇日者還往。顧獨收藏先世名人贈言，彙爲編，題曰和寧堂彙編。

予嘗羨微休公早棄諸生，讀書議禮，語常屈其座人，老至七十，猶昂昂如千里之駒。記予初冠時，從邑里大會末坐，見公與諸公人齒飲，抗手鈞禮，戲笑如平常，諸公貴人仰首側耳，觀聽畢集於一布衣。予退而喜，以爲吾邑甚不俗，此風頗古，使後生得見布衣之貴，公真有功於邑。夏侯之贊曼倩，有「希古振纓」、「跆藉貴勢」語，庶爲近之，亦庶爲知公矣。不然，家乘充棟，原無損益，文貴人語易得耳，豈惟非公意，並亦非仲次意也。

詹卓爾詩序

詹子師蘄上四年，不得試春官，期滿遷蜀新都令以去。吾輩之才詹子與厚望詹子者，皆幽思侘傺而如有失。而詹子自如也，手一帙，示其友譚子曰：「吾不知吾何以不可令，吾不知令何以不可爲。吾折吾腰，執吾手板，而咏吾詩，而不廢吾嘯歌，而究吾風謡之升降，而觀吾山川、草木、物產之變態，以練吾出使治兵他日君國之大政。吾又不知令何以不可爲詩，詩何以不關於令。」而譚子則最才詹子者也。幽思侘傺而如有失，以致其不平於詹子者，譚子亦其一人也。於是譚子曰：「子真詩人也，幽思侘傺，特詩之一種，又自屈左徒以來楚人之一種，而子觀三百篇何如哉？」

於是簡詹子近所爲詩，戍樓之悲壯，泉閣之淵深，長鑱長鑱有托命之感，秋燈秋燈發奈何之思，詹子固古之曠澹人也。功業文章皆曠澹人爲之，而欲於談詩之外，問詹子别有政理，詹子不受矣。譚子因酒詹子而送之曰：「子入蜀三年報政，亦報我詩，其勿忘。」

【評】

佚名手批曰：「譚子他日政業偃然，自命惜乎。」

贈魏溟一襄陽往還十絶引

老矣蕩子，新作幽人。對妝臺是厭物，念裘馬如他生。偶有所逢，宜乎見詛。風流值仙浦之地，嗚吠遭鬼方之人。人亦有言，合來堪作佳傳；我深自省，無此不成業緣。

友有魏君，黄之静者。一聞斯事，顧我而語：「人既無禮於子，我寧獨坐於家？」於時三冬出門，千里作客。未告家人以歸期，安知改歲而行役。雨雪封路，恩仇滿懷。身有短衣，寒透舟車之表；手無寶劍，孤游鄢、郢之間。雖無所見聞而空還，誰念此去來而不嘆。惟儒者有此朋友，彼俠士徒言慨慷。上元歸來，酌以斗酒。雜佩欲贈而未敢，銀花初陳而莫收。嫌説他事之高奇，喜聞隔年之笑語。主客既醉，吾請賦詩。詩成入内，命剪生歌之，使無忘今日。

竟思堂詩序

予來襄，奉訪太守唐子安先生。吴興馮公翥亦來謁其師，軒然偉人，江海之概也，出其新吟，使予題數言。予一見公翥之人，而喜其高朗慨慷；一見公翥之詩，而賞其清新俊逸。皆不待回翔審視而得之者也。

客有難予者曰：「公翥之詩美矣，而子但題之一言，何其簡也？」予笑而不答。夫清新俊逸，李供奉亦只此四字耳，而猶以予爲簡哉？唐先生曰：「子益於此四字勉之，使爲太白而已矣。」

【評】

佚名手批曰：「太簡。」

孟代來詩引

予於武昌，率十年五至其地，或一年兩三至，皆以予友孟誕先在家爲期。而誕先猶子代來，静心芳氣，好尚與人殊，多以詩句向予裁可否。予以畏友事誕先，而以小友畜代來，蓋籍、咸之交也。

乙亥初冬，晴月滿郊原，氣暖如二三月，階前落葉不甚下。忽有代來屧聲，投新詩數十首。幽秀似寒溪、西山一段雲，而蒼蒼古質，乃復似江中坡老題名石，春夏水浸，不令人即見者。予因識數語寄吾誕先，使知寒河蘆荻中無此妙物耳。

【評】 佚名手批曰：「文情明悦。」

耿克勵衰喜草序

予不及事二耿先生，以爲不幸。學無本原，無足怪者。猶得友克勵氏，心超而下，氣夷而篤，殆交游中一大典刑焉。讀其生平之文，出於經史者不讓前輩，出於子集者不讓時賢。文字中熟嘗數十年之風氣，備參百十人之變態。日升日沉於尺幅寸管之間，而克勵氏自如也。蓋克勵氏前則事焦弱侯，友董崇相、李端和諸先生，後復友唐宜之、馬君常、周介生數君子。齊王食鷄跖，不數千不已，而無甘居末流與妄作先輩之兩患，人與文本原盡在焉。予於是而如逮事二耿先生矣。

柏鸞堂合藝序

予甲子寓燕萬福寺，有柏貳株，鸞壹隻，相爲伴侣，意甚樂之，不知有塵沙勞薪，因名其堂曰柏鸞堂。而與江夏胡子用涉、嘉魚金子正希朝夕談文字，出時賢好尚之外。世久不談先正，久不談古文，久不談書意，惟予三人猶閉門私言之，且曰正希文最奇奧澒洞，才獨高，中或稍晚。而正希即以是年舉第十一人，越三年即成進士去。余丁卯始歸雋於楚，又罹亡慈之慼，不得望春明門一步。而用涉清圓之文，反冉冉故吾也。得失之故，豈盡爲人所料哉？

正希舊刻文稿，字字皆予評訂，偶拔其尤，益以白下草數首，用充把玩。予方有自訂稿出，亦密擇百餘篇，授少弟元亮、猶子簡、篤輩，蓋家庭薰習，恐其太遠，不得不爾，而亦有數篇爲坊刻所無者。兩稿在几上，適有白門客見之，即欲持往，尼之不可，因急索筆，爲寫柏鸞一段因緣。予每同朋友住通都大邑、深山僻寺，其間聚散語默，一字一步，固未嘗頃刻忘於懷也，而獨文也與哉？

【評】

佚名手批曰：「尋常叙致，自爾篤斐。」

龍夢先長安近藝序

予癸丑八月來游九峯，數日之間，頗得山之膚理情形，題詩而去。引中所謂龍君讀書其中，追陪不倦，使予語默酒茗皆得其所，即指友人龍夢先也。是時夢先察予游山頗細，以爲必知文，出所作示予。予驚而嘆曰：「子之神在山水，固宜有此也。」切脈者，手必至於脈而後靈；撫弦者，手必至於弦而後響，文烏有不至而可以浪言者哉？王夷甫云：「吾聞阮宣子可與言，但未知其亹亹之處定何如耳。」夫「亹亹之處」，即予所謂「至」也。夢先乃真有所「至」矣。我觀夫不至者，清則如萍之浮於水也，幽則如陰崖之疑鬼神也，深則如射覆之無一不射而卒不言其爲蜥蜴也，古則如曝萬卷書於庭而仍納笥中也，此皆夢先之所恥而不道者也。

今年予讀書九峯，則夢先燕游矣。夢先猶不忘癸丑之言，聞予在山中，不歸於家，而以其文來山中曰：「夫燕都，風塵名利之場也，而我游其間，直以爲山中也。」予又驚而嘆曰：「子之神不在燕都，固宜有此也。」昔之文手至於其脈而後靈也，今之文隔垣即靈矣；昔之文手至於其弦而後響也，今之文但知琴中趣，何勞弦上聲矣。而其中所爲「至」者，如萍浮於水者，亦至也；如陰崖之疑鬼神者，亦至也；如射覆之卒不言其爲蜥蜴者，亦至也；如曝書於庭者，亦至也。此則有深意，有妙理，作者不能明言，而予適知之耳。

予近日所見夢先長安諸作，淵永清奥，與長安之風氣不類，始慚予往者南游，居清華處，今日住山，坐深杳中，而其文皆不類。可見存乎其人，不存乎所歷之地。然則夢先雖終身燕都，亦非風塵名利中人矣，而況其客游乎？

劉德徵二十義序

江城春游，因拉德徵劉子來吾園看桃花。到門三日，花盛開，自園門夾路可百株，株株娟好，上映柳，下映水。是時李郎仲含，吾家四季皆來，集花下，蒲席布幔，酒鐺筆閣，隨地陳設。吾胸中六七年荒荒無一字，劉子時出一文示弟曹，弟嘆賞聲又上下柳與水之間，桃花不言也。予喜，竊取而閲之，遇花爛處，輒點一篇，至二十篇。而仲含、諸季擲骰拇戰争勝之聲，又來亂野人耳邊，投筆就之矣。歸草堂，書一日事，即爲引。

李敬身雪柏草引

予知李子敬身者十六年，蓋贊賞其文於升沈起伏、醒醉欹整、譏讒然疑者亦十五六年，有時以寒河及李子，有時以李子及寒河，蓋相損相益、相勉相規。李子默然師友於寒河者，亦十六年間不衰，而今乃得稍稍一伸於癸酉之秋，人亦稍稍歸知人於予，而予乃至今日而始疑：以李子之才，胡爲一滯十六年？天其以十六年李子窘辱泥途，鍊予不寒不燠心眼而若是耶？抑將以開世人也？予由吴而越，而燕，過鄂城，視李子，李子索題其稿。所謂鍊予心眼者在其中，所謂開世人者亦在其中，予烏得不感！

積煙樓近稿序

誕先有一樓，環樓皆山也，山内皆湖也。山之煙下而止於樓，湖之煙浮而交於樓，竟晨達夕。煙有新故，而主客僮僕欣欣焉皆在煙中。予樂之，題曰積煙。然誕先非有文士遠戾，則閉户讀書，累月不出。其去予家六百里，每江舟相過，則以數月課投示尚未授一人丹鉛者。予深服其高簡矜慎，以爲作文士者必有本原。使誕先無奇情别眼上下古今之意，而與衆人逐隊拜塵，不惟出之爲文定然落夾，而湖山之煙久矣，其辭樓而去矣。甚矣！予畏誕先也。君之文厚而予苦薄，君之文温而予苦燥，君之文沈而予苦率，君之文闊而予苦狹，君之文對客可成，浄穢喧寂如一，而予苦欲屏人始就。甚矣！予畏誕先也。然予懲妖媚而誕先同，予懲浮浪而誕先同，予懲詰曲而誕先同。使無一同焉，不惟誕先擇友其難其慎，而予嘗住樓中，又安能衣袂之間無非片片煙乎？

予又與誕先約：君之時文字名成矣。元次山，唐之詩人也。讀其春陵行，真至而樸厚。與武昌孟雲卿徜徉㳍湖、退谷之間，交好游處，以詩道往來。今退谷、㳍湖未落人手，君其林而麓之，以永此積煙樓於千古，予願爲次山矣。

冷光亭制藝序

我朝之時藝，若晉人之放達，窺竇脱褌，風俗成矣。其中不乏清言微論，争爲第一流者。而樂令之言曰：「名教中自有樂地。」允爲古今談論之宗。阮嗣宗，至放人也，而文帝以爲至慎。知至慎之即爲至放，吾與之言時藝矣。

善作時藝者，必天下之奇人。未有天下之奇人而肯下墮於近世好奇之習，先持一必爲奇文之心，令人可測其奇而耳目之者也。夫奇人之於文，非其自欲爲異，乃其人不能同。因其不同而呶呶焉，以爲怪物，以爲戾氣，避之惟恐其晚，予所以中夜徬皇，如有所結者久矣。竊以爲軋茁之字句，上下連而不斷，濃媚之藻澤，彼此串而不窮，楮幅之後更添楮幅，筆墨之外無復筆墨，似深不深，似遠不遠。而間有因之前茅者曰：「此敝帚而已，何必不出於此，而向孤檠寒爐之際，寂寂十年。」難乎！既爲奇人，安能聽之，必且翛然靈光於其間，不清其脈，如聖賢所以云云；不渾其格，如先輩所以云云；不幽其詞，如高士所以云云，恐不肯止也，冤哉！其怪物之而戾氣之，而避之，而反以苦心之良工爲欺人之英雄也哉！

予所最善友孟誕先，奇人也。其制義脈清、格渾而詞幽，三致意焉。聖賢之旨，先輩之則，高士之趣，久已煙積雲埋於手口之外，而無一語墮好奇之習與必爲奇之心。而不識者又以爲平。以奇人爲好奇，與以奇人爲平，彼安窺其意思之各有在乎？予往在南中，奇士之海也。如馮宗之之平，馬巽甫之奇，予不覺其何平何奇也，見時使我快，别後使我思，或第或不第，不問矣。會此意可以放，可以慎；不會此意，豈惟夷甫、輔之之輩不可爲訓，即樂令名教一語，恐徒助酸餡者張目耳。

今年家居無事，批點晉書，足令此意暢然。尋當與誕先之文，先後行世，以證我朝制科，與晉代清談，其揆一而已矣。

夕嵐草序

文之妙在縹渺依稀之間，如昔人所云「夕嵐無處所」，又云「蒼翠難强名」，皆妙境也。然在山中，獨坐寂然，鷄鳴不寐，披衣徬皇，及斜暉倒壁，燈火未發，爾時友朋不見，童僕不知，平日思議格格，忽然如粒米珠泉，報我以光影，是則我輩一部全文也。

予過謝應侯焉支山下，草堂高納，萬瓦低争，古木雲嵐，不以城市而去，出而望之，江漢夜明，扃户焚香，篆煙繞卷。應侯讀書其中，作文其處，文亦如是。又嘗騎一驢走九峯山，山中光影多如是，文亦如是。予告之曰：「匪朝伊夕，不須定爲坐何山，山何時。」概目之以「夕嵐」。

賈太守季考序

蜀中賈槐峨先生以名進士爲吾郢郡伯，使君問民疾苦之暇，每季取七屬士課之，課必定其工拙。郢人士莫不閉户澄神以待試，試之日莫不滌腸洗髓以爲文，乃至一試再試，而澄神、滌腸洗髓者愈加甚焉。於是郢門之士日以静，州邑之士日以勤。静則無傲，勤則無荒，而才不才之間，各有以自致於文章。

元春方耕竟陵之野，守不見諸侯之義，先生忽枉以書，且曰：「爲我作季考序。」

夫季考者，上而守與下而令之職也。然常輕於學使之歲考，以爲不與於榮辱。尤若無益於三年之鄉試，以爲不與於得失。而予竊以爲榮辱、得失之所自出，無如郡縣季考。士之喧寂，季得而察之；士之醇薄，季得而親之；士之講論經義，以及文品之邪正雅俗，季得而薰之、勸之、導接之。故其機候，分學使者之半而較暱。而至於京考，分闈暗中，一日工拙受其成而不暇變。師弟子一遇，恍然一觸於燈燭神鬼之中，而不遇者遂如煙雨之散去。故三年鄉闈，名能收士可也，非能教士者也。收而教之，惟郡若縣爲。然而郡教一部，與令教一邑，廣狹又别。

夫豈惟教哉？治行亦莫大乎是。方今四海多虞，風氣衰悍，士子多效不可句之文以爲高奇，不可了之篇以爲長才，而競與惰常出乎其中。哄然習氣之中以誇世，競也；效人爲之，而己不自爲，惰也。競者静去之，惰者荒入之。若使郡而教之皆如使君，四序周始，矻矻不暇，其爲人也，日静日勤，志氣一並於文事，而睽詬之形亦何從而生？故曰：治行在矣。

序成，因以書報先生曰：「峨嵋天半之雪，落吾郢中即爲陽春。其在是編矣。」

邑侯楊五華薦牘序

邑侯楊公五華以上計入京，循良之聲籍甚，諸公間有要地，爲其桑梓計，欲以調繁，得致賢宰，吾邑人在都下者争持不可，侯亦戀戀吾邑，不欲舍而他之。不佞元春適備公車之列，亦爲人數舉邑所以不欲失侯狀。蓋自歸耕河上，友梅子鶴，蒼蘚閉階，扉無叩聲，城市之跡幾欲賣斷，年雖不豐，而村舂鄰犬相得悠然，每與野老一談其故，則侯之不爲名邑奪去，而復彈琴風后之國，種花兩湖之鄉，吾輩安得不徜徉墟落，高枕柴門乎？

一日見所輯先後薦獎盈帙，起而歎曰：予生平論古人事，謂古今不遠，率不喜人言古今不相及者。即如中牟化雉作令，引爲美談，大都謂雉能忘機是一異，童子有仁心是二異。非但蝗不災也，而肥親廉之得具如是别眼，袁安信之得具如是好念，一時遭逢，皆若麻姑下蔡經家〔一〕，無人間逢迎情事，真遐哉不可及。而我侯薦剡之美獎不容口，院司、守李、諸臺若出一人，不知幾肥親而後上之袁安，又不知幾袁安而後得此盈帙。此韓文公所謂二疏，當日又不知有是事否也。

元春十步五步，居然一雉，鬢將生絲，猶有童心，願□□明府風化之餘焉，吾是以喜而書之。

【校】

〔一〕蔡經　原作「蔡京」，今改。太平廣記卷六十晉葛洪神仙傳云：東漢桓帝時，仙人王遠字方平，降於蔡經家，召麻姑至。

補壽李老師五十序

翰林李老師，戊辰年四十有四。時楚丁卯門生之在京師者雁行上壽，而元春不與也，虛其錦，以待吾文施金字焉，師大悦，報之以詩。因思元春之於文，不足以當筐筥，好譽盡飾者往往無滿志。師今之太白也，集行世，如黄玉降人間，拙者張目，巧者穿腸，其才非人可攀躋，而悦其門牆。人之言一至於此，天下之人又不敢疑其私。然則歲製一文以壽吾師，庶幾一承師顔，蓋亦弟子之職哉。而甲戌之春，師則五十矣，師是時彈琴尚未成聲，弟子方就試京師，觴遂缺。於其秋也，元春逃入樊川，行吟不輟，念祥琴此時鏗然，孝子不敢過禮，吾得用吾文發千里一快。而同年蔡仕、馮之圖相會於葛山，皆曰：「幸甚，子其執筆。」元春低佪思之，前者爲文，忠孝大致已盡，復言無當也。獨記辛未侍於京邸，師夢徑寸珠，夜朗朗有光，自以華陰土藏之，語予曰：「何祥也？」予應聲曰：「似欲吾師韜光耳。」惟時師亦以爲然。而由今思之，則幾於失言，念之汗出。古今有道人之光，如日月星燈，山川輝媚，金銀夜氣，虹梁霞城，舍利之屬，皆有光焉，不可得而韜者也。可得而韜之光，夫豈真光也哉？上之而老子未過，紫氣先滿；下之而會稽王來，朝堂不暗，是孰從而韜之？吾曾過龍井，上韜光之巔，海水如抔，嵐泉下覆，三世諸佛，吸千萬億光影以達於頂，猶恐其不足也。予爽然悟曰：「此之謂韜光矣。」且韜光者，即蘇門翁所謂不用其光也。文人王季重序師集曰：「觀其爲人，眼有冷縫，耳有驚雷，舌有奔泉，肺有林屋，腸有轆轤，腹有對簿，而總之其心，有天光發彩之妙。」異哉！季重之言光也。不用其光，莫大乎是。二同年曰：「陋哉子也。庸人自謂韜光者，光如鼠，豪傑以韜光用，光如虎，賢人韜之如螭，聖人不韜如龍。子見天啓末年之師，師何如用光？子見宜興公爲相，師何如用光？可知用光之妙，妙於不用其光。子説誠陋。蘇門翁未爲全義也。」元春是其説，往而告諸師，琴聲和矣。是日也，張文受賀，始揚五十之觶。

楊接公母五十序

予於武昌人家如州閭親串，母事其母，年若則嫂事之；子畜其子，學比則弟畜之。無人不以德義相尊，文事相親，乃獨未識楊子接公與接公之有母。然吾友孟誕先則嘗爲予言：楊氏有别駕公，寳古癖奇，坊購手録，及丹鉛所加，經子史無論，旁至數學、天文、律曆諸種，車庫俱盈，號爲鄴侯、虞秘書，而掛冠以往，園林樓臺，以意相輝瀉，有香山宦歸天竺石、折腰菱之風，予心竊高之，不得見也。

今年納涼胡去飛葛莊，胡爾常拉接公來訪。接公執弟子禮，贄其文，清美有思。予異而問之，則别駕公者乃其大父。少孤失父，獨其母孺人在，撫兩子，辛勤佐讀。而接公已爲佳士，予乃知别駕有孫，一灑積書未必能讀之譏，而又幸其有母，如予弟兄八年前事也。蜀菊水先生道韻出人，詩句幽迥絶塵，接公持二篋來，皆其遊廬山新詠。予誦之，喜欲仙，問接公何以得此。接公受母命讀書五老九奇峯下，一友一僕，啖苦菜，食麥麻，與僧衲相寒燠。先生遊至此野鹿山樵中，忽接士人，喜與款對談文，授秘密方。接公歸，欲以師事予，蓋動念於是，亦其啓母而母命之。

賢哉母也！知遣子讀書空山，又嚴予爲師，豈尋常婦女哉！陶士行，武昌前躅也，母髮不惜，至與剉薦同辦，後人以爲仕宦聲譽一念教子不以正，予因而思之，安知母非有師友戴君之念〔一〕？如接公今日請益者。而爲士行延譽，則戴君自不容已〔二〕，何以是明賢母爲？吾聞賢母芳規有卜鄰畫荻者，予又因而思之：母子常情不相離，隣好結於户外，荻灰教於膝下，亦易事耳。若驅子於山高泉深之地、空虛無人之境，悟子以雲嵐，友子以鍾梵，不以定省爲不可廢之事，不以家累爲不可忘之懷，賢明如此，即古賢達之母亦自愧其戀戀拘拘者。試起君家别駕公而質之，别駕賓古癖奇，必以予言爲然也。

誕先、去飛、爾常僉曰：「接公之母五十矣，得是言也，榮於旌其閭焉。」於是書。

【校】

〔一〕戴君　疑當作「范君」，指范逵。按范逵，晉代名士，曾作客陶侃（字士行）家，並爲陶侃母子延譽。事見世説新語賢媛。參見本卷壽胡母孟太夫人帨辰序。

〔二〕戴君　疑當作「范君」。

耿九克勵六十序

今海内莫不知楚黄安二耿先生之後有克勵君者。予既得深交克勵，藻心質行，疏密罔間，即海内亦知之。故君值六十，州閭族姻懷其德、依其訓者，争思致君所嗜以爲壽，而君素無嗜也，從子玉齊私語其昆弟婚友曰：「吾得之矣。先生生平無他嗜，嗜文篤友。兩者並，其鵠灣子乎？」於是走人七百里問鵠灣。予是年五十有一，方築妙老堂於深竹垂槐之間，聞克勵甲戌燕還，即與里之年八十下至五十者盟，良辰佳日，仿昔賢老人會，而不齒於爵，意甚高之。安得賫磨鏡具一往預乎？乃有傳明詔四下郡縣，上君生平孝友任恤、博物實學、潔己匡俗狀，以聞於朝，行且爲徵君膏雨天下。而予竊代君咄咄曰：嬲吾耿先生不應至此也。請得言耿先生：吾楚自恭簡與司馬公倡學東南，巾濂佩洛，學者尊爲「二耿先生」。而君以端慧之子親承指授，造次被服，一本儒先，而無句屨圜冠之容，人皆欽其淵源而不能目爲理學，此其長也。君吟誦不輟，縛帚潔一室，石榻欲穿。日夕發先世藏書，較讐纂述，幾與身等，而逢人不露張安世、虞秘書眉目，虛心斂容，津逮無涯。君於制舉言，酷愛先正大家，凡四方孤憤不遇之文，爲之咨嗟，爲之包匭，表章惟勤，使有梓於坊、有聞於世而後已。其於人亦然，不賤賤，不亡亡，不厄厄。翟公題門語，至君洗盡。人謂君恥贊皇之麽，寧老孝廉，誓墓不仕。予觀君通籍起家亦復如是。君已未以來，十年不上公車，晚復驅瘦衞試春官，文未滿志，即囊筆趨出，明日恬目袖手看朋輩決戰，無幾微動詞色，此予辛、甲一闈所親見。君行事居心豈不然乎哉？友人李君作君年譜，言豫章有石碑，從水湧出，楚黄小耿於千八百年前授記，所謂拔宅八百餘家者，小耿其一焉。華亭董公題旌陽仙籍，引此以實之，度非妄語者。且吾嘗言：君身不累世禄，口不言錢穀，心不艷軒蓋；季女不近，酒食燕樂之宴不赴；惟知天地間有友朋文章，爲德惜福之樂。純想必升，忠孝度世。吾益以信石碑、華亭之言不妄無疑也。

玉齊與其昆弟婚友以是言進君，君急掩其口曰：「吾家世儒者，何敢謂神仙非虛妄？然鵠灣知我中懷無營者，試轉語鵠灣，使有心圖作仙佛，非我克勵家風矣。」遂笑而受觴，合觴家人，以示拔宅之意。

壽胡母孟太夫人帨辰序

同安蔡清憲公有壽吾母魏孺人之文，謂吾母不獨母元春，其識度真足師元春，予至今感其言也。因思爲人母即爲人師，師道不足而能以母道成其子，古今無有。夫燕哺犢乳，犬憐畚聚，此凡人母子也，所以成其子爲鳳麟，羽翼休明，其道何繇哉？故賢母不苟畜其子，賢子不苟望其母，一生文行，名位德業之途，母日營構於心，怵惕於懷，審察於視聽，屏問客語，幕外履聲，肅肅見於上堂下堂之際，而子不敢不賢，此嚴母之道也。

母以慈名久矣，獨韓子以敗子屬慈母，自是卓論。佛不稱慈，稱大慈。大慈者，嚴之至也。予讀易，至家人之彖，曰：「家人有嚴君焉，父母之謂也。」不覺爽然。世稱父者專嚴君，蓋不該之名，而蔽於習聞慈母之故者也。惟父見背，而母專嚴君則有之矣。予既幸師嚴母，中道失去，以墮於無成，乃不如吾友武昌胡公碩先生，得奉其母孟太夫人，自少至諸生，至孝廉，以至於禄養，不必且爲大人而無一日不膝語，無一日不伺顔色受陶鑄，如公碩母可謂嚴君矣。

予久從母之弟誕先諸君遊，又從母之子游。每登堂，器無聲，諸客歛容，公碩兄弟執禮甚恭，茗碗酒漿，静潔自辦，客不敢遽起，知有賢母耳。予好散朗，坐整筵不終日，思辭去，誕先起謝曰：「吾姊意如是至悉，其烹飪必視，觥籌必理，蜜餌旨蓄必躬。」予起謝：「太夫人勞矣，請少休。」公碩兄弟又起謝，不自安曰：「吾母待良友必如是。」予因益知太夫人非但敬其客也，性不安於苟簡，習不近於輶褻，祀先奉姑，御婦逮下，斤斤如也。貴家女，名人配，箕帚機杼晏如也，敬不荒，勤不匱，惟母有焉。當味南公爲名士，不知有田舍，今公碩兄弟爲名孝廉、諸生，不知有竿牘苞苴，文行卓卓，名位德業，日期於必成，豈偶然哉？

公碩禄養吾邑，予適客武昌，親見出祖，一城士女狂走奔騖，如失其師，鍾郝法遠而巾帨無光，固其宜矣。乃至於閭巷親姻，窶者色沮，招提僧律，募者罷磬。予問其故，又知母在三黨間，能爲黽勉之求，且潛修檀波羅蜜不倦，皆以節縮身口成之，非一切婦女性啻不施者。覩母生平似陶而不必於雙髮，似孟而不必於三鄰，望其子文行、名位、德業之成，而不必於戴逵之一人〔一〕，亶乎師公碩兄弟有餘。而公碩皋比小邑，師其母以師吾邑之士，五華、三澨與西山兩泂，争以笙鶴迎母。吾邑之士，望馬帳如鷲嶺，取萱堂作杏壇，自是一日之幸。

若公碩則視壽昌、雲杜皆如家，予則視壽昌、雲杜皆如客，亦無地不勞母主饗，受母陶鑄者，期以年年，今日爲舉此爵。

【校】

〔一〕戴逵　疑當作「范逵」。參見本卷楊接公母五十序校記。

程母七十觴語

吾友程心生，遇於塗，知其有賢母也，蓋視端步詳焉；與之語，知其有賢母也，蓋魚魚雅雅穆穆焉；入其室，登其坐，几案净拭，牙籤紛披，文行有古風，知其以母爲師也，勤而静，無違忒焉。

心生曰：「知我者友。知我母者，友之有母者也。」譚子起而對曰：「二親中，父在外，外則自見。母在内，内則藏，藏則見之乎子，故子不可不慎也。父亡母存，慈嚴一用，内不内、藏不藏之間，母常有儀，以自見孺人嫠而存電光耳。警夙因，皈燈磬，恒由乎是。目不知書，課子無術，結友遠佞，子日進矣。凡以代夫子辛勤，壽而至於百，猶泉壤自待也。吾有母，病忘不能誦佛號，珠珠相續，以是爲愧。至其勉子嗜學，不務世俗之名，侍尊章，睦宛若，肅童婢，坦厚真憫，有相類者，余是以觴之。」心生再拜曰：「性之母誓不受觴。請以一卮酒祭先人，次者母，次者性弟兄，其可也。」

告亡父文

我父之去也八年矣。始無影，既而有影矣；始無響，既而有響矣；始無夢，既而有夢矣；始老母推枕即夢，既而兒夢數數矣；始老母夢輒驗，既而兒夢驗不可言矣；始夢大者驗，既而一飲一啄、一文一縷、一顰一笑皆有夢，皆驗矣。夢父從高僧雲遊也；夢父現身輕如紙葉，兒抱之，行且泣，而拉兒送於驛作驛官也；夢父舊時衣履也；夢父或冠帶如尊官也；夢示以臆也；夢語刺刺不休，不忍聞而驚哭以醒也；夢囈而醒也；夢持奇書授兒看也；夢問兒久不作文，何以不憂手荆棘也。嗚乎！父在日，何事不請，何狀不悉，而今乃須於不可知之夢乎？雖夜夜夢，雖夢夢驗，有何益乎？嗚乎痛哉！

兒之不愚，父所生也；兒之不誑，父所察也。兒之不羈，父所生也；兒之不宕，父所察也。雖八年未葬，其有必誠必信、必哀必思之至性，父所生也；其有時宴會，有時入山水閒遊，有時從衆步狹斜，有時吟嘯不止，而未葬之罪，時時在胸中，出而梗人者，父所察也。嗚乎！兒好遊，父在日已兆於州郡旁縣之間，覺知吾父將病，兒數月不敢出舍，父因從容語兒：「天下父子亦有朋友，我與兒共談，足以度日。兒出門，我輒兀兀，我意不欲兒出門；而兒出門輒進益，我意又不欲强兒不出門。」嗚乎！父生我，又知我也。

兒小時好嬉戲，雖有師也，父又爲師樸之，譙讓之，雜侍僮跪之逐之，使奴婢私飲食之，而我母梨栗之，而後乃今知文字。嗚乎！父生之，又教之，又成之也。兒爲諸生後，十六即好古文，念古文之道衰，志欲稍振，考閱達旦。父築館寢室之旁，而納兒其中。冬月與老母親爇罏炙置酒爐間，以備兒舌燥足僵之須，而又窘乏其燈膏，使不得遲眠，雖寒風極雪之夜，亦啓扉竊聽，伺兒隙火。兒取被覆檽，習爲默誦，而始得以免於憂。嗚乎！父至嚴又至慈也。父子本不得以恩言，蓋非恩之所得而言也，故詩人謂之「罔極」。兒嘗言吾父子之際似特有異焉者，豈「罔極」亦不得而言之耶？嗚乎痛哉！

兒兄弟六人，磽磽嶷嶷於衆人之目者，我父之精神也；閭井遠近，人酸然愾然於道路之口者，我父之聲跡也。父有子，子復有子，而衆人目中，常有一磽磽嶷嶷者，皆我父之精神也；父種德，子不敢樹怨，而道路之口，代有一酸然愾然者，皆我父之聲跡也。我父之不亡也，亦已審矣。兒有狀，退谷居士有志有銘，父生前行實，雖百世可知也。獨以幽明途分，將無稍隔，此八年間事，兒豈得以哽咽不言。

父去後，水没田廬者三年。兒辛苦塾隘，卵翼家人母弟〔一〕，未嘗知苦，諸弟見其如此，各取自理，兒詳水學而堤之，而水從此不入界。父去後，兒三年内外，嫁娶弟妹五人，以妹許聘者二人，弟皆生子，妹亦生甥，兒一人不孝於其間，即他年竟無子息，終不以餒我父矣。父去後，老母分田宅、僮僕與兒兄弟，而兒兄弟皆他出也，兒兄弟雖各有其田宅、僮僕，而母妹兄弟尚同食也。兒有田宅僮僕，諸弟代爲政，而兒與兒之婦仍閒人也。兒以不知田宅、僮僕慰吾父，而又借諸弟之不忽田宅、僮僕以慰吾父，皆各有其道也。父去後，暉之燥者平矣，聲之秀者豎矣，方之韋弦佩，而禮之雅俗賞矣。五窗相對，書聲足以相達。今之爲簡遠堂、紅濕亭者，我父當日之寒河別業也，林木陰森，我父樂其地，當有魂魄來遊。來游之魂魄，兒兄弟即以爲尸視之天眼。父在時，兒尚勝諸弟，別我父八年，兒不如諸弟遠矣。父去後，兒於婚宦田舍之中，迷戀者少，獨名根深重，不敢以欺地下。兒遠遊動一年半年類忘家者，兒不盡以心力制舉類忘訓者。嗚乎！兒蓋熟思之：使兒不若此，兒豈能遂不諸生？如無此風雅氣韻裹兒癡骨，則其辱吾親將有甚於今日，是以莫之敢徒，而從吾所好耳。

兒觀此八年之中，哭我父者，人又已哭之，悼我父者，人又已悼之，感歎於我父之遺言往事者，人又已感歎之。世寧有百年人哉？石火電光，幻境幻情。兒讀古人書，豈不明此理？然而爲人子者，何忍爲此言。嗚乎痛哉！

【校】

〔一〕卯翼　原作「卯翼」，據文義改。

沈長君墓誌銘

君偉啓元〔一〕，字端伯，姓沈氏，世爲吴門都亭里人。高曾而下爲御史公達，爲萍鄉尹、爲鴻臚卿灤與其弟鍾，鍾生浩，浩生秉讓，是爲君之祖，始卜家於六峯，而其子光禄公延祖即卜兆六峯以葬其父，而君年至二十三亦卒，光禄公悲之甚，又以祔於祖，曰：「大吾門者，吾子之子也。」於是子希孟文學忉惻有日矣，崇禎九年，從其婦翁羲升陳公宰吾邑，因公而請埋石。公敦人也，其言不誣。予又嘉文學來吾楚，不徵銘於要人，而徵諸野服之鴣灣，君其有子哉！

君生而慧，齠而能文，娟羸静秀，疏疏可人。光禄公憐念之，不以逐童子也，遣入南雍受業，因以棲止金陵。且陪京人海，因得遍交高文服奇之士，俾知所津逮。而君固深心，耆自以其意師資明碩，蕭然爲鷄羣鶴，每出試，即傾□其曹，曹争識之，君擇而後與，常耻入隊行。光禄公既欲君卒業，敕無歸省。君歲時一往朝母葉太君，即理櫂至白門，幽居向壁，如退院僧，無纖毫房闥念也。

君以紈綺之子，裘馬非其所乏，而又價重時年，潘車謝齒，誰不艷尚。即人士佳者，或徙爲飾塵折巾，弄香鬥𦱤，效清人韻流膚態，而君亦厭之。家訓清令，天資邁上，既無子夜、捉搦之情，亦鮮方褥隱囊之好，當蘭茁其芽時，早有翠竹碧梧想，故生於館娃，長於邀笛，而若不知有東南風氣者。獨好佳山水，嘗一再還吴，上縹渺之巔，尋靈威之跡，心目攸觸，形於篇什。

癸丑之春，君既病矣，猶與二三同志修禊分賦，人方捉鼻，擬議未就，而君已落紙墨有聲，妙句鏗然。長吉嘔心於生前，惠連夢句於死後，誠有足悲者焉。將終，猶思病少間，即入吴訪名師，皇皇以學問爲言。此與戒律禪人泥洹時誦西號何異？嗚呼！可謂秀而未實，賫志長畢者也。予聞之傷其志，爲作銘曰：

瘞六峯者，有盡之年耶？清心約物，與銘俱傳耶？有宰有宰，蒞吾土者，天耶？

【校】

〔一〕偉 疑當作「諱」。

謝母熊孺人墓誌銘

吾友漢上謝子淳培，甲戌以會試相見於都門，常鬱鬱不自得，問之，則曰：「吾母病甚，吾出場之明日，即驅瘦衛還鄉，不待揭曉矣。」蓋謝子有嫡母熊，生於申而庶於王。再詢之，則曰：「吾母固熊也。」同舍生皆驚：孝哉！謝子幾不知所自生。乃予則心知非獨謝子孝也，母蓋江漢之賢母也，能令謝生，又能令謝子忘所生。同舍生皆服於是。謝子歸，而以書報我曰：「吾母幸甚，亡恙也。」其明年乙亥又病，謝子倉皇禮斗以延之，竟不起，而乞予誌其墓中石，曰：「吾母之賢，不可以泯泯也。」因取其狀讀之。

母熊氏，先世與謝隱君俱以江右南昌徙漢上，漢上有劉家，隔三家聚落也。兩家結婚姻相愛，今江油明府即熊所自出也，敏慧過人。渭陽氏復許字以女，是爲今熊孺人。及笄于歸，羸病如不勝衣，年十八有身，十有四月不免，醫誤以爲癥瘕也。謝太公有素所善吴人楊泉洲者，精岐黄，望之久不至，一日忽到門，告之，故摇手曰：「明晨吾澄神診視，即知之矣。」早炊黍以待，已而入診，診右手良久，呼曰：「飯我。」飯已，復入診，左指纔下，即大笑曰：「此身也，一二日免矣。」投以滑胎散一匕，因私語江油公曰：「舉者乃雄也，將不育，奈何！且多服金石藥，其後亦不宜男矣。」語卒驗云。

先是謝太公饒於貲，至江油公則負笈江黄竟陵間，不問産，産日落。又從武昌，殘書破甕，頗不中徙。母出簪裳，供之讀日下，帷脩静守。值歲凶，率千鍰易斗米，母對甑塵流涕。公忽歸，見涕痕，曰：「大丈夫豈可以不治生，累妻子哉？」遂奮然理生，夜讀曉輟，盡出其心計，引村中細人數十輩，瑱猥終日，而母親操作肆筵，咄嗟以助之，故復稍稍振。然江油公學亦不蕪，歲乙卯，闈牘幾入彀，爲本房所嗟賞，後以歲薦上京部試，得爲蜀江油令，母成之也。母迎謂曰：「君不記閣中泣乎？俾君失一第，將無出是耶？吾當爲君分過矣。」

母既久不宜子，江油公年已三十七，母泣諫之：「寧有年若是，子息闕如，而猶坦坦施施者？」强爲聘孺人申氏，即今生伯子淳培孝廉與册封通山王妃者。每當申孺人生妃時，亦結褵九年，母又患之，復納今王氏，爲次子滋培母也者。男女産一出腹，即攜置牀褥，燥濕自移，常一夕四五起，選乳易婢，恩勤倍至，雖各長成，俱不知有其母。門楣之喜，笙瑟之宴，母手自植之，而身自膺之，然母不矜也，其課謝子力學尤勤。江油公志四方，母兼父兼師，命老僕監讀，無敢或怠。江油公令蜀，俾申孺人與偕，而自課子於家，皆人情所難也。謝子是以爲楚名士。予固曰：能令謝子生，又能令謝子忘所生也。謝子雖孝子，何敢歸孝於謝子，以泯賢母之名？銘之曰：

淑德慈風，世固多有。我相捐除，婦性何有？謝氏苗裔，賴母而久。後千百年，銘不可朽。

遣奠楊弱水先生哀詞

歲乙亥九月，總督少司馬武陵楊公終於家。年家後輩譚元春冬十一月始聞之，明年丙子正月，始得遣一僕告其悲。其訃聞之後一月也，邑人有賫書來者，則公病中書，尚舉隆準公「命乃在天，雖扁鵲何能爲」語，其書英雄蕭遠二俱不墮。元春痛此書無繇答，答之以哀輓，曰：

嗚乎！貝葉蕊珠之字，不可得而見矣；桃花魚舟之約，不可得而聞矣。手輟流水之弦，臆沾開篋之淚。溪山落落，鄉國兀兀。嗚呼惜哉！

昔蔡清憲公，人倫之表也，嘗語元春曰：「我輩從佛位中來，故今生常苦；楊公從仙真中來，故今生常歡。」以今觀之，不盡於是。公雖不喜説法，所在現身。入巖壑中現少文身，入文字書畫中現蘇、黄身，入邊疆中現召虎身，入交遊中現孟嘗、鄭莊身，入圜室中現大士身，入遷成中現青蓮身。超超忽忽，入纏出纏，不知苦惱，不知繫染。起清憲公問之，吾言豈誣也哉！公於海内知舊，藹乎三黨也；於後進，翕翕乎肩隨也；於狎，莊莊乎士也。難哉！人百其身不爲過矣。

公有子中丞文弱，居處莊，事君忠，涖官敬，朋友信，戰陣勇，五者蓋幾幾乎全焉。國人稱願然曰：幸哉！有子如此，所謂孝也。公談笑而棄世，此既一端矣。饗我於平山、梁山之間乎？善卷、小灣乎？西莊乎？吾庶或夢之，庶或夢之，予與公生平之誼也。

鍾退谷藏詩跋

神宗末年，穀洛水火之形已成。退谷自用爲憂，而未敢訟言論之也。熹宗甲子冬，風湍狂走，疑危忽生，棋殘局易，物改星移。一日而囂囂沓沓之人，盡散而爲窮途之哭。是時退谷方築室，有終焉之志，而感憤前事，雜以嗤鄙，作甲子歲冬一首，歲暮又作七言排律一首，有「疾步行俱亂，温辭禮未成」，「燒燭夜深終見跋，累棋數滿不留端」之句，皆道一時事也。後又有絶句藏詩三十首，其論益詳，感益深。世多忌諱，久塵笥篋間。因聖明在上，正人漸明，方博採人間補益之言，而退谷史才，既不爲史官，今又已死，因令其男祕生出以示人，亦欲留心世道者，讀之茫然而一嘆也。

【評】

佚名手批曰：「深情遠旨。」

王天庚藏蘇端明松皮研銘 有引

相傳有蘇端明松皮研。一片石中，窈如巖壑，嶔如龕宇，平處如田如基，用以受墨，睇玩久之，若可以忘世而家其中焉者。石陰有坡公小像，使人愛敬兼抱，至欲下拜。吾友王天庚得之。天庚奇士，弄霜毫若鋤鍤，令坡公同時，引入秦、晁坐中無讓，則知此研固必眷眷於天庚也。獨念坡公曾有卵研，夷險燥濕，無日不同出入，而晚年以贈參寥，羡其逸老空寂之鄉。今此研落王子手，晨酣夕飽，吟披不停，正未知何時作空寂想。坡研之勞逸，豈不亦有數耶？於是爲之銘。銘曰：

卧可摩挲豎可祠，生可怡悦死可碑。千萬子瞻，分身在兹。

【評】

佚名手批曰：「寒河集空寂鄉兩研，所得孰永？」

書元人高房山畫贈水向若督學

奉謁祖臺後，歸掩柴門。旌節去來，可仰不可攀。兩郡人士，貧者舒眉，滯者吐氣。高門而攻苦者，自重其風骨；先談而才者，亦足施其顔面。得者榮之，失者亦代爲榮之；子弟知之，父兄亦知之。誰謂末世不可教化？祖臺一過其郡，有敬且愛耳。感之一字囁嚅焉，終不敢出諸口也。元春欲瑣瑣稱其私感，而亦終不敢出諸口也。老師臺行，過湖望嶽，浮湘涉沅，其間必多鮮芳幽貴之文焉，春未之見也。法眼一一采而襭之衫裾，使春得而見之。世人貴高華，而楚人重深華，水夫子功左徒，在此行矣。

家藏元人高房山尚書畫一軸，是亡友伯敬寶以付春者。今兩人子侄得收入學爲弟子，非此畫不足代束脩者，敬題歸畫苑。元尚書不足道，其姓號筆墨足寫吾懷。惟臺鑒之，時一展玩。

【評】

佚名手批曰：「『深華』一語似水公。」

西塞疏

予三遊西塞。慕志和之高風，味青蓮之妙句。江天相束，竹木同涵。魂蒼蒼其欲棲，神悵悵而不返。最後則劉、胡二友，袁氏諸賢，醉呼石丈於幽遐，閒倚此君之縹緲。非但吾楚之關塞，浪振峰攢，誠堪吳興之漁蓑，家浮宅泛者也。黄冠茶我，青錢募誰？感山水於前人，生樓閣於物外。何以潤筆？請放鱖魚之千頭；豈難忘機？深嫌虎豹之重瑣。諾吾碑者山客，草此文焉鵠翁。代則崇禎，時爲冬孟。

膏露説

崇禎壬申之歲，甘露降於蒲松柏之上。時令蒲者，爲可任林公。黄童白紛，皆稱爲一佛出世。下至胥史，亦欣欣然有爲善不怠之意。予雖未及負其牆，而竊謂天乳星明潤，則膏露以降。先生令蒲，如佛母將五百道乳，飛千子口中，乳乳到口。天乳之應，其在是歟？先生聞而不悦，曰：「吾聞王者養老誠敬，然後膏露降於松柏之上，吾安得而有之？請以歸吾君。」於是大中丞以下，欲以聞於朝。先生又持不可：「金莖之承，紀年之瑞，何益明聖毫髮？吾曹愛君，當别有在，而區區是耶？」予懈其言，欽其有體，退而爲之記。適門人輩倩鍾居士圖之，問予。予復大喜：佛出世，亦不可無千二百五十人俱也。

戒寫字說

字本不佳，强寫增苦。每一作書，心火熾發。以茶沃之不散。廢正務，減常餐，殆將成病。念昔年表兄徐九乾之，鐵裹門限，剌剌不休。春嘗規之：「子精神終日浪用，非久視之道。」乾之竟死。今自思，惟勸人甚明，癡迷可哂。已於今日誓墓勑斷：凡我親長友朋，憐念不才，迴無益之紙箋，延有志之歲時。如從醫乞求離床席，如從佛乞求解鐵圍，如從帝乞求益壽命。是真實語，是危迫情。伏惟大君子鑒亮一二。

書寒碧卷

余於書法多懶而傲。懶則無意爲書，傲則任意不書。予懶人亦懶，予傲人亦能傲，率將臨池而罷。獨僧碧公好予書特甚，往往禿襟小袖藏卷册，候其勤與欣然命筆之際，則出紙，紙亦遂盡，故所得獨多。多不足羨，羨其能耐苦也。碧試藏之，勿以分懶與傲者。若輩第從羊公乞一幅裙來，羲之他日肯復寫羊裙乎？

其二〔一〕

寒碧常從公安往來吾園，行李自肩，饑飽由人。曰：「吾無所事庵也。」予服之。一日欲於寒河上下數里，得茅屋數間，地多種竹桃花，啓一窗其中，取吾輩所閱古人書，隨閱隨讀之。沙門不束於教，物外孤行一意。予更服其言，而欲爲勸施。或曰：「有我哉譚子！鄰爾園，樂爾儔而人施耶？而勸人耶？」予幾不能答。雖然，必有喜碧之能從譚子，喜譚子之能有碧，兩種人俱出矣。

【校】

〔一〕其二標目，原作「又」，今改。

【評】

佚名手批其二曰：「碧公孤行，譚子兼利，合成一卷宗乘。」

書以白卷

雨滯西林，不得上山，鄉衲子以白楚楚香犇之際，作參學想，出是卷倩題。今宗風滿天下，巾瓶所往，無上根智，如水石觸發，歸來堅住，永遠墓旁，作掃橡葉頭陀，真勝野馬芳薪萬劫也。勉之哉！

【評】佚名手批曰：「教盡衲子。」

題去飛侍兒小令佛像贊

佇杖而立，誰爲物我？接杖者誰？齋心即可。

譚元春集卷第三十二 鵠灣未刻古文二

與劉簡齋總河

殘秋奉台臺書暨貺，傳自汶上郵筒，甚以爲榮。手書數副，素風高邈，尤可把玩。始知昔人懷袖字不滅者，亦決是可充把玩之物也。元春自夏徂冬，雖不出楚疆，而鵠磯以下，西塞以上，扁舟夷猶，泛泛於蘆楓鷺鱖之中，甚適甚適。知己欲詳我近狀，如斯而已。除夕家園雜感十二韻，録卷寄正。兩年來可謂馮夷擊鼓，羣靈趨矣。河臺晏閒，遥與野人研究性情，致足佳也。拙詩猶有數序，惟鵠灣集古文，同志師友多化去。惟台臺及菊水朱夫子一二人，正盧紫房所謂天高而人深者也。高予冠之岌岌兮，舍兩公誰與屬焉！蔡司馬曾愛不才古文，以爲過於詩，索其稿刻之鄖陽，會督黔不果。春嘗念其意，不敢懈，近益並心極慮，仰思古人，雖力嘗不赴，竊自以爲單瘠質木之處，微有合者，先生許我乎？泚筆成之。淮司李袁述之、桃令龔君路，二處皆可達。若元方得在徐，則事台臺又門庭之内也。元方竭心力潔身爲令，賴上有卵翼，可幸無罪。而徐方繁劇凋妫，又十倍汶，台臺何以教之護之？龔令辱知既深，仗庇不薄，業有考成矣。袁司李以名家獨立，聰明卓鍊，春自弱冠即器重之，今幸復在宇下。何春交遊兄弟之俱有緣於左右，而執手板者皆聲氣薰習之流也！作官有清福清緣，奇矣！甚可爲牙纛賀也。梅花燈影下，寫寄千里，伸紙疾書，不知所云。

答潘昭度中丞書

元春疵賤頹墮之人，每辱台臺借之齒牙，又俾得搦管以序其所較之文，而天下之人，因傳匠石之門，亦用此溝中之斷也，其所以青黄之者，至矣。家弟寄歸寵錫之言，談及河、洛往緣，知尊者眷眷不我遐遺。

人見春踟躇徙倚，神忽忽如有往，未知吾欲一拍洪厓之肩耳。今秋振笻，一聽三疊泉聲，遥瞻鈐閣不能至，歸訪誕先曰：「何不相與結伴？」遂作千里游，亦甚悔之。人生歡暢有盡，獨當吾世而親見韓、范舉止言笑，觀其經世大略，與其手筆卓犖之狀，真不虛一生也。春五十老矣，獨好思古人，落想出口之時，或偶一得之，則喜忭終日，又思得向大人君子而知我者告之，正未知負笈何日耳。今夏著遇莊總論一書，匆匆不遑印。近復埋頭易三卷中。思天地間奇絶之書，惟此熟爛數書，忘憂忘老忘貧賤亂離，正堪匡坐深思耳。中丞公取書而無以復，聊述其崖略，便似侍語一夕耳。

台臺督學河、雒甚静，總督南贛，南贛無憂，威德不必言。竊謂仁公，今之瑞人也。綵衣戲於北堂，干羽舞於兩階，無所事頌禱矣。家弟性無欺而不苟，可事大夫之賢，惟迂拙亦可笑，倘伏台庇，幸無罪乎？敝友誕先，樸雅有古人風，三徑就荒，惟時時念舊恩耳。予因思昌黎語亦偶然，夫知己感恩，豈真有兩種哉！

其二〔一〕

每辱尊者垂念藪澤，欲往從之，道阻且長。而方伯菊水公，吾師也，二十年如一日，亦渺渺章門，脈脈難語。年來雖未離竹籬茆舍一步，然其夢魂，亦往往在塵外亭秋屏閣之間矣。孟子誕先扁舟上謁，於其行也，甚愧其勇。「舉世無相識，終身思舊恩。」請爲孟子誦是詩焉。

元春寒骨薄命，無意當時，頃又萬事嬾退，雖以麻姑鞭鞭之，不能起。而朝賢過聽，欲同才者試以吏事。即不敢有七不堪之説，而籢鷳檻鹿，維谷自疑。欲一至虔中，就大君子而商之，亦無繇焉。兩家弟一令清源，如敝絮行棘中；一丞邳宿，如疲牛曳泥底。今令且釋擔，河上丞亦可幸無罪，安得執手板以事夫子乎？誕先未暖滇南之席，已中弋人之慕，亦絶世奇寃也。聖世方搜巖谷，而反置此子丘壑中，可解不可解耶？

近刻遇莊一册，尋味稍别，因風請教，不勝仰止。

【校】

〔一〕題　原作「又」，今改。

寄答陳雲怡督學

李老師邸中一揖，官舫一謁，生平慕陳先生之懷，一句未吐。然喜得手書，謂元春差可語古文字。每於志氣荒墮，筆墨窘蠢，輒一思高眼遐矚，不可苟然以成愧負。時又自念之：前輩宗工成就人，往往如是，未必真能耳，且素無師承，亦未嘗到是地。故偶刻古文字數篇，一家僮初學剞劂，令其收掇散逸，而不欲速成，傳哂鷄林。

今乃從王大文宗遞到仁公書貺，委以先傳。是果有取於敝帚之言乎？因自念生平好作文字，樵唱巷咢，聊娱歲月，而錢塘葛老師、武陵楊先生與仁公皆屬以家傳，每遇此等文字，輒用自勵，不敢片語彫飾，求如其人而止。誠以爲纘龍虎之文者，海内豈乏人？度非宗公見賞意也，敬搆一傳以進。

承示家刻各種，理學經濟，無處不着實地，受益多矣。李老師甜子舍，將往見之，且出京日堅有廬山約，如内召尚緩者，猶得執經而問難於西江之上。附寄詩扇一柄，詩集一部，未刻成古文數卷呈教。士逢知己，傾倒筐皮。伏惟有道鑒之。

上葉公書

春初上書祖臺，不勝主臣。乃奉手翰累幅，文采陸離，奇情卓犖。野人之榮，無以逾此。狂喜終日，展玩經旬，拜石而告之。又誦向漢皋之佩，竊以爲冰霜使君，鼎彝前輩，雖無聲色之好，實有水石之情，自然談向幽事，字字心開。嘗思陶公窈窕尋壑，真杖履間極深情人，故知閒情一賦艷語。吾讀祖臺是書，爲之神往，而至於龍渦雲根，遠蔭鶴舞，足爲荒園記此一段。已從方塘中央築臺丈仭，下臨菡萏，香風可居，尋將鴻製刻置臺端。杜子美出羣之句，足永三峯；顧仲瑛拜壇之傳，增光古篆。方之夫子，其何足云。敬使使具箋申謝左右，一箑一卷，聊志請益。剪石刻板在襄陽，嗣圖印呈。

上吳公書

伏讀獎飾之札，兼承判斷之文。高筆謹嚴，奇情卓犖。九尾野狐，東坡猶傳戲筆；一拳靈石，南宫難洗顛名。何意鄙人，有此知己，笑矣而適會於抃，感之遂不覺其嗟。鞭甯越以立威名，末世或有此事；舍蓋公而成清静，古人罕見其儔。偶臨清流而賦詩，敬望下風以遥拜。

與王安生太史書

記丁卯之秋，弟祗從衆中與年台一揖。年台以戊辰通籍，起家淮李，文章政事，追配古人。衆皆得望顔色，而弟則邈若河山矣。亦曾過漂母之祠，而耻希一飯；即喜聞木天之選，而懶寄雙魚。其爲疏簡，深可厭絶。何期年台即作舉主。當天子力行辟召之日，豈不肖虚副盛典之時？年台言之於朝，山公催之以檄。自顧虚庸，何以堪此。

念弟生平，光範之門未上，捲簾之處未識，而床下浩然，驚聞喧呼，比闕南山，雜然入想。夫薦人不令人知，又素未交歡，年台立朝風概爲何如哉！感激私語，所不忍出諸口也。抑弟竊欲有伸於知己者：生平怯勞偷逸，本具賤相，又頗知榮進素定，未曾濡戀。止以束髮以來，癡弄文字，年届五旬，埸經一月，甲戌歸來，厭倦百出，山鷄澤雉之性，日深一日，思並割斷公車，以安遲莫。今年元日，自書宋方秋崖「能官不如歸，能詩不如睡」二語於堂聯，其志頹唐可見矣。一聞知己之薦，感愧坌集。忽捧明旨，要起送作州縣官，違限議處。元春癡喑累日夜。人情久困隴畝，聞有恩詔，誰不出檐喜聽？弟豈獨非人情？一則蟲鳥閒身，嬰籠帶鎖，無復向懷。一則聖明難負。一則知己原以非常人知我，我只一常人，不佞元春便含羞入地死矣。意欲草一疏，自陳不堪，且欲皇上，凡所薦人士，皆當令自信得過，方授以職，始可責其成而罪其負。有如蟄伏鼠匿，不敢應詔，已自當聽其廢棄，何必强之當官，種他日殘民壞事之根。若以此白上，上未必不見放也。然草野無識，必先經知己酌定，然後拜疏，總不敢遽行胸臆耳。必不可，則願年台緩其部牒，留禮闈一掌地，待翮不得展，方圖回翔。皇上雖不問資格，我輩亦無論炎冷，但世俗常情，乙升雲表，不如甲墜泥中。今欲用世，須依世法。若實實出應明詔酬知遇，建功循職，必有骨人爲之，使乙榜挺然有骨，則廢然無官矣。昔人有云：即使一無〔一〕……

【校】

〔一〕「即使一無」以下，原本缺佚。

寄劉同人〔一〕

聞孔賊航海，欲絶江淮糧道，岌岌乎吾夢夕夕囈語下邳矣。兩家書即覓便速達達吾夢寐焉耳。兄謁選，何可不一歸？不歸真不得已，然歸亦未爲得已也。兄舉動何必似人！久客新官，兩兩可不照料，留燕嫂邸中，徑身趨里門，如禪者一宿覺，未爲不可，然人已曰「劉子歸矣，劉子歸矣」。面弟可，亦可不面也。弟近好閉門，山遊以還，即閉矣。

近例會試者執南雍牒，弟故貢生、太學生也，十年所失，其引無牒可投。兄爲我向司成師如衆生引牒求得一紙，如肄業狀，即可備計偕一員。欲上少司成項先生書，恐其内還史館，若在斯也，爲傳一語，云譚子自待，尚不爲李膺，而先生用意已遠過東坡，其感有甚於座主者。

弟非不東下，度精力無以敵交游歲月，不可付酬應。廬山一來，與游者仲含，後先者緇褐，仍與扃關不殊耳。遇莊五册寄用。弟愛曹子桓妙思六經之言，將從事於此而筆之〔二〕。兄勿念我。西林塔下，八月十二日。

【校】

〔一〕原本自開篇至「聞孔賊」句之間的文字缺佚。此篇標題據目録增補。

〔二〕之　原本字跡不清，也可能是「乏」字。

寄湖上諸兄

弟十五年不到吴越，幾爲真楚人。又兩年來不入郡縣，幾爲真村中人。惟南昌得以有我於春，襄陽得以有我於秋。春則病歸，秋得石還。常自思：惟楚人重鄉，村人習懶。西子湖頭，年年説「過」。李三長衡，誑之於死；子將、印持、孟陽、忍公、無勅，詎之於生。生者鬢毛報霜，死者化爲芝菌。往者樵風不便，今幸吾弟在彼，義當一往省視之。不知何故，枳我雙屐，此其故，亦不可自解也。然弟久而未老，老而未白，白而未衰，才未盡，興未敗。秋冬之際，已無負於明聖，春夏欽陷，當許身此湖。孟陽舟我，僮我，寒燠我，諸兄弟酒我，吟我，嘯我。廉將軍上馬矍鑠，猶自壯也。敗子皇帝有云：「好留顔色在離別。」只今年，諸兄但好留顔色而已。

寄語李郎僧筏：吾於渠家尊甫負愧不已，身到江東，即當發車過腹痛之誓，破宿草不哭之戒也。家弟至杭，想常晤對。弟性清正，勤行有志。古昔薤水之教，即當於我蘭金中得之。印持過西昌，曾遇余小星否？子岸、子問爲我致聲。剪石草不足觀，所以寄觀者，欲令諸兄弟知我狡獪猶昔也。

寄徐元歎

年來音信之稀，心緒之荒，詩文之不進，游事之減少，皆生於蔡鍾二公之逝。甚矣！朋友之重也。去秋偶然一舉，尋罹大戚，人世寡味，豈待經此變幻而後悟耶？

兄祭伯敬文，不但淚成血，血成白乳，乳又成金石矣。中所云「人方歎先生之厚，而予反病其待士之輕」一語，尤弟所服膺。交游之道，恩莫如知，感莫如規。規地上人，止見奇骨；規地下人，更見深情。弟閱天下所可談此者，元歎耳。茶香設祭，鐺甌告哀。當此際也，元歎伊何！

伯敬素有倪元鎮畫，極其寶愛，臨終以歸居易。今在弟所，弟出入攜將，未嘗暫離。即用此畫作元鎮、伯敬二公祠，時以香煙作供，名曰「祠畫」，作祠畫記，頗自以爲妙想。大都我筆妙想，即是前賢、先友精魂之所必歸，決定不妄也。伯敬與兄，每年茶時通訊，用爲永例。弟當繼行之，自明年始。如何？如何？

與鍾居易

將作雲林畫記，又製一航，即名「倪航」。日來飯罷便上航，夜丙始還岸。此後似可爲常恨舡，西去，尚無鄰家可泊也。寒碧暫無庵，於帆閣前後作二厂，可榻可几。閣上供佛，閣下僧爲主。主欲爲客，每泊舟倦，過柳庵，少時又倦，則過閣，僧具香茗自給，來即分享，又倦，則復上閣，比臨河流，南納小園，竹木池臺之勝，如是便可了一日。日復一日，便可至六七十。無人間貴人之忙，賤人之俗。足下聞此，能不作徙宅相傍、樂與晨夕想也？雨夕相念，信筆書報，以代敦促。

其二[一]

初構一亭，已而爲牆，爲逕，爲閣，爲梯，爲門，爲堂，上添茅，爲溝，爲橋，爲竹路，點染着色，大有名園風氣，大有山水深杳之致，而名園習氣、山水舊圖形，則未嘗一落其窠臼也。恨不得令兄在住其中，又恨不得兄一來步躡之。蒼艇已可帆否？聞製良佳。水生可到寒河，能乘興一勤榜人乎？願與兄將船買酒白雲邊也。

【校】

〔一〕題　原作「又」，今改。

與林茂之

美之回，得兄書累紙，又吊慶各有詩，故人心尚爾，能不戀戀！

弟乙丑六月二十一日伯敬亡後，叔向死而子産不復爲善矣，何知復有山水交游之事，與一切進取功名之緣。猶幸存此一身，養葬未缺，得爲人間不孝之人。而至於俗債未了，秋塲掛名，則亦恍恍然如來生，如夢境，兼以大戚相罹，凶吉乘除，兄視我此際，何以爲心！林水深暗，不問户外事，惟柴車蓮舟，出入塘薩之内，自居易數子而外，不添一世俗新友。雖簡貴不如伯敬，然生平三益，不敢以死者無知而背之也。兄祭伯敬與地下人，瑣瑣恩怨，弟不敢以爲厚。私爲兄懺悔之，庶令生友不疑畏兄耳。弟有祭文一首、詩三十首，不暇録；録其拜墓三詩以寄。

弟夢想吴越，亦欲再游。日懷彭舉父子、子丘兄弟，亦欲再面。小祥始可議此。但十六七年情事異同，動人淒感，此其所怯也。

與王天庚

鄉僧如橛株，拘窺柴門外。招之入，袖有兄札及佳筆墨。喜竟日，爲書船軒二扁並三紙，紙燥不能佳。乃得聞兄近日游止清適之概，又知兄益閉户讀唐以後書，念佛事母，又益喜累日夜。

弟不肖，居身心頗如是，惟不能專一禪悦，傷哉！無母可事，益羨兄遂有天人之福慧矣。武陵先生，前輩交誼中風流厚雅，遂無其儔，乃身入不測之淵，有以身徇疆之累。弟念之，至不食也。老兄想亦同。弟曾作書寄之，怪其舍西莊梁山而出，今果然矣。弟有樹千頭，有竹萬竿，塘有新閣，步有輕航，而吾弟出者、處者，皆友愛相依爲性命，但功名微就，姜被遂冷，以是爲怏恨耳。兄欲問弟今日，此其狀也。

劉子修曾在茅店問予所閲書，告以大凡，又言欲刻韓、柳、歐、陳，陳謂同父也。介甫文，弟所敬，子固文，弟所愛，而皆未一動筆詳閲，欲以次了之。又有山谷、淮海、皐羽、秋崖之屬，弟皆閲一過，甚佳。豈能以意去取一人哉？前述之書來，極稱介甫，弟將細覽焉。

僧報命後，幸促之來，弟欲令掃園葉數日，俾無礙青草路也。

其二〔一〕

西江人士讀書有風概，弟樂與之游，精神不實，得病而還。過九奇、三疊之間，望望難跻，深恨宫亭緣淺，但有詩云：「白石清泉難誑語，此來真不爲廬山。」兄山水間真人，當一賞弟自首語耳。養疴杜門，見兄與秋駕書，爲羽客聊一啓扉，出即掩之曰：「無溷乃公爲也。」

弱水司馬徑得在霞表矣，文弱又未免，復入雲霧。從來人羨貧賤寂寞，俱非無見人，弟輩偶與之合耳。

【校】

〔一〕題　原作「又」，今改。

寄李太虛座師

古今美事，無如歸養；又無如暫辭木天，帝心嘉與，金幣相宣，車幾兩，祖帳幾人，莫不喜其錦旋，羨其彩舞者。而况太老師至性奇德，有王右丞之行，非吾師福慧兩足，人天交護，安得繞其膝下，又何至有此遭逢也。門生即欲扁舟草履，登堂下拜，剪燭夜話，御車出游，國恩家慶之中，着此一俟生問字，劉向傳經，亦是快事。而入秋忽失仲弟，又服將告禫，鵜令之思，風木之感，繞匝胸懷而不去，亦非仰對祥光，請益負牆之時也。吾師其遲我於春夏之際乎！

今年僅浮湘而返，永州道遠，遂不成行。忽忽冬序，瞻馳彌切，敬遣一介，遠渡彭蠡，未敢肅箋上太老師，惟小致芹私，申候台闈。所呈四詩，惟吾師和而教之。某於幽憂結轖時，惟詩文一綫，猶覺開深，不至宭憊。想吾師聞此，足慰相念耳。小刻未成，聊以二冊奉覽。臨啓眷眷，百不悉一。柰何！大椿堂評選窗義，乞數部。

其二〔一〕

承師命作先傳，缺然久不報，日負赧於懷。私謂可遲不可拙。今從竹風荷香中縱筆一番，欲追太老師之聲容魄氣，以致大孝之前，以庶幾一慰其哀思。放筆讀之，其遲速工拙不足論，不知於吾師哀思增損何如也。門生所幸者，生得爲老師及門，而師又深愛其文，如是高節，叨附千古，一幸也；入南昌，拜床下，去仙逝不數月，易簀之前，備員兒孫隊中，二幸也；聞其事，見其人，作其傳，較二三君子之言，倍爲親切，不至全依樣本，三幸也。敬一録於帙，一登於册，再拜，使使過蠡湖上之苫次。而吾師佳集，稍俟他時，厠名集末。蓋未有序，自孔子删詩而卜子序之始，是序也者，固師弟子之事也。況儼然有命，而韓、歐之詩文，方如海如河，又足以映帶弟子乎！開中編次訂正，諒已全妥，幸再頒示一部，以助發文思。

其三

敲冰淅米一段，孝子極痛之情，千古絶妙之文也。情生文，文生情，易此一段，則其文不傳，故元春全用之。曹、王二公作，幸録寄見示。去年謁師章門，歸來留一扇五詩，想已見之。今更書三首呈覽，餘二首未得録，正恐傷草土懷抱也。門生此番到京，得失二字不曾嬲我胸中，只不似前番得侍笑語，以此爲耿耿耳。念吾師明春逢句，一觴莫致，想大孝此日，亦不以生辰爲歡也。選刻拙稿，幸損板見惠，得印行送人，感感。總之吾師絶世眼識，一評一點，皆如星辰照下土，争欲得之耳。二先生並令郎兩世兄，希致聲，一芹伴函，不成候師之禮，惟師鑒存。

其四

三峽橋邊，從吾師列坐石字之上。冬春歷過，音耗不聞。遥傳師吴下歸來，徜徉匡王谷，又未得一追杖履。只喜吾師胸懷脱然，非復江州上船時。更喜我忘世，世兼忘我，殺機滿世，而吾師獨超然評論之外也。

門生老大無用，亦不思爲世所用。家鄉無寇，身子無病，心不昏，足以賦詩，眼不昏，足以看書寫字，自幸至足矣。有浪傳王安生欲薦門生爲人才者，幾怖死，有「這回斷送老頭皮」之恐，後又浪傳是錢塘葛老師毅然力止，始得免者。其薦其免，皆未必有此事，而邃谷深畎中，魂夢不定。所謂「庭前生瑞草，好事不如無」，與今日之謂也。

老師别後游止棲尋，及近來往何處，作何想，往還何人，俱願一詳示之。風水塔、棲賢寺，有爲功德，姑且停止。門生日日閉門，不敢生一事。凡作事亦須看天意人事何如，妖孽繁興，士君子只可見怪不怪，不可更作禎祥事以與之鬥也。要來看老師，懸懸日夜。又菊翁先生屢招南浦，亦思一把其襟袂，挹其清芬。而迷陽興感，怕出門多乖少可，亦楚狂知載之意乎？抱原兄弟風氣日上，幸老師深切教之。即世界真廢科目，顔氏家訓亦惟有教之讀書耳。荒村無以寄候，色布二端，出自機抒，古鏡一面，得之土坑，聊以伴函。不莊不備，老師鑒之。

其五

門生八月十七日即發洞庭之使，爲老師致書益陽。今九月十二日，奴尚未還，門生已開東南之舟，由吴而越，而因以之於燕，故留此數字，待奴還，而令家中復遣之，賫羅太老師回書以報。其達之遲速不可知，而門生未敢淹滯此信也。

門生今年静極，此番舟行，過視齊、越兩弟，亦欲以山水之趣，陶寫胸中，總不欲負老師，而至其得失，則真有命數，一毫不敢掛於胸中。前得老師書，長人根性多，生劫頓現紙上，如老師作此想者甚希。欲報佛恩，報親恩與師恩，不出此念頭耳。功令嚴而無味，楚榜奄奄，如槁木之枝，求如法眼，格外得奇人奇文，便如白頭宫人説天寶年間事。然所謂有命有數，則奇人奇文，未必不於腐世界得之也。行到都門，念老師草土，遥知意傷，伏惟爲道爲社稷自愛。門生不勝瞻依。

其六

小价以十六日始到，又待羅老師書信，至二十日始到。門生二十四日發舟，恐老師先在山中盼望，又知老師欲急見太老師書，故且抄白奏覽。其親筆，恐江上有失，須門生自帶來也。

老師大智慧人，大猛勇人，一見此書，便知盡披雲霧，置此身心安穩輕適之鄉矣。門生來侍杖屨，對清泉白石，亦得旺然從老師歌「匡山讀書處，頭白好歸來」矣。世間知交總不關切，惟座師門生，情比父子。今太老師以爲不可，門生又不敢以爲可。老師豈忍舍師弟子之言不聽，而聽舟外人之引入浪海乎？書往以當先侍吾師一夕，餘不能盡，衹待面啓，想不待門生涕泣之諫也。

【校】

〔一〕其二至其六標目，原均作「又」，今改。

寄葛屺瞻老師

春也落而侗也收，老師爲侗也喜者，亦決爲春也欝。然老師此番獨賞春近年文字，則桑榆之收，亦或可慰老師於即目也。今已閉户不出矣。

臌座師者，亦夫子之門人也，淵源衣鉢，更有誼類之契，如山之精魄，如雪之肝腸，生平尤篤於忠孝大節，而貝錦之口，即以是污衊之。講筵宿酲，能逃重瞳之親鑒乎？父喪不奔，能改苫次之日月乎？察典所擯，雖當默默，然暗揭中傷者，正謂非此不足抹鍛，而語及君父，使好修者氣結不能言耳。師之言曰：「可以不爲官，不可不爲人。」行者心惻，而況師弟、知己之間乎？今遣僕上書鳴寃。元春書生也，不知其可否，所恃老師在上，居喉舌之地，而有肺腑之誼。機有先後，策有上中下，願老師熟計而代籌之，務出於萬全。或爲目前下一活着，或爲日後留一公論，即老師所以造就元春而護持其身名也。臨箋不勝懇切。

其二〔一〕

李老師入告，蓋爲忠孝大節被人污衊，萬不得已，非仍有妄念，爲一己升沉顯晦比者。老師愛惜人身名，即如愛惜自己身名，而況門牆之誼，三人連綴，有倍爲關切者乎！幸老師一力主持，勿俾欝結不伸，則弘庇弘慈，真莫大知己之恩也。臨函再懇。

【校】

〔一〕題 原作「又」，今改。

寄淩茗柯

楚江静對，深增意智，知先生淵淵穆穆，有一部絶妙詩文在無字中。承寄使岷詩，幽有響，清有照，孤耿而有不可撼之力。「詩如其人」，非虚語也。嗣有作者，幸以教我。

春奉别後，即掩關甚深，如退院之衲。今以訪敝座師於匡山，得盡匡山奇秀，而未暇吐之於手，則亦待後致而已。李師罷官，其高懷能堪之。而暗揭中傷騰入風聞，污及忠孝大節。知其所愛惜而傷之，故欲自爲申辨。講筵宿酲，重瞳有親鑒；父喪不奔，苫次有日月。師之言曰：「可以不爲官，不可以不爲人。」所辨者獨此耳。可否應違，非書生所知，或得目前下一活着，或爲久後留一公論。元春語吾師：「春有知己淩先生焉，面冷而腸熱，識老而機潛。以不肖故，當爲吾師代籌而提挈之，必有出於萬全者。」今敢竦切奉白，護持吾師身名，即護持元春身名，等無有二，惟台臺勿泛視之。家弟亦云，曾向淩先生語及此，想不忘也。

頃刻有遇莊總論一册，可供噴飯，函中不能附往。前台貺敬拜到。月下飲菰葉巵，每邀凌先生爲三人，所謂未嘗少别也。濟甫近況清佳。曦侯遂落賊手，可念之極。

寄徐眉雲

榮行匆匆，猶勤翰答，台臺風義之篤，使人感佩。前輩要津寄心寒素，見於明公矣。元春丘壑之士，口不談時務，惟生平知我成我，無如南昌李太虚老師，恩誼深重，有出尋常座主門生之外。徐先生聞丁卯榜下，至喜而不寐，此其念何如！今師中萋菲之言，清泉白石，固居然亡恙，而忠孝大節被人污衊，不容不求雪君父之前。如事下部議，則聖主之眷眷於舊講，機緣大可轉矣。惟台臺大爲主持，密相維護，俾寒谷之日，忽忽生黍，斗柄一東，而春氣着人，則吾師名節之全，絀於不知己而伸於知己。凡師弟有生之年，皆酬知之日也。況克復舊物，其才略尚可努力休明乎！明公以述之之故而及其友，即以賤子之故而及其師。元春奉教君子，砥礪有年，所不衷者，何敢聒聒。伏惟弘慈神注。意滿語滯，希有鑒在。

答里人饒叟登之

久不見奇士，榛蕪可厭。前讀公詩，怨而不怒，始信荻蘆中有高適、王維，彼從名下求士者，耳食堪笑。不謂翁懷中亦着鄙人，贈詩秀骨豐肌，上掩錢劉，即濟南欲引爲吾曹我輩，鄙人何敢不奉爲詞宗社長。此後當日訪背郭堂，摳衣問業求佳稿，有一屬和之篇爲光寵。爾時氣散魄奪，不能答來義耳。

與徐翁巾城

浮名皆蝸國，而名隸貢籍則虱之宫也。尊宿勝流，不聞而洗耳，乃煩齒頰耶？煩齒不已，更損金錢耶？春平生有耕桑之願，而分之以車馬；有讀盡八索、九丘之志，而雜之以制科。趣畢而技無成，以此益念耆宿曠然卓然，真不可及也。即入城謁謝，試卷一册，先寄求教。

與孟誕先

昨偶與山僧數人對語，僧皆談相逢因緣奇事，弟復將兄與我采石殘雪，隔船相問，躍入舟中，遂爲石交一段情事細説一遍，詫其奇、嘆其妙者久之。今忽作東西隔絶，仕隱參差，弟又添一番感慨也。

近來物價騰貴，人情風波，弟埋頭住鄉里間，雖身子閒適，而蹙蹙靡騁與一種窘迫之意行乎其中。兄糊口於此官，官又無升沉誹譽，且得以肆力爲再舉由，今思之，誠爲得計。聞兄處所轄即伏牛山佛祖窟穴，沙門棲息之地，兄必是再來人，方有此緣。不知已策杖理筇，一隨喜道場否？弟聞此心神飛動，又恨兄不爲彼中縣官，得以資我游具也。一笑。

其二[一]

兄近緒如何？文思當益妙。我輩失却少年，要争中原，惟當使筆墨森然，有不可攀躋之意，併向來證書意，談法脈，俱用不着矣。兄切莫向思路求密求妥也，世眼所服，終於我不受用。弟數年雖不勤作，然此中益似悟一消息，敢以分之良友，作千里鵝毛獻。如何？

其三

弟憂居未得計偕，不在得失之數。然金正希得之，如弟自得之，猶淺，惟兄仍失之，如弟自失之，甚深也。兄與正希自在得失之中者，反未必如是耳。傳兄此番文佳妙，京師争以爲當元，且出自同事、下第諸公、平常姤婦之口，益覺其可喜。弟往所謂傳誦落第之文，每疾於獲雋之篇，真不誣也。

其四

聞吾兄文益奇，都門争以爲會元。又聞兄蘭陽所造士，獲雋於鄉闈者四人，乃南宫得志者，則故兄之友也。吾誕先平生肝膽盡在朋友，精神盡在文章，其收效雖稍遲，而造物性緩，吉人幅長，惟予與汝經霜彌茂，固自勝人間蒲柳耳。

弟生平負兄望，多年多端，今亦稍稍有吹黍熱氣，從破甑敗釜中出，眼前應酬蹉跎日月，終爲無益。有永州使君相約讀書鈷鉧潭上，自明春擔簦負笈，爲終年不返之期，千里之外，萬山之中，寂寞冥棲，求此中消息，當有以質吾誕先於燕邸也。

章嫂之後更有人否？章嫂數年得男否？相傳兄與一燕姬甚狎，至欲以金屋貯之。不使小文君怨茂陵女子耶？濟甫久不中，家日貧，殊爲可念。四弟、六弟亦復途迴行間，如家有一二美色，媒妁不顧，而反令老女盛飾嫁人，豈不可笑。且六弟詩經文多至數百篇，無一字不妙。兄若見之，不知如何擊節也。

其五

同人書乃從王六瑞百泉回得之，甚奇，書中極道我兄快絶，不似作廣文，只似大行使以學使者體統行事耳。弟見至此，笑曰：夫快人一生，豈有一不快處耶？大官美官中，多少奄奄泉下人也？同人禍患纏身，才格益高古。楚中少年才士輩出，終未有趂上我輩老秃數人者。昨熊玄年寄到名社一部，不得我輩新文一字，猶思以名字鄭重此部，今寄遠覽。想見九峯路社諸刻，至有名流豪貴不能得載一名者，真不減揚子雲拒絶蜀富人時。今去此十餘年，此老倔强猶昔也，可發一歎。杞人多憂，賈生含涕，正希忠膽壯志正自可念。弟林廬之情，與猿鶴相約，往來抔湖、退谷之間，兄當不忘我盟耳。聞學憲潘公好文，下士頗爲神往。洛中人士，風氣高上，大不寂寞。兄寢食此道，知名人間倦游後，亦得此力，頗似長卿晚年。又書前詩一幅，粘之齋壁。諸弟致聲，無不思計偕來晤者。

其六

兄之書不可讀，兄之詩更不可讀也。弟眼枯神竭，茫茫從燭下灑淚讀之，内人從旁助其辨識，已而又助其悲哀，不用腰纏跨揚州鶴，此真何故耶？兄爲我問天，天作何答耶？出門則無此心力，在家則悶欲死，將奈何！昨孟萬生字來云：「死者極是安閒，獨念伯仲不堪耳。」信然哉！弟刻刻自遣，雜以笑語，而神傷不振，將無有人琴俱亡之漸哉？月盡若得起身，則約兄出寒溪塘一會而行。兄健如初，生虎子，敗官真樂事，只莫躁躁，則雖在世間，亦不受享矣。挽詩弟哭而告之几，他儀敬爲吾弟璧之，體其廉也。瘁極，不能多白。

【校】

〔一〕其二至其六標目，原均作「又」，今改。

與萬茂先

世界事無一可人意者，終日溪邊柳下，惱人談園外事，傳園外書。唯二月十四日有人傳初士書，讀未半，得吾兄生男報，狂喜跳躍墮水中，至今兩閱月，喜未散也。有我相者，皆謂晚而舉子。雖喜茂先，實自喜耳。幾於似老年書生喜大士登第。此殊不知我輩交情及世界圓缺二義者，然不得不虛心，思入南州拜師耳。向寄閒居古詩，淵淵湛湛，從來學陶家所未夢見。弟常手其本，行深緑初翠之中，頓如自作，不似他人作，移情接性，至此詩見之，不必更行海上矣。偶有便使，不及復初士，亦不及致起先、士業、京孟、巨源、小星、伯甘六兄書，惟以掌珠初握，慶幸意滿，寫此寄將，並可出覽諸兄，邀與同喜耳。近見特除給諫疏事，不能知其當否。欲廢科目，於弟輩老懶人極便，若得行之，束舉業高閣，課子侄耕桑，閉門讀時文以外書，所謂省卻非細故也，並聞一笑。家製色布一端，遇莊一冊，寄意。

與茂先起先

南昌一游，不得於師而得於友，知之於放浪之中，生之於病危之際，教我誨我，飲我榻我，和我兄弟同一趨向，同一懇欵。送君南浦，傷如之何！别後明月照我空床，伯兮叔兮，何多緣也。

弟夏間閉竹扉養疴，家人罕見其面。秋冬之際，有故人招我入襄，鹿門、隆中之間，肩輿壺榼，宛如春游，其間多新詩焉，志气駘蕩，忽於龍渦得一奇石，不斧而克，又忽於大堤遇一女郎，不媒而得。其詳在剪石草中。方圖報君兄弟及士業、士雲、小星、巨源、左之、仲延、于一、京孟、初士、伯甘九君子，而堯臣書來，忽言士雲化爲芝菌，風流文酒、疏懷朗致、小塘小閣、一藤一花俱已矣。念士雲之憂我病也，求我一健不可得，今病者健而健者死，藤老如松，松摧如薪，可奈何，可奈何！人世事尚可思耶？蕉不堅，雹不住。其堅也，蕉而已；其住也，雹而已。既痛逝者行，自念兒女夭殤，又何足論哉？置之無復道也。李老師在苫次，急使使言之，並致一奠一詩於士雲，士雲靈光熒熒，應知我心悲耳。諸兄弟俱不能作書，幸遍以是字告之。仲延先生前有書，京孟兼有寄，且在後番圖致區區也，此刻真無意緒耳。三哥今年有建業游，諸兄弟多在南昌，弟客蹤不定，未必得合併，惟燕中與夢中兩處，庶幾一聚耳。醫聖鄧思濟翁感其一匕，亦有字候之。

弟病奇，醫忽起之，亦奇；秋間得石奇，大堤女目未成而身先嫁，更奇。總是一奇耳。茂先當率諸兄弟作剪石詩紀之，但不可聞之大士，恐其張目也。朱子强亦可告耳。

其二〔一〕

歸來百餘日，夢魂只在二三兄弟，欲一報康好音問，以慰遠懷，而秋水適至章門，只題數字，總寄茂、起二先，便士雲、士業、仲延、橋梓、小星、巨源、伯甘、初士、于一兄弟，皆可不作書也。

弟涉夏經秋，斷醇酒，遠婦人，少思寡欲，始得自存。不知茂先住深村何如？謝事養身何如？只恐思慮難減文字之業，不得不耗去神氣也。弟諾聲之諸兄作豫章社序，諸士雲作制義序，皆名根中艷事，即氣息纔屬，人亦沾沾喜爲之，弟皆唾去，不踐斯諾，此其於思慮何如耶？然家弟多出，深居寡儔，視昔者貴鄉奇偉團欒，與君兄弟細談欵欵，士雲、士業相醉幾死，便如隔世事。諸兄視我不太無聊耶？起先往常、武、沅、湘之間，不得通一音。小星言歲逼來，寒河度歲恐亦是難踐之諾也。獨初士贈蘭，開至百五十花，緑葉紫莖，秋露溥溥，絶賴此香作伴，爲我報初士。

其三

章門吾師友地，然茂先、起先尤魂夢眷眷人也。夕佳樓其實勝滕王閣矣。「友愛似君好，高懷從古愁」，君不記憶此句耶？我輩老不足嘆，只要常有此老；疏不足訝，只要常有此疏。士雲之亡可念也。小星、巨源、伯甘、武子不能遍致書，弟益懶矣。二扇呈政。詩經疏義，妙書也，時置枕中，以當傳經。伯仲新詩，希示數首。

【校】

〔一〕其二、其三標目，原均作「又」，今改。

與起先

京孟書未得作，尊公之博奧，即人奴亦當知愛，京孟之如玉，弟常懷想一過，肺腸俱潤，獨不及致此意於紀羣父子也。元者、武子俱欲兄致意。每見兄用情諸兄，真昔人所謂不俗人也。眼前無起先，俗物敗人意，那得不戀。疲極，再作數字。

與喻京孟

仲延之奇古，京孟之深婉，弟紀羣於其間焉，勞勞我思，忘之何日。三洲蘇圃，年來常兩夢至其地。而兩歲來，吴、越、鄒、魯、燕、趙之游，遂有倦意，曾賦詩云：「嚴與芒鞋誓，游則斷汝麻。」如是，則不知何地何日得把君臂也。一扇寄正，數行草草，君當恕懶人。

其二〔一〕

夢想不必言，但病身翻健如壯時，而閒思常多於往年，恨兄不徙宅傍我也。雖然，三洲之地，風煙幽迥，橋梓蘊藉，人地相宜，自蘇先生後，不見有如許人數百年矣，宅可徙耶？二書久不報，今幾以冗不得致書兄，燕晤雖不遠，如君家右軍，何幸趨庭爲一道意，非敢僅語阿戎也。士業想往試京兆，故不作書，巨源、小星則托一致聲，總在長安，合並便爲快事耳。即事六賫詩、香履、絲帶三小物，聊伴書往。

【校】

〔一〕題　原作「又」，今改。

與曾堯臣

去冬即從陳雲怡學使寄到尊先生治平言，已爛熟於胸中矣。又知尊先生俎豆於聖賢之間，則益喜，鄉賢大典，賴此一事而存，安得不喜也？慰仁兄孝思又其第二義矣。兄來南都，我失兄；我來西昌，兄失我。然張志和有言：同在天地之間，未嘗少別。所痛念者，吾友可上，死非其所，弔無其位，弟惟茫茫向彭蠡之水慨歎一聲而已。雍石蓮明府大有心人也，甚知有堯臣，弟以此感服之，且欲拉我吉游，云：「即不爲我往，當往看蕭家園子。」又云：「兄如有幾時不歸，我當以扁舟送堯臣來會。」此二語，非俗吏所能道也。蕭家園子聞茂先、小星説得動火，並其主人蕭散蘊藉，實我所思存，而俱與堯臣徒只經夢想一番，如此再夢想一番，而我數人者俱老矣。

小星尚客貴地否？印持已歸虎林否？寄語小星，他説今冬來我園上度歲；寄語印持，我要明年來他湖上讀書。此俱可算定，但未定堯臣何日何地耳。劉平田奇冤，談之真人間不平事。幸當事者是可言之人，弟言之殊爲激懇，但險世密綱，切宜秘慎，勿落人口中也。

弟心火熾發，從豫章病還，杜門省心，不敢輒有思慮，秋後亦欲作幾篇信手文字，請正兄輩，即兄新作，亦忙忙不暇點定相還也。一布一扇寄上。小星歸，可爲茂先、起先、士業、士雲諸兄弟道弟歸來無恙，以慰其懷。有臨川信，則寄聲大士。

其二〔二〕

弟中秋後游峴首、鹿門之間，冬暖如秋，肩輿無所不到，人天歡喜，至相畀祐。臨歸，中路得一奇石，空中多竅，勤百二十夫之力，始得致於漢，由漢入西江，水抵寒河，遂爲園中物。又得一大堤女字剪剪者，素未目成，止同游山水數番耳，送弟歸舟，托以衾裯。李郎貧士，致此異。人纔及岸，對石與姬，姬未及入房，石未及上砌，而房仲使致書與詩，又得吾兄新舊兩書，則是人天歡喜無已時，而弟逢多奇也。但其中有咽而不能句，句而不能反復者，則吾友士雲之殤也。忽焉，嗟夫！造物者往往收弟所親愛，而如吾堯臣者，又隔數千里而尚未一見其形狀也。士雲之亡，既三日夜不去心，故其序房仲詩，亦遲三日始涉筆。其文頗有情理香味，亦似石與姬，有以致之者，堯臣試觀覽之，以爲然否，又未知於堯臣所謂皈依淨土者何如也。石頭説法，鸚武念佛，當亦不遠耳。至是則又思吾可上矣。平田之事徑如何，有便幸一相聞。八行頻寄是一要法，何時對面更得起予乎？石蓮、交侯煩爲致聲，峴草一册附寄。

【校】

〔一〕題 原作「又」，今改。

與熊子牙

久不讀兄文，滔滔洋洋至此。弟嘗言：閉門人方可出游，閉門即是思，游即是學。雖然，未盡其妙也。閉户可學，出游可思。兄之思所以滔滔洋洋，弟猶知之，況兄哉？方病甚，幾不能作寄兄書，讀其文，振衣書數語，以報兄之眷眷。

其二〔一〕

問笅於神，神不我告猶，但得同兄汎汎鷗鷺一日爲快耳。雨不止，湖頭作巨浸觀，然買斷賊路，鐖與戎未必雙成，足自解也。兄何日東下？當兄來索特丘書，案頭有同人會卷二本，損其一歸兄。兄能讀此辣文，餘人不爾也。

其三

念兄將入闈，文思方圓離合之間，得盡熨貼否？前賜教三義，未見快心，故不欲點定以還，恐失奇士霞舉之興也。今更示我一二首如何？弟性耽奇文，非不欲兄奇，正以極奇相望耳。即近來極奇文，俗士詑爲奇者，皆我等看作熨貼之文也。兄静坐久想，以斯語爲然，如何？如何？君路製二舟，索題其自坐者，題爲「棠舫」。沙棠舟中，如召棠焉。斯義妥否？妥則奇矣。

其四

兄此行不更作場外想，摩厲數月，熟其生而化其曠，不但科第可取，而世人僞取科第之意亦對兄有愧矣。永言文極妙，弟蓋三復之以自勉焉，乃不得録科，又爲兄與任先兄幸矣。剪石草纔送板到而未印，印出即齎上，當在兄揚飃先一二日也。

其五

常念兄與單文兄垣然相對是極樂事，而弟亦自有仲素兄作對於野庵影堂之間，兄不得而驕我矣。高文絶欲把讀，但亦不須多奇，並單文各致二三首，只取一快而止耳。文之理不必然，而弟性則然也。遇莊今始奉，罪罪。

【校】

〔一〕其二至其五標目，原均作「又」，今改。

答李潄甫酌甫

承伯仲垂問鄙舉，讀札至「佳人難得，正從此中恐其不能珍重耳」，此言甚妙。竊以爲婢妾不是極美，親近佳麗即是極醜，亂舞西風，亦有些些興到之趣，格外之奇。此子恨不大佳，又恨不大醜，親之則似輕身，遠之亦似無謂，所以未免悶人，未免節欲耳。書付一笑，以當面談。

答王草昧

字字要正，方能騁奇；字字要熟，方能用生。莫逐物，莫恃我，莫先好空虛，莫概鄙舊語，積累之極而變化日生，斯得之矣。僕亦在戰兢中人，非妄談也。足下勉哉！新詩點定未畢，然前所去取，思過半矣，幸降心細閱之。

寄四弟六弟江城

折樓夾柱小而各種不全，已改作一閣，仍在意苡畦中，菡萏、芙蓉與榴火、紅梅、丹楓、紫薇，四時入我麗矚，題爲朱花閣。簡文「夜池」之句，使人魂摇，今乃得實之矣。特字報知，並爲濟甫諸兄言之。君路與胡公占歸，而君路泊宿園中，明晨駕倪航送至罾頭上車，一副縣令頭搭，捧烏雲眼而去，然其人實可對也。

寄四弟廣陵買婢

要兩婢子答應，此方人粗蠢，弟可便船帶回。每婢價可二三十金，卻要面不可憎，長於寒碧一尺五寸，手指莫似懸槌，腳比蘇州梢婆要小一尺，又要是女身，十二尚不足，十歲頗有餘，是其年也。會鄭超宗當得可者。

京口舟中寄弟服膺

求仲飲我半塘，舟中多十五年前舊識，纔入席，而許令則自燕中數千里亦以是刻到，亦奇也。許曾游武源，離縣十餘里，有山曰梅綰，建文帝避難初在此山，有像與題詩在焉。因思「梅綰」二字奇絶，「綰」之爲義，有勒梅花不得即開，亦不許遽落意。鮑明遠爲梅咨嗟，有其心而無其力，不足言也。我輩不得攫取，當以屬長兹土者。弟可用作軒名，即歸家園亦可用，他日涉筆爲弟記之。

其二〔一〕

潞關別四弟及元歎後，舟中無事，看黄葉軒文一過，甚妙。初看弟文如自作，久之真是我文，非弟作也。同氣心血自合，如父鞭鞭弟，弟痛，此痛輕重是我曾受；如母乳乳弟，弟甘，此甘長短是我曾哺。言至此，有至理，且增悲也。中批弟文，有「高華在悟，悟頭在音」二語，可想弟文之妙。遇閶門書林，當以付之。

【校】

〔一〕其二標目原作「又」，今改。

與馮公翥

往來樊城村市之間，意欲得一大堤女攜去，踏破鐵鞋竟無尋處。長干、邗水，動我扁舟之思矣。新詩敬爲題一過，不能細定。以仁兄英英遒上，濯濯如春月柳，而未竟其思力之所至，弟亦何敢以陰鏗之句而定太白乎？謝巖詩録呈正。酒糌二種附致清廚。不恭極矣，然亦是我輩真率氣也。

其二〔一〕

過兄不值，此番真悵然。弟歸人無多日，是以悵悵耳。夜來爲佳詩作小引，雖此語恨少，然使人恨此語少，則亦有餘味也。如何，如何？

【校】

〔一〕題　原作「又」，今改。

又答王天庚

年未四十，雙鬢向疏，雖强顔逐隊，知復何益。客有談兄製一艓子，泛家花源如仙，名彦麗人，牽綍沿洄，方内方外，物先物表，弟有其志而無其福，遥相歎念而已。兄明年游長安，暇時當與弟輩往尋西山之幽閒，漸深處頗有湖水蓮花，極爲杳渺。若能於此地讀書數日，未必不令筆間香生也。寒碧甚可静對，又能作天庚書郵，殊可喜耳。

答黄交侯

弟客燕草草耳，於生平慕悦人，率不能往尋，即兩相過，率不能面語。惟幸與仁兄一面，又幸語移時。向者甚愛佳墨，後又聞交侯名，及賜稿，愛其文，詳其名字，則交侯者，固向所讀佳墨人也。山下聞鸞鳳嘯，乃是孫登，殊爲一快。弟客西昌，接對人文，未嘗敢自懈其志氣，賴以振矣。惟仁兄與堯臣，終少一密娱耳。

無易先生書付□仁兄讀之，知弟篤烈也。古人視刀鐶歌云：「今朝兩相看，脈脈萬重心。」誰能作冷腸人哉？但書宜秘密，勿爲怨家所知，當以是祝平田君矣。

遠睨敬拜。嘉日貰酒爲碧筒勸，以志故人之意。詩扇寄奉懷袖，並新刻續詩求正。臨札神往。

寄萬季玄

友人自湘潭來，從伯孔處傳到兄客秋見寄書，兼得展誦近藝，作數日喜。有兄札所未詳者，伯孔能爲兄詳之。嗣後四弟吴越歸，云白門周旋良久，極道兄氣如蘭，腸如雪，有伯孔向札所未詳者，家弟復詳之。能使伯孔了然於手，家弟了然於口，弟不得不了然於心矣。

政苦無從作報，適有書賈過章門，特附數行致訊，小刻二種伴往，又不知何日得達，保如湘潭郵筒不浮沈否？

答朱子美

章江作客，得事伯氏已幸矣，年翁復冉冉自雲端來，得望光儀，辱繾綣，一證其生平所慕向者，塤篪之間，雜以牛背短笛之音，是此來一大快事。兼以此中友朋多相愛敬，江閣湖亭、遠山近浦游歷殆遍，胸中頽墮不可收拾之奇，時一出而與之遇，弟真以西江爲師友之鄉矣。年翁重來，當先往廬阜雲泉。邀我二十年，始一踐盟，他年杖策於鍾陵山色中，定有日乎？盟自今結耳。

池河新詩直逼唐音，卷稿種種，充我篋笥，盡攜入匡山讀之，拜教侈矣。子强「急火催菰熟，微燈照蠹殘」之句，想在上藍寺作，何對面不以五首倒庋示我乎？幸爲我讓之，以代相念。士業常去來西山別業，大士、士雲、茂先兄弟，無日不談，談無日不笑，笑無日不入微也。聊一寄聞，得無妒我。

與徐巨源

淡成晚合，乃尚無一字請益。冒病囊藥而行，豈不黯然。醫師戒惡聞人聲，自不敢再圖晤别。兄收拾一段南浦離思，作一詩懷我於集中可也。金箋容同小詩寄來，必不敢忘。

其二〔一〕

愛我哉！僅以片紙代南浦也。家阿六除吴興，須孫莘老作郡伯乃稱。弟昨於愁死病中，驚喜自笑：阿六即真有懸絲之節，我輩亦有筆供腕，有岕供口，旁可及故人妙友輩矣。弟清兄貪，付兄一哂，知吾霍然病已也。

其三

兄骨肉我，顧我藥我，時時綏我，一笑一痛，乃見交情。外科醫已束手，弟令兩人舁至鄧醫所胗視，亡大恙也。敬以問聞。弟不死，尚能從巨源究千古詩賦之變。

【校】

〔一〕其二、其三標目，原均作「又」，今改。

寄五弟正則

六弟正月起身，我即於十二日發江西之棹。李老師尚滯，揚州未回，因在南昌盤桓兩月。一則待李師，一則米順齋與學道陳雲怡俱能爲地主，而彼中人士，高才勝情者雲集。年來家居疲閒，無用之氣爲之少振。但臨行一病甚奇，從過勞以致心火炎熾，傳至小腸滲血從下陰流，日夜不休，又不從管中出，江西醫者俱不知所出，忽有一醫診脈數劑而愈，可謂再生矣。

在南昌聞山東之亂，時時看報，又不得高苑一信，眠食倉皇。祇從米年兄討信，米又從山東人官於司道者討信，到臨行時亦知其無意於青州矣。祇新城殘破，與苑牆接壤，料有震鄰之驚。泊漢口，鄉里熟人傳得曉譬寇盜秋毫無犯消息，甚爲喜慰。四月十二日抵家園，更得其詳。十九日而六弟回，二十日而八弟回，連得寄字，塞翁所謂焉知非福，聲望安知不自此而起乎？

前正與泰和令雍和鳴言：目今多事，不知難端從何處起，做官者只一味收民心，使其有事決不皆我，事事依我，便自指揮如意。若今之爲守令者，皆事事失民心，惟恐不我離散也，而臨變呼之能應乎？八弟輩回，言弟極得民心，此真得其把柄頭腦矣。杜方伯寄書云：令弟治苑牆，甚得民和，有廉愛聲，居然清華之選，以此相聞，遠慰我心。我閒居，曰兩弟在外作兩賢縣官，人人向我稱道，便是極榮事矣。六哥卻又是一絕妙縣官也。

我近來於舉業十分留心，明年當讀書吴越，從南上北。得失一分，即是休歇之日也。

其二[一]

弟作賢令於東，六弟作賢令於浙，可謂不辱其親，不負其兄矣。榮喜何如！戎馬既息，遠懷可慰，但太苦無事，不足展其才。而六弟則太苦多事，清苦非嘗，聲名騰播，只冗抃過乎他縣，刻厲過乎他人，人生精力如此用去，亦未免貽我日夜之念耳。

弟四十生日，董兒宴客於堂，庭前梅花滿樹。我暗暗有拆散離羣之苦，昨寫一書與六弟云：「何時一尊酒，小窗竹屋，重作散散落落兄弟也。」

龍渦石玲瓏多眼，將池中月臺填一丈餘，砌臺置之，遠望四野，下臨荷花盛夏之時，爾知縣當羨我耳。一笑。

其三

久不得一家信，又縣中久討不得報看，心上懸念，夜夢無主。又傳青州猖獗，高邑相近，愈增縈掛。然是家人嘗情。其實弟素有大志，今爲國家做事，拮据戎馬之際，正是大丈夫好事。我輩讀書識理，望弟輩作忠孝節義之事，亦豈宜作此兒女語，擾亂做事者之胸中。萬一危急存亡之秋，自然不宜倉皇失措，忘卻大丈夫三字。若邀天邀祖父之庇，羣凶驅除，名節兩榮，則自有呵護弟者。前爲弟作一嘉夢，然亦非我輩所當妄想者矣。所望者，逼青破萊之信尚是訛傳，祇遥遥以幹辦兵食，答應軍中，則爲家人所喜耳。

家眷不論事之緩急，俱當發回。獨身在官，精神自主，且弟性多纏擾牽掛，六哥深以爲慮，則不如使之不在身旁爲灑然也。弟婦賢煉，一路提挈，奴婢有餘，不必待董兒來接也。

其四

丁卯中五人。而馮龍負極，不得意，中第七，在陳組綬之前，一奇也。第六傅巖亦佳士，而章敬明、闕褐公、王孫蕙、陳龍正、吴鍾巒、朱永祐、翁元益、陳燕翼、葉培恕俱奇士，此榜亦可觀矣。吴昌時者，吴來之也。又查陳函輝者，陳木叔也。恨不同觀，一指其名，爲弟言之。我無劉黑皮之狠，無陳大士之耐煩，無袁六之相思，而欲再作此事，不亦難乎？可憐者，謝應侯輩未嘗不狠，未嘗不耐煩，未嘗不相思之極，而亦與我不同得也。此回免勞免熱，隨意行樂，何必祗羨戴烏紗、叫老爺哉！臨行書此一笑。

其五

到家園林如故，閨閣深扃，殊爲一快。得汶上信，喜弟作兩邑令尹，前寬簡，後勤密，得事文人君子，努力王事，符昔年攬轡澄清之夢，決能改觀，慰我志也。

【校】

〔一〕其二至其五標目，原均作「又」，今改。

譚元春集卷第三十三 遇莊

遇莊序〔一〕

童年讀莊，未有省也。十五年間凡六閲之，手眦出没，微殊昔觀。其間四閲本文，一閲本文兼郭注，一閲郭、吕注，旁及近時焦、陸諸注，又回旋本文，撰遇莊總論三十三篇，如其篇數，益嘆是書那復須注，不易之言也。注彌明，吾疑其明；注彌貫，吾疑其貫。

閲莊有法，藏去故我，化身莊子，坐而抱想，默而把筆，泛然而游，昧昧然涉，我盡莊現。循視内外，其有不合者，聽於其際與其數，如咒咒物，物利咒止，又如物獲咒益，不晰咒故，因而遇之，芒昧何極。口弄物外之言，手弄世外之事，稽厥行藏，伊可耻也，龜櫝枯魚，心跡超然，因而遇之，情染一洗。於物中爲人，人中爲男，豈如木梗，隨水遷流，豈如落英，隨風近遠，不發大瘖，自同蟲豸，何往何來，念之悲動，因而遇之，鷄鳴不已。洞天棋散，雲霞周身，竇不可塞，闢不可扃，扃而塞之，魂魄焉宅？吾瞑目恬氣，伺厥升降，因而遇之，廣成面語。傷物者傷，菑人者菑，鵬飛蝶息，不出人間，因而遇之，其老易之旨乎？寧晦勿宣，寧誤勿鑿，寧斷勿紉，紉刺我指，如夢古人，語半分手，因而遇之，空床不寐。文理潦倒，莊騷同思。我愛天問，灌灌如訴，薄暮雷電，即記其事，前絲後絲，總不相連，兹談羊蟻，胡乃及魚，見魚書魚，想亦如是，因而遇之，以破吾拘。至巧者化工，人敢椎拙，仰而思天，寧不怪絶，瞻彼小草，葉葉染采，小蟲跂跂，其殼青黄，天地大文，亦既工此，海入其塘，岳入其牖，無小無大，愛玩終日，因而遇之，字句我師。彼笑且侮，此怒而争，侮者又笑，我寓言耳，父前不拜，抱頸以嬉，不揖密執，跳弄酒歌，豈可曰咎？他人反恭，莊不云乎：「大親則已矣。」因而遇之，詆訕何有哉！

客有從予問莊者，曰：「已哉止哉，誣莊者自誣，注莊者自注。十夫之灌溉，不如細雨之滲漉。端居絶念，可以一遇，逐步追逋，忽失其處。」予應之曰：「是也。雖然，予既化身爲莊矣，遇莊者，夫豈予哉？且夫景純有筆，入夢求還；輔嗣玄理，出家相告。精文妙道，神鬼所戀，如此，吾不忘莊，莊必繞吾晨宇夜池，劃剔吾膺臆，濕吾硯往來不絶，豈但遇也。」

崇禎乙亥夏五閉户人譚元春序於嶽歸堂。

【校】

〔一〕本卷輯自莊子南華真經三卷，譚元春評，明崇禎八年張溥刻本。按：鵠灣集中，原有遇莊一卷，但現存鵠灣集殘缺，遇莊僅存譚元春撰遇莊序一篇、遇莊總論第二十一至三十三計十一篇，故只能從莊子中輯佚，彙總成一卷。凡是鵠灣集中尚存的遇莊篇章，仍以鵠灣集爲底本，而以莊子南華真經參校。

遇莊總論三十三篇

閲逍遥游第一

美胸期者，今古同聲，謂之天海空洞。吾笑莊子，亦猶夫人之言也哉？從而廣之宕之，杳忽雜之，綿邈究之，吾想其弄筆如目睹矣。大小物我，無待無窮之論。披剥已久，凡熟不鮮。予讀是篇已，睁目遠想，但作天眼觀，從天際下視，亦蒼蒼色，亦遠無至極，不添鵬眼，更深荒遐。又作天人眼觀，乘雲騎龍，從天下視，見此世界，物物安悦，年穀登熟。此時快樂，不可名狀，尋南華老人逍遥鄉，去此不遠矣。高人性畏繩束，機智鮮少，當於此篇，心目霽發。若縱念尋思，有何縈掛？人爲魚鳥，入我天海；我爲魚鳥，又入人天海。堯治天下，我爲許由；人治天下，堯又爲許由。大鵬大鯤，小蟲小鳥，一日之内〔一〕，更番遞爲，無不可者。我無窅然喪其天下之物，從何窅然；天下滯物，從誰許喪。真窅然者，天下不足喪矣。所謂窅然喪其天下者何物？支道林所云至足是也。支公拔新於二家之外，支理大興。今觀其論曰：「夫逍遥者，明至人之心也。」標此一言，名理盡矣。然二家語，自有尋味不得到者。嘗愛其二語：「天地者，萬物之總名也；堯、舜者，世事之名耳。」看天地，不是天地；看堯、舜，不是人。空眼定識，造極登峰。吾不敢復作異議。

【校】

〔一〕日　原文字跡模糊，似「日」似「目」，今暫定爲「日」。

閱齊物論第二

莊子齊物，吾幾無以尋之，嘗瞪目直視，忽如有得。其得甚奇，不在中邊，則以逍遥游有曰「乘雲氣御飛龍而游乎四海之外」，是論亦曰「乘雲氣騎日月而游乎四海之外」，故知齊物即逍遥游。宋人齊物理，齊物形，種種揣摩，如盲人杖，投諸坑阱，自錯自受。夫齊物之書，非齊物也。物化之爲齊物。胡蝶夢周，周在胡蝶夢中，是謂物化。忘年忘義，天地與我並生，萬物與我爲一，是謂蝶夢。吾瞪目直視良久，反覆斯論，得兩義焉，庶以竟於無竟，其一曰「聖人不由而照之於天」〔一〕，其一曰「爲是不用而寓諸庸」。萬慮枯退，人天同息，一光所涵，世界霽白，是謂照天。奇怪槎枒，主尊隸卑，恬坐無始，狼虎戲側，是謂寓庸。人傳吕惠卿讀至「參萬歲而一成純」，遂悟性命之理。昔有悟法華者，因「無所住而生其心」一句，遂爾大悟，吉甫奸人，效顰盗竊之事耳，未必真爾也。雖然，遇所解觸，直可坐悟。如此妙論，被向秀郭象陷莊子爲齊物之書，真古今一恨。「陷」字確然，涪翁不爲深文矣。

【校】

〔一〕聖人　原作「爲是」，據莊子改。

閱養生主第三

莊子之書，雖無端無緒無倫，而胸中有主，礦雜金在，海涸珠出，歷然見於中邊，如所謂遁天倍情，忘其所受，安時處順，哀樂不能入，皆一部中領要逢原之言也。借秦失三號，爲少私寡欲老子聊一寫真。火火相然，薪薪相接，老子有死時；老子哀樂不能入之胸中，無死時也，所謂養生主也。「緣督以爲經」，原非浪語，蓋中脈爲督，督脈在背，道家調息煉氣，必由於此。而窺莊子之意，似在乎善惡兩忘，刑名不近。人生於機，死於機，無涯之知，哀樂焚燒，惟一切恬曠，精氣内守。豈惟保身、全生、窮年？人生大孝無過此者，故曰可以養親。吾於四語，獨味是焉，有味也夫。且夫十九年刀刃，不可謂薄，不可謂厚，無厚之刃，刀法常在。誰爲拾薪吹火，爐竈宛然，踵息丹經，試一用之，老子至今不死矣，哭者何人哉！

閱人間世第四

莊子者，世外之書也，然涉世孔深，憂世孔切，經世孔大，君父兩大事，義命兩大戒，諄諄從仲尼告子高吐出，竦然如海峰天柱，堅人骨性，風波不動，實喪不危，哀樂不易施於前。學道涉世，高人事耳。稍稍悦生惡死，不安義命，奸臣戾子率墮深塹不起矣。予正襟讀人間世，始知臣忠子孝，即是世外至人。往往世外至人，可以視死如歸，然名根澹然，争心不起，離災遠害，無死於暴人之理，調虎養馬，心下意折，不爲忘身二字，增長粗直。反覆斯篇，用之不盡，無待讀曲轅商丘，支離接輿，受教多矣。予嘗謂莊子寓言，借古人口，或寫其照，或雪其寃，或敗其興，皆有深心妙理，對書發笑。如顔氏子，高澹寂寞，似與世不切，因爲適衛之言，疚心衛民，談及死亡澤量，至欲淚出，此時便覺陋巷居士投簞挈瓢而起，不到孟子，已有一人知禹、稷者。至於子路，似不留心博雅，而胸中偏知有周藏史老聃，免職家居，勸仲尼藏書，須就此人商榷。似是尼初不知，而由先知，卻洗帶劍鼓瑟之氣，爲仲氏知己，用想何妙。桑户歌哭，端木敗興，調笑聖門達人，亦用是法矣。莊子有心，予忖度之，自謂眼光出南華寸許，未審何如也。

閱德充符第五

黄魯直謂有德之驗，如印印泥，射至百步，力也，射中百步，巧也。箭鋒相直，豈巧力之謂哉？子得其母，不取於人而自信，故作德充符。予因取是篇而思之，何以箭鋒相直？何以子得其母？因知山谷之於南華，有一種參悟。夫莊子一書，雖不可把定，而死生不與之變，哀樂不得入，不以是非好惡傷其身，知其無可奈何而安之若命，則往往言之。往往言之，而所守之宗，與其中之子母，吾亦可以冥心有獲矣。獨其非巧非力，箭到鋒交，機候由天，跛癭證聖，則自然之報，義解如脱，即莊子亦何能吐肝告人也。予嘗讀才全德不形處，窺見奥妙。哀公曰：「何謂才全？」仲尼云云，不足以滑和，使之和豫通，而不失於兑，日夜無郤，與物爲春，接而生時於心，此全德也。在莊子分中，只看作才全。内保而外不蕩，成和之修，物不能離，如養丹蓄火，養蘭禁風，令胸中平平焉，如水停之盛，不形之德，始名全德。此與楞嚴月光童子入定化水何異？而山谷猶以箭鋒相喻，恐猶是門外語也。

閲大宗師第六

譚子讀是篇，至朝徹見獨，無古今，不生不死，而期之以三日、七日、九日，道人守宗化物之候，因知生死大事。竺教未入中國，已先有此等聰明强力男子眠食此道，且其説曰：南伯子葵曰：「道可得學乎？」曰：「惡！惡可？子非其人也。」進卜梁倚而退子葵，未免作分別相，然根深器重，夜半傳燈，亦未有逢人執裾强授之理。有真人而後有真知，不易之言哉！一部中，談因，談自然，談道，宗而師之，想在是耳。吾欲留此想像，以幻窅其神明，抽繹出世之理，而隔漆園老人於詁家籬落之外，明知其爲道，爲因，爲自然，雅不欲一口吸習，陷以印板水紋也。即莊子亦自抱玄冥，有「兩忘而化其道」之語，亦似不欲錮大宗師以道之一字，曠心托出矣。神遐志密，洞視元本，故曰「況其卓乎」、「況其真乎」，兩言可研可悟，不須親承宗旨也。卓者卑俯造物，真者虛誕古今，所謂「游於物之所不得遁而皆存」者，其必是物也。其必是物也者，其必是莊子意中大宗師也。吾輩安得而妄把定之乎？或曰：「相視莫逆，裹飯鼓琴之友，於義何居？」曰：此性命友也，嗜欲不深，歌哭難斷，人天之事，不得良友開發，憒憒一生，莊子倔强孤迥，獨於是篇纏綿儔匹，吾敢輕擲臭味哉！

閲應帝王第七

俗筆作内篇文，必使外篇、雜篇無以勝之，且如並心作内篇時，努盡心力，注射盤旋於一篇之中，務爲深切著明，何暇閑談？嗟乎，此俗筆之陋也。莊作應帝王似不甘以恬憺寂莫自署幽人，而標此經世之目。乃讀其言，曾無以過六篇之旨，其要言妙道、游心壙埌，又似已竟於逍遥。壺子示巫，閒閒冷冷，雖玄感萬方，而意象又似不屬。奇人著書，往往去粘謝滯，無束筆向義之苦，可爲猛悟已。治天下人紛紛脊脊，此時正好冰霜封閉，木石消歇，應帝王者，只此一法，故曰「紛而封哉」，又曰「亦虚而已」。亦虚者，虚不可勝用也。三代以後非盡不學道，然鑿破混沌不已。又鑿盡一世人渾沌，寒心銷骨，欲返無路。予讀陽子居所稱「嚮疾彊梁，物徹疏明，學道不倦」，真道盡古今第一明王伎倆。至人洞觀身世，視彼昏孱不學道者，孰爲厲人也。至人用心若鏡，與真人之息以踵，皆前賢極領會語。予竊謂莊子之妙，似不當豎一義，拈一語，信心游行，隨手摹索，反在無字句處，有一漆園叟栩栩見夢也。

閱駢拇第八

讓王、盜跖、漁父、説劍，吾定其爲莊作。使非莊作，則駢拇、馬蹄諸篇，亦不敢定爲莊作也。予昔評駢拇，筋駑肉緩，氣綿力薄，正與四篇文氣不殊，且其説盡於胠篋十數行中，何以復涉是筆？已而思之，曼衍縱深，峭栗華暢，文字之妙，不主一家，且以奇也。自莊子之奇，而至使人有疑其筋駑肉緩、氣綿力薄之文，嗚乎！此莊之所以奇也。自七篇外，不惟不主一家，或亦不出一時。平生所屬文，彙成部軸，意亦如後人仰首看屋梁事耳。子瞻之論，既失言矣，後有謂刻意繕性俱膚，而止定爲二十六篇者，此無目人語，何足記其姓名哉！

閱馬蹄第九

莊子非不知聖人者，觀其「六合之外，聖人存而不論；六合之内，聖人論而不議；春秋經世，先王之志，聖人議而不辯」，其踪跡聖人至矣。王臨川謂其傷心於卒篇以自解，而阮嗣宗則曰：「六經之言，分處之教也；莊周之云，致意之辭也。」不辨如是虚妙心眼，未可對是書。即曰「此亦治天下者之過」、「此亦聖人之過也」，可作咎聖人讀乎？憫悴極矣。

閱胠篋第十

老莊言「聖人不死，大盜不止」，儒究吐舌，曰：「嘻！其甚矣。」然網罟一設，至使深者不深，幽者不幽，禽魚衆生，亂上亂下亂澤，驚悸痛楚，飛走不得自由。如人生亂世，兵刃攢蹙。我爲聖人，衆生何須我聖人耶？萬世衆生，不向庖犧索命，反尊爲聖人，亦理外法外之事也。予有一極平之論：羲農以前，天自下世，分作聖人，日鑿渾沌，有雨血鬼哭之事，不知何苦而爲是，故當曰聖人之過。聖人之過，天過也。姚姒以後，機詐盈滿，聖人救世，層層苦惱。如趁路追亡，一人追一人，日見遐遠，欲頓止不追，此逋亡人，終無還期，不得謂裹糧躡跡，勞勞問津，盡是多事。故予欲爲中古聖人謝過，凡以此耳。郭注云：「天下之知，不能盡亡，須聖以鎮之。若羣知不亡，而獨亡聖，害又甚矣。」其意正與予同。然莊子妙書，寧容人如是擬議！一片高冥，結成慈慟，眼見三代以下，舍夫種種之民，悦夫役役之佞，遂欲大哭失聲，嗟晝吁夕，怪前怨後，無一人能免者。吾輩開胸洗眼，各發弘慈，固知是平實之書。庚子嵩開卷一尺許，便謂了不異人意，又知子嵩固大有根性人也。

閱在宥第十一

大道要語，不外廣成空同之言。莊子寂莫恬憺根株，全胎此中，乃藏於在宥之篇，其篇爲莊子所停神結想無疑也。嘗疑在宥語意極似應帝王，而廣成秘密玄旨不入内篇，授毫俗手，定當以壺子相，與特室宗風較論銖兩，界爲「内」「外」，而部署若此，吾不知何以「内」而何以「外」也。高疏之筆，漠漠人表矣。

閱天地第十二

又深又華，珠光錯落，拾之不勝拾，而其難及，常不在珠而在海。海者，不能胎珠，而能藏胎珠之物者也。若是篇無華封祝爲之海，無伯成子高退耕爲之海，無漢陰抱甕爲之海，一啓篋而珠見，無餘味之事也。珠何在？在玄。「泰初有無」一段，是謂玄德。古來念一守真之夫，床頭惟易、老與莊。莊之配易，舍此寧復有玄珠耶〔一〕？吾因泛泛海中而得之。老子告仲尼以其所不能聞，與其所不能言者，因舉凡世間一切有首者、有趾者、無心者、無耳者，衆有形者、無形無狀而皆存者，盡能無之。其動與止也，其死與生也，其廢與起也，雖猶夫人也，然此又非其所以也。向閲前賢注疏俱失之，忽一日静坐，取白文細諷，胸懷洞然，後閲焦氏筆乘相印，始喜有一人同者。大段讀經子仙佛書，不須饒舌强解，只清心冥目，讀白文，消歸一二字，即自洞然無誤也。無形無狀矣，而又曰「皆存」，論物微理，實實有此種類，足掃韓退之原物一篇。

【校】

〔一〕玄　原文字跡模糊，似爲「衣」字，今暫定爲「玄」。

閲天道第十三

天道、聖道、帝道起手，而以傳書、讀書作結，夢想不到。大凡無首無腹無尾，古文類是也，而莊、騷尤甚。莊著書，澹然高寄，然亦耻人以虚幻待之。觀是篇中絜談禮樂刑政德教，備極精祥，有序有倫，居然周、孔端坐詔世。南華經中滿幅君臣父子兄弟男女，尚親尚尊，尚齒尚賢，刺刺不休，如熟讀易、尚書、戴記，與誼辟良弼共論太平，則叟之不甘心枯玄，自隔世法，可默默相諒也。雖曰其要歸於無爲樸素，周情孔思，何嘗不歸於無爲樸素乎？所驚眼者，孔子初見猶龍，何如事也，見於是篇。又儒墨分門，儒者惡聞兼愛，卻謂兼愛無私者，孔也。老子云兼愛不亦迂乎？孔欲破墨，老先破孔。莊之用意，微妙可想，其玩弄聖賢，偏在乎此。肯日味之，此妙日出，恨予尚懶，不耐盤桓一帙，輒罷去耳。其言曰：「世雖貴之哉，猶不足貴也，爲其貴非其貴也。」又曰：「口不能言，有數存焉於其間。」此二語可謂論古讀書之法。世儒好作連貫章句，喜談血脈，推鑿輪，附天道，蒙被思之，得其綴屬，以爲雲霧披露，又謂與繙十二經相關映。如是，予閉口矣。

閱天運第十四

天下眇密幽昧之理雖多，未有外於洞庭張樂者也，予賴之斂魂焉。曰「流光其聲」；曰「蟄蟲始作，吾驚之以雷霆」；曰「塗郤守常〔一〕，以物爲量」；曰「鬼神守其幽」；曰「逐之而不能及也」；曰「若混逐叢生」；曰「布揮而不曳，幽昏而無聲」；曰「或謂之死，或謂之生，或謂之實，或謂之榮」；曰「行流散徙」；曰「天機不張而五官皆備」。真所謂細若氣，微若聲，吹息裹於高深，緘縢付之神鬼。

樂紀而外，更有此九天九淵文字，不可浪讀也。孔、李受益，鴟蟲類鳥，魚蜂兒啼，一片悟境，方子春海上一行矣。

【校】

〔一〕常　今通行本莊子中作「神」。

閲刻意第十五

是義皆前後所豎義，無高奇相，故淺人疑之。然有「澹然無極而衆美從之」一語，又有論「水之性，不雜則清，莫動則平，鬱閉而不流，亦不能清」數語，非莊子不能道也。嘗思莊子經世奇抱，哀憫僞薄，所遭昏上亂下，不見於施用，亦胸中有一廣成、軒轅之好，思以封扃形神，餐沃精氣，慎内閉外，傳方度世，而養人民，遂羣生，此腸又不可冷。學道人雖耽虚守寂，然一意枯僻，與空山補破衲、捕蚤蝨盲道人不異，則亦非出世之學矣。故莊子治天下經綸，無所不談，而究竟止一養神，柙寶劍而不敢用。嵇叔夜怡情養生，亦好讀莊書，而火用其光，芝無復秀，竟不知莊爲何書，又安知養生爲何事也。

閱繕性第十六

莊子所謂俗學俗思，猶禪家大乘之於聲聞辟支也。二乘去佛不遠，苦修實煉，惟廣大不如佛，呵之與六羣生無别，其嚴若此。「繕性於俗學，以求復其初，汩欲於俗思，以求致其明，謂之蒙蔽之民」，正此意也。此輩人危冠深衣，爲道説法，老死俗學俗思中而不悟，千古一轍，不知莊子如何四語判定，將世所尊爲道德仁義禮樂，微有所爲而不近自然者，一語蔽之，以爲失性於俗，題之爲「腐」。彼猶裂眼横争，坐之以俗，夫復何辭。嘗見俗中人，苦學深思，但了卻軒冕一願，其圖數千户郡，如有志人圖作佛，昏曉計度，六鑿與萬事相攘，使一得志，學問機智擾亂世界，故曰「心與心識，知而不足以定天下」。古之治道者，知與恬交相養。俗學俗思，昏擾擾相，以爲心性，無復恬之一樂矣。達則反一無跡，窮則深根寧極而待。請看反一無跡，得道者所以處亨途，轉似閉門幽居，嗒然隱几時，恬知相養，方有少分妙應，此寧可與凡俗言哉？莊子特唤起之曰：「軒冕在身，非性命也。」似痛似勸，如大壓得興。其救世深恩，何可忘云。

閲秋水第十七

自大視細，自細視大，是非不可爲分，細大不可爲倪，因其所大而大之，萬物莫不大云云，是子部大衆資糧也，不足爲奇。惟其文浩而肆，又默默入人。讀至「不出乎害人，不多仁恩」六語，坦然可以居心，可以行世。又讀至無私德、無私福、無畛域三語，拓開意識，爲拘志一行人，放頓寬安，引入逍遥，令人如買桃源一區耳。蛇風相憐，專談天機；匡圍弦歌，一順時勢。井蛙不知東海之大樂，神龜、腐鼠、濠魚，苦樂了然，與篇中意似相涉，似不相涉，夜坐思之，忽而得之。蓋莊子之立言，與莊子一生行藏，皆實有身世曠觀，爲諸子著書者所不及。尋其意，真覺灑然。若耽戀浮世，鼻息頭顱受人招髦，禽魚不來親人，而口談萬物一齊，知命反真，如好啖肥酒大臠人，與人精言蔬筍清味，祇增醜態耳。

閲至樂第十八

論生死理，惟莊子甚圓。活身，俗談也，而莊諄諄言之；活人，美談懿事也，而莊不肯易言。是身如幻泡，有生爲累，柳生肘可；人死爲蟲，蟲死爲人可；小蟲小草，相化復爲人亦可；百年髑髏，不復爲人亦可；妻死如人死，恩愛先斷亦可。然又不欲人殘形傷生，枉入羣趣。如龍逢、比干修身傴拊人民，好名以取災害；子胥不知蹲循，忠諫力争，爲名得禍。其念足以活人，而不能活身，徒與富貴壽考人同一勞煎，此莊子所不取也。初，吾疑其言之過，近見争名枉死輩，身命祇供刀俎，而其實不起於活人，始嘆莊子神人也。孔子愛顔子至矣，所載適衛適齊兩番告語：一則曰强以仁義繩墨之言，術暴人之前者，命曰災人，災人者，人必反災之；一則曰與齊言堯、舜、黄帝、燧人、神農之言〔一〕，彼將内求於己而不得，不得則惑，人惑則死。因笑叔夜讀莊，轉增其放，吾讀莊，增其慎耳。吾嘗諷佩其言，語讀莊子者深領此中痛切快論〔二〕，資裨身心性命用救世法，而無爲反真，達生觀化，所以著書之妙旨，曾不待篇篇覓義也。嵇公增放頽榮進之心，亦其性之所近，暱就一偏，而至曰任實之心轉篤，則嵇公亦善讀莊子矣。

【校】

〔一〕黄帝　原作「皇帝」，據文義改。

〔二〕者 原文字跡殘缺，似爲「者」字。今暫定爲「者」。

閱達生第十九

語有真爲性命，全形復精，絶遠塵垢之外，通體高凝，不夾帶入世一語者，達生篇是也。故獨題曰達生。世人冠蓋功利，嬰心既深，又不耐山澤冷退之鄉，常浮沈人俗，兼談學道，謂袪練神明，濟度羣生正須身在世中，豈有躍然掛冠脱屣，如單豹、張毅行徑，何益於生？斯言出而棄事遺生者幾無以難之。莊子曰：「欲免爲形者，莫如棄世。棄世則無累，無累則正平，正平則與彼更生，更生則幾矣。事奚足棄？而生奚足遺？」其言始大而專，幽遐而堅廣，所謂開天相天之人也，事亦豈許人浪棄，而生亦豈容人浪遺哉？關尹子曰：「凡有貌象聲色者，皆物也。物與物，何以相遠？奚足以至乎先？」嗚乎！人之所以貴出世，其理盡此矣。

故凡達生之人，壹性養氣，游乎物之初，在人中，其實非人也。如痀僂者，惟蜩之知；如没人未嘗見舟而操之；又如鬥鷄者，異鷄無敢應；又如吕梁丈夫，從水之道而不爲私；又如削鐻者，入山林，見天性；又如工倕靈臺一而不桎。或齋心密守，或衆中孤寄，皆肅肅落落，專巧消滑。深而求之，食麻食麥，伐毛洗髓，空山中無限大事，即淺淺吾輩，所謂土木形骸，鷄羣野鶴，耳目若有所營。此皆有一種不内變、不外從事精神，迥異乎蚩蚩之氓者。有霸心而見鬼，可畏也夫。

閲山木第二十

不材得終天年，此庸人鐵券也。其言不可爲訓。雁以不材殺，不材豈無殺時？材不材，不足以處世，而後真人之浮游出焉。浮游非浮沉也。乘道德而浮游，浮游乎萬物之祖，在人中爲龍虎，在世間爲龍蛇，其孰能害之？予嘗謂「涉世」二字原妙，涉者，不淺不深，水上浮游之謂也。一浮一沉，不淺則深，禍之門也。所引募緣賦鐘，不巧詐，不欲速，不揀擇送迎，無拒無强，隨人剛柔。郭門之壇，布金者如雲，真可以爲法。予曾稱善募僧有行有術，誠詭並用，行兼術，詭御誠。其説可駭，而實爲至理。賢則謀，不肖則欺。此世宙真難置足，静定戒中，亦有網羅機辟之患，若豫見後世沙門牢獄殺戮之禍。孔困莊辭，陳、蔡栗林同一危地。吾欲駕吾車，賫吾糧，刳形去皮，絶學捐書，一游建德之國，長子孫，不思返矣。

閲田子方第二十一（二）

孔子見老聃，千古受益一大事也，故作禮記，屢言「吾聞之老聃」。南華於孔李相見語，縷縷不絶，可知其胸中有此兩人也。是篇畫老子新沐圖，形神最妙，而孔知其遺物離人，老自露其游心於物之初，他日倨堂應徵，那得如此針鋒。孔、李相知，又惟此際入微。他如東郭順子清而容物，温伯雪子目擊不容聲，孔顏相服相忘，非不深微，然深微衣鉢總不出晞髮初乾時也。世眼謂莊子詆孔背老，不知此書半胎於五千言中，猶龍毛髓洗伐已盡，而仲尼與其弟子每啓口未嘗忘。或游戲，或强項，此即莊子歸附不朽之路也。誰欺乎？吾又思之，點染着色，箸人入勝地，古人文妙得是法，而莊尤淵藻。若是篇無畫史解衣、釣丈人見夢、伯昏射臨百仞之淵，而彌望皆百里奚、孫叔敖、有虞氏、凡君，一派陳跡，將著書外物之旨，重宣複談，如耄年人述舊聞，熟爛耳根，書之力，旦暮且朽矣，何自而達於千古？故令千古恍然於物初者，未必非濃淡點染，語言淵華之力也。今文人大家貴此者鮮矣。且曰：「若不會本旨，而向字句芳異求莊，是謂不知莊者〔二〕。」嗚乎！本旨固會矣，安知所以不朽之道耶？

【校】

〔一〕鵠灣集中，本篇殘存篇末自「淵華之力」起共五十一字。

〔二〕鵠灣集無「謂」字。

閱知北游第二十二〔一〕

此南華參也。何謂南華參？莊子之言曰：「道無問，問無應。」未有真槁然兀然，同於土木者，是許人以參矣。參之門，茫茫無際，的的有歸，如禪家宗風。所謂過昆侖，游太虛，吾神明所棲托之鄉也。所謂外觀乎宇宙，內知乎大初，吾棲泊之鄉，所見之山河大地，無始以來也。道在螻螘，更四問而下至於屎溺〔二〕，可參；冉有曰：「未有天地可知耶？」仲尼答曰：「未有子孫，而有子孫，可乎？」可參；光曜語無有曰：既爲無有矣〔三〕，何從至此哉？可參；齧缺問道於被衣，言未卒，齧缺睡寐〔四〕，被衣大說，行歌而去之，兩人相契，可參；老農吉死，神農隱几擁杖而起，嚗然放杖而笑，可參；山林與，皋壤與，哀樂欻忽，可參。參者，不論何時何地何語，何人相對，但我無思無慮，無處無服，無從無道，無視無聽，澹而靜，漠而清，調而閑，恍恍冥冥，梅梅晦晦，至於榻穿石窞，柯爛桶脱。有一日焉，如泉脈初動，如雷乍聲，如醉僧顛不止，如入水人笑不止，生死大事忽明，弢解袠墮，便足酬莊先生一片救度婆心也。

問參何戒？曰：戒「知」。知在人，仇鴻蒙而囚渾沌，不能不紛呶多事，一生野馬逐空，穢蜣思遠，自休俄頃不得，此物爲祟。知而北游，無停住之象也。無爲謂真良師，狂屈亦善友。狂屈心口含縮，瓜熟藕斷，絶似世間一種精進男子。黄帝參訪不寂莫矣。

【校】

〔一〕自本篇起，至第三十三篇止，以鵠灣集爲底本，以莊子南華真經譚元春總論（以下簡稱莊子譚評）參校。題 底本篇名後原無「第二十二」至「第三十三」各數序，今據莊子譚評增補。

〔二〕莊子譚評無「更」字。

〔三〕既 莊子作「及」。

〔四〕「缺」字原無，據莊子譚評增補。

閱庚桑楚第二十三

妙思是篇，惟「不厭深渺」足以盡之。內、外篇皆是意也，而是篇堅之以天助，鄙之以賈人，恐之以鬼誅，欲其藏於密也，至矣。密者，深渺之處，一念不起，鬼不得而見也〔一〕。鬼求見不得，又安從而誅之？吾人微有深致，尚欲韜光埋照，何況至人，一念奔騖，百靈狎侮，故曰「出而不反，見其鬼」，不藏之過也。「明乎人，明乎鬼者，然後能獨行」，深渺藏身，鬼所畏也，「若有不即是者，天鈞敗之」，將有敗我者焉，可不藏乎？淺人在世，四六盪其胸中，爲適羿之雀，不爲能天之蟲，陰陽之寇，默默召聚，非惟不能藏，亦復何處可藏？聖人本分素備，萬物津逮，然定有甚深藏處。莊子知之矣，曰：萬物出乎無有，而並此無有，亦是無有，聖人藏乎是。若大索聖人而得之，若大呼世人而尋之〔二〕，如南榮趎眉睫，不深不渺，老子一見得之。老子遺物離世而立於獨，深渺極矣，孔子亦一見得之。所謂「發乎天光者，人見其人」，光中必然之理也。庸則有光，石門翁所謂不用其光也。紫氣不密，關尹物色，能爲識者匿乎？庚桑楚敕僕妾，化畏壘，杜尸祝，終身不忘老聃之言，有道人也，而莊子稱曰「老聃之役」，書法嚴甚，其尊晌至矣。莊子惡世之畫然知、挈然仁者，托楚之臣妾痛絶之，若曰：爲人僕妾且不堪，豈士君子反蹈之？蓋憤世之辭云爾。

【校】

〔一〕「也」字原無，據莊子譚評增。

〔二〕尋　莊子譚評作「告」。

閱徐無鬼第二十四

予初以爲雜篇者，内、外篇所不能收，千巖百泉，雜然觸放。如徐無鬼之篇，其最雜者矣。及讀終篇曰：古今不代，而不可以虧，可不謂大揚搉乎？乃知莊子全書，揚搉古今大事，特見於此也。

古今大事，訖於生死；生死大事，訖於天人。前幅天人之説，窮玄極眇矣。偶復談及，不覺漏泄更盡。嘗伏思之，其曰「大一通之」，真宰之謂也；「大陰解之」，弗斂胡發也；「大目視之」，注視萬物也；「大均緣之」，緣於自然也；「大方體之」，元命苞也；「大信稽之」，雖謬勿謬也；「大定持之」，不爲人所勝也。

舉七語以解荀子之嘲。荀子可尚曰「莊子蔽於天而不知人」乎？自風日守河，恃源而往，匪功何繇而反，匪久無以成果，仙佛之求凡人，勝於凡人之求仙佛。揚搉在我，善問在彼，深心切究，有授衣傳燈之喜矣。我不惑小哉，不惑也。惟以不惑解惑，使人復於不惑，是尚大不惑。莊子至此，真具出世肺腸，與自了漢相隔萬劫矣。惠子死而莊質亡，無問是者也。雖生前規之，以爲魯遽冰鼎弦瑟之妄，蹢闠夜半舟中之鬥，然如是人者，豈可復得乎？但惠子一生好問，惟知不可以有崖，未知不可以無崖，茫茫賫惑以没，爲可恨耳。大隗所在，小童知之，勢物不入也。彼勢物之徒，爲類凡十有八，争馳形往不反，安知有天人生死大事。董梧未師，田禾相賀，卷婁衰而文種愁，皆十八輩中人也，何足道哉！何足道哉！

閱則陽第二十五

一篇片語入心，勝十篇讀。讀則陽，豈止片語哉？夷節不自許而鶩權交，顛冥富貴之途，能助人消。每讀一過，便思終身不敢見世情人。欲惡之孽，初萌性中，如萑葦蒹葭，以扶吾形，不知即擢吾性，潰毒百疾，不擇所出。讀者便如醫師在床，針砭刺心。栢矩逢辜人而大哭，至云「日出多僞，士民安取不僞」，傷心之言也，與老子「民不畏死，奈何以死懼之」，皆欲發人栢矩之慟。禍福淳淳，造化之公也，有所拂者，反有所宜；自殉殊面，人心之私也，有所正者，反有所差。太公調數語〔一〕，真人世至理。塞翁通識，已看到此中矣。然而「大均緣之」，「大信稽之」，「大定持之」，又何説也？敢終謂禍反爲福，得反爲失哉？予讀季真、接子二説，皆然矣，而皆不然。荒唐想之，即鷄鳴犬吠，或使莫爲，終不得其故，惟沈吟「非言非默，議其有極」二語，仰眄庭柯，聽老鶯啼罷飛去耳。

【校】

〔一〕太公調　莊子有的版本作「大公調」。

閲外物第二十六

予年垂五十，鬢疏頭旋，衰相漸露。有感於會稽陳汝道、海鹽馮宗之二老友之言，始學爲閉息凝神、升降水火之功，如春雨失候，而銚鎒不廢，每深悵恨，然於廣成形常守神，神乃長生，時時憶念，庶幾引魂着魄，不令飀去，得盡悟外物一篇之意。所云「天之穿之，日夜無降」，非但奇語，氣息周身穿透，無間子午，若心無染戀，令其竇中空空虛虛，得以升降，火不勝水，又不多方生火，靈快輕揚，馴至沖舉，青天鶴一息不難至也。我輩利害相摩，名根薰染，此心棲止何鄉？祇「若懸於天地之間，慰暋沈屯」而已。慰暋沈屯者，靈快輕揚之反也。輕靈者升，昏滯者墜，自然之理。況火日以多，和日以焚，月豈能勝火？眼見是人儧然而道盡耳。因思水火本相濟，而不能相濟之水火，必至於兩陷；雷霆本驚蟄，而不當驚蟄之雷霆，必至於不成。然非功深氣靜，臨歧失路之後，亦不知其爲甚憂，又不知其甚憂，兩陷而無所逃也。老萊謂仲尼不忍一時之傷[二]，而驚萬世之患，亡其略弗及耶？予嘗愛此言切中病根。今之流遁決絕，走不切之途，相引爲高，問其重閬何在，日夜何息，茫然不省。叔夜所謂以多自證，以同自慰者，真爲凡夫寫照。是皆老萊所云略弗及此者也。汝道注莊精暢，予稍嫌其意義之太貫，如以我針綫縫荷裳蕙帶，多此綿密，微損隱趣，獨論神氣，洞知曲折，亶乎聞道者。如是篇注，予受益焉。

【校】

〔一〕時　莊子通行本作「世」。

閱寓言第二十七

作文者少寓言，如作詩者少比興，寧復有詩、古文乎？惟借重聖賢前型滿紙，此法甚盛，似不失莊子取信耆艾之意。然一概高年耳，欲擇其中有經緯本末以先人者，則少矣。且如莊子所引聃、丘、子綦之類，其言辯而竦聽，多不見於他書，故得獨奇。又字句皆得天巧營構，故遭人驚喜，獨靈千古。後人非載籍所有者不道，甚或字句移徙，笑其疏舛無根，執書求核。孰敢浪撰一字？蓋非但寓言亡，重言亦亡也。緐緒單辭，觸情觸物，謂之巵言。此則手口之間，無日不出，如人飲酒，日弄一巵，天倪融美，窮年不休，所謂閉門著書多歲月也。士生浮世，然不然，可不可，萬喙争鳴。莊子非如是立言，連犿無極，決難持久。故曰：莫得其久，自謂與天地精神往來，又與世俗處。此莊子不違心之言也。予於此處並窺莊子山木、人間世周旋行世之妙焉。舍者争席，儻亦寓是意耶？

閱讓王第二十八

支父、支伯、善卷、石户之農，嚴潔而不悁急，品最高。顏闔、屠羊説次之。仲尼得與許由、共伯並稱，許大眼光，出春秋一世人上。孔門亦最盛。參歌商頌，金石聲滿天地；憲精論貧病，笑學爲人，教爲己，仁義之慝，輿馬之飾者。周仰止可想。莊、列同道。列御寇饑來辭粟，堪附焉；周貸粟而卻金，隱隱肩隨其中矣。魏牟以公子隱，自首市心，瞻子教以重生輕利；牟又自陳雖知之未能自勝，瞻子又教以未能自勝則從之，欲其神無惡也。牟根器高樸，學道人當如是；瞻子低眉誘接，教人學道當如是也。周獨贊曰：「雖未至乎道，可謂有其意矣。」非周孰睠懷至此哉？篇將終，復直數沉水者三人，餓死者二人，獨不論一字。譚子曰：非不論也，依然申徒狄踣河，伯夷死名之説哉！

閱盜跖第二十九

細讀無約之訟，知盜跖篇所繇作，原非詆孔子之徒也。詆孔子之徒者爲盜跖，如律令然，不可犯云爾。盜憎主人，富主人亦可憎。昔有善戲者，云：

「盜，君子也，不當抵法。」問何故，答曰：「非是屬無以困富人。」語雖戲，亦似頗得盜跖篇末之意。無足張其勢，便欲使富人高坐而戲人；知和道其苦，便欲使富人痛哭而散財。莊子真化工也。至云「名利之大者，幾在無耻而信」，予讀之擊節焉。名利中人，頗以信自矜其品，無耻而信，炎炎苟苟者咋舌矣。

閱説劍第三十

子長史才絶今古，而不通精理，故他篇微妙總不能舉，而言其漁父、盜跖、胠篋爲有所詆訿。子瞻以爲知其粗，是也，而瞻亦不詳其意之無所詆訿，以爲讓王、説劍皆淺陋，並四篇而贋之，縫爭席、饋餋爲一幅，亦文人高興之事耳。獨説劍真無義類，無精魄，祇似戰國陳軫、犀首輩之言，枚、馬、子雲輩之賦體，而掠取其粗者。吾平心察之，真不似蒙公筆也。然則此篇贋乎？曰：何贋也？古文人奇怪不可測正在此。吾輩著書，正如求名利人繚意絶體而爭，安肯放些些空閒地，置此蠮螉之篇耶？

閱漁父第三十一

支公與許、謝集王濛家，相與詠言寫懷，問主人取莊子，得漁父一篇。道林先通作七百許語，安石最後自叙其意，作萬餘語。嘗想晉人清談，如此豈可及，而後人動欲相戒乎！今其篇具在，使彦會一堂，通作數語，攬陳纈新，窸窸蠢蠢，不過百十言，氣息便不屬矣。何能叙致精麗，才藻奇拔，作七百許語？又何能於衆賢竭思脣乾之後，擬托蕭然，才峰秀逸，更作萬餘語也？惜不盡傳其談，想其雅集之快。然當攤此篇案頭熟視，看吾輩秀逸奇麗從何處奔瀉耳。孔子逢漁父，正如漁父入花源人家，似仙非仙，使人神癡。漁父聽曲而來，刺船而去，延緣葦間，幽風在目。孔子待水波定，不聞拏音，而後敢升車。契結霞外矣。聽其言曰：「不可與往者，不知其道，慎勿與之，身乃無咎。」此上真秘密也，吾何敢以世人酬對相此翁哉！

閱列御寇第三十二

此莊子去世之言也。水流乎無形，反乎無形，歸精神乎無始，而甘瞑乎無何有之鄉。蓋自誌之言耳。人將死，各念生平志行，不至賷恨乖願，便可長逝。莊子學道幽隱，不令人識，自護其形神，如亡命人變名易服，畏人搜邏，大易所謂洗心退藏於密，是其宗派，故曰：「内誠不解，形諜成光。」列子見饋餮人，不覺一驚。誠者，精神之所聚也。聚而不解，有諜泄之時。諜如兵家間諜，逗泄本謀，字法奇甚。形光浮動，追召人心。學道大患，莫甚於此。且莊子於世時有戒心，上法循牆，下懲驪犧，既不欲有身勞於國、知盡於事之苦，又不欲有河潤九里、澤及三族之榮，安其所安，以必不必。篇中二語，可以持贈，庶幾乎「虚而遨游」，「汎若不繫之舟」者哉！故於書將終，身將盡，一叙其志，終日談生死大事，臨命終時，神明落落穆穆，盛水不漏，可謂得力矣。予愛其論緩之死也，曰：「造物者之報人也，不報其人，而報其人之天。」荀子蔽天不知人之譏，確乎失言哉。

閱天下第三十三

讀史記自序、傳、贊等篇，知其胎息是文也。然是文澒洞離奇，葳蕤極矣。古人書中多藏自序。周也慨嘆衰晚民生離於王風，儒效不臻，別墨滿天下，故傷心卒章，有後世學者不見天地之純、古人大體之語。嗚乎！淚與之下矣。

其叙道術獨詳墨，題墨才士，墨偏學禹自苦，謂之禹道，失古人大體，此其一也。才士好奇能自苦，亦才所爲哉！宋鈃、尹文情欲寡淺，願天下安寧，人我之養，畢足而止，發大願力，五升飯，師弟同饑，强聒上下之間。其教不大行，以才短故。慎到一輩，椎拍輐斷結〔一〕，泠汰以爲質〔二〕，如塊如死人，如無知之物，多爲豪傑所笑，亦以才短故。然大道既壞，非谿刻深苦，不能高自出塵，標一教門，亦非世人腥羶温飽、面目雷同者所能，故莊子列之，惟關尹、老聃始爲至極，因讚曰：「古之博大真人哉！」不離於真，謂之至人，去才士遠矣。然至人在天人、神人下，觀莊所自道，其有不離宗、不離精之想乎？至人一座，猶似傲然不屑焉。狂哉周也。周慮人將誕其説，乃曰：「彼其充實，不可以已。」予想斯語非苟然者。若彼果希心天人、神人，而强以世人心眼妄相疑度，是一罪過。吾何敢哉！吾何敢哉！又附以惠子。無惠子幻譎波瀾，似難終篇。且惠已死，才可念，名不附，道術不傳，不盡寫其幻譎亦不傳。古人之汲汲傳其死友如此，古人之不苟誇其死友，以圖必傳其友又如此，皆非人所知。

【校】

〔一〕拍　原作「柏」，據莊子天下篇改。

〔二〕泠　原作「冷」，據莊子天下篇改。

譚元春集卷第三十四

著者待考文

批點想當然序〔一〕

想當然者，相傳謂盧柟次楩所著，爲傳奇，而自異其名者也。吴人客游於楚，篋中攜此。譚子見而賞之，乃爲竞讀。

夫忠孝俠烈之事，散見於經史，而情麗獨歸之曲。忠孝俠烈，人所自爲，欲自言之，則不可。無論名心淡泊，無能自舉，即欲極力自寫，反多扞隔不通之處。一經才人手筆，以文代辭，以理遡事，合衆人之喜怒，當日之情事，以觀其行徑，雖言談接湊不必盡然，而要不可移之於他人者，則人之想專而味出也。六經之悠宕者無如詩，則言情爲多。周秦以下爲騷，爲賦，爲歌行，爲詩餘。三代詩體簡勁質樸，亦其氣運留之，想固自雋，要之一涉悠宕，即不能不爲騷，爲賦，爲歌行、詩餘，以專爲情麗之所歸者，則勢使然，亦三代人所不禁也。

有名人女子，終身情性所結，覆匿昏迷，婉轉自度，不幸而遇俗子，以刀馬扁鼓傳之，或遇不讀書、不静悟之人，加以惡詩俚句，演爲小説，述爲歌聲，遂使起居服飾仍是前人，但易其姓氏而謂之後人，可乎？即後人之行徑誠是，我不能出心想以迎之，則仍不如置之冥漠，聽後世有耳目、有情性者自爲之，正不必汲汲欲傳，令人痛惜徘徊，歸咎於作者之不善也。且生旦兩人合爲一傳，則兩人有兩人之想，浄丑外末嬉笑怒駡，種種詛祝，憐惜之人，則亦有浄丑外末嬉笑怒駡之想。夫傳兩人，則兩人已耳。浄丑外末兩人，深不願有此。然無之則不奇，不奇則不傳。世無才人，併浄丑外末鬚眉如土木矣。況言詞轉動之外，有舉目不見，傾耳不聞，千變而不離者。半面乍睹，如見故人，避就遷延，如長癡木。當徑者爲情所使，忽忽不知。自非此中人，孰能以一點艷根，化爲千百字句，不許一字不靈，一句不肖，令四時之氣，草木之情，意外不相干涉之人，盡爲佐使乎？

次楩磊落半生，竟以狂死，偶出而爲是編，其豪氣難除，用心不細，故多生處、硬處、疏處，不能盡爲次楩掩。至其意到神開，覺讀者有如或見之之意，總不肯一語落前人窠臼〔一〕，揣摹之極，變爲天然，不獨他人不能代言，即質之次楩，或亦非學問、讀書之所至也。則併其生處、硬處、疏處，合而成一次楩之作，正不必爲解嘲矣。

或曰：盧固濬人。其序稱「大江以南」，殆非盧作。余意盧散人也，足跡半天下，所至爲號。陸尚書爲吴人，始仕濬，令出次楩於嘉胏中。陸歸，盧隨之，客於吴，書成而得吴名，不復自珍，旋又棄去。生平倚酒嫚駡，無故人知己。將死之歲，弇州先生復以家難流離長安，故遺文散而不收，至今始傳流耶？

或曰：此本陸尚書少年所爲，以其宦久而官高，不便以詞曲傳，得意之文，又不忍廢，故托之門生後輩，以爲不朽，詭云次楩耳。嗟乎！鄭康成之春秋亦名服注，許先生之草跡，竟爲右軍幸而傳之。足矣，敢苛求其爲陸爲盧耶〔二〕？

次楩博識前哲，謂取所論著而姑韻之以爲賦。今讀其幽鞠、放招之類，非取所論著而姑韻之以爲騷者乎？塑面畫皮，影射往古，自是嘉隆間習氣，何此編亭亭多新異耶？吾愛次楩，當削去幽鞠、放招諸篇，獨存想當然，則亦不知次楩爲嘉隆間人也。

景陵譚元春撰。

【校】

〔一〕本文輯自譚友夏批點想當然傳奇，明繭室刻本。關於想當然的作者，歷來曾有争議。莊一拂編著古典戲曲存目彙考卷九云：「〔想當然傳奇，〕今樂考證題王光魯撰，據周亮工書影云：其門人邗江王漢恭，名光魯，所作想當然，托盧次楩之名以行，實出光魯手。遠山堂曲品亦謂相傳爲盧次楩所作，譚友夏批評。然觀其詞氣，是近時人筆，即批評，亦未屬譚。」

〔二〕曰　原作「日」，據文義改。

〔三〕陸　原文字跡殘缺，以文義定爲「陸」。

元旦賀銓部尚書啓〔一〕

伏以東皇啓泰，乾坤桃李生花；北斗持衡，中外簪紳動色。榮高八座，慶協百僚。恭惟閣下熙朝元老，盛世真儒。白雪文章，梁苑鄒、枚辟易；青山理性，中原濂、洛重光。蚤知清獻鶴隨，疑是延津龍起。避人焚諫草，尚驚左腋雙飛；作翰憶薇垣，見説雄籓露覆。出將入相，由開府而晉陟公孤；先户後工，旋冢卿而望隆師保。拔茅連茹，横開衆正之門；競捷趨炎，永塞羣邪之竇。適鴻鈞初轉，正陰伏陽長之時；矧鳳曆更新，尤親賢遠奸之日。瑞氣氤氲如蓋，豪傑踴躍彈冠。

某雕蟲末學，珥筆微臣。豸聳冠峩，敢謂殿中執法；銅冠鐵面，深慚柱後惠文。濫竽湯沐之區，披拂皆春風化育；翹首端揆之上，明信皆沼沚同將。筐篚戔戔，竊自附於椒獻；藿葵翼翼，惟均賜乎鑒涵。伏願福禄除舊生新，勛庸駕周軼漢。達聰明目，坐陋裴行儉知人；開誠布公，不數山巨源啓事。臨楮無任惶悚瞻戀之至。

【校】

〔一〕本篇和以下六篇，輯自簡遠堂輯選名公四六金聲（以下簡稱四六金聲），原題明譚元春撰，明崇禎刻本。從内容看，這類文章像是爲他人代作之文，其中上操江唐都院啓一文，題下原注「代作」。這幾篇四六文，也不排除僞托譚元春之名的可能。本篇輯自四六金聲卷一。

元旦賀施給事啓〔一〕

伏以星回天而改歲，人事肇新；陽奏地而發春，物情胥悦。允屬老成之彦，慶逢亨泰之辰。恭惟臺下懿德中閎，鉅才旁暢。妙五色之綫，聖主有賴於彌縫；堅百煉之金，邪士莫當於鋒鋭。三陽茂對，五福具綏。既能斟白獸以獻讜言，行見轉鴻鈞而參大化。

某坐縻一障，託芘萬楹。登君子之堂，莫陪於賀履；飾小夫之櫝，敢贊於頌言。

【校】

〔一〕本篇輯自四六金聲卷一。給事四六金聲目録作「給諫」。

冬至賀吴太尊啓〔一〕

伏以葭灰初動，肇明來復之期；彩綫新添，茂對迎長之景。矧逢亞歲，敢布荒牋。恭惟台臺，玉鉉名家，金閨法從。喧騰三輔，久聞張京兆之威名；鎮壓雙州，又識謝宣城之風度。民氣豁舒於皎日，吏心震慴於層冰。樹政既佳，策勳甚遠。屬茘挺芸芳之有候，宜珠聯璧合以呈祥。居東方千騎之頭，藹聞奏最；觀北斗四時之運，竚入調元。

某學耻全牛，文慚白豹。仰洪鈞之乍轉，咸遂有生；效紋綫以貢忱，祗惶不敏。伏祈剛德朋來，景釐茂對。重望應三能之頌，斗杓指而天下皆春；碧幢噓六管之和，解竹調而民間盡暖。臨楮曷任顒望寅禱之至。

【校】

〔一〕本篇輯自四六金聲卷一。

賀徐侍御啓〔一〕

伏以特妙簡除，聿嚴糾察。自麟臺涉筆，夜光分太乙之藜；宜烏府峨冠，朝彩映上林之樹。涣揚明紵，震悚列紳。恭惟臺下三江倒流而爲文詞，五星聯耀而映名第。居長安近日之地，澹然此日；負洛陽年少之才，淵乎其量。故作斜飛之勢，實爲遠用之基。秋浦玉河陽花，嘗踐更於二邑；天府驥雲臺棟，宜引重於諸公。進服朝聯，受知禁扆。酬東觀第一人之望，分南司察百吏之權。蓻蕘鷙嘯風之威，鳥雀避横霜之羽。人所畏者，帝曰：「俞哉！吾使耳目以廣聰明，唐綱遂振；汝爲股肱以翼左右，舜命奚辭。」

某斐然吾黨之狂，敬止一鄉之秀，隨牒在遠，登門寢睽。豈謂半生齟齬之餘，而得百里婆娑之所。望英游夐在於霄漢，覺榮光亦到於泥塗。兹聞拜除，倍增距踴。方衛人嚴憚汲黯，已皆出其下風；若英邑素輕買臣〔二〕，尚有資於先進。其爲悦慕，未罄敷陳。

【校】

〔一〕本篇輯自四六金聲卷二。

〔二〕英 疑爲「吴」字之誤。按：朱買臣，會稽吴人。

候工部稅關聶老師啓〔一〕

伏以卿月照燕山，夙著台衡之望；使星臨浙水，暫隆榷政之司。寵渥新綸，榮分舊治。恭惟老師臺下，嶺表奇才，朝端碩輔。版圖歸主計，澤流湧地之金錢；制度構王基，才猷擎天之玉柱。眷深螭陛，借重虎林。惠旅通商，萬里恩波流水國；奏公鈞己，一簾清氣映冰壺。行釋塵筴之煩，坐贊鼎鉉之業。凡帡幪所及，悉籲祝常勤。

某自分蠹材，謬承鴻造。欽聞簡命，喜鄰斗極以依光；拙守蓬居，未叩臺昏而鼎賀。迄當瓜及，尚缺芹將。遥瞻畫戟以皈依，敬庀赤蹄而附候。雖太陽不迥光於葵藿，乃傾向常殷；顧大海須容納乎涓流，而朝宗始慰。伏惟台炤，俯察塵悰。

【校】

〔一〕本篇輯自四六金聲卷四。

上操江唐都院啓 代作〔一〕

伏以卿月騰輝，廊廟重分猷之奇；台星炯照，江淮推肆靖之風。樹畿輔之干城，聳東南之鎖鑰。恭惟臺下，章天奎壁，鎮地嵩衡。藝稱名世宗工，瑞應昌期耆碩。胸襟磊落，氣吞禹穴之晴雲；才思清融，手弄鑑湖之明月。飄然正始風流之人物，美矣建安卓犖之才名。惟宵旰廑留都爲腹心，故節鉞專外閫爲襟喉。十萬甲兵，富於尊俎；半壁天下，藏諸運籌。潢池赤子，業已措於綏安；巨藪緑林，勢自窮於撲滅。舟師破浪，絶島之蛟蜃潛踪；水卒凌波，遠嶼之鯨鯢屏喙。烽煙載息，和風與碧漢同清；刁斗不鳴，夜月並澄江共皎。擬勒鴻勳於彝鼎，允光駿業於麟圖。

某駑乘凡材，鹽車弱品。謬着祖生之鞭，僅甦疲邑；恪守王良之御，不失故常。何期一顧於孫陽，遂重千金於市馬。似此恩同華岳，深歎報乏涓涘。謹肅一介之賚緘，恭叩九閽而奏記。仰希丙照，俯鑒寅忱。

【校】

〔一〕本篇輯自四六金聲卷五。

答祝鹽院啓〔一〕

伏以皇華霜肅，振摇山動嶽之嚴威；禺筴雲興，著煮海引池之茂績。謙撝先辱，巽謝未遑。恭惟台臺，毓秀西山，作霖南國。文光照夜，常懸太乙之藜；勁氣凌霄，欲折朱雲之檻。持斧法嚴於殿陛，埋輪威振於都亭。風聲遠比於張綱，盡狐鼠豺狼，咸共逃踪滅影〔二〕；功利近同於仲父，舉形飴散鹽，皆能富國强兵。臨積水之幽潭，靈犀可燭；振秋風之落葉，市虎何憂。行看庶績之熙成，即對九重之休命。

某夙仰風徽，未瞻光霽。就簷楹而曝日，幸鄰照之見分；望臺閣以生風，想威儀之可即。恭羞藻敬，用展葵衷。拭目花驄，將行行而且止；托心素鯉，寫赫赫之具瞻。莫既鋪棻，惟祈鑒若。

【校】

〔一〕本篇輯自四六金聲卷六。

〔二〕逃 原文字跡似「逃」似「迎」，姑存疑。

附録一

譚集諸家序輯録

譚友夏詩序

李維楨

友人譚友夏嘗叙鍾伯敬詩，謂子亦口實歷下生耶。不知者河漢其言，而余竊以爲獨知之契也。輪扁不云乎：古之人與其不可傳也死矣，今所讀書，古人之糟粕耳。取糟粕而爲詩，即三百篇、漢、魏、六朝、三唐清言秀句，皆若殘津餘沫，而何有於歷下？友夏詩無一不出於古，而讀之若古人所未道。夫三百篇未敢輕許人，其近者莫如漢魏，漢人詩傳流較三百篇更少，六朝惟晉人去漢魏未遠，曹子建謂仲宣數子不能飛鶱絶跡，一舉千里。晉陸士衡云：「精曈曨而彌鮮，物昭華而互進。傾羣言之瀝液，漱六藝之芳潤。」又曰：「雖杼柚於予懷，怵他人之我先。

苟傷廉而愆義，亦雖愛而必捐。」友夏持論類此，宜其詩之不爲今人爲古人，不爲古人役，而使古人若爲受役也。

余欲以宋、齊迄唐人語目友夏，友夏必姑舍是。鍾記室品王仲宣在曹、劉間，別構一體；劉公幹仗氣生奇，動多振絶，真骨淩霜，高風跨俗。衛張兩司空道左太冲言不苟華，必經典要，盡而有餘，久而更新。殆近之矣。試以質諸伯敬，何如？

（大泌山房集卷二十三）

寒河詩序

朱之臣

譚友夏已行詩，有簡遠堂、虎井、秋尋、西陵、退尋、客心、遊首諸集，大半皆遊覽所作，而家刻止簡遠一種耳。余過寒河，問友夏讀書處，盡發其藏，得諸集前後詩刻之，題以寒河。序曰：

夫詩道最爲情韻。情之所至，乃能日新而不可窮。然惟絶有情人，爲于音影之外，剔具英變，以轉未墜之綫，故情不能至，詩亦不至焉。今夫詩情之死也久矣。先是于鱗輩專任浮響，如土鼓之不韻。中郎於是以「趣」救之。今攬其筆味，正得嫣然蔚然耳。李北海云：「似我者拙，學我者死。」中郎之所謂「趣」，任彼法孤行可也。前余刻友夏退尋草於長安邸中，時有淺中郎者適見之，曰：「惜也，才但微近中郎耳。」余遽曰：「子試舉其近者。」其人無以應。夫世不能盡明中郎以薄，安識友夏？友夏至性遠情，其爲詩清微静篤，一以傳古人之深意，而生之以變，讀之正如春光摇曳，忽從人之魂氣以赴之，而又莫能問其消息之所在，蓋非常哀樂矣。夫山嶽密移，有力者覺，視友夏諸集於寒河，顧影懷新，已更有鍾處，況執前所云云，於友夏謂何也？友夏舉明詩追古者，首鍾伯敬，是稱知言。然友夏於伯敬，絶無阿格，「我所必起，人不能廢」。友夏自道矣。

（新刻譚友夏合集卷二十三）

寒河集序

蔡復一

詩樂致一也。三百篇何删哉？存其可以樂者而已。詩而不可樂，非真詩也。音曰清音，感曰幽感，思以音通，音以感慧，而詩樂之理盡是矣。吾居有疑焉：音行五而寄八，無非自然也。自然之徵，人之所宣，不若其所未宣，傳送之直尋，或不若依寓之隱約。孰謂絲竹肉之有間者？而取舍其中，曰漸近自然，千年心耳，莫能自出，嘈然和之，彼殆未聞夫非弦之弦，非指之指也。樂亡而稱詩者，離音而事藻，離感而取目，而真詩危。存於人代。衆波沿接，持論益膚。一以爲摹古，一以爲運我，皆然矣，而皆未然。夫自然真詩，雖無擇而存，而其行於世也，細若氣，微若聲，不可以跡。古作者遺編炯炯向人，如精神之在骨體，非善相者，孰察其人之天？而學人心成於習，偕來者衆，而故我日以孤，真想一綫，如石火之瞥見，而不可再追。蓋生熟安而主客變，己之精神，莫知其所往矣，況能深求作者之精神乎？嗚呼！古之爲樂也，受其一器，莫不喪我以從之，五官七情，蕩然無留，而後高深爲之遇。入之愚，出之聖，是謂幽感。幽感之於音，至矣，通乎神明往來之無間，古之與我，無地可寄取舍，而可浮且易言之哉？

吾讀鍾伯敬、譚友夏所定詩歸，而於樂若有會。伯敬自有隱秀軒詩集，不論，論友夏詩。其行者爲簡遠堂，爲虎井，爲秋尋、退尋、西陵、同遊，未行者爲寒河集。而其情理之離合淺深，亦若與年而相長。今春就我於二酉，因有客心草。予贊之遊南嶽，因有遊首集。南嶽詩出，而友夏欲以其遊首諸遊，並以其集首諸集，觀者不盡然。予謂諸集如秦青之謳，客心如季長之笛，嶽集如叔夜之琴。客心之清，能使諸集自秀；而嶽集之幽，又能使客心自遠。蓋自西以之衡，而友夏所挾以偕來者，窅然無餘矣。偕來者喪，而真我真古出焉，此真友夏之樂也。伯牙移情於海上，吾非成連而贊友夏嶽遊，以朱陵爲蓬萊山，以滅没之祝融君爲方子春，則吾學雖不能移人之情，亦差於友夏此行無負，因爲序歸之，而題其所未行之寒河集。

噫！安得同執伯敬手，而三人者相與言樂哉？序友夏詩可也，以序詩歸亦可也。

（新刻譚友夏合集卷二十三）

簡遠堂詩序

鍾惺

簡遠堂近詩者，譚友夏近詩也。「簡遠」二字，則予近日札中所規語，而友夏取以自命其堂者也。友夏居心託意，本自孤迥，予爲刻詩南都，而戒余勿乞名人一字爲序。此其意何如哉？近頗從事泛愛、兼容之旨，浮沉周旋，欲以居厚而免於忌，即其心未嘗不遥。予乃欲其心跡並耳。

詩，清物也。其體好逸，勞則否；其地喜淨，穢則否；其境取幽，雜則否；其味宜澹，濃則否；其遊止貴曠，拘則否。之數者，獨其心乎哉！市，至囂也，而或云如水；朱門，至禮俗也，而或云如蓬户。乃簡棲遥集之夫，必不於市，於朱門，而古稱名士風流，必曰門庭蕭寂，坐鮮雜賓，至以青蠅爲弔客，豈非貴心跡之並哉？

夫日取不欲聞之語，不欲見之事，不欲與之人，而以孤衷峭性，勉强應酬，使耳目形骸塵雜臭處，而欲其性情淵夷，神明恬寂，作比興風雅之言，不已遠乎？況乎性孑而習昵，則違心；意僻而貌就，則謾世；初偕而中疏，則變素；恒親而時乖，則示隙。友夏之欲泛愛，正恐其近薄而取忌。違心謾世，薄道也；變素示隙，忌媒也。欲以明厚而反薄，欲免於忌而媒之，非計之得者也。索居自全，挫名用晦，虚心直躬，可以適己，可以行世，可以垂文，何必浮沉周旋而後無失哉？

予又嘗謂古詩人，矜局無如杜審言，同時沈宋，本其勁敵，而故相輕侮，不肯下，想其平日持論，必有與其痛癢不相中者。友夏年少，才高識廣，勇於自信，人所指摘，苟不能中，雖其言出畏友，不能强以必聽，而片語隻字向予裁決，友夏亦何私於予？錦繡千尺，善作者不必善裁，善裁者不必善作，世固有不能詩而知詩者。予所持論，儻亦有以相中乎？

（新刻譚友夏合集卷二十三）

鵠灣集序

陳際泰

余所受有限，無意古文辭，與天下角爲尊奢。乃獨好制舉家言，求其類而共攻之，丘氏、羅氏、章氏皆所稱合焉者，然於三子之言，不能無覩，才閱便作數日不快。家人習之，每見余神色有異，曰：「是又見某某文，腹中作悶耶！」近日章氏復有著述，極愛之而極不欲觀，嫌其殃我平粹耳。其妒之誠深，其所以推之者亦已至矣。

春仲入豫章。適譚友夏來，是余二十年知己也，出其自訂時文稿示余。既已不欲觀之矣，其中清遠自得之美，得其一二語，餘人全部便可燒卻，此非世人所知。余經營此道三十年，以爲天下所不若者，獨是耳。一時同人於友夏以物宗推之，而欲遍觀其所著，曰：「吾不盡而藏不止。」余亦效人爲言，然實畏出其藏之盡也。友夏招余曰：「子來，吾有古文數百板，刻而未竟者，幸共商之。」余則大戚，然强噱而應之曰：「諾。」數日，陳萬諸君過余。余私問之，意幸得余之可觀者，因而從事。諸君謂是眉山近上者，又或謂似劉蜕諸作。余接視，驚起：諸君大差。此固合史漢以來諸體液而出之，而以己之性情精神行之者也。識量既超，體緒復實，而又益之以深功，往復百折，要成一體，不可分剖斷截，此其文之勢貌耳。乃若立義至深，無論長短偏全莊諕，一以其中之全者被之，所言皆肝膈至要，介然不欺，殆有道者也。本其有以自處者，而因而文之，以盡其數，使觀之者惻惻自動，如對古人，如讀古文，而卒莫能名其處。蓋所謂液諸體而出之，而以己之性情精神行之者，有以效其然爾。曩固疑其有是，今果然。余之神色有異焉，而彌不快者，豈但如向時之所見已邪！

（鵠灣集卷首）

譚友夏合集序

張　澤

海内奉譚子之教也久矣，澤亦寢處其中者十有餘年，而卒茫乎未有得也，輒泫然而傷之矣。

澤少無文章之譽，獨欲退自循省，游衍情性，而又操作靡恒，不能專致其功，以敦進古今之業，故於詩獨便，遂暱而爲詩。然其爲詩也，不屏息矜盼以寵達於縉紳之前，不結社友以徼倖夫騷雅之譽，不尋聲逐響以剽竊於時代之間，故宴閒習處，坦步安趨，日從事於所謂詩歸者，取其説以相覆，而胸中亦了了自明。獨愧筆梗才澀，不知其所措耳。於是以嶽歸堂諸本爲驛騎焉，句櫛而字比之，朝誦而夕吟之。十年以來，輒與雲子、九一搜剔真隱，博通奧會。摩娑既久，徑路斯熟。或時有所去取，則互相傳觀，以驗其中之所得。無何而九一入官，雲子憂處，而澤亦擔簦走四方，升沉遐隔，趣志異形，不能時時有所論説。惟是踪跡既定，青氈既安，必出其所攜書卷，陳設几席，而是書者嵓然獨存。故精神所注，點勘不休，遂覺前日之所解，今日輒不能解；今日之所好，又非往日之所可好。青黄屢易，闡别彌遠。有指示譚子佳處以示澤，澤亦茫然不知。爲譚子詩，猝亦不得其佳處，又不解澤之悦何意，私心誦言，冀其一語二語恍惚似譚子者。或郵筒之便，足跡之至，以斯語爲贄，使親見譚子，進我於道，而又素恥未同之言，恐爲其所羞拒。讀其書，想見其人磊落自致，當不如近所稱聲氣者流，以媕阿附媚爲親己而悦之也，故端然自處而安焉。客有自竟陵來者，輒詢其得譚子近作多少，或得其起居何似，欣然以爲樂。

今年遁跡聞溪，杳隔城市，高齋古木，助以良友，竟不知其身之匏落也。坊客見有攜譚子嶽歸堂新詩及鵠灣文草至者，急賺一本相授，取而讀之。靈深之氣，響答高廣；質淡之雲，風發峻遠。耳目哀集，了無分屬；神魂棲尋，初不一致。道永而静，志堅而清。真研磨之藥鏡，豈丹鉛之豢悦也乎？乃合向所去取譚子詩以刻焉，使海内奉譚子教者，抽繹既盡，新故相接，各得其所自進，而後不敢妄以學譚子者誤譚子也。雖然，譚子之爲譚子，豈藉人以相明乎？澤妄庸人也，奉譚子之教以覆己之所短者也，安敢不以自明也。

癸酉初秋，古吴張澤題於旨齋。

（新刻譚友夏合集卷首）

先兄未刻詩文小引

譚元聲

元聲兄弟六人，造物忍奪其半。回憶十年以往，仲氏早逝，已殘我枝上之飛鳴。何堪兩載之中，伯季雙亡，忽失我門内之師友。哀哉同生，慘矣後死，事已至此，遑恤其他。然海内聲氣中人，方急欲睹其遺編，而聲或偶從架邊手觸殘帙，或偶向書内目遇隻字，輒閉眼不忍竟誦，或偶一誦之，淚透紙背輒罷，雖有愛予兄弟甚者，數以不急行世爲問，此尚未知予心悲也，又遑恤其他。

今從箕、籍兩猶子得其手輯詩文稿若干，聲於是陟匡山讀焉，越左蠡再讀焉，就章門師友商定，歷夏徂秋，始克付梓。何以前此不忍誦而今竟忍誦之也？何以前此未遑刻而今遂遑刻之也？歲月幾何，心目漸改，聲猶得竊比於人間孝友之倫也哉，抑聊以謝世之甚愛予兄弟者也。

伯氏舊有嶽歸堂詩、鵠灣古文，今仍用舊名，特以「未刻」二字爲别。篇之散且佚者，容廣搜之；題與句之脱者，姑空之；字之訛者，徐訂之。總不敢妄加竄易。凡愛我兄弟甚者，請於此共究心焉。季亦有詩文一帙，俟即續出，以當伯氏之配享可也。

戊寅九日元聲弟泣書於豫章客舍。

譚友夏遺集序

（嶽歸堂未刻詩）

李明睿

今天下蓋知宗景陵哉。景陵詩行，風雅爲之一變。說者咸謂景陵思以易天下，予謂鍾譚二子何嘗有移易天下之想，亦其勢之所趨不得不然也。文士相輕，自昔而然，傅毅見小於班固，友夏獨能推服乎伯敬，其風範可欽。伯敬吾不得而見之矣，友夏以予一日之知，典論論文，相得甚歡，少予一歲而莊事予。丑卯二丁間，凡再如章門，一訪匡山，一聚首京師。其在匡山也，夜則連床，晝則接席，未嘗須臾暫舍。步屧三峽橋邊、九奇峰頂，往來天池、白樂天草堂、東西二林諸處。每至，白雲在天，清樽在手，酒酣耳熱，仰而賦詩。當此之時，忽然不自知樂也。謂百年以分，可長共相保。何圖十年之交，一朝零落。丁丑春，予伏闕上章，寓京師。友夏上春官，行至長店，去京三十里，時夜半猶讀左傳，平明攝衣起，一晌逝，飈塵奄忽，已度生死之關矣。予聞之腸斷，痛不可忍。

夫患難死生，皆君子修身俟命之學所繇以見，予不忍於友夏，得無徵所養乎？是不然。孔子樂天知命人也，其於顏淵之死，乃歎曰：「吾非斯人之慟而誰慟！」若是，予何能已於友夏之痛乎？管仲生平知己，止一鮑叔，然使當時再有一識管仲者，則鮑子之名不著。友夏文名早盛，歷萬、泰、天、崇四朝，十履棘闈，暗中摹索幾遍，竟未有能得友夏者，則予之自附於友夏之鮑叔，又何疑？

友夏嘗對予言：「元春自受知以來，益厚自磨勵，以報知己。時文即不售，亦無愧師門愛予兄弟及諸子，咸弟畜之。」遇予知交於別所，必推愛讓席；或僅繫籍予鄉，不係知交之密者，亦必曰逢吾師。鄉人顧乃心獨喜。噫！何厚也。海内名士如雲，無問識不識，無不心折友夏者，每至通都大邑，人争慕之。李陽冰贊青蓮，有「王公趨風，列嶽繼軌，羣賢翕習，如鳥歸鳳」，庶爲近之。噫！其才之過人歟！其孝友篤摯，依戀所生，兄弟怡怡，築室寒河，恬淡寡營，有箕山之志。至於師友之情，當吾世罕見其儔。江楚千里，其書疏往返，或旬日一至，或逾月一至。其遣使致一書也，必緘題封識，手自隃糜，不竭盡誠敬不已。嘗從桃源道上寄一書，其書郵遥從馬首得之，蓋折梅逢使，迂迴驛路以寄隴頭。噫！何勤也。視之過我門不入我室者，其恩誼敦薄爲何如也？則不獨才過人，其德有足稱者。觀古文人類不矜細行，今得友夏，爲之一洗。

集凡若干卷，嶽歸、鵠灣久已行世。兹其遺稿，靈迴超脱，妙絶時人。遠韻來豫章，搜拾遺散。篋中書牘盡爲親友愛玩者持去，十喪其九，今所存者，皆得之他人焉。且索數言，弁而行之，以慰海内文士之望。嗚呼！鍾期既死，伯牙不復鼓琴；侯芭云亡，子雲無從問字。每一念至，如何可言！書此以當一慟。

時崇禎戊寅孟冬朔日友人李明睿撰。

嶽歸堂遺集序

（嶽歸堂未刻詩）

曾文饒

予與友夏通聲氣者二十年，庚申先後至白下，不相值。壬申友夏偶來豫章，將歸楚，予乃知之，不及扁舟造訪，然期尋盟有日，豈意交臂失之，遂成千古之恨。嗚呼！友夏吾不得而見之矣。大哉死乎！仁者息焉，不仁者伏焉，友夏何其息之蚤也！伊人之懷，曷其有極哉！往年友夏寓書有曰：「造物者往往收我所親愛，而如吾堯臣者，又隔數千里，而尚未一見其形狀也。」循覽及此，則愀然而悲至。張志和有言：「同在天地之間，未嘗少别，又爽然自失矣。」譚氏一門宿契最深，甲戌見服膺於吴興，今又得見遠韻於螺川。友夏、服膺雖没，見遠韻豐神散朗，如見其兄弟焉，且悲且喜也。遠韻於友夏遺稿，不忍傳之，不忍不傳之。卒之其不忍傳之心，不勝其不忍不傳之心也，竟付梓人。入吉州，以一編授予曰：「子爲吾兄序之。」

夫友夏爲世所推尊久矣，何復爲煩。但世人或好之而不知，知之而不盡。且予於友夏，不可以無言也。張思光自序云：「中代之文，尺寸相資，彌縫舊物。吾之文章，體亦何異。何嘗顛温涼而錯寒暑，綜哀樂而横歌哭哉？」政以屬辭多出，比事不羈，不阡不陌，非途非路，頗有孤神獨逸耳。」此序若爲友夏言之。友夏詩文皆真率，然工巧者不能至也。凡爲詩文，依傍則爲奴，不依傍則無主。爲奴不可，無主又不能，故爲詩文甚難。今之爲詩文之成章者，皆有主者也。如友夏絶去町畦，自開户牖，真可獨步當時，流聲後代矣。若夫友夏内行醇備，至性過人，風流藴藉，蔚爲詞宗，此天下所共知，故不復具論也。

己卯夏仲望後五日西昌盟弟曾文饒稽首拜題。

（嶽歸堂未刻詩）

鵠灣集選序

翁人龍

己未之春，友夏先生忘年友余。以余時方舞勺，制舉義，同爲屺瞻葛師所賞，未嘗敢言詩也。及舟過寒河，屐來峴首，晨夕追隨，每目擊其吟詠，欲得全集誦習之。友夏乃謂余言曰：「是何足法？要當上法古人耳。」夫友夏原自歉然，不遽以古人自居，而今之毁竟陵者，輒以不肖古人之聲律，相與引切繩墨不稍恕，又誰知衣冠優孟，政友夏所不屑也。闕一世之毁，貪衆人之譽，其自序已竦然喪其名根，而名之所歸，終不以毁譽增損，要使後世知子雲者，譽而當其是，毁而中其非，則玉樓箕尾後，且躍然如生也。

吾社伯璣以皎日作眼，嚴霜作腸，初不爲其先人理郢時，曾與友夏交契唱酬，而阿厥所好，但觀其表章，彼毁者亦可以已矣。詩慰中所刻二集，業已標新領異，今又集鵠灣而評騭之，何勤敏若是耶！夫晦庵理學乃深於晚年，定論友夏，晚年亦曾向余悔厥疇昔所選詩歸，别有批駁，歲異而月不同，余猶及手抄之，惜概爲播遷散失，不及傳耳。今得伯璣兹刻，則已盡其靈樸盟心，篇句淺深之候，夫固無俟百年寂寂，結於不可知之人矣。

古襄翁人龍書。（詩慰鵠灣集選）

序友夏

今之言詩者，皆曰：「竟陵門户倒矣，香煙舊矣。」浮薄之子，異喙同聲，即向所抑首師事者，亦復翻然迴矛，誶詈交劇。夫詩之爲道，等於夙生之業，讚歎之因，自必結爲謗毁之果，亦何足道。余所歎怪，今所爲崇之壇坫上者實不過瑯琊、濟南之唾餘耳，則夫「芳草中原」、「天涯吾黨」等句，其門户豈不更倒，香煙豈不更舊耶？送入楚者，必舉江漢樓臺，非是不稱雄渾也；送游秦者，必舉關河明月，非是不稱典麗也。贈清河之裔，必擬機雲；逢龍門之胄，將言司馬。鄙性瑣見，奉爲鐵券金章，而往刼慧根，畢世埋没，良可痛矣。世門敝鬼攻擊所餘，骨髮已朽，飲以丹藥，理無再生。即如文章一途，陳隋滯響，縱燕許猶未脱然。逮乎昌黎，廓清始偉。踵昌黎之後者，或爲皮日休、陸龜蒙之輕清，或爲歐陽永叔、蘇子瞻之浩瀚。縱未追躡，差足頡頏。若欲操徐、庾之戈，攻韓、柳之壘，豈不悖哉？

明興之詩，高何以下，大都爲琢辭敦格之業，嘉、隆七子式廓前緒，海内靡然同風，觀其顧盼瓌瑋，葩藻斐然，亦一時之傑構，然極其才致，不過爲宋人，爲宋人之陸放翁，佳亦止矣。鍾譚一出，海内始知「性靈」二字。如頌麗人者，詠其結帶延佇，恨滿斜陽，不云螓首蛾眉，倭瑠纖縠；如游佳山水者，言其杳冥汩没，幽妙閟冲，不云重嶺垂霞，迸泉霏雪。亦足開千古之勝胸，資萬人之目福矣。但鍾詩餐幽吐秀，出手迅疾，似姑射仙子，嫌其骨節之太輕；譚詩獵異窮窈，樸少靈多，類衣白山人，恨其眼舌之都慧。今不能以醞薄歸醇，縫兩公之闕，而反以句雕字砌，並揜七子之光，同心之臭既删，已祧之主不食，若之何取龍蜕以祈桑野之霖，飾象人而薦高唐之枕哉！夫言詩者諱言嘉隆，而遠稱漢魏也，猶言古文者，恥言學空同、弇州而驕語遷、固也，襲優孟之衣冠，談叔敖之祖德，送娣而步飛燕，懷人而拾兼葭，格非不宜，意頗可醜。

余鮮聞眇識，少讀譚詩，愛其高潔，即中有未降，擬就正而決焉。吴山楚水，久恨參辰。迨丙子肩襆入都，謂必得望見，則友夏已先數日殤於旅店矣。孤琴未冷，山鬼獨謡，念其風流，不勝掩芒絶涸之痛。大約名成之後，技亦稍減，然拭其精光，目中寧有餘子乎？其遺集一刻楚中，一刻江右，而江南流傳絶少，余廣爲搜購，付之梓人，併書所見，以質識者。張元長先生云：文之拔萃者忘言，領衆者多暇。夫貶盡聲價，豈損夜光。縱有褒譏，默然而可，又安用煩海鳥以太牢，毒爰居於鐘鼓哉！

鑒庵漫題。（人琴集鵠灣遺稿）

案：本文作者，當爲錢繼章。人琴集卷首有「龍眠弟秉鐙題」人琴集序，内云：「吾友爾斐，賦有至性。英儔彥士，多所交好。比年以來，輒有雕喪……傷宿草之已生，悵脩名之不永。於是簡所藏笥，更搜遺佚，人各得詩一卷，手自點定，號爲人琴集。」而人琴集各卷前題下均署「鶴湖錢繼章定」，可見全書各卷的編輯人都是錢繼章，即爾斐。又人琴集各卷前均有「鑒庵漫題」序一篇，序中談到遺集的搜輯工作。如序孟碩云：「孟碩遺集爲木公所梓，余更搜其未備者，黜陟之，友道所存，不敢濫也」，序裴村云：「別後裴村始貽余詩，余以詩酬焉。已而裴村復以詩一章寄余，今刻集中」，序大文云：「今搜其遺笥，得詩餘最多」，而序友夏中也説「余廣爲搜購，付之梓人」，可見鑒庵即人琴集編輯人錢繼章。錢繼章，明嘉興府嘉善縣人，字爾斐，崇禎舉人。

附録二

明清有關譚元春和竟陵派的史料輯録

譚友夏先生鄉賢檄

高世泰

爲崇祀鄉賢事。看得已故解元譚友夏先生至性絶材，清文篤行。孝友類元紫芝，而風流獨迥；介潔如孟東野，而澹宕不羣。觀其早孤抱多傷之感，報母銜咽極之悲。有觸必宣，無聲不咽。每披遺句，輒重泫然。本此深淳，散於筆墨。載心苦調，奇唱幽情。篇關師友，則鄭重流連；語涉弟昆，則纏綿悱惻。山水增其窈窕，絲竹遇而高閒。可謂風兼哀樂，豈徒體變齊梁。若乃制義追正始之音，古文寫空玄之影。詩歸一選，手闢蠶叢；遇莊數篇，神傳蝶夢。揖古人於煙霜冰雪之中，開後學以靈樸蒼寒之緒。微言可尋，伊誰之力！又復禔躬肅括，鑒物淵夷。

踪多閉户，徐穉之榻空懸；屐止尋山，閔叔之肝無累。荷衣蕙帶，偃蹇玄纁。萬卷三冬，優游棣萼。連枝賴姜被之教以成名，同氣述田荆之愛而隕涕。歿後永思如此，當年隱德可知。宜申藻潔芹香之薦，用招蘭芳菊秀之魂。非惟礬宗雅頌，從此有光；且使泮水蘋蘩，差稱不俗。侶季疵於一室，共酌素茗；慰伯敬於九原，同歸白首。仰府即曰涓吉置主，公送入鄉賢祠，仍行縣一體奉祀，各補看詳，以彰懿好，速速遵行。

時崇禎辛巳季秋日。

（〔康熙〕安陸府志卷三十四藝文志）

明史鍾惺譚元春傳

先是，王、李之學盛行，袁氏兄弟獨心非之。宗道在館中，與同館黄輝力排其説。於唐好白樂天，於宋好蘇軾，名其齋曰白蘇。至宏道，益矯以清新輕俊，學者多舍王、李而從之，目爲「公安體」。然戲謔嘲笑，間雜俚語，空疏者便之。其後，王、李風漸息，而鍾、譚之説大熾。鍾、譚者，鍾惺、譚元春也。

惺，字伯敬，竟陵人。萬曆三十八年進士。授行人，稍遷工部主事，尋改南京禮部，進郎中。擢福建提學僉事，以父憂歸，卒於家。惺貌寢，羸不勝衣，爲人嚴冷，不喜接俗客，由此得謝人事。官南都，僦秦淮水閣讀史，恒至丙夜，有所見即筆之，名曰史懷。晚逃於禪以卒。自宏道矯王、李詩之弊，倡以清真，惺復矯其弊，變而爲幽深孤峭。與同里譚元春評選唐人之詩爲唐詩歸，又評選隋以前詩爲古詩歸。鍾、譚之名滿天下，謂之「竟陵體」。然兩人學不甚富，其識解多僻，大爲通人所譏。

元春，字友夏，名輩後於惺，以詩歸故，與齊名。至天啓七年始舉鄉試第一，惺已前卒矣。

鍾譚合傳

李明睿

鍾惺字伯敬，楚景陵人也。萬曆癸卯舉於鄉，庚戌成進士。授行人，改工部主事，上疏請南，得南禮部，督學福建，一年，以父憂去官，游武夷，大計中人言，卒於家。

惺貌羸寢，力不勝衣。性深静如一泓定水，嚴冷自喜。與人接，若無睹者。同官燕集，衆方歡洽，獨渺然若失，無酬酢賓主禮，人以是忌之。然由是謝絶賓客，耑積思於書史，潛思遐覽，深入超出。當是時，七子之名噪甚，公之書盛行，其意以詩主性情，期自適，何蹈襲爲。因與譚元春取古詩至唐，選爲詩歸，抉新領異，奮筆去取，無阿諛意，足使誇者去浮，鈍者長慧。有不悦者，公笑謂元春：「吾輩無此書，自有可傳者，正不須護之。夫護之而必欲其傳，與妒此而必欲其廢，廣狹淺深，相去爲何如也？」

讀書金陵之秦淮，丙夜不休。所著有史懷行於世。喜禪悅，著楞嚴如説，與賀中男爲方外友。

無子，以侄械生嗣。

譚元春字友夏，亦景陵人。少攻詩，能五言，選體盛唐皆弗好，以心穎靈光挺出其奇。與鍾伯敬惺善，惺不輕許可，獨推服元春。會蔡復一分憲楚中，惺爲言譚子，復一亟稱善，遂造寒河，譚宴終日。元春既傷風雅淪喪，與惺爲詩歸之選，冥心放懷，期在澹永。久困諸生。徐日久、葛寅亮皆貴其文，至被疏核，幾落學籍。元春慨然謝巾衫。學使者周鉉敦趣復學，然數試不利。恩選入太學，又不偶。所著書，海內奉爲壇坫。

元春性喜游，日縱其筆於舟車，所至追尋佳山水，躡履扶筇，窮極幽勝，著之篇詠。一時名流豪隽，争嗜其文，相與把臂接麈，談論風生，其争先快睹，如鳥之歸鳳。上匡廬，過彭蠡，訪予於章門者，再後北上不果，來題詩寄予，有「南舠北蹇成何事，不見章門又四年」之句。游金陵，與伯敬相遇於淮河。至姑蘇、苕霅，訪韓求仲。每旅邸，賓客往來，綾文刺日，走五父衢，筆札錯落，冠裳雜還。久而歸，歸即復游。

性孝友，傷其先人早逝，母日老，雖善游，時歸定省。有詩寄弟曰：「憶母身上衣，加減是其時。」兄弟五人，皆嫻筆墨，互爲師友。母兄弟妹，食必同席，薄暮取酒，相對談學業世事，母喜出聽，自置餅餌蔬醴，佐譚子兄弟飲啖問辨以爲樂。而譚子困頓久，性不柔耐，輕去易就，又憤世人勞役恥辱，博科名，至公卿，負心而稱善，以人之死而得安，嘗慨不暇忍，則抑其心，勉就灰冷曰：「何必富貴爲？」然而感慨多矣，中懷橫集，屢起屢抑，始信據枯食稿而死不悔之難也。生平最深知如鍾蔡，又相繼淪没。顛毛蕩然，車牙豁去。天啓丁卯，譚子年且逾四十，始爲余典試楚中，拔而置之榜首。有詩投予曰：「良友既盡，天惠我師。」讀其投予詩若書，未嘗不惘然自失也。隨丁母憂，憔悴草土中，一上春官不第，閒取莊生南華訂之，名遇莊，謂此書不可注而可遇。丁丑赴公車，抱病卒於長店，所攜篋中書散去。

予時寓京師，吴駿公來言：「友夏死矣。」予哭之慟，曰：「天喪予！」督學高世泰祀之學宫。其文有「揖古人於煙霜冰雪之中，開後學以靈樸蒼寒之緒」，「可謂風兼哀樂，豈徒體變齊梁」，「慰伯敬於地下，共歸白首」。

年與伯敬同，亦無子，以侄筊、籍嗣。

論曰：鍾、譚並生於景陵，主一時文盟，蓋不偶云。其年並五十二而卒，俱無子，而交情彌篤，觀友夏喪友詩可見矣。内江趙文肅兄弟，生平篤於友恭。父母藏其小者，則大者不欲生；藏其大者，則小者不欲生。蓋由前因所致而然，不然，何相得甚歡之若此？即蘇軾兄弟亦然。余故合鍾譚而論著之，使世知景陵之文，不在文而在交誼之厚，故一時文名噪甚，奪中原七子之幟而建之標，良有以也。

列朝詩集小傳鍾惺譚元春傳

（詩慰嶽歸堂集選）

錢謙益

鍾提學惺

惺，字伯敬，竟陵人。萬曆庚戌進士，授行人，遷南京禮部祠祭主事，歷儀制郎中，以僉事提學福建，丁憂歸，卒於家。伯敬少負才藻，有聲公車間。擢第之後，思别出手眼，另立深幽孤峭之宗，以驅駕古人之上。而同里有譚生元春，爲之應和，海内稱詩者靡然從之，謂之「鍾譚體」。譬之春秋之世，天下無王，桓文不作，宋襄徐偃德涼力薄，起而執會盟之柄，天下莫敢以爲非霸也。數年之後，所撰古今詩歸盛行於世，承學之士，家置一編，奉之如尼丘之删定。而寡陋無稽，錯繆叠出，稍知古學者咸能挾筴以攻其短。詩歸出，而鍾譚之底蘊畢露，溝澮之盈於是乎涸然無餘地矣。當其創獲之初，亦嘗覃思苦心，尋味古人之微言奥旨，少有一知半見，掠影希光，以求絶出於時俗。久之，見日益僻，膽日益粗，舉古人之高文大篇鋪陳排比者，以爲繁蕪熟爛，胥欲掃而刊之，而惟其僻見之是師，其所謂深幽孤峭者，如木客之清吟，如幽獨君之冥語，如夢而入鼠穴，如幻而之鬼國，浸淫三十餘年，風移俗易，滔滔不返。余嘗論近代之詩，抉擿洗削，以淒聲寒魄爲致，此鬼趣也；尖新割剥，以噍音促節爲能，此兵象也。鬼氣幽，兵氣殺，著見於文章，而國運從之，以一二輇才寡學之士，衡操斯文之柄，而徵兆國家之盛衰，可勝歎悼哉！鍾之才，固優於譚。江行俳體，其赴公車之作，入蜀諸詩，其初第之作，習氣未深，聲調猶在，余得采而録之。唐天寶之樂章，曲終繁聲，名爲入破；鍾譚之類，豈亦五行志所謂「詩妖」者乎！余豈忍以蚓竅之音，爲關雎之亂哉！

附見　**譚解元元春**

元春，字友夏，竟陵人。舉於鄉，爲第一人。再上公車，歿於旅店。與鍾伯敬共定詩歸，世所稱「鍾譚」者也。鍾譚之疵病，如上所陳，亦已略見一班。譚之才力薄於鍾，其學殖尤淺，譾劣彌甚，以俚率爲清真，以僻澁爲幽峭，作似了不了之語，以爲意表之言，不知求深而彌淺；寫可解不解之景，以爲物外之象，不知求新而轉陳。無字不啞，無句不謎，無一篇章不破碎斷落。一言之内，意義違反，如隔燕吴，數行之中，詞旨蒙晦，莫辨阡陌。原其初，豈無一知半解、游光掠影，居然謂文外獨絶，妙處不傳，不自知其識之墮於魔，而趣之沈於鬼也。已而名日盛，游日廣，識下而心粗，膽張而筆放，遂欲秤量古今，牢籠宇宙。詩歸之作，金根繆解，魯魚譌傳，兔園老學究皆能指其疵陋，而舉世傳習奉爲金科玉條，不亦悲乎。世之論者曰：「鍾、譚一出，海内始知性靈二字。」然則鍾、譚未出，海内之文人才士皆石人木偶乎！曰極七子之才致，不過爲宋之陸放翁，自南渡以迄隆、萬，將五百年，亦皆石人木偶，而性靈獨掊發於鍾、譚乎！彼自是其一隅之見，於古人之學，所謂渾涵汪茫，千彙萬狀者，未嘗過而問焉。而承學之徒，莫不喜其尖新，樂其率易，相與糊心眯目，拍肩而從之。以一言蔽其病曰：「不學而已。」亦以一言蔽從之者之病曰：「便於不説學而已。」天喪斯文，餘分閏位，竟陵之詩與西國之教、三峯之禪，旁午發作，並爲孽於斯世，後有傳洪範五行者，固將大書特書著其事應，豈過論哉！伯敬爲余同年進士，又介友夏以交於余，皆相好也。吴中少俊，多訾謷鍾、譚，余深爲護惜，虚心評騭，往復良久，不得已而昌言擊排。吾友程孟陽之言曰：「詩之學，自何、李而變，務於模擬聲調，所謂以矜氣作之者也；自鍾、譚而晦，競於僻澁蒙昧，所謂以昏氣出之者也。」孟陽老於詩學，其言最爲平允，論近代之詩者，衷之於孟陽斯可矣。

友夏詩，貧也，非寒也；薄也，非瘦也；僻也，非幽也；凡也，非近也；昧也，非深也；斷也，非掉也；亂也，非變也。蕪詞累句，略舉一二：如擬讀曲歌云：「庬是儂家庬，日噉儂家粥。昔昔不吠歡，儂私令噉肉。」夏夜古意云：「明月皎照羅幃，羅花一一影香肌。郎來諛妾肌生花，取衣覆肌花在衣。」何其淫哇卑賤也！隋大業鑊歌云：「鑊兮鑊兮！不復鑊兮！以之爇香，大損沉水。」何其俚也！聽青羊磵云：「太始有真意，欽哉非雨聲。」用經義何其謬也！「歳添新事送，月放衆生肥」，「三吴士女俗，萬古雨晴天」，「眼花非亂射，散作萬山江」，「萬葉一色紅易終，我愛黄邊緑邊江。」何其鄙而倍也！吴、越、楚、閩，沿習成風，如生人戴假面，如白晝作鬼語。而閩人有蔡復一字敬夫者，宦遊楚中，召友夏致門下，盡棄所學而學焉。其詩云：「花心猶怯怯，鶯語乍生生」，「未見胡然夢，其占曰得書」，「以日爲昏旦，其雲無古今」，

「居之僧尚髮，來者客能琴。」之乎其若，逐字安排，欽肅澹静，連章鋪比，鍾、譚之體，家户傳習。泝人以「餓山呑日憨」爲清詞，吴士以「花騎蝶過牆」爲麗句。滔滔不返，不至於横流陸沉，不但已也。録詩及此，庸以別裁末流，垂戒後學，作易者其有憂患乎？世之君子，亦可以諒我矣！金陵張文寺曰：「伯敬入中郎之室，而思別出奇，斤斤字句之間，欲闡古人之祕，以其道易天下，多見其不知量也。友夏別立蹊徑，特爲雕刻。要其才情不奇，故失之纖；學問不厚，故失之陋；性靈不貴，故失之鬼；風雅不遒，故失之鄙；一言以蔽之，總之，不讀書之病也。」吴門朱隗曰：「伯敬詩『桃花少人事』，詆之者曰：『李花獨當終日忙乎？』友夏詩『秋聲半夜真』，則甲夜、乙夜，秋聲尚假乎？」雲子本推服鍾、譚，而其言如此。

（列朝詩集小傳丁集中）

啓禎野乘譚解元傳

鄒漪

公名元春，字友夏，湖廣竟陵人也。少喜言詩，頗規摹昭明選體，落筆輒肖。已復去之，學盛唐。後乃出心穎，取奇俊，翩翩多致。

時同邑鍾伯敬禮部方以宿學列縉紳，才名鵲起，海内争響慕之，不易許可，獨盛推服譚子，相引重爲莫逆交。會同安蔡公復一分憲楚中，伯敬爲言譚子，蔡公因從伯敬所得譚子詩歌、古文辭讀之，亟稱善，書幣下交，一再造語，遂如生平，至躬造譚子寒河，談宴終日，於是譚子聲名日益盛。既重傷風雅頽喪，始敗於浮夸，中傷於險僻俚俗，遂與伯敬爲詩歸一選，冥心放懷，期在澹永，海内稱「鍾譚」繇此，且目之爲「竟陵體」矣。

久困諸生。西安徐公日久令江夏，深賞其文；錢塘葛公寅亮督楚學，秉風裁，有「水鑑」號，拔譚子，稱逸才出羣，擊節歎異。諸同被盻睞者，多翺翔春秋昂藏去，而譚子以當路忌葛公執法，遂疏論其文瑰琦過度，舉譚子與劉公侗、何公閎中輩諸篇爲口實，幾落學籍。譚子慨然長嘯，欲杜門入山著述，誓不復沾沾腐齒。會後督學者周公鉉夙慕譚子，敦勸出試。秋試後猶故譚子也。後值恩選，得貢禮部，入北闈試，不偶如故。

是時譚子名遍天下矣，所著書流行國門，羣少年争嗜之，稟爲師匠。而譚子性喜游，又遭遇坎坷，偃蹇不得志，不能俯頭角，猥陋從籬壁間呻吟，則愈縱其氣，於舟車所至，追尋佳山水，躡屐扶笻，窮極幽勝，著之篇詠。一時名流豪雋，相與把臂接塵，談論風生。其車服聲伎玩好藥餌費，俱取足贈遺。匡廬、彭蠡、金陵至姑蘇、兩浙，每旅邸，賓客往來，綾文刺日，走五父衢，筆札錯落，冠裳雜遝。久而歸，歸即復游。性本孝友。傷其先人早逝，母日老，雖善游，時歸定省。母弟五人，皆閒筆墨，互爲師友。母兄弟妹，食必同席，人直供一日，薄暮取酒，相對談學業世事，母喜出聽，自置餅餌蔬醴，佐譚子兄弟酌啖問辨以爲樂。而譚子困頓久，性不柔耐，輕去易就，又憤世人勞役耻辱，博科名，至公卿，負心而稱義，以人之死而得安，嘗慨不暇忍，則抑其心，勉就灰冷，曰：「何必富貴爲？」然而感慨多矣，中懷横集，屢起屢抑，始信據枯食槁而死不悔之難也。生平最深知如鍾蔡，又相繼淪没。顛毛蕩然，車牙豁去。天啓丁卯，譚子年且逾四十，始爲主司李太史明睿拔置楚闈第一，天下莫不喜其雋而悲其晚，且冀幸詩能窮人之説，或以譚子不驗也。隨丁母憂，憔悴草土中，服闋，一上春官不第。會天子行薦舉法，編修王用予以譚子名上。譚子辭不就，間取莊生南華訂之，篇有評署，名遇莊，已讀大學衍義，欲有所删述。丁丑赴公車，抱病卒於途，所攜篋中書，無爲收者，强半散失，海内聞而悲之。

督學高公世泰祀之鄉賢。其文曰：「故解元譚元春致性絶才，清文篤行。孝友類元紫芝，而風流獨迥；介潔如孟東野，而澹宕不羣。觀其煢孤抱多傷之感，報母銜罔極之悲。有觸必宣，無聲不咽。每披遺句，輒重泫然。本此深淳，散於筆墨。篇關師友，則鄭重流連；語涉弟昆，則纏綿悱惻。山水增其窈窕，絲竹遇而高閒。可謂風兼哀樂，豈徒體變齊梁。若乃制義追正始之音，古文寫空玄之影。詩歸一選，手闢蠶叢；遇莊數篇，神傳蝶夢。揖古人於煙霜冰雪之中，開後學以靈樸蒼寒之緒。微言可尋，伊誰之力！又復禔躬肅括，覽物淵夷。踪多閉户，徐穉之榻空懸；屐止尋山，閔叔之肝無累。荷衣蕙帶，偃蹇玄纁。萬卷三冬，優游棣蕚。連枝賴姜被之教以成名，同氣述田荆之愛而隕涕。死後永思如此，當年隱德可知。宜申藻潔芹香之薦，用招蘭芳菊秀之魂。非惟瞽宗雅頌，從此有光；且使泮水蘋蘩，差稱不俗。侶季疵於一室，共酌素茗；慰伯敬於九原，同歸白首。」時人以爲篤論云。

子笈、籍，皆有文。

論曰：風騷之業始於屈宋，明興，楚材代起，然以才人領解額，名海内者，惟吴明卿一人。譚子乃克繼之。顧明卿雖七子，縱横銅槃牛耳，實瑯琊濟南爲政，僅以玉帛相見中原，未若友夏一往絶塵，揮王李而掩公安，自開堂奥也。特明卿官方伯，享中壽，友夏禄位齡算事事遠遜。嗟乎！湘澤憔悴，摇落悲秋，楚人多怨，屈宋已然，豈獨友夏哉！

（啓禎野乘一集卷七）

康熙安陸府志譚元春傳

譚元春，字友夏，景陵人。舉天啓丁卯鄉試第一。公父念湘早逝，有弟五人，皆嚴督之，後各成名。事孀母魏孺人最孝，母年五十三，病失明，卧床榻間，躬進茗粥，嘗藥餌，凡八年而母始卒。弱冠即與同邑鍾退谷締交，文章性命，管、鮑不過也。閩蔡敬夫、蜀朱無易官於楚，其知公雖因退谷，而公之詩文行誼自足以致二公之知。戊午，督學葛屺瞻首拔公入秋闈，不售，棄諸生。辛酉，周鉉吉督楚學，强起公，復出應試，以恩選貢於京。丁卯，太史李太虚典楚試，知公，暗中揣摩必欲得公爲省元，闈中手其卷，詫曰：「此必友夏也。」已而果然，皆賀得人。

公好游，踪跡遍東南。義篤師友，鍾、蔡二公没，思之終身不置。又喜揚人善。嘗過武昌寒溪寺，讀舊令陳鏡清壁間詩，歎其古奥，亟刻而傳之，隔寒河有譚叟訥庵，袖詩請見，即爲選其佳者，亦序而傳之。所著詩有嶽歸堂稿，文有鵠灣集、遇莊，所選有詩歸、東坡詩，並行於世。

崇禎丁丑會試，行至長店，去京三十里，時夜半猶讀左傳，平明起攝衣，一晌而逝。年五十二。先是鍾退谷卒，亦年五十二。

（〔康熙〕安陸府志卷二十文學列傳）

四庫全書總目存目提要摘録

嶽歸堂集十卷

明譚元春撰。元春字友夏，天門人，天啓丁卯舉人。明史文苑傳附見袁宏道傳中。隆、萬以後，公安三袁始攻擊王李詩派，以清巧爲工，風氣一變。天門鍾惺更標舉尖新幽冷之詞，與元春相唱和，評點詩歸，流布天下，相率而趨纖仄。有明一代之詩，遂至是而極弊。論者比之「詩妖」，非過刻也。元春之才較惺爲劣，而詭僻如出一手。日久論定，徒爲嗤點之資。觀其遺集，亦足爲好行小慧之戒矣。

詩歸五十一卷

明鍾惺、譚元春同編。惺有詩經圖史合考，元春有嶽歸堂詩集，均已著録。是書凡古詩十五卷，唐詩三十六卷。大旨以纖詭幽渺爲宗，點逗一二新雋字句，矜爲元妙，又力排選詩惜羣之說，於連篇之詩隨意割裂，古來詩法於是盡亡。至於古詩字句，多隨意竄改。顧炎武日知録曰：近日盛行詩歸一書，尤爲妄誕。魏文帝短歌行「長吟永歎，思我聖考」，「聖考」謂其父武帝也，改爲「聖老」，評之曰：「聖老字奇。」舊唐書載李泌對肅宗言：天后有四子，長曰太子宏，天后方圖稱制，乃鴆殺之，以雍王賢爲太子。賢自知不免，與二弟日侍父母之側，不敢明言，乃作黄臺瓜詞，使樂工歌之。其詞曰：「種瓜黄臺下，瓜熟子離離。一摘使瓜好，再摘使瓜稀。三摘猶尚可，四摘抱蔓歸。」其言「四摘者」，以況四子也。以爲非「四」所能盡，改爲「摘絶」。案：高棅唐詩品彙載此詩，已作「摘絶」，則非惺之所改。然惺因仍誤本，是亦其失，故仍存炎武之說。此皆不考古而肆臆之說，豈非小人而無忌憚者哉！朱彝尊詩話謂是書乃其鄉人託名。今觀二人所作，其門徑不過如是，殆彝尊曲爲之詞也。

（明文授讀卷三十四）

清黄宗羲論譚元春

先夫子曰：元春字友夏，湖廣解元，未第卒於旅店。李元仲稱其如三十四舅及陳思野、陳巡檢諸墓誌、寒溪寺留壁詩記、與鍾伯敬、金正希書，皆一片性地流出，盡洗書本積木之氣，棲泊人心腑間，如吞香咽旨，雖歐蘇不能過也。私記：友夏竟陵人，與鍾伯敬世所稱「鍾譚」也。錢牧齋極力詆之，而先夫子於二人亦各有取焉。

詩辯坻竟陵詩解駁議叙

毛先舒

叙曰：六義振響，蔚爲辭宗；五言遞創，作者景靡。後踵爲駢偶之體，變爲律絶之製。六季三唐，失得互見，初盛中晚，區畛攸分。及宋世酷尚粗厲，元音競趣佻褻，矇醉相扶，載胥及溺，四百年間，幾無詩焉。迨成、弘之際，李、何崛興，號稱復古，而中原數子，麟集仰流，又因以雕潤辭華，恢閎典制，鴻篇縟彩，蓋斌斌焉。及其敝也，厖麗古事，汩没胸情，以方幅嘽緩爲冠裳，以剟膚綴貌爲風骨，剿説雷同，墜於浮濫，已運丁衰葉，執值未會。

楚有鍾惺、譚元春，因人心屬厭之餘，開纖兒狙喜之議，小言足以破道，技巧足以中人，而後學者乃始眩瞀楊岐，遲回襄轍，囂然競起，穿鑿紛紜，救湯揚沸，莫之能閼。原夫前後七子，作法匪涼，徒以後起守文，職成拘蔽。假令鍾、譚能滌蕩塵滓，斟酌古原，因其羽毛，樹之骨鯁，則上可崇漢、唐之絶軌，次亦得規嘉、隆之弊法，而惜乎馳騁小慧，河伯自欣。然彼所見如竇中窺日，明雖不多，景非假借，故詩歸詮諦，亦有可筭。於至荒才窳匠，尤易竄跡，故駔獪之猥姿，悉冒竟陵之苗裔。原其初政，未或如斯，溯厲階之由興，能無歸獄者乎？蓋鍾氏之書指義淺率，展卷即通，其便一也。持論儇倪，啓人狙智，造次捷給，易詘準繩之談，其便二也。矜巧片字，不貴閎整，龜腸蟬腹，得就操觚，其便三也。但趣新雋，不原風格，其便四也。前代矩矱，屏同椎輪，便辟淋漓，一往欲盡，當巧之際，無復逡巡，其便五也。高談性靈，嗤鄙追琢，各用我法，遑知古人，則但吐由言，便稱高唱，輒復曹、劉爲拙，沈約如奴，其便六也。所以凡流瑣士，咸共寶祕，自非卓犖之英，罕能拔脚者也。

予悲耽溺者既不見其醜，而攻瑕者將併没其好，輒取詩歸一書，條其二三，理解而録之，紕繆大者則明加駁正，以次於後，庶幾覽者顯知臧否。至余於李、王諸子所論列，間有抵巇，不爲護前，今雜列他卷，亦可得並觀云爾。

（思古堂十五種書詩辯坻卷四）

静志居詩話論譚元春

朱彝尊

譚元春，字友夏，景陵人。天啓丁卯舉鄉試第一。有譚子詩歸。

鍾、譚並起，伯敬揚歷仕塗，湖海之聲氣猶未廣，藉友夏應和，派乃盛行。詩歸既出，紙貴一時，正如摩登伽女之淫咒，聞者皆爲所攝，正聲微茫，蚓竅蠅鳴，鏤肝鉥腎，幾欲走入醋甕，遁入藕絲。充其意不讀一卷書，便可臻於作者。此先文恪斥爲亡國之音也。桐鄉錢麟翔仲遠友於友夏，恒言「詩歸本非鍾、譚二子評選，乃景陵諸生某假託爲之。鍾初見之怒，將言於學使除其名。既而家傳户習，遂不復言」云。讀曲歌云：「交歡久。貝齒有時落，歡獨長在口。」得蜀中故人書云：「蜀川兵定人静，老友天寒信來。莫怪草堂深閉，小橋邊有門開。」

清李慈銘論譚友夏集（一）

李慈銘

譚友夏合集　明譚元春撰

昨夕今晨，稍理清坐，因取譚友夏合集閲之，其集爲嶽歸堂新詩五卷，鵠灣文草九卷，嶽歸並已刻詩選八卷，諸稿自序附諸名家序一卷，共爲二十三卷。詩文皆分體編録，中有評點。每卷首分標徐九一、張天如、楊維斗、錢吉士、顧麟士、楊子常、周勤卣、張受先、周介生、錢彦林、朱子若諸人姓名，而皆副以吴郡張澤艸臣，蓋皆出此人手也。竟陵之派，笑齒已冷，秀水朱氏，至比之泗鼎將沈，魅彪並出，爲明社將屋之徵。予幼時見坊本有選友夏游記數首者，竊賞其得山水之趣。及閲所評水經注，標新嘬奇，時有解悟。前年在京師，見所選詩歸，雖識墮小慧，而趣絶恒蹊，意想所營，頗多創得。因謂盛名之致，必非無因，纖鉅高卑，視所成造，要亦秉其夙悟，運以苦思，執專門之矩規，樹並時之壁壘。而小道易泥，攲器懼盈，縱驚流俗之觀，益來識者之訢。根本不實，窪水即乾，吹毛索瘢，遂無全體。衆棄之藪，莫擢其翹；千喙一談，竟從擯絶。今日閲其全集，總其大凡，詩則格囿卑寒，意鄰淺直，故爲不了之語，每涉鬼趣之言，而情性所嫥，時有名理；山水所發，亦見清思。惟才小氣粗，體輕腹陋，俚俗之弊，流爲俳諧。故或片語可稱，全篇尟取，披沙汰石，得不償勞，見斥藝林，蓋非無故。至其散文之病，差亦同詩，傳誌諸篇，立言無體，幾爲笑柄，多類稗官。而書牘序言，頗有意致；銘辭游記，尤可取裁。叙泉石之奇，能超形想；寫友朋之樂，足散人懷。銘或具體於東坡，記多得力於酈注。其以蔡清憲爲師，鍾退谷爲友，皆有古人之風，亮節直言，庶乎無愧，潔情遠韻，亦自足多，世人平心觀之可矣。

同治乙丑（一八六五）九月二十三日

（越縵堂讀書記重要序跋匯録）

清李慈銘論譚友夏集（二）

友夏集，予於乙丑之秋曾詳閲一過，最其詩文之佳者，並爲摘句，圖箸於孟學齋日記乙集中，蓋其菁華大略已盡，而世之輕薄爲文哂未休者，亦可息矣。其文銘辭、游記爲工，書、序亦有意致。三十四舅墓志中農暇一段，叙鄉里事極可味。

清黄宗羲輯明文授讀卷三十四譚元春撰自序篇

（清康熙三十八年張錫琨味芹堂刻本，清李慈銘親筆評）

兩當軒集	[清]黄景仁著　李國章校點
惲敬集	[清]惲敬著　萬陸、謝珊珊、林振岳標校　林振岳集評
茗柯文編	[清]張惠言著　黄立新校點
瓶水齋詩集	[清]舒位著　曹光甫點校
龔自珍全集	[清]龔自珍著　王佩諍校點
龔自珍詩集編年校注	[清]龔自珍著　劉逸生、周錫韍校注
水雲樓詩詞箋注	[清]蔣春霖著　劉勇剛箋注
人境廬詩草箋注	[清]黄遵憲著　錢仲聯箋注
嶺雲海日樓詩鈔	[清]丘逢甲著　丘鑄昌標點

李玉戲曲集	[清]李玉著 陳古虞、陳多、馬聖貴點校
吴梅村全集	[清]吴偉業著　李學穎集評標校
歸莊集	[清]歸莊著
顧亭林詩集彙注	[清]顧炎武著　王蘧常輯注 吴丕績標校
安雅堂全集	[清]宋琬著　馬祖熙標校
吴嘉紀詩箋校	[清]吴嘉紀著　楊積慶箋校
陳維崧集	[清]陳維崧著　陳振鵬標點 李學穎校補
屈大均詩詞編年校箋	[清]屈大均著　陳永正等校箋
秋笳集	[清]吴兆騫撰　麻守中校點
漁洋精華録集釋	[清]王士禛著 李毓芙、牟通、李茂肅整理
聊齋志異會校會注會評本	[清]蒲松齡著　張友鶴輯校
敬業堂詩集	[清]查慎行著　周劭標點
納蘭詞箋注	[清]納蘭性德著　張草紉箋注
方苞集	[清]方苞著　劉季高校點
樊榭山房集	[清]厲鶚著　[清]董兆熊注 陳九思標校
劉大櫆集	[清]劉大櫆著　吴孟復標點
儒林外史彙校彙評	[清]吴敬梓著　李漢秋輯校
小倉山房詩文集	[清]袁枚著　周本淳標校
忠雅堂集校箋	[清]蔣士銓著　邵海清校 李夢生箋
甌北集	[清]趙翼著　李學穎、曹光甫校點
惜抱軒詩文集	[清]姚鼐著　劉季高標校

唐寅集	[明]唐寅著　周道振、張月尊輯校
文徵明集(增訂本)	[明]文徵明著　周道振輯校
震川先生集	[明]歸有光著　周本淳校點
海浮山堂詞稿	[明]馮惟敏著 凌景埏、謝伯陽標校
滄溟先生集	[明]李攀龍著　包敬第標校
梁辰魚集	[明]梁辰魚著　吴書蔭編集校點
沈璟集	[明]沈璟著　徐朔方輯校
湯顯祖詩文集	[明]湯顯祖著　徐朔方箋校
湯顯祖戲曲集	[明]湯顯祖著　錢南揚校點
白蘇齋類集	[明]袁宗道著　錢伯城校點
袁宏道集箋校	[明]袁宏道著　錢伯城箋校
珂雪齋集	[明]袁中道著　錢伯城點校
隱秀軒集	[明]鍾惺著　李先耕、崔重慶標校
譚元春集	[明]譚元春著　陳杏珍標校
張岱詩文集(增訂本)	[明]張岱著　夏咸淳輯校
陳子龍詩集	[明]陳子龍著 施蟄存、馬祖熙標校
夏完淳集箋校(修訂本)	[明]夏完淳著　白堅箋校
牧齋初學集	[清]錢謙益著　[清]錢曾箋注 錢仲聯標校
牧齋有學集	[清]錢謙益著　[清]錢曾箋注 錢仲聯標校
牧齋雜著	[清]錢謙益著　[清]錢曾箋注 錢仲聯標校
牧齋初學集詩注彙校	[清]錢謙益著　[清]錢曾箋注 卿朝暉輯校

東坡詞傅幹注校證	[宋]蘇軾著　[宋]傅幹注 劉尚榮校證
欒城集	[宋]蘇轍著　曾棗莊、馬德富校點
山谷詩集注	[宋]黄庭堅著　[宋]任淵、史容、 史季温注　黄寶華點校
山谷詩注續補	[宋]黄庭堅著　陳永正、何澤棠注
山谷詞校注	[宋]黄庭堅著　馬興榮、祝振玉校注
淮海集箋注	[宋]秦觀撰　徐培均箋注
淮海居士長短句箋注	[宋]秦觀著　徐培均箋注
清真集箋注	[宋]周邦彦著　羅忼烈箋注
石林詞箋注	[宋]葉夢得著　蔣哲倫箋注
樵歌校注	[宋]朱敦儒著　鄧子勉校注
李清照集箋注(修訂本)	[宋]李清照著　徐培均箋注
陳與義集校箋	[宋]陳與義著　白敦仁校箋
蘆川詞箋注	[宋]張元幹著　曹濟平箋注
劍南詩稿校注	[宋]陸游著　錢仲聯校注
放翁詞編年箋注(增訂本)	[宋]陸游著　夏承燾、吴熊和箋注 陶然訂補
范石湖集	[宋]范成大撰　富壽蓀標校
于湖居士文集	[宋]張孝祥著　徐鵬校點
稼軒詞編年箋注(定本)	[宋]辛棄疾撰　鄧廣銘箋注
姜白石詞編年箋校	[宋]姜夔著　夏承燾箋校
後村詞箋注	[宋]劉克莊著　錢仲聯箋注
雁門集	[元]薩都拉著 殷孟倫、朱廣祁校點
揭傒斯全集	[元]揭傒斯著　李夢生標校
高青丘集	[明]高啓著　[清]金檀注 徐澄宇、沈北宗校點

樊川文集	[唐]杜牧著　陳允吉校點
樊川詩集注	[唐]杜牧著　[清]馮集梧注
温飛卿詩集箋注	[唐]温庭筠著　[清]曾益等箋注
玉谿生詩集箋注	[唐]李商隱著　[清]馮浩箋注 蔣凡校點
樊南文集	[唐]李商隱著　[清]馮浩詳注 錢振倫、錢振常箋注
皮子文藪	[唐]皮日休著　蕭滌非、鄭慶篤整理
鄭谷詩集箋注	[唐]鄭谷著 嚴壽澂、黄明、趙昌平箋注
韋莊集箋注	[五代]韋莊著　聶安福箋注
李璟李煜詞校注	[南唐]李璟、李煜著　詹安泰校注
張先集編年校注	[宋]張先著　吴熊和、沈松勤校注
二晏詞箋注	[宋]晏殊、晏幾道著　張草紉箋注
乐章集校箋	[宋]柳永著　陶然、姚逸超校箋
梅堯臣集編年校注	[宋]梅堯臣著　朱東潤編年校注
歐陽修詩文集校箋	[宋]歐陽修著　洪本健校箋
歐陽修詞校注	[宋]歐陽修著　胡可先、徐邁校注
蘇舜欽集	[宋]蘇舜欽著　沈文倬校點
嘉祐集箋注	[宋]蘇洵著　曾棗莊、金成禮箋注
王荆文公詩箋注	[宋]王安石著　[宋]李壁箋注 高克勤點校
王令集	[宋]王令著　沈文倬校點
蘇軾詩集合注	[宋]蘇軾著　[清]馮應榴注 黄任軻、朱懷春校點
東坡樂府箋	[宋]蘇軾著　[清]朱孝臧編年 龍榆生校箋

王梵志詩集校注(增訂本)	[唐]王梵志著　項楚校注
盧照鄰集箋注	[唐]盧照鄰著　祝尚書箋注
駱臨海集箋注	[唐]駱賓王著　[清]陳熙晉箋注
王子安集注	[唐]王勃著　[清]蔣清翊注
陳子昂集(修訂本)	[唐]陳子昂撰　徐鵬校點
孟浩然詩集箋注(增訂本)	[唐]孟浩然著　佟培基箋注
王右丞集箋注	[唐]王維著　[清]趙殿成箋注
李白集校注	[唐]李白著　瞿蜕園、朱金城校注
高適集校注(修訂本)	[唐]高適著　孫欽善校注
杜詩趙次公先後解輯校	[唐]杜甫著　[宋]趙次公注 林繼中輯校
杜詩鏡銓	[唐]杜甫著　[清]楊倫箋注
錢注杜詩	[唐]杜甫著　[清]錢謙益箋注
杜甫集校注	[唐]杜甫著　謝思煒校注
岑參集校注	[唐]岑參著　陳鐵民、侯忠義校注
戴叔倫詩集校注	[唐]戴叔倫著　蔣寅校注
韋應物集校注(增訂本)	[唐]韋應物著　陶敏、王友勝校注
權德輿詩文集	[唐]權德輿撰　郭廣偉校點
韓昌黎詩繫年集釋	[唐]韓愈著　錢仲聯集釋
韓昌黎文集校注	[唐]韓愈著　馬其昶校注 馬茂元整理
劉禹錫集箋證	[唐]劉禹錫著　瞿蜕園箋證
白居易集箋校	[唐]白居易著　朱金城箋校
柳宗元詩箋釋	[唐]柳宗元著　王國安箋釋
柳河東集	[唐]柳宗元著　[宋]廖瑩中輯注
元稹集校注	[唐]元稹著　周相録校注
長江集新校	[唐]賈島著　李嘉言新校
三家評注李長吉歌詩	[唐]李賀著　[清]王琦等評注

《中國古典文學叢書》已出書目

詩經今注	高亨注
楚辭今注	湯炳正、李大明、李誠、熊良智注
司馬相如集校注	[漢]司馬相如著　金國永校注
揚雄集校注	[漢]揚雄著　張震澤校注
張衡詩文集校注	[漢]張衡著　張震澤校注
阮籍集	[魏]阮籍著　李志鈞等校點
陸機集校箋	[晉]陸機著　楊明校箋
陶淵明集校箋(修訂本)	[晉]陶潛著　龔斌校箋
世説新語箋疏(修訂本)	[南朝宋]劉義慶撰　余嘉錫箋疏　周祖謨等整理
世説新語校釋	[南朝宋]劉義慶撰　[南朝梁]劉孝標注　龔斌校釋
鮑參軍集注	[南朝宋]鮑照著　錢仲聯增補集説校
謝宣城集校注	[南朝齊]謝朓著　曹融南校注集説
江文通集校注	[南朝梁]江淹著　丁福林、楊勝朋校注
文心雕龍義證	[南朝梁]劉勰著　詹鍈義證
詩品集注(增訂本)	[梁]鍾嶸著　曹旭集注
文選	[梁]蕭統編　[唐]李善注
玉臺新咏彙校	吴冠文、談蓓芳、章培恒彙校